Dance dance dance

Haruki Murakami

Dance dance dance

TRADUÇÃO
Neide Hissae Nagae
Lica Hashimoto

2ª reimpressão

ALFAGUARA

1ª Edição: Estação Liberdade, 2005
2ª Edição: Alfaguara, 2015

Grafia atualizada segundo o Acordo Ortográfico da Língua Portuguesa de 1990, que entrou em vigor no Brasil em 2009.

Título original
Dansu dansu dansu

Capa
Retina_78

Preparação
Katia Vitale
Graziela Costa Pinto
Angel Bojadsen

Revisão
Rita Godoy
Raquel Correa

CIP-Brasil. Catalogação na Publicação
Sindicato Nacional dos Editores de Livros, RJ

M944d
Murakami, Haruki
Dance dance dance / Haruki Murakami; tradução Neide Hissae Nagae, Lica Hashimoto. – 1ª ed. – Rio de Janeiro: Alfaguara, 2015.

Tradução de: Dansu dansu dansu.
ISBN 978-85-7962-394-3

1. Romance japonês. I. Nagae, Neide Hissae. II. Hashimoto, Lica. III. Título.

15-21162 CDD: 895.63
CDU: 821.521-3

EDITORA SCHWARCZ S.A.
Praça Floriano, 19, sala 3001 — Cinelândia
20031-050 — Rio de Janeiro — RJ
Telefone: (21) 3993-7510
www.companhiadasletras.com.br
www.blogdacompanhia.com.br
facebook.com/editora.alfaguara
instagram.com/editora_alfaguara
twitter.com/alfaguara_br

Março de 1983

1

Sonho constantemente com o Hotel do Golfinho. Nesses sonhos sinto que sou parte dele. Ou melhor, sinto que tenho uma *relação* sine qua non com ele. Esses sonhos me revelam claramente isso. Porém, neles, a imagem do hotel está distorcida. O hotel é comprido ao extremo. Eu diria que, de tão comprido, mais parece uma ponte coberta. Ele parece vir de um passado bem distante e seguir em direção aos confins do universo. Sei que sou parte desse contexto. Ouço alguém chorando... e essas lágrimas são por minha causa.

Esse hotel envolve o meu ser. Posso nitidamente sentir sua palpitação e o seu calor. Nos sonhos, sou parte dele.

E é assim... o meu sonho.

Acordo. Onde estou? Reflito. Não só reflito, como também me questiono: — Onde estou? — No entanto, esta pergunta não tem nenhum sentido, pois sei exatamente qual é a resposta. Aqui é a minha vida. O cotidiano da minha existência. Algo subordinado à existência real denominada eu. Aqui é um lugar em que, tendo eu aprovado ou não certas ocorrências, fatos e circunstâncias, elas se tornaram parte de minha existência. Às vezes, uma mulher está dormindo ao meu lado, mas normalmente estou só. Estou sozinho com o ruído da via expressa que passa em frente ao meu apartamento, com um copo na cabeceira (dentro dele, menos de uma dose de uísque) e uma hostil — ou melhor, talvez seja apenas uma indiferente — luz matinal repleta de partículas de pó. Às vezes chove. Quando está chovendo, fico na cama sem fazer nada. Se ainda tiver algum uísque no copo, eu tomo. Vendo a chuva cair da beira do telhado, penso no Hotel do Golfinho. Em câmera lenta, estico braços e pernas e tento certificar-me de que eu sou apenas eu e que não pertenço a nenhum outro lugar. *Eu não sou parte de coisa alguma.* No entanto, ainda persiste a sensação de fazer parte de um sonho. Nele, se tento esticar o braço, sinto que algo como um todo começa a se mover em resposta a essa minha intenção. É semelhante à função de um pequeno dispositivo movido a água que se movimenta, gradativa e sucessivamente, etapa por etapa, de modo lento e metódico e cujo som é quase inaudível. Se eu prestar atenção nesse dispositivo, consigo perceber, através do som, a sequência de seu funcionamento. Ouço atentamente. Percebo que alguém está chorando, bem baixinho. É um choro bem tímido. Um choro que vem de algum lugar da escuridão. Alguém chora por mim.

O Hotel do Golfinho é um hotel que existe na vida real. Situa-se numa quadra bem discreta de um bairro de Sapporo. Há alguns anos cheguei a me hospedar nele durante uma semana. Não! Deixe-me lembrar melhor... — Há quantos anos foi mesmo? — Quatro anos atrás, ou melhor, exatamente há quatro anos e meio. Naquela época, eu estava com vinte e poucos anos. Eu e uma garota nos hospedamos nele. Foi ela quem escolheu o hotel. Foi dela também a sugestão de nos hospedarmos nele. Ela disse que *tínhamos de nos hospedar naquele hotel.* Se não fosse um pedido dela, eu jamais teria ficado naquele lugar.

Era um hotel pequeno, humilde, e durante a nossa estada quase não se viam outros hóspedes além de nós. Durante a semana, cheguei a ver duas ou três pessoas no saguão, embora nada garantisse que fossem hóspedes. Mas o fato de uma ou outra chave estar faltando no painel da recepção fazia supor que, além de nós, havia outros hóspedes. Não que fossem muitos, mas pelo menos havia alguns. É de convir que seria um tanto estranho um hotel, situado numa quadra de uma grande metrópole com direito a um letreiro e a um lugar na lista telefônica, sobreviver sem nenhum hóspede. Se havia nele outros hóspedes, eles eram por demais quietos e discretos. Sequer chegamos a vê-los, ouvi-los ou encontrar algum indício da presença deles. O que se podia notar é que com o passar dos dias havia algumas mudanças no posicionamento das chaves que ficavam no painel da recepção. Os hóspedes deviam respirar bem discretamente e passar pelos corredores rente à parede, como se fossem sombras. De vez em quando, *ouvia-se o motor do elevador funcionando*, mas até mesmo ele parecia emitir um som acanhado. Quando parava, o silêncio novamente reinava ainda mais poderoso.

Sem sombra de dúvida, era um hotel estranho.

Sua imagem podia ser associada ao final de uma cadeia biológica. Uma regressão genética. Um ser anômalo que se desenvolveu na direção errada e que não podia mais ser recuperado. O vetor da evolução foi eliminado e abandonado como um órfão nos bastidores da história. Um lugar esquecido pelo tempo. Ninguém é culpado. Ninguém pode ser responsabilizado e, tampouco, ninguém terá condições de salvá-lo. Para começar, eles não deveriam ter construído um hotel nesse lugar. O erro começou aí. O primeiro passo desencadeou toda uma sequência deles. É como abotoar o primeiro botão da camisa na casa errada e constatar toda uma sequência cumulativa de erros. A tentativa de corrigir essa desordem faz surgir uma nova e tênue desordem — não se tratando exatamente de uma tentativa apurada, mas apenas uma tentativa singela de correção. Em decorrência disso, gradativamente, todo o resto começou a se distorcer. Assim, quando tento me concentrar em algo, naturalmente minha cabeça pende alguns graus para o lado. É esse o tipo de distorção a que me refiro. Quando digo que minha cabeça pende para o lado, quero dizer que essa inclinação é tão sutil e inofensiva que sequer chega a causar estranheza aos que me observam. É tão sutil que, se eu ficar nessa posição por muito tempo, posso acabar me acostumando com ela. Essa pequena distorção, porém, me causa um leve incômodo. (Sempre há o perigo de se habituar com as distorções e não saber mais discernir o mundo normal do anormal.)

O Hotel do Golfinho era assim. A sua *anormalidade* era visível porque qualquer pessoa perceberia à primeira vista que, num futuro não muito distante, ele seria engolido pelo turbilhão do tempo, saturado pelo acúmulo de desordem sobre desordem. Um local patético. Tanto quanto a imagem de um cão preto de três patas todo encharcado pela chuva de dezembro. Com certeza há inúmeros hotéis como esse espalhados por aí, mas o Hotel do Golfinho possui algo que o diferencia dos demais. Ele é conceitualmente patético. Isso explica o porquê de ele ser o mais autenticamente patético.

Desnecessário dizer que são poucas as pessoas que optam por hospedar-se nele, a não ser quem chega ali por engano.

Seu nome oficial não é Hotel do Golfinho. Oficialmente, seu nome é "Dolphin Hotel", mas o disparate entre o nome oficial e a realidade é tão grande que resolvi batizá-lo como Hotel do Golfinho. (A imagem que tenho do que seria um Dolphin Hotel é a de uma estância turística do Mar Egeu, branquíssima como aqueles doces de açúcar refinado.) Havia um belíssimo golfinho em alto-relevo na entrada do hotel. E uma placa dizendo Dolphin Hotel. Se por acaso não houvesse uma placa, seria provável que ninguém o identificasse como tal, mesmo porque, apesar dela, ainda assim suscitaria suspeitas de que fosse de fato um hotel. Isso porque esse local, na verdade, se parecia mais com uma espécie de museu decadente. Um museu extravagante que discretamente atrai pessoas de interesses extravagantes desejosas de ver os objetos extravagantes ali expostos.

Se uma pessoa estiver em frente ao hotel e achar que ele é um museu, ela não estará exatamente enganada. De fato, o Hotel do Golfinho possui um museu.

Quem se hospedaria num hotel assim? Ainda mais com um museu sabe-se lá do quê? Um hotel que possui no final de um corredor escuro um carneiro empalhado, uma pele de carneiro empoeirada, inúmeras fotos antigas já amareladas pela ação do tempo e vários objetos com forte cheiro de bolor? Um hotel cujas frestas estão preenchidas de uma lama seca que parece impregnada por algum desejo inatingível?

Todos os móveis estavam desbotados, as mesas rangiam e os trincos não fechavam direito. O piso do corredor estava bastante gasto e a iluminação era deficiente. O sifão da pia estava solto e por isso havia vazamento. A arrumadeira obesa (suas pernas lembravam as de um elefante) andava pelos corredores com uma tosse incômoda. O gerente que ficava na recepção era um homem de meia-idade, não tinha dois dedos e estava sempre com ar de coitado. Bastava olhar para ele e logo se percebia que era um tipo que não sabia fazer nada certo. Era um típico representante da classe dos homens derrotados. Parecia recém-saído de uma solução de tinta azul-clara após ficar imerso nela o dia inteiro. Essa tinta impregnava em sua existência os vestígios do fracasso, da derrota e da frustração. Era uma espécie de homem que deveria ficar numa redoma em algum laboratório de ciências com uma placa dizendo: "Homem que não sabia fazer nada certo". A sua presença despertava nas pessoas um sentimento de angústia e com frequência de raiva. Certos tipos de pessoas sentiriam inconscientemente uma raiva intensa só pelo fato de ver um homem tão miserável. Quem se hospedaria num hotel assim?

Pois é... nós nos hospedamos. Nós temos que nos hospedar aqui, disse ela, com convicção. Depois disso, desapareceu. Me abandonou. Foi o homem-carneiro quem me avisou que ela havia partido. Ele simplesmente disse que ela se fora. O homem-carneiro sabia. Ele sabia que ela precisava ir. Hoje, eu também sei o porquê dessa atitude. O objetivo dela era encaminhar-me para lá. É como se fosse obra do destino. É como um rio correndo para o mar. Penso nisso enquanto vejo a chuva cair. Destino.

Quando comecei a sonhar com o Hotel do Golfinho, a primeira coisa que me veio à lembrança foi ela. Pressenti que ela precisava de mim. Se não fosse isso, por que eu estaria sonhando inúmeras vezes com o hotel? E-L-A. Nem sei o seu nome. Chegamos a morar juntos alguns meses... Mas, apesar disso, nada sei de concreto sobre ela. A única coisa que sei é que ela trabalhava num *call girl club*, um sofisticado clube de prostitutas que eram contratadas apenas por sócios. Para ser admitido como membro desse clube, a pessoa tinha que ser estritamente idônea. Ela era uma prostituta de alta classe. Além desse emprego, sei que tinha outros. Durante um período do dia ela era revisora temporária numa pequena editora e, no outro, fazia bicos como modelo de orelhas. Ou seja, o seu dia a dia era sempre muito corrido. É claro que ela tinha um nome... ou melhor... tinha vários nomes, mas ao mesmo tempo não tinha nenhum. Em nenhum de seus pertences — aliás, eram poucos — havia qualquer identificação. Ela não tinha carteirinha de passe, carteira de motorista ou cartão de crédito. Ela andava com uma pequena agenda toda preenchida com códigos indecifráveis. Em sua existência não havia apegos. Como prostituta, com certeza teria algum nome, mas pensando bem... essas garotas vivem num mundo onde não há identificações.

Em suma, nada sei sobre ela. Desconheço onde nasceu ou quantos anos tinha. Sequer sei a data de seu aniversário, sua escolaridade e se tem família. Nada. A única coisa que sei é que ela veio e se foi como a chuva, deixando apenas lembranças...

Lembranças que sinto estarem novamente tomando consistência ao meu redor. Sinto isso. Ela me chama através dos sonhos que tenho com o Hotel do Golfinho. É isso! Neste momento, ela está pedindo a minha ajuda. E o fato de eu me sentir parte desse hotel faz com que eu novamente a reencontre. Nesse hotel, ela chora por mim.

Enquanto observo a chuva cair, reflito sobre o que é sentir-se fazendo parte de algo. Penso também no que é ter alguém chorando por mim. Tenho a sensação de que tudo isso faz parte de um mundo muito, mas muito distante. É como se isso tudo estivesse acontecendo num lugar longínquo como a Lua. Em última instância, tudo era apenas um sonho. É um lugar que, por mais que eu estique o braço, por mais que eu tente correr para alcançá-lo, é inatingível.

Por que alguém estaria derramando lágrimas por mim?

Mas, independentemente disso, ela precisa de mim. Ela me chama de algum lugar do Hotel do Golfinho. Quero sinceramente acreditar nisso. Quero crer que faço parte daquele lugar, que pertenço àquele lugar estranho e sinistro.

No entanto, retornar ao Hotel do Golfinho não era algo tão simples assim. Não bastava apenas telefonar, reservar um quarto e pegar o primeiro avião com destino a Sapporo. O Hotel do Golfinho é, ao mesmo tempo, um hotel e uma circunstância particular. Nada mais é que uma forma de expressão de um período de minha vida. Voltar para lá significa enfrentar novamente um passado sombrio. Ao pensar nisso, sou tomado de uma profunda depressão. Durante esses últimos quatro anos, empenhei-me com todas as forças para apagar esse passado sombrio e obscuro. Portanto, retornar a esse hotel era desprezar todo esforço silencioso e constante que despendi durante todos esses anos. Não que eu tenha conquistado muitas coisas. Se pensar bem, a maior parte dessas conquistas não passa de bugigangas provisórias e convenientes. Vim construindo uma nova vida com base em modestos valores pessoais e procurando fazer o meu melhor. Essas bugigangas são, na verdade, um elo entre mim e essa minha nova realidade. Será que querem que eu volte à estaca zero? Querem que eu abra a janela e simplesmente jogue tudo fora?

Queira ou não, tudo começa a partir daí. Estava ciente disso. O início só podia ser aí.

Deitado na cama, suspirei olhando o teto. Pensei em *desistir*. É inútil ficar apenas pensando em coisas vãs... Desista! Isso está fora do seu alcance. Não importa o que você pense, tudo parte daí. Está tudo previamente definido...

*

Vou falar de mim.

Autoapresentação.

Antigamente, fazia-se muito disso na escola. Quando se formava uma turma nova, éramos chamados em sequência na frente da sala e, diante de todos, tínhamos que falar algo sobre nós. Eu realmente detestava aquilo. Não, não era apenas questão de detestar. Eu não via nenhum sentido naquilo. Afinal, o que se sabe sobre si mesmo? Afinal, pode-se considerar como sendo o eu aquele que percebo conscientemente? Assim como desconhecemos nossa voz gravada em fita cassete, não seria também o caso de o eu ser uma imagem distorcida que apenas foi adaptada para nos satisfazer? Sempre achei isso. Toda vez que precisava fazer uma autoapresentação diante das pessoas, sentia-me como se pudesse mudar as notas do meu boletim escolar a meu bel-prazer. Sempre me senti inseguro nessas horas. Por isso, procurava ser o mais objetivo possível a fim de evitar explicações e motivar comentários. Assim, restringia-me a falar: Tenho um cachorro. Gosto de nadar. Não gosto de queijos, coisas desse tipo. Mesmo assim, sentia que eu apenas falava sobre coisas vagas, de uma pessoa igualmente vaga. As demais autoapresentações também não passavam de informações vazias de pessoas que não eram elas mesmas. Nós respirávamos um ar imaginário, num mundo de faz de conta.

Bem, então, vamos lá! Devo dizer algo. Afinal, tudo começa no momento em que o sujeito se pronuncia. Eis o primeiro passo. Se o que se diz está ou não correto, pode ser avaliado a posteriori. É possível fazer uma autoavaliação da mesma forma que uma terceira pessoa também poderia fazê-la. De qualquer modo, agora é o momento de falar. Além do quê... eu preciso aprender a falar.

Hoje eu gosto de queijos. Não saberia precisar quando foi que aprendi a gostar deles, mas a questão é que em algum momento, naturalmente, comecei a apreciá-los. Quando fiz treze anos, meu cachorro morreu de pneumonia por ter se exposto a uma chuva forte. Depois disso, nunca mais tive cachorros. Eu ainda gosto de nadar.

Fim.

As coisas nem sempre terminam tão facilmente assim. Quando uma pessoa pede alguma coisa para a vida (será que existe alguém que não peça nada?), esta lhe requisita inúmeras informações. A vida solicita inúmeros itens para que se possa fazer um projeto exato. Se essas informações forem insuficientes, o seu pedido simplesmente não será atendido.

Dados insuficientes impossibilitam atender sua solicitação. Tecle deletar.

Teclo deletar. A tela fica branca. As pessoas que estão na sala de aula começam a jogar coisas em mim. Fale mais, elas pedem. Fale mais sobre você! O professor franze a testa. Perco a fala e fico paralisado em cima do tablado.

Vou falar. Se não o fizer, nada se iniciará. Quanto mais falar, melhor será. Se o que falo é verdadeiro ou não, tanto faz, a crítica fica para depois.

*

Havia uma garota que dormia comigo de vez em quando. Juntos, tomávamos o café da manhã e depois íamos trabalhar. Essa garota também não tem nome. A razão desse anonimato é simplesmente porque ela não é a protagonista desta história. Logo sairá de cena. Assim, apenas no intuito de evitar confusões, ela não terá nome. Esse fato não significa que eu a tenha negligenciado, pois sempre gostei muito dela e mesmo hoje, apesar de ela não estar mais comigo, tenho-lhe um grande carinho.

Éramos amigos. Ela era a única pessoa a quem poderia chamar de amiga. Ela tinha, além de mim, um namorado oficial. Trabalhava numa companhia telefônica e calculava o valor das contas via computador. Nunca cheguei a perguntar detalhes de seu trabalho e nem mesmo ela chegou a comentar algo a esse respeito, mas imagino que devia ser algo assim. Ela calculava o valor gasto por linha telefônica e lançava um boleto de cobrança ou algo do tipo. Por isso, todo mês, quando eu o recebia pelo correio, era como se estivesse recebendo uma carta pessoal.

Independentemente do que fazia ou deixava de fazer, ela dormia comigo duas ou, no máximo, três vezes por mês. Ela dizia que eu era um ser vindo da Lua. E, então? Ainda não voltou para a Lua?, dizia ela dando risadinhas enquanto ficávamos nus na cama enroscando nossos corpos. Deitada ao meu lado, ela costumava pressionar os seios contra o meu corpo. As conversas desse tipo eram comuns antes de o dia raiar. O barulho da via expressa era ininterrupto. O rádio tocava uma música do Human League. Que nome idiota! Como é que alguém pode colocar um nome tão sem nexo como este? Antigamente, as pessoas costumavam dar nomes mais convincentes, como os Doors, os Four Seasons e os Beach Boys.

Quando eu comentava isso, ela começava a rir. Dizia que eu era muito estranho. Não entendia direito o que me fazia ser considerado estranho. Eu me considero uma pessoa com pensamentos e atitudes corretas. Human League.

— Gosto de estar com você — diz ela. — Às vezes, sinto uma tremenda vontade de encontrar você. Principalmente quando estou trabalhando...

— Hmm... — balbucio.

— *De vez em quando...* — diz, dando ênfase à expressão. Trinta segundos se passam. A música do Human League termina e logo a seguir começa a tocar uma música de alguma banda desconhecida. — Aí é que está o seu problema! — continua ela. — De vez em quando eu adoro estar assim juntinho de você, mas não consigo pensar em conviver diariamente, dia e noite com você. Por que será?

— Hmm... — fico sem resposta.

— Isso não quer dizer que fico deprimida quando estou com você. Mas, às vezes, sinto que o ar fica rarefeito. Tenho a impressão de que estou na Lua.

— Isso é apenas um pequeno passo...

— Ei! Não estou brincando! — diz ela, levantando-se e me olhando atentamente. — Digo isso para o seu bem. Por acaso há alguém, além de mim, que diria algo assim sobre você? E então? Existe alguma outra pessoa?

— Não, não há — respondo honestamente. — Não há mais ninguém.

Ela se deita ao meu lado e roça delicadamente os seios no meu corpo. Acaricio com as mãos as suas costas.

— Quando estou com você sinto que, de vez em quando, o ar fica escasso, como se eu estivesse na Lua.

— Na Lua o ar não é escasso — pondero. — Na superfície da Lua não existe ar. Por isso...

— É escasso sim — diz bem baixinho. Não saberia dizer se ela ignorou o que eu disse ou se ela sequer chegou a escutar. Foi esse tom baixo de voz que me deixou receoso. Não saberia dizer ao certo, mas algo me deixava apreensivo. — Às vezes, o ar fica escasso. Parece até que você respira um ar totalmente diferente. É isso que eu acho.

— Os dados são insuficientes — respondo.

— Será que isso quer dizer que não conheço você direito?

— Nem mesmo eu sei direito quem sou — digo-lhe. — É verdade! Isso não tem nada a ver com conceitos filosóficos sobre a vida. Digo isso no sentido prático. Há uma insuficiência de dados gerais.

— Mas você já não tem trinta e três anos? — pergunta ela, que tem vinte e seis.

— Trinta e quatro — corrijo. — Tenho trinta e quatro anos e dois meses.

Ela desiste de continuar o assunto. Sai da cama, vai em direção à janela e abre a cortina. Em frente à janela passa a via expressa e logo acima dela está a Lua das seis da manhã, branca como um osso. Ela veste o meu pijama.

— Ei, você! Volte para a Lua! — diz, apontando o dedo para o astro.

— Está frio? — pergunto.

— Lá na Lua?

— Não. Estou perguntando se você está com frio... — indago novamente. Estamos em fevereiro. Ela está em pé próxima à janela e um ar esbranquiçado sai de suas narinas. Quando faço essa pergunta, parece que ela se dá conta de que a temperatura está muito baixa e volta correndo para a cama. Eu a abraço. O pijama está frio. Ela apoia a ponta do nariz no meu pescoço. Seu nariz está gelado. — Gosto de você — diz ela.

Penso em dizer algo, mas as palavras não se formam. Tenho um grande carinho por ela. Quando estamos assim, juntinhos na cama, as horas transcorrem alegres. Gosto de esquentar o seu corpo e ficar alisando delicadamente os seus cabelos. Gosto de ouvir a sua respiração enquanto dorme; logo pela manhã, de acompanhá-la até o trabalho; de receber o boleto de cobrança telefônica, que imagino ter sido ela quem calculou; gosto também de vê-la usando o meu pijama. Coisas assim, porém, não podem ser corretamente expressas em uma única palavra. A palavra correta não seria amar, tampouco gostar.

Como eu poderia dizer?

Acabei não dizendo nada. Nenhuma palavra surgiu em minha mente. Sinto que ela se magoou pela ausência de palavras. Ela finge estar tudo bem, mas sei que no fundo está magoada. Enquanto vou alisando a pele macia de suas costas e delineando o contorno de seu corpo, sinto que ela está magoada. Tenho certeza disso. Ficamos abraçados por um longo tempo ouvindo uma música cujo nome não sabemos. Ela colocou a mão na minha barriga e disse carinhosamente:

— Case-se com uma mulher lunar e tenha um lindo filho lunar. Isso é o melhor a fazer.

Abraçados e em silêncio, ficamos observando a lua através da janela entreaberta. De vez em quando, caminhões passavam pela rodovia transportando carga pesada e fazendo um barulho tão agourento como o de um iceberg desmoronando. O que será que eles transportam? — eu me pergunto.

— O que temos para o café da manhã? — ela diz.

— Nada de novo. O de sempre. Presunto, ovos, torradas, a sobra do almoço de ontem, que é salada de batatas e café. Para você vou esquentar leite e fazer um *café au lait* — digo.

— Que lindo! — diz ela sorrindo. — Você vai preparar uma omelete de presunto, fazer o café e servir torradas?

— Vou. Com imenso prazer.

— O que você acha que eu mais gosto?

— Sinceramente, não sei.

— O que eu mais gosto é... — ela me olha nos olhos e continua — naquelas manhãs frias de inverno, quando a gente está com uma tremenda preguiça de sair da cama, sentir o aroma do café sendo coado, aquele cheirinho gostoso de presunto e ovos na frigideira e o som da torradeira avisando que as torradas já estão prontas e assim, de repente, sentir uma imensa coragem de pular da cama.

— Certo. Vou começar a preparar o nosso café — digo sorrindo para ela.

*

Não sou uma pessoa estranha.

Realmente, sinto que não sou.

Não posso dizer que sou uma pessoa comum, mas não chego a ser estranho. Sou uma pessoa extremamente sensata. Íntegro. Sou reto como uma flecha. Eu vivo, a meu modo, apenas com o essencial e de modo bem natural. Essa minha maneira de ser é tão clara e óbvia que a opinião de terceiros quase em nada me afeta. Afinal, como os outros me veem não é *problema meu*. Aliás, é *problema deles*.

Enquanto algumas pessoas me acham mais idiota do que realmente sou, há outros que me acham mais calculista do que realmente sou. Mas isso nem vem ao caso. A expressão "mais do que realmente sou" não passa de uma comparação entre o que realmente sou e a imagem que projeto. Eu sou para eles ora idiota, ora calculista. Ser considerado um ou outro é indiferente. Não chega a ser um dilema. Não há equívocos neste mundo. Existem apenas diferentes modos de pensar. Essa é a minha opinião.

Por outro lado, há pessoas que se sentem atraídas pela minha *sensatez*. São poucas pessoas, mas elas existem. Elas e eu somos como dois planetas que gravitam na escuridão do espaço, naturalmente se atraindo e se repelindo. Elas vêm a mim, relacionam-se comigo e um dia vão embora. Elas se tornam amigas, namoradas, esposas. Em certas situações, tornam-se minhas oponentes. De qualquer forma, todas acabam se afastando de mim. Algumas desistem, outras se decepcionam, outras silenciam e acabam indo embora. No meu quarto existem duas portas. Uma é a entrada e a outra é a saída. Não há como confundi-las. Não se pode entrar pela saída, nem tampouco sair pela entrada. É algo definido. As pessoas entram pela porta de entrada e saem pela porta de saída. Há diversas maneiras de entrar e de sair por elas. Mas, independentemente do modo como entram e saem, no final todas acabam saindo. Uma pessoa saiu para tentar uma nova possibilidade, outra para não perder mais tempo e a outra morreu. Não sobrou ninguém. Dentro do quarto não há ninguém. Somente eu. Sempre tenho consciência da falta que sinto dessas pessoas. Destas que se foram. Percebo que suas palavras, sua respiração e seu cantarolar ficaram impregnados na casa como partículas de pó.

Provavelmente elas conseguiram enxergar uma imagem pouco distorcida do que sou realmente. Esse deve ser o motivo pelo qual elas se aproximaram de mim e depois se afastaram. Elas reconheceram meu esforço de ser sincero — não consigo encontrar outra explicação — e procuraram acreditar nele. Tentaram me dizer algo e fazer com que eu abrisse o meu coração. A maior parte dessas pessoas era dócil e carinhosa. No entanto, nada pude lhes oferecer. Mesmo que eu pudesse lhes oferecer algo, esse algo parecia insuficiente. Sempre me esforcei para dar o melhor de mim. Tudo que pude fazer eu fiz. Eu também desejava algo delas. Mas, no final das contas, nada dava certo. E, assim, partiram.

Era muito triste.

O pior de tudo era constatar que elas saíam do meu quarto mais tristes do que quando entravam. Parecia que elas partiam após terem desgastado uma camada de seu próprio corpo, após terem perdido algo que havia dentro delas. Eu percebia isso. É estranho, mas parecia que elas saíam mais desgastadas que eu. Por que será? Por que será que sou abandonado? Por que será que a sombra de alguém que foi desgastado acaba se impregnando em minhas mãos? Por que será? Não sei...

Faltam dados.

É por isso que não tenho respostas.

Falta alguma coisa.

Um dia, quando retornava do trabalho, encontrei um cartão-postal na caixa de correio. Era um postal com um astronauta andando sobre a superfície da Lua. Não havia remetente, mas logo identifiquei quem poderia ser.

— Acho melhor não nos vermos mais — escrevia ela. — Em breve devo me casar com um terráqueo.

Ouço a porta fechar.

Dados insuficientes impossibilitam atender sua solicitação. Tecle deletar.

A tela fica branca.

Até quando isso deve continuar?, pensei comigo. Eu já estou com trinta e quatro anos. Até quando isso vai continuar?

Eu não estava triste. Afinal, tudo levava a crer que a responsabilidade era minha. Esta separação era algo presumível desde o início. Ela estava ciente disso e eu também. No entanto, desejávamos um pequeno milagre. Alguma reviravolta que fosse capaz de mudar a base de nosso relacionamento. Porém, nada disso aconteceu. Ela partiu. Sentia-me sozinho com a sua partida, mas em experiências anteriores já havia sentido o mesmo e sabia que conseguiria sobreviver.

Estou me acostumando.

Ao pensar dessa forma, tive uma sensação ruim. Senti como se uma grande quantidade de líquido preto e viscoso saísse de minhas entranhas e ficasse entalada na minha garganta. Fiquei me olhando no espelho do banheiro e pensei: Esse sou eu. Esse aí é você. Você mesmo veio se desgastando. O seu desgaste é bem maior do que imagina. Meu rosto estava bem mais sujo e eu aparentava estar bem mais velho. Lavei caprichosamente o rosto com sabonete, passei loção na pele, novamente lavei as mãos e enxuguei o rosto e as mãos com uma toalha nova. Fui à cozinha e, bebendo uma lata de cerveja, comecei a organizar a geladeira. Joguei fora um tomate murcho, arrumei as latas de cerveja, reorganizei os recipientes e fiz uma lista de compras.

De madrugada, sozinho, contemplei a lua e pensei até quando aquilo iria continuar... Em algum lugar, encontrarei novamente uma mulher. Naturalmente seremos atraídos um pelo outro, como se fôssemos dois planetas, e haverá uma expectativa entre nós de que ocorra um pequeno milagre. Consumiremos o tempo, desgastaremos nossos sentimentos e, por fim, a inevitável separação.

Até quando isso deve continuar?

2

Uma semana depois de ela me enviar o cartão-postal com a superfície da Lua, precisei ir para Hakodate a serviço. Como costumava acontecer, foi um trabalho pouco atraente, mas eu não podia me dar ao luxo de escolher só o que me agradava. Além disso, os trabalhos que me chegavam às mãos não eram tão variados a ponto de me permitirem escolher. Felicidade ou infelicidade, o que acontece é que, quanto mais periférica é uma coisa, menos se nota a sua qualidade. É o mesmo que ocorre com a frequência das ondas sonoras. Quando elas ultrapassam determinado ponto, é praticamente impossível discernir a variação de dois sons próximos e, com o passar do tempo, nem é mais preciso fazê-lo, pois a diferença acaba ficando inaudível.

Dessa vez, o trabalho consistia em uma apresentação dos pontos gastronômicos de Hakodate para uma revista feminina. Eu e o fotógrafo percorremos alguns restaurantes. Escrevi o texto e o fotógrafo fez as fotos: cinco páginas ao todo. A revista feminina procurava um artigo assim e alguém precisava redigi-lo. Um trabalho semelhante ao de um lixeiro ou de um limpa-neve. Gostando ou não, alguém precisa fazê-lo.

Eu continuei nesses trabalhos quase culturais durante três anos e meio, ou seja, fui um limpa-neve cultural.

Por alguma razão fiquei praticamente seis meses à toa depois que me desfiz do escritório que gerenciava com um amigo. Não tinha ânimo para nada. Muitas coisas aconteceram entre o outono e o inverno do ano passado. Divorciei-me. Ela foi embora sem dizer nada. Um amigo morreu em circunstâncias obscuras. Encontrei-me com pessoas esquisitas e vi-me às voltas com incidentes estranhos. Quando tudo passou, fui tomado por uma serenidade profunda e sombria nunca antes sentida. Em meu quarto pairava uma sensação de ausência tão densa que chegava a dar medo. Fiquei enclausurado nesse recinto inerte durante meio ano. Exceto para comprar o mínimo necessário, quase não saía durante o dia. Nas horas vazias do amanhecer, vagava pelas ruas. Quando o movimento começava a aumentar, voltava para o quarto e dormia.

Despertava pouco antes do entardecer, fazia uma comida simples e dava ração ao gato. Ao término da refeição, sentava-me no chão e ficava lembrando e relembrando os fatos que se sucederam comigo, tentando organizá-los. Experimentava mudar-lhes a sequência, fazia uma listagem das possíveis alternativas e conduzia meu pensamento aos acertos e erros de minhas atitudes. Fazia isso até o amanhecer. Em seguida, saía novamente sem rumo, andando aleatoriamente pelas ruas desertas.

Segui essa rotina, dia após dia, durante meio ano. Sim, de janeiro a junho de 1979. Não li um único livro. Nem sequer abri os jornais. Nem ouvi música. Não assisti TV e muito menos ouvi rádio. Não me encontrei nem falei com ninguém. Também quase não bebi. Não tinha clima para isso. Eu não sabia absolutamente nada do que se passava no mundo, quem ficara famoso ou quem morrera. Não que evitasse exageradamente todo e qualquer tipo de informação. Simplesmente não sentia vontade alguma de saber. Que o mundo estava se movendo, eu podia perceber. Mesmo parado no quarto, conseguia sentir esse movimento na pele. Só que não tinha interesse algum por essas coisas. Tudo passava por mim como uma brisa sem som.

Eu ficava sentado no chão do quarto reconstituindo mentalmente o passado. Parece mentira, mas não fiquei nem um pouco entediado depois de continuar assim diariamente por seis meses, pois o fato que vivenciei era por demais gigantesco e apresentava muitas facetas. Era gigantesco e real, a ponto de se poder tocá-lo com as mãos. Era como um monumento que se erguia em meio às trevas, e esse monumento se erguia somente para mim. Averiguei tudo, detalhe por detalhe. É claro que sofri as consequências dessa experiência. Muito sangue escorreu em silêncio. Algumas dores desapareceram com o tempo e outras surgiram mais tarde. Mas não foi por causa dessas feridas que permaneci inerte, recluso nesse quarto por seis meses. Eu só precisava de tempo. Precisava desse período para organizar e averiguar concretamente — na prática — tudo que dissesse respeito àquele incidente. Não que eu me tivesse fechado ou que tivesse rejeitado por completo o mundo exterior. Era apenas uma questão de tempo. Eu necessitava de um tempo puramente físico para conseguir me recuperar e me reerguer.

Na ocasião, procurei não refletir sobre a minha recuperação e nem sobre que rumo eu tomaria daquele momento em diante. Pensei que isso seria uma outra questão. Poderia refletir mais tarde. A prioridade era recuperar o equilíbrio.

Nem com o gato eu conversava.

O telefone tocou algumas vezes, mas não atendi.

De vez em quando, alguém batia à porta, mas eu também não atendia.

Chegaram, ainda, algumas cartas. Meu antigo sócio escreveu dizendo que estava preocupado comigo. Na carta havia escrito coisas como: "Não sei onde está nem o que anda fazendo. Seja como for, vou escrever uma carta para esse endereço. Quando precisar de algo, me procure; o trabalho continua normal por ora". Mencionava também o paradeiro de um conhecido comum. Reli a carta algumas vezes e, depois de digerir o conteúdo (precisei ler quatro ou cinco vezes), guardei-a na gaveta da escrivaninha. Também chegou uma carta de minha ex-esposa. Nela, constavam alguns assuntos bastante funcionais. Era uma carta de teor prático. Mas, por último, informava que iria se casar com alguém que eu não conhecia. Pelo modo como estava escrito, senti vontade de dizer que pouco me importava conhecê-lo. Significava, então, que ela já não estava mais com a pessoa com quem saía quando se divorciou de mim. Achei que não era para menos. Conhecia bem aquele homem e ele não era lá grande coisa. Tocava guitarra, mas não tinha nenhum talento digno de nota. Também não era um indivíduo especialmente interessante. Eu não tinha a menor ideia de como ela foi se interessar por ele. Bem, mas isso é uma questão que diz respeito a dois estranhos para mim. Ela escreveu também que não estava preocupada comigo. Dizia: "Pois você é uma pessoa que, não importa o que faça, consegue fazer tudo direito. O que me preocupa são as pessoas com as quais você irá se relacionar. Ultimamente, isso me preocupa muito".

Também li e reli essa carta e depois a guardei na gaveta da escrivaninha.

Assim, o tempo foi passando...

Eu não tinha problemas financeiros. Minhas reservas dariam para meio ano e daí para a frente deixaria para pensar depois. O inverno se foi e a primavera chegou. Trouxe para o meu quarto uma luz repleta de calor e de paz. Olhando fixamente para os raios luminosos que penetravam pela janela, podia perceber a mudança gradativa da inclinação do sol. A primavera também encheu meu coração de diversas lembranças antigas: as pessoas que se foram, as pessoas que morreram. Lembrei-me das gêmeas. Passei um tempo com elas numa vida a três. Acho que foi em 1973. Naquela época eu morava próximo a um campo de golfe. Quando anoitecia, nós pulávamos a cerca de metal e entrávamos no campo. Andávamos sem rumo e catávamos bolas perdidas. As tardes de primavera me traziam essas lembranças. Para onde teriam ido?

Entradas e saídas.

Recordei-me de um barzinho aonde ia com um amigo que morreu. Costumávamos passar o tempo nesse lugar sem fazer absolutamente nada. Mas, pensando bem, sinto que aquelas foram as horas mais palpáveis de toda a minha vida. É estranho. Lembrei-me também das músicas antigas que tocavam lá. Nós éramos universitários. Bebíamos cerveja e fumávamos. Necessitávamos de um lugar como aquele. Conversávamos muito, mas não consigo me lembrar dos assuntos. Só me recordo de que eram os mais variados.

Ele já está morto.

Entradas e saídas.

A primavera foi passando. O cheiro do vento foi mudando. A tonalidade da noite também. O ambiente passou a ter uma sonoridade diferente e a estação foi ganhando ares de verão.

No final de maio, meu gato morreu.

Foi uma morte inesperada. Sem nenhum aviso. Quando acordei pela manhã, ele estava morto enrolado num canto da cozinha. Talvez ele próprio tivesse morrido sem se dar conta. O corpo estava duro como um frango assado frio e os pelos pareciam estar mais sujos do que quando estava vivo. O gato se chamava Sardinha... Nunca foi feliz. Não foi especialmente amado por alguém nem amou algo de maneira profunda. Ele sempre fitava as pessoas com um olhar de intranquilidade. Um olhar indagador que pressentia a perda. É difícil encontrar um gato com esse olhar. Mas, seja como for, está morto. Quando se morre, não há mais nada a se perder. Essa é a vantagem da morte.

Pus o gato numa sacola de supermercado, deixei-o no assento traseiro do carro e comprei uma pá. Como não fazia havia tempos, liguei o rádio e segui para o oeste ouvindo rock. A maioria das músicas era sem graça. Fleetwood Mac, Abba, Melissa Manchester, Bee Gees, KC & Sunshine Band, Donna Summer, Eagles, Boston, Commodores, John Denver, Chicago, Kenny Rogers… Essas músicas apareciam e desapareciam como bolhas de espuma na água. Que droga! Um lixo de música de consumo para arrancar o dinheiro da garotada, pensei.

De repente, bateu uma melancolia.

Os tempos mudaram. Era só isso.

Enquanto dirigia, tentei relembrar algumas músicas inúteis da minha juventude que costumavam tocar nas rádios. Nancy Sinatra... Porcaria, pensei. Os Monkeys, igualmente horríveis. Elvis também cantou muitas músicas inúteis. Havia até mesmo um sujeito ridículo chamado Trini Lopez. Muitas das músicas do Pat Boone me faziam lembrar propagandas de sabonete. Bobby Rydell, Annette eram péssimos. Bandas surgiam umas após as outras, cabelos longos e roupas muito esquisitas... De quantas conseguiria me lembrar? Dee Clark, We Five… ad infinitum. Jefferson Airplane lembrava um cadáver enrijecido. Só de ouvir Tom Jones me arrepio. Engelbert Humperdinck, uma cópia grosseira desse tal Tom Jones. Tihuana Bros (Brothers) e outros com músicas típicas de propaganda. Os certinhos Simon & Garfunkel e os psicodélicos Jackson Five.

Era tudo igual.

Nada mudou. Seja quando for, em que época for, no tempo que for. O modo de ser é sempre o mesmo. Apenas passaram-se os anos e as pessoas foram substituídas. Esse tipo de música descartável sempre existiu e continuará existindo. Assim como as luas cheias e as minguantes.

Fiquei assim, distraído por um longo tempo pensando nessas coisas enquanto dirigia. Nisso tocou "Brown Sugar", dos Rolling Stones. Sem querer, eu sorri. Era uma música maravilhosa. Pensei: É decente. Se não me engano, "Brown Sugar" esteve na moda em 1971. Pensei mas não consegui me lembrar da data certa. Isso não importa. Tanto faz se foi em 1971 ou 1972; isso agora é indiferente. Por que me importo tanto com essas coisas?

Afastando-me o suficiente da cidade, deixei a via expressa, procurei umas árvores e ali enterrei o gato. Peguei a pá e cavei um buraco de quase um metro entre as árvores. Joguei Sardinha embalado na sacola da Seiyu Store e cobri-o com terra. — Desculpe, Sardinha, para nós isso é normal, disse ao terminar. Enquanto tapava o buraco, um passarinho cantava em algum lugar. Seu cantar parecia o som agudo de uma flauta.

Terminando de cobrir a vala, guardei a pá no porta-malas e voltei à via expressa. Novamente ouvindo música, fui em direção a Tóquio.

Não pensava em nada. Só ouvia a música.

Tocou Rod Stewart. Nisso, o locutor anunciou um flashback. Era "Born to Lose", de Ray Charles. Que música triste... "Born to lose...", cantava Ray Charles, "and now I'm losing you". Ouvindo essa canção, fiquei realmente triste. Quase a ponto de chorar. De vez em quando acontece isso. Dependendo do momento, algo toca a parte mais sensível do meu coração. Desliguei o rádio interrompendo a música, parei o carro no posto de serviços, entrei no restaurante e pedi um café e um sanduíche de maionese no pão de fôrma cortado em fatias. Fui ao toalete e lavei bem as mãos sujas de terra. Tomei duas xícaras de café e comi apenas uma fatia...

O que o gato estará fazendo agora? Debaixo da terra deve ser muito escuro. Lembrei-me do barulho da terra batendo na sacola de papel da Seiyu Store. É assim mesmo. Para mim e para você.

Durante uma hora, fiquei olhando o sanduíche com ar perdido. Exatamente uma hora depois, uma garçonete uniformizada perguntou-me receosa se podia retirar o prato. Eu fiz que sim.

Bom, pensei. Chegou a hora de retornar à sociedade.

3

Vivendo numa sociedade altamente capitalista como um formigueiro gigante, não é tão difícil encontrar serviço. Desde que, é lógico, não se exija determinado tipo ou conteúdo de trabalho.

Quando tinha um escritório, trabalhei muito com serviços de redação e por isso escrevi muitos textos. Conheci muitas pessoas da área, o que me ajudou a trabalhar como escritor freelance. Esses trabalhos supriam pelo menos as despesas do dia a dia. Por natureza eu não sou nenhum esbanjador.

Peguei uma agenda telefônica antiga e comecei a ligar para algumas pessoas. Fui sincero e perguntei sem rodeios se havia algum trabalho que eu pudesse fazer. Eu dizia que havia ficado ocioso por algum tempo por motivos particulares, mas gostaria de voltar a trabalhar. Elas logo me encaminhavam alguns serviços. Nada de importante. A maioria não passava de tapa-buracos em artigos para revistas de propaganda ou folhetos empresariais. Sem exagero, posso dizer que metade dos textos que tive de escrever era totalmente fútil, material sem utilidade. Um desperdício de papel e tinta. Evitei parar para refletir sobre isso e fui apenas arrematando todos os trabalhos mecanicamente. No início, a quantidade de serviço não era significativa. Trabalhava duas horas por dia e depois ia caminhar ou assistir a algum filme no cinema. Vi muitos deles. Vivi sossegado nesse ritmo durante aproximadamente três meses. Seja como for, a sensação de estar novamente me entrosando com a sociedade confortava-me.

A situação ao meu redor começou a mostrar mudanças logo depois que o outono chegou. Os pedidos de serviço subitamente aumentaram. O telefone do meu quarto tocava sem parar e a quantidade de material recebido pelo correio aumentou. Encontrava-me com muitas pessoas para falar sobre os trabalhos e com elas fazia as refeições. Elas eram amáveis e me diziam que dali para a frente continuariam a solicitar meus serviços.

O motivo era simples. Eu não fazia escolhas e aceitava tudo. Houvesse o que houvesse, entregava antes do prazo, não reclamava e, além de tudo, caprichava na letra. O trabalho também era bem-feito. Dedicava-me àquilo que os outros negligenciavam e não fazia cara feia mesmo que a remuneração fosse baixa. Se o telefone tocasse às duas e meia da madrugada e me pedissem para escrever vinte laudas até as seis — sobre as vantagens do relógio analógico, sobre o charme da mulher de quarenta ou sobre a beleza da cidade de Helsinque (é óbvio, nunca havia estado lá) —, concluía o pedido impreterivelmente até as cinco e meia. Se me mandassem reescrever, fazia-o até as seis. É lógico que adquiri boas referências.

Era como um limpa-neve.

Bastava nevar para que, com eficiência, eu retirasse a neve empurrando-a para o meio-fio.

Não tinha nenhuma ambição nem esperança. Apenas ia arrematando sistematicamente, de ponta a ponta, tudo o que aparecia. Para ser franco, até cheguei a pensar se isso não seria uma vida desperdiçada. Mas, se até mesmo o papel e a tinta podiam ser desperdiçados, não havia razão para que eu ficasse me lamentando. Essa foi a conclusão a que cheguei. Nós vivemos numa sociedade altamente capitalista. Nela, o desperdício é a maior das virtudes. Os políticos chamam isso de requinte da demanda doméstica. Eu chamo de desperdício sem sentido. São divergências de pensamento. Apesar delas, a nossa realidade é indiscutivelmente assim. Os incomodados que se retirem para Bangladesh ou para o Sudão.

Eu não tinha interesse especial nem por Bangladesh nem pelo Sudão. Por isso, continuava trabalhando no meu canto.

Nisso começaram a surgir trabalhos não apenas de propaganda, mas também de revistas em geral. Não sei o porquê, mas os serviços para as revistas femininas eram bem maiores. Passei a fazer entrevistas e reportagens. Mas isso não significava que esse trabalho fosse mais interessante do que os das revistas de propaganda. Em função da natureza delas, muitos de meus entrevistados eram artistas. Não importava o que e para quem perguntasse, a resposta era sempre igual. Eu podia prever as respostas mesmo antes de lhes formular a pergunta. Para citar um caso extremo, um agente me chamou antes da entrevista e pediu que eu listasse as perguntas. Assim, as respostas às minhas questões tinham sido todas preparadas de antemão, e quando fiz uma pergunta que estava fora da lista para uma cantora de dezessete anos, seu agente me interrompeu — Isso não estava listado, por isso, não vamos responder — Que decepção! Será que sem o agente essa garota saberia dizer que mês vem depois de outubro? Chegava, às vezes, a ficar seriamente preocupado. Não se pode considerar uma matéria dessas uma entrevista. Mas eu dava o máximo de mim. Antes das entrevistas, fazia levantamentos minuciosos e elaborava perguntas que outras pessoas não costumavam fazer. Cuidava dos mínimos detalhes. Não seria avaliado de maneira especial e nem receberia elogios por isso. Fazia com afinco porque essa era a maneira mais fácil para mim. Era um treinamento pessoal. Um modo de exercitar manual e mentalmente algo que ficara sem uso por algum tempo — algo prático e sem sentido, só para voltar à ativa.

Retorno à sociedade.

Passei a ter dias atarefados. Além de aceitar trabalhos regulares, recebia também trabalhos esporádicos. Além desses, os que eram rejeitados sempre acabavam vindo parar em minhas mãos. Os trabalhos problemáticos e complicados também chegavam para mim. Nessa sociedade, minha posição era semelhante à de um ferro-velho de periferia. Quando algo estava ruim, as pessoas vinham despejá-lo na calada da noite, quando todos repousavam.

Graças a isso, minha caderneta de poupança cresceu como nunca e, de tão atarefado, sequer tinha tempo para gastar. Dei um fim no meu carro cheio de problemas e, com um conhecido, consegui um Subaru Leone mais em conta. Apesar de ser um modelo do ano anterior, era pouco rodado e tinha som e ar-condicionado. Era a primeira vez na vida que entrava num carro assim. Como morava num apartamento distante do centro da cidade, resolvi me mudar para o centro, próximo à estação Shibuya. Bem em frente à janela passava uma via expressa e, apesar de o barulho incomodar um pouco, o apartamento era bom desde que não me importasse com isso.

Dormi com algumas garotas que fui conhecendo durante esses trabalhos.

Retorno à sociedade.

Eu sabia com que tipo de garota dormir. Sabia claramente com quem podia, com quem não podia e com quem não devia dormir. À medida que envelhecemos, passamos a saber isso naturalmente. Sabia também quando era o momento de pôr um ponto final. Isso era bastante natural e simples. Elas não saíam feridas e nem eu. Só que não sentia mais aquela tremedeira que sufocava o coração.

A garota com quem mais me envolvi foi a que trabalhava na telefônica. Eu a conheci numa dessas festas de fim de ano. Nós nos embriagamos e falamos bobagens. Nós nos demos bem e acabamos indo dormir no meu apartamento. Ela era inteligente e tinha pernas muito bonitas. Passeamos com o Subaru de segunda mão por vários lugares. Quando ela tinha vontade, ligava para mim perguntando se podia vir dormir em casa. Ela foi a única pessoa com quem tive um relacionamento mais profundo. Tanto eu quanto ela sabíamos que esse relacionamento não chegaria a lugar algum, mas em silêncio compartilhávamos um período semelhante ao de uma espécie de semente de vida em incubação. Foram dias calmos que havia tempos eu não vivia. Nós nos abraçávamos carinhosamente e conversávamos baixinho. Eu cozinhava para ela e trocávamos presentes nos aniversários. Íamos a um clube de jazz e tomávamos coquetéis. Jamais discutíamos. Sabíamos o que cada um de nós buscava. Mas isso também terminou. Como um rolo de filme que se arrebenta de uma hora para outra.

Sua partida provocou em mim uma sensação de perda inesperada. Durante algum tempo, senti um vazio sem-fim. Eu, no final das contas, não ia a lugar algum. Todos é que iam partindo sucessivamente, e somente eu permanecia no estado de incubação. Uma vida que era real e ao mesmo tempo não era.

Mas esse não era o maior motivo pelo qual eu sentia esse vazio.

A questão é que eu não ia a fundo na busca desta garota. Eu gostava dela. Gostava de estar com ela. Quando isso acontecia, conseguia desfrutar de momentos agradáveis e sentir ternura. *Mas, no final das contas, eu não buscava por ela*. Três dias depois que ela se foi, tomei consciência disso. Bem, afinal não posso negar que, mesmo a seu lado, eu estava na superfície da Lua. O que eu buscava enquanto sentia os seios dela deitada ao meu lado era uma outra coisa.

Levei quatro anos para alcançar o equilíbrio existencial. Fui concluindo um a um os trabalhos que me foram atribuídos e as pessoas passaram a confiar em mim. Não eram muitas, mas algumas sentiam simpatia por mim. Nem é preciso dizer, mas isso era insuficiente. Totalmente insuficiente. Em suma, eu apenas retornei ao mesmo ponto depois de muito tempo.

Bem, pensei. Aos trinta e quatro anos voltava novamente ao ponto de partida. O que devo fazer daqui para a frente? Por onde devo começar?

Nem precisava pensar. Sabia desde o início o que devia fazer. A resposta estava pairando havia muito tempo sobre a minha cabeça como uma nuvem densa. Eu simplesmente era incapaz de tomar uma decisão para agir e, assim, ia protelando dia após dia. *Já sei! Vou ao Hotel do Golfinho!* Eis o ponto de partida.

No hotel, devo me encontrar com *ela*. Com aquela garota que era prostituta de alto nível. A que me levou ao Hotel do Golfinho. Preciso encontrá-la, pois Kiki espera isso de mim. (Os leitores precisam de um nome para ela, mesmo que um nome provisório. Seu nome é Kiki. Só descobriria o nome dela tempos depois. Detalharei a situação mais tarde, mas nesta fase resolvo dar esse nome a ela. Ela é Kiki. Ao menos num mundo bastante restrito e estranho ela era chamada por esse nome.) Kiki está com a chave de ignição. Preciso trazê-la de volta a este quarto. A este quarto para o qual aqueles que saíram jamais voltaram. Não sei se isso é viável ou não. Mas, de qualquer maneira, só me resta tentar. A partir de então terá início um novo ciclo.

Arrumei a bagagem e, para garantir, concluí às pressas os trabalhos que estavam pendentes. Depois, cancelei os serviços agendados para o mês seguinte. Telefonei para todos e disse que precisava me ausentar de Tóquio durante um mês por motivos familiares. Alguns editores reclamaram um pouco, mas como era a primeira vez que eu fazia isso e estava avisando com antecedência, eles teriam tempo para encontrar uma solução. Por isso, todos concordaram. Eu disse que no prazo de um mês voltaria a trabalhar. Peguei o avião e fui a Hokkaido. Isso foi no início de março, em 1983.

É óbvio, no entanto, que o meu afastamento dessa frente de batalha não se restringiu a um mês.

4

Contratei um táxi por dois dias consecutivos e junto com o meu fotógrafo rodamos de ponta a ponta toda a cidade de Hakodate em plena neve, a fim de conhecer seus pontos gastronômicos.

A maneira como eu conduzia minhas reportagens era sistemática e muito eficiente. Nesse tipo de reportagem, o mais importante é ter um banco de dados e definir minuciosamente cada detalhe do itinerário. Pode-se dizer que esse é um ponto fundamental. Antes de dar início a qualquer reportagem, faço um levantamento exaustivo sobre o assunto. Há empresas especializadas em fazer levantamentos desse tipo para pessoas como eu. A partir do momento em que você se filia a essas empresas e paga sua anuidade, elas fazem qualquer tipo de pesquisa. Você pode, por exemplo, solicitar informações sobre os pontos gastronômicos de Hakodate e, logo, uma considerável quantidade delas será levantada. Com o auxílio de um computador de grande porte, eles conseguem selecionar eficientemente, a partir de um labirinto de informações, apenas os dados que lhes foram solicitados. Feito o levantamento, eles abrem um arquivo e encaminham uma cópia ao solicitante. O preço cobrado pelo serviço é um tanto salgado, mas, se levarmos em consideração que estamos economizando tempo e agilizando o trabalho, esse preço se torna compensador.

Outra estratégia, paralela a essa, é a busca pessoal de informações. Para nos auxiliar nessa busca, existem bibliotecas especializadas em turismo onde se pode encontrar inúmeros materiais informativos sobre viagens, assim como bibliotecas que reúnem jornais e publicações locais. Quando todas essas informações são agrupadas, tem-se um volume respeitável. Com esse material, faço uma seleção dos locais que parecem ser interessantes. Feita a seleção, telefono de antemão para cada um desses estabelecimentos, verificando o horário de atendimento e o dia de folga. Essa checagem prévia tem a vantagem de agilizar, e muito, o tempo a ser gasto no local. Pego um caderno e faço um trajeto do cronograma diário. Com o mapa em mãos, demarco as rotas a serem seguidas. Na medida do possível, procuro resolver ao máximo as dúvidas pendentes.

Assim que eu e o fotógrafo chegamos à cidade, procuramos conhecer, conforme o cronograma, cada um dos pontos gastronômicos selecionados. Ao todo, chega a aproximadamente trinta estabelecimentos. Comemos apenas o suficiente para a degustação. É comum deixarmos quase toda a comida no prato. É um refinamento do consumismo. Neste primeiro contato com o restaurante, não revelamos que somos repórteres e nem tiramos fotos. Após deixar o local, eu e o fotógrafo opinamos sobre a degustação e atribuímos uma avaliação de zero a dez. Se o estabelecimento obtém uma boa avaliação, o mantemos na lista; caso contrário, não. Nessa fase é comum descartarmos mais da metade dos estabelecimentos que constam da lista inicial. Paralelamente, contatamos algum jornalzinho local e solicitamos a eles pelo menos cinco pontos gastronômicos que constam de sua lista de anunciantes. Vamos conhecer os locais indicados. Fazemos a seleção. Somente após chegarmos a uma lista definitiva é que contatamos, pela primeira vez, cada um desses estabelecimentos selecionados, apresentamos o nome da revista e pedimos autorização para fazer a reportagem e tirar fotos. Para concluir esta etapa são necessários dois dias. Já no hotel, durante a noite, escrevo praticamente todo o artigo.

No dia seguinte, enquanto o fotógrafo tira rapidamente algumas fotos dos pratos, faço algumas perguntas ao proprietário do estabelecimento. Tudo é breve! E assim a tarefa está concluída por completo em três dias. Alguns colegas de trabalho fazem esse tipo de serviço bem mais rápido que eu, mas eles, literalmente, não costumam verificar nada, em absoluto. Eles simplesmente escolhem, de forma aleatória, alguns pontos gastronômicos de renome e se restringem a degustar somente ali. Conheço alguns que escrevem os artigos sem ao menos fazer a degustação. Se o objetivo é apenas escrever um artigo, isso é perfeitamente possível. Para ser sincero, creio serem poucas as pessoas que, como eu, escrevem esse tipo de texto com tanta dedicação. Afinal, é um serviço deveras trabalhoso se você levá-lo a sério, mas, por outro lado, se não quiser levá-lo desse modo, pode fazê-lo sem nenhum constrangimento. Além do mais, o fato de você ser ou não honesto em relação ao trabalho não resultará em diferenças visíveis no texto. À primeira vista, o resultado será praticamente o mesmo. Porém, se alguém ler esses artigos nos detalhes, encontrará neles uma sutil diferença.

Não estou fazendo esse tipo de comentário apenas para me vangloriar.

O meu intuito era apenas o de mostrar o âmago do meu trabalho. Para que percebam o vínculo que tenho com o consumismo.

Eu e o fotógrafo já trabalhamos juntos em outras oportunidades. Nós nos damos relativamente bem. Somos profissionais como aqueles homens que usam luvas alvíssimas, máscaras e calçados impecáveis para fazer o serviço de necropsia. Fazemos um serviço eficiente e rápido. Falamos apenas o estritamente necessário e temos um respeito mútuo por nosso trabalho. Estamos cientes de que esse nosso insignificante trabalho serve apenas para a nossa subsistência. Independentemente do que seja, já que é necessário fazer, o melhor é fazê-lo bem-feito. É nesse sentido que digo que somos profissionais. Finalizei meu artigo na noite do terceiro dia. O quarto estava reservado como dia de folga. Como eu já havia terminado o trabalho e não tinha nada de especial para fazer, resolvemos alugar um carro, ir para o interior e esquiar o dia inteiro. À noite, bebemos saquê acompanhado de um típico cozido preparado em uma panela especial na própria mesa do cliente e da qual nos servimos diretamente. Foi um dia tranquilo. Entreguei-lhe o meu artigo. O combinado era que a partir do momento em que eu entregasse meu artigo, uma outra pessoa se incumbiria de prosseguir a tarefa. Antes de dormir, resolvi ligar para a telefônica de Sapporo e solicitar o telefone do Dolphin Hotel. Me informaram de imediato. Sentei-me na beira da cama e suspirei. Uma coisa era certa... o Hotel do Golfinho ainda não tinha falido. Será que poderia dizer que me senti aliviado em saber disso? Afinal, era um hotel cuja falência era apenas uma questão de tempo e isso não causaria nenhum espanto. Respirei bem fundo antes de começar a discar. Alguém atendeu de pronto. Foi tão rápido que parecia que esse alguém estava aguardando a minha ligação. Isso me deixou confuso, talvez porque não tivesse nenhuma expectativa de ter uma impressão tão boa do hotel.

A atendente era uma jovem. Uma moça? Não é possível! Não pode ser..., pensei comigo. O Hotel do Golfinho, terminantemente, não tinha o perfil de um hotel com uma recepcionista jovem. No entanto, uma moça atendeu: — Dolphin Hotel. — Por estar um tanto confuso, resolvi verificar o endereço. Era o mesmo de antes. Pensando bem, o que havia de tão extraordinário em contratarem uma moça para a recepção?

— Gostaria de fazer uma reserva... — solicitei.

— Muito obrigada! Aguarde um momento, por favor. Vou transferi-lo para o encarregado de reservas — disse ela num tom dinâmico e alegre.

Encarregado de reservas??? Minha cabeça ficou ainda mais confusa, pois isso também não fazia sentido. Afinal, o que teria acontecido com o Hotel do Golfinho?

— Desculpe-me a demora, sou o encarregado de reservas — ele também tinha a voz de um rapaz jovem. Uma voz dinâmica e agradável aos ouvidos. Era, com certeza, a voz típica de um profissional do ramo hoteleiro.

Acabei reservando um quarto de solteiro por três dias. Informei-lhe o meu nome e o telefone de Tóquio.

— Está confirmada a reserva de um quarto *single* por três dias, com início a partir de amanhã — anunciou o rapaz.

Sem mais nada a dizer, agradeci e desliguei ainda muito confuso. Desligar o telefone aumentou ainda mais o meu estado de perplexidade. Fiquei um longo tempo olhando o aparelho. Tinha uma certa expectativa de que alguém retornaria a ligação e explicaria o que estava acontecendo. Foi em vão! Ninguém me ligou para explicar nada. Ah! deixa quieto!, pensei. Seja o que for, será. Tudo se esclarecerá quando eu lá estiver. Resta-me ir até lá. De qualquer modo, não vejo outra opção a não ser ir até o hotel. No momento, não tenho nenhuma alternativa melhor.

Liguei para a recepção do hotel e solicitei os horários disponíveis dos trens para Sapporo. Havia um trem expresso que partiria num horário muito bom, um pouco antes do almoço. Logo em seguida liguei para o serviço de copa e pedi meia garrafa de uísque e gelo para tomar enquanto assistia a um filme na TV durante a madrugada. Era um filme de faroeste protagonizado por Clint Eastwood. Nele, Clint Eastwood não sorria nenhuma vez. Não havia sequer um esboço de sorriso, nem mesmo um sorriso irônico e sem graça. Cheguei a sorrir algumas vezes, mas ele não retribuía. O filme acabou e pouco antes de secar a garrafa de uísque, apaguei as luzes e dormi profundamente. Não sonhei.

*

Somente neve era o que se podia ver pela janela do trem expresso. O dia estava ensolarado e o fato de eu observar a neve por muito tempo provocou ardência nos meus olhos. Eu devia ser o único passageiro a olhar pela janela, afinal todas as outras pessoas sabiam que lá fora só havia neve...

Como não havia tomado café da manhã, por volta de meio-dia resolvi ir até o vagão-restaurante para almoçar. Pedi uma cerveja e comi uma omelete. Sentado à minha frente havia um homem de terno e gravata, com cerca de cinquenta anos. Ele estava comendo um sanduíche de presunto e também tomava cerveja. Parecia um engenheiro mecânico, e mais tarde pude constatar que realmente o era.

Ele começou a puxar assunto comigo dizendo ser engenheiro mecânico e trabalhar na manutenção de aviões da Defesa Nacional. Deu detalhes a respeito de como os aviões de caça e os bombardeiros soviéticos invadiam o nosso espaço aéreo. Pelo tom de sua conversa, percebi que ele não se perturbava com a ilegalidade dessas invasões aéreas praticadas pelos russos. O que realmente o incomodava eram os custos do Phantom F-4. Ele me explicou que o volume de combustível consumido por esse tipo de avião era um grande desperdício.

— Se as empresas aeronáuticas japonesas fabricassem esse tipo de avião, o custo seria bem menor. Construiríamos um bem mais eficiente e, se fosse o caso, poderíamos começar a construir esses aviões de caça agora mesmo!

Expliquei-lhe que o desperdício era uma grande virtude das sociedades altamente capitalistas. O Japão, ao adquirir os Phantoms dos Estados Unidos com motores nada econômicos, movimentava um volume maior no comércio de combustíveis, e esse adicional repercutiria na economia global, que consequentemente alimentaria cada vez mais o capitalismo mundial. Se todas as pessoas, de uma só vez, deixassem de desperdiçar, ocorreria um colapso geral e a economia global se desestruturaria. O desperdício nada mais é que um tipo de combustível que alimenta as desigualdades. Estas intensificam a dinâmica da economia que, por sua vez, gera o desperdício.

Após pensar por um tempo, ele admitiu que eu poderia estar com a razão. E continuou dizendo que tinha muita dificuldade em entender essa nova estrutura social capitalista por ser de uma geração que sofreu muitas privações materiais na infância durante a guerra.

— Nós somos diferentes de jovens como você e temos muita dificuldade em entender assuntos tão complicados... — justificou-se com um sorriso meio sem graça.

Eu também não me sentia tão entendido no assunto, mas para evitar contrariedades resolvi não estendê-lo e ficar quieto. Eu realmente não sabia muito, mas tinha certa consciência do sistema. Há uma diferença fundamental entre esses dois pontos de vista. Mas, enfim, acabei de comer a omelete, despedi-me dele e me retirei.

A caminho de Sapporo, dormi uns trinta minutos e depois comecei a ler a biografia de Jack London que comprei numa livraria próxima à estação de Hakodate. Minha vida era tranquila demais se comparada às aventuras de Jack London. Digamos que a minha vida parecia a de um esquilo dormindo serenamente numa cama de nozes dentro de um ninho sobre um carvalho somente aguardando a primavera. Pelo menos era assim que eu me sentia naquele momento. Biografias são assim... Afinal, quem se interessaria em ler a biografia de um bibliotecário da Biblioteca Estadual de Kawasaki que viveu e morreu sem nada de especial ter-lhe ocorrido durante a vida? Afinal, estamos em busca de um tipo de compensação.

Ao chegar à estação de Sapporo, resolvi caminhar tranquilamente até o Hotel do Golfinho. Era uma tarde calma, sem vento, e eu carregava apenas uma bolsa a tiracolo. A neve suja amontoava-se pelos cantos da cidade. Sapporo tinha um ar frio e cortante e as pessoas andavam a passos firmes, tomando o cuidado de não escorregarem. As estudantes do curso secundário tinham as faces rosadas e expiravam com força o ar esbranquiçado de dentro de suas narinas. Era um ar tão esbranquiçado que dava a impressão de que poderíamos escrever sobre ele. Caminhei tranquilamente observando essa paisagem urbana. A última vez que estive em Sapporo havia sido há quatro anos e meio, mas parecia que fazia muito mais tempo.

Entrei numa cafeteria e pedi um café quente e forte com um pouco de brandy. Olhei ao meu redor e vi pessoas tipicamente urbanas envolvidas em suas atividades rotineiras. Havia um casal de namorados conversando com discrição, dois homens de negócios analisando alguns documentos e um grupo de universitários que falava de viagens de esqui e do mais recente LP do Police. Essas cenas são comuns em qualquer metrópole do Japão. Se transportássemos esse cenário para uma cidade como Yokohama ou Fukuoka, não seria nada estranho. Mas, afora isso, ou melhor, apesar disso, senti que o meu peito ardia de solidão enquanto tomava meu café. Era como se eu fosse um estranho no ninho. Logo percebi que não fazia parte daquela cidade e nem de seu cotidiano.

É claro que isso não significa que o meu lugar é em Tóquio e suas cafeterias. Longe disso! No entanto, o mais estranho é que, quando estou numa dessas cafeterias de Tóquio, não me sinto profundamente só. Tomo o meu café, leio um livro e passo as horas com tranquilidade talvez por me sentir parte desse cotidiano. Ali eu me sinto desobrigado de fazer reflexões mais profundas sobre mim mesmo.

A cidade de Sapporo, porém, me faz sentir uma profunda solidão. É como se eu estivesse abandonado numa região polar. Em qualquer lugar que você vá, o cenário é sempre o mesmo. Sapporo é um lugar diferente de todos os outros que conheço. Penso assim. É um lugar que parece, mas não é. É como se fosse um outro planeta. A língua, o vestuário e as feições faciais podem até ser semelhantes, mas alguma coisa é terminantemente diferente, como se fosse um outro planeta. É um planeta diferente com funções diferenciadas e, por isso, para desvendá-las é necessário testá-las uma a uma. Se eu errar, logo serei desmascarado, apontado e criticado por ser um alienígena. Todos dirão: *Você é diferente.* E continuarão a me criticar: *Você é diferente, você é diferente, você é diferente...*

Fiquei pensando sobre essas coisas enquanto tomava meu café. Era um tipo de alucinação.

Uma coisa é certa: sou uma pessoa solitária. Não estou envolvido com ninguém. Esse é o meu problema. Estou tentando me recuperar. Mas não me envolvo com ninguém.

Quando foi que eu amei alguém de verdade?

Há muito tempo. Teria sido no limiar entre um período glacial e outro? Isso quer dizer que foi há muito, muito tempo. Foi num passado geológico... lá pelo período jurássico. Todos desapareceram. Os dinossauros, os mamutes e os tigres-dentes--de-sabre. Eles foram substituídos pela sociedade altamente capitalista. É nessa sociedade que me sinto sozinho e abandonado.

Paguei a conta e saí. Sem pensar em mais nada, fui andando em direção ao Hotel do Golfinho.

Não lembrava direito onde ele ficava e por isso estava um pouco apreensivo se iria ou não achá-lo, mas na verdade era desnecessário me preocupar com isso. Foi fácil encontrá-lo. Ele tinha sofrido uma metamorfose e se transformara num edifício gigante de vinte e seis andares. Era do estilo Bauhaus, de linhas arquitetônicas modernas, todo de vidro reluzente e aço inoxidável; em cada haste alinhada em frente ao pórtico do hotel havia bandeiras de todos os países do mundo. O manobrista impecavelmente uniformizado sinalizava para os táxis e havia um elevador de vidro exclusivo para o restaurante localizado no último andar. Quem não repararia nisso tudo? Havia um golfinho em baixo-relevo em uma das colunas de mármore na entrada sob a qual podia-se ler:

DOLPHIN HOTEL

Fiquei em pé, literalmente petrificado por uns vinte segundos com a boca semiaberta, apenas olhando para o alto do hotel. Inspirei o ar tão longa e profundamente a ponto de sentir que eu alcançaria a Lua. *Eu estava surpreso*! Não tinha palavras para expressar o meu espanto.

5

Como não poderia ficar parado em frente ao hotel, resolvi entrar. O endereço e o nome estavam corretos. A reserva estava feita. Só me restava entrar...

Subi por uma rampa com leve declínio e adentrei pela porta giratória que brilhava de tão bem lustrada. O saguão era mais amplo que um ginásio de esportes e o teto era vazado. A parede de vidro ia até o alto e a luz radiante do sol penetrava pelo vidro. No térreo havia sofás enormes que pareciam caríssimos e, entre eles, vasos de plantas ornamentais bem distribuídos e em abundância. Nos fundos do saguão havia um café luxuoso. Ali a porção de sanduíche era servida numa travessa de prata com quatro unidades, cada uma recheada com presunto de altíssima qualidade, cortadas no tamanho de um cartão de visita. Batatinhas chips e picles acompanhavam o prato com um requinte artístico. Se acompanhado de café, seu preço equivalia ao de um almoço simples suficiente para alimentar uma família de quatro pessoas. Na parede havia uma pintura a óleo de uns cinco metros quadrados que reproduzia um pântano de Hokkaido. A técnica utilizada na pintura não era tão boa, mas o quadro era vistoso e impressionava. Parecia haver um evento e o saguão estava cheio. Um grupo de homens de meia-idade bem-vestidos estava no sofá. Eles gesticulavam e riam alto. Todos cruzavam as pernas do mesmo modo e tinham o mesmo ar arrogante. Julguei ser um grupo de médicos ou de professores universitários. À parte — ou seria do mesmo evento? —, havia outro grupo de moças bem produzidas. Metade vestia quimono e a outra metade, vestido. Algumas eram estrangeiras. Avistei, ainda, um homem de negócios trajando terno com uma gravata discreta e portando uma valise como se estivesse à espera de alguém.

Em poucas palavras, o novo Hotel do Golfinho estava prosperando.

Fizeram um bom investimento e estavam conseguindo obter um resultado satisfatório. Eu conhecia o processo de criação de um hotel desse gênero. Uma vez fiz um trabalho para uma revista de propaganda de uma rede de hotéis. Para criar um estabelecimento assim, as pessoas fazem, de antemão, todos os cálculos nos seus mínimos detalhes. Diversos profissionais reúnem-se para registrar os mais variados tipos de informações no computador e para fazer vários testes numéricos. Calculam até o preço para a estocagem de papel higiênico e a quantidade a ser gasta. Usando estudantes em serviço temporário, verificam até o número de transeuntes de cada uma das ruas de Sapporo. Para calcular a quantidade de casamentos, chegam a verificar o número de homens e mulheres que estariam nessa faixa etária. Seja como for, investigam tudo de ponta a ponta. Em seguida, vão eliminando todos os riscos administrativos. Gastam bastante tempo elaborando um plano minucioso, formam uma equipe de planejamento e compram o terreno. Reúnem os elementos humanos e partem para uma propaganda chamativa. Se a questão é dinheiro — e se tiverem certeza de que esse dinheiro terá retorno —, eles injetam o quanto for necessário.

Somente os grandes grupos econômico-financeiros, que têm empresas dos mais variados tipos sob suas asas, são capazes de sustentar um negócio tão grandioso. Pois não importa quão reduzido seja o risco, sempre restará o que é inerente e incalculável, e são esses conglomerados os únicos capazes de absorvê-los.

O novo Hotel do Golfinho, para ser franco, não era um hotel que fazia o meu gênero.

Pelo menos em condições normais, não me hospedaria num hotel como esse pagando do meu próprio bolso. É caro e tem muitas coisas desnecessárias. Seja como for, esse é o novo Hotel do Golfinho, que passou por uma transformação.

Fui ao balcão e dei o meu nome. Moças em blazers azul-claros recepcionaram-me sorridentes como numa propaganda de creme dental. O treinamento desse tipo de sorriso também é parte do investimento. As moças usavam uma blusa branca como a neve e tinham o cabelo bem-arrumado. Havia três delas, mas só a que veio me atender usava óculos. Era uma boa moça, simpática e que ficava bem de óculos. Senti um pouco de alívio quando ela veio em minha direção, pois, dentre as três, ela era a mais bonita e gostei dela logo à primeira vista. Seu sorriso tinha algo que me atraía. Achei que todo hotel deveria ter uma fada como aquela. Se usasse a varinha de condão, espalharia um pó mágico como nos filmes da Disney e a chave do quarto apareceria.

No entanto, ela usou o computador. Digitou com agilidade o meu nome e o número do meu cartão de crédito, verificou a tela com atenção e, novamente com um sorriso, entregou-me uma chave em forma de cartão. O número do meu quarto era 1523. Pedi a ela um fôlder do hotel e perguntei desde quando ele estava funcionando. Desde outubro do ano passado, respondeu prontamente. Só se passaram cinco meses. Poderia me dar uma informação?, perguntei. Dei um sorriso simpático de uso comercial. Também possuo essas habilidades.

— Antes, neste mesmo lugar, havia um hotel pequeno de nome igual, não havia? Sabe o que aconteceu com ele?

O sorriso dela sutilmente se desfez. Ondas silenciosas, daquelas que se formam quando é jogada uma tampa de cerveja numa fonte elegante e silenciosa, espalharam-se em sua face e ali permaneceram. Seu sorriso ia se desfazendo com as ondas. Fiquei observando com interesse aquelas mudanças comedidas. Cheguei até a sentir que a fada da fonte apareceria perguntando: A tampa que você jogou agora era de ouro ou de prata?, mas obviamente ela não veio.

— Bem, o que terá acontecido? — perguntou ela, tocando com o dedo indicador os aros dos óculos. — Como se trata de algo anterior à abertura do hotel, nós não temos conhecimento a respeito...

Ela interrompeu a fala. Esperei a continuação, mas não havia nenhuma.

— Lamento muito — desculpou-se ela.

— É... — eu disse. Quanto mais o tempo passava, mais eu me interessava por ela. Fiquei com vontade de mexer entre os aros dos meus óculos também, mas infelizmente estava sem eles.

— Então, a quem poderia perguntar sobre o que aconteceu?

Ela prendeu a respiração por alguns instantes e se pôs a pensar... O sorriso já havia se apagado. É muito difícil segurar a respiração sorrindo. Basta tentar.

— Lamento muito. Queira aguardar, por gentileza — respondeu ela, retirando-se para os fundos. Cerca de trinta segundos depois, retornou acompanhada por um senhor de uns quarenta anos vestido de preto. Aparentava um ar de profissional em negócios hoteleiros. No trabalho, já havia deparado com indivíduos desse tipo. São pessoas esquisitas. Estão sempre com um sorriso estampado no rosto, e, de acordo com a situação, conseguem usar um de seus vinte e cinco tipos diferentes de sorriso. Desde um sorriso polido, comedido, até um de satisfação até certo ponto controlado. A gradação dos sorrisos segue uma numeração. Desde o um até o vinte e cinco. Eles os usam de acordo com a situação, como se escolhessem um taco de golfe. Aquele era um homem assim.

— Seja bem-vindo — disse ele, dirigindo um sorriso mediano e baixando a cabeça polidamente. Parecia que meus trajes não lhe causaram muito boa impressão e o sorriso caiu cerca de três níveis. Eu vestia uma jaqueta de caça usada, bem quente, forrada de pele (tinha um button do Kiss no peito) e usava um gorro de lã (daqueles que as tropas militares dos Alpes austríacos usam), uma calça larga com vários bolsos e uma bota de serviço bem resistente para andar nos caminhos cheios de neve. Eram todos artigos excelentes e práticos, mas, para esse hotel, estava pesado demais. Não era culpa minha. Trata-se de uma diferença de estilo de vida e modo de pensar.

— Parece-me que o senhor tem algumas perguntas a respeito do nosso hotel? — indagou ele em tom bastante polido.

Apoiando as duas mãos no balcão, fiz a mesma pergunta de antes.

Com um ar de veterinário que observa as patas dianteiras de um gato contundido, o homem lançou um rápido olhar para o meu relógio da Disney.

— Desculpe-me pela intromissão mas... — fazendo uma pausa perguntou: — Qual seria o motivo de seu interesse pelo hotel anterior? Se me permite, gostaria de saber a razão.

Expliquei de modo sucinto. Anos atrás, hospedei-me no antigo Dolphin Hotel e fiquei amigo do dono. Quando voltei aqui, depois de tanto tempo, ele estava assim, completamente mudado. Então queria saber o que aconteceu a ele. De qualquer maneira, é um assunto pessoal, disse.

Ele fez que sim várias vezes com a cabeça. — Para falar a verdade, também desconheço os motivos em detalhes, explicou o homem escolhendo as palavras. — Resumindo, nós adquirimos o terreno onde estava esse antigo Dolphin Hotel e depois construímos o novo. De fato, o nome é o mesmo, mas trata-se de um hotel bem diferente em termos administrativos e não possui nenhum vínculo concreto com o anterior.

— Por que será que o nome é igual? — experimentei perguntar.

— Lamento, mas até os motivos não saberia... — respondeu ele.

— Nem sabem o paradeiro do dono anterior, não é mesmo?

— Lamento — disse, mudando o sorriso para o nível 16.

— A quem deveria perguntar para saber essas coisas?

— Realmente... — comentou ele e inclinou um pouco a cabeça para o lado. — Somos todos funcionários e não tivemos nenhum contato antes da abertura do hotel. Por isso, não saberia assim, de imediato, a quem perguntar.

Sua resposta tinha sentido, mas algo me incomodava. Tanto na dele quanto na da moça pairava uma artificialidade de causar suspeita. Não sei o que havia de errado, mas não conseguia me convencer. Quando fazemos entrevistas, naturalmente vamos adquirindo essa sensibilidade profissional. Aquele tom de quem esconde algo, aquela expressão de quem mente. Não tenho fundamentos. Apenas sinto. Ali parecia existir algo oculto, além das palavras.

O que estava claro, porém, é que não adiantaria tentar elucidar mais nada com eles. Agradeci ao homem. Ele fez uma leve reverência e se retirou. Depois que aquele sujeito vestido de preto se foi, perguntei à moça sobre a refeição e o serviço de quarto. Ela foi muito atenciosa em suas respostas. Enquanto ela falava fixei meus olhos nos dela. Eram olhos lindos. Sentia que se ficasse olhando fixamente para eles, conseguiria vislumbrar algo. Quando seus olhos encontravam os meus, ela enrubescia. Gostei ainda mais dela. Por que será? Será porque a via como uma fada do hotel? Agradeci e deixei o balcão, subindo para o meu quarto pelo elevador.

O quarto 1523 era ótimo. Para um quarto individual, a cama e a banheira em estilo japonês eram bem espaçosas. O frigobar estava lotado de coisas. Havia muito papel e envelope de carta. A escrivaninha também era magnífica. Na sala de banho havia xampu, creme rinse, loção pós-barba e até um roupão de banho. O closet também era grande. O tapete era novo e felpudo. Tirei a jaqueta e a bota. Sentei no sofá e fiquei lendo o fôlder do hotel. Era magnífico. Falo com conhecimento de causa porque fiz outros parecidos. Tudo fora feito com grande esmero.

No fôlder estava escrito que o Dolphin Hotel era um novo hotel urbano de alta classe. Suas instalações eram modernas e os serviços funcionavam vinte e quatro horas. Os quartos foram projetados de modo a proporcionar o máximo de conforto. A estada era garantida por artigos altamente selecionados, tranquilidade e aconchego. "Um espaço humano", dizia o fôlder. Em suma, a estada era cara.

Lendo o fôlder com atenção, logo se percebia que aquele hotel era realmente bem equipado. No subsolo havia um shopping center. Tinha uma piscina coberta, sauna e uma sala para bronzeamento, uma quadra de tênis coberta, uma academia repleta de aparelhos supervisionada por um instrutor, uma sala de conferências com tradutor simultâneo, cinco restaurantes, três bares e, ainda, um café que funcionava a noite toda. Dispunha também de serviço de limusine e um espaço para estudo equipado com todos os tipos de material escolar e de escritório. No alto do prédio havia até um heliporto.

Um hotel completo.

Instalações de última geração e acabamento de luxo.

Mas, afinal, que empresa administrava esse hotel? Li o panfleto inteiro do começo ao fim. Ele nada trazia sobre o corpo administrativo. Era muito estranho, pois construir e administrar um hotel luxuoso de classe super A como esse só seria possível para uma empresa profissional com uma rede de hotéis, e uma empresa assim não deixaria de incluir o seu nome e também fazer a propaganda de seus outros hotéis. Por exemplo, no fôlder do Prince Hotel encontramos todos os endereços e telefones dessa rede de hotéis espalhados pelo mundo. É assim.

Além do mais, por que um hotel tão magnífico se daria ao trabalho de herdar o nome de um hotel insignificante como o do Hotel do Golfinho?

Por mais que pensasse, não encontrava nenhuma pista para a resposta.

Joguei o fôlder na mesa, caí no sofá com as pernas largadas e olhei o céu que se estendia da janela do décimo quinto andar. Através dela, só enxergava um céu totalmente azulado. Enquanto olhava fixamente para ele, tive a impressão de que havia ficado maluco.

De qualquer maneira, tinha saudades do antigo Hotel do Golfinho. De sua janela, havia muita coisa para ver.

6

Matei o tempo até o entardecer conhecendo as dependências do hotel. Verifiquei os restaurantes e bares e fui dar uma olhada na piscina, na sauna, na academia de ginástica, na quadra de tênis e comprei um livro no shopping center. Fiquei zanzando no saguão e depois fui ao fliperama jogar Pac-Man. Entardeceu enquanto fazia essas coisas. Isso é como um parque de diversões, pensei. Mais uma das maneiras de se matar o tempo em nossa sociedade.

Depois disso, saí do hotel e fui perambular pela cidade no entardecer. Enquanto caminhava pelas ruas, algumas lembranças da geografia local iam surgindo gradativamente. Quando me hospedei no antigo Hotel do Golfinho, todos os dias saía para caminhar pela cidade até me sentir enfastiado. Lembrava-me de quase tudo, inclusive o que poderia encontrar ao virar certas ruas. O Hotel do Golfinho não tinha restaurante — mesmo que tivesse, dificilmente nos motivaríamos a querer comer algo lá — e por isso eu e ela (*Kiki*) íamos comer nas redondezas. Fiquei andando à toa por cerca de uma hora, indo de uma avenida a outra com a sensação de quem está de passagem pelas redondezas de um local onde já morou antes. Podia sentir nitidamente em minha pele o ar frio do entardecer. Comecei a ouvir o barulho dos meus passos na neve parcialmente derretida que se acumulara. A ausência de vento, porém, propiciava um enorme prazer em caminhar pela cidade. O ar estava limpo e a luz noturna da cidade criava a ilusão de que até mesmo a neve meio acinzentada pela poluição e amontoada como um formigueiro estivesse limpa.

Era nítida a transformação pela qual a região do Hotel do Golfinho estava passando, em relação à última vez que lá estive. Isso fora há cerca de quatro anos e certamente algumas das lojas que vi e cheguei a entrar ainda estavam lá. A atmosfera da cidade continuava basicamente a mesma. No entanto, bastava olhar ao redor para perceber que algo estava em transformação. Algumas lojas estavam fechadas, tinham placas indicando obras. Havia um grande edifício em construção. Lanchonetes do tipo drive-thru, butiques de marca, showrooms de carros ocidentais, salão de chá de design original com árvores de shala no jardim interno, prédios comerciais com excesso de vidros, e novas lojas e edifícios surgiam uns após os outros, como se estivessem empurrando as antigas construções descoloridas de três andares, os tradicionais restaurantes populares e as casas de doces típicos japoneses que têm sempre um gatinho tirando uma soneca em frente ao aquecedor. As casas e o comércio local coexistiam temporariamente como no período de substituição dos dentes de leite. Havia uma nova agência bancária. Isso tudo podia ser uma consequência do novo Dolphin Hotel. Afinal, não seria nada estranho que o surgimento repentino de um hotel daquele porte causasse um grande desequilíbrio na cidade. O fluxo de pessoas muda e surge uma nova vitalidade. Os preços dos terrenos também valorizam-se.

Talvez essas modificações sejam generalizadas. Ou seja, o aparecimento do Dolphin Hotel não é a causa da transformação da cidade, mas parte deste processo. É como se fosse um plano traçado a longo prazo com o objetivo único de promover o desenvolvimento da cidade.

Entrei num bar que conheci na vez anterior e tomei um pouco de saquê acompanhado de uma refeição leve. Era um bar sujo, barulhento, barato e gostoso. Quando vou comer sozinho, sempre procuro escolher lugares barulhentos. Fico tranquilo num lugar como esse. Não me sinto sozinho e posso até falar comigo mesmo sem que ninguém perceba.

Após terminar a refeição, senti que ainda faltava alguma coisa e por isso resolvi pedir mais um pouco de saquê. Ao sentir o líquido bem quentinho descendo lentamente em direção ao estômago, parei para pensar o que estaria fazendo ali. O Hotel do Golfinho não existia mais. Independentemente do que eu estivesse procurando por lá, o fato é que o Hotel do Golfinho desaparecera por completo. *Já não existe mais.* Em seu lugar fora construído um pretensioso hotel de alta tecnologia que lembra a base secreta do filme *Star Wars*. Tudo não passou de um sonho sobre algo que já se foi. Devo ter apenas sonhado com a destruição e o fim do antigo Hotel do Golfinho e por isso Kiki saía pela porta e desaparecia. Sei que ali havia alguém chorando por mim, mas isso também deixou de existir. Não restou mais nada daquele local. O que mais você vai querer encontrar por lá?

É mesmo, pensei. Ou melhor, devo ter falado para mim mesmo. *Com certeza é isso. Aqui não sobrou mais nada. Aqui não tenho mais nada a procurar.*

Cerrei os lábios com força e fiquei um longo tempo observando o molho de soja sobre o balcão.

Quando se vive sozinho por muito tempo, é comum ficar observando fixamente várias coisas. De vez em quando você fica falando sozinho e começa a frequentar locais barulhentos. Começa a sentir um apego sincero e afetuoso por um Subaru usado e aos poucos começa a achar que "já era".

Saí do bar e voltei ao hotel. Era longe, mas achar o caminho de volta foi fácil. Era só olhar para cima que, de qualquer ponto da cidade, era possível avistar o Dolphin Hotel. Assim como os três magos chegaram a Jerusalém tendo como guia a estrela do Oriente, eu também consegui retornar facilmente para o Dolphin Hotel.

Voltei para o quarto, tomei um banho de imersão, e penteando os cabelos contemplei a cidade de Sapporo, que se estendia pela janela. Na época do Hotel do Golfinho, lembro-me de que pela janela eu podia ver uma pequena empresa. Não fazia nenhuma ideia de que tipo era, mas não deixava de ser uma empresa. As pessoas pareciam ocupadas. Cheguei a ficar um dia inteiro observando esse cenário da janela do meu quarto. O que será que aconteceu com aquela empresa? Lembro-me de que havia uma moça muito bonita. O que será que aconteceu com ela? Que tipo de empresa seria?

Sem nada para fazer, resolvi ficar andando algum tempo pelo quarto. Depois, sentei na cadeira e assisti televisão. Só havia programas ruins. Um deles mostrava diversos tipos de vômitos artificiais. Não era sujo, pois não passava de uma montagem, mas se você ficasse olhando fixamente a coisa, o vômito acabava parecendo real. Desliguei a TV, me vesti e fui ao bar que ficava no vigésimo sexto andar. Sentei-me no balcão e tomei uma vodca com soda e limão espremido. A parede do bar era toda de vidro e dava para ver a paisagem noturna de Sapporo. Tudo que havia no bar me lembrava a cidade espacial do filme *Star Wars*. Tirando esse detalhe, o local era tranquilo e agradável. Os drinques eram servidos em copos de cristal de qualidade e tinham boa apresentação. O toque entre os copos emitia um som muito gostoso. Havia mais três pessoas no bar. Dois homens de meia-idade sentados na mesa do fundo conversavam quase que cochichando enquanto tomavam uísque. Não dava para ouvir o que diziam, mas pela atitude dos dois parecia ser uma conversa muito importante. Ou será que estariam fazendo uma conspiração para assassinar Darth Vader?

Na mesa à minha direita, havia uma menina de doze ou treze anos ouvindo música com seu walkman e tomando alguma coisa com canudinho. Era uma menina bonita. Tinha cabelos compridos e extraordinariamente retos, que tocavam a mesa com delicadeza e suavidade. Seus cílios eram longos e seu olhar melancólico. Acompanhava o ritmo da música, batendo os dedos finos e delicados na mesa, e o interessante era que seus dedos tinham um ar infantil em relação ao resto do corpo. Não quero dizer com isso que ela parecesse uma adulta. Mas havia alguma coisa nela que dava forte impressão de que ela observava as coisas com certo distanciamento. Isso não parecia algo mal-intencionado ou agressivo, apenas um tipo de neutralidade. É como se alguém olhasse a paisagem noturna pela janela.

A verdade é que ela não estava vendo nada. O que se passava ao seu redor lhe era indiferente. Usava um jeans azul, tênis convencional branco e um agasalho com a estampa GENESIS. A manga do agasalho estava arregaçada até o cotovelo. Batia os dedos na mesa, concentrada na música que ouvia. Às vezes, esboçava palavras abrindo um pouco a boca.

— Ela está tomando limonada — disse o barman, aproximando-se de mim. — Está esperando sua mãe voltar.

— Ah é? — respondi, sem muito entusiasmo. Pensando bem, era uma cena inusitada ver uma menina de doze ou treze anos, às dez horas da noite num bar de hotel, sozinha, ouvindo walkman e tomando algo. Antes da explicação do barman, eu não tinha reparado nisso. Olhei para ela como se aquela fosse uma cena normal.

Repeti mais uma dose de vodca e conversei com o barman sobre amenidades. Falamos sobre o tempo, as tendências econômicas, enfim, o tipo de conversa que não requer conclusão. Casualmente, comentei as transformações pelas quais a redondeza estava passando. O barman deu um sorriso meio sem graça e, todo desconcertado, tentou mudar de assunto, alegando não conhecer Sapporo porque antes trabalhava num hotel em Tóquio. Nisso, entrou um novo cliente e nossa conversa terminou sem ao menos se desenvolver.

Ao todo tomei quatro doses de vodca. Sentia que poderia continuar a tomar mais e mais, mas como isso não teria fim, parei na quarta e assinei a conta. Quando me levantei e me afastei do balcão, a menina ainda estava na mesa ouvindo música com seu walkman. Sua mãe ainda não havia aparecido e ela parecia não se importar, mesmo já estando o gelo de sua limonada todo derretido. Ela me olhou. Fitou meu rosto por dois ou três segundos, e depois soltou um pequeno sorriso. Pode também ter sido apenas um movimento sutil dos lábios. No entanto, para mim, pareceu que ela tinha olhado em minha direção e sorrido. E então — é algo estranho —, por um instante fiquei abalado. Senti como se tivesse sido escolhido por ela. Era a primeira vez que sentia essa estranha palpitação. Tive a sensação de que meu corpo flutuava a uns cinco ou seis centímetros do chão.

Ainda confuso, peguei o elevador e voltei para o décimo quinto andar. Por que será que fiquei tão perturbado?, pensei. Ficar assim por causa do sorriso de uma menina de uns doze anos... uma menina com idade para ser minha filha?

Genesis, que nome insignificante para uma banda.

No entanto, o fato de ela vestir um agasalho com esse nome tornava-o uma palavra simbólica. *Origem*.

Penso nos motivos que levam uma banda de rock a escolher um nome tão exagerado.

Deitei-me na cama sem ao menos tirar os sapatos, fechei os olhos e tentei me lembrar dela. Walkman. Dedos brancos que batiam na mesa. Genesis. Gelo derretido.

Origem.

Com os olhos fechados e o corpo imóvel, pude sentir o álcool circular lentamente pelo meu corpo. Desamarrei os cadarços dos sapatos, tirei a roupa e enrolei-me nas cobertas. Eu estava muito mais cansado e muito mais bêbado do que pensava estar. Esperava uma garota sentada ao meu lado dizer: Ei, você está bebendo demais... Mas ninguém disse nada. Estou sozinho.

Origem.

Estiquei o braço e desliguei a luz. Na escuridão, cheguei a pensar se sonharia com o Hotel do Golfinho. Mas, no final das contas, não sonhei nada. De manhã, ao acordar, senti que nada podia fazer, eu me sentia vazio. Sou um zero, pensei. Não tenho sonhos, não há hotel. Estou perdido em um lugar fazendo somente coisas equivocadas.

No pé da cama, os dois sapatos jogados pareciam dois cachorrinhos deitados.

Da janela podia-se ver nuvens escuras pairando baixo. O céu anunciava uma frente fria que faria nevar a qualquer momento. Observando um céu assim, não tinha ânimo para fazer nada. O relógio marcava sete e cinco. Liguei a TV com o controle remoto e deitado na cama assisti ao noticiário da manhã. O apresentador falava das eleições que se aproximavam. Assisti uns quinze minutos e, resignado, saí da cama. Fui ao banheiro lavar o rosto e fazer a barba. Para me animar, comecei a sussurrar o tema das *Bodas de Fígaro*, mas, no decorrer da música, tanto o som como o ritmo pareciam estar mais para a abertura da *Flauta mágica*. Quanto mais pensava, menos percebia a diferença entre os dois. Qual será qual? Era um daqueles dias em que nada dava certo. Cortei o queixo ao fazer a barba e, quando ia vestir a camisa, o botão da manga caiu.

Durante o café da manhã, encontrei aquela menina que havia visto no bar na noite anterior. Acompanhava-a uma mulher que parecia ser sua mãe. Estava sem o seu walkman. Vestia o mesmo agasalho com o Genesis e tomava chá preto com um ar de desânimo. Quase não havia tocado no pão nem nos ovos mexidos. A sua mãe — acho — era uma mulher do tipo mignon, na casa dos quarenta. Os cabelos estavam presos e ela vestia um suéter de casimira caramelo sobre uma blusa branca. O formato da sobrancelha era idêntico ao da filha. O nariz tinha um contorno suave e elegante e seu jeito preguiçoso de passar a manteiga na torrada tinha algo que atraía a atenção. Ela agia como alguém que já estivesse acostumada a ser observada por terceiros.

Quando passei pela mesa vizinha, a menina olhou para mim e sorriu. Esse sorriso foi bem mais nítido do que o da noite anterior.

Tomando o café da manhã sozinho, tentei pensar em alguma coisa, mas depois daquele sorriso não pude pensar em nada. Mesmo tentando, em minha mente as mesmas palavras ficavam dando voltas e mais voltas em torno do mesmo lugar. Por isso, tomei o café da manhã sem pensar em nada, somente observando despreocupadamente o frasco de pimenta-do-reino.

7

Estava à toa. *Não tinha coisas que precisava fazer, nem coisas que queria fazer.* Viera até aqui especialmente para me hospedar no Hotel do Golfinho. Mas, como o objeto fundamental, que era o hotel, havia desaparecido, nada podia ser feito. Só restava me conformar.

Resolvi, então, descer ao saguão e me sentar naquele magnífico sofá para fazer a programação daquele dia. Mas não consegui. Não queria visitar a cidade e muito menos ir a algum lugar em especial. Cheguei a pensar em assistir a um filme para passar o tempo, mas não encontrei nenhum interessante e era mesmo um absurdo ter que ir ao cinema para passar o tempo em Sapporo. O que fazer afinal?

Nada havia para se fazer.

Tive a ideia de ir ao barbeiro. Pensando bem, estava tão atarefado em Tóquio que mal tivera tempo. Já fazia quase um mês e meio que não cortava o cabelo. Boa ideia. Uma ideia concreta e saudável. Ir à barbearia já que estava folgado. Tem lógica. É um argumento digno de ser apresentado em qualquer situação. Experimentei o barbeiro do hotel. Era um lugar limpo e agradável. Achei que estaria cheio e teria de esperar, mas por ser uma manhã de um dia comum, estava vazio. Na parede cinza-azulada, havia uma tela de pintura abstrata e o aparelho de som tocava bem baixinho o trio Play Bach, de Jacques Loussier. Era a primeira vez na vida que entrava numa barbearia assim. Um lugar como esse já não merecia o nome de barbearia. Logo, logo, estaria ouvindo cantos gregorianos na sala de banho. Talvez fosse possível ouvir Ryuichi Sakamoto na sala de espera da Receita Federal. Foi um jovem barbeiro de vinte e poucos anos que me cortou o cabelo. Ele também não conhecia Sapporo muito bem. Quando lhe contei que naquele mesmo lugar havia existido um pequeno hotel com o mesmo nome, ele simplesmente ficou surpreso, mas não demonstrou nenhum interesse. Parecia não ter a menor importância. Era desligado e ainda por cima vestia uma camisa da Men's Bigi. Mesmo assim, saí de lá satisfeito, seu trabalho não tinha sido ruim.

Voltei para o saguão e pensei no que poderia fazer. Conseguira preencher apenas quarenta e cinco minutos do tempo vago.

Nada me ocorria.

Sem alternativa, sentei-me no sofá do saguão e fiquei olhando os arredores à toa. No balcão, vi a mesma garota de óculos do dia anterior. Quando nossos olhares se cruzaram, ela pareceu um pouco tensa. Por que será? Será que a minha presença a constrangia? Não sei. Logo mais, o relógio marcou onze horas. Já era propício pensar no almoço. Saí do hotel e comecei a andar pela cidade pensando onde iria almoçar. Nenhum restaurante parecia atraente. Estava sem apetite. Mesmo assim entrei num qualquer e pedi espaguete e salada. Pedi uma cerveja também. Não estava nevando, mas poderia começar a qualquer momento. As nuvens estavam totalmente imóveis e cobriam densamente a cidade como naquela ilha flutuante das *Viagens de Gulliver.* Toda a paisagem terrestre parecia estar tingida de cinza. O garfo, a salada e até a cerveja pareciam acinzentados. Em dias assim, é impossível pensar em algo plausível para fazer.

No final das contas, peguei um táxi e fui até o centro fazer compras na loja de departamentos para passar o tempo. Comprei um par de sapatos, meias, pilhas de reserva, uma escova de dentes para viagem e um cortador de unhas. Comprei também um sanduíche para lanchar à noite e uma garrafa pequena de brandy. Nada disso era de necessidade extrema. Eram compras para se passar o tempo. Consegui preencher duas horas.

Depois das compras, andei pelas avenidas e, sem nenhum propósito, fiquei olhando vitrines. Quando me cansei de fazer isso, entrei numa cafeteria e tomei um café enquanto lia a biografia de Jack London. Finalmente entardeceu. Foi um dia parecido com um filme longo e entediante. Não é mesmo nada fácil passar o tempo à toa.

Voltei ao hotel e, quando passava pela recepção, alguém chamou meu nome. Era aquela moça de óculos. Era ela quem me chamava. Fui em sua direção, e ela me levou para um canto do balcão. Ali era a recepção para aluguel de carros, mas só havia um maço de folhetos ao lado de uma placa e nenhum atendente.

Por algum tempo, a moça ficou rodando a caneta esferográfica entre as mãos, enquanto me olhava como quem quisesse dizer algo mas não sabia como fazê-lo. Ela estava visivelmente confusa, indecisa e envergonhada.

— Por favor, faça de conta que está me consultando sobre aluguel de carros — disse ela. Depois deu uma olhada para a recepção com o canto dos olhos. — Está no regulamento que não podemos falar sobre assuntos particulares com os clientes.

— Sem problemas — respondi. — Eu lhe pergunto sobre o preço do aluguel e você me responde. Não é um assunto particular.

Ela enrubesceu:

— Perdoe-me. Este hotel é muito rigoroso.

Eu abri um sorriso.

— Você fica muito bem de óculos.

— Como?

— Esses óculos lhe caem muito bem. Está muito charmosa... — disse.

Ela tocou o aro dos óculos com os dedos e deu uma tossidela. Deve ser do tipo que logo fica tensa.

— É que eu gostaria de lhe perguntar uma coisa — disse ela, recompondo-se. — É um assunto particular.

Fiquei com vontade de afagar seus cabelos e acalmá-la, mas como isso não era possível, fiquei calado olhando o seu rosto.

— É a respeito do hotel que havia aqui antes, ao qual você se referiu ontem — murmurou. — Aquele de mesmo nome... Como ele era? Era mesmo um hotel? Um hotel *de verdade*?

Peguei um folheto de aluguel de carros e fiz de conta que o examinava. — Em termos concretos, o que você quer dizer com isso?

Ela ajeitou a gola da blusa, puxando-a com os dedos e tossiu novamente.

— Bem... Não sei explicar direito, mas não é um hotel que tenha tido atividades estranhas, é? Não consigo parar de pensar nele.

Ela olhou nos meus olhos. Como já havia notado, eram olhos sinceros e bonitos. Ao fitá-los fixamente, ela enrubesceu de novo.

— Não consigo entender muito bem o porquê desse seu *incômodo*, mas, seja como for, acho que é uma longa história. Será que não é meio inapropriado falar aqui? Você também parece atarefada...

Ela deu uma espiada nas companheiras que trabalhavam no balcão. Depois, mordiscou os lábios com seus lindos dentes. Hesitou um pouco, mas depois concordou com um aceno de cabeça como se desse por convencida.

— Então poderia me encontrar depois do trabalho para conversarmos?

— A que horas termina o seu serviço?

— Às oito. Mas não podemos nos encontrar aqui perto. As regras são rigorosas. Se for longe daqui, não há problema.

— Se houver um lugar distante onde possamos conversar com calma, irei até lá.

Ela concordou com a cabeça, pensou um pouco e depois escreveu o nome da loja e fez um mapa simplificado num papel de anotações que havia em cima do balcão. Então disse:

— Me espere neste local. Chegarei lá por volta das oito e meia.

Guardei o papel no bolso do casaco.

Agora, foi ela quem fixou seus olhos nos meus:

— Não faça mau juízo a meu respeito. É a primeira vez que faço isso. Quebrar as regras. Mas não posso mesmo deixar de fazê-lo. Depois contarei os motivos.

— Não vou julgá-la. Pode ficar tranquila — assegurei. — Não sou mau-caráter. Não sou muito benquisto, mas não faço nada para desagradar ninguém.

Ela refletiu um pouco enquanto girava a caneta esferográfica entre as mãos, mas parece que não entendeu minhas palavras direito. Deu um sorriso meio ambíguo e novamente ergueu os óculos com o dedo.

— Então, até mais tarde — disse, cumprimentando-me com formalidade, e voltou para o seu lugar. Que garota atraente! Embora um pouco desequilibrada emocionalmente.

Voltando ao meu quarto, bebi uma cerveja do frigobar e comi metade do sanduíche de carne assada que havia comprado na casa de alimentos do subsolo da loja de departamentos. Bem, pensei, por ora os meus passos estão definidos. Mesmo que tenha engatado a primeira sem saber para onde ir, a situação começou a mostrar pequenas mudanças. Nada mau.

Fui à sala de banho, lavei o rosto e fiz a barba. Calado, silenciosamente, sem cantarolar, fui me barbeando. Passei a loção pós-barba e escovei os dentes. Depois, como não fazia há muito, fiquei olhando para mim mesmo no espelho. Não tive nenhuma grande revelação e nem me enchi de coragem. Era o meu rosto de sempre.

Saí do hotel às sete e meia, peguei um táxi na entrada e mostrei as anotações da moça ao taxista. Ele entendeu e me levou até a loja. Ficava a uma distância de pouco mais de mil ienes de táxi. Era um bar discreto no subsolo de um prédio de cinco andares. Ao abrir a porta, o som de um disco antigo de Mulligan tocava num volume agradável. Era a banda da época em que ele tinha o cabelo encaracolado, vestia camisa de botões baixos e dela fazia parte Chet Baker, por exemplo. Antigamente eu ouvia muito suas músicas. Isso antes de surgir o Adam and The Ants. Que nome estúpido!

Sentado no balcão e ao som do solo maravilhoso de Mulligan, fiquei apreciando bem devagar uma dose de uísque J&B com água. Ela estava atrasada quinze minutos, mas eu não liguei. Talvez tivesse aparecido algum serviço de última hora. Aquele bar era agradável e já estava acostumado a passar o tempo sozinho. Tomava uísque com água enquanto ouvia a música. Quando terminei, pedi outra dose. Como não havia algo em especial para olhar, fiquei observando o cinzeiro que estava na minha frente.

Ela chegou às cinco para as nove.

— Desculpe-me — disse em tom ofegante. — Não consegui terminar o serviço. De repente apareceu muita coisa para fazer, e além disso a pessoa que ficaria no meu lugar se atrasou.

— Não se preocupe. Precisava mesmo passar o tempo em algum lugar — falei.

Ela sugeriu que fôssemos para uma mesa mais afastada. Mudei-me para lá, levando meu copo de uísque com água. Ela tirou as luvas de couro, o cachecol xadrez e o sobretudo cinza. Estava de suéter amarelo com uma malha fina e saia de lã verde-escuro. Vestida assim, seus seios eram bem maiores do que imaginara. Estava também com um brinco de ouro de muito bom gosto. Pediu um Bloody Mary.

Quando a bebida chegou, tomou um gole. Perguntei se já havia jantado. Ainda não, disse ela, não estava com tanta fome. Tomei um gole de uísque e ela, outro de Bloody Mary. Parecia ter vindo apressada e ficou calada por cerca de trinta segundos tomando fôlego. Peguei um petisco nas mãos e fiquei olhando para ele durante algum tempo antes de colocá-lo na boca. Continuei fazendo isso enquanto ela se recuperava.

Ela, por fim, suspirou devagar e profundamente. Talvez, achando seu suspiro longo demais, levantou o rosto e me fitou com os olhos apreensivos.

— Está muito atarefada? — questionei.

— Estou — respondeu. — É bem puxado. Ainda não me acostumei ao trabalho e, como o hotel acabou de ser inaugurado, meus superiores também estão bastante apreensivos.

Ela pôs as duas mãos sobre a mesa e cruzou os dedos. Tinha um pequeno anel no dedo mínimo. Era uma peça de prata bastante comum, sem enfeites. Tanto eu quanto ela ficamos admirando esse anel por alguns instantes.

— Sabe, é sobre aquele antigo Dolphin Hotel — disse ela. — Por acaso você não está fazendo nenhuma matéria, está?

— Fazendo matéria? — indaguei surpreso. — Por que, afinal?

— Perguntei por perguntar — respondeu.

Fiquei calado. Ela permaneceu com o olhar fixo num ponto da parede mordendo os lábios.

— Parece que houve alguns problemas e por isso meus superiores estão evitando, sabe... a imprensa... Por causa da aquisição do terreno ou algo parecido... Entende, não? Se divulgarem isso, o hotel será prejudicado. Afinal, dependem dos clientes. Denigre a imagem, não é?

— Alguma vez o hotel já foi alvo da imprensa?

— Uma vez, de uma revista semanal. Algo ligado à corrupção. A empresa usou a máfia japonesa ou gente de extrema direita para afugentar uma pessoa que se recusava a ceder o local ou coisa parecida.

— Então, o antigo Dolphin Hotel está envolvido nesse problema?

Timidamente, ela encolheu os ombros e tomou um gole de Bloody Mary. — Então... Por isso, o gerente ficou evitando você quando ouviu o antigo nome do Dolphin Hotel. Ele ficou temeroso, não ficou? Mas, na realidade, não sei os detalhes. Só ouvi dizer que o hotel atual leva o nome de Dolphin Hotel porque teve envolvimentos com o antigo. Alguém me contou.

— Quem foi?

— Um de roupas *pretinhas*.

— De roupas *pretinhas*?

— Sim, aqueles que se vestem de preto.

— Claro — respondi. — O que mais ouviu falar sobre o Dolphin Hotel?

Ela fez que não sabia mais nada. Depois, com o dedo da mão esquerda, mexeu no anel do dedo mínimo da direita. — Tenho medo — disse ela quase num sussurro. — Tenho tanto medo! A ponto de não conseguir me controlar.

— Tem medo de quê? De ser alvo da matéria da revista?

De leve, ela acenou negativamente. Em seguida, ficou com os lábios encostados de leve na borda do copo por alguns instantes. Parecia estar procurando as palavras para tentar explicar.

— Não, não é isso. Tanto faz a revista. Podem publicar o que quiserem que nada tenho a ver. Não é mesmo? Meus superiores é que vão ter que correr. Refiro-me a algo totalmente diferente. É sobre o hotel como um todo. Em suma, naquele hotel há alguma coisa estranha, sabe? Digamos que seja algo anormal... distorcido.

Ela se calou. Tomei todo o uísque e pedi outra dose. Solicitei outro Bloody Mary para ela.

— Em termos concretos, de que modo você sente que está distorcido? — experimentei perguntar. — É claro, se houver alguma coisa concreta...

— Naturalmente que há — respondeu como se ficasse surpresa. — Há, mas é difícil explicar. Por isso não comentei nada com ninguém. O que senti foi bastante concreto, mas quando tento expressar isso em palavras tenho a impressão de que toda aquela concretude vai se desfazendo. Por isso não consigo falar direito.

— Como se fosse um sonho real?

— Também é diferente de um sonho. Eu tenho muitos sonhos, mas quando o tempo vai passando, o seu caráter de realidade... ele vai se desfazendo... Mas *aquilo*, não. Por mais que o tempo passe, não muda. É real, sempre... sempre... Por mais que o tempo passe, continua ali, imutável. Aquilo vem como um flash diante dos meus olhos.

Permaneci calado.

— Está bem, vou tentar — disse ela e tomou um gole da bebida. Depois, enxugou os lábios com um guardanapo de papel. — Foi em janeiro. No início de janeiro. Pouco depois do ano-novo. Naquele dia eu estava no plantão da noite. Normalmente não costumo fazer plantão à noite, mas naquele dia tive que substituir uma pessoa. De qualquer maneira, o trabalho terminou perto da meia-noite. Quando o serviço termina nesse horário, a empresa chama táxis para levar os funcionários para casa, pois não há mais trens. Então, no final do meu turno, que era pouco antes da meia-noite, fui trocar de roupa e subi ao décimo sexto andar pelo elevador de serviço. Lá fica o quarto de descanso dos funcionários, e eu havia esquecido o meu livro lá. Poderia muito bem pegá-lo no dia seguinte, mas, como estava no meio da leitura e a outra menina que iria comigo no táxi ainda não havia terminado o trabalho, resolvi subir para pegá-lo. No décimo sexto há instalações para os funcionários, como quarto de dormir, sala para descansar e tomar chá, que ficam anexas à área privada dos quartos de hóspedes. Por isso, volta e meia vou até lá. Sabe, a porta do elevador se abriu e eu saí normalmente. Sem pensar em nada. É comum isso acontecer, não é? Quando estamos habituados a fazer algo ou quando se trata de um lugar a que estamos acostumados, agimos sem pensar em nada em especial, não é? De modo instintivo... Pus o pé para fora do elevador como sempre. Acho que estava absorta em meus pensamentos. Mas não me lembro em quais. Ao sair do elevador com as mãos enfiadas no bolso do sobretudo, percebi que estava totalmente escuro. A mais completa escuridão. Quando dei por mim e olhei para trás, a porta do elevador já havia se fechado. É claro que pensei tratar-se de um blecaute. Mas isso era impossível. Primeiro, porque o hotel tem um sistema de geradores. Por isso, mesmo que houvesse um blecaute, logo se faria a substituição. Automaticamente. Num piscar de olhos. Rápido mesmo. Como tenho participado de muitos treinamentos desse tipo, sei muito bem. Desse modo, a princípio, um blecaute era improvável. Além do mais, se por um acaso o sistema de geradores tivesse apresentado defeito, a iluminação de emergência dos corredores deveria estar acionada. Então, não haveria de estar tão escuro. Os corredores deveriam estar iluminados com uma luz verde. Deveria ser assim, não importando as circunstâncias. No entanto, naquele momento, o corredor estava escuro. A iluminação que estava visível era apenas a do botão do elevador e do painel dos andares. Números digitais em vermelho. Obviamente experimentei apertar o botão. Mas o elevador foi descendo e não voltava. Fiquei desolada e olhei ao redor. É lógico que fiquei com medo, mas ao mesmo tempo fiquei aborrecida. Sabe por quê?

Acenei com a cabeça negativamente.

— Em suma, o fato de se estar na mais completa escuridão mostra que havia um problema no funcionamento do hotel, não é? Em termos mecânicos, estruturais ou algo parecido. Aí seria um rebuliço. Seríamos obrigados a trabalhar nos feriados e entrar mais cedo e sair mais tarde para treinamento; meus superiores estariam com os nervos à flor da pele. Já estava cheia disso. Tínhamos acabado de sossegar.

Eu disse que era compreensível.

— Depois, ao pensar nessas coisas, comecei a ficar furiosa. Muito mais que o medo, a ira era mais forte. Então pensei em dar uma olhadinha no que estava acontecendo. Dei dois ou três passos. Lentamente. Aí, senti que havia algo de estranho. O barulho dos passos estava diferente. Naquela ocasião eu calçava sapatos de salto baixo, mas a sensação de andar também era diferente. Não era a mesma sensação de estar andando no carpete. Era mais seco. Sou muito sensível e não me enganaria. É verdade. Depois, o ar também estava diferente. Como poderia dizer? Parecia embolorado. Era um ar completamente diferente daquele do hotel. Sabe, o nosso hotel tem o ar totalmente controlado por equipamentos. Há um cuidado extremo com isso. Não *é* um simples aparelho de ar-condicionado. Ele fabrica um *bom* ar e o envia para os ambientes internos. Fornece um ar natural de modo que este não fique tão seco a ponto de ressecar o nariz, como acontece em muitos hotéis. Por isso, cheiro de bolor era algo inconcebível. Em poucas palavras, o ar que ali sentia era velho. De mais de dez anos. Era um cheiro como aquele que a gente sente quando abre um depósito antigo, quando vai passear no interior, na casa de um tio. Era um cheiro desse tipo. Como quando o cheiro de várias coisas velhas se mistura e paira de modo carregado no ar. Olhei mais uma vez para o elevador e, desta vez, até a lâmpada do botão de chamada havia se apagado. Não enxergava nada. Tudo estava "morto". Por completo. Fiquei aterrorizada. É lógico, não? Pois eu estava sozinha no meio daquela escuridão. Dá medo, mas, sabe... Era estranho. Tudo ao redor estava silencioso demais. Estava mergulhada no *mais absoluto silêncio*. Não havia um ruído sequer. Não é estranho? Pois então acabou a energia e tudo ficou escuro. Não era motivo para que todos entrassem em pânico? O hotel estava praticamente lotado e, se aquilo estivesse acontecendo, deveria estar a maior confusão. No entanto, estava tudo tão silencioso que chegava a dar arrepios. Então fiquei sem entender nada.

Chegaram as bebidas. Eu e ela tomamos cada qual um gole. Ela colocou o copo na mesa e arrumou os óculos. Fiquei calado, esperando ela continuar.

— Será que você conseguiu entender o que senti?

— De um modo geral, sim — afirmei. — Você desceu do elevador no décimo sexto andar. Estava completamente escuro. O cheiro estava diferente. Estava silencioso demais. Algo estava estranho.

Ela suspirou. — Não que eu queira me vangloriar, mas não sou medrosa. Pelo menos para uma moça, acho que sou corajosa. Não é por uma falta de energia elétrica que eu ficaria gritando desesperada como qualquer menina faria. É claro que tenho medo, sim, mas acho que não devo me dar por vencida. Por isso, fosse o que fosse, pensei em averiguar o que estava se passando. Então, tateando, fui avançando pelo corredor.

— Em que direção?

— Direita — afirmou e logo em seguida ergueu a respectiva mão, verificando se tinha sido mesmo para a direção certa. — Sim, fui avançando para a direita. Lentamente. O corredor era reto. Acompanhando a parede, percebi que o corredor virava à direita. Mais adiante, enxerguei vagamente uma luz. Bem tênue. Uma luz semelhante à de uma vela que parecia vir de lá do fundo. Então, achei que alguém a tivesse acendido. Aí, pensei em ir até lá. Ao me aproximar, percebi que a luz da vela vinha de uma porta entreaberta. Que porta esquisita! Não me recordava de tê-la visto antes. O nosso hotel não deveria ter uma porta como aquela! Mas, seja como for, a luz vinha lá de dentro. Fiquei parada ali na frente e depois não sabia mais o que fazer. Não sabia quem estaria ali dentro; seria terrível se alguém estranho saísse por ela, e eu não tinha a menor lembrança de ter visto aquela porta até então. Bati de leve para ver o que acontecia. Assim, bem de leve, quase que de modo inaudível. Mas aquele som ecoou muito mais alto do que eu esperava, pois ali estava bastante silencioso. Não houve nenhuma resposta, por uns dez segundos. Durante esse tempo, fiquei ali em frente esperando, não sabia o que fazer. No entanto, logo depois, ouvi um barulho de algo se mexendo lá dentro. Não sei explicar direito, mas era um barulho como se alguém vestido com uma roupa bem pesada se levantasse da cama. Depois, ouvi passos. Passos bem vagarosos. Slept... slept... slept... De alguém que anda arrastando os chinelos. O barulho vinha, passo a passo, se aproximando da porta.

Ela olhou para o espaço como se estivesse se lembrando do som e depois chacoalhou a cabeça.

— Assim que ouvi aquele barulho fiquei arrepiada. Tive a impressão de que não era o som de passos humanos. Não tinha fundamento, foi só intuitivo achar que aqueles não eram passos humanos. Pela primeira vez na vida, fiquei sabendo o que era sentir frio na espinha. A espinha gela literalmente. Não é uma adjetivação retórica. Então fugi correndo. Como num toque de recolher. Acho que tropecei e caí uma ou duas vezes, pois minha meia de seda estava rasgada. Mas não me lembro das quedas. Só consigo me lembrar que fugi em disparada. Enquanto corria estava preocupada apenas com o que iria fazer caso o elevador ainda estivesse parado. No entanto, ele estava funcionando normalmente. O painel com o número dos andares e também o botão estavam acesos. O elevador estava no térreo. Apertei o botão com todas as minhas forças, e ele começou a subir. Mas subia tão devagar! Estava inacreditavelmente lento. Primeiro andar... segundo andar... terceiro andar, nessa lerdeza. Chega logo, chega logo, fiquei torcendo o tempo inteiro, mas não adiantava. Como levou tempo! Era como se estivesse zombando de mim.

Ela tomou fôlego e bebeu novamente um gole de Bloody Mary. Depois ficou rodando o anel.

Calado, fiquei esperando a continuação. A música havia parado. Alguém estava rindo.

— No entanto, sabe, eu ouvia... aqueles passos. Slept... slept... slept, que iam se aproximando. Lentos, mas certeiros. Slept... slept... slept... Tinham saído do quarto, andavam pelo corredor em minha direção. Que medo! Ou melhor, medo coisa nenhuma. Meu coração parecia subir à boca. Eu suava pelo corpo inteiro. Um suor gelado e de cheiro desagradável. Calafrios. Era como se uma cobra subisse pelas minhas costas. O elevador ainda não tinha chegado. Sétimo andar... oitavo andar... nono andar. Os passos vinham se aproximando.

Ela calou-se por uns vinte ou trinta segundos. E, como de costume, girava o anel devagar. Como se estivesse sintonizando uma estação de rádio. No balcão, uma mulher falava algo e o homem ria novamente. Fiquei ansioso para que voltassem a tocar música.

— Um medo assim só se sabe experimentando, viu? — disse ela, com a voz rouca.

— E aí? O que aconteceu? — perguntei.

— Quando me dei conta, a porta do elevador estava aberta — disse ela, encolhendo de leve os ombros. — A porta se abriu, e saudosos feixes de luz surgiram. Eu literalmente rolei para dentro do elevador e, tremendo feito uma vara verde, apertei o botão do térreo. Quando cheguei ao saguão, todos estavam surpresos, pois eu estava pálida e tremia tanto que não conseguia nem falar. O gerente se aproximou e perguntou o que se passava comigo. Então, expliquei-lhe aos engasgos que o décimo sexto andar estava estranho... Assim que o gerente me ouviu dizer isso, chamou um dos rapazes e subimos os três para verificar o que tinha acontecido. Mas o décimo sexto andar estava normal. As luzes estavam todas acesas e não havia mau cheiro. Era exatamente o mesmo de sempre. Fomos ao quarto dos funcionários e experimentamos perguntar à pessoa que ali estava. Ela disse que estivera acordada durante todo o tempo e afirmou que não havia acontecido nenhum blecaute. Só para termos certeza, percorremos o décimo sexto andar de ponta a ponta, mas nada havia de diferente. Senti como se tivesse sido enganada por uma raposa, sabe? Quando descemos, o gerente me chamou para conversar em sua sala. Acreditei piamente que seria repreendida. Ele, porém, não ficou bravo. Mandou que eu detalhasse um pouco mais a situação. Por isso, contei-lhe todos os pormenores. Até aqueles passos arrastados. Se bem que achei uma tolice, imaginando que ele iria rir na minha cara, dizendo que eu devia ter sonhado. No entanto, ele não riu. Muito pelo contrário. Estava com uma feição bastante séria e disse-me o seguinte: "Não conte a ninguém o que me relatou, entendeu?". Com um tom bastante dócil de quem fazia alguém entender algo. "Deve se tratar de algum engano, mas quero que fique calada para que os demais funcionários não fiquem com medo." Nosso gerente não é alguém que use palavras dóceis assim, sabe? É uma pessoa que fala de modo mais impositivo. Por isso, naquela hora, pensei que talvez não tivesse sido a primeira a ter experimentado aquilo.

Ela se calou. Tentei organizar mentalmente o que ela havia dito. O clima estava mais propenso para que eu lhe fizesse algumas perguntas.

— Já ouviu algum funcionário falando, comentando esse tipo de assunto? — perguntei. — Algo estranho que se pareça com a sua experiência, algo diferente ou esquisito? Mesmo que seja só um boato?

Ela pensou um pouco e fez que não. — Mas, sabe, sinto que ali há algo que não é normal. A reação do gerente quando me ouviu também foi assim, e, além disso, há cochichos demais naquele lugar. Não consigo me explicar bem, mas é estranho. Nada disso acontecia no hotel em que eu trabalhava antes. Obviamente, como não se tratava de um hotel de porte tão grande como esse, a situação é outra, mas mesmo assim é diferente demais. No anterior também se ouvia falar de histórias fantasmagóricas, em qualquer hotel há histórias desse tipo, porém todos nós fazíamos piadas sobre elas. Nesse, as coisas são diferentes. Não há clima para gracejos. Por isso dá mais medo ainda. O gerente, naquela hora, podia ter dado risada, simplesmente. Ou me dado uma bronca. Pois assim eu teria sido capaz de achar que havia cometido algum engano.

Ela apertou os olhos e fixou-os no copo que tinha nas mãos.

— Depois disso, você voltou ao décimo sexto andar? — perguntei.

— Várias vezes — ela respondeu de modo inexpressivo. — Existem ocasiões em que mesmo não querendo, você precisa ir a determinado lugar por se tratar de um local de trabalho, não tem? Mas vou só durante o dia. À noite, não. Aconteça o que acontecer, eu não vou. Pois não quero nunca mais passar por aquilo. Resolvi, então, não fazer mais plantões à noite. Disse aos meus superiores que não queria mais. Fui taxativa.

— Até agora, você nunca tinha falado nada a ninguém?

Ela só confirmou de leve com a cabeça.

— Como já disse antes, hoje é a primeira vez que comento isso com alguém. Mesmo que quisesse, não teria com quem falar. Pensei também que você poderia saber alguma coisa sobre isso. Sobre o que aconteceu no décimo sexto andar.

— Eu? Por que achou isso?

Ela me olhou com naturalidade.

— Não sei ao certo... Você sabia sobre o antigo Dolphin Hotel e queria saber o que tinha acontecido a ele... Achei que saberia alguma coisa sobre o que vivenciei.

— Creio não poder ajudá-la — falei depois de pensar um pouco. — Além do mais, eu também nada sei em especial sobre os pormenores daquele hotel. Era um hotel pequeno, nem um pouco badalado. Hospedei-me lá há quatro anos, conheci o proprietário e por isso voltei. Apenas isso. O antigo Dolphin Hotel era bem comum. Também não ouvi dizer nada sobre ele ter ou não relações com outras coisas.

Nunca achei que o Hotel do Golfinho fosse um hotel comum, mas por ora não queria dar mais abertura à conversa.

— Por que, então, quando eu lhe perguntei hoje à tarde se o Dolphin Hotel era um hotel de verdade, você disse que era uma longa história? Qual seria o motivo?

— Essa história é bem particular — expliquei. — Se começasse a falar, iria demorar muito, mas acredito que não haja nenhuma relação direta com o que você me contou agora.

Quando disse isso, ela me pareceu um pouco decepcionada. Contraiu os lábios e ficou olhando por alguns instantes para o dorso de suas mãos.

— Desculpe não ter sido útil. Você fez o favor de me contar e...

— Não tem problema — interrompeu ela. — Não é culpa sua. Seja como for, foi bom ter desabafado. Sinto-me aliviada... Guardar sozinha esse tipo de coisa me deixa apreensiva.

— Deve deixar mesmo — concordei. — Quando se guarda uma coisa apenas para si, ela vai crescendo em nossa cabeça — comentei, imitando com as mãos um balão de gás que vai se inflando.

Ela concordou. Rodou o anel no dedo e acabou por tirá-lo, recolocando-o novamente.

— Escuta, você acredita na minha história? Na história do décimo sexto andar? — indagou ela, fitando os dedos.

— É claro que acredito — respondi.

— De verdade? Mas não é *estranho*?

— Certamente, mas é suscetível de acontecer. Eu entendo. Por isso acredito no que me contou. Algumas coisas parecem ter ligação. Para tudo existe uma dosagem certa.

— Você já vivenciou algo parecido?

— Já — afirmei. — Acho que sim.

— Ficou com medo nessa hora? — perguntou.

— Não, é algo diferente de medo — respondi. — É como se houvesse várias ligações e no meu caso...

Subitamente não encontrei palavras para me expressar. Era como se alguém, bem longe, desligasse o fio do telefone da tomada. Depois de tomar um gole de uísque, disse que não sabia qual era o meu caso. — Não consigo encontrar a palavra certa. Mas isso é viável mesmo. Por isso eu acredito. Mesmo que ninguém mais acredite, eu confio no que você me contou. É verdade.

Ela levantou a cabeça e sorriu. Era um sorriso um pouco diferente dos outros. Um sorriso especial. Ela estava mais aliviada depois de ter desabafado. — Não sei bem o porquê, mas quando estou conversando com você, vou me acalmando. Eu sou uma pessoa reservada que mal consegue conversar com as outras no primeiro encontro, mas com você consigo me abrir.

— Não seria porque existe algo em comum entre nós? — perguntei, abrindo um sorriso.

Ela hesitou um pouco e acabou não falando nada. Apenas respirou fundo. Esse gesto, porém, não era de desagrado. Ela estava apenas se recompondo. — Então, não quer comer alguma coisa? De repente, fiquei com fome.

Convidei-a para jantar em um lugar mais apropriado, mas ela disse que preferiria comer algo ali mesmo. Chamamos o garçom e pedimos uma pizza e salada.

Conversamos bastante durante a refeição. Sobre o trabalho dela no hotel e sua vida em Sapporo. Contou-me que tinha vinte e três anos. Saiu do colégio e, depois de estudar por dois anos numa escola técnica de hotelaria, trabalhou outros dois num hotel em Tóquio. Candidatou-se para o anúncio do Dolphin Hotel e veio a Sapporo ao ser admitida. Era muito conveniente para ela mudar-se para a cidade de Sapporo, pois sua família administrava uma hospedaria perto de Asahikawa.

— Até que é uma boa hospedaria. Há muito tempo que temos esse negócio — comentou ela.

— Isso significa que você está aproveitando para aprender ou fazer um tipo de treinamento para herdar os negócios da família? — perguntei.

— Não é bem por isso — respondeu, novamente colocando a mão na armação dos óculos. — Não tenho pensado tanto assim no futuro. Eu apenas gosto de trabalhar em hotéis. Aparecem várias pessoas que se hospedam e vão embora. Sinto-me bastante segura quando estou num meio como esse. Fico tranquila. Vivo nesse ambiente desde criança, sabe? Estou acostumada.

— Faz sentido.

— Por que acha isso?

— Em pé, atrás do balcão, você parece uma fada de hotel.

— Fada de hotel? — exclamou rindo. — Que palavras lindas! Seria maravilhoso se me tornasse mesmo uma.

— Em se tratando de você, é possível, caso se esforce... — disse sorrindo. — Mas nos hotéis não para gente. Você não se importa? Todos simplesmente vêm e vão.

— Tem razão. Mas quando algo permanece, sinto certo medo. Por que será? Será covardia? Todos vêm e vão. Isso me tranquiliza. É estranho, não é? As moças em geral não pensam assim, pensam? Normalmente elas buscam segurança. Estou errada? Eu não sou assim... Por que será? Não sei.

— Não a acho estranha. Você apenas não se decidiu.

Ela me olhou admirada. — Como é que você pode saber?

— Como? Simplesmente sei.

Ela ficou refletindo sobre isso por alguns instantes.

— Fale-me de você — pediu ela.

— Não há nada de interessante — retruquei, mas ela disse que queria ouvir assim mesmo. Então comecei a falar um pouco sobre a minha vida. Contei que tinha trinta e quatro anos, era divorciado e trabalhava num tipo de subemprego escrevendo textos. Disse que tinha um Subaru de segunda mão com som e ar-condicionado.

Autoapresentação. Fatos objetivos.

Ela queria saber mais a respeito do meu trabalho. Como não havia o que esconder, expliquei-lhe. Falei sobre a entrevista que fizera com a jovem artista e sobre a reportagem com os restaurantes de Hakodate.

— Esse tipo de serviço parece muito interessante — comentou.

— Nunca achei graça, nem uma única vez. Escrever em si não é um martírio. Não que não goste de escrever. Quando escrevo, relaxo. O problema é que não há conteúdo nesse tipo de trabalho. Ele é totalmente desprovido de sentido.

— Em que aspectos, por exemplo?

— Quando rodo quinze restaurantes num dia, provo um bocadinho de cada prato oferecido e deixo sobrar todo o resto, por exemplo. Acho que isso, de alguma maneira, está definitivamente errado.

— Você não conseguiria comer tudo, conseguiria?

— Claro que não. Se o fizesse, morreria em três dias. Todos dizem que sou tolo. Que ninguém teria compaixão por mim se morresse por isso.

— Então não tem jeito, tem? — disse ela, rindo.

— Não — respondi. — Sei disso. Por isso sou como um limpa-neve. Faço porque não tenho alternativa. Não por ser interessante.

— Limpa-neve, é?

— Limpa-neve cultural — complementei.

Em seguida, ela quis saber sobre o meu divórcio.

— Não me divorciei porque quis. Um dia, simplesmente ela partiu... Com um homem.

— Você se magoou?

— Numa situação desse tipo acho que uma pessoa normal ficaria um pouco magoada, não acha?

Ela apoiou os cotovelos sobre a mesa com as mãos no rosto e olhou para mim. — Perdão. A pergunta foi malfeita. É que não consegui imaginar direito, como, afinal, seria o seu jeito de ficar magoado. Como é que você fica?

— Passo a usar o button do Kiss.

Ela riu: — Só isso?

— O que quero dizer — expliquei — é que esse tipo de coisa torna-se crônica. Engolido pela rotina, fica-se sem saber o que é. Mas ela continua ali. A mágoa é algo assim. Não permite ser exemplificada de maneira concreta, e o que se consegue mostrar não é a sua parcela significativa.

— Entendo perfeitamente o que você diz.

— Mesmo?

— Pode não parecer, mas eu também já sofri com muita, muita coisa — disse baixinho. — Foi por vários motivos que acabei deixando o hotel de Tóquio. Saí machucada. Era doloroso. Sou incapaz de resolver algumas coisas como normalmente as pessoas fazem.

— É... — murmurei.

— Ainda sofro. Quando penso no que aconteceu, ainda hoje sinto vontade de, de repente, morrer.

Mais uma vez ela tirou o anel e o recolocou. Depois, tomou o Bloody Mary e mexeu nos óculos. Em seguida, abriu um sorriso.

Nós já tínhamos bebido bastante. Bebemos a ponto de não saber quantas doses havíamos pedido. O relógio já tinha alcançado a casa das onze horas. Ela olhou o que tinha no pulso e disse que iria embora porque tinha de trabalhar cedo no dia seguinte. Eu me ofereci para levá-la de táxi. O apartamento dela ficava a uns dez minutos de carro dali. Paguei a conta. Quando saímos do bar, estava nevando um pouco. Nada muito forte, mas a rua estava congelada e bastante escorregadia. Por isso, demos os braços firmemente e fomos andando até o ponto de táxi. Ela estava um pouco tonta pela embriaguez.

— Sabe aquela revista semanal que publicou os problemas referentes à aquisição do terreno? — lembrei-me de repente do assunto e comecei a perguntar. — Você se lembra do nome do semanário e período da publicação?

Ela me disse o nome da revista semanal. Era o suplemento de um jornal. — Acho que foi mais ou menos no outono do ano passado, sabe? Como não o li, não sei bem os detalhes.

Ficamos esperando o táxi por cerca de cinco minutos em meio ao balé dos pequenos flocos de neve. Ela ficou segurando no meu braço o tempo todo. Estava serena. Eu também.

— Faz tanto tempo que não ficava tranquila assim... — disse ela. Há muito tempo, eu também não ficava tão tranquilo. Achei, novamente, que tínhamos algo em comum. Foi por isso que simpatizei com ela desde o primeiro encontro.

No táxi, falamos sobre banalidades. Sobre a neve, o frio, o horário de trabalho dela, coisas sobre Tóquio e outras mais. Enquanto conversava, fiquei aflito sem saber o que faria com a moça depois. Sabia que, se eu forçasse um pouco mais a situação, conseguiria dormir com ela. Essas coisas, *a gente simplesmente sabe*. É claro que não tinha certeza de suas intenções. Mas intuía que ela não descartava essa possibilidade. Sabemos dessas coisas pelo olhar, pela respiração, pelo jeito de falar e pelo movimento das mãos. É óbvio que eu queria dormir com ela. Sabia também que se isso acontecesse não teria problemas futuros. Era chegar e ir embora. Tal como ela mesma disse. Mas eu não conseguia me decidir. Não conseguia me desvencilhar de uma pequena ideia de que dormir com ela não seria jogar limpo. Ela tinha dez anos a menos do que eu, era um pouco instável, e além de tudo estava embriagada a ponto de não conseguir se equilibrar. Isso seria como jogar uma partida de baralho com uma das cartas marcada. Não era justo.

Entretanto, procurei perguntar a mim mesmo até que ponto a justiça no terreno do sexo fazia sentido. Pensei que se fosse para buscar justiça no âmbito sexual, por que, então, eu já não abria o jogo? Não seria mais simples?

Essa também era uma lógica correta.

Fiquei por algum tempo perdido entre esses dois valores, mas antes de o táxi chegar ao seu apartamento, ela resolveu o meu dilema de maneira bastante simples. — Estou morando com minha irmã mais nova — falou.

Assim, não houve necessidade de pensar em mais nada e fiquei um pouco aliviado. Quando o táxi parou em frente ao apartamento, ela me perguntou se eu poderia acompanhá-la até à porta porque tinha medo de que houvesse alguém estranho pelos corredores, como já havia acontecido antes. Pedi ao motorista que esperasse cinco minutos, segurei-a pelo braço e fomos até a entrada andando sobre a neve congelada. Em seguida, subimos pelas escadas até o segundo andar. Era um prédio de apartamentos simples de concreto, sem grandes adornos. Diante da porta de número 306, ela abriu a bolsa e começou a tateá-la procurando a chave. Depois, olhou para mim e meio sem jeito sorriu, agradecendo a noite agradável.

Eu também tinha me divertido muito, disse.

Ela destrancou a porta e guardou a chave na bolsa. O som seco da fechadura de metal ecoou pelo corredor. Em seguida, ela olhou fixamente para mim. Seus olhos pareciam elucidar um problema de geometria escrito no quadro-negro. Ela estava indecisa. Hesitante. Não conseguia se despedir. Percebi a sua hesitação.

Apoiei a mão na parede e esperei que ela se decidisse por alguma coisa. Mas ela custava a fazê-lo.

— Bons sonhos, recomendações à sua irmã — eu disse.

Ela contraiu bem forte os lábios por quatro ou cinco segundos. — É mentira que estou morando com minha irmã — falou baixinho. — Na verdade, moro sozinha.

— Eu sabia — disse.

Ela foi enrubescendo bem devagar. — Como?

— Apenas sei — respondi.

— Você é um chato — afirmou ela serenamente.

— Deixe-me ver, devo ser mesmo — respondi. — Como já disse, não faço o que as pessoas não gostam. Também não fico me intrometendo. Por isso, não tinha nada que mentir.

Ela ficou indecisa por alguns segundos e depois riu, dando-se por vencida. — Tem razão. Não precisava ter mentido.

— *No entanto...* — disse.

— No entanto, não foi premeditado. Eu também sofri do meu jeito. Como disse há pouco, aconteceram várias coisas.

— Eu também estou sofrendo. Estou com o button do Kiss no peito.

Ela riu. — Então, quer entrar um pouco e tomar um chá? Queria conversar mais um pouco com você.

Recusei balançando a cabeça. — Obrigado. Eu também quero conversar com você, mas hoje já vou indo. Não sei por que sinto que hoje devo ir. Acho melhor não conversarmos tantas coisas de uma só vez. Por que será?

Ela fixou o olhar em mim como se estivesse tentando ler as letras miúdas de um quadro de avisos.

— Não sei explicar direito. Mas sinto assim — afirmei. — Quando existem muitas coisas a falar, é melhor que seja aos poucos. Penso assim. Pode ser que esteja enganado.

Ela refletiu um pouco sobre o que eu dissera. Depois, desistiu de pensar. — Boa noite — disse ela, fechando silenciosamente a porta.

— Olha! — experimentei chamá-la. A porta se abriu cerca de quinze centímetros, e ela surgiu. — Posso convidá-la novamente em breve? — perguntei.

Com as mãos na porta, ela respirou fundo e respondeu: — Talvez. — A porta se fechou mais uma vez.

Entediado, o taxista lia o jornal esportivo. Quando voltei sozinho ao assento e disse o nome do hotel, ele pareceu surpreso.

— Vai mesmo embora? — perguntou. — Estava crente que viria me dizer que eu poderia ir embora. Pelo clima, sabe? Normalmente é isso que acontece.

— Deve ser — concordei.

— Quando trabalhamos durante muitos anos, costumamos não errar, sabe?

— Trabalhando durante muitos anos, pode-se errar. Pelas probabilidades.

— Tem razão — assentiu o taxista um pouco confuso. — Isso não é um pouco raro, senhor?

— Será mesmo? Será que sou tão diferente assim?

*

Voltei ao quarto, lavei o rosto e escovei os dentes. Sentia-me um pouco arrependido, mas apesar disso acabei dormindo profundamente. Meus arrependimentos em geral são passageiros.

*

Pela manhã, antes de qualquer coisa, liguei para a recepção e prorroguei a estada por mais três dias. Não tive problemas. Era baixa temporada, e o hotel não estava lotado.

Logo depois, comprei um jornal, entrei num Dunkin' Donuts próximo ao hotel, comi dois *muffins* e tomei duas xícaras grandes de café. O café da manhã dos hotéis é suportável só no primeiro dia. Dunkin' Donuts é muito melhor. É barato e pode-se tomar o café à vontade.

Peguei um táxi para ir a uma biblioteca. Pedi ao motorista que me levasse à maior biblioteca de Sapporo. Lá, pesquisei os números anteriores da revista semanal que a moça havia me falado. Tirei uma cópia do artigo e aproveitei para lê-lo num café próximo.

Era uma reportagem difícil de entender. Precisei ler e reler várias vezes até conseguir compreender bem. O repórter deve ter se esforçado muito para escrever de forma compreensível, mas parece que seu esforço não foi suficiente diante da complexidade do caso. Estava bastante prolixo. Mas, lendo com calma e atenção, foi possível delinear seu contorno. O artigo tinha o seguinte título: "Suspeita envolvendo terreno de Sapporo. Reurbanização sob o controle da máfia". Havia também uma foto aérea do Dolphin Hotel em fase de conclusão.

Resumindo, era o seguinte: em primeiro lugar, estava em andamento numa parte da cidade de Sapporo uma compra de terrenos em grande escala. Por baixo dos panos, houve uma mudança anormal nos títulos imobiliários em menos de dois anos. O mercado de terrenos começou a se aquecer sem nenhuma explicação. O repórter, diante dessas informações, resolveu investigar. Os terrenos eram comprados por diversas empresas, mas a maioria delas era virtual. Havia o registro das empresas, elas pagavam impostos, mas não tinham sede nem funcionários. Uma ligava-se à outra virtualmente. De fato, estava ocorrendo uma habilidosa negociação de terras para valorizá-las. O terreno que havia sido vendido por vinte milhões de ienes era revendido por sessenta milhões e novamente repassado por duzentos milhões. Seguindo persistentemente as pistas confusas de cada uma dessas empresas virtuais, chegava-se a um único destino: uma empresa que trabalhava com a imobiliária chamada B Empreendimentos. Essa era uma empresa real. Tinha sede em um prédio grande e moderno no bairro nobre de Akasaka, em Tóquio. A empresa B Empreendimentos estava ligada ao conglomerado A Empreendimentos Gerais. Tratava-se de uma empresa gigante, que incluía desde ferrovias, rede de hotéis, empresas cinematográficas, redes de lojas de alimentos, lojas de departamentos, revistas, financiadoras e até companhias de seguros. A A Empreendimentos Gerais também tinha uma gigantesca ligação com o mundo político. O repórter investigou mais a fundo e encontrou coisas interessantíssimas. A região adquirida pela B Empreendimentos era a área na qual a cidade de Sapporo estava realizando o novo projeto de reurbanização. Estava para ser construído o metrô e ser feita a transferência de secretarias e outros investimentos públicos. Grande parte do capital seria proveniente do Estado. O Governo, a Província de Hokkaido e a Prefeitura de Sapporo discutiram o novo projeto de reurbanização e chegaram a um projeto final quanto ao local, dimensões, orçamento, entre outras coisas. No entanto, quando foram averiguar, o terreno da área escolhida tinha sido adquirido por alguém nos últimos anos. A informação tinha vazado para a A Empreendimentos Gerais, e antes mesmo que o projeto tivesse sido aprovado, a compra dos terrenos já estava sendo negociada. Em suma, o plano de reurbanização já estava politicamente definido antes mesmo de ser iniciado.

A peça para monopolizar essa aquisição fora o Dolphin Hotel. Com ele, estava assegurado o melhor terreno. Esse gigantesco hotel passou a funcionar como QG da A Empreendimentos Gerais. Ele tinha a função de líder local. Chamando a atenção das pessoas, mudando o fluxo delas, ele tornou-se o símbolo da transformação dessa área. Tudo avançou segundo um plano minucioso. Assim é o capitalismo altamente desenvolvido. Aquele que investe a maior soma de capital recebe a informação mais vantajosa e obtém os maiores lucros. Ninguém é o vilão. O investimento de capital é uma ação que envolve esse tipo de coisa. Aquele que faz o investimento exige um retorno à altura. Assim como aquele que compra um automóvel de segunda mão chuta os pneus e verifica o motor, aquele que investe cem bilhões analisa a viabilidade desse investimento e há casos em que faz manipulações. Nesse mundo, o jogo limpo não tem nenhum sentido, pois as quantias investidas são grandes demais para se pensar nisso.

Impor também faz parte do jogo.

Por exemplo, suponhamos que haja alguém que não queira ceder à venda de um terreno. Uma loja de calçados com negócios que vêm desde os tempos antigos não quer negociar. Surgem então, do nada, pessoas para coagi-la. As empresas gigantescas possuem esse mecanismo. Esse tipo de empresa conta com políticos, romancistas, cantores de rock e até a máfia, ou qualquer coisa que tenha vida. Acontecem pressões exercidas por grupos de coerção munidos de espadas japonesas. A polícia não se intromete muito nesse tipo de ação. A conversa já chegou até o mais alto escalão policial. Isso não chega nem a ser podridão. É o sistema. Isso é investimento. É claro que, desde os tempos antigos, isso existe em maior ou menor grau. A diferença é que as malhas das redes desse investimento de capital ficaram incomparavelmente mais finas e resistentes. Os computadores gigantes tornaram isso possível, e todas as coisas existentes neste mundo estão dentro dessa rede. Com a condensação e a fragmentação, o capital foi elevado ao nível conceitual. Falando de maneira extrema, chegou a ser até um movimento religioso. As pessoas reverenciavam a dinâmica que o capital possui. Idolatravam seu caráter mitológico. Adoravam o preço do terreno em Tóquio e o que simboliza o Porsche que brilha reluzente. Pois, além dessas coisas, neste mundo já não resta mitologia nenhuma.

Isso é o capitalismo altamente desenvolvido. Goste-se ou não, nós vivemos num mundo assim. Até o padrão de bem e mal foi fragmentado e sofisticou-se. Dentro do bem há o bem fashion e o bem não fashion. O mesmo acontece com o mal. Há o mal fashion e o não fashion. Dentro do bem fashion há também o formal, o casual, o plebeu, o legal, o executivo, o esnobe. É possível se divertir com as combinações: um suéter Missoni, com uma calça Trussardi e um sapato Di Pollini. Os estilos complexos também podem ser experimentados. Neste mundo, a filosofia vai se assemelhando a uma teoria econômico-administrativa. A filosofia vai se aproximando da dinâmica da época.

O mundo ainda era simplório em 1969 e naquela época eu não pensava assim. Apenas nos limitávamos a jogar pedra nas tropas de choque e havia casos em que era possível manifestar a sua individualidade. Tempos bons, aqueles... Sob uma filosofia sofisticada, quem se arriscaria a atirar uma pedra na polícia? Quem, por livre e espontânea vontade, se submeteria ao gás lacrimogêneo? Isso *é a realidade*. As redes estão armadas por todos os lados. Do lado de fora dessas redes existem outras. Não há escapatória. Ao jogar uma pedra, ela volta num efeito bumerangue. É realmente assim.

O repórter dedicou todo o seu empenho para desvendar a suspeita. Mas sua voz era inexpressiva, por mais que ele tentasse chamar a atenção para esse fato, ou melhor, quanto mais ele tentava, mais o seu artigo perdia o poder de persuasão. Não tinha força para atrair a atenção. Ele não entendeu isso. Não era sequer uma suspeita. É um processo natural do capitalismo altamente desenvolvido. Todos sabem disso. Por isso, ninguém lhe deu atenção. Quem se importaria se um grande capitalista monopolizasse imóveis mediante informações obtidas por meios ilícitos ou forçasse decisões políticas, ou mesmo se, sob suas ordens, mafiosos coagissem pequenos proprietários de lojas de calçados ou se um administrador de um pequeno hotel inexpressivo fosse agredido? Em suma, é isso. O tempo flui como as areias do deserto. O lugar onde estamos não é o mesmo em que estávamos.

Julguei ser um artigo exemplar. O assunto fora bem pesquisado e aflorava senso de justiça. Mas não seguia a tendência.

Guardei a cópia do artigo no bolso e pedi mais uma xícara de café.

Pensei no gerente do Hotel do Golfinho. Naquele homem infeliz perseguido pela sombra da desgraça desde o seu nascimento. É claro que ele não conseguiria sobreviver à época.

— Não está dentro da tendência — pronunciei.

A garçonete passou por mim e me encarou. Peguei um táxi e voltei para o hotel.

8

Do quarto, liguei para o meu ex-sócio. Um desconhecido atendeu o telefone, perguntou meu nome e transferiu a ligação para uma outra pessoa que novamente pediu para que eu me identificasse. Por fim ele atendeu. Parecia ocupado. Fazia pelo menos um ano que não nos falávamos. Não o evitava conscientemente. Apenas não tinha o que falar com ele. Sempre gostei dele e até hoje isso não mudou. Mas o meu sócio era para mim (assim como eu era para ele) uma espécie de "território percorrido" ao qual não pertencemos mais. Não fomos nós que forçamos a situação. Nós apenas trilhamos caminhos diferentes que dificilmente se cruzam. Apenas isso.

— Você está bem? — perguntou ele. Respondi que sim e contei que estava em Sapporo. Ele perguntou se estava frio. Disse que estava e perguntei como ia o trabalho. Comentou que estava ocupado e quando lhe recomendei: "Não se exceda no álcool", ele respondeu: "Ultimamente não estou bebendo muito". Depois, perguntou: "Aí está nevando?", e respondi que no momento não estava.

Durante um tempo ficamos somente rebatendo amenidades, educadamente.

Nisso, disse a ele: — Quero lhe pedir um favor.

Ele tinha uma dívida antiga comigo. Ele se lembrava dela assim como eu. Além do mais, não costumo pedir coisas abusivas aos outros.

— Tudo bem — respondeu simplesmente.

— Há um bom tempo, nós chegamos a fazer um trabalho relacionado a empresas hoteleiras, não é mesmo? — perguntei-lhe. — Foi há uns cinco anos, você se lembra?

— Lembro.

— Você ainda mantém algum contato nessa área?

Ele pensou um pouco.

— Não é um contato ativo, mas está vivo. Não é impossível reavivá-lo.

— Havia uma pessoa, um repórter que conhecia muito bem os bastidores das empresas hoteleiras. Esqueci o nome dele. Ele era magro e sempre usava um boné esquisito. Você conseguiria entrar em contato com ele?

— Acho que sim. O que você gostaria de saber?

Disse a ele resumidamente a respeito do artigo sobre o escândalo do Dolphin Hotel. Ele anotou o nome da revista semanal e o dia da publicação. Depois, disse-lhe que antes da construção do grande Dolphin Hotel havia um outro pequeno Dolphin Hotel. Diante disso, gostaria de saber, em primeiro lugar, por que esse novo hotel herdou o nome Dolphin Hotel; em seguida, qual foi o destino do antigo dono do pequeno Dolphin Hotel, e finalmente que rumo tomaram as coisas após o escândalo. Ele anotou tudo e depois releu.

— Isso é tudo?

— É tudo.

— Deve ser urgente, não?

— O pior é que sim.

— Vou tentar entrar em contato com ele ainda hoje. Qual é o seu telefone?

Deixei o telefone do hotel e o número do quarto.

— Então, até mais — despediu-se ele, desligando logo em seguida.

Comi um almoço simples no café do hotel. Quando desci para o saguão, encontrei a garota de óculos da recepção. Sentei-me numa poltrona no canto do saguão e por um bom tempo fiquei observando a moça. Ela estava ocupada com os afazeres e parecia não notar a minha presença. Podia até estar notando, mas ignorava. Isso não importava. Eu só queria ficar olhando um pouquinho para o seu rosto. Observando-a, pensei que se eu quisesse dormir com ela, eu poderia.

Às vezes era necessário criar esse tipo de afirmação para se autoencorajar.

Após observá-la por uns dez minutos, peguei o elevador, subi para o décimo quinto andar e li um livro no quarto.

Novamente o céu estava nublado e sombrio. Tive a sensação de estar morando dentro de uma caixinha de papel machê, onde penetrava somente um pequeno feixe de luz. Como não sabia ao certo a que horas o telefone poderia tocar, não tinha vontade de sair. Estando no quarto, só me restava ler. Após a biografia de Jack London, li também um livro sobre a guerra da Espanha.

O dia parecia um entardecer contínuo. Não havia variação. Através da janela podia-se ver a coloração acinzentada que gradativamente ia se mesclando ao preto até se transformar em noite. O que mudou foi apenas um pouco da qualidade da escuridão. No mundo só existiam dois tipos de cores. Cinza e preto. Eles apenas surgem e desaparecem periodicamente.

Pedi um sanduíche ao serviço de quarto. Comi cada pedaço vagarosamente e tomei uma cerveja do frigobar. Bebi a cerveja gole por gole, bem devagar. Quando não se tem o que fazer, fazemos muitas coisas com tempo e dedicação. Às sete e meia, meu ex-sócio telefonou.

— Consegui entrar em contato.

— Foi difícil?

— Um pouco — disse ele, fazendo uma pausa antes de responder. Com certeza deve ter dado muito trabalho, pensei comigo.

— A explicação será simples e curta. Em primeiro lugar, esse assunto já foi devidamente arquivado. Ele foi colocado numa panela hermeticamente tampada, amarrada com cordas e guardada dentro de um cofre. Ninguém irá trazê-lo à tona. Já acabou. Não existe mais escândalo. Houve duas ou três mudanças insignificantes dentro do governo e da administração municipal, mas não deram em nada. Como se fosse um pequeno ajuste. Além disso, ninguém pode ser atingido. A Procuradoria do Estado trabalhou um pouco no caso, mas não conseguiu descobrir nada de concreto. Há uma intrínseca rede de conexões. A coisa é quente. Por isso, foi difícil conseguir essas informações.

— É um assunto particular e não quero causar nenhum transtorno a ninguém.

— Foi isso que eu falei para ele.

Com o fone na mão, fui até o frigobar, tirei uma cerveja e com a outra mão abri a tampa e coloquei a cerveja no copo.

— Pode parecer implicância da minha parte, mas se você mexer nas coisas de modo atropelado, pode se machucar — disse ele. — Esse é um assunto dos grandes! Não entendo o porquê de você estar metido nessa coisa, de todo modo é melhor não se aprofundar muito. Você deve ter suas razões, mas acho melhor levar uma vida mais tranquila e condizente com a sua posição. Não digo que você deva ser como eu.

— Eu sei disso — soltei.

Ele pigarreou. Tomei um gole de cerveja.

— O dono do antigo Dolphin Hotel não cedeu e por isso ocorreram inúmeros problemas. Ele podia ter simplesmente saído, sem transtornos, mas não o fez. Não tinha uma visão global do que estava acontecendo.

— É. Esse não é do tipo negociador — eu disse.

— Passou por situações desagradáveis. Por exemplo, um dia alguns homens da máfia japonesa, os yakuza, hospedaram-se no hotel e fizeram o que quiseram. Tudo dentro dos limites da lei. O que dava medo era vê-los parados e sentados no saguão. Quando alguém entrava, eles ficavam encarando. Você sabe o que é isso, não? E o hotel não baixava a guarda.

— Posso imaginar... — comentei.

O administrador do Hotel do Golfinho estava acostumado com as desgraças da vida. Não seria qualquer coisa que o afetaria.

— Mas, no final, o Dolphin Hotel propôs uma estranha condição. Se a aceitassem, eles sairiam de lá. Tente adivinhar qual era essa condição.

— Não sei — disse.

— Vamos, pense um pouco — insistiu ele. — Tem a ver com a outra pergunta que você fez.

— A condição de manter o nome Dolphin Hotel?

— Exatamente — disse ele. — Essa era a condição e o comprador aceitou.

— Mas por quê?

— Porque não era um nome ruim, não acha? Dolphin Hotel não é um nome ruim.

— Realmente — concordei.

— Além do mais, naquela ocasião, a A Empreendimentos tinha planos de construir uma rede de hotéis. Uma rede de alto padrão que ainda não existia entre os hotéis de alta classe. E ainda não tinha um nome para dar.

— Rede Dolphin de hotéis — arrisquei.

— Isso aí. Uma rede do mesmo nível dos hotéis Hilton ou Hyatt.

— Rede Dolphin de hotéis — repeti. Era uma espécie de continuidade, um sonho ampliado.

— O que aconteceu com o antigo proprietário do Dolphin Hotel?

— Isso ninguém sabe — disse ele.

Tomei mais um gole de cerveja e cocei o lóbulo da orelha com a caneta.

— Com a bolada que ganhou ao deixar o local, ele deve estar fazendo alguma coisa por aí, não acha? Não há como obter informações sobre ele. Afinal, é apenas um figurante nessa história.

— É. Acho que sim — reconheci.

— Enfim, foi o que consegui — disse ele. — Só pude descobrir isso. Nada mais. Tudo bem?

— Obrigado, valeu — agradeci.

— A-hã — disse enquanto pigarreava.

— Gastou dinheiro com o cara? — perguntei.

— Não — respondeu. — Vou levá-lo para jantar, depois, no Clube Ginza, e pagarei as despesas de locomoção dele. Não se preocupe com isso. Afinal, todas essas coisas são dedutíveis como despesa. Tudo entra como tal. Meu contador especializado em imposto de renda vive me dizendo para eu ter mais despesas. Por isso, não se preocupe. Se você quiser conhecer o Clube Ginza, também posso levá-lo lá um dia desses. Afinal, é um tipo de despesa. Você ainda não conhece, não é?

— Afinal, que tipo de lugar é esse Clube Ginza?

— Tem bebidas e garotas — disse ele. — Quando vou lá, meu contador me elogia.

— Por que você não leva o seu contador? — sugeri.

— Já o levei dia desses — respondeu entediado.

Nós nos despedimos e desligamos.

Após essa ligação, pensei um pouco a respeito do meu ex-sócio. Ele tem a mesma idade que eu e já tem uma barriguinha. Sua mesa é repleta de remédios e costuma levar a sério as questões eleitorais. O desempenho escolar das crianças o deixa chateado e as brigas com sua esposa são frequentes, mas apesar disso pode ser considerado um tipo que preza a família. Seu ponto fraco é justamente exagerar na bebida, mas é um homem honesto, que zela pelo trabalho. Pode-se dizer que, em todos os sentidos, é um homem bom.

Após concluirmos a faculdade, fizemos uma sociedade e trabalhamos juntos por algum tempo. Começamos com uma pequena empresa de traduções e aos poucos fomos ampliando nossa área de atuação. Não éramos exatamente amigos íntimos, mas até que nos dávamos bem. Nos encontrávamos todos os dias e nunca tivemos um atrito sequer. Ele era educado e calmo e eu detestava discussões. Havia pequenas desavenças entre nós, mas nada que o respeito mútuo deixasse de resolver. Resolvi sair da sociedade no momento em que a empresa estava bem. Mesmo após a minha repentina saída, ele continuou sozinho e, cá entre nós, ficou melhor sem mim. Os resultados obtidos foram melhorando gradativamente e a empresa progrediu. Ele contratou novos funcionários e sabia como fazê-los trabalhar direito. Do ponto de vista emocional, ele se tornou uma pessoa bem mais estável depois que passou a trabalhar sozinho.

Acho que o problema era eu. Pode ser que alguma coisa em mim não lhe fazia bem. É por isso que ele se sentiu livre e desimpedido depois que saí de lá. Ele sabia como bajular e persuadir as pessoas e por isso conseguia usá-las a seu favor. Vivia fazendo brincadeiras sem graça para a moça da contabilidade e, mesmo achando uma tremenda bobagem, levava os clientes ao Clube Ginza com o intuito de aumentar as despesas dedutíveis do imposto de renda. Caso eu ainda estivesse com ele, provavelmente ele não faria isso tudo de maneira tão natural e tão bem-feita, pois a minha presença o incomodava. Antes de fazer qualquer coisa, sempre procurava antecipar a minha provável reação. Ele era assim. No entanto, eu mesmo nunca me importei com as coisas que ele fazia.

Foi bom ele ficar sozinho, pensei. Em todos os sentidos.

Em suma, a minha ausência proporcionou-lhe uma maior liberdade de ação. Liberdade de ação, pronunciei. Ao dizer isso, tive a impressão de que esse era um assunto que não me dizia respeito.

*

Às nove horas, o telefone tocou mais uma vez. Como não aguardava nenhuma ligação, em princípio não identifiquei que era a campainha do telefone. Mas, de fato, o era. Lá pelo quarto toque tirei o fone do gancho e levei-o ao ouvido.

— Hoje você ficou no saguão me observando, não é? — perguntou a recepcionista. Sua voz não denotava raiva nem alegria. Era apenas indiferente.

— Fiquei sim — admiti.

Ela se calou por alguns instantes.

— Quando estou trabalhando, fico muito nervosa ao ser observada daquele jeito. Por causa disso, cometi inúmeros erros hoje. Erros que foram cometidos enquanto você estava me olhando, sabia?

— Não vou mais fazer isso — assegurei. — Eu estava apenas observando você para me dar ânimo. Não pensei que fosse ficar tão nervosa com isso. De agora em diante vou tomar cuidado, está bem? Onde você está agora?

— Em casa. Vou tomar um banho de imersão e dormir — disse ela. — Resolveu prolongar a sua estada?

— Resolvi. É que ainda tenho algumas coisas pendentes — justifiquei.

— Bem, mas não fique mais me olhando daquele jeito, viu? Isso me deixa sem graça.

— Não vou mais fazer isso.

Fez-se um breve silêncio.

— Você acha que minha tensão é exagerada? De modo geral?

— Eu não saberia dizer... pois existem diferenças individuais. Acho que qualquer pessoa que sabe que está sendo observada fica um pouco tensa. Não fique encucada com isso. Às vezes eu me pego olhando algo inconscientemente. Costumo ficar olhando fixamente as coisas.

— Por que você tem essa tendência?

— Tendência é algo que não é fácil explicar — disse. — Mas vou tomar cuidado para não ficar te olhando mais. Não quero que você cometa erros no seu serviço.

Durante algum tempo ela pareceu estar pensando sobre o que eu havia dito.

— Bons sonhos! — disse depois de um tempo.

— Pra você também! — respondi.

Desliguei o telefone. Tomei banho de imersão e fiquei no sofá lendo um livro até as onze e meia. Depois disso, vesti-me e saí no corredor. Andei de um lado para o outro pelos extensos e complexos corredores que mais pareciam labirintos. No canto mais afastado do andar, bem lá no fundo, havia um elevador de serviço. Esse elevador situava-se num local de difícil acesso aos hóspedes, mas não ficava escondido. Se o hóspede seguisse a placa que indicava a escada de emergência, iria deparar com algumas portas sem numeração e num canto encontraria esse elevador. A fim de evitar que um hóspede entrasse nele por engano, havia uma placa sinalizando Elevador de Carga. Fiquei um tempo vendo o que acontecia, mas o elevador estava parado no térreo. Nesse horário quase ninguém devia utilizá-lo. Podia-se ouvir bem baixinho o som ambiente pelo alto-falante do teto. Era a música "Love Is Blue", de Paul Mauriat.

Apertei o botão do elevador. Era como se eu tivesse acabado de acordá-lo e ele começasse a subir esticando o pescoço. O número do painel digital ia marcando sequencialmente: 1, 2, 3, 4, 5, 6... Enquanto subia lentamente, andar por andar, a distância entre nós diminuía. Enquanto ouvia "Love Is Blue", fiquei observando a numeração. Se algum funcionário do hotel estivesse dentro do elevador, a minha desculpa seria de que eu pensava ser aquele o elevador social. Hóspedes de hotel costumam fazer coisas equivocadas. O elevador veio subindo: 11, 12, 13, 14. Dei um passo para trás, coloquei as mãos nos bolsos e aguardei a porta se abrir. Quando por fim chegou no número 15, ele parou. Houve um breve intervalo de tempo. Não se ouvia nenhum barulho. E então a porta se abriu. Não havia ninguém.

Achei o elevador muito silencioso. Era totalmente diferente daquele elevador ofegante do Hotel do Golfinho. Entrei e apertei o botão 16. A porta se fechou silenciosamente, senti um leve movimento e a porta se abriu de novo. Era o décimo sexto andar. No entanto, não estava escuro como ela havia descrito. Havia iluminação e do alto-falante do teto ouvia-se "Love Is Blue". O local era inodoro. Para me certificar de que tudo estava normal, andei de ponta a ponta os corredores do décimo sexto andar. Sua disposição era idêntica à do décimo quinto andar. Os corredores eram sinuosos e havia uma sequência infindável de quartos, um espaço reservado para algumas máquinas automáticas e alguns elevadores sociais. Em frente a uma ou outra porta havia louças do jantar que fora servido pelo serviço de quarto. O carpete era vermelho escuro, macio e de boa qualidade. Ele abafava o som dos passos. Ao redor, tudo era silêncio. Agora era "A Summer Place", da orquestra Percy Faith, que tocava no som ambiente. Andei até o fim do corredor, virei à direita, fui ao elevador social e voltei para o décimo quinto andar. Depois disso, mais uma vez fiz a mesma coisa. Peguei o elevador de serviço, subi ao décimo sexto andar, e de novo deparei com um andar iluminado e sem nenhuma anormalidade. Ouvi "A Summer Place". Desisti e retornei novamente ao décimo quinto. Já no meu quarto, tomei uns dois goles de brandy e resolvi dormir.

*

A escuridão ia cedendo espaço para o dia que amanhecia acinzentado. Nevava. E aí, o que devo fazer hoje?, pensei.

Não tinha absolutamente nada para fazer — como sempre.

Fui andando até o Dunkin' Donuts e comi donuts, tomei duas xícaras de café e li um jornal. Nele havia reportagens sobre as eleições. Procurei na seção de cinema algo interessante, mas não encontrei nada. Num dos filmes, o coadjuvante era um amigo que estudara comigo na escola. O filme era direcionado ao público juvenil e chamava-se *Amor não correspondido*. A história se passava numa escola e ele contracenava com uma jovem atriz e uma cantora, ambas em plena ascensão. Eu podia adivinhar, sem muito esforço, o papel desse meu amigo. Ele seria um professor jovem, bonito e compreensivo. Além de ser alto e esbelto, destacava-se nos esportes e as alunas da escola ficavam excitadas só de ouvi-lo chamar o nome delas, tamanha era a atração que sentiam por ele. A protagonista sentia-se igualmente atraída por ele. No domingo, ela prepara umas bolachinhas e vai levá-las ao apartamento do professor. Em contrapartida, há um garoto apaixonado por ela. Ele é um garoto simples, um pouco tímido, coisas desse tipo. Desnecessário pensar muito para saber.

No início de sua carreira de ator, por um certo tempo acompanhei assiduamente alguns de seus filmes, em parte pela curiosidade. No entanto, com o passar do tempo, não via mais nada. Todos os filmes eram sem graça e ele sempre acabava fazendo papéis parecidos. Bonito, esportivo, limpo e de pernas compridas. Começou com papel de estudante universitário, depois passou para professor, médico ou executivo jovem bem-sucedido. Mas a função dele nos filmes era sempre a mesma. As garotas se apaixonavam por ele e ficavam todas alvoroçadas. Tinha os dentes bonitos e seu sorriso causava uma boa impressão, até mesmo para mim. Eu me recuso a gastar meu dinheiro para ver um filme desses. Não que eu seja um fã sério e esnobe que só assista a Fellini ou Tarkovski, mas é que os filmes em que ele contracenava eram realmente terríveis. O enredo era óbvio, as conversas eram convencionais. Enfim, um filme barato com um diretor que o fazia apenas por fazer.

Na verdade, antes mesmo de ser ator, ele já tinha esse estilo. Era bem-apessoado, mas não se podia ver sua essência. Estudamos juntos durante dois anos no ginásio. Na aula de laboratório de ciências compartilhávamos a mesma mesa. Por isso, conversávamos de vez em quando. Desde aquele tempo ele já transmitia, como nos filmes, uma assustadora boa impressão. As meninas, desde essa época, apaixonavam-se por ele a ponto de delirar. Se ele conversava com as garotas, todas ficavam fascinadas. Durante as experiências de ciências, ele era o alvo das atenções das meninas. Se não sabiam de algo, logo perguntavam para ele. Quando acendia elegantemente o bico de Bunsen, todas olhavam para ele como quem assistia à abertura dos jogos olímpicos. Ninguém sequer percebia a minha existência.

Ele era aplicado. Sempre fora o primeiro ou o segundo da classe. Simpático, sincero e não era vaidoso. Não importava o tipo de roupa que vestia, estava sempre bem-arrumado, era esbelto e também de boa família. Até mesmo para urinar era elegante.

É difícil encontrar algum homem que tenha uma postura tão elegante na hora de urinar. Nem é preciso dizer que ele era o máximo nos esportes, além de ser competente como representante de classe. Surgiu um boato de que ele estaria se dando bem com a menina mais popular da classe, mas isso não se confirmou. Até os professores ficavam encantados com ele, e quando havia atividades com os pais na escola, as mães ficavam igualmente fascinadas. Ele era esse tipo de homem. No entanto, nunca descobri o que pensava.

Ele era igual a um filme.

Que motivos teria eu para ver um filme desses com o meu salário?

Joguei o jornal na cesta de lixo e voltei para o hotel no meio da neve. Quando passei pelo saguão, olhei para a recepção, mas não a encontrei. Devia estar no seu horário de descanso. Fui ao fliperama e joguei Pac-Man e Galaxy. São jogos muito bem elaborados, mas não deixam de ser neurotizantes e extremamente violentos. São jogos de passatempo.

Após jogar algumas partidas, voltei para o quarto e li um pouco.

Era um dia inútil. Quando enjoei de ler o livro, fiquei observando a neve pela janela. Ela caía ininterruptamente durante todo o dia. Fiquei admirado ao ver tanta neve, a ponto de me perguntar como era possível existir tamanha quantidade. Por volta do meio-dia fui ao café do hotel e almocei. Voltei mais uma vez para o quarto, li o livro e depois fiquei de novo observando a neve pela janela.

Não podia dizer que era um dia totalmente inútil. Às quatro da tarde, enquanto lia na cama, debaixo das cobertas, ouvi alguém bater à porta. Ao abrir, lá estava ela. Era a garota de óculos da recepção com uma espécie de blazer azul-claro. Ela entrou de modo sorrateiro pelo pequeno espaço da porta entreaberta, como se fosse uma sombra, fechando-a agilmente.

— Se eu for pega aqui, serei despedida. Este hotel é muito rigoroso com essas coisas — disse ela.

Deu uma olhada no quarto e sentou-se no sofá, puxando a barra da saia para baixo. Depois, respirou fundo. — Agora é meu horário de descanso — comentou.

— Toma alguma coisa? Eu vou tomar uma cerveja...

— Não quero. Não tenho muito tempo. E então!? O que você fica fazendo enfurnado o dia inteiro neste quarto?

— Nada de especial. Apenas estou matando o tempo. Leio um livro, vejo a neve... — disse-lhe enquanto tirava a cerveja do frigobar e enchia o copo.

— Que livro?

— Um sobre a guerra da Espanha. O relato é bem detalhado do começo ao fim. É muito sugestivo.

A guerra da Espanha é realmente muito sugestiva. Antigamente havia guerras desse tipo.

— Não vai me interpretar mal, tá? — pediu ela.

— Interpretar mal? Interpretar mal porque você veio aqui?

— É.

Com o copo na mão, sentei-me no canto da cama. — Não vou interpretá-la mal. Apenas fiquei um pouco surpreso, mas estou feliz por você estar aqui. Estava entediado e queria conversar com alguém.

Ela parou no meio do quarto, tirou silenciosamente o casaco azul-claro e, para não amassá-lo, pendurou-o no encosto da cadeira que ficava ao lado do criado-mudo. Veio andando em minha direção e sentou-se ao meu lado com as pernas alinhadas. Sem o casaco ela parecia uma pessoa frágil. Coloquei meu braço sobre o seu ombro e ela apoiou a cabeça no meu. Senti um cheiro muito bom. A blusa branca estava impecavelmente bem passada. Ficamos assim uns cinco minutos. Eu estava imóvel com o braço envolvendo o seu ombro enquanto ela apoiava a cabeça no meu e respirava com serenidade, de olhos fechados, como se estivesse dormindo. A neve absorvia o barulho da cidade e continuava a cair ininterruptamente. Quase não se podia ouvir nada.

Ela devia estar cansada e queria um local para poder descansar. Eu era uma espécie de poleiro. Senti pena por ela estar naquele estado. Parecia-me injusto uma garota tão nova e bonita ficar tão cansada. Mas, se pensar bem, não é questão de ser justo ou injusto. A fadiga é algo que pode ocorrer com qualquer pessoa independentemente de ser bonita, feia ou da idade. É como a chuva, o terremoto, o raio e a enchente.

Após cinco minutos ela levantou a cabeça, afastou-se de mim e vestiu o casaco. Sentou-se novamente no sofá. Ficou mexendo no anel do dedo mínimo. Estava um pouco nervosa e pareceu distante.

Permaneci sentado na cama, olhando para ela.

— Sabe aquela coisa esquisita que aconteceu com você no décimo sexto andar? — perguntei. — Naquele dia você não fez nada de diferente? Antes de entrar no elevador, ou estando nele?

Ela inclinou levemente a cabeça e ficou pensando... — Deixe-me ver... como foi? Acho que não fiz nada de diferente... Não consigo me lembrar.

— Você não teve nenhum pressentimento estranho, algo diverso dos outros dias?

— Tudo normal — disse ela. — Nada de estranho ocorreu. Entrei normalmente no elevador e ao chegar ao andar a porta se abriu e tudo estava escuro. Foi somente isso.

— Que tal sairmos para comer em algum lugar? — perguntei.

Ela balançou a cabeça negativamente. — Desculpe-me. Sinto muito, mas hoje já tenho um compromisso.

— Que tal amanhã?

— Amanhã tenho que ir para a escola de natação.

— Escola de natação? — indaguei. Depois, sorri. — Você sabia que no Antigo Egito havia escolas de natação?

— Não sabia — respondeu ela. — Isso é mentira, não é?

— É verdade. Uma vez fiz uma pesquisa sobre esse assunto por causa do trabalho — expliquei. O fato é que, por mais que isso fosse verdade, não servia para nada.

Ela olhou o relógio e rapidamente se levantou. — Obrigada — disse. E, assim como entrou, saiu de modo sorrateiro, sem fazer nenhum barulho. Essa foi a única coisa que valeu a pena naquele dia. É uma coisa modesta. Até mesmo os antigos egípcios tinham uma vida simples e procuravam encontrar alegria nos pequenos acontecimentos do cotidiano até o fim da vida. Aprendiam natação e faziam múmias. A civilização nada mais é do que o acúmulo dessas coisas.

9

Às onze horas da noite eu não tinha mais nada para fazer. Tudo que eu poderia fazer já tinha feito. Cortei as unhas, tomei banho de imersão, limpei os ouvidos e até assisti ao noticiário da TV. Fiz flexões e abdominais. Jantei e terminei de ler o livro. No entanto, ainda não estava com sono. O que eu queria mesmo era testar novamente aquele elevador de serviço, mas ainda era cedo para isso. O melhor seria esperar passar da meia-noite, pois nesse horário cessava a movimentação dos funcionários.

Depois de pensar sobre várias coisas, resolvi ir ao bar no vigésimo sexto andar. Através da janela observei a neve caindo ininterruptamente na vasta escuridão, e, tomando um martíni, pensei nos antigos egípcios. Fiquei imaginando como seria a vida deles. Que tipo de pessoa frequentaria as escolas de natação? Com certeza eram pessoas da alta sociedade, como os familiares do faraó ou da nobreza. Seriam os aristocratas egípcios. Imagino que eles teriam represado uma parte do rio Nilo, ou algo assim, para construir uma piscina especial em que pudessem aprender maneiras chiques de nadar. Um professor bem-apessoado, como o meu amigo ator, diria a essas ilustres pessoas, de modo soberbo, algo do tipo: Está muito bom, meu senhor. Atente apenas para que, no nado livre, o braço direito fique reto, procurando alongá-lo um pouco mais.

Pude imaginar uma cena como essa. O rio Nilo com sua coloração azul, escuro como nanquim, o sol ofuscante (certamente havia alguma espécie de cabana com uma cobertura de junco ou algo assim no telhado), guardas com lanças para afugentar os crocodilos e o povo, os juncos balançando ao sabor dos ventos e os príncipes do faraó. E aí comecei a pensar como seria a rainha. Será que as mulheres também aprendiam a nadar? Cleópatra, por exemplo. Uma Cleópatra mais jovem parecida com Jodie Foster. Será que ela também seria mais uma a se apaixonar pelo professor de natação? Acho que sim, pois essa é a razão da existência dele.

Acho que deviam fazer um filme desse tipo. A algo assim, eu até assistiria.

O professor de natação não seria de origem humilde. Ele seria filho de uma família real lá dos lados de Israel ou da Assíria, mas com a derrota na guerra fora trazido como escravo ao Egito. Nem na condição de escravo ele perdia a compostura. É nesse ponto que ele difere de Charlton Heston e Kirk Douglas. Ele sorri mostrando os dentes alvos e urina com elegância. Se lhe déssemos uma guitarra havaiana, ele provavelmente começaria a cantar "Rock-a-Hula Baby" em pé junto à margem do rio Nilo. Esse tipo de papel só ele poderia fazer.

Certo dia, então, uma comitiva do faraó está passando enquanto ele corta junco na margem do rio, e bem nesse instante um dos barcos vira. Sem nenhuma hesitação, ele pula no rio e com um nado firme vai até o barco e, enquanto segura uma menina pequena num dos braços, luta com crocodilos até atingir a margem. Tudo com muita elegância. A mesma elegância com que ele acendia o bico de Bunsen nas aulas de laboratório de ciências. O faraó observa tudo atentamente e, admirado, pensa: É isso! Vou fazer com que esse jovem se torne o professor de natação dos príncipes. Como o professor anterior era desbocado e foi jogado no poço sem fundo na semana passada, ele se tornará o professor de natação. E por causar boa impressão, todos ficam encantados com ele. Ao anoitecer, as damas da corte se perfumam para ficar em sua cama. Ele também é venerado pelos príncipes e princesas. Nesse momento entra em cena um espetáculo onde se misturam *A escola de sereias* e *O rei e eu*. Ele, os príncipes e as princesas festejam o aniversário do faraó apresentando algo parecido com o nado sincronizado. O faraó fica muito emocionado e assim o seu prestígio aumenta mais uma vez. Apesar disso, ele não se envaidece. É modesto. Além do quê, sempre sorri e urina elegantemente. Quando alguma dama da corte entrava debaixo de suas cobertas, ele ficava pelo menos uma hora fazendo as preliminares e somente quando ela estava realmente excitada é que consumava o ato. Depois, alisava os cabelos dela. Foi o máximo!, dizia ele. Era sempre gentil.

Fiquei tentando imaginar como seria dormir com uma dama da corte, mas nada muito concreto me veio à mente. Quando tentava imaginar algo, sempre me ocorria a imagem da Cleópatra da Twentieth Century Fox. Aquele filme horrível estrelado por Elizabeth Taylor, Richard Burton e Rex Harrison. Aquelas mulheres negras exóticas com pernas esguias bem ao estilo hollywoodiano abanando Elizabeth Taylor com um leque de cabo longo. Elas tentariam agradá-lo fazendo poses audaciosas. As mulheres egípcias eram versadas nessas coisas.

E, então, a Cleópatra do tipo Jodie Foster sente-se atraída por ele a ponto de ficar obcecada.

Pode até ser convencional, mas se não for assim não é filme.

Ele também fica maravilhado pela Jodie Cleópatra.

Porém, ele não é o único a ficar maravilhado com Jodie Cleópatra. O príncipe negro da Abissínia também se sente atraído por ela. Ele gosta tanto de Jodie Cleópatra que só de pensar nela, inconscientemente, começa a dançar. Esse papel deve ser sem dúvida de Michael Jackson. Por causa desse amor, ele parte da Abissínia e atravessa o longo deserto até o Egito. Canta e dança "Billie Jean" diante da fogueira da caravana com um bandolim ou coisa parecida. Seus olhos brilham ao refletir a luz das estrelas. É claro que haverá uma desavença entre Michael Jackson e o professor de natação. Rivalidade do amor.

A cena já tinha se desenrolado até aí, quando o barman veio me avisar muito gentilmente que já estava na hora de fechar o bar. Olhei no relógio e já era meia-noite e quinze. Só eu estava no bar. O barman já havia arrumado quase tudo. Meu Deus, como pude ficar tanto tempo pensando nessas coisas estúpidas? Coisas tolas e sem sentido. Acho que deve haver alguma coisa errada comigo. Assinei a conta, tomei em um só gole o restante do martíni e me levantei. Saí do bar e, com as mãos no bolso da jaqueta, aguardei a chegada do elevador.

Lembrei então que, seguindo as tradições, Jodie Cleópatra deveria se casar com seu irmão mais novo. Não podia mais ignorar esse cenário fictício que inventara. As cenas começavam a surgir umas após as outras. O irmão mais novo tinha uma personalidade fraca e submissa. De quem seria esse papel? Woody Allen talvez? Mas aí viraria uma comédia. Na corte ele ficaria dizendo gracejos e batendo com o seu martelo de plástico na própria cabeça. Ah, quer saber? Não daria certo.

Vou pensar mais tarde sobre esse irmão mais novo. O faraó será sem dúvida Laurence Olivier. Teria enxaqueca e sempre estaria apertando as têmporas com os indicadores. As pessoas com as quais ele não simpatizava seriam jogadas no poço sem fundo ou atiradas no rio Nilo para lutarem com os crocodilos. Inteligente e cruel, ele também mandava retirar as pálpebras delas e abandoná-las no deserto.

Foi até aonde imaginei quando o elevador chegou. Sutilmente, sem barulho. Entrei e apertei o botão do décimo quinto andar. E então continuei a pensar no resto da história. Não queria ficar pensando nisso, mas, por mais que tentasse parar, não conseguia.

Agora o cenário muda para o deserto. Nele há uma caverna onde um profeta que fora expulso pelo faraó vive só e discretamente. Ele conseguiu atravessar o deserto mesmo sem as pálpebras e como por milagre conseguiu sobreviver. Protege-se com uma pele de carneiro para evitar a forte insolação e vive na escuridão. Come insetos e mastiga o mato. Através dos seus olhos internos profetiza o futuro. A queda do faraó, o declínio do Egito e a transição do mundo.

É o homem-carneiro, pensei. Por que o homem-carneiro aparecia num lugar desses?

A porta novamente abre sem ruído. Distraído com meus pensamentos, saí do elevador. Será que o homem-carneiro existia desde o Egito antigo? Ou será que tudo isso não passaria de algo sem sentido, fruto da minha própria fantasia? Com as mãos nos bolsos, fiquei pensando sobre isso enquanto saía para a escuridão.

Escuridão?

Quando me dei conta, tudo ao redor estava escuro. Não havia sequer uma luzinha. Quando a porta do elevador se fechou atrás de mim, tudo ficou no mais completo breu. Não conseguia sequer ver a minha mão. Não ouvia mais o som ambiente. Não se ouvia nem "Love Is Blue" nem "A Summer Place". O ar estava frio e com cheiro de mofo.

Fiquei petrificado, sozinho, no meio do escuro.

10

Senti muito medo da escuridão.

Era impossível ver alguma coisa. Nem sequer o meu próprio corpo. Nem o menor indício do que havia ali. Nesse lugar parecia apenas existir o vazio da escuridão. Envolto pelo breu, minha própria existência parecia ser algo puramente conceitual. Era como se meu corpo carnal se dissolvesse no escuro e o conceito do eu começasse a vagar como um ectoplasma. Fui libertado do corpo carnal, mas não me proporcionaram um novo local para ir. Estou vagando nesse universo do vazio. É a estranha fronteira entre o pesadelo e a realidade.

Fiquei um tempo petrificado nesse lugar. Tentei mover meu corpo, mas meus pés e minhas mãos pareciam estar entorpecidos e perdendo as sensações originais. É como se eu tivesse sido lançado nas profundezas do mar. Essa densa escuridão me fazia sentir uma estranha pressão. O silêncio pressionava os meus tímpanos. Tentei acostumar meus olhos ao breu. Em vão. Não se tratava de uma semiescuridão, daquelas com as quais depois de um tempo os olhos se acostumam. Era um negrume total. Daqueles densos e sem nenhuma brecha, como uma tela onde se pintassem várias camadas de tinta preta. Remexi os bolsos inconscientemente. No bolso direito estavam minha carteira e um chaveiro. No esquerdo tinha o cartão magnético do quarto, um lenço e algumas moedas. Mas essas coisas de nada valiam nessa escuridão. Pela primeira vez arrependi-me de ter largado o cigarro. Se eu não tivesse parado de fumar, com certeza eu teria no bolso um isqueiro ou um fósforo. Agora não adiantava ficar remoendo isso. Tirei as mãos dos bolsos e estiquei o braço para o lado em que eu achava que poderia ter uma parede. Nas profundezas desse breu, senti algo duro, plano e vertical. Havia uma parede. Era lisa e fria. Estava gelada demais para ser a parede do

Dolphin Hotel. A parede do Dolphin Hotel não era tão gelada assim. Isso porque o ar-condicionado mantinha o ar no ambiente sempre moderado. Disse a mim mesmo que deveria ficar calmo e pensar um pouco.

Pensar com calma.

Para começar, essa situação é exatamente idêntica à da garota. Eu apenas a estou plagiando. Por isso não há nada a temer. Ela mesma conseguiu, sozinha, sair daquela situação. É certo que também vou sair dessa. Não há por que não sair. É preciso ter calma. O que eu preciso é fazer as mesmas coisas que ela fez. Há alguma coisa estranha e latente neste hotel que, queira ou não, tem a ver comigo. Tenho a certeza de que este hotel tem alguma ligação com o Hotel do Golfinho. É por isso que eu vim aqui. Não é mesmo? É *isso!* Vou fazer as mesmas coisas que ela fez, para testemunhar algo que ela não viu.

— Está com medo?

Medo.

Puxa vida, pensei. É sério, estava com medo. Senti-me desarmado. Era uma sensação ruim. As profundezas da escuridão faziam partículas ameaçadoras pairarem ao meu redor. Elas aproximavam-se de mim sorrateiras como serpentes do mar, mas nem isso eu conseguia ver. Sentia-me dominado pela impotência. Sentia também que os poros do meu corpo estavam completamente expostos à escuridão. Minha camisa estava toda molhada com o suor frio do meu corpo. Minha garganta estava seca. Engolir a saliva era algo extremamente dificultoso.

— Afinal, que lugar é esse? Não é o Dolphin Hotel. Tenho certeza de que não é. Pelo menos disso eu tenho certeza. É um local diferente. Eu atravessei algo e vim parar nesse estranho lugar. Fechei os olhos e respirei fundo várias vezes.

Parece idiotice, mas gostaria de ouvir a música "Love Is Blue", interpretada pela Grande Orquestra de Paul Mauriat. Pensei em como ficaria feliz se pudesse ouvir o som ambiente. Ah, como isso me animaria! Poderia até ser Richard Clayderman. Nesse momento, poderia aguentar qualquer música. Podia ser até mesmo Los Indios Tabajaras, José Feliciano, Julio Iglesias, Sérgio Mendes, The Partridge Family, 1910 Fruitgum Company, Mitch Miller e seu coral, Andy Williams em dueto com Al Martino... qualquer coisa.

Chega!, pensei. Estou imaginando muita bobagem. Apesar de que é impossível ficar sem imaginar nada. Pode ser qualquer coisa. Quero preencher o vazio da minha mente com qualquer coisa. É por causa do medo. Senão, o medo furtivamente irá penetrar no vazio de minha mente.

Michael Jackson dança "Billie Jean" em frente à fogueira tocando bandolim havaiano. Até mesmo os camelos ficam encantados e absortos ouvindo-o cantar e dançar.

Minha cabeça está um pouco confusa.

Minhacabeçaestáumpoucoconfusa.

Meus pensamentos ecoam de leve na escuridão. Meus pensamentos ecoam...

Mais uma vez respirei profundamente e expulsei da mente as imagens que não faziam sentido. Não posso continuar assim para sempre. Preciso agir. Não é mesmo? Foi para isso que eu vim aqui, não foi?

Decidido, comecei a andar apalpando a escuridão, movendo-me de forma lenta para o lado direito, mas os meus pés ainda não se moviam normalmente. Tinha a sensação de que não eram meus. Os músculos e os nervos não estavam bem sincronizados. Dava a impressão de estar movendo os pés, mas na verdade eles estavam imóveis. A escuridão, que parecia uma água turva, envolvia-me por completo, impossibilitando minha fuga. Parecia não ter fim. Ia em direção ao centro da Terra. Se atingir o centro, jamais poderei retornar para a superfície. Devo pensar em outra coisa. Onde foi que eu parei na história? Ah! Lembrei. Foi quando o homem-carneiro surgiu. Por enquanto a cena do deserto fica por aqui. Agora, o cenário voltará para a corte do faraó. O magnífico palácio. Aí se encontram riquezas de toda a África. Os escravos núbios ficam posicionados em vários lugares do palácio com um ar respeitoso. No centro está o faraó. Uma música do Miklós Rózsa invade o ambiente. O faraó está visivelmente irritado. Ele acha que algo no Egito está apodrecendo. E mais: acho que algo errado está ocorrendo neste palácio, pressinto isso claramente e preciso corrigi-lo, diz ele.

Passo a passo, atento, movo o pé para a frente. Como é que aquela garota conseguiu fazer isso? Fiquei realmente admirado. Sem mais nem menos, de repente ela tinha sido jogada no meio da escuridão e sozinha tentou verificar o que existia nela.

Até mesmo eu, que já sabia da existência desse lugar estranho, estava tremendo de medo. Se eu não soubesse de nada e fosse jogado sozinho nessa escuridão, com certeza não teria coragem de dar um passo à frente. Seguramente ficaria petrificado, imóvel em frente ao elevador.

Pensei nela. Imaginei-a de maiô liso e preto aprendendo a nadar numa escola de natação. Lá estaria novamente o meu amigo ator de cinema. Ela ficaria louca por ele. Ao ser instruída quanto ao alongamento do braço direito na hora de fazer o nado livre, ela olharia para ele encantada. Ao anoitecer, ela se enfiaria na cama dele. Fiquei triste. Magoado. Acho que ela não devia fazer isso. Você não sabe de nada! Ele é apenas bem-apessoado e simpático. Ele deve falar palavras doces e lhe dar prazer, mas isso tudo é apenas por delicadeza. Apenas um galanteio.

O corredor continuava para a direita.

Era como ela tinha dito. Mas na minha imaginação ela dormia com o meu amigo de escola. Ele tirava carinhosamente sua roupa e elogiava cada parte do seu corpo. O seu elogio era sincero. Ora!, pensei. Era de se admirar. Com o tempo comecei a sentir raiva. Achei que isso estava errado.

O corredor continuava para a direita.

Virei para a direita, apoiando as mãos na parede. Lá longe havia uma pequena luz. Era uma luz tênue, vaga, como se atravessasse inúmeras camadas de véus.

É como ela dissera.

Meu amigo de escola beijava carinhosamente o seu corpo. Lentamente ele beijava a sua nuca, os ombros e os seios. O foco da câmera estaria mostrando o seu rosto e as costas dela. Depois, a câmera faria uma volta. Agora mostraria o rosto dela. O rosto, porém, não é dela. Não é o da garota da recepção do Dolphin Hotel. É o rosto de Kiki. A prostituta de luxo que tinha lindas orelhas e que no passado se hospedou comigo no Hotel do Golfinho. Aquela que saiu da minha vida sem nada dizer. O meu amigo de escola e Kiki dormiam juntos. Parecia uma cena de filme. As tomadas estavam perfeitas. Estavam por demais perfeitas. Pode-se dizer que estava bem natural. Eles estão abraçados num quarto do apartamento. A luz entra pelas persianas da janela. Kiki. Por que será que ela tinha que aparecer aqui, assim tão de repente? O tempo e o espaço se confundem.

Otempoeoespaçoseconfundem.

Segui em direção à luz. Quando comecei a andar, a imaginação se desfez.

Dissolução.

Na silenciosa escuridão prossegui, os passos tateando a parede. Resolvi não pensar em mais nada. Era inútil ficar pensando. Estava apenas perdendo tempo. Sem pensar em mais nada, concentrei-me em caminhar para a frente. Com atenção e firmeza. Uma luz tênue ilumina a área, mas não o suficiente para que se possa identificar que lugar é esse. Só se pode ver uma porta. *Uma porta desconhecida*. É exatamente como ela havia dito. Uma porta antiga de madeira. Nela há uma placa com numeração, mas não se pode identificá-la. Além de estar muito escuro, a placa está suja. Em todo caso, aqui não é o Dolphin Hotel. Nele não haveria uma porta tão velha como essa, além do quê, a qualidade do ar também é diferente. Que cheiro é esse? Parece cheiro de papel velho. De vez em quando a luz oscilava. Provavelmente devia ser a chama de uma vela.

Por algum tempo fiquei em pé diante da porta observando essa luz.

Nisso, acabei pensando de novo na garota da recepção. Fiquei pensando se eu deveria ter dormido com ela naquela noite. Será que um dia poderei retornar ao mundo real? Será que poderei sair de novo com aquela garota? Ao pensar nisso, senti ciúmes das coisas do mundo real e da escola de natação. Talvez não seja um ciúme verdadeiro. Pode ser um sentimento aumentado e distorcido do arrependimento. Mas, aparentemente, era ciúme. Pelo menos, na total escuridão em que me encontrava, senti que o era. Ah, que coisa! Por que será que preciso sentir ciúmes num lugar desses? Há muito tempo eu não sentia ciúmes de alguma coisa. Dificilmente sinto isso. É que sou individualista demais para tanto. Agora, porém, o sinto a ponto de me assustar. Isso tudo por causa de uma escola de natação.

Devo estar maluco, pensei. Quem teria ciúmes de uma escola de natação? Nunca ouvi algo assim.

Engoli a saliva. Fez-se um barulho estrondoso, como se um bastão de metal batesse num tambor de gasolina. Esse era o barulho do ato de engolir a saliva.

Era um som estranho. Exatamente como ela tinha descrito. É isso... eu preciso bater na porta. Tenho de bater na porta.

E assim... bati na porta. Sem hesitações. Baixinho. Tão baixinho a ponto de querer que não fosse percebido. O som ecoou bem alto. Parecia ser pesado e frio como a própria morte.

Prendi a respiração e aguardei.

Durante um tempo houve silêncio. Foi o mesmo que aconteceu com ela. Não saberia precisar quanto tempo. Esse silêncio poderia ser de cinco segundos ou de um minuto. Na escuridão o tempo se torna impreciso. Ele vacila, amplia-se e condensa-se. No silêncio eu também vacilo, sou ampliado e condensado. Com a alteração do tempo, eu também me deformava. É como se assustar com a própria imagem na casa dos espelhos.

Nisso ouvi *um som*. Um som estranho. Parecia ser de tecidos sendo arrastados pelo chão. Alguma coisa parecia estar se levantando do chão. Ouço passos. Passos lentos que se aproximam de mim. Um barulho de arrastar chinelos. Ela disse que era *algo que não parecia ser gente*. O que ela disse estava certo. Esses passos não eram de gente. Eram de outra coisa. Algo que não era real, mas que nesse momento tinha existência.

Eu não fugi. Senti o suor escorrer pelas costas. No entanto, era estranho... quanto mais os passos se aproximavam, menos medo eu tinha. Tranquilizei-me pensando que tudo estava bem. Não há com o que se preocupar. Isso não é algo do mal, pensei. Sentia-me num redemoinho de sentimentos acalentadores. Eu segurava a maçaneta da porta, com os olhos fechados e prendendo a respiração. Não se preocupe. Não estou com medo. Na escuridão ouço o som alto de um coração batendo. Era do meu próprio. Eu estava envolvido, fazendo parte do som das batidas do meu coração. Digo a mim mesmo que não há nada a temer. *É apenas uma conexão.*

Os passos pararam. Estavam próximos de mim. Eu era observado. Mantive os olhos fechados. *Estou conectado*, pensei. Estou conectado com todo lugar: as margens do rio Nilo, Kiki, o Hotel do Golfinho, as velhas canções de rock'n' roll, tudo. As damas da corte da Núbia que se perfumavam. O tique-taque da bomba-relógio. A luz antiga. O som antigo. A voz antiga...

— Estava te esperando — disse a coisa. — Há muito tempo o esperava. Vamos, entre.

Nem precisava abrir os olhos para saber quem era.

Era o homem-carneiro.

11

Começamos a conversar separados por uma mesa pequena e antiga. Uma mesinha redonda apenas com uma vela sobre um pires. Isso era tudo o que se podia chamar de mobília naquele aposento. Nem cadeira havia, e, em seu lugar, usamos alguns livros que estavam empilhados no chão.

Ali era o aposento do homem-carneiro. Um quarto estreito e comprido. As paredes e o teto lembravam um pouco o quarto do antigo Hotel do Golfinho, mas era totalmente diferente se observado com atenção. Na parede do fundo havia uma janela, mas ela estava tapada com uma tábua por dentro. Devia fazer muito tempo que estava assim, pois uma poeira cinza estava acumulada entre os vãos e as cabeças dos pregos enferrujados. Nada além disso. Era um quarto retangular como uma caixa. Não dispunha de iluminação. Não tinha closet, nem sala de banho e nem uma cama sequer. Ele devia dormir no chão, enrolado à roupa de carneiro. O quarto tinha espaço apenas para uma pessoa passar, pois o restante estava cheio de documentos antigos, jornais e pastas com recortes. Tudo amarelado. Uns estavam bem danificados pelas traças, outros totalmente soltos da encadernação. Pelo que pude observar, num relance, todo aquele material estava ligado à história da ovinocultura de Hokkaido. Tudo o que havia no antigo Hotel do Golfinho devia ter sido levado para lá. Nele, havia uma sala de documentação sobre ovelhas de que o pai do dono do hotel tomava conta. Para onde teriam ido todos?

O homem-carneiro ficou me encarando por algum tempo através da chama da vela que oscilava sem parar. A sombra ampliada do homem-carneiro também balançava na parede manchada. Era uma sombra grande e inflada.

— Faz muito tempo, não é mesmo? — sua voz ecoava através da máscara enquanto me observava. — Não tenho certeza, mas você emagreceu?

— Pode ser. Talvez tenha emagrecido um pouco — respondi.

— E como anda o mundo lá fora? Não aconteceu nada de diferente? Estando aqui, fico sem saber o que se passa — disse ele.

De pernas cruzadas, balancei a cabeça mostrando que não. — Tudo igual. Nada de especial aconteceu. O mundo só tem ficado mais complexo e a velocidade com que as coisas mudam tem aumentado. O resto, porém, está praticamente igual. Nada de diferente em especial.

O homem-carneiro sinalizou que entendera. — Então, ainda não começou a próxima guerra?

Não sabia ao certo a que "guerra anterior" o homem-carneiro se referia, mas balancei a cabeça dizendo que não. — Ainda não — respondi. — Não começou ainda.

— Mas deve começar em breve — disse ele com a voz calma, esfregando as mãos protegidas com luvas. — Tome cuidado, viu? Se não quiser ser morto, é melhor ter cuidado. A guerra sempre existe. Em qualquer época. Não há razão para deixar de existir. Mesmo que não pareça, ela existe, entende? No fundo, os seres humanos gostam de matar uns aos outros. E todos se matam até cansar. Quando se cansam, fazem uma pausa para repousar. Depois começam de novo. É assim. Não se pode confiar em ninguém e nada se sabe. Por isso, não tem jeito. Se você não gosta disso, só lhe resta fugir para um outro mundo.

A roupa de carneiro que ele vestia parecia um pouco mais suja do que tempos atrás. Os pelos estavam duros, ensebados. A máscara preta que cobria o seu rosto parecia muito mais esgarçada do que eu me lembrava. Parecia uma fantasia improvisada. Mas podia ser que isso fosse apenas uma impressão causada pelo quarto úmido, que mais parecia uma toca, e pela iluminação precária. Talvez também porque a memória é sempre imprecisa e conveniente. No entanto, não parecia ser apenas o traje que estava um pouco desgastado, mas também o próprio homem-carneiro. Naqueles quatro anos, ele parecia ter envelhecido e encolhido. De vez em quando, ele respirava fundo e sua respiração fazia um ruído estranhamente incômodo. Era desagradável, como se algo estivesse enroscado dentro de um cano.

— Achei que viria bem antes — comentou o homem-carneiro, olhando para mim. — Por isso, estou esperando há muito tempo. Outro dia, veio alguém. Achei que fosse você, mas não era. Alguém deve ter-se perdido. Esquisito, não? Um estranho não haveria de conseguir entrar com facilidade aqui. Mas, seja como for, achei que viria mais cedo.

Encolhi os ombros. — Achei que acabaria vindo aqui. Pensava que deveria vir. Mas não conseguia me decidir. Tive muitos sonhos. Sonhos com o Hotel do Golfinho. Sonhava sempre com ele. Mas demorou muito até que eu me decidisse a vir.

— Estava tentando esquecer este lugar?

— Até a metade do caminho, sim — fui franco. Olhei para as minhas mãos iluminadas pela luz oscilante da vela. De onde viria o vento? Estranhei. — Até a metade do caminho, queria esquecer, caso fosse possível. Queria viver sem nenhuma relação com este lugar.

— Pensou assim por causa do seu amigo que faleceu?

— É. Por causa do meu amigo que morreu.

— Mas você acabou vindo aqui — disse o homem-carneiro.

— Tem razão. No final das contas, acabei voltando — admiti. — Não consegui me esquecer deste local. Quando começava a esquecer, algo sempre me fazia recordá-lo. Talvez aqui seja um lugar especial para mim. Gostando ou não, sinto que faço parte dele. Embora não entenda o que isso significa de maneira concreta. No entanto, sinto isso claramente. Sentia o mesmo nos sonhos. Neste lugar alguém procurava e chorava por mim. Por isso, resolvi vir. Afinal, que lugar é este?

O homem-carneiro ficou me observando por algum tempo, depois balançou a cabeça demonstrando dúvida. — Também não sei ao certo. Aqui é bastante amplo e bastante escuro. Não sei quão amplo e quão escuro. Sei apenas sobre este quarto. Nada sei sobre os outros lugares. Por isso, não sou capaz de afirmar nada. Seja como for, você veio porque chegou a hora de vir. Acho isso. Então, não precisa se preocupar com nada. Talvez alguém esteja mesmo chorando por você através deste lugar. Mas deixando isso um pouco de lado, você voltou aqui por uma questão lógica. Tal qual um pássaro que volta para o ninho. É natural. Fazendo o raciocínio inverso, se não tivesse pensado em voltar, esse lugar não existiria — disse o homem-carneiro, novamente esfregando as mãos. A sombra na parede balançou, acompanhando o movimento de seu corpo, como se uma assombração viesse me atacar sobre a minha cabeça. Da mesma forma que acontecia nos desenhos animados de antigamente.

Pensei nas seguintes palavras: tal qual um pássaro que volta para o ninho. Ao ouvi-lo, achei que tinha mesmo razão. Eu simplesmente havia sido trazido pelos ventos.

— Bem, comece a falar — disse serenamente o homem-carneiro. — Fale-me de você. Aqui é o seu mundo. Não precisa se acanhar. Basta falar com calma o que tem a dizer. Sem dúvida, você deve ter algo a dizer.

Olhando para a sombra que estava no alto da parede e envolto por aquela tênue iluminação, comecei a lhe falar sobre a situação em que me encontrava. Abri meu coração como não fazia há muito tempo e falei de forma franca sobre mim, demorada e lentamente, como se estivesse descongelando uma coisa de cada vez: estava conseguindo manter a minha vida, mas não consegui ir a lugar algum e vinha envelhecendo; tinha me tornado incapaz de amar alguém; tinha perdido esse sentimento; não sabia mais o que buscar. À minha maneira, esforçava-me ao máximo naquilo que fazia, mas de nada adiantava... — Sinto que meu corpo vai endurecendo. É como se, do meu íntimo, pouco a pouco o organismo fosse endurecendo e se solidificando. Tenho medo disso. Este é o único lugar ao qual me sinto ligado. Sinto-me parte dele. — Foram essas as minhas palavras. Não sabia que lugar era aquele, mas sentia instintivamente que eu pertencia a ele.

O homem-carneiro, durante todo o tempo, apenas me ouviu. Parecia estar adormecido, mas abriu os olhos assim que terminei de falar.

— Não há com o que se preocupar. Você realmente faz parte do Hotel do Golfinho — assegurou sereno. — Você sempre fez e sempre o fará. Tudo começa e termina aqui. Este é o seu lugar. Isso não muda. Você está ligado a este local. Aqui é o ponto de ligação com todos. Aqui é o seu nó.

— Todos?

— Tudo o que perdeu. Tudo o que ainda não perdeu. Todas essas coisas. Tudo está centralizado neste lugar.

Refleti um pouco sobre o que o homem-carneiro dissera. Mas não conseguia entender direito o significado de suas palavras. Era tudo muito vago e eu não conseguia acompanhar seu raciocínio. Pedi-lhe que me explicasse de maneira mais concreta. Mas ele não o fez. Ficou calado. Aquilo era algo inexplicável em termos concretos. Ele negou, tranquilo. Quando moveu a cabeça para negar, as orelhas postiças balançaram e a sombra refletida na parede também. Balançou tanto que senti que a própria parede começaria a desmoronar.

— Logo irá entender. No momento certo você compreenderá — garantiu ele.

— Sabe, além dessa, tenho outra dúvida que não consigo solucionar — eu disse. — Por que o dono do Hotel do Golfinho fez com que pusessem o mesmo nome nesse novo hotel?

— Foi por você — respondeu o homem-carneiro. — Pôs o mesmo nome para que você pudesse voltar quando quisesse, pois se ele o tivesse mudado, você não saberia para onde ir, não é? O Hotel do Golfinho continua aqui mesmo. Embora o prédio e tudo o mais tenha mudado. Nada disso tem importância. Está aqui. Esperando por você aqui mesmo. Por isso o nome foi mantido.

Eu ri. — Por mim? É única e exclusivamente por mim que esse hotel enorme se chama Dolphin Hotel?

— Isso mesmo. Acha engraçado?

Fiz que não. — Não que seja engraçado. Só estou um pouco surpreso, pois não tem razão de ser. Parece algo irreal.

— É real — falou o homem-carneiro com tranquilidade. — O hotel continua existindo de verdade. A placa com o nome "Dolphin Hotel" também é real, não é mesmo? Isso é real, não é? — Ele bateu na mesa, fazendo barulho com os dedos. A chama da vela tremeu com as batidas.

— Eu também estou exatamente aqui. Esperando por você neste lugar. Tudo foi organizado, bem planejado, para que você pudesse retornar. Para possibilitar a perfeita interligação de todas as coisas.

Fiquei observando a chama da vela por alguns instantes. Eu não conseguia acreditar. — Por que fizeram tudo isso por mim? Exclusivamente por mim?

— Porque este é um mundo feito para você — disse o homem-carneiro como se fosse a coisa mais natural do universo. — Não é preciso complicar. Este mundo existe, desde que você o deseje. A questão é que aqui é o seu lugar, entende? É preciso que você compreenda isso. Trata-se de algo realmente especial. Por isso nos empenhamos para que você conseguisse voltar sem problemas. De modo que nada fosse rompido. Para que nada se perdesse. Foi apenas isso.

— Então eu faço parte mesmo deste lugar?

— É óbvio que sim. Você faz parte dele. Eu também. Todos fazemos parte. E aqui é de fato o seu mundo — afirmou o homem-carneiro. Depois, ele ergueu o dedo para o alto. Um dedo gigantesco pairou no alto da parede.

— O que você está fazendo neste lugar? E o que você é afinal?

— Sou o homem-carneiro, ora — respondeu rindo, com a voz rouca. — Como pode ver, cubro-me com a pele de carneiro e vivo num mundo invisível para os seres humanos. Perseguido, entrei na floresta. Se bem que foi há muito tempo. Tanto tempo atrás que nem consigo me lembrar. Nem me recordo do que era antes. Mas, desde então, não sou mais visto pelos seres humanos. Enquanto tentava não aparecer ou não chamar a atenção, acabei naturalmente passando despercebido pelas pessoas. Então, não sei a partir de quando comecei a morar aqui, distante da floresta. Permitiram que eu ficasse neste lugar e tomo conta dele. Pois também necessito de um local para me abrigar da chuva e do vento. Os animais da floresta também possuem suas casas, não é mesmo?

— Claro — concordei.

— Minha função aqui é fazer as ligações, tal qual uma caixa de distribuição elétrica, entende? Eu conecto diversas coisas. Aqui é o ponto de conexão. Por isso eu vou fazendo as ligações. Para que as coisas não se dispersem, deixo tudo bem conectado. Essa é minha função: ser a caixa de distribuição. Fazer a conexão. O que você buscar e adquirir eu conecto, entendeu?

— Mais ou menos — respondi.

— Bem... — disse ele. — Neste exato momento, você precisa de mim, pois está confuso: não sabe o que está buscando. Você está perdido e deixando-se perder. Mesmo que queira ir a algum lugar, não sabe para onde. Você perdeu muitas coisas. Desconectou muitos pontos de ligação e continua sem achar outros que os substituam. Por isso está confuso: sente que não está ligado em nada. O único lugar ao qual está ligado é aqui.

Pensei um pouco sobre o que ele falou. — Deve ser isso mesmo. É como você diz: estou me perdendo e deixando-me perder. Estou confuso. Não estou ligado a lugar algum. Só a este lugar — parei de falar e olhei para a minha mão iluminada pela luz da vela. — No entanto, sinto algo. Algo está querendo se conectar a mim. Por isso, alguém, em meus sonhos, me procurava, chorava por mim. Com certeza, devo estar prestes a me ligar a alguma coisa. Tenho essa impressão. Sabe, quero recomeçar. Para tanto, preciso de sua ajuda.

O homem-carneiro apenas me ouvia. Eu também nada mais tinha a dizer. O silêncio era absoluto e senti como se estivesse no interior de um buraco fundo, muito fundo. O peso desse silêncio estava todo sobre as minhas costas. Até o meu pensamento estava sob o domínio desse peso. Sob esse peso úmido, meu pensamento estava coberto por uma roupagem rígida que me causava a estranheza de sentir-me como um peixe das profundezas do mar. De vez em quando, a chama da vela tremia fazendo uns estalos. Os olhos do homem-carneiro estavam direcionados a ela. Aquele silêncio continuou por um bom tempo. Depois, calmamente, o homem-carneiro ergueu o rosto e olhou para mim.

— Vou tentar de tudo para conseguir conectá-lo a esse não sei o quê — disse o homem-carneiro. — Não sei se dará certo porque já estou um pouco velho. Talvez não tenha mais tanto poder quanto antes. Nem mesmo saberia dizer o quanto poderia ajudá-lo, mas vou fazer o máximo. Mesmo que dê certo, porém, talvez você não consiga ser feliz. Isso é a única coisa que não posso garantir. No mundo do lado de lá, talvez já não haja um lugar aonde possa ir. Nada posso assegurar, mas, como você mesmo disse ainda há pouco, parece-me que está seguro, bastante decidido. Só que não há volta para o que já estiver consolidado. Além do mais, você já não é tão jovem.

— O que eu devo fazer?

— Você perdeu muitas coisas até agora. Muitas coisas importantes. Não se trata de saber de quem foi a culpa. O problema está naquilo que você ligou a isso. Todas as vezes que você perdia alguma coisa, acabava ligando qualquer coisa no lugar. Como se fosse apenas *um lembrete*. Você não deveria ter feito isso. Chegou até mesmo a perder algo que deveria guardar para si. Assim, você foi-se desgastando aos poucos. Qual seria o motivo? Por que razão teria feito isso?

— Não tenho ideia.

— Talvez tenha sido involuntário. Algo semelhante a uma predestinação. Como poderia dizer? Não consigo encontrar as palavras adequadas...

— Tendência? — sugeri.

— É isso mesmo: *tendência*. É o que penso. Mesmo que você refaça a sua vida, com certeza haverá de repetir as mesmas coisas. Isso é o que se chama propensão. E quando ela atinge um limite, já se torna impossível voltar atrás. É tarde demais. Já está fora do meu alcance. Sou capaz de tomar conta deste lugar, ligá-lo a diversas coisas e só. Nada além disso.

— O que devo fazer? — refiz a mesma pergunta.

— Como já disse, vou fazer o que estiver ao meu alcance. Tentar conectá-lo de volta... — disse o homem-carneiro. — Só que isso é insuficiente. Você também precisa dar o máximo de si. Não pode ficar sentado apenas pensando. Desse jeito não irá a lugar algum. Entende o que digo?

— Entendo, sim — respondi. — Então, o que devo fazer, afinal?

— Deve dançar — disse o homem-carneiro. — Enquanto a música estiver tocando, você deve continuar a dançar. Entende o que quero dizer? *Dançar, continuar dançando*. Não deve pensar no motivo e nem no sentido disso, pois eles praticamente não existem. Se ficar pensando nessas coisas, seu pé ficará imóvel. Uma vez parado, já não serei mais capaz de agir. Já não restará nenhuma conexão com você. *Vai se acabar para sempre, entendeu*? Daí, só lhe restará viver unicamente neste mundo. Cada vez mais será sugado para ele. Por isso, não deve parar de mover os pés. Por mais que lhe pareça uma tolice, não deve ligar. Deve continuar dançando, dando os passos. Deve ir amolecendo, mesmo que aos poucos, tudo o que estava completamente rígido. Ainda deve haver algo que não esteja perdido. Use tudo o que puder usar. Dê o máximo de si. Não há o que temer. Você deve estar mesmo cansado. Cansado e com medo. Qualquer pessoa passa por esses momentos. Sente que tudo está errado. Por isso ficam inertes.

Ergui os olhos e fiquei olhando a sombra na parede.

— Só lhe resta dançar — continuou o homem-carneiro. — E dançar de modo exemplar. A ponto de todos ficarem admirados. Pois, assim, talvez eu consiga ajudá-lo. Por isso, dance enquanto a música estiver tocando.

Dance enquanto a música estiver tocando!!!

Novamente meus pensamentos começarem a ecoar.

— O que é afinal este *mundo de cá* ao qual se refere? Você diz que se eu ficar inerte, serei sugado do *mundo de lá* para o *mundo de cá*. Mas este mundo existe para mim, não? Existe em função da minha pessoa, certo? Se assim é, qual o problema de eu entrar no meu próprio mundo? Você disse que este lugar existe *de verdade*, não disse?

O homem-carneiro fez que sim. De novo a sombra balançou intensamente. — O que existe aqui é uma realidade diferente da que existe lá. No momento você ainda não vive neste mundo. Aqui é escuro e amplo demais. É difícil explicar a você com palavras. Como já disse, também desconheço os detalhes. Aqui, obviamente é real. Você está, assim, conversando comigo de verdade. Isso é certo. Entretanto, não significa que exista apenas uma realidade. Existem diversas. Há também inúmeras possibilidades de realidades. No meu caso, escolhi esta, pois aqui não existe guerra. No seu caso, porém, é diferente: não tinha nada a perder. Ainda lhe resta claramente o calor da vida. Por isso, no presente momento, este lugar é frio demais para você. Aqui nem há comida. Você não deve vir para cá.

Só quando ouvi o homem-carneiro mencionar isso, percebi que a temperatura daquele aposento estava abaixando. Enfiei as mãos nos bolsos e senti um leve calafrio.

— Está com frio? — perguntou o homem-carneiro.

Confirmei com um movimento de cabeça.

— Não há tempo — advertiu ele. — Quanto mais o tempo passar, mais esfriará. É melhor você ir, pois aqui é frio demais para você.

— Quero fazer só mais uma pergunta. Pensei nisso sem querer, há pouco. Tenho a impressão de que durante toda a minha vida estive à sua procura. Sinto também que vi sua sombra em diversos lugares até hoje. Penso que você *estava nesses lugares* assumindo as mais diversas figuras. Sua imagem era bem vaga, ou talvez fosse apenas um pedacinho de você. Mas, relembrando, agora acho que era você na íntegra. Tenho essa impressão.

O homem-carneiro formou uma figura ambígua com os dedos das mãos. — Isso mesmo. Seu raciocínio está correto. Sempre existi ali, seja como sombra ou como fragmento.

— Não entendo... — retruquei. — Agora sou capaz de enxergar claramente seu rosto, sua figura. Agora consigo ver perfeitamente o que não era capaz de enxergar antes. Por quê?

— Porque você já perdeu muitas coisas e já não lhe restam tantos lugares para ir. É por isso que você consegue me enxergar hoje — respondeu sereno.

Não consegui entender direito o sentido de suas palavras.

— Aqui é o mundo dos mortos? — criei coragem e perguntei.

— Não — respondeu o homem-carneiro. Depois, respirou fazendo seus ombros traçarem um movimento bem largo. — Não é isso. Aqui não é o mundo dos mortos. Tanto você quanto eu estamos vivos. Um tão vivo quanto o outro. Ambos respirando e conversando, como pode ver. Isso é real.

— Não consigo entender.

— Então, dance — disse ele. — Não há outro meio. Gostaria de poder lhe explicar melhor muitas outras coisas, mas não posso. Isso é a única coisa que posso lhe ensinar. Dance. Sem pensar em nada, o melhor que puder. Você precisa fazer isso.

A temperatura começou subitamente a cair. Comecei a tremer e lembrei-me de que já tinha sentido um frio tão intenso quanto aquele. Em algum lugar, eu já havia experimentado esse ar gelado e úmido que penetrava nos ossos. Em algum tempo remoto, em algum lugar remoto. Mas não conseguia me lembrar onde. Quando parecia estar prestes a me lembrar, não conseguia. Meu cérebro estava anestesiado em alguma parte. Eu estava anestesiado e petrificado.

Totalmente petrificado.

— É melhor você ir... — disse o homem-carneiro. — Se ficar aqui, vai acabar congelando. Haveremos de nos encontrar novamente. Basta que você assim deseje. Estarei sempre aqui à sua espera.

Arrastando os pés, ele me acompanhou até a curva do corredor. Enquanto ele andava, ouvi aquele ruído de slept... slept... slept. Em seguida, despedi-me dele. Não demos as mãos e nem fizemos uma despedida especial. Disse apenas um "Até mais". Separamo-nos em meio às trevas. Ele retornou para o seu aposento estreito e comprido, e eu fui para o elevador. Ao apertar o botão, o elevador começou a subir devagar. Ao chegar, a porta se abriu sem fazer nenhum barulho e uma luz clara e confortante invadiu o corredor, envolvendo todo o meu corpo. Entrei no elevador e fiquei algum tempo encostado na parede. A porta fechou-se automaticamente, e eu permaneci imóvel, com o corpo encostado à parede.

Bem, pensei. Mas esse "bem" não tinha continuação. Eu estava bem no meio de um imenso espaço em branco. Era um branco que preenchia todos os espaços e, por mais que caminhasse, essa brancura me acompanhava. Não chegava a conclusão nenhuma. Como dissera o homem-carneiro, eu estava cansado e com medo. Sentia-me sozinho como se fosse uma criança perdida na floresta.

Dance, disse o homem-carneiro.

D-a-n-c-e ecoava em minha mente.

Dance, eu disse em voz alta, como que para confirmar.

Apertei, então, o botão do décimo quinto.

Ao descer do elevador no décimo quinto, fui recepcionado por "Moon River", de Henry Mancini, que vinha do alto-falante do forro. Mundo real. — Mundo real no qual provavelmente não conseguirei ser feliz e nem poderei ir a lugar nenhum.

Instintivamente olhei para o relógio de pulso. O horário de meu retorno era três e vinte da madrugada.

Bem, pensei. Eagoraeagoraeagoraeagoraeagoraeagoraeagoraeagora... ecoava em minha mente. Suspirei.

12

De volta ao quarto, enchi a banheira, tirei a roupa e mergulhei tranquilamente o corpo nela. No entanto, não consegui me esquentar tão facilmente. Minhas entranhas estavam tão geladas que mergulhar na água quente provocava o efeito contrário: sentia calafrios. A princípio, pensei em ficar com o corpo lá mergulhado até desaparecerem os calafrios, mas por causa dos vapores comecei a sentir tonturas, o que me fez sair da banheira. Encostei a cabeça no vidro da janela para esfriá-la. Depois enchi um copo de brandy até transbordar e virei-o, bebendo num só gole. Fui para a cama. Queria dormir profundamente, sem pensar em nada que me aborrecesse. Era impossível. Não conseguia pregar os olhos. Fiquei na cama com minha consciência estagnada. Finalmente amanheceu. Era uma manhã nublada e sua coloração era acinzentada. Apesar da ausência de neve, o céu estava uniformemente acinzentado e toda a cidade refletia essa coloração. Aos meus olhos, tudo parecia cinza. Uma cidade miserável onde vivem almas miseráveis.

O fato de eu não ter conseguido dormir não era por estar pensando em algo. Ao contrário, eu não conseguia pensar em nada. Minha mente estava cansada para pensar em alguma coisa, e nem assim conseguia pegar no sono. A maior parte do meu corpo e do meu espírito desejava descansar, mas uma parte da minha mente estava tensa e recusava-se terminantemente a se sujeitar à outra que queria dormir. Isso me deixou com os nervos à flor da pele. Essa impaciência que eu sentia era como quando tentamos ler os nomes das estações através da janela de um trem expresso em alta velocidade. Como quando nos sentimos frustrados após achar que conseguiríamos ler o nome da próxima estação desde que prestássemos atenção ao passar por ela. A velocidade é muito alta. As formas das letras tornam-se imprecisas. Não dá para saber qual é a letra. Num piscar de olhos, elas ficam para trás. Isso repetiu-se muitas e muitas vezes. As estações iam se sucedendo uma após a outra. Estações pequenas, desconhecidas, de regiões distantes. O trem apitava várias vezes. Esse apito estridente ferroava minha consciência como se fosse uma abelha. Isso continuou até as nove horas. Verifiquei as horas e, resignado, resolvi sair da cama. Sabia que não conseguiria dormir. Fui ao banheiro fazer a barba, mas para terminá-la tive que falar várias vezes para mim mesmo: — Agora estou fazendo a barba. — Já barbeado, vesti-me, penteei os cabelos e fui tomar o café no restaurante. Sentei-me ao lado da janela e pedi um "Café da manhã continental". Tomei dois copos de café e mordi um pedaço de torrada. Demorei muito tempo para terminar de comer uma única fatia. As nuvens tingiam tudo de cinza, até mesmo a torrada. Ao mordê-la, tive a impressão de estar comendo poeira. O tempo parecia ser o prenúncio do fim do mundo. Enquanto tomava o café, reli umas cinquenta vezes o cardápio do café da manhã. Apesar disso, não conseguia me livrar da tensão. O trem expresso continuava a correr. Ouvi o apito. Sentia uma tensão semelhante àquela que temos quando a pasta de dente fica dura e empedrada. As pessoas ao meu redor tomavam o café da manhã compenetradas. Elas colocavam o açúcar no café, passavam a manteiga na torrada e, utilizando garfo e faca, cortavam e comiam os ovos com bacon. O barulho dos talheres tocando as louças soava ininterruptamente. Parecia um pátio de manobras.

De repente, pensei no homem-carneiro. Neste exato momento ele existe. Em algum lugar deste hotel, num pequeno vão do tempo e do espaço, ele existe. Sim, ele existe e está tentando me ensinar algo. No entanto, é inútil. Eu ainda não consigo entendê-lo. A velocidade é muito alta. Estou tenso e não consigo identificar as letras. Só ler as coisas inertes. (A) Café da manhã continental — Sucos (laranja, toranja ou tomate) — Torradas, etc. Alguém está falando comigo. Alguém pede minha resposta. Quem será? Levanto a cabeça. Era o garçom. Ele vestia um avental branco e segurava a jarra de café com as duas mãos, como se fosse um prêmio. — O senhor aceitaria mais café? — perguntou-me gentilmente. Fiz que não. Assim que ele se foi, levantei-me da mesa e saí do restaurante. Atrás de mim, soava ininterruptamente o barulho dos talheres tocando as louças.

Voltando para o quarto, tomei um banho de imersão. Dessa vez não senti calafrios. Dentro da banheira, alonguei o corpo, e sem pressa fui relaxando parte por parte as articulações, como se estivesse desatando um emaranhado de fios. Movimentei até mesmo os dedos dos pés para ativar a circulação. Percebi a extensão do meu corpo e que eu estava ali. Estava num quarto e numa banheira reais. Não estava num trem expresso. Não havia apito. Não havia mais a necessidade de ler os nomes das estações. Não havia o que pensar.

Saí da banheira, enfiei-me na cama e olhei para o relógio. Eram dez e meia. Puxa vida, pensando bem, achei que deveria desistir de dormir e ir caminhar, mas enquanto pensava assim, acabei ficando com sono. Foi um adormecer rápido de um segundo, como aquelas trocas de cenário às escuras, sem correr as cortinas do palco. Lembro-me do exato momento em que caí no sono. Um macaco cinza enorme com um martelo na mão entrou no meu quarto não sei de onde e, com muita força, bateu na minha nuca. Com isso, como quem perde os sentidos, embarquei num sono profundo.

Foi um sono pesado e curto. Era tão escuro que não se enxergava nada. Não se ouvia a música ambiente. Nada de "Moon River", nem "Love Is Blue". Era um sono simples, sem detalhes. Qual é o número posterior ao dezesseis?, perguntou alguém. Quarenta e um, respondi. Ele está dormindo, disse o macaco cinza. É verdade. Eu já estava dormindo. Dormia um sono profundo, como um esquilo com o corpo todo enroladinho dentro de uma esfera de ferro bem rígida. Uma esfera de ferro como aquelas que se usam para demolir prédios. O centro dela era oco e eu dormia ali. Um sono pesado, curto e simples.

Alguma coisa me chama.

Será um apito?

— Não, não é — respondem as gaivotas.

Alguém parece estar tentando abrir a esfera com um maçarico. Parece o barulho de algo desse tipo.

— Não, errado, não é isso — dizem as gaivotas em coro, como nos corais das peças gregas.

Deve ser o telefone, penso.

As gaivotas não dizem nada. Elas já foram embora. Ninguém me responde. Por que será que as gaivotas foram embora?

Estiquei o braço e pequei o telefone que estava na cabeceira. — Pois não? — perguntei. Mas, do outro lado, só o barulho da própria linha de telefone. O som de *biiiiiiiii* parecia vir de outro lugar. É a campainha. Alguém está tocando a campainha do quarto. *Biiiiiiiiiiiiiiiii.*

— É a campainha — disse.

As gaivotas já não estavam lá e ninguém elogiou a minha resposta correta.

— *Biiiiiiiiiiiiiiiiiiiiii.*

Coloquei um robe e sem perguntar nada abri a porta. A garota da recepção entrou daquele jeito sorrateiro e fechou a porta.

Senti umas pontadas onde fora golpeado pelo macaco cinza. Achei que ele não precisava ter dado uma pancada tão forte. Que cruel! Parece que afundou a minha cabeça.

Ela olhou para o meu robe e depois para o meu rosto. Por fim, franziu as sobrancelhas.

— Por que você está dormindo às três da tarde? — perguntou-me.

— Três da tarde? — indaguei. Nem eu mesmo sabia exatamente o porquê de estar dormindo àquela hora. — Por que será? — fiz a pergunta a mim mesmo.

— Afinal, a que horas você foi dormir?

Pensei um pouco. Aliás, esforcei-me para tentar lembrar. No entanto, não conseguia pensar em nada.

— Tudo bem, não precisa pensar... — disse ela, um tanto conformada. — Depois, sentou-se no sofá, posicionou melhor os óculos e olhou-me fixamente. — Você está com uma cara horrível, hein!

— Acho que sim — concordei.

— Está pálido e inchado. Não está com febre? Algum problema?

— Está tudo bem. É só dormir bem que volto ao normal. Não se preocupe. Sou saudável por natureza — respondi. — E você, está na hora do intervalo?

— A-hã. Estava com vontade de te ver. Me deu vontade de vir, mas, se eu estiver atrapalhando, vou embora.

— De maneira nenhuma — disse-lhe, sentando-me na cama. — Estou morrendo de sono, mas você não está me atrapalhando.

— Não vai fazer nada errado?

— Não.

— Todos falam isso, mas *fazem*.

— Todos podem fazer, mas eu *não faço* — disse-lhe.

Ela pensou um pouco e, como se estivesse tentando averiguar o resultado de seu pensamento, colocou de leve os dedos nas têmporas. — Pode ser que sim. Sinto que você é diferente das outras pessoas — disse ela.

— Ainda mais agora que estou com muito sono para poder fazer qualquer coisa — acrescentei.

Ela se levantou, tirou o casaco azul e, como no dia anterior, colocou-o no encosto da cadeira. Só que dessa vez, no lugar de sentar-se ao meu lado, foi em direção à janela e, em pé, em silêncio, ficou observando o céu acinzentado. Achei que isso era porque eu estava apenas com um robe e minha cara também não devia estar muito boa. Mas não havia nada a fazer. Eu tenho minhas razões para isso. Não vivo com o objetivo de ter de mostrar uma cara boa para terceiros.

— Ei! — chamei sua atenção. — Acho que já falei disso noutro dia, mas sinto que entre mim e você há alguma coisa, mesmo que pequena, que nos aproxima.

— É mesmo? — respondeu com indiferença. Calou-se por trinta segundos. — Por exemplo?

— Por exemplo... — tentei responder. Mas o meu raciocínio estava completamente desativado. Não conseguia me lembrar de nada. Nenhuma palavra vinha à mente. Eu apenas tive essa intuição de que entre nós havia alguma coisa singela, algo que nos unia. Não tinha *por exemplo, apesar disso...* nenhuma explicação. Apenas essa sensação.

— Não sei — respondi. — Preciso organizar mais algumas coisas. As etapas do pensamento... Vou organizar e depois confirmar.

— Puxa! — disse ela, olhando através do vidro da janela. O tom de sua voz não era exatamente irônico, mas também não demonstrava nenhum tipo de interesse. Podia-se dizer que era imparcial e indiferente. Enfiei-me na cama, encostei na cabeceira e observei sua silhueta. Uma blusa branca impecavelmente passada. Uma saia curta azul-marinho. Pernas esbeltas envolvidas pela meia fina. Ela também não deixava de estar tingida de cinza. Talvez por isso dava a impressão de ter saído de uma foto antiga. Ficar observando essa imagem era maravilhoso. Tive a impressão de que eu estabelecia uma ligação com alguma coisa. Cheguei a sentir meu pênis enrijecer. Não era ruim. O céu acinzentado, eu morrendo de sono e tendo uma ereção àquela hora da tarde.

Fiquei um bom tempo observando-a. Ela se virou e olhou para mim, mas mesmo assim continuei a contemplá-la.

— Por que você fica me olhando desse jeito? — perguntou ela.

— Estou com ciúmes da escola de natação — respondi.

Ela inclinou um pouco a cabeça e sorriu. — Você é estranho!

— Eu não sou estranho — retruquei. — Apenas estou um pouco confuso. Sinto necessidade de pôr os pensamentos em ordem.

Ela se aproximou de mim e colocou a mão na minha testa.

— Febre, parece que você não tem... — disse. — Durma profundamente, tenha bons sonhos!

Queria que ela ficasse ali do meu lado enquanto estivesse dormindo, mas como não seria possível, não disse nada. Fiquei observando ela vestir o casaco azul e deixar o quarto. Assim que ela saiu, o macaco cinza entrou com o seu martelo. Tentei dizer-lhe que não seria necessário e que eu já iria dormir, mas não consegui me expressar bem. Levei outra pancada.

— O que vem depois do vinte e cinco? — perguntou alguém.

— Setenta e um — respondi.

— Ele está dormindo — disse o macaco cinza.

É lógico que estou, pensei. Com uma pancada tão forte como essa, é claro que vou dormir... Ficar em coma talvez seja a expressão certa. E assim veio a escuridão.

13

Ponto de ligação. Foi o que pensei.

Eram nove horas da noite e eu jantava sozinho. Às oito, despertara de um sono profundo, como era comum acontecer. Não existia um reino intermediário entre o sono e o despertar. Quando abri os olhos, já estava no reino do despertar. Senti que minha mente já estava totalmente normal. A dor do golpe do macaco cinza também havia desaparecido. Não sentia o corpo cansado e nem os calafrios. Conseguia me recordar de tudo e também estava com apetite — ou melhor, estava faminto. Então, fui beber naquele bar próximo ao hotel em que entrei na primeira noite e comi alguns aperitivos. Peixe grelhado, cozido de verduras, caranguejo, batatas e outras coisas mais. O bar estava tão cheio e tão barulhento quanto da última vez, e um misto de fumaça e cheiros diversos tomava conta do recinto. Havia uma algazarra.

Há necessidade de organizar, pensei.

Questionei a mim mesmo, em meio a esse caos, o que era "ponto de ligação". Serenamente, procurei trocar isso em palavras. Eu busco e o homem-carneiro faz a conexão.

Eu era incapaz de compreender suficientemente o que isso significava. Era uma expressão metafórica demais, mas achei que deveria ser algo que só poderia ser expresso dessa maneira. Em princípio, era impossível que o homem-carneiro estivesse usando metáforas apenas para se divertir. Com certeza, ele só conseguia se expressar dessa maneira. Só assim era capaz de se comunicar.

O homem-carneiro dissera que eu estava ligado a diversas coisas através daquele seu mundo — por meio da caixa de distribuição —, e que havia ocorrido falhas nas conexões. Por que elas teriam surgido? A minha incapacidade de perceber as coisas e as ligações fez com que minha vida passasse a não funcionar bem. Tudo estava confuso.

Depois de beber, fiquei olhando o cinzeiro que estava bem diante dos meus olhos.

Pensei no que teria acontecido a Kiki. Eu sentira a presença dela em meus sonhos. Fora ela quem me chamou aqui. Ela está querendo algo de mim. Eis o motivo que me trouxe ao Hotel do Golfinho. Eu não conseguia mais ouvir sua voz. A mensagem estava interrompida, como se a base do telefone tivesse sido desligada.

Por que tantas coisas estão assim tão vagas?

Deve ser porque as ligações estão confusas. Preciso definir claramente o que estou buscando e, com a ajuda do homem-carneiro, ir ligando uma coisa à outra. Por mais que tudo pareça estar vago, só me resta ir desatando cada coisa com muita, muita paciência. Desatar para depois conectar. Preciso resgatar o que se perdeu.

Por onde, afinal, devo começar? Não encontro o fio da meada. Estou preso a uma parede bem alta e, ao redor, as paredes são lisas e escorregadias. Não consigo alcançar nada. Estou totalmente perdido.

Tomei algumas doses, paguei a conta e saí do bar. Do céu, grandes flocos de neve caíam vagarosamente bailando no ar. Ainda não era a neve que costumava cair, mas por causa dela o som das ruas parecia diferente. Dei uma volta no quarteirão para me recuperar da embriaguez. Por onde deveria começar? Enquanto andava, fiquei olhando para os meus próprios pés. Impossível, não sei o que estou buscando. Nem mesmo sei para que lado ir. Estou enferrujado. Enferrujado e duro. Estando assim, só, sinto como se fosse me perdendo cada vez mais. Puxa! Por onde devo começar? Seja como for, preciso começar de algum lugar. Pensei que seria bom começar com aquela moça da recepção do hotel. Era simpática. Sinto que temos algo em comum. Tenho a impressão de que se quiser dormir com ela, conseguirei fazê-lo. Mas, e daí? Isso leva a quê? Pensei que não levaria a nada. Provavelmente, ficaria mais perdido ainda, pois não consigo apreender o que eu devo buscar. Como minha ex-mulher dizia, enquanto for capaz, só irei magoar mais e mais pessoas.

Terminei de dar a primeira volta na quadra e resolvi dar mais uma. A neve continuava a cair silenciosamente. Caía em meu agasalho, permanecia nele alguns instantes e depois desaparecia. Enquanto andava, continuava a organizar meus pensamentos. As pessoas iam passando por mim, soltando uma respiração esbranquiçada em meio às trevas da noite. Minha face doía com o frio, mas enquanto tentava pensar continuei dando voltas naquela quadra, como se fosse um ponteiro de um relógio. As palavras de minha ex-mulher estavam impregnadas em minha mente como se fossem uma praga. Mas eram a mais pura verdade. Ela tinha razão. Se continuasse assim, com certeza iria ferir e afastar eternamente todas as pessoas que se envolvessem comigo.

— Ei, volte para a Lua — disse minha namorada antes de ir embora. Não, ela não foi embora. Ela retornou. Simplesmente retornou àquele mundo imenso que é a realidade.

É Kiki, pensei. Ela deve ser o primeiro fio da meada. Mas sua mensagem havia se perdido durante o percurso, como se fosse fumaça.

Por onde devo começar?

Fechei os olhos e procurei a resposta. Não havia ninguém para me responder. Nem o homem-carneiro nem as gaivotas e muito menos o macaco cinza. Minha mente estava completamente vazia. Eu me encontrava só, num aposento vazio. Ninguém respondia. Ali, eu ia envelhecendo, definhando e me cansando. Eu já não estava mais dançando. Era uma cena entristecedora.

Não conseguia ler o nome da estação de trem.

Dados insuficientes impossibilitam atender sua solicitação. Tecle deletar.

A resposta, no entanto, chegou na tarde do dia seguinte. Como sempre, sem nenhum aviso prévio. De repente. Como o golpe do macaco cinza.

14

Por mais estranho que pareça, pode até não ser tão estranho assim, mas naquela noite fui para a cama à meia-noite e dormi o tempo todo. Quando acordei, já eram oito horas da manhã. Foi um sono padrão, sem pé nem cabeça. Foi como se eu tivesse completado um ciclo e tivesse voltado ao ponto inicial. Estava me sentindo disposto e com apetite. Por isso resolvi ir ao Dunkin' Donuts e lá tomei duas xícaras de café e comi dois donuts. Depois fui perambular pela cidade. As ruas estavam cobertas por uma camada de gelo, e os flocos da neve macia caíam silenciosamente como se fossem inúmeras plumas. O céu continuava todo encoberto por nuvens carregadas de neve. Não era exatamente um dia propício para caminhar, mas enquanto andava pela cidade senti-me leve e solto. Aquela sensação de estar coagido, que me acompanhava havia algum tempo, tinha desaparecido, e com isso até mesmo o ar gelado e rigoroso do inverno me proporcionava um bem-estar. Afinal, o que será que aconteceu? Estranhei enquanto caminhava. Ainda não havia resolvido nada e mesmo assim me sentia tão bem...

Andei por cerca de uma hora e, ao voltar para o hotel, vi que a garota de óculos estava na recepção. Além dela havia mais uma funcionária, mas esta atendia uma outra pessoa. A garota de óculos estava ao telefone. Com o fone no ouvido, esboçava um sorriso comercial e, enquanto falava, ficava girando inconscientemente a caneta que tinha entre os dedos. Vendo-a agir dessa maneira, fiquei com vontade de conversar qualquer coisa com ela. Alguma coisa que, de preferência, fosse sem sentido. Queria falar sobre um assunto idiota. Fui até ela e aguardei-a acabar de falar ao telefone. Ela deu uma olhada meio desconfiada, mas, conforme o manual administrativo, não desmanchou o seu sorriso simpático.

— Deseja alguma coisa? — perguntou-me delicadamente após desligar o telefone.

Dei uma tossida seca. — Ontem à noite soube que duas garotas foram devoradas por um crocodilo numa escola de natação aqui da redondeza, isso é verdade? — perguntei com ar de seriedade.

— Será mesmo? — respondeu-me com um sorriso comercial que parecia o de uma delicada flor de plástico. Mas, ao observar seus olhos, pude perceber que estava indignada. As bochechas estavam avermelhadas e as narinas pareciam estar endurecidas. — Nós desconhecemos esse fato, não teria o senhor se enganado?

— Era um crocodilo enorme e, conforme o relato das testemunhas, chegava a ser do tamanho de uma perua Volvo. Ele caiu do telhado de vidro e pulou para dentro da academia, e de uma bocada só engoliu duas garotas. A sobremesa foi a metade de um pé de coqueiro e logo depois ele fugiu. Será que já o capturaram? Se ainda não, fico receoso de sair...

— Desculpe-me — interpelou-me, sem alterar sua expressão. — Não seria melhor o senhor mesmo ligar para a polícia e averiguar o ocorrido? As informações seriam mais seguras... ou se o senhor preferir perguntar pessoalmente, saindo pelo portão principal, virando à direita e seguindo em frente, irá encontrar um posto policial.

— É mesmo! Vou fazer isso — disse-lhe. — Obrigado. Que a energia da compreensão esteja convosco!

— Com licença — respondeu serena enquanto ajeitava a armação dos óculos.

Voltei para o quarto e, depois de um tempo, ela me telefonou.

— O que deu em você? — perguntou com a voz aparentemente calma, como se estivesse reprimindo a raiva. — Eu não havia dito outro dia que, durante meu expediente, não queria que você fizesse coisas esquisitas? Eu detesto esse tipo de brincadeira no horário de trabalho, entendeu?!

— Admito que errei — disse a ela, manifestando minhas sinceras desculpas. — Eu queria conversar qualquer coisa com você. Queria ouvir sua voz. Desculpe-me se foi uma brincadeira sem graça. Seu conteúdo não tinha importância, a importância estava no ato de falar com você. Não creio que tenha lhe causado algum transtorno...

— É que fico nervosa. Eu já não lhe falei sobre isso? Quando estou trabalhando, sempre fico muito tensa. Por isso, não quero que me atrapalhe. Você não havia prometido que não ia ficar me olhando fixamente?

— Mas eu não fiquei. Apenas puxei uma conversa...

— Então, por favor, a partir de agora você também não vai mais fazer isso, certo?

— Prometo. Não vou puxar conversa. Não vou encarar e não vou conversar. Vou ficar imóvel e em silêncio como um granito. E então, hoje à noite você está livre? Ou será que hoje era o dia da sua aula de alpinismo?

— Aula de alpinismo? — disse ela, antes de suspirar. — É brincadeira, né?

— É claro que é...

— Sabe de uma coisa, às vezes eu não consigo acompanhar esse tipo de brincadeira. *Aula de alpinismo. Ah, ah, ah*...

O seu ah, ah, ah... tinha um tom monótono e seco como alguém que lia algo escrito numa parede. Logo depois, ela desligou o telefone.

Fiquei uns trinta minutos esperando que ela me ligasse de volta, mas isso não aconteceu. Ela estava zangada. Às vezes, as pessoas não entendem o meu senso de humor, assim como, às vezes, não compreendem a minha seriedade. Resolvi caminhar novamente, uma vez que nada melhor me ocorria. Se tudo for bem, quem sabe deparo com alguma coisa? Quem sabe posso encontrar algo novo? É melhor fazer algo do que nada fazer. É melhor tentar fazê-lo. Que a energia da compreensão esteja comigo!

Andei por uma hora e não encontrei nada. Apenas o meu corpo estava gelado. A neve ainda caía sem parar. Ao meio-dia, entrei no McDonald's e comi um cheeseburger, uma porção de batatas fritas e tomei uma Coca-Cola. Não tinha a mínima vontade de comer isso, mas não sei por que, sem querer, às vezes acabo comendo. Quem sabe a estrutura do meu corpo esteja programada para periodicamente receber uma comida pronta de baixo valor nutritivo.

Saí do McDonald's e caminhei mais uns trinta minutos. Nada de novo, apenas a neve caía com maior intensidade. Fechei o zíper da jaqueta até o pescoço e enrolei o cachecol até a altura do nariz. Mesmo assim, ainda estava frio. Fiquei com uma tremenda vontade de urinar. Quem mandou tomar Coca-Cola num dia frio como aquele? Olhei em volta para ver se havia algum lugar que pudesse ter um banheiro. Avistei um cinema do outro lado da rua. Apesar de ser um mísero cinema, ao menos devia ter um banheiro. Além do quê, não seria nada mau depois de urinar poder assistir a um filme enquanto aquecia meu corpo. Afinal, eu tinha tempo de sobra. Vi os letreiros para saber o que estaria passando. Eram dois filmes japoneses e um deles era *Amor não correspondido*. Era o filme protagonizado pelo meu amigo. Puxa vida, pensei.

Depois de urinar bastante, fui ao quiosque e comprei um café para levar ao cinema. Como eu supunha, o cinema encontrava-se vazio, mas o ambiente estava aquecido. Sentado na poltrona, assisti ao filme tomando café. O filme já rodava havia uns trinta minutos, mas, mesmo que tivesse perdido essa meia hora inicial, a pessoa podia acompanhá-lo sem nenhum problema. Seu roteiro era exatamente como eu havia imaginado. Meu amigo era um professor de biologia de longas pernas e muito bonito. Como não poderia deixar de ser, a protagonista era apaixonada por ele. Havia um rapaz do departamento de kendo, a esgrima japonesa, que era apaixonado por ela. Terrível sensação de déjà-vu. Um filme assim, até eu posso fazer.

Meu amigo, no entanto, fazia um papel um pouco mais complexo do que o usual. (Seu nome verdadeiro é Ryoichi Gotanda, mas é claro que já tinham lhe dado um nome artístico, pois infelizmente o nome dele não seria capaz de atrair a simpatia das garotas.) Nesse filme, ele não era apenas um homem bonito que causava boa impressão, mas também carregava feridas do passado. Estas eram banais como participar de um movimento estudantil ou não ter assumido uma namorada que estava grávida, mas isso era melhor que nada. Em alguns trechos do filme, essas lembranças eram jogadas de qualquer jeito, como o barro que os macacos jogam na parede. Havia também algumas cenas reais do ataque ocorrido no auditório Yasuda. Tive ímpetos de dizer bem baixinho: sem objeções!, mas achei uma tremenda bobagem e acabei desistindo.

Bem, independentemente disso, o papel de Gotanda era de alguém que carregava feridas do passado. Apesar do seu esforço em interpretar bem, o filme em si era ruim e o diretor também não tinha vocação para a coisa. A metade das falas dos atores era tão ingenuamente amadora que chegava a envergonhar quem estivesse ouvindo, além do quê, vez ou outra, apareciam cenas sem nexo. O rosto da atriz ficava em close sem mais nem menos e, por isso, por mais que o meu amigo se esforçasse em representar a cena, ele apenas aparecia como uma sombra no canto da tela. Comecei a sentir pena dele. Vai ver que desde criança sua vida foi lastimável.

Havia uma cena no quarto. Numa manhã de domingo, Gotanda está em seu apartamento, dormindo com uma mulher, e nisso aparece a protagonista trazendo umas bolachinhas feitas por ela. E não é que essa cena era exatamente como eu havia imaginado? Assim como pensara, Gotanda era carinhoso na cama. Era uma cena agradável de sexo. Axilas que pareciam exalar um agradável perfume. Cabelos que caíam de modo sexy. Ele acaricia as costas da garota nua. A câmera gira e mostra o rosto dela.

Déjà-vu. Engoli a seco.

Era Kiki. Senti meu corpo gelar. Ouvi o som de uma garrafa rolando pelo chão na parte de trás do cinema. *Era Kiki.* A imagem era exatamente como eu havia imaginado naquele corredor escuro. É verdade! Kiki estava mesmo dormindo com Gotanda.

Logo pensei: *Há uma ligação.*

*

A única cena em que Kiki aparecia era essa. Ela dormia com Gotanda numa manhã de domingo. Só isso. No sábado à noite, Gotanda se embriaga por aí e leva Kiki para o seu apartamento. E depois, na manhã seguinte, faz sexo de novo com ela. Nisso, aparece a garota que é a protagonista do filme. Por azar, ele se esqueceu de trancar a porta. A cena é essa. A fala de Kiki é uma só: O que há de errado? Kiki fala isso quando a protagonista fica chocada e sai correndo, deixando Gotanda aturdido. Era uma fala horrorosa. Mas essa era a única frase dela.

— *O que há de errado?*

Não pude ter certeza se realmente a voz era dela ou não. Não me lembrava tão nitidamente de sua voz, além do quê, o alto-falante do cinema estava péssimo. Podia não me lembrar da sua voz, mas lembrava-me de seu corpo. O formato de suas costas, a linha do pescoço e os seios macios eram exatamente como nas minhas lembranças. Com o corpo rígido, continuei a olhá-la refletida na tela. Acho que essa cena durou de cinco a seis minutos. Ela dormia com Gotanda, ele a acariciava, e, com os olhos fechados e a boca trêmula, ela demonstrava intenso prazer, a ponto de até mesmo ofegar discretamente. Se essa cena era uma interpretação ou não, eu não saberia dizer. Bem, acho que sim. Afinal, é um filme. O que eu não conseguia engolir era o fato de Kiki estar encenando. Fiquei bastante confuso. Se isso não era uma encenação, significava que ela de fato dormiu com Gotanda e ficou fascinada por ele; por outro lado, caso se tratasse de uma encenação, o significado de sua existência tornava-se confuso para mim. Ela não devia estar encenando. De qualquer forma, senti um imenso ciúme.

Escola de natação, depois o filme. Começo a sentir ciúmes de muitas coisas. Será que isso é um bom indício?

A protagonista abre a porta e, vendo os dois nus e abraçados, fica aturdida. Fecha os olhos e sai correndo. Gotanda fica perturbado. Kiki diz: O que há de errado? e Gotanda, com a expressão desnorteada, fica em close. Fade out.

Kiki aparecia somente nessa cena. Ignorando o desenvolvimento da trama, fiquei apenas observando com atenção cena por cena para ver se ela reaparecia, mas isso não aconteceu. Ela encontrou Gotanda em algum lugar, dormiu com ele, marcou presença em uma cena de sua vida e depois desapareceu. Era esse o seu papel. Como ocorreu comigo. Ela apareceu, marcou presença e desapareceu.

O filme acabou, as luzes se acenderam e a música começou a fluir no ambiente. No entanto, fiquei imóvel, com o corpo tenso, observando a tela branca. Será isso algo real?, pensei comigo. Assim que o filme terminou, senti que aquilo não era real. Por que Kiki estaria nesse filme? Ainda mais com Gotanda. Que bobagem! Com certeza devo ter me enganado em algum ponto. Os circuitos estão alterados. Em algum lugar, o poder da imaginação e a realidade estão emaranhados e confusos. Só pode ser isso...

Saí do cinema e andei por aí sem rumo, pensando em Kiki. Eu ainda ouvia ela repetir no meu ouvido: O que há de errado?

O que haveria?

Aquela era mesmo Kiki. Sem dúvida nenhuma, era ela. Quando dormia comigo, ela também fazia aquela cara, tremia a boca e ofegava daquele jeito. Aquilo não é uma encenação. É real. No entanto, não deixa de ser um filme.

Não entendia mais nada.

Quanto mais o tempo passava, menos podia confiar nas minhas lembranças. Será que tudo aquilo não passou de uma fantasia?

Uma hora e meia depois, entrei de novo no cinema. Vi, mais uma vez, desde o começo, o filme *Amor não correspondido*. No domingo de manhã, Gotanda dorme com uma mulher. Podia-se ver as costas dessa mulher. A câmera dá uma volta e vejo o rosto dela. Era Kiki. Não me enganei. A protagonista entra no quarto. Fica atônita. Fecha os olhos. Sai correndo. Gotanda fica perturbado. Kiki diz: O que há de errado? (*Fade out*).

Era apenas a repetição de antes.

Ao terminar o filme, ainda não havia me convencido por completo. Achava que tudo aquilo não passava de um engano. Por que Kiki dorme com Gotanda?

No dia seguinte, fui novamente ao cinema. Sentei na poltrona com o corpo tenso e assisti mais uma vez a *Amor não correspondido*. Fiquei aguardando ansioso a cena. Finalmente chegou a hora. No domingo de manhã, Gotanda dorme com uma mulher. Podia-se ver as costas dela. A câmera dá uma volta e vejo o rosto dessa mulher. É *Kiki*. Não me enganei. A protagonista entra no quarto. Fica atônita. Fecha os olhos. Sai correndo. Gotanda fica perturbado. Kiki diz: O que há de errado?

Suspirei na escuridão.

Ok! Isso é a realidade. Não há engano. *Há uma ligação.*

15

Afundei-me na poltrona do cinema e, com as mãos entrecruzadas sobre o nariz, questionava-me sobre o que deveria fazer. A mesma questão. Sinto necessidade de pensar com serenidade. Preciso organizar o que vou fazer agora. Devo solucionar a confusão dessa ligação.

Com certeza há algo confuso. Disso não tenho dúvidas. Kiki, eu e Gotanda estamos atrelados. Não sei por que cargas-d'água isso foi acontecer, mas o fato é que estamos atrelados. É preciso desemaranhar os fios. Preciso resgatar o eu através do resgate da realidade. Será que isso seria uma confusão gerada não por causa dessa ligação, mas por uma nova, que vinha surgindo independente daquela? Seja o que for, só me resta seguir essa pista. Devo segui-la com muita atenção para não cortar o fio condutor. Essa é a chave. De qualquer modo devo agir. Não devo parar. Devo continuar a dançar. Dançar muito bem, a ponto de ser elogiado.

Dance!, diz o homem-carneiro.

Meus pensamentos ecoam: D-a-n-c-e!

Vou voltar para Tóquio. Não adianta ficar aqui mais tempo. O motivo que me trouxe ao Hotel do Golfinho já foi devidamente esclarecido. Volto para Tóquio e vou me preparar para descobrir pistas. Levantei o zíper do casaco, coloquei as luvas e o boné, enrolei o cachecol até a altura do nariz e saí do cinema. A neve caía cada vez mais intensamente, a ponto de não se enxergar um palmo à frente do nariz. A cidade parecia um cadáver congelado, tão rígido que chegava a dar aflição.

Voltei ao hotel e liguei para a companhia aérea ANA. Reservei uma passagem para o primeiro voo da tarde rumo ao aeroporto de Narita. A atendente da reserva avisou: Devo informar-lhe que, devido à intensidade da neve, momentos antes do voo poderá ocorrer atraso ou cancelamento. Disse-lhe que estava tudo bem. Uma vez que eu já havia decidido voltar para Tóquio, queria voltar o quanto antes. Feita a reserva, arrumei as malas, desci e fechei a conta. Fui até a recepção e chamei a garota de óculos para o balcão de locação de veículos.

— Tive um imprevisto e tenho que voltar para Tóquio — comuniquei.

— Muito obrigada. Volte sempre — disse ela, com o seu sorriso cortês e comercial. Achei que ela estaria um pouco magoada comigo por estar indo embora tão repentinamente. Ela é uma pessoa que se magoa fácil.

— Ei! — tornei a falar. — Vou voltar em breve. Quando vier, que tal irmos jantar tranquilamente e conversar sobre um monte de coisas? Tenho que falar algo sério com você, mas agora preciso voltar para Tóquio a fim de organizar várias coisas. Etapas do pensamento. Atitude positiva. Perspectiva geral. É disso que necessito no momento. Quando isso terminar, estarei de volta. Não sei quantos meses isso irá durar, mas com certeza eu voltarei. Não sei bem ao certo, mas sinto que este é um lugar especial para mim. Por isso sei que, mais cedo ou mais tarde, estarei de volta.

— É mesmo? — perguntou ela desconfiada.

— É mesmo! — eu disse taxativo. — Você deve achar o que eu falo uma tremenda idiotice, não é mesmo?

— Não é isso — respondeu inexpressiva. — É que eu sou incapaz de pensar em algo que ainda está para acontecer sabe-se lá quantos meses depois...

— Não creio que leve tanto tempo assim. Vamos nos encontrar. Mesmo porque entre mim e você há alguma interligação — tentei convencê-la, mas parece que ela não se deu por convencida. — Você não acha isso? — arrisquei perguntar-lhe.

Ela bateu com a ponta da caneta no balcão e não me respondeu. — Por acaso você vai pegar o próximo avião?

— É a minha intenção, se é que o avião vai decolar. Com esse tempo, não se sabe ao certo o que pode acontecer.

— Se você vai pegar o próximo avião, gostaria de lhe pedir um favor...

— Pois não.

— É que uma menina de treze anos precisa voltar para Tóquio. Sua mãe teve um compromisso e precisou partir antes. A garota ficou sozinha aqui no hotel. Sei que estou abusando, mas será que você poderia acompanhar a menina até Tóquio? Ela tem muita bagagem e fico preocupada em deixá-la embarcar sozinha.

— Não sei. Por que a mãe deixou a garota sozinha e partiu? Que irresponsabilidade é essa?

Ela encolheu os ombros. — Realmente é uma irresponsável, sim. Ela é uma fotógrafa famosa, mas esquisita. Quando se lembra de alguma coisa, simplesmente some para algum lugar. Esquece até a garota. É como eu disse, ela é artista e, quando tem algo na cabeça, se esquece do resto. Depois ela se lembra de ter deixado a filha aqui, e nos telefona dizendo para mandá-la de avião de volta para Tóquio.

— Afinal, por que ela mesma não vem buscá-la?

— Isso eu não sei. Só sei que por causa do trabalho ela precisa ficar mais uma semana em Katmandu. Ainda mais, ela é famosa, é nossa cliente, e não podemos deixar a menina abandonada à própria sorte. A garota diz que não há motivo para preocupação, que basta deixá-la no aeroporto e ela consegue voltar sozinha, mas você sabe que não é bem assim... É apenas uma menina e, se algo acontecer com ela, ficaremos num tremendo apuro. Sem contar o problema da responsabilidade...

— Ai, ai... — suspirei resignado. E verbalizando um pensamento que me passou pela cabeça, perguntei: — Por acaso essa garota tem cabelos compridos, veste agasalho de cantor de rock e está sempre ouvindo música num walkman?

— É essa mesma. O quê?! Você já a conhece?

— Creio que sim...

*

Ela ligou para a companhia aérea ANA e reservou um lugar no mesmo avião que eu. Em seguida, ligou para o quarto da garota e pediu que ela arrumasse as malas e descesse até a recepção, pois havia encontrado uma pessoa que iria acompanhá-la até Tóquio. Tranquilizou-a dizendo que essa pessoa era de confiança. Dito isso, pediu que o carregador fosse buscar a bagagem dela. Logo depois, chamou o serviço de limusine do hotel. Ela era sistemática e muito prestativa. Era competente. — Você é muito prestativa! — elogiei-a.

— Eu não lhe disse que adorava esse serviço? Foi feito para mim...

— Mas... se alguém faz alguma gozação, você fica uma "fera"! — falei de propósito.

Ela novamente deu umas batidinhas na mesa com a caneta.

— Isso já é outra coisa! Eu não gosto muito de brincadeirinhas e gozações. E não é de hoje. Quando isso acontece, fico muito nervosa...

— Ei, nunca tive a intenção de deixá-la nervosa — justifiquei. — Muito pelo contrário, a intenção das brincadeiras era fazê-la relaxar. Pode ser uma brincadeirinha sem graça e sem sentido, mas pode ter certeza de que tento fazer o melhor. Confesso que às vezes as pessoas não conseguem achar graça no que eu acho engraçado, mas não há nenhuma intenção maldosa. Eu jamais ironizei você. Faço piadinhas porque isso é fundamental para mim.

Ela cerrou levemente os lábios e olhou para mim. Seu olhar parecia o de alguém que contempla do alto da colina um local lá embaixo onde a água da enchente acaba de baixar. Logo depois suspirou e forçou a saída do ar pelo nariz, soltando uma voz estranha.

— Mudando de assunto, será que você poderia me dar o seu cartão? Em princípio é um procedimento de praxe por eu estar confiando a garota a você. Entenda a minha posição!

— Minha posição? — resmunguei baixinho, enquanto tirava da carteira meu cartão de visita e o entregava a ela. Bem, digamos que, pelo menos, tenho cartão de visita. No mínimo doze pessoas aconselharam-me a tê-los. Ela fixou o olhar no meu cartão como se estivesse olhando um pano de chão.

— Por falar nisso, como você se chama? — perguntei.

— Direi na próxima vez que nos encontrarmos — disse ela enquanto reposicionava os óculos, segurando com o dedo médio a armação entre as lentes. — Isso se a gente se reencontrar...

— É claro que iremos nos reencontrar — assegurei.

Um sorriso singelo e sereno resplandeceu em seu rosto, que lembrava a lua nova.

Após uns dez minutos, a garota e o carregador estavam na recepção. Ele carregava uma enorme mala Samsonite. Era tão grande que um pastor-alemão caberia em pé dentro dela. Realmente, em sã consciência, não dava para deixar uma menina de treze anos largada no meio do aeroporto com aquela mala enorme. Ela vestia um agasalho com estampa dos Talking Heads e calça jeans justa, usava botas e tinha um casaco de pele de boa qualidade sobre os ombros. Assim como na vez anterior, ela emanava uma beleza singular. Uma beleza delicada... tão sutil que se evaporasse não seria nada estranho. Era um tipo de beleza que causava nas pessoas um certo tipo de ansiedade. Isso porque era sutil demais. Talking Heads não é um nome ruim para uma banda, pensei. Parece mais o nome de um capítulo de romance do Kerouac.

A mente que fala comigo toma cerveja ao meu lado. Eu estava morrendo de vontade de urinar. Digo à *mente que fala* comigo que vou urinar.

Saudoso Kerouac. O que estaria fazendo hoje?

A menina olhou para mim. Só que dessa vez ela não sorriu. Olhou para mim franzindo a testa e depois voltou-se para a garota de óculos.

— Não se preocupe. Ele não é uma pessoa ruim — assegurou a recepcionista, tranquilizando-a.

— Não sou tão ruim como pareço — acrescentei.

A garota olhou novamente para mim e concordou como se não houvesse outro jeito, como se estivesse ciente de que não estava em posição de exigir coisa alguma. Com essa atitude, parecia que eu estava fazendo algo terrível para ela. Senti-me como o velho rabugento típico dos contos de Dickens.

— Não se preocupe! Esse titio sabe fazer piadas, fala coisas legais e é muito simpático com as garotas. Além do mais, ele é meu amigo. Por isso, não se preocupe, tá? — disse ela.

— *Titio*? — repeti um tanto intrigado. — Eu ainda não sou velho, tenho apenas trinta e quatro anos. Onde já se viu me chamar de titio...

Ninguém se importou com a minha indignação. Ela pegou a garota pela mão e levou-a até o carro que nos conduziria ao aeroporto. O carregador já havia colocado a Samsonite no porta-malas. Coloquei minha sacola no ombro e segui as duas até o carro. *Titio*. Mas que coisa..., pensei inconformado. Somente eu e a menina entramos no veículo. O tempo estava muito ruim. Durante o trajeto até o aeroporto, só se podia ver neve e gelo. Parecia que estávamos numa região polar.

— Ei, como você se chama? — indaguei.

Ela voltou-se para mim como quem estivesse aguardando essa pergunta. Depois olhou ao redor como se procurasse algo. Para qualquer lugar que olhasse, só havia neve. — Yuki — respondeu-me.

— Neve?

— Meu nome — respondeu. — Isso mesmo, Yuki, de neve...

Dito isso, ela tirou do bolso o walkman e ficou envolvida com a sua música particular. Sequer olhou para mim até chegar ao aeroporto.

Que chato!, pensei. Algum tempo depois, eu soube que Yuki era mesmo seu nome verdadeiro. Mas naquele momento pensei que era um nome fictício improvisado. Pensando assim, fiquei um pouco magoado. De vez em quando, ela tirava do bolso um chiclete em pastilhas e ficava mascando sozinha, sem oferecer para mim. Não que eu quisesse mascar chicletes, mas não seria nada mal ela me oferecer, pelo menos como um ato de cortesia. Com essas e outras coisas, acabei me sentindo miseravelmente envelhecido. Sem opção, afundei-me na poltrona e fechei os olhos. Comecei então a pensar no passado. Mais precisamente na época em que eu tinha a idade dela. Lembrei-me de que nessa idade eu também colecionava discos de rock'n' roll. Discos de vinil de quarenta e cinco rotações. Tinha uns cem discos destes com diversas canções, tais como "Hit the Road, Jack", de Ray Charles, "Travelin' Man", de Ricky Nelson e "All Alone Am I", de Brenda Lee. Escutava música todos os dias repetidamente a ponto de decorar as letras. Como um teste, tentei cantar mentalmente a canção "Travelin' Man". Parecia inacreditável, mas eu ainda sabia de cor toda a letra da música. Era uma música medíocre, mas a letra emergia de minha mente sem nenhuma dificuldade. O poder de memorização de quando se é jovem é de fato fantástico. É incrível como realmente aprendemos essas coisas inúteis.

And the China doll
down in old Hong Kong
waits for my return

A canção do Talking Heads com certeza deve ser bem diferente dessa. As gerações mudam — *Tiiimes they are aaaa chaaaangiiing...*

*

Deixei Yuki na sala de espera e fui comprar os bilhetes no balcão da companhia aérea. Paguei com o meu cartão de crédito as nossas passagens para depois separar os valores. A atendente informou que, apesar de faltar uma hora para o embarque, havia a possibilidade de o voo atrasar. — Estaremos anunciando, por favor fique atento — disse ela. — A visibilidade neste momento está péssima.

— Será que o tempo vai mudar? — perguntei.

— A previsão meteorológica diz que sim, mas não se sabe ao certo quanto tempo isso levará — disse num tom desanimador. Ela deve ter dito pelo menos umas duzentas vezes a mesma coisa. Não era à toa que estava desanimada.

Voltei para junto de Yuki e avisei-lhe que o voo provavelmente atrasaria porque não parava de nevar. Ela me olhou de relance e sem dizer nada fez uma expressão de quem não estava nem aí.

— Como podem ocorrer imprevistos, não vamos despachar nossas malas. Uma vez feito o check-in é complicado recuperar nossas bagagens — justifiquei.

Continuando sem dizer palavra alguma, ela me olhou como quem diz: "Você é quem sabe!".

— Só nos resta ficar esperando, não é mesmo? Não se pode dizer que aqui seja um lugar divertido, mas... por falar nisso, você já almoçou? — perguntei.

Ela balançou a cabeça afirmativamente.

— Que tal irmos a uma cafeteria? Você não quer beber algo? Café, chocolate, chá preto, suco ou alguma outra coisa? — indaguei.

Yuki fez uma expressão de quem estava indecisa. Ela tem uma gama de expressões faciais.

— Então, vamos! — disse, levantando-me. Empurrei sua Samsonite e fomos até a cafeteria, que estava lotada. Os voos estavam atrasados e as pessoas aparentavam cansaço. Em meio ao burburinho de vozes troquei o almoço por um café com sanduíche e Yuki tomou um chocolate.

— E então, por quanto tempo você se hospedou naquele hotel? — indaguei.

— Dez dias — respondeu ela depois de pensar por alguns instantes.

— Sua mãe partiu quando?

Ela ficou um tempo olhando a neve pela janela. Momentos depois, disse: — Três dias. — Senti-me como se estivesse num curso básico de conversação em inglês.

— Todo esse tempo é porque está de férias da escola?

— Todo esse tempo é porque eu não vou à escola... e... vê se não me enche, tá?! — respondeu. Logo em seguida, tirou do bolso o walkman e colocou os fones no ouvido.

Tomei o resto do café que estava na xícara e li o jornal. Não sei por quê, mas ultimamente vivo deixando as garotas iradas. Por que será? Apenas uma questão de má sorte? Ou será que existe algum motivo mais forte por trás disso?

No final concluí que devia ser apenas falta de sorte. Após ler o jornal, tirei da bolsa o livro *O som e a fúria*, de Faulkner, e comecei a ler. Os romances de Faulkner e de Philip K. Dick são extremamente compreensíveis quando nossa sensibilidade está tomada por um certo tipo de desalento. Nos períodos em que me sinto assim, leio um desses dois autores. Em outras épocas, jamais os leio. Durante minha leitura, Yuki foi uma vez ao toalete e depois trocou as pilhas de seu walkman. Trinta minutos depois, fomos informados de que o voo para Narita sairia com atraso de quatro horas. Esperaríamos a mudança de tempo. Respirei fundo, tentando me acostumar com a ideia de esperar mais quatro horas para partir.

Não tem jeito, isso já era previsto desde o início... nesse momento devo pensar em algo construtivo e tomar uma atitude mais ativa..., pensei. É o tal do poder do pensamento positivo. Após cinco minutos pensando positivamente, uma ideia surgiu em minha mente. Pode ser que seja boa, mas também pode ser que não. Porém, creio que minha ideia ainda era melhor do que ficar ali à toa, envolto em barulho e fumaça de cigarro. Disse a Yuki para aguardar um pouco e fui até o balcão de locação de carros do aeroporto. A atendente logo tomou as providências. Aluguei um Corolla Sprinter da Toyota com som estéreo. Um micro-ônibus transportou-me até o escritório da locadora de carros e, chegando lá, me foram entregues as chaves do Corolla. O escritório ficava a uns dez minutos do aeroporto. Era um Corolla branco com antiderrapantes novos nos pneus. Entrei no carro e voltei para o aeroporto. Fui até a cafeteria e convidei Yuki: — Temos pelo menos três horas, que tal passearmos de carro pelas redondezas?

— Mas está nevando muito... você acha que vai dar para ver alguma coisa nesse passeio? — perguntou ela, como que decepcionada com a minha proposta. — Afinal, aonde você quer ir?

— Não quero ir a lugar algum. Só quero andar de carro. Além do mais, dá para se ouvir música em som ambiente. Você não quer ouvir música? Você poderá ouvir à vontade. Escutar música somente pelo walkman irá prejudicar seus ouvidos.

Ela fez uma expressão de quem estava indecisa, balançando de leve a cabeça para os lados. No entanto, quando levantei decidido e disse: — Vamos? —, ela simplesmente se levantou e me acompanhou.

Coloquei a Samsonite no porta-malas do carro e fomos passear pela estrada em meio à intensa neve sem nenhuma pressa, totalmente a esmo. Ela tirou de sua bolsa uma fita cassete e a colocou no estéreo para ouvirmos. As músicas eram "China Girl", de David Bowie, em seguida Phil Collins, Jefferson Starship, Tom Petty & the Heartbreakers, Hall & Oates, Thompson Twins, Iggy Pop, Bananarama... e assim por diante, era uma seleção de músicas típicas de garotas em início da adolescência. Os Stones cantavam "Going to a Go-Go". — Esta música eu conheço! — eu disse. — Antigamente, era cantada pelo Miracles. Era o Smokey Robinson & The Miracles. Eu devia ter uns quinze ou dezesseis anos...

— Ah, é? — disse Yuki sem nenhum interesse.

Cantei o trecho da música que diz: "Going to a Go-Go".

Em seguida, Paul McCartney e Michael Jackson cantaram "Say Say Say".

Havia poucos carros na estrada, ou melhor, não havia quase nenhum. O som lento e arrastado do limpador de para-brisa parecia nos mostrar que ele estava entediado de remover a neve, que não parava de se acumular no vidro, e por isso movimentava-se monotonamente como quem estivesse fazendo algo muito cansativo. A temperatura dentro do carro estava amena e era agradável escutar rock'n' roll. Até mesmo ouvir Duran Duran estava prazeroso. Fiquei tão tranquilo que, vez ou outra, acompanhava trechos da música enquanto dirigia naquelas estradas retas. Notei que ela também estava mais tranquila. Após ouvir os noventa minutos de sua fita cassete, ela notou uma outra que, na verdade, eu havia pedido emprestado na locadora de carros.

— O que é isso? — perguntou.

— É uma fita antiga — respondi. Para matar a saudade, fiquei escutando-a enquanto eu voltava ao aeroporto.

— Posso ouvir? — indagou.

— Não sei se é do seu gosto. É uma seleção de músicas muito antigas...

— Tudo bem, não faz mal! Para quem ficou esses últimos dez dias ouvindo as mesmas músicas...

Coloquei a fita. A primeira música era Sam Cooke cantando "Wonderful World." Não sei detalhes da história... particularmente, acho essa música muito boa, mas como eu ia dizendo... no terceiro ano do primário, Sam morreu com um tiro. A próxima música era "Oh Boy", de Buddy Holly. Ele também morreu em um acidente de avião. "Beyond The Sea", de Bobby Darin. Ele também morreu. "Hound Dog", de Elvis Presley. Elvis também morreu. Overdose. Todos morreram. Em seguida ouvimos "Sweet Little Sixteen", de Chuck Berry. "Summertime Blues", de Eddie Cochran.

Cantei junto os trechos que conseguia lembrar.

— Você conhece bem essas músicas, hein? — disse Yuki, um tanto admirada.

— É óbvio! Antigamente eu era louco por rock'n' roll, assim como você também curte as suas músicas — expliquei. — Quando eu tinha mais ou menos a sua idade, ficava todos os dias grudado no rádio, juntava uns trocadinhos e comprava um disco. Rock'n' roll. Achava que no mundo não existia nada melhor que isso. Só de ouvir essas músicas eu me sentia feliz.

— E hoje?

— Também escuto. Tenho algumas músicas preferidas. Mas não ouço com tanta dedicação a ponto de decorar as letras. Hoje não me emociono tanto quanto antes.

— Por que será?

— Por que será...

— Diga — insistiu Yuki.

— Acho que é porque descobrimos que existem poucas coisas que realmente valem a pena. São poucas as coisas que realmente valem a pena... Tudo é assim. Livros, filmes, concertos... são poucas as coisas boas. O rock é um exemplo disso. Se você ficar ouvindo rádio por uma hora, vai encontrar apenas uma música realmente boa. O resto não passa de refugo da produção em massa. Antigamente, eu não estava nem aí com essas coisas. Tudo o que eu ouvia me agradava. Eu era jovem, tinha muito tempo e estava apaixonado. Coisas chatas, coisas insignificantes já eram motivos mais que suficientes para sentir aquela emoção. Você entende o que eu digo?

— Acho que sim... — respondeu Yuki.

Começou a tocar "Come Go With Me", de Del Vikings, e então comecei a cantar junto como se fôssemos um coro.

— Não está entediada? — perguntei.

— Não. Nada mal! — respondeu.

— Nada mal — repeti.

— E agora... você está amando? — perguntou Yuki.

Parei para refletir sobre isso. — É uma pergunta difícil! — respondi. — E você, gosta de algum garoto?

— Não, ainda não. Mas tem um monte de garotos que eu detesto — respondeu ela.

— Entendo — disse.

— É mais divertido ficar ouvindo música.

— Entendo isso também.

— Você entende mesmo? — indagou, com um olhar um tanto ou quanto duvidoso.

— Sim — eu disse. — Todos chamam isso de fuga. Mas isso não importa. A minha vida é somente minha e a sua é somente sua. Basta você saber o que você quer conquistar. Você deve viver a sua vida do jeito que quiser. Não são os outros que devem dizê-lo a você. Esses caras deviam ser comidos e mortos por crocodilos. Quando eu tinha a sua idade, pensava assim. Hoje eu continuo a pensar assim. Pode ser que eu não tenha evoluído como pessoa, pode ser também que eu esteja permanentemente correto. Não sei direito. Não consegui obter uma resposta sobre isso.

"Sugar Shack", de Jimmy Gilmer. Comecei a assobiar enquanto dirigia. No lado esquerdo da pista estendia-se uma planície alvíssima. *Just a little shack made out of wood. Espresso coffee tastes mighty good...* É uma boa música... 1964.

— Ei, você é meio esquisito! As pessoas já não te disseram isso? — perguntou ela.

— Já!

— É casado?

— Casei-me uma vez.

— Você se divorciou?

— Sim.

— Por quê?

— Minha esposa fugiu...

— Isso é sério?

— Claro que sim. Minha esposa gostou de outro homem e fugiu com ele para algum lugar.

— Tadinho!

— Obrigado.

— Mas acho que também entendo os sentimentos de sua esposa.

— Como assim?

Ela encolheu os ombros e não disse nada. Também não tive vontade de insistir para ouvir a resposta.

— E aí? Você quer um chiclete? — perguntou Yuki.

— Obrigado, mas não quero.

Aos poucos começamos a ficar amigos e juntos acompanhamos trechos da música "Surfin' USA", dos Beach Boys. Cantamos trechos simples como "Inside — outside — U.S.A.". Foi divertido. Afinal, não sou de se jogar fora. Eu não sou o velhinho mau dos contos de Dickens. Com o decorrer do tempo, a neve tornou-se mais amena. Voltamos ao aeroporto e devolvi a chave do carro no balcão da locadora. Logo em seguida, fizemos o check-in e, trinta minutos depois, entramos pelo portão de embarque. O avião finalmente decolou, com cinco horas de atraso.

Assim que ele levantou voo, Yuki caiu no sono. O seu rosto enquanto dormia era um esplendor. Parecia uma escultura minuciosamente feita de um algum material irreal, tamanha a sua beleza. Dava a impressão de que se alguém a tocasse com força, ela se quebraria. Era uma beleza desse tipo. A aeromoça trouxe-lhe um suco, mas deslumbrou-se ao vê-la dormir. Depois ela olhou para mim e sorriu. Eu também sorri para ela. Pedi um gim-tônica e, enquanto bebia, pensei em Kiki. Em minha mente, eu repassava várias e várias vezes a cena em que ela estava abraçada na cama com Gotanda. A câmera movia-se como se fosse completar um círculo. Kiki estava lá. Ela dizia: O que há de errado?

Os meus pensamentos ecoavam a frase: O que há de errado?

16

Depois de pegar as bagagens em Haneda, perguntei a Yuki onde ficava sua casa.

— Em Hakone — respondeu.

— É bem longe — comentei. Já passava das oito da noite e, mesmo que fosse pegar um táxi ou qualquer outra coisa, seria muito trabalhoso voltar a Hakone. — Não tem conhecidos em Tóquio? Parentes, amigos ou coisa parecida? — perguntei.

— Ninguém desse tipo, mas tenho um apartamento em Akasaka. É pequeno, mas mamãe usa quando está em Tóquio. Posso ficar lá, pois está vazio.

— Não tem família, além de sua mãe?

— Não — respondeu Yuki. — Somos só nós duas: eu e mamãe.

— É mesmo? — respondi. Parecia uma família meio complicada, mas não me dizia respeito. — De qualquer maneira, vamos até minha casa. Em seguida, iremos jantar juntos e depois da refeição eu a levarei até esse apartamento em Akasaka. Está bem assim?

— Tanto faz — disse ela.

Peguei um táxi e fomos até o meu apartamento em Shibuya. Fiz Yuki esperar na entrada, subi até o apartamento, deixei a bagagem e pus uma roupa mais leve. Calças comuns com uma jaqueta de couro comum e um suéter comum. Em seguida, embarquei Yuki no Subaru para irmos a um restaurante italiano que ficava a quinze minutos dali e jantamos. Pedi ravióli e salada de vegetais e ela um espaguete de vôngole e espinafre. Pedi também uma porção de peixe frito que dividimos. A porção era grande, mas ela parecia estar faminta e chegou a comer, além de tudo, um tiramisu. Eu tomei um café expresso. Ela elogiou: — Estava delicioso!

Disse a ela que minha especialidade era conhecer locais que serviam coisas gostosas. Contei-lhe, então, que o meu trabalho era descobrir locais que ofereciam boa gastronomia.

Yuki ficou me ouvindo em silêncio.

— Por isso, considero-me um entendido — expliquei. — Conhece aquele porquinho francês resmungão que fica procurando cogumelos no subsolo? É quase a mesma coisa.

— Não gosta do seu trabalho?

Fiz que não. — É impossível. Não dá para gostar mesmo. É algo sem sentido. Procuro uma casa com comida deliciosa, publico a matéria na revista e apresento-a a todos. Vá aqui. Experimente tal coisa. Mas qual a necessidade de se fazer isso? Não deveriam todos comer o que quisessem? Por que precisam da indicação de alguém até para achar um lugar para comer? Por que necessitam que alguém lhes ensine a escolher o menu? Sabe, as casas apresentadas nessas revistas vão decaindo no serviço e na qualidade à medida que ficam famosas. Isso acontece com oito ou nove entre dez, sabia? É porque se perde o equilíbrio entre oferta e procura. É isso que fazem as pessoas como eu. Cada vez que encontram algum lugar, vão destruindo-o com bastante esmero. Quando acham um branco puro, deixam-no todo sujo. As pessoas chamam isso de informação. A informação sofisticada nada mais é do que passar uma rede por todo o espaço do cotidiano sem deixar escapar nada. Estou cansado disso. Cansado de estar fazendo isso.

Yuki ficou me observando sentada do outro lado da mesa. Só então lembrei-me de que era uma menina de apenas treze anos que estava ali. Ai, ai, ai. O que eu estou dizendo para uma menininha como ela? — Vamos! — disse. — Já é tarde! Vou levá-la até o apartamento.

Ao entrar no Subaru, Yuki pegou uma das fitas que estavam ali e colocou no toca-fitas. Era uma fita de músicas antigas que eu tinha gravado. Ouço muito esse tipo de música enquanto dirijo sozinho. “Reach Out (I’ll Be There)”, dos Four Tops. As ruas estavam vazias, e por isso chegamos rápido a Akasaka. Perguntei a Yuki onde ficava o apartamento.

— Não quero que saiba — respondeu.

— Por que você não quer me dizer o local? — indaguei.

— Porque ainda não quero ir embora.

— Olha, já passa das dez — disse. — Foi um dia longo e árduo. Queria dormir como um bebezinho.

No assento ao lado, Yuki olhava quieta para mim. Eu estava atento à direção, mas continuava a sentir seu olhar na minha face esquerda. Era um olhar misterioso. Não havia nele nenhum sentimento especial, mas me deixava apreensivo. Depois de me observar por algum tempo, ela virou-se para o lado oposto e ficou olhando através da janela.

— Não estou com sono. Se voltar para o apartamento, ficarei sozinha e por isso queria dar mais algumas voltas de carro. Ouvindo música...

Pensei um pouco. — Só mais uma hora. Depois deve voltar e dormir imediatamente. Está bem assim?

— Está — respondeu Yuki.

Ficamos rodando pelas ruas de Tóquio ouvindo música. Pensei, então, que é por esses e outros motivos que o ar vai ficando cada vez mais poluído; a camada de ozônio vai sendo destruída; a poluição sonora aumentando; as pessoas mais nervosas e as riquezas minerais escassas. Yuki apoiou a cabeça no encosto do assento e, calada, ficou com o olhar perdido nas ruas noturnas.

— Sua mãe está em Katmandu? — perguntei.

— Está — disse preguiçosamente.

— Isso significa que ficará sozinha até ela voltar?

— Voltando para Hakone, tenho a empregada — respondeu.

— Ah, é? Isso é normal?

— Ela me abandonar assim? Várias vezes. Ela logo fica com a cabeça cheia só de pensar nas suas fotos. Não faz por mal, mas ela é assim. Em suma, só pensa nela mesma. Esquece que eu existo. Sou como um guarda-chuva. Ela simplesmente me esquece. Por isso, de uma hora para outra vai para algum lugar. Quando sente vontade de ir a Katmandu, pensa nisso. É claro que depois ela cai em si e pede desculpas, mas logo depois faz a mesma coisa. Ela me levou a Hokkaido por um impulso e até aí tudo bem, mas eu ficava o dia todo sozinha no quarto do hotel ouvindo walkman e ela quase nunca voltava... Sempre almoçava e jantava sozinha. Já me acostumei. Dessa vez, também disse que voltaria em uma semana, mas não dá para confiar. Nem se sabe para onde irá depois de Katmandu.

— Como chama sua mãe? — perguntei.

Ela disse o nome. Como nunca tinha ouvido falar, disse-lhe que não a conhecia.

— Ela tem um nome profissional — disse Yuki. — Tem feito seus trabalhos com o pseudônimo Ame, de chuva. Por isso escolheu Yuki, de neve, para mim. Não acha uma insensatez? Ela é desse jeito.

Eu conhecia Ame. Todos a conhecem. É uma fotógrafa muito famosa. Nunca, porém, aparece na imprensa. Nem no meio social. Quase ninguém sabe o seu verdadeiro nome. Só faz os trabalhos que quer. É conhecida pelo seu comportamento estranho. Faz fotos agressivas e perspicazes. Fiz um sinal de que a conhecia. — Então o seu pai é aquele romancista? Acho que se chama Hiraku Makimura, não?

Yuki encolheu os ombros. — Ele não é uma má pessoa. Não tem talento, mas...

Há tempos eu havia lido algumas obras de ficção do pai de Yuki. Os dois romances e uma das coletâneas de contos que escrevera quando jovem não eram ruins. Tanto o estilo quanto o ponto de vista eram novidade. Seu livro até acabou virando um best-seller. Ele também acabou se tornando prisioneiro do círculo literário. Aparecia na TV, nas revistas e em tudo quanto era lugar dando sua opinião sobre qualquer aspecto da sociedade. Casou-se, então, com Ame, que era uma novata no ramo fotográfico. Esse foi o seu auge. Depois, um desastre. Sem nenhum motivo aparente, de uma hora para outra, não conseguia escrever mais nada razoável. Dois ou três livros que vieram a seguir não fizeram sucesso. Os críticos falaram mal e os livros não venderam. Depois disso, Hiraku Makimura mudou totalmente de estilo. De escritor de romances sobre jovens autoconfiantes passou, de repente, a escritor experimental de vanguarda. Continuava, no entanto, sem conteúdo. No estilo, era algo parecido com uma colcha de retalhos da vanguarda francesa. Mesmo assim, alguns críticos novos e teimosos, sem qualquer capacidade de imaginação, elogiaram seu trabalho. Passados uns dois anos, porém, silenciaram, talvez achando finalmente que o trabalho dele não prestava. Não sei por que essas coisas acontecem. Só sei que o talento dele acabou se esgotando por completo com os três primeiros livros. Apesar de tudo, conseguia escrever textos. Por isso continuava a transitar pelo círculo literário como um cão castrado fareja o ânus da fêmea seguindo o seu instinto. Nessa época, Ame já havia se divorciado dele. Para ser mais preciso, Ame tinha acabado com a sua carreira. Pelo menos, era essa a teoria da sociedade.

Hiraku Makimura, no entanto, não acabou assim. Ampliou a sua área de atuação como escritor de romances de aventuras. Isso foi no início dos anos 70. Adeus, vanguarda! Ação e aventura! Ele rodou o mundo em busca das fronteiras dos mistérios e escreveu sobre eles. Comeu focas enquanto residia com os esquimós, viveu com os nativos da África e fez reportagem sobre guerrilheiros sul-americanos. Depois, criticou severamente os escritores que ficavam presos entre quatro paredes. No início, não havia problema, mas, depois de dez anos fazendo a mesma coisa — embora seja bastante normal —, as pessoas começaram a enjoar. No mundo, não há uma diversidade tão grande assim de aventuras. Não estamos mais na idade da pedra e nem dos contos de fadas. A qualidade das aventuras foi decaindo e só o texto foi ficando floreado. Na realidade, elas nem eram mais aventuras de verdade. Na maioria delas, ele estava em companhia de um coordenador, um editor e vários fotógrafos. Se a TV se envolvia, uma equipe de cerca de dez pessoas, composta por funcionários e patrocinadores, ia com ele. Havia até contratação de atores. Quanto mais recente era a obra, maior o número de atores contratados. Qualquer um que faz parte do ramo sabe disso.

Certamente ele não era má pessoa, mas não tinha talento. Era como dizia sua filha.

Não esticamos mais o assunto sobre seu pai. Ela não parecia estar interessada e eu também não.

Em silêncio, ficamos ouvindo música por mais algum tempo. Com as mãos no volante, fiquei olhando a lanterna traseira do BMW azul à frente. Yuki olhava a paisagem da cidade, enquanto acompanhava o ritmo de Solomon Burke com a ponta dos pés.

— Que carro bom! — comentou Yuki um pouco depois. — Como se chama?

— Subaru — respondi. — É um Subaru modelo antigo de segunda mão. Se bem que não existem muitas pessoas que o elogiam abertamente.

— Não sei explicar, mas sinto certa familiaridade nele.

— Deve ser porque este carro é amado por mim.

— Isso faz com que eu sinta familiaridade?

— Harmonia — respondi.

— Não entendi direito — disse Yuki.

— Eu e o carro nos ajudamos mutuamente. Em poucas palavras, é isso. Ou seja, eu entro neste espaço. Eu penso que amo este carro. Então aqui se cria este clima. O carro, por sua vez, sente o clima. Eu me sinto bem e o carro também.

— As máquinas também se sentem bem?

— É claro que se sentem — respondi. — Não sei o motivo, mas as máquinas também se sentem bem ou ficam irritadas. É impossível explicar com teorias, mas, em termos empíricos, é assim. Não tem erro.

— Assim como as pessoas se amam?

Neguei balançando a cabeça. — É diferente das pessoas. Esse tipo de sentimento se restringe ao local. O sentimento em relação às pessoas é diferente. Muda de maneira sensível de acordo com cada uma. Oscila, vacila, cresce, desaparece, é negado, é machucado... Na maioria das vezes, é impossível generalizar. É diferente do sentimento pelo Subaru.

Yuki refletiu alguns instantes sobre as minhas palavras. — Não deu certo com sua esposa? — perguntou ela.

— Acreditei o tempo todo que estávamos sintonizados — respondi. — Mas minha esposa não pensava o mesmo. Divergência de opiniões. Por isso partiu. Talvez fosse mais rápido partir com outro homem do que corrigir as divergências de opiniões, sabe?

— Não deu certo como deu com o Subaru, não é?

— Deve ser isso mesmo — concordei. Ai, ai, ai. Isso é assunto para se falar com uma menina de treze anos?

— O que você acha de mim? — perguntou Yuki.

— Ainda não sei quase nada sobre você — respondi.

Novamente, ela ficou olhando a minha face esquerda. Cheguei a pensar se, àquela altura, não se abriria nela um buraco. Seu olhar chegava a ser aguçado a esse ponto. Disse-lhe que daria a resposta.

— Talvez você seja a menina mais bonita com a qual saí até hoje — falei olhando para a rua à minha frente. — Talvez, não! É com certeza a mais bonita. Se eu tivesse quinze anos estaria apaixonado por você. Mas como já tenho trinta e quatro, não me apaixono tão facilmente. Não quero ser mais infeliz do que sou. Com o Subaru é mais simples. Ficou satisfeita?

Agora Yuki lançava um olhar comum para mim e disse: — Cara esquisito! — Quando ouvi esse julgamento vindo da parte dela, achei que eu era de fato um perdedor. Talvez ela não tivesse má intenção. Mas suas palavras surtiram um grande efeito em mim.

*

Cinco minutos antes das onze, voltei para Akasaka.

— Bom — soltei.

Desta vez, Yuki me disse onde ficava o apartamento. Era um prédio pequeno de tijolinhos vermelhos e ficava numa rua tranquila próxima ao templo Nogi. Parei em frente e desliguei o motor.

— Quanto ao dinheiro — disse ela sentada serenamente — da passagem de avião, do jantar...

— A passagem de avião você pode me devolver depois que sua mãe voltar. O restante fica por minha conta. Não precisa se preocupar. Não divido as despesas com quem saio. Só a passagem de avião é suficiente.

Yuki encolheu os ombros sem dizer nada e abriu a porta do carro. Depois, jogou o chiclete no vaso de plantas da calçada.

— Obrigada... De nada... — tentei mostrar a ela como ser educada. Depois, tirei um cartão de visita da carteira e dei a ela. — Entregue para sua mãe quando ela voltar. Caso você continue sozinha e precise de alguma coisa, pode telefonar para esse número. Farei tudo o que estiver ao meu alcance.

Ela ficou segurando meu cartão e olhando fixamente para ele. Depois, colocou-o no bolso do casaco.

— Nome estranho — comentou.

Peguei sua mala pesada, que estava no banco traseiro, pus no elevador e levei até o quarto andar. Yuki pegou a chave de sua bolsa a tiracolo e abriu a porta. Coloquei a mala no apartamento. Era uma construção de copa e cozinha com um quarto e banheiro. O prédio ainda era novo e o apartamento estava bem arrumado, como se decorado para exposição. Havia louças, móveis e eletrodomésticos básicos, tudo era requintado e parecia bastante caro, mas lhe faltava alguma atmosfera do cotidiano. Parecia ter sido mobiliado e decorado de uma só vez em apenas três dias, gastando-se muito dinheiro. Era de bom gosto. Mas tinha um ar irreal.

— Mamãe só usa de vez em quando... — interveio Yuki depois de acompanhar o meu olhar. — Ela tem um estúdio aqui perto e, quando está em Tóquio, fica nele quase o tempo todo. Dorme e come lá. Raramente volta para cá.

— É claro — assenti. — É uma vida agitada.

Ela tirou o casaco de pele, pendurou no cabide e ligou o aquecedor a gás. Depois, não sei de onde, trouxe um Virginia Slims, pôs um deles na boca e acendeu-o riscando com a maior facilidade um fósforo de papel. Não acho legal uma menina de treze anos fumar cigarros. Faz mal à saúde e deixa a pele ressecada. O filtro foi colocado entre seus lábios finos e angulosos como se tivessem sido cortados com uma faca. Quando ela acendeu o fogo, seus longos cílios se fecharam graciosamente, devagar como as folhas da dormideira que se fecham com um toque. Sua franja caída balançou de forma suave, acompanhando esse movimento. Era perfeito. Pensei novamente que, se eu tivesse quinze anos, estaria caidinho por ela. Seria um amor predestinado a ser como uma avalanche de primavera. Não saberia o que fazer e ficaria terrivelmente infeliz. Yuki me fez lembrar uma menina que conheci no passado. Uma de quem gostei aos treze ou quatorze anos. Fui tomado, de repente, por uma paixão incontrolável que tivera na época.

— Toma um café ou alguma outra coisa? — perguntou Yuki.

Fiz que não com a cabeça. — Já é tarde. Vou embora — respondi.

Yuki pôs o cigarro no cinzeiro e levantou-se, acompanhando-me até a porta.

— Cuidado com o fogo do cigarro e do aquecedor — adverti.

— Parece o papai — disse ela. Era uma observação correta.

*

Voltei para o meu apartamento em Shibuya e tomei cerveja jogado no sofá. Em seguida, chequei quatro ou cinco cartas que estavam na caixa de correspondências. Eram todas ligadas a trabalhos sem importância. Deixei para lê-las mais tarde e coloquei-as sobre a mesa apenas com o envelope aberto. Eu estava exausto e não tinha vontade de fazer nada. No entanto, estava bastante excitado e não conseguia dormir. Achei que tinha sido um longo dia. Um dia que foi se estendendo, se estendendo. Era como se tivesse ficado o dia inteiro na montanha-russa. O corpo ainda balançava.

Fiquei pensando, afinal, quantos dias havia estado em Sapporo, mas não conseguia me lembrar. Depois de tantas coisas que se sucederam, meu horário de sono estava confuso. O céu estava todo cinza. Os fatos e as datas se misturavam. Primeiro, saí com a moça da recepção do hotel. Telefonei para um antigo companheiro e pedi que pesquisasse sobre o Dolphin Hotel. Encontrei o homem-carneiro e conversamos. Fui ao cinema e vi um filme estrelado por Kiki e Gotanda. Cantei Beach Boys com uma menina bonita de treze anos. Depois, voltei para Tóquio. Quantos dias foram no total? Não sabia dizer.

Vou deixar para amanhã, pensei. Deixe para amanhã o que você não precisa fazer hoje.

Fui até a cozinha, enchi um copo de uísque e tomei puro mesmo. Comi alguns cream-crackers de um pacote que estava aberto. Os crackers estavam um pouco murchos, assim como minha cabeça. Coloquei bem baixinho o velho vinil que tocava a música saudosa de Tommy Dorsey pelos também saudosos Modernaires. Era uma música já ultrapassada, assim como a minha cabeça. Também tinha ruído. No entanto, não incomodava ninguém. A seu modo, era perfeita. Continua do mesmo jeito. Igual à minha cabeça.

A voz de Kiki ecoava em minha mente: O que há de errado?

A câmera fez um giro de cento e oitenta graus. Os dedos ágeis de Gotanda alisavam as costas dela. Como se procurassem um veio d'água ali escondido.

O que será que está acontecendo, hein, Kiki? Eu estou bastante confuso mesmo. Não consigo confiar em mim como antes. O amor e o Subaru de segunda mão são coisas distintas. Será mesmo? Tenho ciúme dos dedos ágeis de Gotanda. Será que Yuki apagou direito a brasa do cigarro? Será que desligou direito o aquecedor a gás? Igualzinho a papai. Que absurdo! Perdi a autoconfiança. Será que irei apodrecer, falando sozinho, dessa forma, nesse lugar que parece um cemitério de elefantes da sociedade altamente capitalista?

Ah! Vou deixar tudo para amanhã.

Escovei os dentes, vesti o pijama e acabei de tomar o uísque que estava no copo. Bem na hora em que ia me deitar, o telefone tocou. Fiquei parado no meio do quarto encarando o aparelho, mas acabei atendendo.

— Apaguei o aquecedor agora mesmo — comunicou Yuki. — Já cuidei da brasa do cigarro também. Satisfeito? Tranquilo?

— Estou — respondi.

— Bons sonhos — disse ela.

— Pra você também — retribuí.

— Sabe? — disse Yuki, fazendo uma breve pausa. — Naquele hotel de Sapporo, você viu um homem vestido de pele de carneiro, não viu?

Segurando o telefone como se fosse um ovo trincado de avestruz, sentei-me na cama.

— Eu sei. Sei que você viu aquilo. Fiquei calada, mas sei. Sabia desde o início.

— Você se encontrou com o homem-carneiro? — perguntei.

— Hmmmm... — respondeu ela de maneira ambígua, fazendo um estalido com a língua. — Mas vamos falar sobre isso numa outra ocasião. Falarei com calma a respeito quando nos encontrarmos de novo. Hoje, já estou com sono.

Em seguida, desligou o telefone.

Minha cabeça começou a doer. Fui de novo à cozinha beber um uísque. Meu corpo estava trêmulo e eu não sabia o que fazer. Novamente a montanha-russa começou a funcionar fazendo muito barulho. O homem-carneiro dissera: *há ligações*.

Meu pensamento ficou martelando estas sílabas: há li-ga-ções.

Pouco a pouco, as peças começavam a se juntar.

17

Tomei mais uma dose de uísque encostado na pia da cozinha e fiquei refletindo sobre os fatos. Pensei em telefonar para Yuki e falar com ela novamente. Queria lhe perguntar como ela sabia sobre o homem-carneiro. No entanto, eu já estava um pouco cansado. Fora um longo dia, e, afinal, ela havia desligado o telefone falando em uma "outra ocasião". Então, só me restava esperá-la. Além do mais, não sabia o telefone dela, lembrei.

Enfiei-me na cama e fiquei uns dez ou quinze minutos olhando para o aparelho, sem conseguir dormir. Achava que poderia vir uma outra ligação dela, ou de alguém que não fosse ela. Nessas horas, sinto como se o telefone fosse uma bomba-relógio esquecida. Ninguém sabe quando será acionada. Só a probabilidade marca o tempo. Observando bem, ele tem um formato estranho. Bastante estranho. Normalmente não percebemos, mas quando ficamos olhando fixamente para ele, sentimos uma estranha familiaridade com o seu formato tridimensional. Dá a impressão de que o telefone está com uma vontade tremenda de falar e, ao mesmo tempo, que tem uma raiva imensa de estar preso a essa forma. Parece uma ideia presa num corpo desajeitado.

Lembrei-me da telefônica. Os fios estão ligados. Eles estão ligados desde este quarto até não se sabe onde. Em princípio, posso me ligar a qualquer pessoa. Posso me ligar a Anchorage, ao Dolphin Hotel e também à minha ex-esposa. Há inúmeras possibilidades. O ponto de conexão está na telefônica. O computador é que faz a organização. A disposição dos números é que muda o ponto de comutação e estabelece a comunicação. Somos ligados pelos fios elétricos, pelos cabos subterrâneos, pelos túneis sob o fundo do mar e pelos satélites. Um computador gigante controla tudo isso. No entanto, por mais que tenha uma precisão de fórmula, não é capaz de ligar nada se não tivermos vontade de que isso seja feito. Mesmo que tenhamos tal desejo, se não tivermos o número do telefone da outra pessoa, como aconteceu dessa vez (esqueci de perguntar), não há como fazer a conexão. Pode ser também que esqueçamos ou percamos o número do telefone. Pode ser ainda que digitemos o número errado. Quando isso acontece, não somos ligados a nada. Somos uma espécie bastante imperfeita e desprovida de capacidade de reflexão. E ainda tem mais. Mesmo que eu consiga ligar para Yuki, resolvendo todas essas questões, pode ser que ela diga: Não estou com vontade de falar agora. Tchau, e desligue o telefone. Aí não se estabelecerá um diálogo. Isso não passa de uma imposição unilateral com base em sentimentalismos.

O telefone parece zangar-se com essa realidade.

Ela (pode ser ele, mas aqui, considerarei o telefone como feminino) está zangada porque não consegue se sustentar como conceito. Está irritada pelo fato de que a comunicação tem como base uma vontade imprecisa e incompleta. Isso é imperfeito demais para ela, é por demais espontâneo e passivo.

Apoiei o cotovelo no travesseiro e fiquei olhando essa irritação "da" telefone por algum tempo. Mas nada podia fazer quanto a isso. Não é minha culpa, disse para a telefone. A comunicação é algo assim. Imperfeita, espontânea e passiva. Ela fica irritada justamente porque interpreta isso como conceito. Não é falha minha. Provavelmente ela ficaria assim irritada em qualquer lugar que estivesse. Pode ser que, pelo fato de pertencer ao meu quarto, ela estivesse um pouco mais zangada. Nesse sentido, sinto a minha parcela de culpa. Talvez até esteja estimulando essa imperfeição, essa espontaneidade e essa passividade, sem saber. Estou puxando o tapete.

Nisso, subitamente lembrei-me de minha ex-esposa. Sem falar nada, "a" telefone estava me censurando, quieta. Da mesma maneira que minha ex fazia. Eu a amava. Passamos momentos muito felizes. Brincamos um com o outro. Fizemos sexo centenas de vezes. Viajamos para muitos lugares. Vez ou outra, porém, minha esposa censurava-me quieta, desse mesmo jeito. No meio da noite, silenciosamente, inerte. Ela censurava minha imperfeição, minha espontaneidade e minha passividade. Ela estava irritada. Nós nos dávamos bem. Entre o que ela buscava, o que ela imaginava e a minha pessoa existia uma diferença radical. Era como se minha esposa buscasse uma independência de comunicação. Igual a uma cena em que a comunicação levasse as pessoas a uma revolução sem derramamento de sangue, gloriosa, erguendo a bandeira branca. Igual à condição em que a perfeição engolisse a imperfeição e a curasse. Esse era o seu jeito de amar. Logicamente, isso não era amor para mim. Para mim, o amor era um conceito ao qual se havia dado um corpo físico desajeitado e, passando por cabos subterrâneos e fios elétricos emaranhados, acabavam se ligando a algum lugar. Era algo bastante imperfeito. De vez em quando dava linha cruzada ou não se sabia o número. Outras vezes era engano. Mas não era minha culpa. Uma vez que existimos dentro desse corpo físico, será assim pela eternidade. É assim por uma questão de princípio. Expliquei isso a ela. Várias e várias vezes.

No entanto, um dia ela me deixou.

Ou pode ser que tenha se sentido incentivada ou estimulada por causa da minha imperfeição.

Olhando o telefone, lembrei-me da época em que estava com minha esposa. Mas, nos últimos três meses que precederam sua partida, ela não dormiu comigo nem uma única vez. Estava com outro. Se bem que, na época, eu nem sequer imaginava que ela tivesse outro.

— Por favor, vá dormir com alguém em outro lugar. Não ficarei brava — dizia ela. Eu achava que ela estivesse brincando. Ela falava sério. Disse-lhe que não tinha vontade de dormir com outra mulher. Não tinha mesmo, mas ela insistia dizendo que queria que eu fosse dormir com alguém, e que queria repensar o futuro comigo.

No final das contas, não dormi com ninguém. Não posso afirmar que sou uma pessoa pura em termos de sexo, mas não dormiria com outras mulheres apenas para pensar sobre a nossa relação. Durmo com alguém quando tenho vontade.

Algum tempo depois, ela se foi. Será que ela não teria partido se eu tivesse dormido com alguma outra mulher? Será que com isso ela pretendia tornar sua comunicação comigo um pouco mais independente? Grande tolice. Naquela época, eu não tinha a menor vontade de dormir com outra mulher. Mas não sei o que minha esposa pensava. Ela não falava nada concretamente. Mesmo depois do divórcio, ela não disse nada. Só me falou de modo vago e indireto. Sempre que se tratava de algo importante, ela agia assim.

Mesmo depois da meia-noite, o ruído da avenida não cessava. De vez em quando, ouvia o som ruidoso do escapamento de uma moto. Esse som era abafado, em parte, pela janela antirruído que estava totalmente fechada, mas mesmo assim continuava a incomodar. Esse barulho me oprimia, pois parecia limitar a existência do meu ser em um determinado espaço da superfície terrestre.

Cansado de olhar para o telefone, fechei os olhos.

Aí, de modo bastante ágil e rápido, a sensação de impotência invadiu o meu vazio, em silêncio, como se estivesse à espreita. Depois, o sono veio lentamente.

*

Após o café da manhã, procurei, na lista de endereços, o paradeiro de um conhecido que trabalhava como agente da área artística e liguei para ele. Já tínhamos feito alguns contatos na época em que eu trabalhava com entrevistas. É claro que ele estava dormindo, ainda eram dez da manhã. Desculpei-me por tê-lo acordado e pedi o telefone de contato de Gotanda. Ele murmurou alguns resmungos, mas me deu o número do telefone da produtora à qual Gotanda estava ligado. Era uma produtora mediana. Tentei ligar. Quando seu agente atendeu, disse o nome da revista e que queria falar com Gotanda. Ele me perguntou se era uma reportagem. Disse-lhe que não era bem esse o caso. Questionou, então, do que se tratava. Era uma pergunta pertinente. Um assunto particular, respondi. Fui indagado sobre que assunto particular era. Expliquei que fomos colegas no ginásio e precisava entrar em contato com ele. O agente perguntou o meu nome. Disse-lhe. Ele anotou. Falei que era um assunto importante. Respondeu, então, que faria o contato por mim. Retruquei dizendo que precisava falar diretamente com ele. — Acontece que existe um montão de pessoas iguais a você — dizia ele; — só de colegas do ginásio, há centenas.

— É um assunto importante — argumentei. — Por isso, se conseguir entrar em contato, eu também posso lhe proporcionar alguns favores.

Ele ficou pensando por algum tempo. Claro que era mentira. Não tinha influência para fazer coisas desse tipo. Meu trabalho se resumia em simplesmente fazer as entrevistas para as quais era designado. Mas ele não sabia disso. Se soubesse, eu estaria em apuros.

— Não é reportagem, é? — averiguou. — Se for reportagem, é preciso que passe por mim. Há necessidade de oficializá-la.

Disse-lhe que não era e que se tratava de assunto cem por cento particular. Ele então pediu o número do meu telefone e eu lhe dei.

— Colega de ginásio, é? — disse ele suspirando. — Está bem, pedirei a Gotanda que lhe telefone hoje à noite ou amanhã. Se ele concordar, obviamente.

— Lógico — respondi.

— É uma pessoa ocupada e pode ser que não tenha vontade de falar com um colega do ginásio. Não posso forçá-lo a pegar o telefone, pois já não é mais uma criança.

— Claro.

Ele desligou em seguida bocejando. Não tinha jeito, ainda eram dez horas da manhã.

Antes do almoço fui de carro fazer compras no supermercado de luxo Kinokuniya em Aoyama. No estacionamento, parei meu Subaru modelo antigo, não muito sociável, que já parece fazer parte de minha própria pessoa, entre um Saab e um Mercedes. Apesar dessa discrepância, gosto de fazer compras no Kinokuniya. Parece tolice, mas a alface americana deste lugar é a que mais dura. Não sei o motivo, mas é assim. Talvez reúnam as alfaces após o fechamento do estabelecimento e deem treinamento a elas. Não me surpreenderia se fosse assim. Tudo é possível na sociedade altamente capitalista.

Ao sair, deixei a secretária eletrônica ligada, mas quando voltei não havia nenhuma mensagem. Ninguém havia ligado. Ouvindo o "Theme from Shaft" no rádio, embalei com cuidado cada uma das verduras e guardei-as na geladeira. *Quem é esse homem? Alto lá!*

Mais tarde fui ao cinema em Shibuya e assisti a *Amor não correspondido*. Já era a quarta vez. Mas não poderia deixar de fazê-lo. Calculei o tempo para entrar no cinema esperando a parte em que Kiki aparecia e dei atenção especial a essa cena. Pensei em não perder nenhum detalhe. A situação era sempre a mesma. Manhã de domingo. Luz matinal serena, que existe em qualquer lugar. A veneziana da janela. As costas nuas de uma mulher. Os dedos de um homem que alisam suas costas. Na parede, uma reprodução de Le Corbusier. Na cabeceira da cama, uma garrafa de Cutty Sark. Duas taças e o cinzeiro. Uma caixa de Seven Stars. No quarto, há um aparelho de som. Há um vaso também. Nele havia uma flor que parecia margarida. Roupas espalhadas pelo chão. Vê-se uma estante de livros. A câmera gira. É Kiki. Sem querer, fecho os olhos. Depois abro. Gotanda está abraçado a Kiki. Com carinho. Não é assim, penso. E sem querer pronuncio essas palavras. Um jovem sentado a umas quatro poltronas dá uma olhada para mim. A protagonista aparece. Ela está com um rabo de cavalo. Veste colete e jeans azul. Calça um Adidas vermelho. Tem um pedaço de bolo ou bolacha nas mãos. Ela entra no quarto e depois foge. Gotanda fica sem ação depois que ela se vai. Ele se levanta da cama e, com cara de quem observa uma luz ofuscante, fica com o olhar perdido no vazio. Kiki põe a mão em seus ombros e diz: O que há de errado?

Saí do cinema. Depois fiquei perambulando pelas ruas de Shibuya.

Com as férias de primavera, as ruas estavam cheias de estudantes. Eles iam ao cinema, comiam os fast-foods no McDonald's, compravam tranqueiras em lojas de grife como a Popeye, Hot Dog Express ou Olive e gastavam uns trocados nos *play lands*. Em todas as lojas, as músicas eram tocadas em volume bastante alto. Stevie Wonder, Hall & Oates, e jingles que tocavam nas casas de jogos eletrônicos, os *pachinko*, músicas militares de propaganda de direita, e várias outras combinações de sons irritantes que formavam uma cena caótica. Em frente à estação de Shibuya havia comícios eleitorais.

Fiquei andando pelas ruas enquanto me lembrava das pontas dos dez dedos finos e elegantes de Gotanda que contornavam as costas de Kiki. Fui até o bairro de Harajuku, passei por Sendagaya e fui ao ginásio Jingu, passei pela avenida Aoyama em direção à parte inferior do cemitério, fui para o museu Nezu, passei em frente ao Café Fígaro e, depois, fui novamente até o Kinokuniya. Passei pelo edifício Jintan e voltei para Shibuya. Era uma distância razoável. Quando cheguei a Shibuya, o sol já descia na linha do horizonte. Da ladeira, pude observar os inexpressivos assalariados vestidos com casacos pretos movendo-se habilmente como um cardume de salmões subindo as correntezas escuras, iluminados pelos néons que enfeitavam as ruas.

Ao voltar para o meu quarto, vi que a luz da secretária eletrônica estava vermelha. Acendi a lâmpada, tirei o casaco, peguei uma lata de cerveja da geladeira e tomei um gole. Sentei-me na cama e apertei o botão de reprodução. A fita voltou e começou a girar. Há quanto tempo, hein?! Era a voz de Gotanda.

18

— Há quanto tempo, hein?! — disse Gotanda. Sua voz era agradável e ele tinha uma boa dicção. Não se expressava rápido, tampouco devagar. O tom não era alto nem baixo, e a voz não era tensa nem calma. Era perfeita. Em poucos segundos percebi que era a voz de Gotanda. É um tipo de voz que se você ouve uma vez dificilmente irá esquecer. Assim como não se pode esquecer facilmente seu sorriso, seus dentes alinhados, perfeitos e seu nariz de linhas retas. Até então jamais havia reparado em sua voz e nem mesmo me lembrava dela, mas, assim como o badalar do sino na calada da noite, ela fez com que de repente ocorresse um despertar instantâneo e preciso de uma parte latente de minha memória, o despertar de algo adormecido num canto da consciência. Com certeza era algo fantástico.

— Ligue para minha casa, hoje à noite pretendo estar aqui, e provavelmente estarei acordado a noite toda — disse ele, repetindo duas vezes o número de seu telefone. — Então, até mais! — falou antes de desligar o telefone.

Pelo prefixo, achei que a distância entre o seu apartamento e o meu não devia ser muito grande. Anotei seu telefone e disquei pausadamente o número. Ao sexto toque, entrou a secretária eletrônica: — No momento não podemos atendê-lo, por favor deixe sua mensagem — dizia a voz de uma mulher. Deixei meu nome, o número do meu telefone, a hora em que estava ligando e informei que estaria em casa. Que mundo complicado! Desliguei o telefone e fui para a cozinha. Lavei um aipo, cortei-o em palitos e passei maionese. Estava mordendo os palitos de aipo e bebendo cerveja quando o telefone tocou. Era ela. Ela me perguntou o que estava fazendo. Disse-lhe: mastigando. Que coisa mais lastimável!, rebateu ela. Disse que não era tão ruim assim. Há muitas outras coisas lastimáveis. Ela é que ainda desconhece isso.

— Onde você está? — perguntei-lhe.

— Ainda estou no apartamento de Akasaka — respondeu. — Você não quer passear de carro por aí?

— Desculpe-me, mas hoje não posso. Estou aguardando um telefonema importante sobre um trabalho. Vamos deixar para a próxima? Ah, sabe aquela conversa de ontem? Você chegou a ver um homem com uma pele de carneiro? Gostaria de ouvir essa história. Isso é muito importante para mim.

— Vamos deixar para a próxima? — disse ela, antes de desligar abruptamente o telefone.

Ora! Que coisa! Depois disso, fiquei um tempão segurando e olhando o aparelho.

*

Depois de comer o aipo, pensei no que deveria comer no jantar. — É isso! Vai ser espaguete.

Refogo dois dentes de alho fatiados no azeite de oliva. Inclino levemente a frigideira para juntar o óleo e, em fogo baixo, aguardo ele se aquecer, o que leva um certo tempo. Depois coloco juntos a pimenta vermelha e o alho para refogar, tomando o cuidado de tirá-los antes de amargarem. O momento certo de tirar a pimenta e o alho é a parte mais difícil. Feito isso, acrescento pedaços de presunto e frito-os até ficarem levemente crocantes. Nesse ponto, coloco o espaguete previamente cozido e misturo. Acrescento um pouco de salsinha bem picadinha. Como acompanhamento, preparo uma salada de tomate com queijo mussarela. Nada mal, hein?

Mas, justamente quando a água para preparar o espaguete começava a ferver, o telefone tocou de novo. Desliguei o fogo e atendi.

— Há quanto tempo, hein?! — disse Gotanda. — Estou com saudades! Tudo bem com você?

— Vou indo! — respondi.

— O meu empresário estava me contando que você tem um pedido a fazer. Não me diga que você quer dissecar um sapo como fazíamos juntos antigamente! — disse ele em tom de brincadeira, dando uma risadinha...

— Não, não é isso... É que eu preciso lhe perguntar uma coisa. Sei que você deve estar ocupado, mas mesmo assim resolvi ligar. É uma história um tanto estranha...

— Você está ocupado agora? — perguntou Gotanda.

— Não. Como não tinha nada para fazer, estava começando a preparar o jantar.

— Que ótimo! Vamos jantar juntos? Eu estava justamente pensando em quem chamar para me acompanhar. Comer sozinho não é gostoso, concorda?

— Não estou incomodando mesmo? Afinal, liguei tão de repente... A pergunta que eu queria fazer é...

— Não fique constrangido! Todos os dias num determinado horário ficamos com fome e, querendo ou não, precisamos comer. Não vou jantar à força por sua causa. Vamos jantar juntos tranquilamente, tomar umas e outras e conversar sobre o passado. Faz tempo que não me encontro com alguém daquela época. Se não for incômodo para você, gostaria realmente de encontrá-lo. Ou por acaso estou incomodando?

— Claro que não! Sou eu quem precisa conversar com você.

— Então, está combinado. Eu vou te buscar. Como faço para chegar aí?

Dei-lhe meu endereço e o nome do edifício.

— Entendi. É perto daqui. Em vinte minutos devo estar aí. Fique pronto para podermos sair logo. Estou com muita fome e não quero esperar muito tempo.

Dito isso, ele desligou o telefone. Fiquei me indagando... Conversar sobre o passado???

Não fazia a menor ideia de que passado era esse que eu e Gotanda tínhamos em comum. Naquela época, nós não éramos exatamente amigos, quase nunca conversávamos. Ele sempre foi o reluzente líder da classe, e eu era, digamos, uma existência inexpressiva. O fato de ele ainda se lembrar do meu nome já era algo inusitado para mim. O que ele quer dizer com "conversar sobre o passado"? O que será que temos para falar? De qualquer modo, ainda foi melhor ser recebido assim do que com indiferença.

Fiz rapidamente a barba, coloquei a jaqueta Calvin Klein sobre a camisa de listras alaranjadas e a gravata Armani (presente de aniversário de uma ex-namorada). Vesti um jeans azul recém-lavado e estreei o meu novo par de tênis brancos Yamaha. Esta era a combinação mais chique que poderia fazer com as peças do meu guarda-roupa. Esperava que o meu amigo reconhecesse que estava chique. Em toda a minha vida, nunca jantei com um artista de cinema. Não tinha sequer ideia de que roupa se deve usar numa ocasião dessas.

Ele chegou exatamente em vinte minutos. Um motorista por volta dos cinquenta anos e bem-educado tocou a campainha e avisou-me que Gotanda estava lá embaixo à minha espera. Se ele veio com motorista, deve estar de Mercedes, pensei comigo. Conforme minhas expectativas, ele realmente estava num deles. Era um Mercedes prateado. Parecia uma lancha. Não era possível ver o interior através dos vidros. O motorista destravou a porta do veículo. O som de destravar e abrir a porta soou-me agradável e, assim que a porta se abriu, entrei no carro. Lá estava Gotanda.

— Que saudades! — disse ele, sorrindo para mim. Fiquei aliviado por ele não fazer os típicos cumprimentos formais de dar as mãos...

— Há quanto tempo, hein?! — disse-lhe.

Ele vestia um suéter simples de gola em V e tinha sobre os ombros um casaco tipo esportivo azul-marinho. Usava uma calça creme de veludo com listras em alto-relevo, já bem surrada. Calçava tênis desbotados Asics. Mas o jeito de ele se vestir era admirável. Por mais simples que fosse a roupa, ele a transformava em algo confortável e de bom gosto. Ele olhou para minha roupa com um leve sorriso e comentou:

— Você está chique! Tem bom gosto!

— Obrigado! — agradeci.

— Parece um ator de cinema — disse ele, brincando, sem o intuito de me ridicularizar. Demos risada. Com isso, ficamos um pouco mais à vontade. Gotanda deu uma olhada ao redor e disparou: — Que tal? É um supercarro, não acha? Quando eu preciso, a produção me empresta, já com motorista e tudo. Desse modo, além de evitar acidentes, não corro o risco de ter que dirigir alcoolizado. É seguro. Tanto para a produção como para mim. E assim todos ficam contentes.

— Entendi!

— Se fosse por mim, eu jamais dirigiria um carro assim. Eu gosto mesmo de carros pequenos.

— Porsche? — perguntei.

— Maserati — respondeu.

— Eu já prefiro um carro menor.

— Civic? — perguntou.

— Subaru — respondi.

— Subaru — repetiu Gotanda com um aceno de cabeça, como quem também está conivente com essa opção. — Por falar em Subaru, antigamente eu tinha um. Foi o meu primeiro carro. Não foi para lançar como despesa, foi comprado com o meu próprio dinheiro. Comprei um Subaru usado com o meu primeiro cachê. Eu adorava o carro e ia aos locais de gravação com ele. Foi no período em que fui convidado para o meu segundo papel, que seria de coadjuvante. Logo me alertaram: "Se você quer um dia atingir a fama, não ande mais de Subaru." Foi por isso que troquei de carro. É um mundo assim... Mas era um bom carro. Prático e barato. Eu gosto dele.

— Eu também gosto — confirmei.

— Por que você acha que eu ando de Maserati?

— Não saberia dizer.

— É porque preciso gerar despesa — disse-me, contraindo a sobrancelha como quem revela um segredo. — O meu empresário diz que devo ter mais e mais despesas. Diz que preciso gastar. É por isso que se compra um carro caríssimo. Quem tem um carro caro tem um monte de despesas. Todos ficam felizes.

Puxa vida! Será que ninguém consegue pensar em mais nada a não ser em despesas?

— Estou com fome! Que tal um steak bem grosso? Você me acompanha?

Disse-lhe que aceitava a sugestão. Ele informou ao motorista o local aonde devíamos ir. Sem dizer uma só palavra, o motorista demonstrou ter compreendido. Depois, Gotanda olhou para mim e deu um leve sorriso, dizendo: — E então?! É um assunto pessoal, mas dizer que estava sozinho preparando o seu jantar significa que está solteiro?

— Estou sim — disse-lhe. — Casei e descasei.

— Ah, então somos dois — retrucou Gotanda. — Casei e me divorciei. E você está pagando pensão?

— Não. Não estou — respondi.

— Nem um tostão?

Fiz que não. — Ela não quer receber.

— Que felizardo! — observou sorrindo. — Eu também não pago pensão, mas, em compensação, por causa do casamento perdi tudo que tinha. Você já deve saber alguma coisa sobre a história do meu divórcio, não é?

— Vagamente — respondi. Depois disso, ele não falou mais sobre o assunto.

Havia quatro ou cinco anos ele se casara com uma famosa atriz de cinema e, dois anos depois, eles se divorciaram. As revistas semanais se deleitaram com o assunto. Como sempre, nunca saberemos a verdade, mas parece que entre ele e a família dela as relações não eram lá muito boas. É um caso típico. Sua mulher tinha muitas pessoas agregadas a ela, tanto pessoal como profissionalmente. Ele era do tipo garotão que queria mais era viver sozinho e tranquilo. É claro que não dava certo.

— É estranho! Até outro dia estávamos juntos nas aulas de laboratório de ciências, e, depois de um bom tempo, quando nos reencontramos, estamos os dois divorciados. Não acha isso um tanto estranho? — comentou sorrindo.

Com o dedo indicador, ele coçou levemente a pálpebra.

— E você, por que acabou se divorciando?

— Muito simples. Um dia minha esposa saiu de casa.

— De repente?

— É. Sem dizer nada. De repente ela se foi. Nunca desconfiei que faria isso. Voltei para casa e ela não estava. Pensei que ela tivesse ido fazer algumas compras por aí. Fiz o jantar e esperei-a voltar. Na manhã seguinte, ela ainda não tinha voltado. Passou uma semana, um mês e ainda assim ela não voltou. Nisso, ela me mandou a documentação do pedido de divórcio.

Ele ficou um bom tempo pensando sobre o que eu dissera. Respirou fundo e falou: — O que vou dizer pode magoá-lo, mas acho sinceramente que você é mais feliz do que eu.

— Por quê? — perguntei.

— No meu caso, minha esposa não partiu. Fui expulso. Literalmente. Um dia ela me expulsou. — Ele olhava pelo vidro do carro. — Foi horrível. Detalhe por detalhe tinha sido planejado. Tudo tinha sido devidamente premeditado, como um estelionato. Sem eu perceber, ela tinha feito várias transferências de bens. Foi algo realmente bem-feito. Não percebi nada! Nós tínhamos o mesmo contador, era especializado em imposto de renda, e eu deixava tudo por conta dele. Confiava. Eram autenticações, contratos, ações, cadernetas bancárias... Quando dizia que tal coisa era necessária para a notificação de imposto de renda, eu nem questionava e entregava o que me pediam. Nunca me interessei por essas pequenas coisas, e, como eu podia delegar esse serviço, outra pessoa o fazia. O problema é que esse contador tinha conchavo com a família dela. Quando percebi isso, já estava totalmente liso. Deixaram-me com uma mão na frente e outra atrás. E assim, como eu já não servia para mais nada, eles me expulsaram como a um cachorro. Foi um bom aprendizado — ele sorriu de novo. — E com isso me tornei um pouco mais adulto.

— Já tenho trinta e quatro anos. Mesmo não querendo, acabamos ficando adultos — disse-lhe.

— Com certeza. É isso! Você tem razão. Mas as pessoas são estranhas. Elas envelhecem num piscar de olhos. É verdade! Antes eu pensava que as pessoas iam envelhecendo aos poucos, ano após ano — observou Gotanda, olhando atentamente para mim. — Mas não é isso que ocorre. As pessoas podem envelhecer num piscar de olhos.

*

Gotanda me levou numa *steak house* localizada numa quadra afastada e calma do bairro de Roppongi, que só de olhar notava-se ser um local sofisticado. Assim que estacionamos o Mercedes em frente ao restaurante, fomos recepcionados pelo gerente e um auxiliar. Gotanda pediu que o motorista viesse nos buscar em uma hora. O Mercedes foi desaparecendo silenciosamente na escuridão da noite, como um gigantesco peixe bem adestrado. Fomos encaminhados para uma mesa mais afastada, próxima à parede. Logo se via que os frequentadores desse restaurante se vestiam bem, mas sem dúvida o mais chique de todos ainda era Gotanda. Não saberia explicar o por quê. Só sei que de qualquer maneira ele acabava sobressaindo. Conforme íamos passando pelas mesas, todos levantavam o rosto para olhá-lo, mesmo que de relance. Eram olhares de dois segundos e que, logo depois, voltavam ao seu foco inicial. Provavelmente evitavam olhá-lo mais tempo para não se tornarem inconvenientes. É um mundo bastante complexo.

Assim que nos acomodamos à mesa, pedimos scotch com água. Ele brindou dizendo: — Às nossas ex-mulheres! — Depois, pedimos uísque.

— É uma idiotice... — disse ele. — Mas eu ainda gosto dela. Apesar de ter passado por tudo que passei, ainda assim... gosto dela. Não consigo esquecê-la. Não consigo gostar de nenhuma outra mulher.

Enquanto observava o copo de cristal com as pedras de gelo cortadas com extrema elegância, mostrei-me benevolente com o que dissera.

— E você?

— Você quer saber o que eu penso sobre minha ex? — confirmei a pergunta.

— É.

— Não saberia dizer — admiti honestamente. — Eu não queria que ela fosse embora. Porém ela se foi. Não sei de quem foi o erro. Mas é um fato consumado. Além do mais, procurei me acostumar com essa situação durante um bom tempo. Evitei pensar em coisas que desviassem a minha atenção dessa tentativa de readaptação. É por isso que não sei!

— Ah... E por acaso esse tipo de assunto o deixa triste?

— De jeito nenhum — respondi. — Isso é a realidade. Não há como ficar ignorando a realidade. Não é exatamente algo triste. Eu diria que é uma sensação um tanto indecifrável...

Ele estalou levemente os dedos. — É isso! Isso mesmo! É uma sensação indecifrável. Com certeza! É uma sensação de como se ocorresse uma alteração da gravidade. Não chega a ser uma tristeza.

O garçom se aproximou e pedimos steak e salada. Solicitamos a carne ao ponto e partimos para o segundo uísque com água.

— Ei! — disse ele. — Você tinha algo para falar comigo, não é mesmo? Deixe-me ouvi-lo antes de me embriagar...

— É um assunto um tanto estranho — avisei.

Ele sorriu como quem tinha boa vontade em ouvir o que eu tinha a dizer. Não deixa de ser um tipo de sorriso devidamente treinado, mas eu diria que era um sorriso sem maldade.

— Gosto de "assuntos um tanto estranhos" — disse ele.

— Outro dia assisti ao seu filme.

— O *Amor não correspondido*? — perguntou-me em tom baixo, franzindo a testa. — Filme horrível. Diretor horrível. Roteiro horrível. É sempre assim. As pessoas que participaram dele querem é esquecer aquilo.

— Assisti quatro vezes.

Ele me olhou como se estivesse vendo o vazio. — Posso apostar, mas não existe ninguém que tenha assistido àquele filme quatro vezes. Em nenhum lugar desta galáxia. O que você acha que devo apostar?

— Tinha uma pessoa que eu conhecia naquele filme — eu disse, e logo acrescentei: — Além de você.

Gotanda pressionou as têmporas levemente com as pontas dos dedos indicadores e, esticando o canto dos olhos, ficou me olhando.

— Quem?

— Não sei o nome. É a garota que dorme com você numa manhã de domingo.

Ele tomou um gole de uísque e demonstrou que sabia do que se tratava. — Kiki.

— Kiki — repeti. O nome soou-me estranho. Parecia ser o nome de alguma outra pessoa.

— Esse é o seu nome. Todos a conhecem somente por Kiki. Em nosso pequeno e estranho mundo, ela se identificava com esse nome e isso era o suficiente.

— Será possível entrar em contato com ela?

— Impossível! — disse ele.

— Por quê?

— Vou contar desde o começo. Em primeiro lugar, Kiki não é uma atriz de profissão e talvez por isso a história seja um pouco complicada. Um artista, independentemente de ser famoso ou anônimo, está sempre ligado a alguma produtora e por isso é fácil entrar em contato com ele. A maior parte fica em frente ao telefone aguardando com ansiedade uma ligação. No entanto, com Kiki não é assim. Ela não está ligada a nenhuma produtora. O que ocorreu é que ela participou por acaso daquele filme. É uma verdadeira artista temporária.

— Por que ela acabou participando daquele filme?

— Foi recomendação minha — disse sem rodeios. — Fui eu quem perguntou a Kiki se ela queria fazer uma ponta no filme e recomendei-a ao diretor.

— Por quê?

Ele tomou outro gole de uísque e apertou os lábios de leve. — É porque vi naquela garota algum tipo de talento. Como posso dizer... uma certa presença de espírito. Algo assim. Sinto isso. Ela não chega a ter uma beleza estonteante. Nem mesmo pode-se dizer que tenha força de atuação. Porém, somente a sua presença é suficiente para que a cena se complete... com perfeição. Sabia que isso é um tipo de talento? É por isso que eu quis que ela participasse do filme. O resultado foi muito bom. Todos estavam apreciando o trabalho dela. Não que eu queira me gabar, mas aquela cena da cama realmente foi muito bem-feita. Foi real. Você também não achou?

— De fato — confirmei. — Era real, com certeza.

— E então pensei em introduzi-la no mundo cinematográfico, pois acreditava que ela seria capaz de grandes feitos. No entanto, não deu certo. Ela desapareceu. Esse é o segundo ponto problemático. Ela sumiu. Como fumaça. Como o orvalho da manhã.

— Desapareceu?

— A-hã... Literalmente... Ela sumiu... Isso ocorreu há um mês, pois ela nem sequer compareceu no dia da estreia. Se ao menos ela tivesse ido à estreia, poderia ter fechado um papel mais sério no novo filme, pois eu já havia feito os contatos prévios para que isso acontecesse. No dia anterior, liguei para ela marcando direitinho o horário do encontro, e inclusive cheguei a dizer para que não se atrasasse. Mas, no final das contas, ela não apareceu. Isso é tudo. Depois, não foi vista em lugar nenhum.

Ele levantou o dedo e chamou o garçom. Pediu mais duas doses de uísque com água.

— Tenho uma pergunta... — disse Gotanda. — Você já dormiu com Kiki?

— Já — respondi.

— E então, bem... como posso dizer... se eu disser que também já dormi com ela, você se sentiria ofendido?

— Não — respondi.

— Ótimo! — exclamou Gotanda um tanto aliviado. — Nunca fui bom para mentir. Por isso prefiro deixar tudo em pratos limpos. Eu dormi algumas vezes com ela. É uma boa menina. É um pouco estranha, mas tem algo nela que faz com que as pessoas se questionem. Ela deveria se tornar atriz. Provavelmente conseguiria obter bons papéis. É uma pena!

— Não há mesmo como entrar em contato? Não há um nome ou coisa assim?

— Impossível, pois não há como verificar. Ninguém a conhece, a não ser como Kiki.

— Não há algum documento no departamento de contabilidade da empresa cinematográfica? — perguntei. — Algo como um recibo de pagamento de cachê? Nesse tipo de recibo é necessário preencher nome completo e endereço, não é mesmo? Afinal, nele se desconta o imposto de renda retido na fonte.

— É claro que eu já andei verificando isso. Mas essa alternativa também não deu em nada. Ela não recebeu o cachê, ou seja, como ela não recebeu o dinheiro, também não precisou de recibo. Estaca zero.

— Por que será que ela não quis receber o dinheiro?

— Ei, não é para mim que você deve fazer essa pergunta — disse Gotanda, tomando o seu terceiro uísque com gelo. — Vai ver ela não queria que soubessem seu nome e endereço. Não sei. Ela é uma mulher misteriosa. Mas digamos que existem entre nós três pontos em comum. O primeiro é que estudamos no mesmo ginásio e frequentamos o mesmo laboratório de ciências. O segundo é que somos divorciados e o terceiro é que dormimos com Kiki.

Nisso, a salada e o steak foram servidos. Era um magnífico steak. Como nas revistas, um corretíssimo steak ao ponto. Gotanda saboreou a refeição com muito gosto. Sua maneira de se portar à mesa era do tipo casual. Provavelmente não atingiria uma avaliação alta nessas escolas de etiqueta, mas partilhar de uma refeição com ele tornava-se assim mais prazeroso, porque, para quem o observava comer, a impressão que se tinha é de que a comida estava deliciosa. As garotas provavelmente o achariam charmoso. Esse tipo de comportamento não é algo que se pode aprender de uma hora para outra. É algo que vem de berço.

— E você? Onde foi que conheceu Kiki? — perguntei enquanto cortava o meu steak.

— Onde foi mesmo?... — ele tentou recordar. — Ah, já sei! Quando solicitei uma garota, ela veio junto. Sabe aquelas garotas que a gente chama por telefone? Sabe, não é?

Fiz que sim com a cabeça.

— Depois que me divorciei, venho dormindo somente com esse tipo de garotas. Não há complicações. Se for com uma pessoa amadora, é uma fria, se for alguém do meio artístico, então... pior ainda, pois logo as revistas irão especular sobre o assunto. Basta um telefonema para que elas venham. O preço é salgado, mas vale a pena, pois elas mantêm o segredo. Elas realmente guardam segredo. Foi um pessoal da produção que me indicou esse tipo de serviço. Todas as garotas são boas meninas. É tranquilo. Afinal são profissionais. Não há falsidade. A diversão é mútua.

Ele cortou a carne, degustou-a com muito apreço e em seguida tomou um gole de uísque.

— O steak daqui não é nada mal, hein? — comentou.

— Nada mal! — concordei. — Nada a reclamar. É um ótimo restaurante!

Ele concordou. — Mas, se você vier aqui seis vezes ao mês, acaba enjoando...

— Por que seis vezes?

— Porque aqui já sou conhecido. Quando eu entro aqui, ninguém faz alarde. Os funcionários não ficam cochichando, os demais frequentadores já estão habituados a ver gente famosa e por isso não ficam olhando. Ninguém vem pedir autógrafo na hora de você cortar a carne. Se não for um lugar assim, é impossível comer sossegado. É sério!

— Sua vida é cheia de sofrimentos, não? — indaguei. — Além do mais, você precisa gerar despesas, não é mesmo?

— Tem razão — concordou ele. — E... onde foi mesmo que interrompemos nossa conversa?

— Você mencionou ter chamado as garotas de programa.

— Ah, é mesmo! — disse Gotanda, apalpando levemente os cantos da boca com o guardanapo. — E então... um dia chamei a garota com a qual já estava acostumado, mas justo naquele dia ela não estava disponível. Assim, em seu lugar vieram outras duas garotas para que eu escolhesse uma delas. O serviço é de primeira porque sou um cliente especial. Uma dessas garotas era Kiki. Fiquei numa tremenda dúvida e, como era complicado escolher entre elas, acabei ficando com as duas.

— Hmm... — balbuciei.

— Está magoado?

— Tudo bem. Se fôssemos estudantes do segundo grau, talvez eu ficasse.

— No segundo grau eu não fazia esse tipo de coisa, ok?! — retrucou Gotanda, rindo.

— De qualquer modo, no final das contas, dormi com as duas. Foi uma combinação interessante. Digamos que a outra garota era muito atraente. Tão atraente que chegava a arrepiar. Era linda e seu corpo fora esculpido de ponta a ponta à custa de muito dinheiro. Isso não é mentira. Eu já vi nesse mundo muitas mulheres bonitas, mas aquela é uma das melhores. Tem boa personalidade. Não é burra e tem uma boa conversa. No entanto, Kiki não é assim... A sua beleza não é do tipo estonteante, mas... hmm... ela é bonita. Digamos que as garotas desse clube possuem uma beleza exuberante, mas no caso da Kiki, ela é... como poderia dizer...

— Comum — disse-lhe.

— É. É isso mesmo! Ela é comum. Com certeza. O seu modo de vestir é simples, quase não conversa e também não usa maquiagem carregada. Dá a impressão de que, para ela, tanto faz quanto tanto fez, está tudo bom. O estranho é que aos poucos comecei a sentir uma certa atração por ela. Por Kiki. Quando nós três acabávamos, sentávamos no chão e, enquanto bebíamos, ouvíamos música e conversávamos. Experimentei uma alegria que havia tempos não sentia. Como naquela época de estudante. Conseguir relaxar assim, dessa maneira, era algo muito raro para mim. Depois disso, dormi mais algumas vezes com elas.

— Quando foi isso?

— Bem, como foi seis meses depois da minha separação, então isso aconteceu há um ano e meio — disse ele. — Acho que dormimos em três umas cinco ou seis vezes. Nunca dormi somente com Kiki. Por que será? Poderia ter dormido só com ela...

— Por que será? — perguntei também.

Ele colocou o garfo e a faca sobre o prato e mais uma vez apertou as têmporas com o dedo indicador. Era desse jeito que ele costumava pensar sobre algo. As garotas, com certeza, achariam charmoso.

— Vai ver eu estava com medo — disse ele.

— Medo?

— De ficar sozinho com ela — completou, pegando novamente o garfo e a faca. — Parece que Kiki possui algo capaz de estimular e incitar as pessoas. Bem, pelo menos eu sentia um pouco essa sensação. Era algo muito vago, sabe? Acho que "incitar" não é a palavra mais adequada, mas como eu poderia dizer...

— Sugerir e conduzir — tentei dizer.

— Hmm! Pode ser isso. Não sei ao certo. O que senti foi algo muito vago. Não saberia dizer precisamente, mas uma coisa é certa... não me animava em ficar somente com ela. Apesar de que eu, na verdade, estava muito mais a fim dela do que da outra. Você entende o que estou querendo dizer?

— Acho que sim.

— Ou seja, se eu dormisse somente com Kiki, com certeza eu não conseguiria relaxar. Se eu me envolvesse com ela, sabia que, de certa maneira, iria entrar em algo mais profundo. Não sei por quê, mas naquela ocasião eu não estava à procura disso. Eu só queria dormir com uma mulher para relaxar. É por isso que não dormi somente com Kiki. Apesar de realmente gostar dela.

Depois dessa conversa, ficamos um bom tempo em silêncio, apenas comendo.

— Naquele dia da estreia, em que Kiki não apareceu, eu liguei para o clube — contou Gotanda, interrompendo o nosso silêncio, como se estivesse relembrando os fatos. — Mandei chamar Kiki, mas disseram-me que ela não estava mais lá. Ela sumiu. Assim... num piscar de olhos. Podia ser que tivessem combinado para dizer que ela não se encontrava lá quando eu telefonasse, mas jamais saberei, porque não teria como verificar. De qualquer modo, ela simplesmente desapareceu.

O garçom se aproximou e recolheu os pratos. Perguntou-nos se gostaríamos de tomar um café como digestivo após a refeição.

— Em vez de café, prefiro tomar mais uísque — afirmou Gotanda. — E você?

— Eu acompanho — concordei.

Assim, a quarta dose de uísque com água foi trazida.

— Sabe o que eu estava fazendo hoje à tarde? — perguntou Gotanda.

Disse-lhe que não sabia.

— Estive acompanhando o trabalho de um dentista. É por causa do meu papel. Estou fazendo o papel de um dentista num novo seriado da TV. Eu sou dentista e Ryoko Nakano é oftalmologista. Temos nossos consultórios no mesmo bairro e, apesar de sermos amigos desde a infância, algo não vai bem entre nós... Sabe esse tipo de história? É muito comum, típica de novelas de televisão. Você já chegou a assistir?

— Ainda não — afirmei. — Não assisto TV. Somente vejo notícias e, mesmo assim, no máximo duas vezes por semana.

— Você tem bom senso — comentou, concordando com a cabeça. — É um programa ridículo. Se eu não estivesse fazendo parte do elenco, com certeza também não assistiria. Mas tem audiência. Realmente muita audiência. Essas histórias comuns são sustentadas pelo gosto popular. Toda semana recebo inúmeras correspondências. Os dentistas de todo o país enviam-me cartas. Uns dizem que o meu manuseio técnico estava inadequado, outros, que o tratamento aplicado estava incorreto e muitos outros ainda mandam cartas detalhadas contestando isso ou aquilo. Há aqueles que dizem ficar irritados só de assistir ao programa. Se não gostam, é só deixar de ver. Você não acha?

— Acho que sim — respondi.

— Mas, sabe de uma coisa... sempre que aparece um papel de médico ou professor de escola, ele cai nas minhas mãos. Perdi a conta de quantos médicos já fiz. Acho que o único papel que ainda não fiz foi o de proctologista. Isso porque, logicamente, uma especialidade dessas não iria pegar bem na TV. Fiz papel de veterinário, de ginecologista, de professor de tudo quanto é matéria. Parece até mentira, mas cheguei a fazer até professor de tarefas domésticas. Por que será?

— Não seria porque você transmite credibilidade?

Gotanda concordou. — Pode ser. Acho que é por isso mesmo. Uma vez interpretei o papel de um vendedor desonesto de carros usados. Um olho era de vidro e as falas desse personagem eram de baixo calão, exigindo do ator aquele "algo mais" para poder representá-lo bem. Eu adorava esse papel. Tinha vontade de fazê-lo. Acho que fiz um bom trabalho. Mas não deu certo. Choveram correspondências de pessoas que diziam estar indignadas pelo papel que me fora atribuído e com dó de mim. Ameaçavam dizendo que, se me dessem outro personagem desse tipo, elas não comprariam mais os produtos anunciados pelos patrocinadores do programa. Deixe-me ver... quem era mesmo o patrocinador daquele filme? Acho que era alguma coisa como creme dental Lion, ou será que era da Sunstar? Esqueci! Só sei que no meio da história deram um sumiço no meu personagem. Apagaram-me. Era um dos papéis principais da trama, mas mesmo assim fizeram com que eu naturalmente desaparecesse. Era um papel interessante... Depois disso, foi uma sucessão de médico, médico, professor, professor...

— Sua vida é complicada, não é mesmo?

— Ou será uma vida simples demais? — disse rindo. — Hoje, enquanto eu ajudava o dentista, aprendi sobre as técnicas de tratamento. Já fui a esse lugar várias vezes. De fato, andei aprimorando minha técnica. É verdade! Até mesmo o doutor andou me elogiando. Digamos que um tratamento simples eu já consigo fazer. Ninguém sabe que sou eu, pois fico com máscara. Mas quer saber de uma coisa? Os pacientes, quando falam comigo, ficam muito tranquilos.

— É a credibilidade — argumentei.

— Hmm — concordou Gotanda. — Eu também penso que seja. Ainda mais que, quando estou fazendo isso, eu também me sinto tranquilo. Realmente acho que tinha vocação para médico ou professor. Às vezes chego a pensar que, se eu tivesse mesmo optado por uma dessas profissões, teria uma vida realizada e feliz. Não era algo impossível. Se quisesse, isso poderia ter acontecido.

— Você não é feliz?

— É uma questão difícil — falou Gotanda, colocando dessa vez o dedo indicador no meio da testa. — Uma questão de credibilidade, como você mesmo disse há pouco. A questão é se eu realmente posso ou não confiar em mim. Os telespectadores confiam. Mas isso é apenas uma projeção. Apenas uma imagem virtual. É só desligar o botão, a imagem sumir, que eu me torno um zero, não é mesmo?

— Hmm...

— Porém, se eu me tornasse médico ou professor de fato, eu seria sempre eu, independentemente de haver ou não um botão.

— Mas mesmo agora existe um você independente de seu papel.

— Às vezes me sinto muito cansado — confessou Gotanda. — Sinto-me exausto. Tenho dor de cabeça. Não sei quem realmente sou. Quem sou eu e quem é a personagem. Há ocasiões em que me perco. Não consigo mais ver os limites entre o eu e a minha sombra.

— Eu também sinto isso em maior ou menor grau. Não acontece só com você — eu disse.

— Eu sei disso. Sei que qualquer pessoa às vezes se perde. Mas, no meu caso, sinto que essa tendência é muito forte. Como poderia dizer... *é fatal*. Há tempos que é assim. Há muito tempo. Para ser sincero, eu tinha inveja de você.

— De mim? — repeti para me certificar do que acabara de ouvir. — Não sei não... O que em mim lhe causaria inveja? Não tenho a menor ideia...

— Bem... digamos que você sempre fez o que quis. Parecia não se importar com o que os outros achavam ou pensavam, você sempre pareceu fazer tudo o que tinha vontade de fazer. Sempre protegeu o seu eu. — Ele ergueu um pouco o copo de uísque com água e olhou através dele. — Você sabe que eu sempre fui um aluno exemplar. Desde que eu me conheço por gente já era assim. Tinha boas notas. Fazia sucesso com as garotas. Tinha boa aparência. Os professores e meus pais confiavam em mim. Sempre fui líder da turma, bom nos esportes. Quando batia com o meu bastão, era *long hit* na certa. Não sei por que isso acontecia. Mas sempre fazia um ponto. Você não entenderia esse sentimento, não é mesmo?

Disse-lhe que não.

— É por isso que, quando tinha torneio de beisebol, todos vinham me chamar. Não dava para recusar. Quando realizavam o concurso de oratória, lá estava eu como representante. O professor mandava eu participar. Não podia negar. Se participasse, eu ganhava. Quando havia eleição para representante dos alunos, eu precisava me candidatar. Todos esperavam por isso. Esperavam que eu tirasse boas notas nas provas. Quando surgia alguma questão difícil durante a aula, o professor quase sempre me direcionava a pergunta para que eu a respondesse. Nunca cheguei atrasado. Parecia que eu mesmo não existia. Apenas fazia o que achava que os outros esperavam de mim. No segundo grau também foi assim. Era tudo igual. Ah, é mesmo... No segundo grau, estudamos em escolas diferentes. Você foi para uma escola pública e eu fui para uma particular com curso preparatório para o vestibular. Nela participei do time de futebol. Apesar de ser uma escola preparatória, tinha um time forte de futebol. Faltava pouco para terem acesso ao Campeonato Nacional. Tudo aconteceu praticamente igual ao primeiro grau. Fui um aluno exemplar. Tinha boas notas, era bom nos esportes e tinha liderança. Era o tipo de homem cobiçado pelas garotas das escolas femininas da redondeza. Tive uma namorada. Ela era muito bonita, e nos conhecemos porque ela sempre vinha torcer pelo meu time nas competições. Mas não fiz nada com ela. Ficamos somente nas carícias e beijos. A gente se masturbava quando eu ia vê-la em sua casa e seus pais se ausentavam por algum tempo. Bem rápido. Mesmo assim era muito bom. Nós nos encontrávamos na biblioteca. Eu era um estudante de segundo grau perfeito. Como um quadro. Era como um daqueles contos juvenis apresentados nos programas da NHK.

Gotanda tomou um gole de uísque e balançou a cabeça.

— Quando entrei na faculdade, a coisa mudou um pouco de figura. Havia uma agitação no campus. Era a Frente de União Estudantil. Como não poderia deixar de ser, tornei-me o líder. Onde há movimentação, sempre me torno líder. Parece já estar definido. Participei de barricadas, morei com uma mulher, fumei maconha e ouvi Deep Purple. Naquele tempo, todos faziam isso. O esquadrão policial entrou em cena e fiquei um tempo detido. Depois disso, não tinha mais nada a fazer e, então, a convite dessa garota com quem vivia, resolvi fazer teatro. No começo, não passava de uma brincadeira, mas, conforme ia fazendo, comecei a gostar. Apesar de ser novato, consegui alguns bons papéis. Descobri que tinha talento para aquilo. Eu era bom na encenação. Era espontâneo. Depois de dois anos, comecei a me sobressair. Nesse tempo, abusei da bebida e dormi com um monte de mulheres. Mas naquela época todos faziam isso. Veio um homem de uma empresa cinematográfica perguntando se eu queria participar de um filme. Acabei aceitando. O papel não era ruim. Era de um estudante do segundo grau que tinha uma personalidade fraca e sensível. Logo veio outro. A TV também veio com uma proposta. Bem, o resto é presumível. Fiquei ocupado e tive que largar o teatro. Quando o fiz, logicamente houve discussões, mas não tinha outro jeito. Afinal, não podia ficar eternamente fazendo teatro amador, não é mesmo? Eu ansiava por um mundo maior, bem maior. E foi assim. Sou especialista em papéis de médico e professor. Estou em dois comerciais. Um é de remédio para o estômago e o outro de café instantâneo. Isso é o tal mundo maior.

Gotanda suspirou. Era um suspiro muito charmoso, mas que não deixava de ser um suspiro.

— Você não acha que minha vida é perfeita como um quadro?

— Muitas pessoas não chegam sequer a compor um quadro... — eu disse.

— Isso é mesmo! — concordou. — Reconheço que fui feliz. Mas, pensando bem, sinto que na verdade não fiz escolhas. Quando acordo no meio da noite e penso sobre isso, sinto um grande medo. Onde estará o ser chamado eu? Onde estará a minha verdadeira essência? O que fiz até agora foi apenas encenar cada papel que me davam. Eu nunca fiz escolhas.

Não sabia o que falar. Achei que, mesmo falando algo, de nada adiantaria.

— Será que falo demais sobre mim?

— Acho que não — confortei-lhe. — Quando se quer falar, acho que se deve falar. Eu não vou ficar espalhando isso por aí.

— Não estou preocupado com isso — disse Gotanda, olhando nos meus olhos. — Isso jamais me preocupou. Eu sempre confiei em você, desde o início. Não saberia dizer o porquê, mas confio. Para você, posso falar. Despreocupadamente. Não fico falando de mim com qualquer um, ou melhor, não falo disso para ninguém. Cheguei a comentar isso apenas com a minha ex-mulher. Falei-lhe com honestidade. Nós sempre conversávamos e nos dávamos muito bem. Compreendíamos um ao outro e nos amávamos. Isso até aqueles idiotas se intrometerem e estragarem tudo. Se fôssemos somente ela e eu, aposto que estaríamos bem até hoje. O problema é que ela era muito insegura em certos aspectos. Ela foi criada num lar muito severo, o que a tornou dependente demais e, por isso, não tinha conquistado sua autonomia. E eu não... Acho que acabei mudando de assunto. Isso já é outra história. Voltando ao assunto anterior, o que eu gostaria de dizer é que com você posso conversar despreocupadamente. Só fiquei na dúvida se você não acharia uma chatice ficar me ouvindo...

— Claro que não.

Depois ele falou sobre as aulas do laboratório de ciências. Disse que vivia apreensivo e procurava concluir a experiência de maneira satisfatória; para isso, procurava fazer certinho, passo a passo, todas as etapas. Disse também que precisava ficar ensinando àquelas garotas menos inteligentes a fazer as experiências e que me invejava porque eu sempre as fazia sossegada e tranquilamente, enquanto ele precisava desempenhar um monte de coisas. Eu mesmo nem me lembrava do que fazia naquelas aulas e por isso não podia compreender a razão de sua inveja. A única coisa de que me lembrava é que ele tinha muita desenvoltura. E era excepcional na hora de acender o fogo no bico de Bunsen e montar o microscópio. As garotas ficavam compenetradas como se algo fantástico estivesse ocorrendo e olhavam atentamente todos os gestos e movimentos dele. O único motivo pelo qual eu podia ficar tranquilo fazendo minhas próprias experiências era porque sabia que ele faria toda a parte mais difícil.

Sobre isso, eu resolvi não dizer nada. Apenas fiquei quieto, ouvindo-o falar. Depois de um tempo, um homem bem apessoado, com cerca de quarenta anos, aproximou-se de Gotanda e deu leves toques no seu ombro, dizendo que fazia tempo que não se viam. Devia ser um de seus conhecidos. Ele usava um reluzente Rolex no pulso que, de tanto ofuscar, fazia com que dele desviássemos o olhar. Deu uma rápida olhada de um quinto de segundo em minha direção, mas, depois disso, minha existência foi totalmente ignorada. Aquele típico olhar que costumamos dar ao capacho que fica no terraço.

Apesar da minha gravata Armani, ele conseguia distinguir em questão de um quinto de segundo que eu não fazia parte do meio artístico.

Ele e Gotanda ficaram um tempo conversando banalidades do tipo: Como tem passado? Pois é, estou ocupado! Um dia desses que tal irmos jogar golfe novamente, hein? Assuntos assim.

Nisso, o homem do Rolex deu outra batidinha no ombro de Gotanda. — Nos vemos por aí! — e foi embora.

Tão logo o homem se retirou, Gotanda franziu uns cinco milímetros a sobrancelha e, levantando dois dedos, chamou o garçom e pediu para fechar a conta. Assim que esta foi trazida, ele simplesmente pegou a caneta e assinou sem sequer conferir.

— Não se preocupe, afinal tudo é despesa... — comentou.

— Muito obrigado pelo jantar delicioso — agradeci.

— Não tem nada a agradecer. É só uma despesa — disse ele sem qualquer expressão na voz.

19

Eu e Gotanda entramos em seu Mercedes e fomos a um bar numa rua de Azabu. Tomamos alguns coquetéis sentados no canto do balcão. Gotanda era forte em matéria de bebida. Por mais que bebesse, não se embriagava. Não se via a menor alteração nem em sua fala nem em sua expressão. Enquanto bebia, falou sobre diversos assuntos. Sobre os podres das emissoras de TV, sobre a imbecilidade dos diretores, sobre os artistas de péssima qualidade que chegam a causar náusea, sobre os críticos trapaceiros que aparecem nos shows de TV. Os assuntos eram muito interessantes. Ele se expressava com bastante desenvoltura e fazia observações picantes.

Depois, ele disse que queria me ouvir. Queria saber qual foi a trajetória da minha vida. Fiz, então, um resumo: depois de terminar a faculdade, abri uma agência de propaganda com um amigo e trabalhei com anúncios e edição, me casei e me divorciei, estava indo bem naquele serviço, mas, devido às circunstâncias, acabei saindo e passei a trabalhar como redator independente, não ganhava muito, mas também não tinha tempo para gastar dinheiro... Colocada assim, em itens, minha vida soava bastante simples. Nem parecia minha própria vida.

O bar foi enchendo e foi ficando difícil de conversar. Alguns pareciam reconhecer Gotanda. — Vamos para minha casa? — disse e se levantou. — É aqui perto, está vazia e tem bebida.

O apartamento ficava a duas ou três quadras do bar. Chegando lá, ele dispensou o motorista. Era um prédio magnífico. Tinha dois elevadores e havia uma chave exclusiva para um deles.

— Este apartamento foi comprado pela agência quando me divorciei e fui despejado de casa — comunicou. — Não ficaria bem um artista famoso de cinema ser despejado pela mulher e ficar morando num apartamento barato. Arruinaria a minha imagem. Mas é claro que pago aluguel. É como se eu alugasse o apartamento da agência, sabe? O aluguel pode ser abatido como despesa no imposto de renda. É conveniente.

O apartamento era uma cobertura. Uma sala ampla, dois quartos e uma cozinha. Tinha um terraço de onde se avistava nitidamente a Torre de Tóquio. A decoração não era ruim. Era simples, clean e parecia cara. O chão da sala era de assoalho e sobre ele havia alguns tapetes persas de tamanhos variados. Todos tinham estampas refinadas. O sofá era grande, não era duro nem mole demais. Alguns vasos de plantas ornamentais estavam dispostos de maneira eficaz. A luminária suspensa e a que ficava em cima da mesa pareciam de um estilo moderno italiano. Tinha poucos adornos. Sobre o aparador, só alguns poucos pratos de porcelana Ming. O apartamento estava limpo e bem-arrumado. Provavelmente uma diarista fazia a faxina todos os dias. Na mesa, a revista de construção *GQ*.

— Belo apartamento! — observei.

— Apropriado para uma filmagem, não? — comentou.

— Também acho — concordei, depois de dar mais uma olhada ao redor.

— Quando se contrata um decorador de interiores, sempre fica assim. Como um cenário para filmagem. Fotográfico. De vez em quando, dou umas batidinhas nas paredes para me certificar de que não são painéis, sabia? Pois fico com a impressão de que os são. Não tem aquele ar de dia a dia. É só aparência.

— Basta que você dê o ar de dia a dia.

— O problema é que não tenho esse dia a dia — confessou ele em tom inexpressivo.

Ele colocou um disco no Bang & Olufsen e baixou a agulha. Os alto-falantes eram do saudoso modelo P88 da JBL. Era um equipamento maravilhoso da época em que havia som de verdade, antes que a JBL espalhasse pelo mundo seus alucinados monitores de estúdios. Ele colocou um velho LP de Bob Cooper.
— E então? O que quer beber?

— Qualquer coisa. O mesmo que você.

Ele foi para a cozinha e trouxe uma bandeja com vodca, algumas garrafas de água tônica, um monte de gelo e três limões cortados ao meio. Depois, ficamos bebendo água tônica com vodca e limão, enquanto ouvíamos a West Coast Jazz. Achei que realmente faltava um ar caseiro. É difícil explicar de maneira concreta, mas faltava. Nem por isso apresentava alguma deficiência em especial. Tudo depende do modo de se pensar. Para mim, aquele apartamento era confortável. Relaxei sobre o sofá aconchegante e bebi.

— Havia muitas possibilidades — disse Gotanda, olhando a luz do teto através do copo erguido sobre o rosto. — Se quisesse, poderia ter até me tornado médico. Na época da faculdade, poderia ter tirado o diploma de licenciatura, arrumado emprego numa empresa de primeira linha. Mas acabei nisso. Nessa vida. É estranho. Havia várias cartas à minha frente. Podia pegar qualquer uma delas. Achava que qualquer uma haveria de dar certo. Tinha certeza de que daria. Mas, justamente por isso, eu fui incapaz de escolher.

— Nunca tive carta alguma para escolher — confessei. Ele olhou para mim com os olhos apertados e depois sorriu. Devia pensar que eu estava brincando.

Ele preparou uma nova dose, espremeu o limão e jogou a casca no lixo. — Até meu casamento foi circunstancial. Atuamos juntos num filme e, sem nenhuma razão em especial, fomos ficando íntimos. Bebíamos no local da gravação, alugávamos um carro e saíamos para passear. Saímos juntos algumas vezes depois das gravações. Todos achavam que fazíamos um par perfeito e que iríamos nos casar. Levados pelas circunstâncias, acabamos mesmo nos casando. Talvez seja difícil de entender, mas o meu mundo é realmente limitado. Era como se morássemos na última casa de um beco. Quando se cria um boato, ele assume força de realidade. Eu, no entanto, gostava mesmo dela. Ela foi a melhor coisa que poderia ter me acontecido. Tomei consciência disso depois do casamento. Tentei, então, torná-la minha de fato. Mas não consegui. Sempre que penso em fazer uma escolha, ela foge de mim. Seja em matéria de mulheres ou de papéis. Consigo realizar muito bem o que me é dado para fazer. Quando eu mesmo busco, porém, tudo me escapa por entre os dedos.

Fiquei calado. Não conseguia dizer nada.

— Não é que esteja pensando de maneira negativa — explicou ele —, eu ainda gosto dela. É apenas essa a questão. De vez em quando, penso o seguinte: como seria maravilhoso se eu e ela deixássemos a carreira artística e pudéssemos viver tranquilamente. Não precisaríamos de um apartamento moderno. Nem de uma Maserati. Não precisaríamos de nada. Um trabalho decente e um pequeno lar seriam perfeitos. Iríamos querer ter filhos. Na volta do trabalho, iria a algum lugar para beber e reclamar da vida. Voltando para casa, ela estaria lá. Compraríamos um Civic ou um Subaru a prestação. Um dia a dia assim. Pensando melhor, é uma vida como essa que eu queria ter. Bastaria que ela estivesse comigo. Mas é impossível. Ela tem outros sonhos. A família espera muito dela. Sua mãe é a típica acompanhante que fica nos bastidores, e o pai, um avarento. O irmão mais velho é seu empresário. O mais novo está sempre metido em encrencas e acaba gastando muito dinheiro por conta disso. A irmã mais nova faz sucesso como cantora. Não consegue mais deixar a carreira. Minha ex também teve esses valores incutidos desde os três ou quatro anos de idade. Sempre atuou nesse mundo como atriz infantil. Vive uma imagem fabricada. É totalmente diferente de mim e de você. Não consegue compreender o mundo real. Mas no fundo é uma mulher de sentimento. Um sentimento maravilhoso e puro. Eu consigo enxergar isso. Mas é impossível. Não adianta. Sabe, eu dormi com ela no mês passado.

— Com a sua ex?

— É. Soa anormal?

— Não acho nada anormal — respondi.

— Ela veio aqui. Não sei por quê. Atendi o telefone e ela perguntou se poderia me visitar. Respondi que sim, claro. Então, bebemos como nos velhos tempos, conversamos e dormimos juntos. Foi maravilhoso! Ela revelou que ainda gostava de mim. Eu disse a ela que seria maravilhoso se pudéssemos reatar. Ela não respondeu. Só ficou me ouvindo com um sorriso nos lábios. Falei em ter uma vida normal. Como aquela que eu descrevi há pouco para você. Ela continuou com o mesmo sorriso. Na realidade, porém, ela não estava ouvindo nada do que eu dizia. Ignorava desde o início. Ela não reagia a nada do que eu falava. Era totalmente inútil. Ela queria simplesmente ser abraçada por alguém porque estava carente. Eu era o cara que ela encontrou por acaso. Parece cruel, mas é a verdade. Ela é totalmente diferente de nós. Carência, para ela, é um sentimento que pode ser suprido por qualquer um. Basta alguém para supri-la. Não passa disso. Mas eu não sou assim.

O disco acabou e o silêncio tomou conta do ambiente. Ele ergueu a agulha e ficou pensativo.

— E então, que tal chamarmos umas garotas? — sugeriu Gotanda.

— Para mim, tanto faz. Como quiser — respondi.

— Já dormiu com alguma garota que precisasse pagar? — perguntou.

Disse-lhe que não.

— Por quê?

— Nunca me passou pela cabeça — respondi com franqueza.

Gotanda encolheu os ombros e ficou pensando a respeito. — Mas acho melhor me acompanhar esta noite — disse —, pois vou chamar a menina que veio com Kiki. Talvez consigamos saber algo a respeito dela.

— Deixo por sua conta — disse. — Não vai me dizer que isso também pode ser abatido do imposto de renda?

Rindo, ele colocou gelo no copo. — Talvez não acredite, mas pode. O sistema é assim. Aparentemente é uma empresa de serviços para festas e emite recibos limpos. A organização é complexa, de modo que, mesmo que haja uma investigação, ela não pode ser desmascarada com facilidade. Dormir com uma mulher transforma-se numa despesa com atendimento. É um mundo cão.

— Sociedade altamente capitalista — reforcei.

*

Enquanto esperava a chegada das garotas, lembrei-me de repente das orelhas de Kiki e perguntei a Gotanda se já as havia notado.

— Orelhas? — Ele olhou para mim com cara de quem não tinha entendido nada. — Não. Não vi. Pode ser que tenha visto, mas não me lembro. Ela tinha alguma coisa na orelha?

Nada demais, respondi.

*

Já era mais de meia-noite quando as duas garotas chegaram. Uma delas era aquela que Gotanda dizia ser muito bonita e fazia par com Kiki. De fato, era extremamente bela. Era o tipo de garota inesquecível, mesmo que você nunca tenha conversado com ela. Uma garota que acalenta os sonhos de qualquer homem. Não era do tipo chamativo e tinha classe. Ela vestia um suéter verde de casimira e uma saia de lã bem simples sob um sobretudo elegante. Em termos de adorno, só usava um brinco pequeno e simples. Dava a impressão de ser apenas uma moça requintada do quarto ano da faculdade.

A outra trajava um vestido de cor suave e usava óculos. Eu não sabia que existiam prostitutas de óculos. Mas existem. Não era de beleza extraordinária, mas em compensação era encantadora. Tinha braços e pernas esguias e pele bronzeada. Disse que ficara a semana toda na ilha de Guam para nadar. O cabelo era curto e estava bem preso com uma fivela. Usava uma pulseira de prata. Seus movimentos eram ágeis e sua pele, suave e elegantemente firme como a de um animal carnívoro.

Olhando as duas, lembrei-me sem querer da turma do colegial. Embora com as devidas diferenças, havia pelo menos uma menina de ambos os tipos na classe. As bonitas do tipo clássico e as atraentes do tipo selvagem. Achei que parecia um encontro de antigos colegas de classe. Era um clima de segunda sessão, no qual se bebe com os amigos mais chegados depois do clima tenso de uma reunião. Parece uma associação tola, mas foi exatamente essa a impressão que tive. Compreendia por que Gotanda conseguia relaxar. Parece que ele já havia dormido tanto com uma quanto com a outra, e tanto ele quanto elas se cumprimentaram de modo descontraído. Parecia que trocavam um "Oi!" ou um "Tudo bem?". Gotanda me apresentou como um colega do ginásio, atualmente redator. Prazer!, disseram e deram um sorriso. Era um sorriso que dizia não haver problemas, somos todos amigos. Um sorriso do tipo que não encontramos muito no mundo real. Prazer!, respondi.

Nos sentamos no chão, rolamos pelo sofá, tomamos um brandy com soda e conversamos ouvindo LPs de Joe Jackson, Chic, Alan Parsons Project. Clima leve. Curtimos juntos. Gotanda fez uma encenação de dentista com a garota de óculos. Era realmente brilhante. Parecia mais dentista do que qualquer dentista de fato. Um talento.

Gotanda estava sentado ao lado da garota de óculos. Ele cochichava baixinho, e ela de vez em quando dava risadinhas. Nisso, a garota mais bonita se recostava de mansinho em meus ombros e segurava minha mão. Ela era muito perfumada. Um perfume que me sufocava. Achei que parecia mesmo um encontro de antigos colegas de classe. "Na época, não consegui dizer nada, mas gostava de você. Por que você não me chamava para sair?" Sonho de todo homem, de todo menino. Imaginação. Eu a abracei. Ela fechou os olhos e procurou, com a ponta do nariz, a parte inferior da minha orelha. Depois, encostou os lábios em meu pescoço e o chupou de leve. Quando percebi, Gotanda e a outra garota já haviam desaparecido. Deviam ter ido para o quarto. Ela disse: — Vamos deixar a luz mais fraca? — Procurei o interruptor da luminária na parede e apaguei a luz, deixando só a iluminação do abajur. Percebi, então, que no lugar do disco estava tocando uma fita do Bob Dylan. A música era "It's All Over Now, Baby Blue".

— Deixa eu me despir devagarinho... — murmurou em meu ouvido. Obedecendo às suas palavras, deixei que ela tirasse o suéter, a saia, a blusa e as meias. Incontinenti, quase comecei a dobrar suas roupas, mas parei, lembrando que não havia necessidade. Ela fez com que eu também me despisse. A gravata Armani, a camiseta Levis. Ela ficou só de sutiã e calcinha, e pôs-se em pé na minha frente.

— Que tal? — perguntou sorrindo para mim.

— Maravilhosa! — respondi. Ela tinha um corpo muito bonito. Bela, cheia de vida, limpa e sexy.

— Maravilhosa como? — perguntou. — Expresse-se melhor. Se conseguir explicar melhor, vou ser muito generosa.

— Lembro-me do passado. Dos tempos do colégio — revelei francamente.

Por algum tempo, ela estranhou e ficou olhando para mim sorrindo. — Você é diferente, sabe?

— Será que foi uma resposta ruim?

— De maneira alguma — disse ela. Depois, veio e fez algo que, nos meus trinta e quatro anos de vida, ninguém tinha feito para mim. Algo delicado, ousado e um tanto inusitado. Mas alguém tivera a ideia. Soltei o corpo, fechei os olhos e me entreguei. Era diferente de qualquer sexo que já havia experimentado até então.

— Nada mal, não é? — murmurou ao pé do meu ouvido.

— Nada mal — respondi.

Aquilo acariciava o meu coração como se fosse uma música, desmanchava suavemente a minha carne e dopava a sensação daquele momento. Havia ali uma intimidade purificada, uma harmonia serena entre espaço e tempo, uma comunicação perfeita, limitada por uma forma. Além de tudo, era lançado como despesa. — Nada mal — eu disse. Bob Dylan cantava algo. Qual era mesmo aquela música? — É "A Hard Rain's A-Gonna Fall". — Eu a abracei de leve. Ela se soltou e caiu em meus braços. Era um tanto estranho abraçar uma garota linda, que servia como despesa, ao som de Bob Dylan. Nos saudosos anos 60 isso seria inconcebível.

Achei que aquilo não passava de imaginação. Bastaria apertar um botão para que tudo desaparecesse. Imagem de sexo em 3-D. Água-de-colônia sexy, a sensação de uma pele macia e um hálito quente.

Depois de atingir o clímax, fomos juntos tomar banho. Enrolados apenas em toalhas de banho, voltamos à sala de estar e, tomando um brandy em pequenos goles, ficamos ouvindo os LPs do Dire Straits.

Ela perguntou o que eu fazia nesse tal trabalho de redator. Expliquei-lhe o que era em linhas gerais. Não parecia um trabalho interessante, disse ela. Respondi que dependia da matéria. O que eu fazia era, em suma, trabalhar como um limpa-neve cultural. Ela acrescentou que eu era um limpa-neve sexual e riu em seguida. E então, que tal limparmos neve de novo?, perguntou ela. Fizemos sexo sobre o tapete. Desta vez, de modo bem simples e devagar. Por mais simples que fosse, no entanto, ela sabia como me deixar mais do que satisfeito. Estranhei como era possível ela saber fazer tanta coisa.

Deitados lado a lado na grande e comprida banheira, perguntei sobre Kiki.

— Kiki... — murmurou ela. — Que nome saudoso. Você a conhece?

Fiz que sim com a cabeça.

Como se fosse uma criança, ela contraiu os lábios até que ficassem bem pequenos e soltou o ar fazendo barulho. — Ela já não está mais aqui. Desapareceu repentinamente. Nós éramos amigas. Vez ou outra, íamos juntas às compras e saíamos para beber. Mas ela desapareceu de repente sem avisar. Um ou dois meses atrás. Mas isso não é raro acontecer. Esse tipo de serviço não requer pedido de demissão e, se houver vontade, pode-se deixá-lo sem mais nem menos. É uma pena que ela não esteja mais conosco, pois nos dávamos relativamente bem, mas não tem jeito, não é mesmo? Não somos escoteiras — disse ela, acariciando meu corpo com aqueles seus dedos compridos e tocando o meu pênis. — Já dormiu com Kiki?

— Moramos juntos por algum tempo. Uns quatro anos atrás.

— Quatro anos atrás, é? — indagou e sorriu. — Parece um passado bem distante. Há quatro anos eu ainda era uma colegial comportada!

— Seria possível encontrar Kiki? — experimentei perguntar.

— Acho difícil. Não sei mesmo para onde ela foi. Como disse há pouco, ela simplesmente desapareceu. Como se tivesse sido sugada pela parede. Não há nenhuma pista e, mesmo que se queira, acho que não há nem como procurá-la. Escuta, você ainda gosta dela?

Estiquei o corpo lentamente dentro da água quente e olhei para o teto. Será que eu ainda gosto de Kiki?

— Não sei. Mas, independentemente disso, eu preciso encontrá-la de qualquer maneira. Tenho a forte impressão de que Kiki quer se encontrar comigo. Tenho sonhado com ela o tempo todo.

— Que estranho — comentou ela fitando os meus olhos. — Eu também sonho com ela de vez em quando.

— Que tipo de sonho?

Ela não respondeu. Apenas sorriu como se estivesse pensando. Disse que queria beber. Voltamos para a sala de estar e, sentados no chão, ouvimos música e bebemos. Ela encostou a cabeça em meu peito e eu abracei seus ombros nus. Gotanda e a garota que estava fazendo companhia a ele deviam ter dormido, pois não saíam do quarto.

— Sabe? Pode ser que não acredite, mas estou feliz por estar assim ao seu lado. É verdade. É divertido mesmo e não tem nada a ver com serviço ou encenação. Não é mentira, não. Você acredita em mim? — perguntou ela.

— Acredito. — Também é muito agradável ficar assim. Relaxo. É como se fosse uma reunião de antigos colegas de classe.

— Como você é especial — disse ela, rindo baixinho.

— A respeito de Kiki — tornei a dizer —, será que ninguém sabe o endereço dela, seu nome verdadeiro ou algo desse tipo?

Ela balançou a cabeça vagarosamente mostrando que não. — Quase não comentamos sobre isso. Todas vivem com o nome que querem. Kiki, por exemplo. Eu sou May, a outra garota é Mami. Todas escolhem nomes de duas sílabas, desprovidos de sentido. Ninguém sabe da vida particular de ninguém, nem pergunta. A não ser que a própria pessoa tome a iniciativa de falar. Por respeito. Mesmo assim, todos se dão bem. Vão passear juntos. Mas isso não faz parte da realidade. Não se sabe como a pessoa é. Eu sou May e ela é Kiki. Não temos vida real. Nós somos, como poderia dizer, apenas uma imagem. Estamos vagando no espaço. Estamos pairando. O nome é apenas uma marca de fantasia. Por isso, há respeito mútuo pela imagem do outro. Será que você consegue entender?

— Entendo, sim — afirmei.

— Alguns clientes são solidários conosco, mas não se trata disso. Não fazemos isso apenas por dinheiro. O nosso clube tem associados de alto nível, e é muito divertido trabalhar para eles. Nós usufruímos do mundo da imagem.

— Limpa-neve de diversão — comentei.

— Isso mesmo, limpa-neve de diversão — acrescentou ela. Depois, encostou os lábios no meu peito. — De vez em quando, brincamos de jogar neve.

— May! — pronunciei. — Há algum tempo conheci uma menina que se chamava May de verdade. Ela trabalhava como recepcionista num consultório dentário ao lado do meu escritório. Era natural de uma família de agricultores de Hokkaido. Todos a chamavam de May, a Ovelhinha Selvagem. Era escurinha e magra. Boa menina.

— Ovelhinha Selvagem May — repetiu ela. — E o seu nome?

— Ursinho Pooh — respondi.

— Parece um conto de fadas... — disse ela. — Que máximo! Ovelhinha Selvagem May e Ursinho Pooh.

— Parece conto de fadas — concordei.

— Quero um beijo — pediu May. Abracei-a e a beijei. Foi um beijo maravilhoso. Um beijo que dava saudades. Tomamos a enésima dose de brandy com soda, ouvindo um disco do The Police. Outro nome babaca para uma banda. Por que colocam um nome como Police? Enquanto eu pensava nisso, ela acabou dormindo serenamente em meus braços. Dormindo em meus braços, May já não parecia mais uma garota tão bonita. Parecia uma menininha frágil e comum que se encontra em qualquer lugar. Mais uma vez achei que estava numa reunião de antigos colegas de classe. O relógio já marcava mais de quatro horas da manhã. Tudo estava silencioso ao redor. A Ovelhinha Selvagem May e o Ursinho Pooh. Apenas uma imagem. Conto de fadas que pode ser abatido do imposto de renda como despesa. Police. Mais um dia esquisito. Parece se ligar e não se liga. Seguindo o fio, ele acaba se rompendo. Conversei com Gotanda. Até passei a ter certa simpatia por ele. Conheci a Ovelhinha Selvagem May. Dormi com ela. Foi maravilhoso. Tornei-me o Ursinho Pooh. Limpa-neve sexual. Não cheguei a lugar algum.

Os três acordaram quando eu estava na cozinha preparando café. Eram seis e meia da manhã. May vestia um roupão de banho. Mami tinha vestido apenas a parte de cima do pijama e Gotanda a parte de baixo. Eu estava de jeans e camiseta. Sentamos os quatro à mesa e tomamos café. Torramos pão e comemos. Passamos a manteiga e a geleia de um para o outro. Na FM tocava *Música Barroca Para Você.* Henry Purcell.

— Parece a manhã de um acampamento — comentei.

— Cu-co! — gritou May.

Às sete e meia, Gotanda chamou um táxi e fez as garotas irem embora. Na hora de sair, May beijou-me. — Se conseguir encontrar Kiki, diga que mandei lembranças — falou. Entreguei meu cartão a ela, e disse para me telefonar se ficasse sabendo de alguma coisa. Ela aceitou, fazendo que sim com a cabeça.

— Se houver outra oportunidade, vamos juntos coletar neve, ok? — disse May, dando uma piscada de olho.

— Coletar neve? — exclamou Gotanda.

Ficando a sós, tomamos mais uma xícara de café. Eu mesmo preparei. Sou bom nisso. O sol se ergueu sereno, sem fazer nenhum barulho, e a Torre de Tóquio brilhava ofuscante. Lembrei-me de uma propaganda antiga de Nescafé. Com certeza, nela também aparecia a torre. As manhãs de Tóquio começam com café... Pode ser que não. Tanto faz. Seja como for, a Torre de Tóquio brilhava com a luz matinal e nós tomávamos café. Foi por isso que me lembrei da propaganda do Nescafé.

Era o horário em que as pessoas se apressavam para ir ao trabalho e à escola. Não era o nosso caso. Depois de nos divertirmos com garotas profissionais muito bonitas, estávamos tomando café sem qualquer preocupação. Provavelmente agora iríamos dormir. Gostando ou não, e embora com algumas diferenças, eu e Gotanda estávamos fora do estilo de vida normal das pessoas.

— O que irá fazer hoje, mais tarde? — indagou Gotanda, voltando-se para mim.

— Vou para casa dormir — respondi —, não tenho nada programado.

— Eu pretendo dormir um pouco agora e à tarde vou me encontrar com uma pessoa. Tenho coisas a combinar — comentou.

Em seguida, calados, ficamos olhando a Torre de Tóquio por algum tempo.

— E aí, foi divertido? — perguntou Gotanda.

— Foi — respondi.

— Conseguiu descobrir alguma coisa sobre Kiki?

Balancei a cabeça negativamente. — Ela desapareceu por completo. Como você havia dito. Não deixou pistas. Não se sabe sequer seu nome verdadeiro.

— Vou tentar descobrir algo a respeito de Kiki com o pessoal da Companhia de Cinema — informou. — Pode ser que dê certo e saibam de alguma coisa.

Ele entortou um pouco os lábios e coçou as têmporas com o cabo da colher. As garotas deviam achar aquilo charmoso.

— Escuta, o que você pretende fazer depois de achar Kiki? — perguntou ele. — Reatar com ela ou coisa parecida? Ou só está com saudade?

Respondi que não sabia.

Eu não sabia mesmo. Só me restava pensar no que fazer depois de reencontrá-la.

Terminado o café, Gotanda levou-me até o meu apartamento em Shibuya com sua Maserati marrom reluzente. Eu disse que voltaria de táxi, mas ele me levou alegando ser perto.

— Será que posso telefonar um dia desses para combinarmos algo? — perguntou ele. — Foi divertido conversar com você. Eu não tenho com quem possa conversar direito. Se você não se importar, gostaria de vê-lo de novo. Pode ser?

— É claro — respondi. Depois, agradeci pelo steak, pelas bebidas e pelas garotas.

Ele nada respondeu, apenas fez um movimento com a cabeça. Mesmo sem palavras, pude entender muito bem o que ele queria dizer.

20

Os dias seguintes transcorreram calmos e sem maiores transtornos. Diariamente, eu recebia algumas ligações telefônicas a respeito de trabalho, mas não atendi nenhuma delas, caíam direto na secretária eletrônica. Minha reputação ainda não estava desgastada. Preparava as refeições, saía pelas ruas de Shibuya e, todos os dias, assistia ao filme *Amor não correspondido*. Como era período de férias, podia-se dizer que o cinema estava mais para lotado. A grande maioria do público era de alunos do primeiro e segundo graus. Adulto mesmo, somente eu. Eles iam ao cinema para ver a atriz principal ou o seu cantor predileto, e, para eles, não interessava se o enredo ou a qualidade do filme eram bons ou não. Quando o ator ou a atriz aparecia em cena, ouviam-se exclamações de emoção. Era uma gritaria como num canil. Quando saíam de cena, ouvia-se o barulho de mastigações e comilanças ou gritarias do tipo: "É ele! Esse cara!" Por alguns segundos, cheguei a cogitar que, se o cinema fosse devastado pelo fogo, seria um grande alívio.

Quando começava *Amor não correspondido*, prestava atenção na lista de nomes creditados ao filme. Em letras miúdas, lá estava o nome dela: Kiki.

Assim que terminava a cena de Kiki, eu saía do cinema e perambulava pela cidade. Normalmente fazia o mesmo trajeto. Começava em Harajuku, passava pelo estádio Jingu, depois pelo cemitério Aoyama, rua Omotesando, edifício Jintan e finalmente Shibuya.

Às vezes parava no caminho para tomar café enquanto descansava. A primavera enfim chegara. Sentia no ar o saudoso aroma da estação.

A Terra vem cumprindo correta e perseverantemente sua rotação ao redor do Sol. Mistério do Universo. Toda vez que o inverno termina e vem a primavera, penso nesse mistério. Penso, por exemplo, por que a gente sempre sente o mesmo aroma da primavera. Todos os anos, invariavelmente o sinto. É um aroma delicado e sutil, mas sempre idêntico.

Havia uma invasão de cartazes eleitorais espalhados por toda a cidade. Todos eram de extremo mau gosto. Os carros utilizados nos comícios eleitorais também circulavam pela cidade inteira. Era incompreensível o que se dizia pelos seus alto-falantes. Só servia mesmo para incomodar os transeuntes. Caminhei enquanto meus pensamentos giravam em torno de Kiki. Nisso, percebi que gradativamente meus pés começavam a retomar o controle dos seus próprios movimentos. Os passos eram leves e firmes, e comecei a sentir que minha mente se tornava mais aguçada que antes. De algum modo, eu começava a caminhar para a frente, de maneira discreta, passo a passo. Acho que aprendi naturalmente a mexer os pés a partir do momento em que tive um objetivo. Isso é um bom sinal. Devo dançar, pensei. Ficar remoendo aquilo ou isso não vai adiantar nada. O importante é pisar com firmeza e manter meu sistema. E depois, devo ficar bem atento para onde essa maré vai me levar. Devo ficar *neste mundo de cá*.

Os quatro ou cinco dias do final do mês de março transcorreram tranquilos. Aparentemente não houve nenhuma evolução. Fiz compras, preparei refeições simples, assisti a *Amor não correspondido* no cinema e fiz longas caminhadas. Ao voltar para casa, verificava as mensagens na secretária eletrônica, mas todas elas eram a respeito de trabalho. À noite, costumava ler um livro e tomar alguma bebida. Cada dia parecia ser a repetição do outro. Com isso e aquilo, chegou o mês de abril, famoso pelo poema de T. S. Eliot e a música de Count Basie. Enquanto bebia alguma coisa sozinho, lembrava-me do sexo da Ovelhinha Selvagem May. Limpa-neve. Era uma lembrança estranhamente independente. Não tinha ligação com nada. Nem com Gotanda nem com Kiki. Senti como se estivesse tendo um sonho real. Lembrava-me dos detalhes e, em certos aspectos, podia-se dizer que eram todos bem mais nítidos do que o fato real. Para mim, no entanto, esse fato era, por si só, algo muito agradável. Um relacionamento bem demarcado. Duas pessoas se unem para valorizar suas fantasias e imaginações. Um sorriso do tipo que diz: *Não se preocupe! Somos todos amigos.* Manhã no acampamento. Cu-co!

Tentei imaginar como Kiki teria dormido com Gotanda. Será que ela tinha feito um serviço extremamente sexy para Gotanda, como May tinha feito comigo? Seria esse tipo de serviço uma técnica profissional básica de todas as garotas daquele clube? Ou será que aquilo era apenas uma técnica exclusiva de May? Eu não saberia dizer. Também não poderia perguntar uma coisa dessas para Gotanda. Quando Kiki morava comigo, ela era mais do tipo passiva na cama. Quando eu a abraçava, ela correspondia carinhosamente, mas nunca era ela quem tomava a iniciativa ou as rédeas da situação. Quando estava em meus braços, Kiki soltava-se e ficava tranquila, dando a impressão de que estava de fato sentindo prazer. Por isso nunca tive nenhuma insatisfação nesse tipo de sexo. Afinal, abraçar uma mulher assim era algo maravilhoso. Um corpo macio, uma respiração tranquila e genitália quentinha. Eu me sentia realizado. Talvez por isso, para mim era difícil imaginar Kiki fazendo sexo profissional, tomando a posição ativa com Gotanda, por exemplo. Ou será que me falta um pouco mais de imaginação?

Como será que as prostitutas separam a vida sexual privada da comercial? Eis uma questão que não consigo imaginar. Acho que é porque... como disse outro dia para Gotanda, porque eu nunca havia dormido com uma prostituta. Eu dormi com Kiki. Kiki era uma prostituta. Mas, quando estava com ela, eu não dormia com a prostituta e sim com Kiki. O exemplo oposto a isso é quando dormi com May. May era uma prostituta e eu dormi apenas com a May prostituta. É por isso que digo que essas duas circunstâncias não possuem nenhuma relação significativa. Essa é uma questão que, quanto mais a gente pensa, mais complexa fica. Afinal de contas, até que ponto o sexo pode ser considerado algo mental, e a partir de quando ele passa a ser algo técnico? Até que ponto é algo verdadeiro e quando se torna uma encenação? Um estímulo sexual bem realizado é alguma coisa mental ou simplesmente uma técnica? Será que Kiki estava de fato satisfeita comigo? Será que ela estava realmente representando naquela cena do cinema? Ou estaria sentindo prazer com as carícias de Gotanda?

A realidade e a imaginação se confundem.

Veja só Gotanda. A imagem dele, de médico, não passa de uma ficção. No entanto, ele se parece muito mais com um médico do que um de verdade. Ele é convincente.

Como será a minha imagem? Ou melhor, será que tenho algo assim?

Dance, disse o homem-carneiro. *Dance muito bem, a ponto de as pessoas ficarem impressionadas.*

Se devo dançar a ponto de as pessoas ficarem impressionadas, significa que devo ter alguma imagem. Se a tenho, será que alguém ficaria impressionado com ela? Acho que sim..., pensei comigo. Bem, quem iria se impressionar com a minha imagem real?

Quando ficava com sono, passava uma água no corpo, escovava os dentes e ia dormir. Ao acordar, já era de manhã. Os dias passaram muito rápido. Já estávamos em abril. Início do mês. Assim como na passagem de Truman Capote, diria que estávamos nos primeiros dias delicados, transitórios, frágeis e encantadores de abril. Certa manhã, comprei verduras devidamente tratadas no Kinokuniya. Aproveitei e peguei uma dúzia de latas de cerveja e três garrafas de vinho que estavam em oferta. Comprei café em grãos e salmão defumado para preparar sanduíches. Comprei também missô e tofu. Quando cheguei em casa, havia uma mensagem de Yuki na secretária eletrônica. Ela dizia num tom nem alegre nem triste que retornaria a ligação lá pelo meio-dia e que esperava me encontrar. Dito isso, bateu o telefone. Desligar o telefone daquele jeito devia ser uma espécie de linguagem corporal dela. O relógio marcava onze horas e vinte minutos. Fui para a cozinha preparar um café quente e forte e, enquanto o tomava sentado no chão, aproveitei para ler a última edição da *87th Precinct*. Já faz dez anos que digo que não vou mais ler essa série, mas toda vez que sai alguma edição nova, não tem jeito, eu acabo comprando. Sei que isso pode ser considerado força do hábito e acho que dez anos já é tempo suficiente para comprová-lo. Meio-dia e cinco o telefone toca. Era Yuki.

— Tudo bem? — perguntou ela.

— Estou muito bem — respondi.

— O que você está fazendo agora? — perguntou.

— Estava pensando em preparar o almoço. Um sanduíche com alface americana crocante, salmão defumado e fatias bem fininhas de cebolinha previamente umedecidas em água de gelo derretido e mostarda picante. A manteiga francesa do Kinokuniya combina muito com esse sanduíche de salmão defumado. Quando tudo dá certo, ele fica muito parecido com o sanduíche de salmão defumado de uma delicatéssen de Kobe. Às vezes, não dá certo. Mas é com tentativas e erros que se alcança um objetivo.

— Que idiotice!

— Mas é uma delícia! — disse-lhe. — Se você acha que estou mentindo, pode perguntar para a abelha. Pode perguntar também para os trevos. É realmente muito bom!

— O que você quer dizer com isso? Abelhas, trevos?

— Faz de conta... — disse-lhe.

— Não tem jeito mesmo! — disse ela um tanto resignada. — Que tal você se tornar um pouco mais adulto? Você não disse que tinha trinta e quatro anos? Eu acho você até um pouco idiota.

— Você está querendo dizer que devo me tornar um homem integrado na sociedade, é isso?

— Quero passear de carro — comunicou ela, ignorando a minha pergunta. — Hoje à tarde você estará livre?

— Acho que sim — respondi depois de pensar um pouco.

— Venha me buscar às cinco no apartamento de Akasaka. Você se lembra de onde é?

— Lembro. Ei, você está aí desde aquele dia sozinha?

— A-hã. Mesmo que eu voltasse para Hakone, não teria nada para fazer. Afinal, lá a casa é vazia e fica no alto de uma montanha. Não quero voltar para lá sozinha. Ficar aqui é bem mais divertido.

— O que aconteceu com a sua mãe? Ela ainda não voltou?

— Não sei o que aconteceu com ela. Não tive notícias até agora. Vai ver ainda está em Katmandu. Não disse? Não dá para contar com uma pessoa como ela. Nunca se sabe quando vai voltar.

— E como você está de dinheiro?

— Dinheiro eu tenho. Posso usar o cartão à vontade. Tirei um dos cartões da carteira da mamãe. Do jeito que ela é, nem vai se dar conta de que sumiu um. Se eu não me proteger, acabo morrendo. Afinal, ela não é uma pessoa exemplar... concorda?

Evitei responder essa pergunta diretamente. — Você está se alimentando bem? — perguntei.

— Claro que sim... O que você está pensando? Se eu não comer, não acha que vou acabar morrendo?

— *Então, faça a coisa certa.* Será que você está comendo *coisas realmente saudáveis*?

Yuki tossiu. — Kentucky Fried Chicken, McDonald's, Dairy Queen... coisas desse tipo. Ah! Às vezes, como refeição pronta, tipo delivery...

Comida com baixo teor nutritivo, junk food.

— Vou buscá-la às cinco da tarde — disse-lhe. — Vamos comer algo realmente nutritivo. Esse tipo de alimentação é ruim, muito ruim mesmo. Uma garota na fase da puberdade precisa de algo mais saudável. Se continuar por muito tempo com esse tipo de alimentação, vai se tornar uma adulta com problemas menstruais. Você pode achar que isso é problema seu, mas se vier a ter menstruação irregular, vai acabar trazendo transtornos para aqueles que vivem ao seu redor. É preciso pensar naqueles que estão à sua volta.

— Que idiota! — disse ela, bem baixinho.

— Ei, você não quer me passar o número do seu telefone de Akasaka?

— Por quê?

— Esse tipo de comunicação unilateral não é justo. Você sabe o número do meu telefone. Eu não sei o seu. Quando tem vontade, você me liga. Se eu tiver vontade de ligar para você, eu não posso... É injusto. E ainda mais, veja só que desagradável seria se num dia como hoje... que combinamos um encontro... acontecesse algum imprevisto urgente e eu tivesse que lhe avisar... Como faria para me comunicar com você?

Ela pareceu fungar bem baixinho como se estivesse indecisa, mas por fim me deu o número. Registrei-o na minha agenda de endereços, logo abaixo do nome de Gotanda.

— Mas vê se não vai ficar desmarcando à toa, tá? — disse Yuki. — De pessoa inconveniente, já basta minha mãe.

— Não se preocupe! Dificilmente altero algum compromisso. Não estou mentindo. Pode perguntar para a borboleta-da-couve. Pode perguntar para a *alfafa*. São raras as pessoas que cumprem seus compromissos como eu. No entanto, existe algo no mundo que se chama acidente inesperado. Ocorre alguma coisa que você nem imagina que iria ocorrer. O mundo é grande e complexo e por isso podem ocorrer certas situações que fujam do meu controle. Nesses casos, se eu não conseguir entrar em contato com você, será um grande transtorno. Você compreende, não?

— Acidente inesperado? — perguntou ela.

— Um raio no céu azul — respondi.

— Espero que isso não aconteça, né? — disse Yuki.

— Espero que não — repeti.

Mas acabou acontecendo.

21

Eles apareceram depois das três. Eram dois. A campainha soou enquanto eu tomava banho. Tocou umas oito vezes até que eu vestisse o roupão e abrisse a porta. A insistência me irritou a ponto de sentir minha pele sendo espetada. Quando abri a porta, havia dois homens. Um aparentava ser quarentão e o outro parecia ter a mesma idade que eu. O mais velho era mais alto e tinha uma cicatriz no nariz. Era início de primavera, mas já estava bastante bronzeado. Era um bronzeado natural e autêntico, como o dos pescadores. Não era como o dos habitantes das praias da ilha de Guam ou dos campos de esqui. Seus cabelos pareciam duros e as mãos eram enormes. Ele vestia um sobretudo cinza. O mais novo era mais baixo, tinha os cabelos mais compridos, olhos estreitos e penetrantes. Parecia um jovem escritor daqueles que participam de reuniões de revista literária e, levantando a franja, dizem: Sem dúvida... é Mishima. Antigamente havia alguns desse tipo na turma da faculdade. Ele vestia um sobretudo azul acetinado. Ambos calçavam sapatos pretos de couro totalmente fora de moda. Se encontrássemos esses calçados caídos na rua, com certeza desviaríamos. Eram baratos e gastos. Nenhum dos dois cavalheiros fazia o tipo que eu gostaria de ter como amigo. Enfim, vou batizá-los de "Pescador" e "Intelectual".

Intelectual puxou sua carteira de policial do bolso e, sem dizer nada, colocou-a na minha frente. É como nos filmes, pensei. Até então, nunca tinha visto uma carteira desse tipo, mas à primeira vista acreditei em sua autenticidade, pois estava gasta como os seus sapatos. Seu gesto de tirar e colocar a carteira diante de meus olhos fez-me lembrar os vendedores de revista literária.

— Sou da delegacia de Akasaka — disse Intelectual.

Balancei a cabeça dizendo que entendera.

Pescador continuou com as duas mãos no bolso sem dizer nada. Estava com um dos pés segurando a porta com um ar indiferente, para que ela não se fechasse.

Puxa vida!, pensei... Parece mesmo um filme.

Intelectual guardou a carteira no bolso e me olhou de cima a baixo. Meu cabelo estava molhado e eu estava só de roupão. Um roupão verde da Renoma. Obviamente um autêntico Renoma, cuja marca ficava visível caso eu me virasse de costas. O xampu era Wella. Nada tinha a temer, por isso fiquei quieto esperando que ele dissesse alguma coisa.

— Gostaria de lhe fazer umas perguntas — disse Intelectual. — Para isso, seria possível nos acompanhar até a delegacia?

— Perguntas? Sobre o quê? — questionei.

— Falaremos depois, no devido momento — respondeu ele. — Acontece que, para lhe fazer as perguntas, há alguma burocracia e, por isso, se possível, gostaríamos que nos acompanhasse.

— Posso me trocar, não? — perguntei.

— É claro, esteja à vontade! — disse Intelectual, sem alterar a expressão. Se Gotanda fizesse o papel de investigador, a representação seria melhor e mais autêntica, pensei. A vida real é assim mesmo...

Enquanto eu me trocava no outro quarto, os dois permaneceram ali mesmo, com a porta aberta. Vesti meu jeans, camiseta casual cinza e uma jaqueta. Sequei e penteei os cabelos, pus a carteira, a agenda e as chaves no bolso, fechei as janelas e o registro do gás, apaguei as luzes e liguei a secretária eletrônica. Depois, calcei o tênis azul-marinho. Os dois ficaram olhando curiosos eu calçar os sapatos. Pescador continuava segurando a porta com o pé.

Para não chamar a atenção, a viatura estava estacionada a alguns metros da entrada do edifício. Era uma viatura comum e, no banco do motorista, estava sentado um policial fardado. Pescador entrou primeiro, depois eu e, por último, Intelectual. Isso também é exatamente como nos filmes. Quando Intelectual fechou a porta, o carro começou a andar sem que ninguém falasse nada.

A rua estava congestionada, mas a viatura foi andando devagar, sem tocar a sirene. A impressão era a mesma de se estar num táxi. Só não tinha taxímetro. Ficávamos mais tempo parados do que andando, e por isso as pessoas que estavam nos outros carros ficavam olhando curiosas para mim. Ninguém conversava. Pescador, de braços cruzados, olhava para a frente. Intelectual, com ar sério, olhava pela janela, como se estivesse achando complexo demais descrever a paisagem urbana. Pensei no tipo de esboço que ele faria afinal. Com certeza, seria algo obscuro, com expressões incompreensíveis: "A primavera, enquanto conceito, veio intensa, como uma correnteza escura. Sua chegada balançou o sentimento de pessoas anônimas incrustadas nas frestas da cidade e carregou-o, em silêncio, para essa árida correnteza infinita".

Eu fiquei com vontade de mexer em todo o texto. O que é "a primavera, enquanto conceito"? O que é uma "árida correnteza infinita"? No entanto, como era de se esperar, acabei achando tudo aquilo uma tolice. As ruas de Shibuya, como sempre, continuavam cheias de estudantes com cara de estúpidos, vestidos com aquelas roupas cômicas e ridículas. Não havia sentimento nem correnteza árida.

Chegando à delegacia, fui levado para a sala de interrogatórios no primeiro andar. Era uma sala de cerca de três por três metros. Quase não entrava luz pela janela. Talvez estivesse próxima demais do prédio vizinho. Nela, havia uma escrivaninha e duas cadeiras de escritório e mais duas de reserva, com assento de vinil. O relógio da parede não podia ser mais simples. Não havia mais nada. Nada de calendários e quadros. Nenhuma prateleira para documento, nenhum vaso. Sem cartazes com dizeres, nem utensílios de chá. Apenas a escrivaninha, as cadeiras, o relógio, um cinzeiro e um porta-lápis sobre a mesa e, no canto, pastas de documentos empilhadas. Assim que entraram, tiraram os sobretudos, dobraram e colocaram sobre a cadeira sobressalente, depois fizeram-me sentar na cadeira de metal. Pescador sentou-se à minha frente. Intelectual continuou de pé, um pouco mais distante, folheando ruidosamente a caderneta. Por um certo tempo, ninguém disse palavra alguma. Eu também fiquei quieto.

— A propósito, ontem à noite, o que você fez? — perguntou finalmente Pescador, após um longo silêncio. Pensando bem, aquela era a primeira vez que ele falava alguma coisa.

Ontem à noite?, pensei. Como foi a noite passada? Não consigo distinguir a noite passada da retrasada. Nem a noite retrasada da que a antecedeu. É uma infelicidade, mas é verdade. Fiquei calado pensando... Leva tempo relembrar.

— Ei, você! — disse Pescador. Depois pigarreou. — Se ficarmos falando de legislação e de outras coisas mais, levará tempo, sabe? Só estou fazendo uma pergunta bastante simples, não estou? O que você fez desde o entardecer de ontem até hoje de manhã? Não é algo simples? Não há problema em responder, há?

— Então... estou pensando! — respondi.

— Precisa pensar para se lembrar? Foi ontem! Não estou perguntando sobre o mês de agosto do ano passado! Nem há necessidade de pensar, há? — inquiriu Pescador.

Pensei em dizer: pois então, não consigo me lembrar!, mas não disse. Provavelmente, eles não entenderiam uma falha momentânea de memória. O normal seria pensarem que sou maluco.

— Pode deixar. Eu espero — disse Pescador. — Tente se lembrar com calma, porque vou esperar. — Tirou, então, um Seven Stars do bolso e o acendeu com um isqueiro Bic. — Quer um?

— Não — disse. Estava escrito na revista *Brutus* que as pessoas mais interessantes da cidade não fumavam cigarros. Mas os dois fumavam se deliciando, sem ligar para isso. Pescador fumava Seven Stars e Intelectual, Hope curto. Eram quase uma corrente de fumantes. Eles não leem revistas como a *Brutus*. Não estão nem aí para as tendências.

— Esperamos cinco minutos — pontuou Intelectual, com a expressão de sempre. — Enquanto isso, será que conseguiria se lembrar? O que fez, e onde, ontem à noite?

— Não disse? Esse cara é intelectual, sim! — disse Pescador, voltando-se para Intelectual. — Ele já foi investigado antes. Suas impressões digitais estão registradas. Movimento estudantil. Empecilho à execução de serviço público. Envio de documentos à delegacia. Está acostumado a esse tipo de coisa. É tarimbado. Não gosta de policiais. Conhece bem as leis e os direitos civis. Logo vai começar a dizer que quer chamar seu advogado.

— Mas ele concordou em nos acompanhar e estamos apenas fazendo algumas perguntas bem simples — ponderou Intelectual, com ar surpreso, a Pescador —, não estamos dizendo que vamos detê-lo ou coisa parecida. Não entendi. Há, por acaso, necessidade de chamar advogado? Por que complicar as coisas? É incompreensível.

— Acho que ele simplesmente não gosta de policiais. Detesta tudo o que se refere à polícia. Desde a viatura até os agentes de trânsito. Por isso, ele prefere sofrer a cooperar — disse Pescador.

— Mas isso não é problema. Quanto mais rápido responder, mais cedo irá para casa. Se ele for uma pessoa prática, irá responder logo. E depois, não é porque foi interrogado sobre o que fez na noite passada que seu advogado viria até aqui. Os advogados também são ocupados. Se ele é um intelectual, deve ter consciência disso.

— Pois é — concordou Pescador. Se ele tiver mesmo consciência dessas coisas, todos nós ganharemos tempo, não acha? Somos ocupados e ele também deve ser. Quanto mais demorar, maior será o desperdício de tempo e maior o cansaço. Isso cansa, sabe?

Enquanto continuava essa ladainha cômica, passaram-se pelo menos cinco minutos.

— Então — interveio Pescador —, que tal agora? Conseguiu se lembrar de algo?

Não conseguira lembrar nem tinha vontade. Em breve, me lembraria. Mas, naquele exato momento, não me lembrava. Tinha perdido a memória e não a recobrara.

— Primeiro, gostaria de entender o que está acontecendo — eu disse. — Sem saber o que se passa, nada posso falar. Não quero dizer nada que seja prejudicial sem ter conhecimento dos fatos. Além do que, o correto seria explicar a situação para depois fazer as perguntas. O que vocês estão fazendo não está nada condizente com o protocolo.

— Não quer dizer o que possa prejudicá-lo — repetiu Intelectual, como se apresentasse uma investigação. — Diz que não está de acordo com o protocolo?

— Não falei que era um intelectual? — interveio Pescador. — Tem uma visão distorcida, sabe? Não gosta de policiais. Assina o jornal *Asahi* e lê a revista *Sekai*.

— Não assino jornais, nem leio *Sekai* — retruquei. — Seja como for, enquanto não me disserem por que fui trazido aqui, não me disporei a falar nada. Se quiserem perder tempo, fiquem à vontade. Eu estou mesmo à toa. Disponho de todo o tempo do mundo.

Os dois detetives entreolharam-se.

— Se explicarmos a situação, irá nos responder então? — indagou Pescador.

— Talvez — respondi.

— Esse cara tem um leve senso de humor, não é mesmo? — comentou Intelectual, com os braços cruzados olhando para a parede. — Disse "talvez"!

Pescador massageou com a ponta do dedo uma cicatriz na lateral de seu nariz. Era bem funda e a pele ao lado estava repuxada. — Sabe o que é? — disse ele. — Nós somos gente ocupada. E estamos falando sério. Queremos acabar logo com essa história. Não fazemos isso porque gostamos. Na medida do possível, queremos ir para casa às seis da tarde e jantar tranquilamente com a família. Não o odiamos, nem temos nada contra você. Se disser onde estava ontem à noite, não lhe pediremos mais nada. Não há mal nenhum em falar se não deve nada, não é? Ou não pode dizer por que tem algo que o comprometa?

Fiquei olhando fixamente para o cinzeiro de vidro sobre a mesa.

Intelectual bateu na caderneta e a guardou no bolso. Ninguém falou nada por uns trinta segundos. Pescador pôs outro Seven Stars na boca e o acendeu.

— Tem tarimba! — pontificou.

— Vai querer chamar a comissão de proteção dos direitos humanos?

— Quer saber? Isso nada tem a ver com direitos humanos — interveio Pescador —, isso é dever de cidadão. Está escrito na legislação que os cidadãos precisam colaborar com a investigação dos policiais, certo? Consta na legislação de que você tanto gosta. Por que despreza os policiais assim? Você já deve ter perguntado o caminho para um agente alguma vez, não? Se for assaltado, chama a polícia, não chama? Uma mão lava a outra, não é mesmo? Por que não pode colaborar com uma coisa tão ordinária? Não é uma pergunta formal bastante simples? Onde estava e o que fazia ontem à noite? Vamos terminar logo com isso, sem complicações. Pois assim nós também podemos ir adiante.

Você poderá voltar para casa. Tudo ficará bem. Não pensa assim?

— Primeiro, gostaria de saber o motivo — repeti.

Intelectual tirou o lenço de papel do bolso e assoou o nariz, fazendo um barulhão. Pescador tirou uma régua da gaveta da escrivaninha e ficou batendo na palma da mão.

— Será que você entendeu? — perguntou Intelectual, jogando o papel no cesto de lixo ao lado da escrivaninha. — Você está tornando a sua situação cada vez mais complicada, entende?

— Olha, não estamos mais em 1970! Não temos tempo para ficar brincando de contrariar o poder — disse Pescador, desolado. — Aqueles tempos se foram. Assim, tanto eu quanto você, todos nós estamos soterrados nesta sociedade. Já não existe mais poder nem "antipoder". Ninguém mais pensa assim. É uma sociedade ampla. De nada adianta fazer alvoroço. O sistema está bem estruturado. Se não gosta desta sociedade, só lhe resta esperar um grande terremoto, então. Cavar um buraco. Mas de nada adianta ficar resistindo aqui. Para ambas as partes. É perda de tempo. Se você é intelectual, entende isso, não entende?

— Bem, nós também estamos um pouco cansados, e pode ser que tenhamos sido ríspidos demais. Se foi isso, reconhecemos o erro. Pedimos desculpas — ponderou Intelectual, folheando novamente a sua caderneta. — Mas nós estamos cansados. Estamos trabalhando sem parar. Quase nem dormimos desde a noite passada. Já faz cinco dias que não vemos nossos filhos. Nem estamos nos alimentando direito. Pode ser que você não goste, mas, à nossa maneira, também estamos servindo à sociedade. Aí, aparece você e fica esnobando, não responde à pergunta. É lógico que ficamos irritados. Entende, não entende? Nós estamos dificultando as coisas para você porque, afinal, quando nos cansamos, ficamos irritados também, correto? Algo que poderia terminar rapidamente acaba não terminando. As coisas começam a ficar enroladas. É claro que existe uma lei na qual você pode se amparar. Existem também os direitos civis. Mas, para dar andamento a isso, leva tempo. Enquanto a coisa demora, você também pode passar por situações desagradáveis. As leis são muito complicadas e dão muito trabalho, de modo que tudo depende do andamento da coisa. Será que você compreende a situação?

— Não queremos ser mal interpretados, não estamos fazendo ameaças — interveio Pescador. — Estamos apenas alertando. Nós não queremos deixá-lo em maus lençóis.

Fiquei quieto, olhando o cinzeiro. Não havia nenhuma marca nele. Era velho e de vidro. Quando novo, deve ter sido transparente, mas agora nem tanto. Estava um pouco esbranquiçado e os cantos impregnados de nicotina. Há quantos anos estará em cima dessa mesa? Fiquei pensando. Imaginei que devia ter uns dez anos.

Pescador ficou mexendo a régua por algum tempo.

— Está bem — disse ele, como se tivesse desistido —, vamos explicar a situação. Na realidade, temos uma sequência a ser seguida nas perguntas, mas como você também parece ter seus motivos, vamos seguir os seus. Por ora.

Depois de colocar a régua na mesa, tirou algumas folhas de papel, deu uma folheada e pegou um envelope, retirando dele três fotos grandes, que pôs na minha frente. Peguei as fotos para olhar. Eram fotos reais em preto e branco. Logo se percebia que não eram fotos artísticas. Nelas, havia uma mulher. Na primeira, ela estava nua, deitada de bruços na cama. Os braços e as mãos eram longos e as nádegas firmes. Os cabelos estavam esparramados, formando um leque, e cobriam o rosto. As pernas estavam abertas e podia-se ver seu sexo. O braço estava esticado e caído para o lado. Parecia estar dormindo. Na cama, não havia nada de especial.

A segunda foto era mais real. A mulher estava virada de frente. Viam-se os seios, os pelos pubianos e o rosto. Os braços e as pernas estavam na posição de sentido. Não havia necessidade de dizer que ela estava morta. Os olhos entreabertos, os lábios um pouco tortos e enrijecidos. Era May.

Olhei a terceira foto. Era uma foto em close do rosto. Era May. Não havia dúvidas. Mas ela já não era extremamente bela. Seu corpo registrava uma ausência de emoção. Ao redor do pescoço, havia marcas quase invisíveis de algo que fora esfregado. Minha boca estava completamente ressecada e não conseguia engolir a saliva. A palma da minha mão começou a coçar. May. Seu jeito maravilhoso de fazer sexo. Nós nos divertimos até de manhã limpando neve, ouvimos música e tomamos café. Ela morreu. Não está mais aqui. Fiquei com vontade de me mostrar incrédulo, mas não o fiz. Juntei as três fotos e as entreguei ao Pescador, como se nada tivesse acontecido. Os dois ficaram me observando compenetrados enquanto eu olhava as fotos. Olhei para Pescador com cara de quem pergunta: E daí?

— Você conhece a mulher da foto? — perguntou Pescador.

Fiz que não: — Não. Não conheço. — Se eu respondesse que a conhecia, obviamente envolveria Gotanda nisso. Pois ele era o elo entre nós. Eu não poderia envolvê-lo nisso agora. Quem sabe ele já estivesse envolvido nesse caso. Isso eu não sabia. Se Gotanda tivesse dado o meu nome e dito que eu havia dormido com May, eu estaria numa tremenda enrascada, pois isso denunciaria minha mentira. Se isso acontecesse, já não se tratava de uma brincadeira. Era uma aposta. Seja como for, *eu* mesmo não poderia mencionar o nome de Gotanda. A minha posição e a dele eram diferentes. Se eu o fizesse, seria um alvoroço. As revistas viriam correndo.

— Veja de novo, com bastante atenção — disse Pescador, de modo bastante calmo e enfático. — É muito importante, por isso olhe de novo e depois responda. Que tal? Lembra-se dessa mulher? Não minta, por favor. Somos profissionais e sabemos muito bem quando alguém está mentindo. Mentir para a polícia traz consequências graves. Entendeu?

— Não conheço — eu disse —, mas está morta.

— Está morta — repetiu Intelectual, com um jeito intelectual. — Totalmente morta. Extremamente morta. Completamente morta. Logo se percebe. Nós a vimos no local. Era uma mulher boa. Estava nua e morta. Logo percebemos que era uma mulher boa. Mas, depois de morta, tanto faz se era boa ou não. A nudez também não tem importância. É apenas uma defunta que irá apodrecer. Sua pele se rasgará e a carne podre ficará exposta exalando um cheiro horrível e os vermes a comerão. Você já viu isso?

Eu disse que não.

— Nós já vimos algumas vezes. Quando chega a tal ponto, já não se sabe se era uma mulher boa ou não. A carne está simplesmente podre como um bife putrefato. Depois que se sente esse cheiro, a gente não consegue comer carne por um bom tempo. Apesar de sermos profissionais, não conseguimos aguentar aquele odor horrível. É impossível se acostumar. Depois de um tempo, restam apenas os ossos. Nesse ponto, o fedor desaparece. Tudo fica seco. É branco e bonito. Que bom que o osso é limpo, não acha? Bem, de qualquer maneira, a mulher ainda não estava nesse ponto. Ainda não estava podre. Só morta. Só dura. Durinha, durinha. Sabe-se que era uma boa mulher. Nossa, devia ser muito bom dar uma trepada com ela quando era viva. Mas agora, olhando para o seu corpo nu, não se sente nada. Pois já está morta. Entre nós e os mortos há uma diferença fundamental, sabe? Os mortos são como uma estátua de pedra. Ou seja, digamos que nele existe uma quantidade mínima de líquido que à menor redução se esgota, nem que seja apenas um milímetro. À nulidade completa. Depois só resta esperar pela cremação. Mas ela era uma boa mulher. Coitada. Se estivesse viva poderia continuar a sê-lo. Alguém a matou. Isso é ruim. Essa menina também tinha direito à vida. Tinha pouco mais de vinte anos. Alguém a matou, estrangulando-a com uma meia de seda. Não é uma morte rápida. Leva-se tempo até morrer. É bastante sofrido. Você tem noção de que está morrendo. Dá tempo de se questionar o porquê de isso estar acontecendo. Você sente vontade de viver. Sente que o ar começa a faltar e que você está sendo sufocado. A cabeça começa a ficar zonza. Urina-se. Debate-se tentando se salvar. Mas faltam-lhe forças. Morre-se lentamente. Não é um jeito bom de morrer. Nós queremos pegar o criminoso que fez isso com ela. Precisamos pegá-lo. Isso é um crime, um crime hediondo. Uma pessoa forte matou violentamente uma pessoa indefesa. Isso é imperdoável. Se permitirmos tal coisa, as bases da sociedade ficarão desestruturadas. Vamos pegar o criminoso e puni-lo. Essa é a nossa obrigação. Caso contrário, o criminoso poderá matar alguma outra mulher.

— Ontem à tarde, essa mulher reservou um quarto conjugado de um prédio de luxo em Akasaka e entrou sozinha às cinco horas da tarde — começou a contar Pescador. — Disse que o marido viria depois. O nome e o telefone eram falsos. O pagamento fora antecipado. Às seis, pediu ao serviço de quarto um jantar para uma pessoa. Nessa hora, estava sozinha. Às sete, a bandeja já tinha sido colocada no corredor. E na porta estava a placa de *não perturbe.* O check-out seria ao meio-dia do dia seguinte. Ao meio-dia e meia, o encarregado da recepção telefonou, mas ninguém atendeu. A placa de *não perturbe* continuava na porta. Bateram, mas não houve resposta. O funcionário do hotel abriu a porta com a chave mestra. A mulher estava nua e morta. Do mesmo jeito que na primeira foto. Ninguém viu quando o homem entrou. Na cobertura, há um restaurante e as pessoas sobem e descem sem parar. O movimento é intenso. Por isso, esse restaurante é muito usado para encontros secretos. Não deixa vestígios.

— Na bolsa dela não encontramos nada que pudesse servir de pista — disse Intelectual.

— Não havia carta de motorista, agenda, cartão de crédito, cartão bancário, nada. Nas roupas não havia iniciais do seu nome. O que havia eram apenas estojos de maquiagem, uma carteira com pouco mais de trinta mil ienes e pílulas anticoncepcionais. Nada além disso. Ou melhor, havia só uma coisa. No fundo da carteira, num lugar de difícil acesso, havia só um cartão de visita. O seu.

— Não a conhece mesmo? — insistiu Pescador.

Fiz que não. Se fosse possível, eu também gostaria de colaborar com a polícia e achar o criminoso. Mas, em primeiro lugar, preciso pensar nas pessoas vivas.

— Então... pode nos dizer onde estava e o que fazia ontem? Entendeu, agora, por que pedimos para vir até aqui e por que estamos fazendo a investigação? — indagou Intelectual.

— Jantei sozinho em casa às seis horas, depois li um livro, tomei algumas doses de bebida e fui dormir antes da meia-noite — respondi. Minha memória finalmente havia voltado. Talvez por ter visto a foto do cadáver de May.

— Nesse ínterim, encontrou alguém? — perguntou Pescador.

— Não. Estive o tempo todo sozinho — disse.

— E ninguém lhe telefonou?

Disse que ninguém havia me telefonado. — Por volta das nove horas recebi um telefonema, mas, como a secretária estava ligada, não atendi. Ouvi depois o recado, e era uma ligação sobre trabalho.

— Por que estava com a secretária ligada se você estava em casa? — questionou Pescador.

— Estou de férias e não quero falar de trabalho — disse.

Eles queriam saber o nome e o telefone de quem ligou e eu lhes disse.

— Então, depois de jantar, ficou lendo o tempo todo? — perguntou Pescador.

— Primeiro arrumei a louça, depois li o livro.

— Que livro?

— Parece brincadeira, mas estou lendo *O processo*, de Kafka.

Pescador escreveu *O processo*, de Kafka, num papel. Como não sabia escrever Kafka, Intelectual lhe soletrou. Como eu previa, ele conhecia essa obra.

— Ficou lendo esse livro até meia-noite? — perguntou Pescador. — E bebendo?

— À tardinha, uma cerveja para começar, depois um brandy.

— Quanto tomou mais ou menos?

Tentei lembrar. — Duas latas de cerveja e um quarto da garrafa de brandy. Também comi pêssego em calda.

Pescador anotou tudo no papel. *Também comi pêssego em calda*. — Não consegue se lembrar de mais nada? Pode ser qualquer coisa insignificante.

Fiquei pensando um pouco. Não conseguia me lembrar de mais nada. Foi realmente uma noite normal. Eu fiquei apenas lendo o livro. E pensar que, nessa noite tranquila e normal, May estava sendo estrangulada com uma meia de seda... Disse-lhes que não me lembrava de mais nada.

— Olha, é melhor pensar bem, hein! — disse Intelectual depois de tossir. — Você está numa situação bastante desvantajosa neste momento, sabe?

— Prestem atenção. Eu não fiz nada e por isso não há como levar vantagem ou desvantagem — respondi. — Trabalho como autônomo e por isso é comum entregar meus cartões de visita. Não faço a menor ideia por que essa garota tinha o meu cartão, mas isso não significa que eu a matei, significa?

— Se fosse um cartão qualquer, por que ele estaria guardado no fundo da carteira? — disse Pescador. — Nós temos duas suposições. Primeiro: essa mulher é alguém ligada ao ramo de vocês, foi atraída por um homem ao hotel e morta por ele. O homem fez uma limpeza na bolsa dela de tudo que poderia incriminá-lo. Só o cartão de visita foi esquecido por estar bem no fundo da carteira. Segundo: essa mulher era uma profissional. Uma prostituta. De luxo. Daquelas que usam hotéis de alto padrão. Sua estratégia é não levar com ela nada que possa identificá-la, e por algum motivo foi morta por um cliente. Como não lhe foi tirado o dinheiro, o criminoso pode ser uma pessoa psicologicamente perturbada. Há essas duas linhas de raciocínio... Que acha?

Fiquei quieto e discretamente discordei balançando a cabeça.

— De qualquer modo, seu cartão de visita é uma peça-chave. Só temos essa pista concreta — disse Pescador, batendo insistentemente a ponta da caneta esferográfica na mesa, como se quisesse me pressionar.

— Um cartão de visita é apenas um pedaço de papel com o nome impresso — argumentei. — Não serve de prova para coisa alguma. É impossível provar algo apenas com isso.

— Por enquanto... não — disse Pescador. Ele continuava a bater a ponta da caneta na mesa. — Isso é insuficiente para provar qualquer coisa. Você tem razão. Neste momento, a perícia está examinando o quarto e os objetos que ficaram lá. Também estão fazendo a necropsia do corpo. Amanhã, as coisas ficarão um pouco mais esclarecidas. Quem sabe encontraremos novas pistas. Só nos resta esperar. Vamos esperar, então. Enquanto aguardamos, queremos que você também se lembre de mais coisas. Talvez demore mais uma noite, mas vamos até o fim. Com o tempo, talvez consiga se recordar de mais alguma coisa. Vamos repassar tudo, desde o início. Lembre-se de tudo o que diz respeito ao dia de ontem. Vamos começar desde o que fez pela manhã, uma coisa de cada vez, na sequência.

Olhei para o relógio de parede. Indiferente, ele marcava cinco e dez. De repente, lembrei-me do compromisso com Yuki.

— Poderia usar o telefone? — perguntei a Pescador. — Tinha um encontro marcado para as cinco. É um compromisso importante. Terei problemas se não cancelar.

— É uma garota? — perguntou Pescador.

— É — respondi.

Ele concordou e apontou o telefone. Tirei a agenda, procurei o telefone de Yuki e disquei. Ela atendeu ao terceiro toque.

— Você ligou para dizer que está ocupado e que não poderá vir, acertei? — disse ela, antes que eu falasse algo.

— Houve um imprevisto — expliquei. — Não tenho culpa. Sinto muito, mas não posso fazer nada. Estou na polícia, sendo interrogado. Fica aqui no Distrito de Akasaka. A história é longa e demoraria muito para explicar. Seja como for, parece que não vão me liberar tão rápido.

— Polícia? O que você fez, afinal?

— Não fiz nada. Fui chamado para depor sobre um caso de homicídio. Fui envolvido, sabe?

— Parece bobo — disse Yuki, totalmente indiferente.

— De fato — reconheci.

— Escuta, não foi você que matou, foi?

— É claro que não fui eu — respondi. — Eu cometo muitas falhas e faço muitas coisas erradas, mas não sou assassino. Só querem esclarecer os fatos. Estão fazendo um monte de perguntas. Mas falhei com você. Em breve, vou me emendar por hoje.

— É um bobo mesmo — falou Yuki, batendo o telefone.

Desliguei o telefone e o devolvi para Pescador. Os dois haviam ficado atentos à minha conversa, mas parece que não tiraram nenhum proveito dela. No entanto, imaginei que, se eles soubessem que o meu encontro seria com uma menina de treze anos, aí sim as suspeitas sobre mim aumentariam consideravelmente. Eles iriam pensar que sou um tarado sexual. Homens normais de trinta e quatro anos não saem com garotas de treze.

Depois disso, perguntaram detalhes sobre o que eu tinha feito no dia anterior e documentaram tudo. Escreveram com uma caneta esferográfica e uma letra caprichada todo o meu depoimento numa folha de papel carta. Era um documento sem qualquer valor, desprovido de sentido. Um desperdício de tempo e de trabalho. Lá ficou registrado o que eu comi e aonde fui, de maneira bastante minuciosa. Expliquei até o modo de preparar o cozido de batata *kon'nyaku* que comi no jantar. Um pouco por gozação, expliquei até a maneira de ralar o condimento de peixe seco que usei para o tempero. Mas eles não entenderam a brincadeira. Anotaram cada item com todo o cuidado. O documento ficou bem longo. Eis um documento sem nenhum sentido. Às seis e meia, eles compraram comida pronta de um delivery das redondezas. Estava longe de ser uma comida gostosa. Havia bolinhos de carne, salada de batata, cozido de massa de peixe e outras coisas mais. O sabor e os ingredientes não eram grande coisa. Era gorduroso e o tempero, forte. A conserva levava corante artificial. Mas tanto Pescador quanto Intelectual comiam com tanto gosto que eu também acabei engolindo tudo. Não queria que eles percebessem que aquela comida mal passava na garganta por eu estar nervoso.

Terminada a refeição, Intelectual trouxe-me um chá fraco e morno. Os dois fumavam enquanto bebiam o chá. Aquela sala exígua ficou cheia de fumaça. Meus olhos ardiam e meu casaco ficou impregnado do cheiro de nicotina. Passada a hora do chá, recomeçaram as perguntas. Era um interrogatório interminável de coisas desprovidas de sentido. Perguntas do tipo: Quais trechos eu havia lido de *O processo*, a que horas coloquei o pijama e outras asneiras. Contei a Pescador o enredo do livro de Kafka, mas parece que seu conteúdo não lhe chamou muito a atenção. Talvez aquela história fosse comum demais para ele. De repente, fiquei preocupado se os livros de Franz Kafka sobreviveriam ao século XXI. Seja como for, ele registrou o enredo de *O processo* no depoimento. Eu não entendia por que eles precisavam ouvir tudo aquilo e documentar. É bem kafkiano. Comecei a ficar enfastiado e cansado com tanta babaquice. A cabeça já não funcionava direito. Aquilo era por demais irrelevante e sem sentido. Mas eles, muito pacientes, encontravam lacunas em cada um dos acontecimentos e perguntavam a respeito, anotando as minhas respostas minuciosamente no formulário. De vez em quando, Pescador perguntava a Intelectual como se escrevia determinada palavra. Eles não pareciam nem um pouco entediados por estarem fazendo aquilo. É evidente que estavam cansados, mas não afrouxavam. Eles tentavam encontrar lacunas no depoimento com olhos e ouvidos bem atentos. De vez em quando, um deles saía e voltava depois de uns cinco ou seis minutos. Eram persistentes.

Às oito horas, o interrogatório passou a ser feito por Intelectual e não mais por Pescador. Este último parecia estar com o braço cansado e, em pé, ficava se espichando, balançando as mãos e alongando o pescoço. Depois acendeu outro cigarro. Intelectual também fumou um antes de recomeçar as perguntas. Numa sala mal ventilada, a fumaça tomava conta do ambiente.

Comida pronta e fumaça de cigarro... Dava vontade de sair dali para respirar ar puro.

Pedi para ir ao banheiro. Intelectual disse que ficava à direita, saindo pela porta e, no final do corredor, à esquerda. Urinei bem devagar, respirei bem fundo e retornei. Respirar fundo no banheiro era algo estranho e, na realidade, nada agradável. Mas quando pensei no assassinato de May, percebi que não estava em situação de exigir nada. Pelo menos, eu estava vivo. Pelo menos, estava respirando.

Quando voltei do banheiro, Intelectual prosseguiu o interrogatório. Ele quis saber detalhadamente sobre a pessoa que havia me telefonado naquela noite. Qual era a nossa relação. Qual o trabalho que nos ligava. O que ela queria naquele telefonema. Por que não retornei logo a ligação. Por que estava de folga e há quanto tempo. Se eu tinha reservas financeiras para tanto. Se eu fazia declaração de imposto de renda e outros detalhes. Da mesma forma que Pescador, ele também registrava detalhadamente no formulário tudo o que eu respondia com uma bonita letra cursiva. Eu não conseguia acreditar que eles achavam possível esse procedimento resultar em alguma coisa. Para eles, talvez esse ato fosse tão rotineiro que nem sequer dava margem a uma reflexão. Bem kafkiano. Talvez eles continuassem esse longo e despropositado trabalho burocrático só para me deixar cansado e tentar arrancar a verdade de mim. Se fosse para isso, estavam alcançando seus objetivos. Fiquei exausto, enfastiado e passei a responder fielmente a todas as perguntas. Queria acabar logo com tudo aquilo, a qualquer custo.

Mas o trabalho não terminou nem às onze horas. Não mostrava sequer o menor indício de que terminaria. Às dez, Pescador saiu da sala, e às onze voltou. Parecia ter tirado um cochilo, pois seus olhos estavam vermelhos. Checou o depoimento escrito durante a sua ausência. Depois, fez a troca com Intelectual. Intelectual trouxe três cafés. Era café instantâneo. Tinha até açúcar e creme. Comida pronta.

Eu já estava cheio.

Às dez e meia, havia declarado que estava cansado, com sono e não conseguiria falar mais nada.

— E agora, o que eu faço? — perguntou Intelectual, cruzando e estalando os dedos num ruído seco, como se realmente não soubesse o que fazer. — Há uma urgência muito grande nisso e é muito importante para a investigação. É uma pena, mas, se fosse possível, gostaria que se esforçasse mais um pouco até que conseguíssemos terminar tudo.

— Ninguém consideraria essas perguntas importantes — comentei. — Para ser franco, acho que são irrelevantes.

— Acontece que as coisas irrelevantes se tornam extremamente úteis depois. Há muitos casos que se resolveram com coisas irrelevantes. Ao contrário, também há muitos exemplos de arrependimento por negligência de fatos irrelevantes. Seja como for, trata-se de um homicídio, correto? Uma pessoa morreu. Nós também estamos seriamente empenhados. Por favor, aguente e colabore. Para falar a verdade, se eu quiser, posso até pedir autorização para detê-lo como prova substancial. Só que, se fizer isso, teremos mais trabalho para ambos os lados. Concorda comigo? São necessários vários documentos. Não teremos liberdade. Por isso, vamos tornar as coisas mais agradáveis. Se você cooperar, não tomaremos essas providências escabrosas.

— Se está com sono, que tal dormir na sala de repouso? — interferiu Pescador. — Se você se deitar e dormir profundamente, talvez se lembre de algo.

Eu concordei. Podia ser qualquer lugar. Qualquer lugar era melhor que aquela sala esfumaçada.

Pescador levou-me até a sala de repouso. Andamos por um corredor sombrio, descemos escadas mais sombrias ainda e novamente outro corredor. Era um local onde tudo tinha aspecto tenebroso. O que ele chamava de sala de repouso era uma cela de prisão.

— Aqui está mais com jeito de prisão — eu disse com um sorriso extremamente seco. — Isso se não estiver cometendo um equívoco.

— Só temos isso, lamento — desculpou-se Pescador.

— Você está brincando? Vou para casa — disse. — Volto amanhã de manhã.

— Não. Pode deixar que não vamos trancar — garantiu Pescador. — Olha, estou pedindo por favor, aguente pelo menos hoje. Uma cela é o mesmo que um quarto, desde que não esteja trancada, não é mesmo?

Comecei a ficar cansado de ser interrogado sobre tantas coisas. Tanto faz, pensei. De fato, uma cela não passa de um quarto se não estiver trancada. De qualquer forma, eu estava terrivelmente cansado e morto de sono. Não queria falar mais com ninguém. Concordei com a cabeça, entrei sem dizer nada e rolei na cama dura. Era uma sensação pela qual eu ansiava. Um colchão úmido, um cobertor barato e cheiro de banheiro. Sensação de desespero.

— Não vou trancar — assegurou Pescador e encostou a porta. Ela bateu, fazendo um barulho extremamente seco. Com chave ou sem chave, o barulho era seco.

Suspirei e me cobri com o cobertor. Ouvi alguém roncando alto em algum lugar. O ronco parecia vir de um lugar bem distante, mas ao mesmo tempo parecia estar perto. Era um barulho que vazava de infinitas camadas estreitas e intransitáveis da Terra, formadas em algum momento, e que me passara despercebido. Triste, inatingível e real. May, pensei, por falar nisso, na noite anterior tinha pensado em você. Naquela hora, você ainda estava viva ou já estava morta? Não sei ao certo. Seja como for, eu tinha me lembrado de você. De quando dormimos juntos. De quando tirei sua roupa bem devagar. Aquilo foi realmente, como poderia dizer, algo semelhante a uma reunião de ex-colegas de classe. Relaxei como se todos os parafusos do mundo estivessem frouxos. Fazia mesmo muito tempo que não ficava assim. Mas, sabe, May, no momento, nada posso fazer por você. Lamento, mas nada posso fazer. Acho que você sabe, mas todos nós levamos uma vida bastante arriscada. Da minha parte, não posso envolver Gotanda em um escândalo. Ele é um homem que vive no mundo das imagens. Se vazar a notícia de que ele dormiu com uma prostituta e que foi chamado para depor num caso de homicídio, esse mundo das imagens será abalado. Ele será excluído dos programas e também dos comerciais. Se disser que isso é tolice, é mesmo. É uma imagem tola e um mundo tolo. Mas ele confiou em mim como um amigo. Por isso também o trato como tal. É questão de confiança e lealdade. May, Ovelhinha Selvagem May. Passei momentos felizes com você. Foi muito divertido dormir com você. Parecia um conto de fadas. Não sei se vai lhe servir de consolo, mas vou me lembrar para sempre de você. Nós dois ficamos limpando neve até de manhã. Fazendo uma limpeza sexual de neve. No mundo das imagens, nós nos abraçamos gerando despesas para abater do imposto de renda. Ursinho Pooh e Ovelhinha May. Deve ter sofrido muito ao ser estrangulada. Você ainda não queria morrer, queria? Provavelmente não. Mas nada posso fazer por você. Não sei se estou agindo certo, mas não tenho outra saída. Esse é o meu modo de viver. É o sistema. Por isso, vou fechar a boca e me calar. Bons sonhos, Ovelhinha May... Pelo menos, você não terá mais que abrir os olhos. Não terá mais que morrer.

Boa noite, eu disse.

Bo-a-noi-te, ecoou o meu pensamento.

Cu-co, disse May.

22

No dia seguinte, as coisas praticamente se repetiram. De manhã, nós três nos reunimos de novo na mesma sala, em silêncio, tomamos um café horrível e comemos pão. Era um croissant até que gostoso. Em seguida, Intelectual me emprestou um barbeador elétrico. Não gostava muito de barbeadores elétricos, mas me resignei e fiz a barba com ele. Como não tinha escova de dentes, fiz bastante bochecho. Então, recomeçaram as perguntas. Perguntas irrelevantes e sem sentido. Interrogatório de acordo com a lei. Isso prosseguiu lentamente, como o movimento de uma lesma carregando sua concha. Eles me bombardearam com perguntas até a hora do almoço, quando enfim parecia que a fonte das indagações estava se esgotando.

— Bem, acho que isso é tudo — disse Pescador, colocando a caneta sobre a mesa.

Os dois investigadores suspiraram ao mesmo tempo, como se tivessem combinado. Eu também suspirei. Achei que talvez eles estivessem tentando ganhar tempo mantendo-me preso na delegacia. Independentemente de eu ter um álibi ou não, mesmo que meu cartão estivesse na carteira da garota morta, eles não tinham o direito de expedir um mandado de prisão. Era por isso que eles me mantinham retido nesse labirinto kafkiano imbecil. Provavelmente eles aguardavam os resultados dos exames das impressões digitais e da necropsia para se certificarem de que eu era ou não o criminoso. Que conversa mais tola.

Seja como for, as perguntas também haviam terminado. Eu voltaria para casa. Entraria na banheira, escovaria os dentes e faria uma barba bem-feita. Tomaria um café e faria uma refeição decente.

— Bem... — disse Pescador, alongando o corpo e dando umas batidinhas nos quadris. — Vamos almoçar?

— Se o interrogatório terminou, vou para casa — falei.

— Isso não poderemos permitir — disse Pescador, bastante sem jeito.

— Por quê? — perguntei.

— Precisamos que assine o depoimento.

— Sem problemas. Eu assino.

— Antes, leia e verifique se não há nenhum erro no conteúdo. Linha por linha, com cuidado, pois é muito importante.

Eu li com muita atenção aquelas trinta ou quarenta folhas de papel carta totalmente preenchidas. Fiquei pensando se, depois de uns cem anos, esse tipo de texto não teria valor documental como registro dos costumes de um povo. Era minucioso a ponto de ser considerado doentio. Quem sabe um dia isso será útil a algum pesquisador? O registro da vida de um homem solteiro de trinta e quatro anos que vive na cidade. Posso não ser considerado um homem-padrão, mas não deixo de ser fruto de uma geração. No entanto, ler aquele depoimento naquela sala de investigação me deixava muito entediado. Levei uns quinze minutos para ler tudo. Bem... mas isso é tudo, pensei. Basta terminar de ler, assinar e ir para casa. Assim que acabei de ler os papéis, dei leves batidinhas na mesa para agrupá-los.

— Está bem — eu disse. — Está ótimo! Não há discordância quanto ao conteúdo. Eu assino. Onde devo assinar?

Pescador olhou para Intelectual enquanto girava a caneta esferográfica entre os dedos. Intelectual pegou o maço de Hope que estava sobre o aquecedor, tirou um cigarro, colocou-o na boca, acendeu, enrugou a testa e ficou olhando a fumaça subir. Não sei por quê, mas nesse momento tive um pressentimento ruim. Era como se um cavalo estivesse para morrer e ouvisse o som de um tambor ecoando bem longe.

— Não é tão simples assim — disse Intelectual pausadamente. Seu jeito de falar era bastante contido, como se fosse explicar algo muito difícil para um novato. — Esse tipo de documento tem de ser manuscrito.

— Manuscrito?

— Em suma, é preciso reescrever tudo. Você precisa reescrevê-lo com sua letra. Caso contrário, não tem efeito legal.

Olhei para aquela pilha de papéis. Não tinha sequer forças para me irritar. Queria sentir raiva. Gritar e dizer que aquilo estava errado. Queria esmurrar a mesa, dizer que eles não tinham o direito de fazer aquilo e que eu era um cidadão protegido pelas leis. Queria me levantar e ir embora. Sabia que, na verdade, eles não tinham o direito de me reter. Mas eu estava cansado demais. Estava cansado e não queria fazer mais nada. Não queria alegar mais nada. Em vez de alegar alguma coisa, achei melhor fazer tudo do jeito deles. Eu *estava fraco. Estava cansado e fraco.* Eu não era assim. Antigamente eu conseguia me irritar. Agora, já não me incomodava com comida pronta, fumaça de cigarro, barbeador elétrico... não me incomodava com nada. Fiquei velho. Estava debilitado.

— Não quero! — eu disse. — Estou cansado. Vou para casa. Tenho o direito de ir para casa. Ninguém pode me deter.

Intelectual soltou uma voz ambígua como se urrasse enquanto bocejava. Pescador, olhando para o teto, batia a ponta da caneta na mesa fazendo tec-tec-tec, tec, tec-tec, tec-tec, tec, em diferentes ritmos.

— Se você continuar falando assim, as coisas vão se complicar, sabia? — avisou Pescador, com a voz rouca. — Está bem. Se é assim, nós vamos solicitar um mandado de prisão. Aceleraremos a sua prisão e continuaremos a investigação. Se isso acontecer, as coisas não serão tão maleáveis. Mas, tudo bem... Assim é até mais fácil de agir, não é mesmo, companheiro?

— É verdade. Assim será até mais fácil de agir. Tudo bem. Vamos solicitar... — disse Intelectual.

— Como quiserem — falei —, mas até que o mandado de prisão seja expedido, sou um cidadão livre. Estarei em casa. Se o mandado sair, podem ir me buscar. Seja como for, irei para casa. Se continuar aqui, ficarei louco.

— Até que saia o mandado de prisão, podemos mantê-lo aqui sob custódia — informou Intelectual. — Há uma lei que prescreve isso.

Pensei em pedir para que trouxessem o Código e mostrassem onde estava essa lei, mas minhas energias se esgotaram. Eu sabia que eles estavam só ameaçando, mas eu estava cansado demais para contestar.

— Entendi — disse resignado. — Vou escrever, mas antes me deixem dar um telefonema.

Pescador passou-me o telefone. Liguei mais uma vez para Yuki.

— Ainda estou na delegacia — falei —, acho que vai demorar até a noite. Por isso não poderei ir aí. Lamento.

— Ainda está aí? — perguntou ela num tom decepcionado.

— Parece bobo! — comentei, antecipando a fala dela.

— Você não é normal, né? — falou Yuki. Existem maneiras e maneiras de se falarem as coisas.

— O que está fazendo agora? — perguntei.

— Nada de especial — respondeu. — Só estou à toa. Deitada, ouvindo música, lendo revistas, comendo doces... esse tipo de coisa.

— Sei — respondi. — De qualquer modo, ligarei quando conseguir sair daqui.

— Seria bom se conseguisse, não? — disse Yuki, com a voz inexpressiva.

Os dois ficaram novamente prestando atenção na minha conversa. Mas, de novo, não tiraram nenhuma vantagem.

— Então! Vamos almoçar? — indagou Pescador.

O almoço foi macarrão de trigo sarraceno. Estava mole a ponto de se despedaçar só de pegá-lo. Lembrava aqueles alimentos líquidos para doentes. Senti um cheiro de doença incurável. Mas, como os dois comiam com muito gosto, eu os imitei. Terminando de comer o macarrão, Intelectual trouxe novamente o chá morno.

A tarde transcorreu pesada como um rio barrento e profundo. Somente o tique-taque do relógio ecoava pela sala. De vez em quando, ouvia-se tocar o telefone na sala ao lado. Eu fiquei o tempo todo escrevendo naqueles papéis. Nesse meio-tempo, os dois investigadores revezavam-se para descansar. De vez em quando, saíam os dois para o corredor e falavam baixinho. Diante da escrivaninha, calado, eu fazia a caneta esferográfica correr sobre o papel. Fiquei copiando aquele texto sem sentido. "Pensando em jantar por volta das seis e quinze, tirei a batata *kon'nyaku* da geladeira..." Puro desperdício. *Estou fragilizado*. Dizia isso para mim mesmo. Estou *muito frágil*. Estou à mercê deles. Não retruco nada.

Mas não é só isso, pensei. De fato estou um pouco fragilizado. Mas o problema maior é que não estou seguro do que estou fazendo. É por isso que não consigo rebater. Será que estou agindo certo mesmo? Em vez de ficar encobrindo Gotanda, eu não deveria confessar e colaborar na investigação? Eu estou mentindo. Mentir — seja qual for a mentira — não é nada agradável. Mesmo que seja para ajudar um amigo. Consigo ouvir minha própria voz. Faça o que fizer, May não irá reviver. Consigo me convencer disso. Mas não consigo rebater. Por isso, continuei a copiar o depoimento sem falar uma única palavra.

Consegui copiar vinte folhas até o anoitecer. Era um trabalho árduo ficar escrevendo ininterruptamente, durante horas a fio, aquelas letras miúdas com uma caneta esferográfica. O pulso vai cansando. O cotovelo começa a pesar. O dedo médio da mão direita começa a doer. A cabeça fica zonza e começo a escrever errado. Ao rasurar, preciso fazer um grifo e colocar a minha impressão digital. Começo a ficar doido.

À noite, comemos comida pronta novamente. Quase não tinha apetite. Ao tomar chá, fiquei com azia. Quando vi minha imagem refletida no espelho do banheiro, fiquei assustado com a minha cara horrível.

— O resultado ainda não saiu? — perguntei a Pescador. — Os resultados das digitais, dos objetos da falecida e da necropsia?

— Ainda não — respondeu ele. — Vai levar mais algum tempo.

Levei até as dez da noite para escrever com muito custo mais cinco folhas, mas esse era o limite da minha capacidade. Achei que não conseguiria escrever mais nenhuma palavra. Disse isso a eles. Pescador levou-me novamente para a cela. Dormi profundamente. Já não me importava mais em não poder escovar os dentes, nem trocar de roupa.

Pela manhã, novamente fiz a barba com o barbeador elétrico, tomei café e comi um croissant. Pensei, então, que só restavam mais cinco folhas. Escrevi essas cinco folhas em duas horas. Em seguida, assinei cada uma delas com cuidado e coloquei a minha impressão digital. Intelectual fez a checagem.

— Agora serei liberado? — perguntei.

— Falta só responder mais algumas perguntas e poderá ir embora — disse Intelectual. — Pode ficar despreocupado. São perguntas simples. É que me lembrei de algo para complementar.

Suspirei. — Depois vou ter que documentar isso também, não é? Obviamente...

— Obviamente — respondeu Intelectual. — Infelizmente, repartição pública é assim. Os documentos são tudo. Se não houver documentos e selo, é o mesmo que não haver nada.

Segurei as têmporas com as pontas dos dedos. Senti como se algum objeto estranho estivesse dentro delas. Era como se algo tivesse se instalado e começasse a crescer. Já não era mais possível retirá-lo. Já era tarde. Se fosse um pouco antes, talvez tivesse sido possível retirá-lo com facilidade. Que pena!

— Não se preocupe. Não vai tomar tanto tempo. Terminará logo.

Quando eu estava respondendo às novas perguntas irrelevantes, já no limite de minhas forças, Pescador voltou para a sala e chamou Intelectual. Em seguida, cochicharam entre si por um longo tempo. Enquanto isso, eu me recostei o máximo que podia na cadeira, levantei a cabeça e fiquei observando o bolor preto grudado como uma mancha no canto do teto da sala. O bolor parecia os pelos pubianos da foto do cadáver. A partir dele, acompanhando uma rachadura, desciam pequenas marcas como se fosse uma pintura de afresco. Senti que aquele bolor continha todos os odores corporais e o suor das inúmeras pessoas que já passaram por ali. Tudo isso formou aquele bolor escuro durante dezenas de anos. Dei-me conta, então, de que fazia muito tempo que não via a paisagem externa e nem ouvia música. Que lugar horroroso. Ali, as pessoas utilizavam-se de diversos métodos para massacrar o ego, o sentimento, o orgulho e a crença dos seres humanos. Torturam-nos psicologicamente para não deixar feridas visíveis aos olhos, arrastam-nos pelos labirintos burocráticos que se parecem com um formigueiro e aproveitam-se ao máximo das nossas inseguranças humanas. Afastam-nos da luz do sol e fazem-nos comer comida pronta. Fazem-nos suar um suor indesejado. Assim nasce o bolor.

Deixei as duas mãos alinhadas sobre a mesa e, de olhos fechados, lembrei-me das ruas de Sapporo cobertas de neve, do gigantesco Dolphin Hotel e da recepcionista. O que estaria ela fazendo agora? Será que estaria na recepção exibindo aquele seu reluzente sorriso comercial? Fiquei com vontade de telefonar dali mesmo para falar com ela. Queria falar bobagem. Mas eu nem sabia o seu nome. *Nem sequer sei o seu nome.* Nem há como telefonar. Achei que era uma garota charmosa. Aquele seu jeito enquanto trabalhava era maravilhoso. A fada do hotel. Ela gosta de trabalhar em hotéis. É diferente de mim. Nunca senti prazer em trabalhar. Eu faço meu serviço com perfeição, mas nunca o amei. Ela ama o seu e, quando está distante dele, fica insegura. Parece instável e vulnerável. Se eu quisesse dormir com ela naquela ocasião, poderia ter dormido. Mas não o fiz.

Queria falar com ela mais uma vez.

Antes que alguém a matasse.

Enquanto ela não desaparecesse em algum lugar.

23

Finalmente os dois investigadores retornaram para a sala, mas dessa vez nenhum deles se sentou. Eu permanecia um tanto atordoado e continuava a observar o mofo da parede.

— Você já pode ir embora — comunicou Pescador friamente. — Muito obrigado pela sua cooperação — acrescentou.

— Posso ir embora? — perguntei, um tanto perplexo.

— Já terminamos o interrogatório. Acabou — disse Intelectual.

— As circunstâncias mudaram — acrescentou Pescador. — Não podemos mais mantê-lo aqui. Por isso pode ir embora. Obrigado.

Vesti a jaqueta impregnada de fumaça de cigarro e levantei-me da cadeira. Não sabia exatamente o que estava acontecendo, mas tive uma intuição de que o melhor era ir embora dali antes que eles mudassem de ideia. Intelectual me acompanhou até a saída.

— Sabe de uma coisa? Já sabíamos desde ontem à noite que você era inocente — esclareceu ele. — Não encontramos nenhuma ligação com você a partir dos resultados do exame e da necropsia. O grupo sanguíneo do esperma encontrado nela não bate com o seu. Não encontramos também suas impressões digitais. Mas você estava escondendo algo, não é mesmo? É por isso que mantivemos você aqui. Queríamos espremê-lo um pouquinho até confessar. A gente sabe que você está escondendo alguma coisa. É uma intuição. Uma intuição profissional. Você deve ter alguma noção de quem era aquela mulher, não é mesmo? Mas, por algum motivo, está escondendo isso. Não devia fazer tal coisa, entende? Nós não costumamos ser bonzinhos. Somos profissionais. Afinal, uma pessoa perdeu a vida.

— Desculpe-me, mas não entendo o que está querendo dizer — disse.

— Talvez a gente chame você novamente — comentou ele, tirando do bolso um fósforo que usava para empurrar a cutícula da unha. — Se isso acontecer, pode ter certeza de que nós não vamos dar mole, viu? Da próxima vez, vamos fazer de um jeito que nem vai adiantar vir com advogado...

— Advogado? — perguntei-lhe.

Mas, enquanto eu fazia essa pergunta, ele já adentrava o prédio. Chamei um táxi e fui para casa. Enchi a banheira e afundei meu corpo nela. Escovei os dentes, fiz a barba e lavei os cabelos. Todo o meu corpo estava impregnado com cheiro de cigarro. Que lugar lastimável, pensei. Parecia um ninho de cobras.

Depois do banho, cozinhei uma couve-flor. Ao som da Count Basie Orchestra, acompanhando Arthur Prysock, comi a couve-flor tomando uma cerveja. Sem sombra de dúvida, um disco maravilhoso. Comprei há dezesseis anos. Foi em 1967. Desde então ouço esse disco. Nunca enjoo.

Dormi um pouco. Foi tão rápido como ir a algum lugar bem próximo, virar à direita e retornar. Foi questão de uns trinta minutos. Quando despertei e olhei para o relógio, ainda era uma hora da tarde. Coloquei meu calção de banho e minha toalha numa mochila e rumei com o meu Subaru para a piscina coberta do bairro de Sendagaya. Nadei ininterruptamente por uma hora. Aí, sim, senti que era gente de novo. Comecei a sentir fome. Fiz uma tentativa de ligar para Yuki. Ela estava em casa. Disse-lhe que finalmente tinha conseguido sair da delegacia. — Que bom — comentou ela, um tanto animada. Perguntei-lhe se já havia almoçado. — Não — respondeu ela —, havia comido somente duas carolinas de chantilly. Reprimi-lhe, dizendo que ela continuava a comer besteiras e que iria buscá-la para comermos algo decente. Ela concordou.

Dirigindo o Subaru, passei em frente ao jardim do santuário Meiji, pelas alamedas arborizadas de fronte ao Museu de Arte, pela Aoyama-Itchome e saí em frente ao templo Nogi. Os tons da primavera se condensavam dia a dia. Parecia que durante os dois dias que fiquei na delegacia de polícia de Akasaka a brisa tinha ficado mais amena, as folhas das árvores estavam bem mais verdes e os raios do sol mais brandos e agradáveis. Até mesmo o barulho da cidade me soava simpático como o trompete de Art Farmer. O mundo era belo e eu estava com fome. Aquela aflição disforme que se alojava no fundo de minhas têmporas tinha sumido como num passe de mágica.

Yuki desceu correndo assim que apertei a campainha à entrada do prédio. Ela vestia um agasalho com estampa David Bowie e uma jaqueta de couro marrom. Levava uma bolsa a tiracolo de lona com buttons do Stray Cats, Steely Dan e Culture Club. Era uma combinação estranha, mas para ela isso não devia ter nenhuma importância.

— Foi divertido ficar na delegacia? — perguntou.

— Foi horrível! — respondi. — Tão horrível quanto a música do Boy George.

— Ah é? — indagou num tom insensível.

— Da próxima vez vou lhe comprar um button de um tal de Elvis Presley. Que tal você trocar? — propus a ela, apontando o do Culture Club preso à sua bolsa.

— Você é esquisito! — comentou. Há muitas maneiras de se expressar.

Levei-a a um bom local para comer um sanduíche de rosbife no pão de trigo integral, acompanhado de uma salada de verduras e leite fresco. Eu pedi o mesmo e tomei um café. Era um sanduíche delicioso. O molho era muito saboroso, a carne era tenra e usavam a autêntica mostarda picante. Um sabor inigualável. É isso que se chama refeição.

— E agora, para onde vamos? — perguntei para Yuki.

— Tsujido — respondeu.

— Tudo bem, vamos para Tsujido. Mas, afinal, por que ir para lá?

— Porque é onde meu pai mora — explicou Yuki. — Ele quer se encontrar com você.

— Comigo?

— Ele não é uma pessoa tão ruim assim...

Fiz que não com a cabeça enquanto tomava minha segunda xícara de café. — Não disse que ele era uma pessoa ruim. Mas por que seu pai iria querer se encontrar comigo? Você falou para ele a meu respeito?

— Falei. Eu é que telefonei para ele. Falei que você me trouxe de Hokkaido, e agora estava em apuros, pois tinha sido levado para a delegacia e não queriam soltar você. Então papai entrou em contato com um advogado conhecido e pediu que ele contatasse a delegacia para saber a seu respeito. Ele tem muitos conhecidos. É uma pessoa muito prática.

— Estou vendo — concordei. — Então, foi isso...

— Foi útil, não foi?

— Muito útil. Sem sombra de dúvida!

— Papai estava comentando que os policiais não tinham o direito de segurá-lo lá. Se você quisesse, poderia ter ido embora a qualquer momento. Isso, legalmente.

— Eu sabia disso... — disse a ela.

— Então... por que você não voltou para casa? Podia dizer simplesmente que você ia embora...

— É uma questão complexa — ponderei depois de pensar sobre isso. — Vai ver que eu estava me punindo.

— Você não é uma pessoa normal, né? — disse ela, apoiando o queixo com as mãos.

Há muitas maneiras de se expressar.

Entramos no Subaru e fomos para Tsujido. Como já era final de tarde, as ruas estavam vazias. Ela tirou de sua bolsa diversas fitas. Tinha desde "Exodus", de Bob Marley, até mesmo "Mister Roboto", do Styx. Eram vários estilos de música que tocavam no carro. Havia algumas interessantes e outras horripilantes. Mas isso é como uma paisagem. Vai passando... Yuki quase não falou nada, ficou recostada no banco apenas ouvindo música. Tirou os óculos escuros do porta-luvas e os colocou. Durante o trajeto, fumou um Virginia Slims. Eu também estava quieto, concentrando-me ao volante. Trocava as marchas do carro com desenvoltura, olhando para a estrada que se estendia à minha frente, e conferia todas as sinalizações de trânsito com muita atenção.

Às vezes, sentia inveja dela. Tinha inveja dos seus treze anos. Tudo, aos seus olhos, devia ser novidade. A música, a paisagem, as pessoas... O que ela vê deve ser muito diferente do que eu vejo, pensei. Eu mesmo já fui assim no passado. Nos meus treze anos, o mundo era muito mais simples. O esforço era algo a ser recompensado, as palavras eram compromissos e a beleza era algo que se podia preservar. No entanto, nos meus treze anos eu não era um menino tão feliz. Gostava de ficar só e, quando assim estava, sabia que podia confiar em mim, mas é óbvio que quase nunca eu podia ficar sozinho. Estava preso entre duas espécies de estruturas rígidas chamadas família e escola, e isso me perturbava. Foi um ano de inquietação. Estava apaixonado por uma garota e, é claro, não deu certo. Isso porque eu mesmo desconhecia o que era paixão. Eu não conseguia sequer conversar direito com ela. Fui um garoto tímido e desengonçado. Tentei desafiar, com protestos, o ponto de vista imposto pelos meus professores e por meus pais, mas não consegui colocar em palavras esse meu protesto. Nada que eu fazia dava certo. Eu era exatamente o oposto de Gotanda, que sempre se dava bem em tudo. Apesar disso, ainda conseguia enxergar o lado original das coisas. E isso era maravilhoso. O cheiro tinha realmente cheiro, as lágrimas eram realmente quentes, as garotas eram lindas como um sonho e o rock'n' roll era eternamente rock'n' roll. O escuro do cinema era reconfortante e íntimo, as noites de verão eram profundas e sedutoras. Eu passei os meus dias de inquietação com música, cinema e livros. Passei os dias decorando a música de Sam Cooke e Ricky Nelson. Construí meu próprio mundo e vivia nele. Esse era eu aos treze anos. Estudei no mesmo laboratório de ciências com Gotanda. Ele riscava o fósforo e elegantemente acendia o bico de Bunsen sob os olhares apaixonados das garotas.

Por que ele teria motivos para me invejar?

Não entendo.

— Yuki, você não quer me falar sobre o homem vestido com pele de carneiro? Onde você o encontrou? Como sabe que eu já havia me encontrado com ele?

Ela virou o rosto na minha direção, tirou os óculos escuros e guardou-os no porta-luvas. Encolheu os ombros. — Antes disso, você me responde uma coisa?

— Claro! — respondi.

Depois de cantarolar por um tempo a música melancólica e patética do Phil Collins, como naquelas manhãs de ressaca, ela pegou novamente os óculos escuros e ficou mexendo nas hastes. — Sabe... aquilo que certa vez você me disse em Hokkaido? Que eu era a garota mais bonita de todas com as quais você já tinha saído?

— Foi isso mesmo que eu disse — confirmei.

— Aquilo era verdade? Ou era apenas para me bajular? Queria que você falasse a verdade.

— É verdade! Não estou mentindo... — reconfirmei.

— Com quantas pessoas você saiu até hoje?

— Nunca contei.

— Umas duzentas?

— Que loucura! — retruquei, rindo. — Não sou tão popular assim. Não que eu também não tenha nenhuma popularidade, mas digamos que eu sou mais do tipo reservado. Não tenho uma vida social agitada, nem muitos relacionamentos. Acho que devo ter saído com mais ou menos quinze pessoas...

— Só isso?

— É uma vida lamentável — eu disse. — Escura, úmida e apertada.

— Limitada — acrescentou Yuki.

Confirmei com a cabeça.

Ela tentou pensar um pouco mais sobre essa vida limitada. Mas acho que não conseguiu entender muito bem. Era muito nova. — Quinze pessoas — repetiu ela.

— Mais ou menos — falei. Resolvi então relembrar mais uma vez os meus trinta e quatro anos de vida. — É mais ou menos isso. Mesmo que seja mais, acho que não passaria de vinte pessoas.

— Vinte? — indagou Yuki, já um tanto conformada. — Então quer dizer que sou a mais bonita dessas vinte pessoas?

— É isso — confirmei.

— Você não saía muito com garotas bonitas? — perguntou ela, acendendo logo em seguida seu segundo cigarro. Eu avistei um policial no semáforo e, por isso, tirei o cigarro dela e joguei-o pela janela.

— Saí com algumas mulheres muito bonitas — expliquei. — Mas você é muito mais bonita. Não estou mentindo. Não sei se você vai compreender o que vou dizer, mas é que o seu tipo de beleza é algo singular, uma beleza autêntica. É totalmente diferente de outras garotas. Mas, por favor, não fume mais dentro do carro. Você pode ser vista pelo lado de fora e, além do mais, o carro vai ficar fedendo. Como eu já lhe disse antes, uma garota que fuma muito desde pequena vai ter menstruação irregular quando crescer.

— Que tolice! — exclamou Yuki.

— Conte-me sobre o homem que vestia o casaco de pele de carneiro.

— Você quer dizer sobre o homem-carneiro?

— Como é que você sabe esse nome?

— Foi você quem disse... outro dia, no telefone... você disse *homem-carneiro*...

— Ah, foi, é?

— Foi — confirmou.

As ruas estavam congestionadas e eu tinha que ficar esperando pelo menos dois ciclos do semáforo.

— Fale-me sobre o homem-carneiro. Onde foi que você se encontrou com ele?

Yuki encolheu os ombros. — Eu não me encontrei exatamente com ele. Apenas tive um pensamento sobre isso ao ver você — disse ela, enrolando os cabelos finos e retos no dedo. — Tive essa impressão. Parecia que havia um homem vestindo um casaco de pele de carneiro. Tive esse pressentimento. Toda vez que via você naquele hotel, eu sentia isso. É por isso que resolvi falar. Não que eu saiba algo a esse respeito...

Enquanto esperava abrir o sinal, fiquei refletindo sobre isso. Havia a necessidade de pensar, de apertar os parafusos do cérebro. A-per-tar...

— O que você quer dizer com "pensei"... — perguntei para Yuki. — Quer dizer que você pensou ter visto uma imagem que seria a do homem-carneiro?

— Não saberia explicar — disse ela. — Como poderei dizer... A imagem desse homem-carneiro não é algo assim... que se possa dizer... nítida. Será que você me entende? É algo assim como se... o sentimento ou a emoção da pessoa que o viu fosse transmitido pelo ar. É algo que não se pode ver, invisível, mas eu o sinto, entretanto não consigo dar uma forma nítida a isso. É algo que *parece ter forma*. Se eu conseguisse mostrar isso a alguém, esse alguém não conseguiria entender nada. Quer dizer que essa forma só tem sentido para mim. Ah, eu não consigo explicar direito... Pareço uma idiota. Você está entendendo?

— Vagamente — respondi com sinceridade.

Yuki franziu a testa enquanto mordia a haste dos óculos.

— Ou seja, veja se é isto — tentei explicar: — Você consegue sentir e depois projetar simbolicamente como num sonho um tipo de sentimento ou uma concepção que existe em mim ou que está preso à minha existência?

— Concepção?

— Um pensamento concentrado, forte.

— É. Acho que é isso. Um pensamento forte... Mas não é só. Existe uma coisa que faz existir esse pensamento forte. Esse algo muito forte. Será que se pode dizer que é uma força que constrói o pensamento? Se existe algo assim, eu consigo sentir. Acho que é uma vibração. É isso que acabo vendo do meu jeito. Não é como sonho. É um *sonho vazio*. É, é isso mesmo! Um sonho vazio. Nele, não existe ninguém. Não há formas. É como mexer no botão de contraste de cor da televisão. Sabe quando a gente coloca na intensidade máxima, bem escura e depois na intensidade mínima, bem clara? É como se fosse assim... não se vê nada, mas tem gente lá, não é mesmo? Quando a gente espreme bem os olhos para ver? É isso que *sinto*. Quem está lá é uma pessoa que veste uma pele de carneiro. Não é uma pessoa ruim. Ou melhor, nem sequer é uma pessoa. Ele não é uma coisa ruim, mas não pode ser visto. É como aqueles desenhos de traços invisíveis de tinta, não se vê, mas sei que ele está lá. É algo que não se pode ver, mas se vê. É uma forma sem forma. — Ela estalou a língua e acrescentou: — Que explicação horrível!

— Não, não é horrível. Você está explicando muito bem.

— Verdade?

— Verdade — respondi. — Acho que entendo o que você está querendo dizer. O problema é que demoro um pouco até absorver tudo isso.

Assim que saímos da cidade e chegamos à praia de Tsujido, parei o carro num estacionamento, numa vaga demarcada com linhas brancas ao lado de um bosque de pinheiros. Quase não se viam carros. — Vamos andar um pouco? — convidou Yuki. Era uma tarde gostosa de abril. Quase não ventava e a maré estava calma. Parecia que lá do alto-mar alguém esticava um lençol delicadamente, formando pequenas ondas que iam e vinham. Eram calmas e regulares. Já conformados, os surfistas estavam na areia e, ainda com as roupas de surfe, fumavam sentados. A fumaça branca da fogueira que queimava o lixo subia em linha reta para o céu e, à esquerda, podia-se ver vagamente, como que envolta em uma névoa, a ilha de Enoshima, que parecia mais uma miragem. Um enorme cachorro preto, cara de cismado, dava umas corridinhas da direita para a esquerda na orla da praia. No alto-mar, alguns barcos de pesca flutuavam e, no céu, como um redemoinho branco, um bando de gaivotas voava silenciosamente. Senti o ar de primavera no mar.

Nós caminhamos pelo calçadão da praia. Enquanto andávamos tranquilamente em direção a Fujisawa, cruzamos com algumas estudantes do segundo grau que faziam cooper ou andavam de bicicleta. Num determinado momento, sentamos na areia da praia e contemplamos o mar.

— Você sempre sente algo assim? — perguntei.

— Não é tão constante — disse Yuki. — Só às vezes sinto isso. Não há tantas pessoas assim que sentem isso. Só algumas. Mas eu tento evitar sentir esse tipo de coisa. Mesmo que eu sinta algo, procuro não pensar nisso. Quando percebo que vou sentir alguma coisa, eu logo me fecho. É que dá para perceber quando eu vou sentir algo. Se eu me fecho, não chego a sentir profundamente. É como fechar os olhos. Eu bloqueio os sentidos. Assim não vejo nada. Sei que existe algo, mas não vejo. Se me mantiver assim, as coisas passam sem que eu precise vê-las. É como fechar os olhos nas cenas do filme que dão medo. Você fica quietinha, de olhos fechados, esperando aquela cena passar...

— Por que você se fecha?

— Porque não gosto de sentir isso — disse ela. — Antigamente, quando era menor, eu não me fechava. Na escola, quando eu sentia algo, logo eu falava. Mas quando eu falava, todos sentiam um mal-estar. Por exemplo, se eu sabia que alguém ia se machucar e falava para um amiguinho: aquela pessoa vai se machucar, e realmente ela se machucava. Após algumas ocorrências desse tipo, todos começaram a me tratar como se eu fosse um monstro. Cheguei até mesmo a ser apelidada de "Assombração". Fiquei com essa reputação e isso me feriu muito. Então, depois disso, nunca mais falei nada. Não digo nada para ninguém. Quando parece que vou ver ou sentir que algo vai acontecer, fecho-me rapidamente.

— Mas comigo você não se fechou, não é mesmo?

Ela encolheu os ombros. — Foi muito de repente. Não tive tempo de me precaver. De repente, surgiu algo como uma imagem. Foi na primeira vez que o encontrei. Foi naquele bar do hotel. Eu estava ouvindo música, ouvindo rock... podia ser qualquer música, como Duran Duran ou David Bowie... hmm, quando estamos concentrados ouvindo música, baixamos a guarda, não é mesmo? Relaxamos... É por isso que gosto de música.

— Será que você é clarividente? — indaguei. — Sabe, isso de você saber que alguém vai se machucar ou coisas desse tipo...

— Será? Eu acho que é uma coisa um pouco diferente. Não acho que seja clarividência. Apenas consigo captar e sentir o que existe. Mas, como eu poderia dizer... bem... existe um tipo de clima para que isso venha a ocorrer, não é mesmo? Você me entende? Por exemplo, uma pessoa que se fere usando uma arma costuma ter um ar de negligência ou um ar de confiança demasiada, não é mesmo? Fica toda alegre e abusada. Essas ondas de sentimentos é que eu consigo perceber com extrema sensibilidade. Essas ondas de sentimentos é que se transformam em massa de ar, e é aí que sinto o perigo. Nisso, surge algo como um sonho vazio. Quando isso aparece... a coisa acontece. Não é clarividência. É algo bem mais vago, mas ocorre. Posso ver, mas não digo nada. Se eu disser, todos irão me chamar de Assombração. Apenas observo. Aquela pessoa ali irá se queimar... então, ela se queima. Mas eu não posso falar nada. Isso não é horrível? Eu mesma fico triste. Por isso, me fecho. Se me fecho, tudo acaba sem eu ficar chateada.

Ela ficou um bom tempo brincando com as mãos na areia.

— Existe mesmo um homem-carneiro?

— Existe, sim, dentro daquele hotel. Existe um lugar naquele hotel onde ele vive. Dentro daquele hotel existe um outro hotel. Ele fica num local que normalmente não pode ser visto. Mas ele foi deixado lá. Foi deixado lá por minha causa, porque aquele lugar é para mim. Ele vive nesse lugar e faz as ligações entre mim e diversas coisas. Como esse lugar existe para mim, o homem-carneiro trabalha por minha causa. Se ele não existisse, eu não conseguiria fazer as ligações das coisas de modo satisfatório. É ele quem administra tudo. É como um operador de ligações telefônicas.

— Ligar?

— É. Eu conquisto algo. Penso em ligá-lo a alguma coisa. É ele quem faz a ligação.

— Não estou entendendo.

Assim como Yuki, eu também comecei a pegar a areia nas mãos e deixá-la escorrer por entre os dedos.

— Eu também não estou entendendo muito bem. Mas foi o homem-carneiro quem me explicou isso.

— Faz tempo que o homem-carneiro existe?

Confirmei que sim com a cabeça. — Ele existe há muito tempo. Desde quando eu era criança. Eu sempre senti alguma coisa a esse respeito. Sempre desconfiei que havia algo. Mas a forma nítida de homem-carneiro é coisa recente. O homem-carneiro foi tomando forma aos poucos, de acordo com o jeito do mundo em que está vivendo. Isso se deu conforme eu fui ficando mais velho. Por que será? Eu também não entendo. Talvez porque tivesse de ser assim. Com o passar dos anos, fui perdendo muitas coisas e por isso surgiu essa necessidade. Para que eu possa continuar a viver, tornou-se fundamental uma ajuda desse tipo. Mas, mesmo para mim, é algo confuso. Pode ser que haja alguma razão. Venho pensando há muito tempo sobre isso. Mas ainda não consegui entender. Pareço um idiota.

— Você contou isso para mais alguém?

— Não, nunca. Mesmo que eu o fizesse, com certeza ninguém acreditaria em mim, não é mesmo? Ninguém entenderia. Ainda mais que eu não conseguiria explicar direito. Você foi a primeira pessoa a quem revelei isso. Senti que podia falar sobre isso com você.

— Você também foi a primeira pessoa a quem contei direitinho sobre isso. Sempre mantive silêncio. Papai e mamãe sabem alguma coisa, mas não que eu tenha contado a eles. Desde pequena já sabia que não deveria ficar falando sobre essas coisas. Era algo instintivo.

— Que bom ter compartilhado isso com você — eu disse.

— Você também pertence ao *Clube dos Fantasmas*, né? — comentou Yuki, mexendo na areia.

Enquanto caminhávamos de volta para o carro, Yuki falou-me sobre a escola. O quanto era cruel.

— Não vou à escola desde as férias de verão — disse ela. — Isso não quer dizer que eu não goste de estudar. Apenas detesto aquele lugar. Não consegui aguentar mais. Quando vou à escola, passo tão mal que chego a vomitar. Eu vomitava todos os dias. Se vomito, as pessoas acabam me maltratando, também por isso. Todos me maltratam. Até mesmo os professores...

— Se eu fosse seu coleguinha de escola, jamais maltrataria uma menina tão linda!

Yuki ficou um bom tempo observando o mar. — Mas... não seria o contrário? Não seria o fato de eu ser bonita o motivo para ser maltratada? Ainda mais que eu sou filha de gente famosa. É uma faca de dois gumes: ou te tratam muito bem, ou muito mal. Eu sou exatamente o segundo caso. Eu não consigo me dar bem com as pessoas. Estou sempre tensa. Sabe, né... eu sempre preciso estar preparada para me fechar, não é mesmo? Ninguém sabe nada sobre isso. Ninguém sabe o porquê de eu sempre estar temerosa. Quando fico assim, pareço um pato selvagem. Então eu maltrato. Maltrato de modo repugnante. É tão repugnante que é difícil acreditar. Faço coisas realmente vergonhosas. Coisas que parecem inacreditáveis. Afinal...

Segurei as mãos de Yuki. — Não se preocupe! — eu disse. — Esqueça essas coisas sem importância. Não é preciso ir à escola na marra. Se você não quer ir, não vá. Eu a compreendo. Sei que aquele lugar é odioso. Há pessoas chatas com muita pose. Professores medíocres com pose de muito bons. E, por falar nisso, oitenta por cento dos professores são incapazes ou sádicos... São todos uns estressados e acabam descontando de algum jeito nos alunos. Há muitas regras detalhadas sem nenhum sentido. É um sistema onde se reprime o individualismo e são aqueles idiotas, sem nenhuma imaginação, que tiram as melhores notas. Antigamente era assim. E agora não deve ser diferente. Essas coisas não mudam.

— Você realmente acha isso?

— Claro que sim. Se for para falar sobre a ineficácia da escola, posso falar por pelo menos uma hora sem parar.

— Mas eu estou no ensino obrigatório!

— Isso é uma coisa para as outras pessoas pensarem, não você. Não existe obrigatoriedade de você ir a um local onde todos a agridem. *Realmente não.* Você tem todo o direito de dizer que não quer isso. Fale em alto e bom som: *Não quero isso!*

— Mas... e depois? As coisas continuarão a se repetir indefinidamente?

— Quando eu tinha treze anos, também pensava assim — disse-lhe. — Achava que minha vida ia continuar a ser aquilo mesmo para sempre. Mas não é isso. Dá-se um jeito. Se não der, na hora a gente para e pensa. Quando você crescer um pouco mais, vai se apaixonar. Vão te comprar um sutiã. O modo de ver o mundo também irá mudar.

— Você é um idiota mesmo, né? — disse ela, com um certo ar de indignação. — Quer saber? Hoje em dia todas as garotas de treze anos já têm sutiã, viu? Você não está atrasado pelo menos meio século?

— Ah, é? — respondi.

— A-hã. — E ela reconfirmou: — Você é um idiota, né?

— Acho que você tem razão — admiti.

Sem falar mais nada, ela foi andando à minha frente em direção ao carro.

24

Já havia entardecido quando chegamos à casa do pai de Yuki nas proximidades da praia. Era uma casa antiga, ampla e com excesso de plantas no jardim. Essa área tinha resquícios do tempo em que a região de Shonan era um local de casas de veraneio. Era um lugar calmo e sossegado, com um agradável entardecer de primavera. Cerejeiras repletas de botões espalhavam-se pelo jardim. Assim que elas estivessem em flor, seria a vez de as magnólias começarem a desabrochar. Era possível sentir e apreciar as mudanças das estações com suas combinações de cores e aromas, conforme as tênues mudanças do dia a dia. Ainda existia um lugar assim...

A casa dos Makimura era cercada com muros altos de madeira, e o portão principal era em estilo antigo com telhado em cima. A única coisa que destoava era uma placa nova com letras em tinta preta onde se podia ler nitidamente: Makimura. Apertamos a campainha e após algum tempo apareceu um rapaz alto, de uns vinte e poucos anos, que nos conduziu ao interior da casa. Ele tinha os cabelos curtos e era muito gentil. Sua simpatia estendia-se a Yuki e a mim. A familiaridade com que cumprimentou Yuki dava a entender que a conhecia. Ele se assemelhava a Gotanda quanto ao aspecto asseado e o sorriso simpático, mas sem sombra de dúvida Gotanda superava-o em refinamento. Enquanto nos conduzia ao jardim interno, disse-me que ele era o assistente do professor Makimura.

— Sou motorista, faço os serviços externos, ajudo nas pesquisas, acompanho os jogos de golfe e de majongue, as viagens ao exterior, faço de tudo — explicou ele todo alegre, sem eu ter lhe perguntado nada. — Sou como aqueles "aprendizes" de antigamente, sabe? Aqueles que moravam na casa do mestre prestando tudo quanto é tipo de serviço enquanto aprendiam algum ofício?

— Ah, é? — perguntei.

Yuki parecia querer dizer: — Que idiota! — Mas acabou não dizendo nada. Ela também olha as pessoas antes de falar.

O professor Makimura treinava golfe no jardim dos fundos. Havia uma rede verde presa entre dois troncos de pinheiros e ele dava uma tacada na bola mirando o alvo disposto bem no centro. Ouvi o som do taco de golfe cortando o ar com aquele característico *ryuuuu!* Este é um dos sons que eu mais detesto no mundo. É desprezível e vago. Por que será? É simples... É porque tenho preconceito. Não sei por quê, mas golfe é um esporte que eu detesto.

Assim que nos viu, ele colocou o taco de golfe no chão. Pegou uma toalha e, com delicadeza, enxugou o suor do rosto. — Que bom ter vindo! — disse a Yuki. Ela fez que nem o ouviu, e virando o rosto tirou um chiclete do bolso da jaqueta, desembrulhou e colocou-o na boca, mascando ruidosamente. Depois fez uma bolinha com o papel e jogou-o dentro do vaso de flores que estava perto.

— Que tal dizer ao menos boa-tarde? — sugeriu o professor Makimura.

— Boa tarde — disse Yuki, com a entonação característica de quem era forçada a repetir algo, e, com as mãos no bolso da jaqueta, virou-se e saiu.

— Ei! Traga-me cerveja — pediu rispidamente ao aprendiz.

— Sim, senhor! — respondeu prontamente o aprendiz, e de imediato saiu do jardim. O professor Makimura limpou a garganta e cuspiu no chão. Enxugou novamente o rosto com a toalha e, ignorando a minha presença, ficou durante um bom tempo olhando atentamente o alvo branco da rede. Era como se estivesse sintetizando e refletindo sobre o que aconteceu. Enquanto isso, fiquei observando o musgo da pedra do jardim.

A atmosfera daquele lugar me pareceu um tanto artificial, diria até mesmo ridícula. Não que houvesse algo errado. Longe disso. Mas é que dava a impressão de ser uma paródia. Parecia que cada coisa exercia exatamente o papel que lhe fora atribuído.

O escritor e o aprendiz. Gotanda representaria o papel atribuído a ele de maneira bem mais natural e elegante. Ele consegue fazer tudo bem-feito, mesmo que o roteiro seja ruim.

— Foi você que cuidou de Yuki, não é mesmo? — indagou o professor.

— Cuidei nada! — eu disse. — Apenas pegamos o mesmo avião e voltamos juntos. Não fiz nada. Aliás, eu é que preciso lhe agradecer por ter me tirado da delegacia. Muito obrigado.

— O quê? Ah! Aquilo? Aquilo não foi nada. Com isso, estamos quites. Não se preocupe. Aliás, é raro Yuki me pedir algum favor. Não há com o que se preocupar. Há tempos que eu odeio delegacias. Nos anos 60, eu também fui parar numa. Foi quando Michiko Kanba foi assassinada. Naquela época eu trabalhava no parlamento. Isso foi há muito tempo. Naquele tempo...

Ele se abaixou e pegou o taco de golfe e, ora olhando para o meu rosto, ora para os meus pés, dava leves batidinhas com o taco nas próprias pernas. Parecia que ele procurava encontrar uma relação entre minhas pernas e meu rosto.

— Naqueles tempos a gente sabia exatamente o que era e o que não era correto... — disse Hiraku Makimura.

Sem muito entusiasmo, concordei com a cabeça.

— Você pratica golfe?

— Não — respondi.

— Você não gosta de golfe?

— Não gosto, nem detesto. Apenas nunca pratiquei.

Ele sorriu. — Não existe isso de gostar ou não gostar, não é mesmo? A maior parte das pessoas que não pratica golfe é porque não gosta. Normalmente é assim. Pode ser sincero. Quero ouvir sua opinião sincera.

— Sinceramente, não gosto — disse de forma honesta. — Tudo me parece uma tremenda idiotice, os equipamentos, os carrinhos, as bandeiras, as roupas, os sapatos, a postura de se abaixar e o olhar de quando se está "lendo" o gramado, o modo como se aguçam os ouvidos... acho tudo isso arrogante e exagerado. É a soma de todos esses elementos que acaba me aborrecendo.

— Você disse "aguçam os ouvidos"? — perguntou, estranhando essa minha colocação.

— É apenas um modo de expressão. Não há nenhum sentido específico. Apenas quero dizer que tudo que se relaciona com o golfe não me agrada. O "aguçar os ouvidos" é apenas uma brincadeira — expliquei.

Hiraku Makimura ficou novamente olhando um longo tempo para mim com um olhar vago.

— Você deve ser um cara fora do padrão, não é mesmo?

— Acho que não — retruquei. — Sou apenas uma pessoa extremamente comum. Só não consigo fazer piadas engraçadas.

Enfim, o aprendiz trouxe duas garrafas de cerveja e dois copos numa bandeja. Colocou a bandeja no corredor, abriu as garrafas e encheu os dois copos. Depois, rapidamente, se retirou.

— Vamos, beba! — ofereceu-me, sentando-se no corredor.

Agradeci e tomei a cerveja. Como estava com sede, achei uma delícia, mas, por estar de carro, não queria exagerar. Só podia tomar um copo.

Eu não sabia dizer exatamente qual era sua idade, mas creio que devia ter por volta de quarenta e cinco anos. Não era alto, mas, por ter um corpo robusto, dava a impressão de ser um homem bem grande. Tinha o peito largo e tanto os braços como o pescoço eram grossos. Se o seu pescoço não fosse tão grosso, até passaria por um tipo esportista, mas a gordura acumulada abaixo do queixo e a carne flácida e mole abaixo das orelhas denunciavam um longo período de vida desregrada. Esse tipo de coisa não se resolve apenas jogando golfe. As pessoas envelhecem. O tempo tira o que lhes pertence. As fotos do Hiraku Makimura que eu conhecia eram de um jovem esbelto, dono de um olhar aguçado. Não era exatamente um homem bonito, mas marcava presença. Ele era um escritor em ascensão com um futuro brilhante. Quando foi mesmo? Será que foi há quinze ou dezesseis anos? O seu olhar ainda era aguçado. Conforme a incidência de luz e o ângulo observado, seus olhos ganhavam um toque de pureza. Seus cabelos eram curtos e grisalhos. Talvez por causa do hábito de jogar golfe, sua pele era bronzeada e combinava com a camisa Lacoste cor de vinho. Logicamente, ele não abotoava os botões da gola, pois seu pescoço era grosso demais. Não é tarefa fácil fazer combinar uma camisa polo cor de vinho da Lacoste. Se o pescoço é fino demais, a camisa não parece de boa qualidade. Se, ao contrário, o pescoço é muito grosso, parece que ela sufoca. É difícil fazer certos tipos de combinações. Pensei que, se fosse Gotanda, com certeza ele conseguiria se vestir bem. Ei, deixa disso! Pare de pensar em Gotanda!

— Parece que você escreve textos, não é mesmo? — perguntou Hiraku Makimura.

— Não chega a ser algo que se possa chamar de escrever — eu disse. — Apenas faço textos para tapar buracos. Pode ser qualquer coisa. Basta colocar algo no papel. Mas alguém precisa escrever esse tipo de coisa. Assim, sou eu quem escreve. É como um limpa-neve. Um limpa-neve cultural.

— Limpa-neve? — perguntou Hiraku Makimura, olhando de relance o taco de golfe que estava num canto. — É uma expressão interessante!

— Ah! Muito obrigado — agradeci.

— Você gosta de escrever?

— Não saberia dizer se gosto ou não do que faço no momento. Não é um tipo de trabalho que mereça ser julgado. O que posso afirmar é que existe um método eficiente de limpar neve. Há certos macetes, técnicas, posturas, tipos de redação... coisas assim. Trabalhar levando em conta esse tipo de coisa não me desagrada.

— É uma resposta clara — afirmou, como se estivesse admirado.

— Quando o nível é baixo, as coisas se tornam mais simples.

— Ah, é? — disse ele, ficando uns quinze segundos em silêncio.

— Foi você quem criou essa expressão "limpa-neve"?

— Sim. Creio que sim — respondi.

— Será que posso usar isso em algum lugar? Esse tal "limpa-neve"? É uma expressão muito interessante. Limpa-neve cultural.

— Pode sim, claro! O termo não está patenteado.

— Eu entendo o que você está querendo dizer — disse Hiraku Makimura, mexendo o lóbulo da orelha. — Às vezes eu também sinto isso. Fico pensando qual seria o significado de eu escrever esse tipo de texto... Às vezes... Antes não era assim. O mundo era menor. Havia uma espécie de reação. Eu sabia exatamente o que estava fazendo. Sabia o que todos estariam buscando. A mídia era uma coisa pequena. Era como uma pequena vila. Todos se conheciam.

Ele tomou toda a cerveja que estava no copo, pegou a garrafa e encheu os dois copos. Eu recusei, mas assim mesmo ele me serviu.

— Mas hoje não é assim. Ninguém sabe o que é correto. Ninguém sabe nada, e por isso as pessoas só fazem aquilo que é preciso para sobreviver. Os limpa-neves. É como você disse — ao falar isso, voltou a olhar a rede pendurada entre os pinheiros. Havia pelo menos trinta ou quarenta bolas de golfe espalhadas sobre a grama.

Tomei um gole de cerveja.

Hiraku Makimura estava pensando no que dizer em seguida. Ele era um pouco lento para pensar, mas ele mesmo não se importava com isso. Talvez porque as pessoas estivessem acostumadas a aguardar pacientemente o momento em que ele se pronunciasse. Sem outra opção, eu também aguardei. Ele ficou todo o tempo mexendo no lóbulo da orelha. Esse gesto me lembrou aqueles homens que ficam contando maços de dinheiro novinhos em folha.

— Minha filha se apegou a você — comentou Hiraku Makimura. — Ela não é de se apegar às pessoas. Ou melhor, não se apega a ninguém. Nem sequer fala comigo. Também não fala com a mãe, mas pelo menos a respeita. Por mim, nem respeito ela tem. Nenhum. Até me faz de bobo. Ela praticamente não tem amigos. Há alguns meses, deixou de ir à escola e fica o dia inteiro em casa, sozinha, ouvindo músicas barulhentas. Pode-se dizer que ela é uma criança-problema, pelo menos é isso que o diretor da escola disse. Não se entrosa com ninguém. Mas a você ela se apegou. Por que será?

— Por que será, não é? — repeti.

— Será algum tipo de afinidade?

— Pode ser.

— O que você acha da minha filha?

Antes de responder, pensei um pouco. Senti como se estivesse sendo entrevistado. Achei que deveria ser honesto.

— É uma idade difícil. Um período que por si só já é muito complicado, mas que nesse caso é agravado pelas péssimas condições familiares, que chegaram a um ponto em que a recuperação parece impossível. Ninguém está cuidando disso. Ninguém quer assumir responsabilidades. Ela não tem com quem conversar. Não tem para quem expor seus sentimentos, com quem desabafar. Está muito magoada. Não há ninguém capaz de cuidar de suas feridas. Os pais são famosos demais. Ela tem um rosto bonito demais. Sozinha, carrega uma responsabilidade maior do que é capaz de suportar. Além disso, ela tem algo de incomum... ela é muito sensível, tem... algo especial. No fundo, é uma boa menina e, recebendo a devida atenção, crescerá bem.

— É... mas, na verdade, ninguém está dando essa atenção...

— Creio que não.

Ele respirou fundo. Tirou as mãos da orelha e, por um longo tempo, ficou olhando a ponta dos dedos.

— Você tem razão. É exatamente como você diz, mas, sabe de uma coisa, eu não sei o que fazer. Em primeiro lugar, legalmente, sou impossibilitado de cuidar dela desde o divórcio. Não tive como mudar isso. Naquela época, eu andava com muitas mulheres e por isso não tive condições morais para argumentar. Para ser honesto, ainda hoje eu precisaria de uma autorização por escrito de Ame para me encontrar com Yuki. Não acha esses nomes ridículos: Ame, de chuva, e Yuki, de neve? Chuva e Neve! Bem, de qualquer modo, é isso. Em segundo lugar, como disse agora há pouco, Yuki não tem afinidades comigo. Ela não me dá ouvidos. Por isso, não posso fazer nada. É claro que eu tenho carinho por ela, afinal é a minha única filha. Mas não adianta. Não sei o que fazer.

Dito isso, ele voltou a olhar para a rede. A sombra do entardecer nos envolvia em suas profundezas. As bolas de golfe espalhadas pelo gramado lembravam as juntas arredondadas dos ossos. Havia uma cesta cheia delas que foram jogadas a esmo.

— Mas não é por isso que você irá ficar de braços cruzados, não é mesmo? — intervim. — A mãe dela está atarefadíssima com seus trabalhos, viajando pelo mundo todo e sequer tem tempo de pensar na própria filha. Parece que até chega a esquecer que tem uma. Largou a menina no hotel de Hokkaido sem nenhum tostão e só se lembrou disso três dias depois. Já pensou? Três dias... Voltando para Tóquio, sua filha não saiu para lugar nenhum. Ficou sozinha, confinada naquele apartamento, ouvindo rock e comendo frango frito e doces... coisas desse tipo. Não vai à escola. Não tem amigos. É impossível fechar os olhos para isso. Sei que esse é um problema familiar, e nem caberia a uma pessoa como eu estar aqui comentando isso, afinal não é dá minha conta, mas essa situação é muito cruel. Será que o meu modo de pensar é por demais realista, simplista ou de classe média mesmo?

— Não. Você está cem por cento correto — admitiu Hiraku Makimura. — É realmente isso! Não tenho nada a acrescentar. Você está duzentos por cento correto. É por isso que quero conversar com você. Por isso que pedi para vir até aqui.

Tive um mau pressentimento. O cavalo morreu. Os tambores dos índios pararam de tocar. Estava quieto demais. Dei uma coçadinha na cabeça com o dedinho.

— A questão é que eu gostaria de saber se você pode cuidar de Yuki — disse ele. — Esse negócio de cuidar dela é algo bem mais simples do que parece. Seria apenas encontrar-se com ela de vez em quando. Ficar com ela duas ou três horas por dia. Essas horas seriam para vocês conversarem e fazerem uma refeição decente. Seria somente isso. Você será remunerado. Digamos que, se fizéssemos uma analogia, você seria um professor particular sem precisar dar aula. Não sei quanto você ganha com o seu trabalho, mas lhe asseguro uma quantia bem próxima do que vem ganhando. No restante do tempo, você pode fazer o que quiser. Quero somente que se encontre com Yuki todos os dias por algumas horas. Não é uma proposta ruim, certo? Eu já conversei com Ame pelo telefone sobre esse assunto. Ela está no Havaí, fotografando. Dei uma explicação geral do que estava acontecendo e ela concordou com isso. Apesar do seu jeito, ela se preocupa com Yuki. Só que ela é uma pessoa excêntrica. Tem uma mentalidade incomum. Talento ela tem até demais. Às vezes, fica fora do ar, como se um fusível queimasse. Quando isso acontece, ela se esquece de tudo. Coisas concretas, reais, não são o seu forte. Tem dificuldade até de fazer uma conta de subtração...

— Não sei! — disse sem muito ânimo, tentando esboçar um sorriso. — Quer saber? O que aquela menina precisa realmente é do amor dos pais. A certeza de que alguém a ama de verdade, sem querer nada em troca. Esse tipo de sentimento não cabe a mim dar a ela. Só pode ser dado pelos pais. Tanto você como sua esposa devem estar conscientes disso. Essa é a primeira coisa. A segunda é que ela precisa de amigas da idade dela. Amigas com as quais se identifique e possa falar sobre tudo abertamente. Esse tipo de amizade já fará muita diferença. Sou homem, e a diferença de idade entre nós é grande. Além do mais, você e sua esposa nada sabem sobre mim, não é mesmo? Uma garota de treze anos, a bem da verdade, pode-se dizer que já é adulta. Ela é bonita e emocionalmente instável. Seria seguro confiar uma menina assim a um homem que vocês mal conhecem? O que vocês sabem, afinal, de mim? Até pouco tempo atrás, eu estava preso numa delegacia por estar envolvido num homicídio. E se eu for o assassino?

— Foi você?

— Claro que não! — exclamei, abismado. Pai e filha fizeram a mesma pergunta. — Eu não matei ninguém.

— Então está tudo bem. Confio em você. Se está falando que não a matou, então não deve ter sido você.

— Por que confia em mim?

— Porque você não faz o tipo assassino. Também não tem jeito de quem costuma violentar adolescentes. Basta ver para perceber — disse Hiraku Makimura. — Além do mais, posso dizer que confio na intuição de Yuki. Aquela menina tem uma percepção aguçadíssima desde criança. É uma percepção diferente. Como poderia explicar... às vezes, é tão aguçada que chega a causar incômodo. É um tipo de mediunidade. Basta estar com ela para perceber como consegue ver coisas que a gente não consegue. Você compreende o que quero dizer?

— Acho que de certa maneira entendo — respondi.

— Esse lado excêntrico é algo que veio da mãe dela. A diferença, no entanto, é que Ame direciona isso para as artes. Todos chamam isso de talento. Yuki, porém, ainda não tem para onde direcionar. Ela simplesmente extravasa essa energia aleatoriamente. É como uma tina cheia de água transbordando. Um tipo de paranormalidade. Isso vem do sangue materno. Eu não a tenho. Aliás, não tenho nada. Não sou excêntrico. É por isso que tanto a mãe como a filha nem ligam para mim. Conviver com elas foi desgastante. Não quero saber de mulheres por um bom tempo. Você não pode imaginar o que é conviver com mulheres como Ame e Yuki. Não é ridículo? Chuva e Neve, já pensou? A previsão do tempo é sempre chuva e neve. Mas isso não quer dizer que eu não goste das duas. Às vezes, telefono para Ame, mas não voltaria a morar com ela. Seria um inferno. Apesar de um dia eu ter tido talento como escritor — e olha que eu tinha algum —, foi sem dúvida essa convivência com elas que me fez perdê-lo. Sinceramente falando, às vezes acho incrível como eu continuei a escrever, mesmo sabendo que tinha perdido o meu talento. Sou um limpa-neve. Esse famoso limpa-neve de que você fala. É uma expressão brilhante! Sobre o que estávamos falando mesmo?

— Se deveria ou não confiar em mim...

— Ah, é mesmo! Eu confio na intuição de Yuki. Se ela confia em você, então eu também. Aliás, você também pode ter confiança em mim. Não sou uma pessoa tão ruim assim. Às vezes, não escrevo bem, mas não sou uma má pessoa. — Ele pigarreou e cuspiu novamente no chão. — E então, você não quer tentar ir ver Yuki de vez em quando? Eu entendo o que você quis dizer. Lógico que esse papel deveria ser dos pais, mas é que as coisas não são tão simples assim. Como eu disse há pouco, não sei o que fazer. No momento, só tenho você com quem posso contar.

Fiquei olhando a espuma da cerveja que estava no meu copo. O que devia fazer? Eu mesmo não sabia. Era uma família estranha. Três pessoas estranhas e um criado servil e obediente como aquele personagem Sexta-Feira. Parecia a família Robinson de *Perdidos no espaço*.

— Encontrar-me com ela às vezes, tudo bem — disse. — Porém, não todos os dias. Eu também tenho afazeres e não gosto da ideia de encontrar alguém somente por obrigação. Irei me encontrar com ela quando eu estiver disposto. Não será necessário me pagar. No momento não estou passando por dificuldades financeiras e, como a considero minha amiga, posso arcar pelo menos com isso. São essas as condições para eu aceitar. Gosto dela e também fico feliz ao encontrá-la, mas não posso assumir nenhuma responsabilidade. Isso ficou claro, não? Independentemente do que acontecer a ela, no final das contas a responsabilidade é toda de vocês. Para que isso fique bem claro, não posso aceitar nenhum dinheiro.

Hiraku Makimura concordou balançando várias vezes a cabeça. A pele abaixo da orelha chegou a balançar. Jogar golfe não eliminaria essa pelanca. Seria preciso uma mudança radical de conceito de vida, mas creio que isso era impossível para ele. Se conseguisse, já o teria feito há muito tempo.

— Entendo o que você está dizendo e concordo plenamente com a sua linha de raciocínio — disse ele. — Não estou tentando empurrar a minha responsabilidade para você. Tampouco quero que você assuma essa responsabilidade. É que nós não temos outra pessoa a quem pedir algo assim, e por isso é que peço esse favor a você. Não quis dizer em momento algum que a responsabilidade seria sua. Quanto ao pagamento, falaremos sobre isso numa outra ocasião. Sou uma pessoa que jamais esquece os favores recebidos. Nunca se esqueça disso. Mas agora você tem razão. Confio em você. Faça como quiser. Se precisar de dinheiro, entre em contato comigo ou com Ame. Pode ser com qualquer um de nós, pois não temos dificuldades financeiras. Não faça cerimônia.

Não respondi nada.

— Pelo que pude notar, você é um homem teimoso, não é mesmo? — indagou.

— Não sou teimoso. Apenas tenho o meu próprio sistema de raciocínio.

— Sistema de raciocínio? — perguntou-me e novamente mexeu no lóbulo da orelha. — Esse tipo de coisa já não tem nenhum significado, sabia? É como um amplificador valvulado, feito à mão. Em vez de perder tempo com isso, é melhor ir a um shopping especializado em áudio e comprar um novo modelo de amplificador transistorizado, que será muito mais barato e a qualidade do som, muito melhor. Se quebrar, tem garantia. Na compra de um produto novo, eles aceitam o velho como parte do pagamento. Não estamos numa época em que se pode falar em sistema de raciocínio. Houve épocas em que esse tipo de coisa tinha algum valor. Mas hoje, não. Hoje, o dinheiro compra tudo. Até mesmo o pensamento. Compre um que te sirva e é só conectar. É simples. Pode-se usar no mesmo dia. É só conectar o A no B. Num piscar de olhos, tudo está pronto. Se ficar obsoleto, é só trocar. Assim é mais prático. Se você ficar tentando viver no seu próprio sistema, vai acabar sendo deixado para trás. Perde o jogo de cintura e as pessoas te fazem sentir depreciado.

— Sociedade altamente capitalista — resumi.

— É isso mesmo — concordou Hiraku Makimura, mergulhando de novo no silêncio.

Escureceu. Perto dali, um cachorro latia neuroticamente. Alguém tentava dedilhar uma sonata de Mozart ao piano. Hiraku Makimura cruzou as pernas e, enquanto bebia cerveja, parecia estar pensando em algo. Depois que voltei a Tóquio, só encontrei pessoas estranhas, pensei comigo. Gotanda, as duas garotas de programa de alta classe (uma delas estava morta), a dupla de investigadores valentões, Hiraku Makimura e seu aprendiz Sexta-Feira. Observando o jardim já envolto no breu, fiquei ouvindo o latido do cachorro e o som do piano, mas, enquanto pensava, tive a impressão de que a realidade ia se dissolvendo e sendo sugada pela escuridão. Muitas coisas tornaram-se disformes e se mesclaram, perdendo o sentido e se transformando num caos. Os dedos elegantes de Gotanda que acariciavam as costas de Kiki, a cidade de Sapporo com suas neves intermináveis, a Ovelhinha Selvagem May que dizia Cu-co, o investigador batendo com a régua de plástico na palma da mão, a imagem do homem-carneiro me aguardando no final do corredor escuro... tudo parecia se dissolver e se transformar numa coisa só. Será que estou cansado?, pensei comigo. Na verdade, eu não estava. Apenas a realidade é que estava se dissolvendo. Ela dissolveu-se e se transformou numa esfera de caos. Era como se fosse um tipo de corpo celeste. Ouviam-se o som do piano e o latido do cachorro. Alguém está falando algo. Alguém está falando alguma coisa comigo.

— E então? — era Hiraku Makimura falando comigo.

Ergui o rosto e olhei para ele.

— Você por acaso não conhecia aquela garota? — perguntou. — A garota que foi encontrada morta. Li nos jornais. Ela foi morta num hotel e não sabiam quem ela era. Encontraram apenas um cartão pessoal na carteira dela, e a polícia estaria interrogando essa pessoa. O seu nome não saiu nos jornais. Segundo o advogado, você teimava em dizer que não sabia de nada, mas não acredito.

— Por que acha isso?

— Apenas acho. — Ele pegou o taco de golfe e estendeu-o à sua frente, como se fosse uma espada, e ficou a observá-lo. — Tive essa impressão. É como se estivesse tentando encobrir algo. Enquanto conversávamos, essa impressão ficou mais nítida. Se por um lado é moralista demais, por outro é estranhamente liberal em relação a certas coisas. Eu consigo enxergar isso em você. É uma personalidade interessante. Nesse sentido, você se parece muito com Yuki. Sofre para sobreviver. Não consegue ser compreendido pelas pessoas. Se um dia você tropeçar e cair, será fatal. Nesse aspecto, vocês dois são idênticos. Isso poderá acontecer com esse incidente. A polícia não é boazinha, viu?! Agora você se safou, mas isso não significa que irá se sair bem na próxima. O seu sistema próprio de raciocínio pode ser bom, mas, caso se exceda, poderá se dar mal. Não estamos mais naquela época...

— Não estou me excedendo! — retruquei. — É simplesmente como os passos de uma dança. Uma espécie de hábito. O corpo é que reage e se move, por instinto, ao som da música. A mudança de ambiente não influencia em nada. Os passos são muito complexos, e por isso não dá tempo de se ficar pensando no que está acontecendo ao redor. Se você ficar enchendo a cabeça com inúmeros pensamentos, vai se atrapalhar nos passos. Sou apenas um desajeitado. Não sigo as tendências.

Hiraku Makimura continuava a olhar atentamente o seu taco de golfe em silêncio.

— Você é diferente! — comentou. — Me faz lembrar alguma coisa. O que será?

— O que será? — questionei. Será o "vaso holandês com os três cavalheiros barbudos" de Picasso?

— Eu gostei de você e acho que é uma pessoa confiável. Sei que não é certo, mas por favor cuide de Yuki. Um dia vou lhe retribuir por isso. Sempre pago o que devo. Já lhe disse isso antes, não?

— Sim, já disse.

— Então, estamos conversados — disse Hiraku Makimura, apoiando com cuidado o taco de golfe na parede do corredor externo.

— Está bem.

— O que mais saiu no jornal? — perguntei.

— Fora isso, não há muita coisa. Ela foi estrangulada com a própria meia de seda. Dizia também que os hotéis de primeira classe são os locais mais obscuros da cidade, onde reina o completo anonimato. Estavam investigando a identidade da pessoa. Só isso. Esse tipo de incidente é muito comum. Logo, logo, todos esquecerão.

— Acho que sim, não é? — comentei.

— Mas há pessoas que não esquecem — disse ele.

— Tem razão — respondi.

25

Yuki voltou para casa por volta das sete horas dizendo que ficara caminhando na praia. Hiraku Makimura perguntou se ficaríamos para o jantar, mas Yuki preferiu ir embora, pois estava sem fome.

— Ok. Quando tiver vontade, venha passear de novo. Este mês, provavelmente ficarei no Japão — disse seu pai. Logo depois, virou-se para mim, agradeceu-me a gentileza da visita e desculpou-se por sua eventual falta de hospitalidade. Eu lhe agradeci.

O aprendiz Sexta-Feira nos acompanhou até a porta. No estacionamento que ficava nos fundos do quintal havia um Jeep Cherokee com tração nas quatro rodas, uma Honda 750 e uma mountain bike.

— Aqui a vida precisa ser mais resistente ao desgaste, não? — comentei com Sexta-Feira.

— Não é nada fácil, mesmo! — respondeu ele, após uma breve reflexão. — O professor não é nada romântico, pode-se dizer que é mais do estilo aventureiro.

— Que idiota! — exclamou Yuki bem baixinho.

Eu e Sexta-Feira fingimos não ter escutado.

*

Assim que entramos no Subaru, Yuki disse que estava morrendo de fome. Parei num Hungry Tiger da estrada para comermos steak, e eu pedi uma cerveja sem álcool.

— Que tipo de conversa vocês tiveram? — perguntou Yuki, enquanto saboreava um pudim de sobremesa.

Como não tinha nenhum motivo para esconder algo, contei-lhe mais ou menos o que havíamos conversado.

— Logo imaginei que fosse algo assim! — disse ela com uma expressão de reprovação no rosto. — Esse tipo de ideia é típico dele. E então? O que você respondeu?

— Recusei, é claro! Esse tipo de coisa não é do meu feitio. Não vejo nenhuma lógica. Mas, independentemente disso, acho que, de fato, devemos sair juntos de vez em quando. É para o nosso próprio bem. Apesar das diferenças de idade, do ambiente em que vivemos, dos modos de pensar, de sentir e de viver, acho que temos alguns assuntos em comum, não acha?

Ela se mostrou um tanto reticente. Continuei:

— Quando quiser me encontrar, é só você me ligar. Isso não deve se tornar uma espécie de obrigação. A gente sai com alguém quando tem vontade. Entre nós existe uma cumplicidade, afinal compartilhamos um segredo que antes ninguém sabia, concorda?

Ela hesitou um pouco antes de concordar.

— Se a gente ignora esse tipo de coisa e guarda para si, isso começa a crescer dentro da gente. Chega uma hora em que não podemos mais reprimi-la, e é por isso que, de vez em quando, precisamos de uma válvula de escape, senão... Buumm! Explode! Entende? Depois que tudo explode, a vida fica ainda mais complicada. Guardar algo somente para si é muito penoso. Não só para você. Confesso que se torna penoso até mesmo para mim. Não falamos disso com ninguém, pois dificilmente seremos compreendidos, mas entre nós existe uma mútua compreensão. Podemos falar e ser sinceros um com o outro.

Ela concordou.

— Eu não vou forçá-la. Se você tiver vontade de falar comigo, é só me telefonar. Isso nada tem a ver com a conversa que tive com seu pai. Não pretendo assumir o papel de um irmão mais velho, do tipo compreensivo, e muito menos o de um tio. Somos, de certa maneira, parecidos. Creio que podemos nos ajudar um ao outro. É por isso que acho legal a gente se ver de vez em quando.

Ela não respondeu nada. Após comer a sobremesa, tomou um copo cheio d'água em grandes goles, e depois ficou olhando de relance a família de obesos que estava sentada na mesa ao lado e se empanturrando de comida. Era um casal, uma filha e um menino pequeno. Todos eram extremamente gordos.

Apoiei os cotovelos na mesa e, enquanto tomava café, fiquei observando o rosto de Yuki. Ela era muito linda mesmo. Ao contemplá-la, senti uma pequena pedra sendo atirada lá no mais íntimo do meu ser. Sua beleza é daquele tipo que consegue alcançar e jogar uma pedra nesse lugar profundo, sinuoso, restrito e de difícil acesso. Se eu tivesse quinze anos, com certeza estaria apaixonado por ela. Pensei nisso umas vinte vezes, mas, refletindo melhor, se eu tivesse quinze anos, não poderia compreendê-la. Na minha condição, posso compreendê-la melhor. Posso até mesmo protegê-la, mas, como já tenho trinta e quatro anos, não vou me apaixonar por uma garota de treze. Nem tudo é perfeito.

Até podia entender por que seus colegas de escola a maltratavam. Na verdade, sua beleza era demais para eles; além disso, era muito esperta. A aproximação nunca partiria dela. Por isso, eles a temiam e, de maneira histérica, agrediam-na. Eles se sentiam injustamente rebaixados por alguém que integrava a mesma comunidade. Esse é o ponto que a diferenciava de Gotanda. Ele sabia da forte impressão que causava nas pessoas e soube conservar e usar isso de forma correta, sem amendrontá-las. Quando sua presença tornava-se por demais notada, ele simplesmente sorria e fazia um gracejo. Não havia necessidade de ser bem-feito. Bastava ser simples e de bom gosto. Com isso, as pessoas acabavam achando graça e sorriam despreocupadas. Todos o viam como *um bom rapaz*. Só Gotanda mesmo para ser considerado por todos como tal. Mas Yuki não era assim. Ela tinha dificuldade para enfrentar sua própria vida. Não tinha condições emocionais para lidar com os sentimentos alheios e, consequentemente, acabava ferindo os colegas e a si mesma. Ela era, em sua essência, diferente de Gotanda. Tinha uma vida dura. Uma vida dura demais para uma menina de treze anos apenas. Até mesmo para um adulto não seria fácil.

Como seria o seu futuro? Não conseguia nem imaginar. Se tudo desse certo, ela seria como sua mãe, que encontrou um meio de se expressar no campo artístico. Independentemente de que campo fosse, desde que ela se sintonizasse com sua força, desenvolveria um trabalho que com certeza seria reconhecido pelas pessoas. Não é uma regra, mas sinto isso. Como disse Hiraku Makimura, existia nela uma força, uma aura, um talento. Algo fora do comum. Algo distinto de um limpa-neve.

Por outro lado, ela poderia se tornar uma garota bastante normal aos dezoito ou dezenove anos. Já vi alguns casos assim. Meninas lindas e espertas aos treze ou quatorze anos que, ao saírem da puberdade, começam a perder esse brilho gradativamente. Aquela esperteza que aflora na superfície da pele vai se reduzindo a pó, e por fim a garota se torna bonita, mas sem algo que impressione. Para a jovem, porém, tudo parece estar bem.

Eu não saberia dizer qual dos dois caminhos Yuki seguiria. Cada um de nós, por mais estranho que pareça, tem o seu apogeu na vida. Uma vez alcançado, só nos resta a descida. É assim... Não se pode fazer nada. Ninguém sabe exatamente onde fica o seu auge. Ficamos iludidos, achando que tudo está bem, mas de repente deparamos com um divisor de águas. Nunca se sabe! Há pessoas que atingem o apogeu com doze anos e depois têm uma vida totalmente apática. Outras continuam em ascensão até a morte ou morrem assim que alcançam seu auge. Muitos poetas e compositores são como tempestades, chegam ao apogeu com extrema rapidez e acabam morrendo antes dos trinta. Exemplo oposto é o de Pablo Picasso, que aos oitenta anos ainda fazia quadros cheios de vitalidade e teve uma morte tranquila. Isso é uma coisa que só saberemos no final.

E eu?, pensei...

Apogeu... Não encontrei nada que se assemelhasse a isso. Em minhas recordações, não há nada que possa ser denominado assim. Sinto até que nem vida cheguei a ter. O que tive foram altos e baixos. Dei passos para cima e para baixo. Só isso. Não fiz quase nada. Não criei nada. Amei alguém e fui amado. Mas hoje não resta mais nada. A minha vida é estranhamente linear e seu quadro, totalmente monótono. Parece até que estou andando dentro de um video game. Eu sou o PacMan. Vou apenas comendo os pontinhos pelo labirinto, sem nenhum objetivo. E, com certeza, um dia vou morrer.

O homem-carneiro disse: *Pode ser que você não venha a ser feliz. Por isso, só lhe resta dançar bem, tão bem a ponto de as pessoas o elogiarem.*

Parei de pensar e fechei os olhos.

Quando os abri, Yuki me observava do outro lado da mesa.

— Tudo bem com você? — perguntou. — Parece estar completamente perdido! Eu disse alguma coisa que o magoou?

Fiz que não com a cabeça: — De jeito nenhum! Você não me magoou — disse a ela, sorrindo.

— Estava pensando em algo ruim?

— Pode-se dizer que sim.

— Você sempre pensa nisso?

— Às vezes.

Yuki respirou fundo e por um bom tempo ficou dobrando e desdobrando o guardanapo de papel. — Você se sente só? Assim... no meio da noite, quando pensa sobre isso?

— Claro que sim — respondi.

— Ah! Por que será que você se lembrou disso justo agora?

— Talvez porque você seja bonita demais — eu disse.

Yuki ficou me olhando com o mesmo olhar vago de seu pai e balançou a cabeça de leve, sem dizer nada.

*

Yuki pagou o jantar, alegando que o pai tinha lhe dado muito dinheiro. Ela pediu a conta e foi ao caixa. Lá tirou cinco ou seis notas de dez mil ienes e separou uma delas para pagar a conta. Recebeu o troco e, sem conferir, guardou-o no bolso da jaqueta de couro.

— Ele pensa que é só me dar dinheiro que tudo fica bem — disse ela. — É um tolo mesmo. Por isso hoje faço questão de pagar o jantar. Você não disse que estamos em pé de igualdade? *Em certo sentido*, estamos. Sempre é você quem paga a conta, não é mesmo? De vez em quando posso pagar, não?

— Muito agradecido — eu disse —, mas, para sua informação, isso vai contra as regras tradicionais do encontro.

— Será?

— Num encontro, a garota jamais deve se levantar da mesa após a refeição e ir ao caixa pagar a conta. Deve deixar que o homem o faça e depois acertar o valor com ele. Isso faz parte da etiqueta social. Serve para não ferir o orgulho masculino. Logicamente, eu não me importo com isso. Afinal, em todos os sentidos, eu não me enquadro no tipo machista. Posso não ligar para essas coisas, mas fique sabendo que há muitos homens que se importam com isso. O mundo ainda é muito machista.

— Você parece um idiota, sabia? — retrucou ela. — Eu jamais sairia com um homem desse tipo.

— Bem, isso é apenas um ponto de vista — pontuei. Fomos ao estacionamento pegar o Subaru. — Sabia que as pessoas podem se apaixonar sem nenhuma lógica? Geralmente as pessoas não escolhem. Paixão é isso. Quando você estiver na idade de comprar um sutiã, irá entender isso.

— *Eu já não disse que tenho*? — replicou ela, dando-me um soco no ombro. Com isso, quase bati o carro numa lata de lixo pintada de vermelho.

— É brincadeirinha! — falei, parando o carro. — No mundo dos adultos, fazemos piadinhas para rir. Essa pode ter sido sem graça, mas você tem que se acostumar...

— Ah, é? — indagou ela.

— Ah, é? — repeti.

— Parece um bobo — disse ela.

— Parece um bobo — repeti.

— Pare de me imitar! — reclamou.

Parei de imitá-la e saí do estacionamento.

— Nunca bata em alguém que está dirigindo, viu? Estou falando sério... — adverti-a. — Se você fizer isso, a pessoa pode bater o carro e ambos podem morrer. Essa é a segunda regra do encontro. *Sobreviver... não se deixar morrer.*

— É mesmo? — indagou Yuki.

*

Durante o trajeto de volta, Yuki não disse quase nada. Totalmente descontraída e recostada no banco do carro, pensava em alguma coisa... Às vezes, parecia até estar dormindo. Acordada ou dormindo, não havia diferença. O som não estava ligado, mas, para testá-la, coloquei o disco *Ballads*, de John Coltrane, e não houve nenhuma reação por parte dela. Parecia bastante indiferente à música. Continuei dirigindo enquanto cantarolava bem baixinho as canções de Coltrane.

Dirigir durante a noite na estrada que liga Shonan a Tóquio era entediante. Concentrei minha atenção na luz traseira do carro da frente. Estava sem assunto. Assim que entramos na via expressa, ela se sentou direito, começou a mascar chiclete e acendeu um cigarro. Deu umas três ou quatro tragadas e logo o jogou pela janela. Pensei em dar uma bronca caso ela acendesse o segundo, mas ela não o fez. Ela tem boa intuição. Sabe o que estou pensando. Pressente algo e sabe o momento exato de recuar.

Parei o carro em frente ao seu apartamento em Akasaka.

— Chegamos, princesa! — avisei.

Ela tirou o chiclete da boca, embrulhou-o no papel e colocou-o em cima do porta-luvas. Depois, preguiçosamente, abriu a porta do carro e desceu, indo embora sem sequer dizer boa-noite, sem fechar a porta do carro ou olhar para mim. É uma idade difícil. Pode ser que esteja na TPM. Isso me fez lembrar a cena de um filme de Gotanda. Uma garota numa fase difícil, que se magoa facilmente com as coisas. É... se fosse Gotanda, acredito que ele se sairia melhor que eu. Se ele estivesse no meu lugar, Yuki ficaria apaixonada por ele. Se não fosse assim, não seria um filme. E então... Ei! Deixa disso! Estou uma vez mais pensando em Gotanda. Sacudi a cabeça e, sentando-me no banco do lado, estiquei o braço e fechei a porta. Plá! Voltei para o volante e fui cantarolando "Red Clay", de Freddie Hubbard, até chegar em casa.

*

Ao acordar, fui comprar jornais na estação de metrô. Era antes das nove da manhã e a estação de Shibuya fervilhava de trabalhadores. Apesar de estarmos em plena primavera, poucas eram as pessoas que abriam um sorriso. Dentre elas não saberia dizer quais estariam de fato sorrindo ou apenas com o rosto repuxado. Comprei dois jornais diferentes na banca da estação, fui comer um donut no Dunkin' Donuts e, enquanto tomava o café, li os dois jornais. Em nenhum deles havia reportagem sobre May. O que havia eram reportagens sobre a inauguração da Tokyo Disneyland, a guerra entre o Vietnã e o Camboja, a eleição para o novo prefeito de Tóquio e a violência nas escolas. Não havia uma linha sequer a respeito de uma jovem e bela mulher que fora estrangulada num hotel de Akasaka. Hiraku Makimura tinha razão quando disse que isso não passava de um incidente comum. Não se podia compará-lo a um evento como a abertura da Tokyo Disneyland. Logo todos se esqueceriam desse incidente. Porém, alguns não. Eu sou um deles. O assassino será outro, e é bem provável que aqueles dois investigadores também não esqueçam.

Pensei em assistir a algum filme e abri na página de cinema. *Amor não correspondido* já havia saído de cartaz. Lembrei-me de Gotanda. Achei que deveria avisá-lo sobre May. Se por acaso ele fosse interrogado e divulgassem o seu envolvimento com ela, com certeza estaria encrencado. Só de pensar que teria de passar por novos interrogatórios, fiquei com uma tremenda dor de cabeça.

Fui até o telefone cor-de-rosa do Dunkin' Donuts e liguei para Gotanda. Era de se esperar que ele não atendesse. Estava na secretária eletrônica. Deixei uma mensagem solicitando um retorno, pois tinha algo importante para falar. Em seguida, joguei os jornais na lata de lixo e voltei a pé para casa. No trajeto, fiquei pensando por que o Vietnã e o Camboja estavam guerreando. Não conseguia entender direito. É um mundo complicado.

Era um daqueles dias para resolver questões pendentes.

Tinha muitas coisas para fazer. Sempre há um dia assim. Um dia para se resolverem as coisas concretas de modo prático e eficiente.

Primeiramente, levei algumas camisas à lavanderia e trouxe outras. Fui ao banco sacar dinheiro e paguei a conta de telefone e do gás. Depositei o valor do aluguel. Fui ao sapateiro trocar a sola do sapato. Comprei baterias para o meu despertador e seis fitas cassete virgens. Voltei para casa e, ouvindo a rádio FEN, comecei a fazer faxina. Lavei com capricho a banheira. Tirei todas as coisas da geladeira e limpei tudo por dentro. Aproveitei para inspecionar os alimentos e organizá-los. Limpei o fogão, o ventilador, passei pano no chão, limpei as janelas e juntei o lixo. Troquei os lençóis e as fronhas. Passei aspirador. Só para fazer isso, levei cerca de duas horas. Ouvindo e cantarolando a canção "Mister Roboto", do Styx, comecei a limpar a persiana com um pano, quando de repente o telefone tocou. Era Gotanda.

— Será que podemos nos encontrar para conversar com calma? É um assunto que não dá para falar por telefone — perguntei.

— Claro! Mas você tem pressa? É que estou um pouco atarefado. Estou fazendo um filme e um vídeo para a TV. Daqui a dois ou três dias estarei menos ocupado, um pouco mais folgado.

— Desculpe-me incomodá-lo num período tão agitado, mas é que uma pessoa morreu — eu disse. — Trata-se de alguém do nosso conhecimento e a polícia está investigando...

Ele ficou quieto. Era uma espécie de "silêncio eloquente". Até então, eu pensava que o silêncio era apenas quietude. Mas o de Gotanda não era assim. Era algo elegante, arrojado e inteligente, semelhante à natureza de seu ser. Sei que é estranho dizer isso, mas era verdade, dava a impressão de se ouvir a rotação acelerada de sua mente. — Entendi. Creio que podemos nos encontrar hoje à noite. Vai ser tarde, tudo bem?

— Tudo bem.

— Devo lhe telefonar por volta de uma ou duas horas da manhã. Desculpe-me, mas é impossível encontrá-lo mais cedo.

— Sem problemas. Estarei acordado, esperando sua ligação.

Após desligar o telefone, fiquei recapitulando passo a passo toda a nossa conversa.

Uma pessoa morreu. Trata-se de alguém do nosso conhecimento e a polícia está investigando.

Isso está parecendo filme policial, pensei. Quando Gotanda entra em cena, parece que tudo vira filme. Por que será? Dá a impressão de que aos poucos a realidade vai se desfazendo. Sinto como se eu estivesse atuando. Vai ver ele tem algum tipo de aura ou coisa assim. Eu imaginei Gotanda saindo da sua Maserati, usando óculos de sol e uma capa com a gola levantada. Como sempre muito charmoso, tal qual naquelas propagandas de pneus. Chacoalhei a cabeça para dispersar esses pensamentos e terminei de limpar a persiana. Pare com isso! Hoje é dia de resolver coisas concretas.

*

Às cinco da tarde, fui caminhar até o bairro de Harajuku e, na avenida Takeshita, procurei um button do Elvis. Não foi fácil encontrar. O que havia aos montes eram buttons do Kiss, do Iron Maiden, do AC/DC, do Motorhead, do Michael Jackson, do Prince, mas nem sinal do Elvis. Foi na terceira ou quarta loja que finalmente encontrei e comprei um button com ELVIS THE KING. Fiz uma brincadeirinha com a balconista e perguntei se ela tinha algum do Sly & The Family Stone. Ela me olhou um tanto surpresa. Devia ter uns dezessete ou dezoito anos e tinha uma fita no cabelo do tamanho de um embrulho pequeno.

— O que é isso? Nunca ouvi falar. É *new wave* ou punk?

— Bem, é mais ou menos nessa linha.

— Sabe, ultimamente têm surgido tantas novidades! É sério! Parece brincadeira... — disse ela, estalando a língua. — Não dá para acompanhar.

— É mesmo! — concordei.

Logo depois, fui para o Tsuruoka tomar uma cerveja e comer tempura. Nisso, o tempo passou e o dia se foi. Pôr do sol silencioso. Sou apenas um Pac-Man unidimensional que vai devorando os pontos do labirinto. Sinto que as coisas não estão se desenvolvendo... que não estou chegando a lugar algum... Durante o trajeto, as linhas ramificadas começaram a se multiplicar e a linha principal que me ligava a Kiki foi interrompida. Estou apenas andando por vias secundárias. Sinto que estou perdendo meu tempo e minhas energias com eventos secundários sem alcançar o evento principal. Mas, afinal, onde está ocorrendo o evento principal? Será que ele está mesmo acontecendo?

Como não havia nada para fazer até a madrugada, resolvi assistir a um filme num cinema de Shibuya. *O veredicto*, com Paul Newman. Não era um filme ruim, mas, como fiquei absorto em outros pensamentos, acabei não prestando atenção ao desenrolar do enredo. Enquanto observava a tela, tinha a impressão de que a qualquer momento as costas nuas de Kiki iriam aparecer e por isso acabei pensando nela. Kiki, o que você quer de mim?

Assim que apareceram na tela as palavras *The End*, levantei-me e saí do cinema sem saber ao certo qual era a trama da história. Por algum tempo, perambulei pela cidade até que resolvi ir a um bar que costumava frequentar. Fiquei mastigando nozes e tomei duas doses de vodka Gimlet. Voltei para casa por volta das dez e pouco, e enquanto aguardava o telefonema de

Gotanda peguei um livro para ler. De vez em quando, olhava de relance o aparelho telefônico. Tinha a impressão de que olhava fixamente para mim. Neurose.

Joguei o livro e permaneci deitado na cama. Pensei no meu gato Sardinha enterrado. Dele só deve ter restado o esqueleto, acho eu. Debaixo da terra deve ser silencioso. O esqueleto também deve estar em silêncio. O inspetor tinha dito que os ossos são brancos e bonitos, e que nada dizem. Eu os tinha enterrado no meio do bosque, dentro de uma sacola da Seibu.

Eles nada dizem.

Quando me dei conta, percebi que sorrateiramente meu quarto fora inundado por um sentimento de abandono. Fui para o banheiro abrindo caminho por entre ele. Tomei uma ducha assobiando "Red Clay" e em pé, na cozinha, tomei uma cerveja em lata. Depois, de olhos fechados, contei em espanhol de um a dez e para encerrar bati palmas. Fim! Feito isso, aquele sentimento de abandono desapareceu como que levado pelo vento. Esse é o meu ritual. Sem querer, as pessoas que vivem sozinhas criam vários deles. Na falta de tais rituais, elas não conseguiriam sobreviver.

26

Era meia-noite e meia quando Gotanda me telefonou.

— Desculpe-me incomodá-lo, mas será que você poderia vir me buscar aqui com seu carro? — perguntou. — Você ainda lembra onde fica?

Disse-lhe que ainda me lembrava.

— Estava uma correria e por isso não deu para terminar antes, mas acho que podemos conversar no carro. Será melhor no seu, não acha? Deve ser um assunto do qual o motorista não pode tomar parte, não é mesmo?

— É. Tem razão — concordei. — Já estou de saída. Devo chegar aí em vinte minutos.

— Então, nos veremos... — disse ele, antes de desligar o telefone.

Fui buscar o Subaru num estacionamento próximo para ir ao apartamento de Gotanda em Azabu. Levei somente quinze minutos para chegar. Toquei o interfone embaixo da plaquinha Gotanda e logo ele desceu. — Desculpe-me a hora. Eu estava realmente ocupado. Foi um dia terrível! — explicou. — Ainda hoje preciso ir para Yokohama. Amanhã, logo pela manhã, tenho uma filmagem. Até lá, preciso dormir um pouco. Tenho reserva no hotel.

— Se é assim... eu levo você até Yokohama — ofereci. — Assim podemos conversar durante o trajeto, e ganharemos tempo.

— Maravilha, seria uma mão na roda — disse ele.

Assim que Gotanda entrou, deu uma olhada no interior do carro com um ar curioso.

— Puxa, que aconchegante! — exclamou.

— Estamos sintonizados, meu carro e eu — disse-lhe.

— Vejo que sim — concordou.

Por incrível que pareça, Gotanda realmente vestia uma capa que lhe caía muito bem. Não estava de óculos escuros — suas lentes eram transparentes. Também lhe caíam muito bem. Dava-lhe um ar de intelectual. Fui dirigindo pela estrada vazia em direção a Yokohama.

Ele pegou a fita dos Beach Boys que estava sobre o porta-luvas e ficou um bom tempo olhando para ela.

— Que saudades! — comentou. — Antigamente eu ouvia muito! Foi nos tempos de escola. Beach Boys. Como dizer... é uma música especial! Acolhedora e doce. É um tipo de música em que o sol está sempre brilhando, um cheiro de mar e uma garota bonita deitada ao lado. Quando eu ouvia essas canções, tinha a impressão de que esse mundo realmente existia. Achava que todos seríamos jovens para sempre e que tudo seria deslumbrante como num mundo mítico. Adolescência eterna. Conto de fadas.

— É isso mesmo! — concordei. — É exatamente isso.

Ele segurava a fita em suas mãos como se estivesse verificando o peso dela.

— Pois é, mas isso jamais será eterno. Todos acabam envelhecendo. O mundo é mutável. Até os mitos morrem. Nada é para sempre.

— É isso mesmo.

— E por falar nisso... depois de "Good Vibrations", não ouvi mais nada deles. Não tive mais vontade. Comecei então a ouvir músicas mais pesadas. Cream, The Who, Led Zeppelin, Jimmy Hendrix... Chegou a geração do rock pesado. Não era mais época de ouvir Beach Boys. Mas ainda hoje eu me lembro de "Surfer Girl". Conto de fadas. Nada mal.

— Nada mal — concordei. — Mas as músicas que vieram depois de "Good Vibrations" também não são nada ruins. Vale a pena ouvi-las: *20/20, Wild Honey, Holland, Surf's Up* são bons LPs. Eu gosto, apesar de não serem tão bons como os primeiros lançamentos. Os temas são bem variados, mas há neles uma certa vibração, um forte desejo de se perpetuar. Depois que Brian Wilson foi perdendo a razão, ele já não participava mais tão ativamente do grupo. Mas, mesmo assim, todos tentaram juntar forças na tentativa de sobreviver. Sinto que eles transmitem na música esse sentimento de "darem a vida" pela banda. Infelizmente, porém, eles não se adaptaram aos novos tempos. É o que você acabou de dizer. Mas as músicas não são ruins.

— Vou ver se ouço alguma coisa — disse ele.

— Acho que você não vai gostar muito... — avisei.

Ele colocou a fita. Logo começou a tocar "Fun Fun Fun". Ele começou a assobiar bem baixinho, acompanhando a música.

— Que saudades! — exclamou. — Ei, dá para acreditar que já se passaram vinte anos que esta música foi um grande sucesso?

— Parece que foi ontem — eu disse.

Gotanda ficou me olhando com expressão de quem tentava assimilar algo. Depois sorriu alegre. — Sabe, às vezes você faz cada piada complicada, não? — disse.

— Quase ninguém as compreende — concordei. — É comum todos me levarem a sério quando faço piadas. É um mundo cão... não se pode sequer fazer uma brincadeirinha.

— Mas pode ter certeza de que ainda é bem melhor do que viver no meu mundo — disse ele, rindo. — No meu meio, eles consideram uma brincadeira ótima, por exemplo, colocar cocô de plástico na marmita dos outros.

— Se fosse de verdade, aí sim, poderia ser considerada uma brincadeira ótima, não é mesmo?

— Realmente.

Calados, ficamos um bom tempo ouvindo Beach Boys. Eram músicas inocentes do tipo "California Girls", "409", "Catch a Wave"... Começou a cair uma garoa fina. De vez em quando, eu ligava o limpador de para-brisa, desligava-o e, depois de algum tempo, ligava-o novamente. Era uma chuvinha assim... Uma chuva leve de primavera.

— E por falar em escola... Do que você se lembra daquela época? — perguntou.

— A desagradável e revoltante existência chamada eu — respondi.

— E fora isso?

Pensei um pouco: — Lembro-me de como você acendia o fogo do bico de Bunsen nas aulas do laboratório de ciências.

— Por que isso? — perguntou-me intrigado.

— Como posso dizer... O modo como você acendia o fogo era muito chique. Quando você fazia aquilo, parecia um "grande feito" a ser registrado na história da humanidade.

— Bem, isso é um exagero! — retrucou rindo. — Mas entendo o que você quer dizer. O que na verdade você quer dizer é que... era uma "exibição". Algumas vezes, as pessoas chegavam a falar isso e, naquela época, ficava magoado. Na verdade, eu não tinha nenhuma intenção de me exibir. Mas talvez eu o fizesse naturalmente. Desde criança, todos me observavam. Todos prestavam atenção em mim. Talvez por isso logo percebi que qualquer coisa que eu fizesse se tornava uma encenação. É algo que se incorpora a você. Afinal de contas, eu estava encenando, não é? Por isso, quando virei ator, finalmente me senti aliviado. A partir daí, eu poderia encenar o quanto quisesse, não é mesmo? — questionou ele, colocando as duas mãos nos joelhos, olhando para elas. — Mas quer saber? Não sou uma pessoa ruim. Na verdade, ou melhor, é verdade... não sou uma pessoa tão ruim assim. Sou sincero do meu jeito e confesso que me magoo facilmente. Isso não quer dizer que eu viva constantemente atrás de uma máscara.

— É claro! Eu não quis dizer isso, viu? O que eu queria dizer é simplesmente que o modo como você acendia o fogo do bico de Bunsen era chique. Só isso. Tenho até vontade de vê-lo acender de novo.

Ele deu uma risada gostosa. Tirou os óculos e limpou as lentes. O seu jeito de limpar os óculos também era muito charmoso.

— Está bem — concordou. — Vou fazê-lo numa próxima oportunidade. Deixe preparado um bico de Bunsen e uma caixa de fósforos, certo?

— Para o caso de eu desmaiar, vou providenciar um travesseiro — acrescentei.

— É uma boa ideia! — concordou, dando risadas enquanto recolocava os óculos.

Depois de pensar um pouco, ele abaixou o volume do som. — Se não se importa, poderia me falar a respeito da pessoa que morreu?

— May — disse a ele, olhando fixamente a estrada. — Ela morreu. Foi assassinada. Estrangulada com uma meia de seda no Hotel Akasaka. Ainda não se sabe quem é o assassino.

Gotanda me fitou com um olhar perdido. Levou de três a quatro segundos para entender o que eu havia dito. Assim que compreendeu, seu rosto se transtornou. Era um transtorno que se assemelhava à folga que aparece no batente retorcido da janela após um grande terremoto. Por várias vezes observei de relance as mudanças de sua expressão. Ele ficou realmente chocado.

— Quando ela morreu? — perguntou.

Informei-lhe o dia correto. Gotanda ficou novamente em silêncio, tentando colocar ordem em seus sentimentos.

— Que horrível! — comentou, sacudindo a cabeça. — É bárbaro demais. Não faz sentido. Era uma boa menina. E... — sacudiu a cabeça mais uma vez.

— Realmente uma boa menina. Ela era como a personagem de um conto de fadas...

Ele tentou aliviar a tensão e respirou fundo. De repente, o cansaço envolveu-lhe o rosto como se fosse impossível guardá-lo por mais tempo. Ele guardava o cansaço em algum lugar dentro de seu corpo para que ninguém pudesse ver. Era um homem diferente, pensei. É capaz de fazer isso. Exausto, Gotanda pareceu-me um pouco mais velho que o normal. Mas, apesar do esgotamento estampado em seu rosto, ele ainda era muito charmoso. Seu cansaço era apenas uma espécie de ornamento. É claro que estou sendo injusto em dizer uma coisa dessas. Ele realmente deveria estar muito cansado e triste. Eu conseguia perceber isso, mas tudo nele se tornava charmoso, apenas isso. É como o rei do conto de fadas cujo toque transforma tudo em ouro.

— Com frequência, nós três ficávamos conversando até amanhecer — disse Gotanda serenamente. — Eu, May e Kiki. Mantínhamos um relacionamento íntimo e divertido. Você fala em conto de fadas, mas não é nada fácil vivermos assim, como num conto de fadas, por isso aquela convivência era muito importante para mim. Mas elas desapareceram uma depois da outra.

Ficamos calados um bom tempo. Eu olhava para a estrada e ele para o porta-luvas. Eu ligava e desligava o limpador de para-brisa. Bem baixinho, podia-se ouvir uma canção antiga dos Beach Boys. Era uma canção que falava de sol, surfe e corridas de carro.

— Como você soube que ela morreu? — perguntou Gotanda.

— Fui chamado pela polícia — expliquei. — Ela estava com o meu cartão de visita que havia lhe entregado naquele dia. Disse-lhe para me contatar caso ficasse sabendo alguma coisa sobre Kiki. May guardou o cartão no fundo da carteira. Por que será que ela o carregava? De qualquer modo, ela estava com ele. Por azar, esse foi o único objeto que poderia dar alguma pista da identidade dela. Por isso é que fui interrogado. Mostraram-me as fotos de seu cadáver e perguntaram-me se eu a conhecia. Eram dois investigadores do tipo brutamontes. Disse-lhes que não a conhecia. Menti.

— Por quê?

— *Por quê?* Você acha que eu deveria quebrar o silêncio e de repente confessar que foi com a sua indicação que nós dois contratamos aquelas mulheres? O que você acha que aconteceria se eu dissesse isso? Ei, acorde! Onde está a sua imaginação?

— Desculpe-me — falou com sinceridade. — Estou meio confuso. Foi uma pergunta tola, concordo. É só pensar um pouco que dá para entender o porquê disso. Que mancada! E o que aconteceu depois?

— Os investigadores não acreditaram. São profissionais e sabem pelo cheiro quando alguém está mentindo. Colocaram-me contra a parede durante três dias. Para não infringir a lei e para não restarem indícios de agressão física, fui exaustivamente interrogado. Foi dureza! Não sou mais jovem. É diferente de antigamente. Dormi numa cela por não haver outro lugar. Não trancaram, mas, mesmo sem estar trancada, uma cela não deixa de ser uma cela. A gente se sente deprimido... impotente.

— Entendo. Um tempo atrás, passei duas semanas numa cela. Fiquei de "bico calado". Disseram-me para ficar de "bico calado" e obedeci. Mas fiquei com medo. Durante duas semanas, não vi a luz do sol. Cheguei a pensar que jamais sairia dali. A gente fica com esse sentimento. Aquelas pessoas sabem massacrar, como se batessem em nossa carne com uma garrafa de cerveja. Eles sabem como fazê-lo. Sabem como desnortear uma pessoa — disse ele, olhando para as suas unhas. — Mas, após ser interrogado durante três dias, no final das contas... você manteve o silêncio?

— Claro que sim. Você acha que depois desse tempo todo eu poderia simplesmente confessar dizendo "a verdade é que..."? Se eu fizesse uma coisa dessas, aí sim, jamais voltaria para casa. Num lugar daqueles, se você abrir a boca para dizer alguma coisa, ela deve ser defendida com unhas e dentes. Não importa o que aconteça, deve fingir inocência.

O rosto de Gotanda transtornou-se de leve. — Você mal a conheceu e já entrou numa fria. Desculpe-me por envolvê-lo nisso.

— Você não precisa se desculpar — confortei-lhe. — Aquilo foi aquilo. Eu me diverti. Agora, *isso é isso*. Você não tem culpa da morte dela.

— Tem razão. Mas, de qualquer modo, você mentiu para a polícia por minha causa. Para não me envolver, você acabou passando sozinho por maus lençóis. Por minha causa. Pelo fato de eu estar envolvido.

Enquanto esperava o sinal abrir, olhei diretamente nos seus olhos e comecei a falar o que, para mim, era algo muito importante. — Ei, isso não é nada. Não precisa se preocupar e nem se desculpar. Não precisa me agradecer. Eu tenho meu ponto de vista e entendo a situação. O problema é que não descobriram a identidade dela. Ela deve ter familiares e eu gostaria que o assassino fosse encontrado. Gostaria de poder falar tudo, mas não o fiz. É isso que me deixa inconformado. Não é triste saber que May foi enterrada como indigente?

Ele fechou os olhos e ficou pensando... Ficou tanto tempo assim que cheguei a pensar que estivesse dormindo. Ouvimos os dois lados da fita dos Beach Boys e então a tirei. De repente, reinou um profundo silêncio. O único som que se podia ouvir era o do pneu do carro espirrando a água do asfalto. Eram altas horas da noite, pensei.

— Vou telefonar para a polícia — disse Gotanda com tranquilidade, abrindo os olhos. — Um telefonema anônimo informando o nome do clube onde ela trabalhava. Assim encontrarão sua identidade e acelerarão as investigações, não é mesmo?

— Formidável! Você é mesmo um cara esperto! De fato, não tinha pensado nessa saída. Se fizer isso, a polícia vai checar o clube. Inclusive vão descobrir que, dias antes de ser assassinada, você a chamou em sua casa. Você, com certeza, será chamado para depor. Se isso acontecer, qual foi o sentido de eu ter ficado quieto, sob pressão, guardando um segredo durante três dias?

Ele sacudiu a cabeça. — Você tem razão. É... Não sei o que está acontecendo comigo. Estou confuso!

— Está confuso. Quando se está assim, o melhor a fazer é ficar na sua. Então, tudo passa... É apenas questão de tempo. Foi só uma garota estrangulada no hotel. Algo corriqueiro. Logo todos esquecerão. Você não precisa se sentir responsável por isso. Deve apenas ficar quieto e na sua. Não precisa fazer nada. Se tomar alguma atitude descabida, vai acabar complicando as coisas.

Acho que meu tom de voz foi frio demais. Acho que me expressei de modo um tanto ríspido. Mas eu também tenho sentimentos. Até mesmo eu...

— Desculpe-me — eu disse. — Não tive a intenção de censurá-lo. Apenas estava triste por não poder ajudar aquela garota. Foi só isso. Não é sua culpa.

— É, sim, é culpa minha — retrucou.

Como o silêncio ficou "carregado" demais, coloquei uma outra fita. Ben E. King cantava "Spanish Harlem". Ficamos calados até a entrada de Yokohama. Mas, por causa desse silêncio, senti algo fraterno por Gotanda, um sentimento que, até então, não existia. Tive vontade de colocar minha mão em seu ombro e dizer-lhe que estava tudo bem e que tudo já tinha passado, mas não fiz nada disso. Uma pessoa morreu. Uma pessoa estava fria e enterrada. É um fato com tamanho peso que ultrapassava as minhas forças.

— Quem será que a matou? — perguntou Gotanda, após um longo silêncio.

— Quem sabe? — perguntei. — Quando se trabalha nesse tipo de coisa, encontram-se muitas pessoas. Podem ocorrer muitas eventualidades. Não é só conto de fadas.

— Mas aquele clube só cadastra pessoas com identidade comprovada. Além do mais, há todo um sistema de intermediação. Se forem investigar, logo irão encontrar a pessoa.

— Nesse caso, acho que ela não foi pelo clube. Tenho esse pressentimento. Podia ser um encontro particular e não a serviço, ou um tipo de "bico" sem passar pela agência. De qualquer modo, quem a chamou é o culpado.

— Coitada! — exclamou.

— Ela acreditava demais em contos de fadas — eu disse. — Acreditava no mundo das imagens, mas mesmo neste mundo existem regras. Se alguém as desrespeitar, se errar de parceiro, leva a pior.

— Não faz sentido! — disse Gotanda. — Nunca consegui entender por que uma garota tão linda e inteligente era prostituta. Era estranho! Uma mulher como aquela poderia ter tido uma vida melhor. Teria um emprego decente e encontraria um homem rico. Poderia ter sido até modelo. Por que tornou-se prostituta? Bem, com certeza devia dar uma boa grana. Mas ela não parecia ser tão apegada ao dinheiro. Vai ver ela queria mesmo é viver esse tal conto de fadas de que você fala.

— Acho que sim — respondi. — Assim como você. Assim como eu. Assim como todo mundo. O que difere é a maneira como tentamos alcançar isso. Então, às vezes, nos desencontramos e erramos, e, às vezes, as pessoas morrem.

Parei o carro em frente ao New Grand Hotel.

— E então, você não quer dormir aqui hoje? — perguntou Gotanda. — Deve haver quartos disponíveis. Que tal pedir umas bebidas ao serviço de quarto? Gostaria de tomar uns tragos com você. Pelo jeito não vou conseguir dormir tão cedo...

Recusei. — Vamos deixar para beber numa próxima oportunidade? Estou um pouco cansado. Prefiro voltar para casa e cair no sono, sem pensar em mais nada.

— Tudo bem — disse ele. — Muito obrigado por ter me trazido até aqui. Parece que hoje só falei besteiras, não é mesmo?

— Você também está cansado — ponderei. — A respeito daquela pessoa morta, não tenha pressa em fazer algo. Está tudo bem. Ela está terminantemente morta. Pense com calma depois de recobradas as energias. Você está me entendendo? Ela está morta. Extremamente, completamente morta. Fizeram necropsia e a congelaram. Sentindo-se responsável ou não, ou seja lá o que estiver sentindo, não adianta, ela não vai voltar a viver.

Gotanda concordou. — Entendo o que quer dizer.

— Boa noite! — despedi-me.

— Obrigado por tudo — agradeceu ele.

— Na próxima, você acende o fogo do bico de Bunsen e estamos quites.

Ele deu risada e, quando ia saindo do carro, pareceu lembrar-se de algo de repente e voltou o olhar para mim.

— É estranho! Mas você é a única pessoa que posso dizer ser meu amigo, sabia? Fora você, não tenho mais ninguém. A gente se reencontrou após vinte anos e hoje é apenas o nosso segundo encontro. Não é estranho?

Depois de dizer isso, ele seguiu. Levantou a gola da capa e seguiu andando em direção ao hall de entrada do New Grand

Hotel em meio a uma chuva fina de primavera. Parece *Casablanca*, pensei. O começo de uma bela amizade...

Mas pode-se dizer que eu também sentia o mesmo em relação a ele. Por isso suas palavras atingiram-me em cheio. Hoje sinto que ele é a única pessoa a quem posso chamar de amigo. Eu também achava isso estranho. Não era por causa dele que essa cena se parecia com *Casablanca*.

*

No trajeto de volta a Tóquio, ouvi a música de Sly & The Family Stone e, cantarolando, acompanhei seu ritmo percutindo no volante. "Everyday People"... Que saudades...

I am no better and neither are you
We are the same whatever we do
I am everyday people, yeah yeah

A chuva continuava a cair, silenciosa e constante. Durante a noite, essa garoa delicada seria capaz de germinar as plantas. Disse para mim mesmo: — Extremamente, completamente morta. — Passou pela minha cabeça que eu deveria ter ficado no hotel e tomado algo com Gotanda. Entre mim e ele existem quatro coisas em comum: primeiro, estudamos juntos no laboratório de ciências; segundo, somos divorciados e estamos solteiros; terceiro, dormimos com Kiki; e quarto, dormimos com May. May está morta. Extremamente... completamente. Havia razões de sobra para que eu ficasse e tomasse algo com ele. Podia ficar para lhe fazer companhia. Afinal, eu estava à toa e não tinha nenhum compromisso para o dia seguinte. O que será que me impediu de ficar com ele? Cheguei à conclusão de que era porque não queria me sentir como se estivesse numa cena de filme. Dependendo do ponto de vista, Gotanda é um homem que não passa de um coitado. É charmoso demais. Isso não é culpa dele. Acho.

Voltei para o apartamento em Shibuya e, pela fresta da persiana, fiquei olhando a via expressa, enquanto tomava um uísque. Um pouco antes das quatro da manhã fiquei com sono e resolvi ir para a cama.

27

Passou uma semana. Nesse período, a primavera foi se firmando e se tornando mais evidente. Já não se notava qualquer resquício de inverno. É bem diferente do mês de março. As cerejeiras desabrocham e as chuvas noturnas fazem suas pétalas caírem. As eleições finalmente passaram e teve início o novo semestre escolar. A Tokyo Disneyland estava funcionando. Bjorn Borg aposentou-se. Michael Jackson estava em primeiro lugar nas paradas. Os mortos continuam mortos.

A semana transcorreu para mim sem nenhum sentido.

Era uma sucessão de dias sem nenhum lugar para ir. Nessa semana fui duas vezes nadar. Fui também ao barbeiro. De vez em quando, comprava e lia algum jornal, mas, sobre May, não encontrei mais nada. Ainda não deviam ter descoberto sua identidade. Eu sempre comprava meu jornal na banca de Shibuya, lia-o no Dunkin' Donuts e, quando acabava de ler, jogava fora. Não havia nenhuma notícia interessante.

Encontrei-me com Yuki na terça e na quinta para conversarmos e comermos algo. Na semana seguinte, numa segunda-feira, fomos passear de carro ouvindo música. Era divertido sair com ela. Nós tínhamos coisas em comum. *Tínhamos tempo.* Sua mãe ainda não havia voltado. Ela dizia que quando não se encontrava comigo, quase não saía durante o dia, exceto aos domingos. Disse que quando ficava perambulando pelas ruas, durante a semana, logo era abordada por "inspetores escolares" querendo saber o porquê de ela não estar na escola...

— Da próxima vez, você não quer ir à Tokyo Disneyland? — perguntei.

— Eu não faço nenhuma questão de ir a um lugar desses — respondeu, franzindo a testa. — Não gosto desse tipo de coisa.

— Você não gosta desse lugar ameno, água com açúcar, e propositadamente voltado para o público infantil, e cheio de coisas do Mickey Mouse?

— É isso mesmo! — respondeu-me sem rodeios.

— Mas ficar em casa sem fazer nada vai prejudicar sua saúde — eu disse.

— Ei, você não quer ir para o Havaí? — perguntou.

— Havaí? — indaguei surpreso.

— Mamãe me telefonou e disse que eu devia passar uns dias com ela, aproveitando que está lá fotografando. Como fazia tempo que ela não ligava para mim, deve ter ficado com peso na consciência. É por isso que me telefonou. Parece que não vai voltar logo para o Japão e como não estou indo para a escola... Bem... Havaí não seria nada mal, não é? Se você for junto, ela irá cobrir as suas despesas. Afinal eu não posso ir sozinha, certo? Vamos passear lá durante uma semana? Com certeza vai ser muito divertido!

Dei risada. — Qual é a diferença entre Tokyo Disneyland e Havaí?

— Bem, pelo menos no Havaí não tem inspetores escolares...

— É! Não é má ideia! — concordei.

— Então você vai junto?

Pensei um pouco sobre o assunto e, quanto mais pensava, mais me animava a ir para o Havaí. Ou seja, seria bom sair de Tóquio, ir para um lugar completamente diferente, trocar de ares. Aqui em Tóquio eu estava num tremendo impasse. Não conseguia ter nenhuma ideia boa. O fio da meada tinha se perdido e não havia nenhum indício de que um novo poderia ser resgatado. Sentia que não estava no lugar certo e nem fazendo a coisa certa. Nada que eu fizesse me deixava confortável. Eu me sentia mal, como se estivesse sempre me alimentando de modo errado e conquistando coisas erradas. Além do mais, os mortos estavam extremamente, completamente mortos. Em outras palavras, eu estava cansado. A fadiga mental de ficar preso durante aqueles três dias ainda não havia passado.

Certa vez, passei um dia no Havaí. Quando ia a trabalho para Los Angeles, ocorreu uma pane no avião, e por isso ficamos um dia num hotel de Honolulu. Comprei óculos de sol e um calção de banho no hotel que a companhia aérea tinha reservado e fiquei o tempo todo deitado na praia. Foi um dia maravilhoso! Havaí... Nada mal.

Ficar lá durante uma semana, nadar à vontade, tomar piña colada e voltar. Vou poder finalmente descansar. Vou estar feliz, bronzeado e poderei rever e repensar as coisas sob um novo ponto de vista. Pensei nessa possibilidade... e ao pensar assim...

— Nada mal! — eu disse.

— Combinado. Vamos comprar as passagens?

Antes disso, telefonei para Hiraku Makimura. Quem atendeu foi o aprendiz, Sexta-Feira. Assim que me identifiquei, ele gentilmente transferiu a ligação.

Expliquei o fato para Hiraku Makimura e perguntei-lhe se podia levar Yuki para o Havaí. Seria um grande favor, disse ele.

— Vai ser bom para você descansar alguns dias no exterior — ponderou. — Até mesmo para um limpa-neve é necessário um período de férias. Assim você se livra um pouco da polícia. Aquele incidente ainda não foi solucionado, não é mesmo? Aqueles caras vão procurá-lo de novo, esteja certo disso.

— Pode ser que sim — assenti.

— Não se preocupe com dinheiro, pode permanecer o tempo que quiser — disse ele.

Quando converso com esse homem, o assunto sempre acaba em dinheiro. Ele é realista.

— Você me constrange quando diz que posso ficar o quanto quiser. Será no máximo uma semana! Eu ainda tenho alguns compromissos por aqui que preciso resolver...

— Tudo bem. Faça como quiser — disse Hiraku Makimura. — E quando vocês irão? Bem, acho melhor irem o quanto antes. Viagens são assim... Quando se resolve fazê-las, é melhor partir logo. Esse é o segredo. Não é necessário levar muita bagagem. Afinal, vocês não estão indo para a Sibéria. Se estiver faltando algo, compre por lá. Lá tem de tudo. Acho que posso conseguir passagens para depois de amanhã. Pode ser?

— Sim, mas a minha passagem eu pago. Por isso...

— Pare de falar bobagens. Como trabalho com esse tipo de coisa, posso comprar as passagens a preços bem mais acessíveis. Consigo rapidamente um bom lugar. Deixe isso por minha conta. Cada pessoa possui os seus talentos. Dispenso seus comentários. Não diga que o sistema é isso ou aquilo. Eu também vou reservar o hotel. Dois quartos. Um para você e outro para Yuki. E aí? Quer um com cozinha ou não?

— Bem, se der para cozinhar, eu prefiro...

— Conheço um muito bom. Perto da praia, silencioso e bonito. Já estive lá uma vez. De qualquer modo, farei uma reserva de duas semanas. Fique quanto quiser.

— Mas... é que...

— Não precisa se preocupar com *nada*. Deixe tudo por minha conta. Está tudo bem. Pode deixar que eu aviso a mãe dela. O que você tem a fazer é ir para Honolulu acompanhar Yuki, ficar deitado na praia e se alimentar bem. A mãe dela deve estar atarefada. Quando está trabalhando, tanto faz se é a filha dela ou qualquer outra coisa que esteja ali, nada existe para ela. Por isso, você também não deve ligar. Fique tranquilo. Basta você alimentar Yuki. Relaxe. Solte o corpo. É só isso. Ah! Você já tem visto?

— Tenho. Mas...

— Depois de amanhã, está bem? Basta levar roupa de banho, óculos escuros e o passaporte. O resto compre por lá. É simples. Você não está indo para a Sibéria. Lá é terrível, realmente terrível. O Afeganistão também não fica atrás. O Havaí é como a Disneylândia, chega-se num piscar de olhos... Não precisa fazer nada, pode ficar de papo para o ar. Por falar nisso, você fala inglês?

— O suficiente para um diálogo simples...

— Ótimo! — disse Hiraku Makimura. — É suficiente. Perfeito. Não é preciso mais nada. Vou pedir para Nakamura levar as passagens até aí. Aproveitando, vou lhe mandar o dinheiro da passagem de Sapporo. Antes de sair, telefonaremos.

— Nakamura?

— É o aprendiz. Você o encontrou aqui, outro dia. Aquele rapaz que mora aqui.

O Sexta-Feira.

— Tem mais alguma pergunta? — indagou Hiraku Makimura. Parecia que eu tinha inúmeras perguntas a fazer, mas não consegui me lembrar de nenhuma.

— Ótimo! — disse ele. — Você entende rápido. Gosto disso. Ah, já ia me esquecendo... tenho mais um presente para você. Gostaria que aceitasse. Você só saberá o que é quando estiver lá. É uma surpresa para a qual você terá de desatar um laço...

Havaí. Bom lugar! É um parque de diversões. Relaxar. Sem limpar neve. O aroma é bom. Divirta-se! Vamos nos encontrar um dia desses, certo?

Após dizer isso, desligou o telefone.

É um escritor famoso.

Voltei para o meu assento no restaurante e disse a Yuki que provavelmente partiríamos depois de amanhã. — Que bom! — exclamou ela.

— Você consegue fazer as malas sozinha? Roupas de banho, essas coisas... — perguntei.

— Mas não é para o Havaí que vamos? — perguntou ela com uma expressão de quem não entendia a minha preocupação. — É como se fôssemos à praia de Oiso. Não estamos indo para Katmandu.

— Isso é verdade — assenti.

Independentemente disso, eu tinha que resolver algumas coisas corriqueiras antes de viajar. No dia seguinte, fui ao banco tirar dinheiro e providenciar cheques de viagem. Havia ainda bastante dinheiro na conta. O pagamento do mês passado já tinha sido depositado e por isso o saldo estava bem elevado. Fui à livraria comprar alguns livros. Fui também à lavanderia buscar minhas camisas. Voltando para casa, organizei os alimentos da geladeira. Às três da tarde, Sexta-Feira me telefonou. Perguntou se podia trazer as passagens, pois estava no bairro de Marunouchi, próximo de onde eu moro. Marcamos o encontro numa cafeteria do edifício Parko. Ele me entregou um envelope grosso. Dentro, havia o valor referente à passagem de Yuki, de Sapporo a Tóquio, duas passagens de primeira classe da JAL e dois talões de cheques de viagem da American Express. Tinha também um mapa de localização do hotel em Honolulu.

— Assim que chegar lá, basta se identificar, pois já está tudo providenciado — informou Sexta-Feira. — A reserva foi feita para duas semanas, mas pode ser alterada para mais ou para menos. Por favor, deixe os cheques de viagem assinados. Pode usá-los como quiser. Não faça cerimônia, pois qualquer despesa poderá ser abatida do imposto de renda... Esse foi o recado que me foi passado.

— Tudo pode ser deduzido... — disse num tom de admiração.

— Eu não diria que é tudo, mas, se possível, gostaria que trouxesse os recibos das despesas. Como sou eu quem vai organizar esses papéis, ficaria muito agradecido — explicou Sexta-Feira, rindo. Não era uma risada ofensiva.

Tranquilizei-o, dizendo que o faria.

— Cuide-se e faça boa viagem! — disse ele.

— Obrigado — respondi.

— Se bem que é somente o Havaí... — comentou Sexta-Feira sorrindo. — Não se trata de ir para o Zimbábue.

Há muitas maneiras de se expressar.

*

Ao entardecer, resolvi preparar um jantar com os alimentos que restavam na geladeira. Deu para fazer uma salada de verduras, uma omelete e uma sopa de missô. Quando pensava que estaria no Havaí no dia seguinte, sentia uma emoção estranha. Para mim, era tão estranho como se fosse partir para o Zimbábue. Talvez porque eu nunca tivesse ido para lá.

Tirei do armário uma mala não muito grande e coloquei nela um nécessaire com os meus objetos de higiene pessoal, alguns livros, mudas de roupas de baixo e uns pares de meias. Depois coloquei meu calção de banho, óculos escuros e bronzeador. Duas camisetas, uma camisa polo, um short e um canivete suíço. Por cima de tudo, um blusão, de algodão xadrez. Fechei o zíper da mala. Verifiquei passaporte, cheques de viagem, carteira de motorista, passagens aéreas e cartão de crédito. Será que teria de levar mais alguma coisa?

Não me lembrei de nada.

Ir para o Havaí é muito simples. Não é tão diferente de ir para Oiso. A bagagem que levei para Hokkaido fora bem mais volumosa.

Coloquei a mala no chão e separei a roupa que iria usar na viagem: uma calça jeans, uma camiseta, um tênis *yacht* e um casaco esportivo bem leve. Deixei tudo dobrado e empilhado. Isto terminado, fiquei sem saber o que fazer. Não tinha mais nada a ser feito. Sendo assim, resolvi tomar banho e beber uma cerveja assistindo aos noticiários da TV. Não havia nada de excepcional. A previsão do tempo dizia que no dia seguinte o clima poderia mudar. Tudo bem, pensei. Amanhã estaremos em Honolulu. Desliguei a TV e, encostado na cabeceira da cama, tomei a cerveja. Lembrei-me de May. A May que está extremamente, completamente morta. Ela está agora num local muito frio. Não se sabe ainda a sua identidade. Ninguém veio buscar o corpo. Não poderei mais ouvir Dire Straits, nem Bob Dylan. Amanhã estarei indo para o Havaí às custas de outra pessoa. Será que o mundo é assim mesmo?

Sacudi a cabeça para afugentar a imagem de May da minha mente. Um dia voltarei a pensar nisso. Agora esse assunto é muito penoso para mim. Penoso e recente demais.

Pensei na garota do Dolphin Hotel de Sapporo. A garota de óculos da recepção. A garota de quem nem sei o nome. Nesses últimos tempos, tinha uma vontade muito grande de conversar com ela. Cheguei até mesmo a vê-la em meus sonhos. Mas não sabia o que fazer. Como faria para falar com ela? Será que eu deveria dizer que gostaria de falar com a garota de óculos da recepção? Não dá! Isso não daria certo. Com certeza, nem chegariam a passar a ligação. Afinal, hotel é um lugar muito sério.

Fiquei pensando nisso um bom tempo. Deveria ter algum modo eficaz para se conseguir chegar até ela. Os recursos surgem quando desejamos algo. Após dez minutos, descobri o que deveria fazer. Não tinha certeza se daria certo, mas valia a pena tentar.

Liguei para Yuki e combinei com ela sobre o dia seguinte. Disse-lhe que iria de táxi buscá-la às nove e meia e, aproveitando a situação, perguntei-lhe se sabia o nome daquela garota.
— Sabe, aquela garota da recepção que pediu para que eu a trouxesse? Aquela... de óculos!

— Ah! Acho que sim. Como era um nome muito diferente, eu deixei escrito no meu diário. Eu não me lembro agora, mas, se olhar o diário, saberei — disse ela.

— Será que você poderia achá-lo para mim? — perguntei.

— É que eu estou vendo TV agora. Pode ser depois?

— Desculpe-me, mas tenho pressa... muita...

Apesar de resmungar muito, ela acabou indo consultar o diário. — Senhorita Yumiyoshi — disse ela.

— Yumiyoshi? — repeti. — Como é que se escreve isso?

— Sei lá! Não disse que era um sobrenome estranho? Não sei como se escreve. Será que ela é de Okinawa? Não te parece?

— Acho que não. Em Okinawa não há nomes desse tipo.

— Mas é esse mesmo o sobrenome dela: Yumiyoshi, está bem? Estou vendo TV.

— O que você está assistindo?

Ela bateu o telefone sem responder à minha pergunta.

Verifiquei Yumiyoshi na parte final da lista telefônica de Tóquio. Inacreditável, mas encontrei dois Yumiyoshi em Tóquio. Um deles composto pelos ideogramas "arco" e "sorte". O outro era Yumiyoshi Fotos, com o nome em fonogramas Katakana. Existem mesmo muitos nomes pelo mundo.

Logo depois, telefonei para o Dolphin Hotel e perguntei se a senhorita Yumiyoshi estava. Não tinha muita expectativa de encontrá-la, mas a pessoa transferiu a ligação para ela. Caramba!, pensei. Ela ainda se lembrava de mim. Acho que não sou de se jogar fora.

— Estou no serviço — disse ela em tom baixo, curto e grosso. — Depois eu ligo.

— Tudo bem, pode ser depois... — assenti.

Enquanto aguardava o telefonema de Yumiyoshi, liguei para Gotanda e deixei uma mensagem na secretária eletrônica comunicando-lhe minha ida para o Havaí no dia seguinte e que ficaria um tempo por lá.

Gotanda estava em casa e por isso retornou rapidamente a ligação.

— Que bom, hein?! Que inveja! — disse ele. — É bom para arejar. Se pudesse, bem que gostaria de ir.

— Nada o impede — falei.

— Aí é que você se engana. Tenho dívidas na empresa. Com esse negócio de casamento e de divórcio, tive que pedir emprestado muito dinheiro. Eu cheguei a comentar com você que fiquei liso, não é mesmo? Para devolver esse empréstimo, tenho que trabalhar muito. Sou obrigado a fazer comerciais que não quero. É uma conversa estranha. Posso fazer despesas à vontade, mas não consigo diminuir minhas dívidas. O mundo está cada dia mais complicado. Eu nem sei se sou rico ou pobre. Tenho coisas em abundância, mas não tenho o que quero. Posso usar dinheiro à vontade, mas não posso usá-lo para as coisas que realmente quero. Posso comprar muitas mulheres bonitas, mas não durmo com a mulher que eu gosto. É uma vida estranha.

— A sua dívida é grande?

— Imensa — disse ele. — Dizem que é grande, mas eu, que sou o devedor, não sei direito o valor exato. Sabe, não é que eu queira me gabar, mas sei que a maior parte do que eu faço é mediano ou acima da média. No entanto, sou ruim em contas. Quando vejo aqueles valores em números naqueles cadernos de contabilidade fico fisiologicamente perturbado. Evito ficar olhando aquilo. Minha família era do tipo tradicional, que evitava comentar assuntos relacionados a dinheiro por achar isso muito deselegante: Não se preocupe com os números, trabalhe bastante e viva de acordo com as suas possibilidades. Não fique preso aos detalhes, pense de modo abrangente. Bem, era um modo de ver as coisas. Naquela época, pelo menos, era assim. Mas sabe de uma coisa? A partir do momento em que o conceito de se viver conforme as possibilidades deixou de existir, esse modo de viver perdeu o significado. A partir daí que as coisas se complicaram. Perdi a noção do todo e restou-me apenas a dificuldade de entender os números. É horrível. Não sei como estão as coisas. O contador da empresa, especializado em impostos, tenta me explicar detalhadamente, mas é tão complicado que não consigo entender. O dinheiro vai para lá e vem para cá. Existem os tais débitos nominais, os tais empréstimos nominais, os ajustes de deduções, enfim, há inúmeros pormenores. Peço uma explicação simples e direta, e que me digam de modo mais claro. Mas ninguém presta atenção. Então peço para que me mostrem o resultado desses cálculos. Eles me mostram. Isso é simples. Eu ainda tenho uma dívida enorme. Diminuiu bastante, mas ainda devo muito. Por isso, preciso trabalhar! Em compensação, preciso arrumar despesas para as deduções. E é isso. Uma desgraça! Já ouviu falar no "inferno das formigas" de que fala o Budismo? Pois é, parece que estou enterrado até o pescoço, pagando pelos meus erros nesse inferno. Não me importo de trabalhar. Isso é o de menos. No entanto, é desesperador não entender o mecanismo das coisas. De vez em quando, fico com medo... Ah!... Estou falando demais, não é? Desculpe-me. Com você, eu sempre acabo falando demais.

— Não há problema nenhum — eu disse.

— Esse assunto nada tem a ver com você... da próxima vez que nos encontrarmos, falarei disso com mais calma — arrematou Gotanda. — Cuide-se! Vou sentir sua falta. Assim que eu tiver um tempinho, estava pensando em encontrá-lo para bebermos algo.

— Ei, é só o Havaí... — falei rindo. — Não estou indo para a Costa do Marfim. Volto em uma semana.

— É. Você tem razão. Quando voltar, vê se telefona!

— Telefono.

— Enquanto você estiver deitado na praia de Waikiki, eu estarei representando um dentista e tentando saldar minhas dívidas.

— Neste mundo, há diversas formas de se viver — eu disse. — Cada pessoa possui seu modo próprio. *Different strokes for different folks.*

— Sly & The Family Stone — soltou Gotanda, estalando os dedos. Conversar com alguém da nossa geração é sempre uma economia de tempo.

Yumiyoshi telefonou um pouco antes das dez. Disse que acabara de chegar e estava me ligando de sua casa. Lembrei-me de seu apartamento naquele dia em que nevava. Era um apartamento simples, com uma escada muito simples e uma porta igualmente simples. Seu sorriso era tenso. Esses detalhes me fizeram sentir saudades dela. Fechei os olhos e imaginei a neve que caía na escuridão da noite. Acho que estou apaixonado, pensei.

— Como você descobriu o meu nome? — perguntou ela.

— Yuki me falou — expliquei. — Não fiz nada errado. Não subornei e não precisei fazer escuta telefônica. Não espanquei-a para persuadi-la a falar. Apenas fiz uma pergunta de modo educado, e ela me contou.

Ela ficou em silêncio como se estivesse desconfiada. — Como ela está? Você a levou direitinho, não?

— Claro! Levei-a direitinho para casa, e de vez em quando nos encontramos. Ela está bem. É uma menina diferente...

— Ela se parece com você! — disse num tom bem seco. Isso me soou como uma verdade universal, daquelas que são aceitas por toda a humanidade. Algo como dizer: "Os macacos comem bananas" ou "No deserto do Saara é difícil chover..." coisas assim.

— Posso saber por que você não quis me dizer o seu nome? — perguntei-lhe.

— Não foi bem isso. Eu disse que, na próxima vez que você viesse aqui, eu lhe diria. Isso não quer dizer que eu estava escondendo — explicou. — Não é questão de esconder, apenas acho maçante ficar falando o meu nome... "Como é que se escreve?" "Há muitos nomes como esse?" "De onde você veio?" De tanto perguntarem a mesma coisa, isso se tornou entediante para mim. Esse é o motivo pelo qual não gosto de ficar falando como me chamo. É algo muito mais incômodo do que você imagina. Você precisa responder à mesma pergunta "n" vezes.

— Mas é um bom nome! Acabei de verificá-lo. Por acaso você sabia que em Tóquio há duas outras pessoas com o mesmo nome?

— Claro que sei — disse ela —, eu não falei que já tinha morado em Tóquio? Já verifiquei isso há muito tempo. Quando você tem um nome diferente, torna-se uma mania essa coisa de ficar procurando-o na lista telefônica das cidades por onde você passa. Em qualquer lugar que você vá, lá está você buscando seu nome na lista telefônica. Yumiyoshi... Yumiyoshi. Tem outra pessoa em Kyoto! E então, você está precisando de alguma coisa?

— Não é exatamente isso. A partir de amanhã, ficarei fora por um tempo, vou viajar e por isso queria ouvir sua voz antes de partir. Era só isso. Às vezes sinto vontade de escutá-la — disse-lhe, demonstrando sinceridade em minhas palavras.

Ela ficou quieta. A linha estava cruzada. Bem lá no fundo, podia-se ouvir uma mulher conversando. Essa voz parecia vir do outro lado de um longo corredor. Era baixinha, seca, envolta num ruído estranho. Suas palavras eram ininteligíveis, mas a voz expressava grande sofrimento. Com grande pesar, ia conversando pausadamente.

— Você se lembra daquilo que comentei sobre sair do elevador e de repente tudo estar escuro ao redor? — perguntou Yumiyoshi.

— Lembro — respondi.

— Aquilo aconteceu de novo... — disse ela.

Fiquei em silêncio. Ela também. Lá no fundo, a mulher continuava a falar com tristeza. A pessoa com quem ela conversava respondia, vez ou outra, com monossílabos, difíceis de serem entendidos. Uma voz ríspida fazia interjeições do tipo: Ah!... É?... Acho que era isso que essa voz dizia ou respondia com frases curtas. A mulher continuava a falar com sua fala sofrida, arrastada, como se estivesse subindo lentamente uma escada de construção. Por um instante, pensei ser uma pessoa morta tentando conversar. Uma pessoa morta estaria tentando conversar lá do outro lado do corredor. É como se estivesse querendo falar o quanto era triste estar em tal condição.

— Você está me ouvindo? — perguntou Yumiyoshi.

— Estou, sim — respondi —, fale-me sobre isso...

— Você *realmente* me levou a sério quando eu disse aquilo? Não era apenas uma questão de companheirismo?

— Levei a sério, sim — eu disse. — Eu não lhe contei, mas logo depois daquela nossa conversa eu também acabei indo parar no mesmo lugar que você. Peguei o elevador e fui dar numa escuridão profunda, assim comprovei o que você disse.

— Você foi lá?

— Vamos conversar sobre esse assunto numa outra ocasião. É que ainda não consigo falar sobre isso com clareza, pois muitas coisas ainda não foram solucionadas. Em nosso próximo encontro, prometo que contarei todos os detalhes, do começo ao fim. Esse é um dos motivos pelos quais devo encontrá-la novamente. Mas é isso. Você não quer me contar essa história? É muito importante...

Houve um silêncio. Não se podia mais ouvir a linha cruzada. Havia somente o rumor característico da linha telefônica...

— Alguns dias atrás... acho que há uns dez dias, peguei o elevador para ir até o estacionamento que fica no subsolo. Era por volta de oito da noite. E então, de repente, eu estava lá. Como da outra vez. Saí do elevador e, quando me dei conta, lá estava eu. Dessa vez, não eram altas horas da noite, tampouco eu estava no décimo sexto andar. Mas era igual. A escuridão, o cheiro de bolor e a umidade eram idênticos. Dessa vez não fui a lugar nenhum. Fiquei imóvel esperando o elevador voltar e tive a impressão de que ele demorou muito a chegar. Nisso, ele chegou, entrei e saí desse local. Foi isso!

— Você comentou o fato com mais alguém? — perguntei.

— Com mais ninguém — disse ela. — É a segunda vez que isso acontece comigo, não é mesmo? Achei melhor não ficar falando para outras pessoas.

— Concordo. É melhor não comentar com mais ninguém.

— O que você acha que devo fazer? Ultimamente, tenho tido muito medo de entrar no elevador e de repente ir parar naquele lugar escuro. Mas, quando a gente trabalha em um hotel grande como esse, é impossível deixar de usá-lo. O que devo fazer, hein? Eu não tenho mais ninguém, além de você, a quem possa pedir opinião a esse respeito...

— Yumiyoshi, por que você não me ligou antes? Se tivesse me ligado antes, eu poderia ajudá-la, entende?

— Eu liguei várias vezes — disse ela bem baixinho, como se estivesse sussurrando —, mas você nunca estava.

— A secretária eletrônica estava ligada, não?

— Estava. Mas eu detesto esse tipo de coisa. Fico nervosa.

— Entendi. Por ora, vou explicar de uma maneira bem simples. Aquela escuridão não é uma coisa má e também não tem nenhuma intenção maldosa em relação a você. Por isso, não há o que temer, está bem? Aí nesse lugar vive uma coisa — você chegou a ouvir seus passos, não é mesmo? —, mas essa coisa jamais irá machucá-la. Ela não tem a intenção de ferir ou lesar ninguém. Caso você depare novamente com essa escuridão, feche os olhos e fique esperando o elevador voltar. Entendeu?

Yumiyoshi ficou em silêncio, como se estivesse assimilando minhas palavras.

— Posso ser sincera?

— Claro que sim.

— Eu... não te entendo muito bem — disse ela com serenidade. — Às vezes, eu me lembro de você... mas não sei realmente quem é você.

— Entendo o que quer dizer. Apesar dos meus trinta e quatro anos, infelizmente tenho ainda muitas coisas que desconheço em mim. Tenho muitas coisas indefinidas. Neste momento, estou tentando resolver essas falhas. Estou me esforçando. Por isso, daqui a algum tempo, vou poder explicar as coisas de maneira mais segura. Isso fará com que possamos nos compreender melhor.

— Seria muito bom, caso isso venha a acontecer — disse ela, como se narrasse algo em terceira pessoa. Parecia aqueles locutores de noticiários de TV: Seria muito bom, caso isso venha a acontecer... A seguir... A próxima atração. E então, vamos para a próxima atração...

— Amanhã vou para o Havaí — anunciei.

— Ah, é? — disse sem muito entusiasmo. E assim terminou nossa conversa. Nos despedimos e desligamos o telefone. Eu tomei uma única dose de uísque, apaguei as luzes e dormi.

28

Próxima atração. Pronunciei isso em voz alta, deitado na praia de Fort DeRussy, enquanto contemplava o céu azul, as folhas dos coqueiros e as gaivotas. Yuki estava ao meu lado. Eu estava deitado de costas sobre a esteira e ela de bruços com os olhos fechados. Uma nova canção de Eric Clapton tocava num enorme aparelho de som portátil Sanyo. Ela vestia um pequeno biquíni verde-oliva e estava besuntada de bronzeador de coco até os dedos dos pés. Parecia um filhote de golfinho com aquela pele lisinha e brilhante. Um jovem samoano passou ao lado, segurando uma prancha de surfe, e um salva-vidas bronzeadíssimo estava sentado na sua torre de observação, com um pingente preso a uma corrente de ouro. Toda a cidade exalava cheiro de flores, frutas e bronzeadores. Havaí.

Próxima atração.

Aconteceram muitas coisas e surgiram novos personagens. Houve também muitas mudanças de cenário. Até outro dia, eu perambulava pelas ruas de Sapporo em meio à neve e agora estava ali olhando o céu, deitado numa praia de Honolulu. Isso se chama "curso" da vida. Fui ligando os pontos e tracei essa linha. Foi dançando conforme a música que cheguei até aqui. *Será que estou dançando bem?* Comecei a recordar mentalmente todo o percurso dos acontecimentos e verifiquei, uma a uma, todas as minhas atitudes em relação a eles. Achei que não estava tão ruim. Poderia ter sido melhor, mas... Eu agiria da mesma forma se tivesse que passar por tudo novamente. Isso é o que chamamos de sistema. De qualquer modo, meus pés estão se movendo. Mantenho os passos... E agora estou aqui em Honolulu. Hora do intervalo.

— *Hora do intervalo!* — disse em voz alta. Pensei que tivesse falado baixinho, mas Yuki ouviu. Ela virou-se de lado, tirou os óculos escuros e, com um olhar incomodado, ficou me observando. — Ei, em que você estava pensando? — perguntou com a voz rouca.

— Nada de mais. Uma coisa ou outra... detalhes... — respondi.

— Tudo bem, mas vê se não fica aí do lado falando sozinho, tá? Se quiser, fale quando estiver sozinho em seu quarto, está bem?

— Desculpe-me. Não vou mais fazê-lo.

Yuki olhou-me com certa impaciência. — Isso parece idiotice!

— Ah, é?

— Parece aqueles velhos esquisitos que moram sozinhos... — comentou Yuki. Depois se virou para o outro lado.

Pegamos um táxi no aeroporto e nos dirigimos ao flat em Honolulu. Levamos nossas bagagens para o quarto e vestimos shorts e camiseta. A primeira coisa que fizemos depois de nos trocarmos foi ir até um shopping das proximidades comprar um enorme aparelho de som portátil. Foi um pedido de Yuki.

— Quero um bem grande, que tenha um bom som — disse ela.

Usei um cheque que Hiraku Makimura deixara comigo.

Com ele, comprei um enorme e superaparelho de som Sanyo. Compramos também muitas pilhas e algumas fitas virgens. Perguntei se ela queria mais alguma coisa como roupas, biquíni... mas ela não quis. Não queria nada, disse. Toda vez que íamos à praia, ela levava o aparelho de som. É claro que quem o carregava era eu. Eu o carregava nos ombros como os nativos nos filmes de Tarzan, "Bwana, daqui para a frente, não quero mais seguir, dizem que há maus espíritos!", e seguia atrás dela. O DJ tocava somente músicas pop non-stop. Por isso, lembro-me muito bem das músicas que estavam nas paradas naquela primavera. As músicas de Michael Jackson difundiam-se pelo mundo como uma epidemia. Além dele, havia outros pequenos grupos como Hall & Oats que também batalhavam por um lugar ao sol. Algumas músicas sem muita criatividade, como as de Duran Duran, Joe Jackson, as quais, apesar de possuir algum talento, sempre faltou um "algo" mais, Pretenders, um grupo que sempre achei que dificilmente iria decolar, o Supertramp, que incitava com suas músicas um tipo de amarga neutralidade em relação à vida... além de The Cars e outros cantores e músicas pop desconhecidos.

O quarto era exatamente como Hiraku Makimura tinha descrito, ou seja, nada mal. Digamos que os móveis, os quadros e a decoração em geral estavam longe de ser sofisticados, mas era bastante confortável (afinal, onde é que as pessoas poderiam adquirir algo sofisticado nessas ilhas do Havaí?). Localizava-se bem perto da praia e tinha tudo pela redondeza. O apartamento ficava no décimo andar, era silencioso e com vista ampla. Podia-se contemplar o mar e até mesmo tomar banho de sol no terraço. A cozinha era ampla, funcional e limpa. Havia desde forno de micro-ondas até máquina de lavar louça. O quarto de Yuki ficava ao lado e, apesar de ser menor, não deixava de ser confortável e espaçoso. Era uma quitinete. As pessoas que encontrávamos no elevador e no saguão tinham boa aparência e eram elegantes.

Após comprarmos o rádio, fui sozinho a um supermercado próximo e comprei um monte de cerveja, vinho californiano, frutas e sucos. Comprei também alguns ingredientes para poder montar uns sanduíches simples. Depois, eu e Yuki fomos até a praia, ficamos deitados lado a lado, e passamos o tempo contemplando o mar e o céu até entardecer. Não conversamos quase nada. De vez em quando, virávamos o corpo de bruços ou de costas e, como não tínhamos nada para fazer, deixamos o tempo simplesmente fluir. Os raios de sol espalhavam-se pela terra com espantosa generosidade, a ponto de queimar a areia. A brisa marítima úmida, leve e confortante, vez por outra parecia se lembrar de balançar as folhas dos coqueiros. Por vezes, eu acabava cochilando e, quando acordava com as vozes das pessoas que passavam próximo aos meus pés ou com o barulho do vento, ficava pensando em que lugar me encontrava. Levava um certo tempo para me convencer de que estava no Havaí. O suor se misturava com o bronzeador e escorria pelo rosto, pingando pela orelha em pequenas gotas. Diversos sons iam e vinham como ondas e algumas vezes a batida do meu coração parecia se misturar a eles. Tive a impressão de que meu coração também fazia parte dessa gigantesca obra do mundo.

Desapertei os parafusos da mente e relaxei. Era hora do intervalo.

O rosto de Yuki mostrava nitidamente uma transformação. Isso ocorreu ainda no aeroporto, no momento em que ela deixou a aeronave e entrou em contato com o calor doce e ameno do Havaí. Ao descer as escadas móveis do avião, ela parou, fechou os olhos como se não aguentasse a luz intensa, respirou fundo e, ao abri-los, voltou-se para mim. Nesse instante, aquele véu fino de tensão que lhe envolvia a face desapareceu por completo. Não havia mais medo nem irritação. Até mesmo aqueles gestos simples de seu dia a dia, como passar as mãos nos cabelos, enrolar e embrulhar o chiclete, ou encolher os ombros sem motivo aparente, tornaram-se mais naturais. Pude perceber o quanto sua vida era dura e como ela vinha sofrendo durante todo esse tempo. Não se tratava apenas de uma vida cruel, mas definitivamente de uma vida errada.

Era difícil saber a idade de Yuki quando ela estava deitada na praia com os cabelos presos, óculos escuros e um pequeno biquíni. O seu corpo ainda era de criança, mas a sua nova presença de espírito fazia com que parecesse bem mais adulta. Seus braços e pernas eram finos, mas não exatamente delicados, pois aparentavam ser fortes. Quando os esticava, parecia que o ar que os envolvia também era empurrado para as quatro direções. Ela estava passando pelo período mais intenso do crescimento, no qual as transformações para a vida adulta são rigorosas e rápidas.

Passamos o bronzeador nas costas um do outro. Primeiro Yuki passou em mim. Ela disse que as minhas costas eram grandes. Era a primeira vez que alguém dizia tal coisa. Quando passei o bronzeador nas dela, Yuki sentiu cócegas e se contorceu toda. Por estar com o cabelo preso, dava para ver suas pequenas orelhas brancas e a linha do pescoço. Isso me fez rir, pois, de longe, às vezes, mesmo para mim, ao ver Yuki deitada na praia, ela parecia uma pessoa adulta, mas o pescoço denunciava a sua tenra idade, ou seja, parecia que somente ele estava no lugar errado. É ainda uma criança, pensei. É uma coisa estranha, mas o pescoço de uma mulher é algo como os anéis dos troncos que vão surgindo concomitantemente com a idade, à medida que as árvores envelhecem. Não sei por que é assim, não saberia responder corretamente o que faz essa diferença. A única coisa que sei é que garotas jovens possuem pescoço de garotas jovens e garotas mais velhas possuem pescoço de garotas mais velhas.

— No início, você deve se bronzear devagarzinho, viu? — disparou Yuki, com ar de quem entende do assunto. — Primeiro, deve se bronzear na sombra, depois ir um pouco para o sol, e voltar de novo à sombra, caso contrário podem ocorrer queimaduras que viram bolhas e acabam marcando a pele. A aparência fica horrível.

— Sombra, sol, sombra — recapitulei enquanto passava bronzeador em suas costas.

E assim foi a nossa primeira tarde no Havaí... Nós nos deitamos à sombra dos coqueiros e ouvimos estações de rádio FM. De vez em quando, eu dava um mergulho no mar e depois tomava uma piña colada bem gelada em algum quiosque da praia. Ela não entrou no mar. Disse que queria apenas relaxar. Tomou suco de abacaxi e comeu bem devagar, pedaço por pedaço, um cachorro-quente com muita mostarda e picles. Ficamos deitados até que o gigantesco sol cruzasse a linha do horizonte e tingisse o céu de um vermelho que lembrava molho de tomate, e que as canoas tradicionais começassem a acender a luz de seus mastros. Ela aproveitou até o último raio de luz.

— Vamos embora? — perguntei-lhe. — O sol já se pôs e estou com fome. Vamos caminhar um pouco e comer um bom hambúrguer. Aquele *autêntico* hambúrguer grelhado de carne gorda e suculenta com bastante ketchup e rodelas de cebolas levemente douradas.

Apesar de concordar com a ideia, ela mal se moveu. Parecia querer aproveitar cada minuto que restava daquele dia. Enrolei a esteira e carreguei o rádio.

— Não se preocupe! Amanhã tem mais. Não precisa se preocupar. Quando amanhã terminar, haverá o depois de amanhã — disse-lhe.

Ela olhou para mim e sorriu. Eu lhe estendi a mão e a puxei.

29

Na manhã seguinte, Yuki disse que queria se encontrar com a mãe. Ela só tinha o telefone de casa. Então, liguei para ela, cumprimentei-a rapidamente e perguntei como fazia para chegar até lá. Ela morava num chalé alugado próximo a Makaha e, de carro, ficava a uns trinta minutos de Honolulu, explicou. Avisei-lhe que Yuki estaria lá depois da uma da tarde. Logo depois fui à locadora de carros e aluguei um Mitsubishi Lancer. Foi uma viagem bastante agradável. Nós aumentamos o volume do rádio, deixamos as janelas abertas e corremos a 120 quilômetros por hora na via expressa à beira-mar. Tudo estava repleto de sol, de brisa marítima e de perfume de flores.

Em certo momento, perguntei a Yuki se sua mãe morava sozinha.

— Imagine! — retrucou, torcendo os lábios de leve. — Ela não é capaz de sobreviver tanto tempo sozinha no exterior. Ainda mais vivendo totalmente fora da realidade. É incapaz de ficar sem alguém que tome conta dela. Posso até apostar que algum namorado esteja morando com ela! Provavelmente alguém bonitão e jovem, como lá no papai. Lá na casa dele também é assim, não? Aquele amigo gay esquisito, todo cheio de sutilezas! Aquele cara deve tomar banho umas três vezes e trocar as roupas de baixo umas duas vezes por dia.

— Gay? — perguntei.

— Você não percebeu?

— Não, nem reparei.

— Como você é tapado, hein? É só olhar para perceber! — disse Yuki. — Não sei se papai tem essas propensões, mas aquele cara é totalmente gay, sem sombra de dúvidas. Um perfeito gay! Duzentos por cento gay!

Quando tocava Roxy Music, Yuki aumentava o volume do rádio.

— Sabe, há muito tempo que mamãe gosta de poetas. Jovens poetas e aspirantes à carreira de poeta. Enquanto está fazendo as revelações de fotos ou outras coisas, ela os faz declamar poemas. Esse é o seu hobby. Gosto estranho, não? Se for poema, qualquer um serve. É uma espécie de atração fatal. Por isso, papai deveria ter sido poeta. Mas ele não sabe fazer poemas...

Pela enésima vez, achei que aquela era uma família muito esquisita. Família de extraterrestres. Um escritor militante, uma brilhante fotógrafa, uma menina com poderes mediúnicos, um estudante gay e um namorado poeta. Ai, ai, ai. Afinal, que posição eu ocupava nessa grande família psicodélica e qual era a minha função? Seria mais ou menos a de um acompanhante passageiro, que cuida de uma garota desequilibrada? Lembrei-me do sorriso simpático de Sexta-Feira. Será que aquele era um sorriso solidário? Ei, chega para lá, pensei. Isso é apenas momentâneo. Não passa de hora do intervalo. Entende? Depois das férias, preciso voltar para o trabalho de limpar neve e não terei mais tempo para ficar com vocês. Isso é apenas momentâneo mesmo. É só um episódio que nada tem a ver com o enredo. Logo irá terminar. Depois, vocês levarão a vida de vocês e eu a minha. Gosto de uma vida mais simples e sem complicações.

Seguindo a indicação de Ame, saí da via expressa antes de Makaha e avancei em direção às montanhas. Na beira da estrada havia, aqui e ali, casas frágeis, que a qualquer momento poderiam ser destelhadas por um furacão, mas essas logo ficaram para trás e, como Ame dissera, comecei a avistar o portão de um conjunto residencial. O porteiro, que parecia indiano, perguntou aonde íamos. Dei o número do chalé, ele interfonou e olhou para mim, dando permissão para prosseguir.

Passando o portão, um gramado amplo e bem cuidado estendia-se até onde a vista não alcançava mais. Alguns jardineiros cuidavam em silêncio da grama e das árvores usando carrinhos de transporte semelhantes aos de golfe. Bandos de passarinhos de bico amarelo saltitavam sobre a grama como insetos. Mostrei o endereço da mãe de Yuki a um dos jardineiros e perguntei onde ficava. Ele apontou numa direção e, sem nenhuma formalidade, disse: É para lá. Nessa direção, vi uma piscina, árvores e um gramado. A rua de asfalto fazia uma grande curva, contornando a parte de trás da piscina. Eu agradeci e segui a indicação. Desci uma ladeira, subi outra, e lá estava o chalé da mãe de Yuki. Era uma construção moderna com toques tropicais. Havia uma varanda na entrada, e um sininho de vento balançava sob o telhado. Ao redor da casa havia inúmeras árvores frutíferas de nomes e frutos desconhecidos.

Parei o carro, subi com Yuki os cinco degraus da entrada e apertei a campainha. Como que levado por um vento preguiçoso, o sininho tocava de vez em quando, emitindo um som seco e fraco, misturando-se misteriosa e agradavelmente ao som de Vivaldi que vinha da janela aberta. Depois de uns quinze segundos, a porta abriu-se silenciosamente e um homem apareceu. Era um americano não muito alto, bastante bronzeado e que não tinha o braço esquerdo. Seu porte era atlético e sua barba dava-lhe um ar de pensador. Vestia uma camisa havaiana desbotada, um short de jogging e chinelo de borracha. Parecia ter a mesma idade que eu. Não se podia dizer que fosse bonito, mas era simpático. Para um poeta, seu corpo era escultural demais. Mas, no mundo, deve haver muitos poetas como ele. Não seria estranho. Afinal, o mundo é imenso...

Ele olhou para mim, depois para Yuki, e voltou a olhar para mim, entortou um pouco o queixo e depois sorriu. — *Hello!* — disse ele serenamente. Depois corrigiu-se, dizendo "boa tarde" em japonês. Em seguida, apertou a mão de Yuki e depois a minha. Não era um aperto muito forte. Disse, então, em um japonês perfeito: — Entrem, por favor.

Ele nos conduziu a uma sala de estar bem ampla, acomodou-nos num grande sofá e trouxe uma bandeja com duas cervejas Primo, uma Coca-Cola e três copos. Eu e ele bebemos a cerveja, mas Yuki nem sequer tocou no refrigerante. Em seguida, ele foi até o aparelho de som, abaixou o volume de Vivaldi e retornou. Parecia uma sala como aquelas dos romances de Somerset Maugham. Tinha janelas grandes, ventiladores de teto e paredes decoradas com artesanatos dos mares do Sul.

— Ame está fazendo uma revelação e virá dentro de dez minutos — informou ele. — Esperem um momento. Meu nome é Dick. Dick North. Moro com ela.

— Prazer — eu disse. Sem falar nada, Yuki contemplava a paisagem através da janela. Dali, avistava-se o mar azul brilhando por entre as árvores frutíferas. No horizonte, havia uma única nuvem que parecia um crânio de Neanderthal. A nuvem estava imóvel e sem indícios de que iria se mover. Dava a impressão de ser sólida, era tão branca que parecia ter sido alvejada e tinha um contorno exageradamente nítido. Aqueles passarinhos de bico amarelo revoavam de vez em quando, cantando em frente àquela nuvem. Quando Vivaldi acabou, Dick North ergueu a agulha, tirou o disco com agilidade e guardou-o na capa, devolvendo-o à estante.

— Você fala bem japonês! — comentei. Afinal, não tinha nada em especial para dizer.

Dick North fez que sim com a cabeça, moveu uma das sobrancelhas e piscou o olho.

— Fiquei um bom tempo no Japão — comentou, fazendo uma longa pausa. — Durante dez anos. Na guerra... do Vietnã... fui ao Japão pela primeira vez, gostei e, depois da guerra, entrei numa universidade japonesa. Universidade Jôchi. Atualmente escrevo poemas.

Constatei que ele só poderia ser mesmo poeta. Não era jovem nem tão bonito, mas, de fato, era poeta.

— Faço também traduções de haicais e de poemas japoneses como o *tanka* para o inglês — acrescentou. — É um trabalho difícil, muito difícil.

— Deve ser mesmo — concordei.

Ele sorriu e me ofereceu mais uma cerveja. Aceitei. Ele trouxe mais duas. Abriu a lata com extrema elegância, despejou o líquido no copo e o bebeu com prazer. Deixou o copo sobre a mesa, moveu a cabeça algumas vezes e ficou observando detidamente o pôster de Andy Warhol que estava na parede, como se o estivesse analisando.

— É estranho falar isso, mas... — disse ele. — No mundo, não existem poetas manetas. Por que será? Existem pintores manetas e até pianistas. Houve até um arremessador de beisebol. Por que será que não existem poetas manetas? Acho que, para se escreverem poemas, não importa se você tem um braço ou três...

Achei que ele estava coberto de razão. Não importa quantos braços uma pessoa tem para escrever poemas.

— Consegue imaginar um poeta maneta? — perguntou Dick North.

Fiz que sim com a cabeça. No entanto, eu não tinha conhecimento de poesia, nem sequer conseguia me lembrar de nomes de poetas com dois braços.

— Existem alguns surfistas manetas — continuou ele. — Dão impulso com os pés. São muito bons. Eu também pego umas ondas.

Yuki levantou-se, andou pela sala e ficou olhando a prateleira de discos, mas parecia não haver nenhum de seu agrado. Estava com a cara fechada, com aquela expressão de quem diz "Que ridículo!" Quando o disco parou de tocar, o local ficou tão quieto que tudo parecia adormecer. De vez em quando, o cortador de grama fazia barulho. Ouviu-se uma voz chamando por alguém. O sininho soou bem baixo e os pássaros também cantaram. No entanto, o silêncio imperava. Mesmo que houvesse algum barulho, ele logo era engolido, sem deixar nenhum vestígio. Tive a impressão de que, ao redor da casa, havia mil homens invisíveis e mudos sugando todo e qualquer som com um aspirador invisível e silencioso. Ao menor ruído, todos corriam imediatamente para abafá-lo.

— Que lugar tranquilo! — comentei.

Dick North concordou olhando com cuidado para a palma de sua mão e, depois, aquiesceu mais uma vez. — De fato. O silêncio... É a coisa mais importante. Especialmente para pessoas que fazem trabalhos como o meu e o de Ame. Não sirvo para o *hustle and bustle.* Como é que se diz isso? Lembrei! Corre-corre... Lugares movimentados. Não presto para isso. O que achou? Honolulu é barulhenta, não?

Não tinha achado Honolulu barulhenta, mas, como não queria esticar o assunto, concordei com ele. Yuki continuava como antes, olhando a paisagem através da janela com sua típica expressão de "tédio total".

— Kauai é um bom lugar. Silencioso e pouco habitado. Na verdade, queria morar lá. Oahu não presta. É turística, tem excesso de carros e também de crimes. Mas estamos aqui devido ao trabalho de Ame. Ela precisa ir duas ou três vezes por semana a Honolulu em função dos equipamentos. Ela precisa de muitos e, depois, ficando em Oahu, a comunicação é mais fácil, podemos encontrar muitas pessoas. No momento, está fotografando um monte delas. Ela fotografa o dia a dia dos pescadores, dos jardineiros, dos agricultores, dos cozinheiros, dos operários nas obras de rua, dos peixeiros... praticamente tudo. É uma fotógrafa talentosa. As fotos dela são brilhantes no sentido mais puro da palavra.

De minha parte, nunca tinha reparado em suas fotos, mas acabei concordando. Yuki demonstrou um pouco de incômodo fazendo um ruído com o nariz.

Ele me perguntou que tipo de trabalho eu fazia.

Respondi que era escritor freelance. Ele pareceu interessado em meu trabalho. Talvez tivesse achado que éramos de um ramo próximo, algo como primos de segundo grau. Ele me perguntou o que eu escrevia.

Qualquer coisa, respondi. Desde que fosse solicitado, escrevia qualquer coisa. Depois, acrescentei que era como um limpa-neve.

Ele pronunciou *limpa-neve* e, por alguns instantes, ficou pensativo. Talvez não tivesse entendido direito o sentido. Hesitei entre explicar ou não um pouco mais a respeito do limpa-neve, mas Ame chegou naquele exato momento e a conversa foi encerrada.

Ame vestia uma blusa de manga curta e um short branco de tecido leve. Estava sem maquiagem e toda despenteada, como se tivesse acabado de acordar. Mesmo assim, era uma mulher atraente e tinha um ar que se poderia chamar de sofisticado, o mesmo de quando a vira no restaurante do hotel em Sapporo. Do tipo que, assim que se faz presente, logo se nota ser uma existência à parte, que dispensa qualquer tipo de comentário ou exibição, que se percebe, vamos dizer assim... instantaneamente.

Sem dizer nada, ela andou na direção de Yuki, colocou os dedos em seus cabelos e afagou-os até deixá-los embaraçados; depois, começou a roçar o nariz nas suas têmporas. Yuki pareceu não ter gostado muito, mas não contestou. Apenas chacoalhou a cabeça duas ou três vezes até que seus cabelos ficassem ajeitados como antes e ficou observando o vaso da estante como se nada tivesse acontecido. Mas esse seu jeito tranquilo era completamente diferente daquele desdém de quando se encontrou com o pai. Esse seu pequeno gesto demonstrava algo semelhante a um abalo incômodo. Entre mãe e filha parecia haver, de fato, algum intercâmbio sentimental.

Ame, de chuva, e Yuki, de neve. Realmente é uma babaquice, pensei. Que nome horrível. Como dizia Hiraku Makimura, isso é coisa de previsão meteorológica. Se ela tivesse outro filho, que nome teria dado?

Ame e Yuki não trocaram uma palavra sequer. Não disseram um "Tudo bem?" nem um "O que tem feito?". A mãe apenas afagou os cabelos da filha e colocou o nariz nas têmporas dela. Em seguida, Ame aproximou-se de mim, sentou-se ao meu lado, tirou um maço de Salem do bolso da blusa e acendeu um cigarro com um fósforo de papelão. O poeta trouxe um cinzeiro não sei de onde e colocou-o com classe sobre a mesa fazendo um *pequeno ruído*. Era como se ele introduzisse um verso decorativo bastante apropriado no lugar exato. Ame jogou o palito de fósforo no cinzeiro, deu uma baforada e fungou.

— Desculpe, sim? Não podia largar o serviço... — disse Ame. — Sou do tipo que não consegue deixar as coisas pela metade. Quando começo, perco a noção do tempo.

O poeta também trouxe uma cerveja e um copo para ela. Novamente com uma só mão, abriu a lata com agilidade e despejou a cerveja no copo. Ela esperou que a espuma baixasse e tomou meio copo de uma só vez.

— E então? Até quando você pode ficar no Havaí? — perguntou Ame.

— Não sei ao certo — respondi. — Não decidi. Mas provavelmente uma semana. No momento estou de férias. Mas em breve terei que voltar ao Japão para trabalhar...

— Poderia ficar mais tempo. É um bom lugar, certo?

— Realmente, é sim — concordei. Ai, ai, ai. Acho que ela não ouviu nada do que eu disse.

— Já almoçaram? — perguntou ela.

— Comemos sanduíches no caminho — respondi.

— O que faremos para o almoço? — perguntou Ame ao poeta.

— Se bem me recordo, acho que cerca de uma hora atrás nós preparamos e comemos espaguete — disse o poeta lenta e calmamente. — Uma hora atrás era meio-dia e quinze e acho que as pessoas comuns chamam isso de almoço, não é? De um modo geral...

— Foi mesmo? — perguntou Ame com um ar perdido.

— Foi sim — confirmou o poeta. Depois, olhou para mim e sorriu. — Quando ela fica compenetrada no trabalho, esquece várias coisas concretas: se ela se alimentou ou não, o que estava fazendo e onde... Ela se esquece mesmo. Sua cabeça fica totalmente vazia. É de uma capacidade de concentração excepcional!

Cheguei a pensar que aquilo não tinha a ver com capacidade de concentração e sim de um caso que se encaixava no âmbito da doença mental, mas é claro que não disse nada. Sentado no sofá, sorri educadamente.

Por alguns instantes, Ame ficou olhando o copo com o olhar perdido, mas depois, como que se lembrando da cerveja, pegou o copo e tomou mais um gole. — Olha, seja como for, estou com fome. Afinal, nós nem tomamos café da manhã... — disse ela.

— Sabe, tenho a impressão de que fico reclamando o tempo todo, mas, para ser exato, às sete e meia você comeu uma torrada grande, toranja e iogurte — explicou Dick North. — Depois disse que estava muito gostoso e que uma das grandes alegrias da vida era ter um café da manhã gostoso.

— Foi mesmo? — indagou Ame, coçando o nariz. Depois, ficou novamente pensativa, com o olhar perdido no ar. Achei tudo isso muito parecido com uma cena de Hitchcock. Cada vez se sabe menos o que é verdade. Perde-se o discernimento entre o que é normal e o que é anormal.

— Seja lá como for, estou com muita fome mesmo — replicou Ame. — Algum problema em eu comer de novo?

— É claro que não — disse o poeta rindo. — Isso depende do seu estômago e não do meu. Se quiser comer, pode fazê-lo à vontade. Ter apetite é bom. Você é sempre assim. Quando o trabalho vai bem, começa a ter apetite. Vou lhe preparar uns sanduíches.

— Obrigada. Quando voltar, você me traz mais uma cerveja?

— *Certainly* — respondeu ele, indo para a cozinha.

— Vocês já almoçaram? — perguntou Ame uma vez mais.

— Acabamos de comer um sanduíche no caminho... agora há pouco — repeti.

— E você, Yuki?

Yuki respondeu simplesmente que não queria nada.

— Conheci Dick em Tóquio — informou Ame, cruzando as pernas e olhando para mim. No entanto, parecia explicar aquilo para Yuki. — Ele me incentivou a ir para Katmandu. Dizia que lá se ganhava inspiração. Katmandu... Foi um lugar ótimo, sabe? Dick perdeu um braço no Vietnã. Uma mina terrestre. Uma que se chama *Bouncing Betty*. Aquela que ao ser pisada é arremessada para cima e explode no ar. *Buumm!* Uma pessoa que estava ao seu lado pisou na mina, mas foi ele quem perdeu o braço. Ele é poeta, sabe? Fala bem japonês, não acha? Passamos algum tempo em Katmandu e então viemos para o Havaí. Depois de passar uma temporada por lá, deu vontade de morar num lugar quente. Aí, Dick procurou uma casa aqui. Este chalé é de um amigo dele. Estou usando a sala de banho de visitas como laboratório. É um bom lugar, sim.

Dito isso, ela respirou fundo como se já tivesse falado tudo que era necessário e espichou as costas. Depois, ficou calada. O silêncio da tarde era profundo. Lá fora, viam-se partículas de luz forte pairando aqui e ali como grãos de pó que se moviam lenta e caprichosamente para qualquer lado. Aquela nuvem branca que lembrava um crânio de Neanderthal ainda flutuava como antes lá na linha do horizonte. Ela continuava parecendo sólida. O Salem que Ame havia deixado quase intocado sobre o cinzeiro continuava a queimar.

Fiquei pensando em como Dick North conseguia fazer sanduíches com apenas uma das mãos. Como cortaria o pão? Seguraria a faca com a mão direita. Bom, isso era óbvio. E como seguraria o pão? Será que usava o pé ou alguma outra coisa? Eu não conseguia entender. Ou será que o pão se cortava sozinho quando se pegava o jeito? Seja como for, por que ele não colocava uma prótese?

Pouco depois, o poeta apareceu trazendo os sanduíches enfileirados de maneira bem elegante num prato. Eram de pepino e presunto, cortados finos, à moda inglesa, e estavam até acompanhados de azeitonas. Pareciam deliciosos. Fiquei admirado em ver como ele conseguia cortá-los tão bem. Em seguida, abriu a cerveja e a despejou no copo.

— Obrigada, Dick — agradeceu Ame. Em seguida, virou-se para mim. — Ele é um ótimo cozinheiro, sabe?

— Se fizessem um concurso de culinária de manetas, eu certamente seria o primeiro colocado — disse o poeta, dando uma piscadela.

Ame ofereceu-me um. Experimentei e, de fato, o sanduíche era delicioso. Tinha algo indefinidamente poético. Os ingredientes eram frescos e tinham sido utilizados de maneira apurada. A combinação era perfeita. Eu disse que estava ótimo. Só não conseguia imaginar como ele cortara o pão. Queria perguntar, mas não poderia fazê-lo.

Dick North parecia uma pessoa atenciosa. Enquanto Ame comia os sanduíches, ele foi à cozinha e preparou café para todos. Estava excelente.

— Sabe? — disse Ame. — Você não sente nada ficando com Yuki?

Eu não consegui entender o sentido daquela pergunta. Perguntei o que ela queria dizer com "não sentir nada".

— É claro que é sobre a música! Aquele rock. Você aguenta aquilo?

— Não chego a achar insuportável — respondi.

— Quando sou obrigada a ouvir aquilo, fico com dor de cabeça. Não aguento nem trinta segundos. Não mesmo! Ficar com Yuki não é problema. A música é que é insuportável — disse ela, apertando forte as têmporas com o dedo indicador. Sou capaz de ouvir muito poucas músicas. Barroco, alguns tipos de jazz, músicas folclóricas... Músicas que acalmam o espírito. Gosto dessas, entende? Gosto também de poesia. Harmonia e serenidade.

Ela tirou mais um cigarro e o acendeu, deu uma baforada e o colocou no cinzeiro. Imaginei que ela o deixaria ali esquecido, e foi o que aconteceu. Fiquei admirado de como até então ela não tivesse causado nenhum incêndio. Agora, sim, eu tinha a impressão de que conseguia entender o que Hiraku Makimura havia dito, ou seja, que, ao viver com ela, consumira toda sua vida e seu talento. Ela não era do tipo que faria algo por alguém. Era exatamente o oposto. Era do tipo que ia se apropriando aos poucos das coisas que estavam ao seu redor para equilibrar a sua própria existência. As pessoas eram incapazes de não ajudá-la, pois ela possuía uma força de atração imensa chamada talento, e pensava que esse era um de seus direitos mais óbvios. *Harmonia e serenidade.* Para preencher essas duas condições, todas as pessoas ofereciam-lhe as pernas e os braços.

Fiquei com vontade de gritar que eu, no entanto, nada tinha a ver com aquilo. Estava ali apenas porque eram minhas férias e ponto final. Quando acabassem, eu retornaria ao serviço de limpar neve. Essa situação estranha logo se resolveria naturalmente. Primeiro porque eu não tinha nada a oferecer em prol de seu brilhante talento. Mesmo que tivesse, precisaria usá-lo para mim mesmo. Era por um pequeno deslize do destino que estava ali — naquele lugar estranho e incompreensível —, levado por uma casualidade momentânea. Se possível, queria gritar tudo isso bem alto. Mas, provavelmente, ninguém me daria ouvidos. Nessa família desmembrada e desdobrada, eu era apenas um cidadão de segunda classe sem direito a voz.

A nuvem continuava com o mesmo formato um pouco acima da linha do horizonte. Tinha a impressão de que se um navio ali perto esticasse o mastro eu seria capaz de alcançá-la. Aquele crânio enorme de um imenso Neanderthal! Devia ter vindo diretamente de algum período pré-histórico para os céus de Honolulu. Experimentei dizer para a nuvem que nós pertencíamos à mesma espécie.

Depois de comer os sanduíches, Ame foi até Yuki, colocou os dedos entre os cabelos dela e os afagou bem devagar. Indiferente, Yuki olhava a xícara de café deixada sobre a mesa. — Que cabelos fantásticos! Puxa! Eu também queria ter cabelos assim! Sempre sedosos e lisos. Os meus logo ficam despenteados. Não tem jeito. Não é mesmo, princesinha? — disse Ame e colocou novamente a ponta do nariz nas têmporas de Yuki.

Dick North levou o prato e as latas vazias de cerveja. Depois, colocou uma música de câmara de Mozart. — Aceita mais uma cerveja? — perguntou. Respondi que estava satisfeito.

— Dick, eu queria ter uma conversinha familiar com Yuki agora... — interveio Ame com uma voz maliciosa. — Uma conversa íntima... entre mãe e filha. Por isso, que tal levá-lo para dar uma volta na praia? Deixe-me ver. Por cerca de uma hora...

— É claro que sim — assentiu o poeta, levantando-se. Eu também me levantei. Ele deu um beijinho na testa de Ame, colocou o chapéu branco de brim e o Ray-Ban. — Nós daremos uma volta de uma hora. Podem conversar à vontade — disse Dick, pegando-me pelo braço.

— Vamos, então? A praia é maravilhosa!

Yuki continuava indiferente e olhava para mim sem qualquer expressividade nos olhos. Ame pegou o terceiro Salem. Deixando-as lá, eu e o poeta maneta abrimos a porta e saímos para a estonteante luz da tarde.

*

Eu fui dirigindo o Lancer até a praia. Dick disse que, se colocasse uma prótese, dirigir não seria problema, mas fazia o máximo para evitar usá-la.

— Não é natural — explicou ele. — A prótese não me deixa à vontade. Não há dúvidas de que é mais prático, mas causa estranheza. Pareço não ser eu mesmo. Por isso, na medida do possível, procuro me acostumar a uma vida maneta... Para que eu seja capaz de viver com o meu próprio corpo mesmo que de maneira insatisfatória.

— Como é que você corta os pães? — perguntei sem hesitação.

— Pão... — ele parou para pensar. Parecia não entender do que se tratava. Até que finalmente pareceu compreender: — Ah, sim, quando eu corto os pães, é? De fato, uma pergunta óbvia. As pessoas não devem entender. Mas é simples. Corto só com uma mão. Se pegar a faca como normalmente se faz não dá para cortá-los. Existe um segredo para segurar. Pega-se a lâmina, firmando-a com os dedos, e vai se cortando assim, dando umas empurradinhas.

Ele me mostrou como fazia por meio de gestos, mas não consegui me convencer de que aquilo era de fato possível. Além do mais, os pães cortados por ele estavam muito mais bem-feitos do que uma pessoa normal costuma fazer.

— É possível cortar com perfeição, sabe? — falou, sorrindo ao ver a minha cara de interrogação. — Consigo fazer a maior parte das coisas apenas com uma das mãos. Bater palmas é impossível, mas consigo fazer flexão no chão e até na barra de ferro. É questão de treino. O que você imaginou? Como achou que eu cortava os pães?

— Pensei que usava os pés ou algum outro recurso...

Ele deu uma gargalhada, achando graça. — Interessante — disse. — Quero fazer um poema sobre isso. Um poema de um poeta maneta que faz sanduíche usando os pés. Vai ficar engraçado.

Não opinei nem a favor nem contra sua ideia.

Paramos o carro depois de percorrer a via expressa à beira-mar por algum tempo. Compramos (ele fez questão de pagar) seis latas de cerveja gelada, fomos andando até uma praia afastada e não muito frequentada e, por ali, ficamos bebendo. Talvez pelo calor excessivo, por mais que eu bebesse, não conseguia me embriagar. Não era uma praia tipicamente havaiana. Tinha algumas árvores desajeitadas e baixas, a areia não era uniforme e estava um pouco dura. Mas pelo menos não era um ponto turístico. Ali perto estavam estacionadas as caminhonetes de algumas famílias que brincavam na água. No mar, uns dez jovens surfavam. A nuvem em forma de crânio continuava do mesmo jeito e no mesmo lugar, e um bando de gaivotas revoava no céu como o turbilhão de uma máquina de lavar roupas. Ficamos à toa, olhando aquela paisagem, bebendo cerveja e falando de vez em quando. Dick North comentou sobre o quanto respeitava Ame. Dizia que ela era uma artista no sentido mais autêntico da palavra. Quando o assunto era Ame, ele passava naturalmente para o inglês pausado. Não conseguia expressar bem os seus sentimentos em japonês.

— Depois que a conheci, meu modo de pensar a respeito da poesia mudou. As fotos que ela faz, como poderia dizer, desnudam a poesia. As palavras que nós escolhemos e cansamos de escolher e tecemos com tanto sacrifício, ela concretiza num segundo com as suas fotos. *Embodiment.* Num passe de mágica, ela apreende isso do ar, da luz e dos vãos do tempo e concretiza uma paisagem mental que existe no âmago do ser humano. Entende o que quero dizer?

Disse que mais ou menos.

— Vendo as fotos que ela tira, de vez em quando fico com medo. Às vezes sinto a minha existência ameaçada. Elas são assim... Dominadoras. Você conhece a palavra *dissilient?*

Disse que não conhecia.

— Como será que se diz em japonês? Uma coisa que se quebra assim e dá um salto. Sem nenhum aviso prévio, de repente, o mundo salta e se quebra. O tempo, a luz e tudo o mais fazem com que fique *dissilient*. Num segundo. É um gênio... Ela é diferente de mim e também de você. Perdão, desculpe-me, não sei nada sobre você.

Eu demonstrei que não ligava. — Não tem importância. Entendo bem o que você quer dizer.

— Gênios são seres extremamente raros. Talentos de primeira linha não se acham em qualquer lugar. Deve-se considerar uma sorte encontrá-los, tê-los diante de seus olhos, não acha? No entanto... — dizendo isso, ele se calou por algum tempo e, depois, estendeu o braço direito como se estivesse espichando os braços para os lados. — Isso também é uma experiência dolorosa, em certo sentido. Às vezes, apunhala em cheio o meu ego.

Enquanto o ouvia sem prestar muita atenção, fiquei olhando para o horizonte e para a nuvem que pairava logo acima de nós. As ondas daquelas praias eram revoltas e quebravam com grande violência. Afundei os dedos na areia quente, pegando um punhado dela e escorrendo-a aos poucos. Repeti isso uma infinidade de vezes. Os surfistas esperavam para pegar suas ondas e vinham até a praia onde elas se quebravam para em seguida voltarem ao alto-mar dando braçadas em cima da prancha.

— Mas, acima de tudo, muito mais do que o meu ego e outras coisas mais, sinto-me atraído pelo talento dela e também a amo — disse ele e logo em seguida estalou os dedos. — É como se fosse puxado por um grande redemoinho, sabe? Eu tenho uma esposa. Ela é japonesa. Também tenho filhos. Amo minha esposa também. Amo-a de verdade. Ainda hoje. Mas quando conheci Ame, fui atraído de uma maneira incontrolável por ela. Como por um redemoinho. Não tive como resistir. Então, consegui compreender que isso é algo que acontece apenas uma vez na vida. Que um encontro assim é uma oportunidade única. A gente sente esse tipo de coisa. Perfeitamente. Então, eu pensei que, se ficasse com ela, um dia poderia me arrepender. Mas, se não ficasse, minha vida perderia todo o sentido. Você já sentiu isso alguma vez?

Respondi que achava que não.

— É interessante — continuou Dick North. — Com muita dificuldade, eu consegui uma vida calma e estável. Uma esposa, filhos, uma casa pequena e também um trabalho. Não era tão rentável, mas era um trabalho que valia a pena. Escrevia poemas e também fazia traduções. Para mim, uma vida satisfatória. Perdi um braço na guerra, mas apesar disso consegui conquistar uma vida farta. Levei muito tempo para conquistá-la. Trabalhei duro... Paz de espírito... É extremamente difícil de ser adquirida, e eu a tinha conseguido. No entanto... — dizendo isso, ele levantou a mão para o céu e a movimentou horizontalmente. — Para perdê-la, basta um instante. É num piscar de olhos. Nem tenho mais para onde voltar. Não posso voltar para minha casa no Japão. Nos Estados Unidos, também perdi meu lar. Fiquei afastado do meu país por um tempo longo demais.

Quis confortá-lo com algumas palavras, mas não tive a menor ideia do que deveria dizer. Fiquei apenas pegando e deixando escorrer a areia. Dick North levantou-se, foi caminhando até um arvoredo carregado de folhas a uns cinco ou seis metros, urinou e voltou andando bem devagar.

— Revelação de intimidades — disparou ele e riu. — Mas queria desabafar com alguém. O que você acha?

Mesmo questionado, não fui capaz de responder nada. Tanto eu quanto ele éramos adultos com mais de trinta anos. Cabia a cada um escolher a pessoa com a qual iria compartilhar as noites, fosse ela um redemoinho, um ciclone ou uma tempestade de areia. Uma vez escolhida, só restaria viver com ela da melhor maneira possível. Não sei por quê, mas tive uma impressão muito positiva de Dick North. Senti até respeito pela sua atitude de superar tantos obstáculos depois que ficara maneta. Mas, afinal, que resposta eu deveria dar àquele tipo de pergunta?

— Para começar, não sou uma pessoa com dom artístico — eu disse. — Por isso, não entendo bem esse tipo de relação inspirada artisticamente. Isso vai além da minha imaginação.

Ele olhava para o mar com uma expressão de dar dó. Parecia ter vontade de dizer algo, mas acabou não o fazendo.

Cerrei os olhos. No início, tinha a intenção de ficar apenas de olhos fechados, mas parece que acabei dormindo profundamente. Deve ter sido a cerveja. Quando despertei, a sombra da árvore havia mudado de posição, ficando bem em cima do meu rosto. Estava um pouco zonzo com o calor. Os ponteiros do relógio marcavam duas e meia. Sacudi a cabeça e fiquei em pé. Dick North estava brincando com um cachorro na beira d'água. Fiquei preocupado se não o deixara magoado. Afinal, eu acabei dormindo e o abandonei sozinho no meio da conversa. Além do mais, aquele era um assunto importante para ele.

Mas, afinal, o que eu deveria ter dito a ele?

Novamente pegando e escorrendo a areia, fiquei observando ele brincar com o cachorro. O poeta abraçava o cão, agarrando a cabeça dele. A onda quebrava fazendo barulho e recuava com força. Os respingos brancos brilhavam ofuscando a vista. Pensei se a água não estaria gelada demais. Até que eu entendia o sentimento dele. Seja com um ou com dois braços, seja um poeta ou um não poeta, este é um mundo duro e árduo. Todos nós convivemos cada qual com o seu próprio problema. Mas já somos adultos. Já chegamos ao ponto em que estamos. O mínimo que temos a fazer é não formular perguntas difíceis de se responder a uma pessoa logo no primeiro encontro. É uma questão de educação. Achei que estava sendo *frio demais*. Sacudi a cabeça, mesmo sabendo que isso não resolveria nada.

*

Voltamos ao chalé no Lancer. Quando Dick tocou a campainha, Yuki atendeu com ar de indiferença. Ame estava com um cigarro na boca e, sentada com as pernas cruzadas sobre o sofá, olhava para o ar como se estivesse fazendo meditação zen. Dick North foi até ela e novamente lhe deu um beijo na testa.

— Já terminaram a conversa? — perguntou ele.

— É... — murmurou ela com o cigarro na boca. Era uma resposta afirmativa.

— Nós ficamos preguiçosamente na praia tomando um banho de sol agradável, enquanto olhávamos para os confins do mundo — disse Dick North.

— Vamos indo? — perguntou-me Yuki com uma voz bastante natural.

Eu também queria ir. Já estava ficando com vontade de retornar à barulhenta, real e turística cidade de Honolulu.

Ame levantou-se. — Venha passear de novo. Gostaria de vê-lo novamente — disse. Depois, foi até a filha, pôs as mãos em sua face e a acariciou.

Eu agradeci as cervejas e tudo o mais a Dick North. Ele deu um belo sorriso e disse não ser nada.

Depois que acomodei Yuki no banco da frente, Ame puxou-me pelo braço. — Sabe, quero lhe falar — disse ela. Fomos até um local que ficava mais à frente e parecia um pequeno parque. Lá, havia uma estrutura de ferro para exercícios e, recostada nela, Ame colocou um cigarro na boca. Depois, riscou o fósforo e acendeu o cigarro como se aquilo desse um trabalho imenso.

— Você é boa pessoa. Dá para ver — disse ela. — Por isso, quero lhe pedir uma coisa. Faça o possível para trazê-la aqui. Eu gosto de Yuki. Quero me encontrar com ela. Entende? Quero vê-la, conversar. Quero ser amiga dela. Acredito que poderemos nos tornar boas amigas, antes de sermos mãe e filha. Por isso, enquanto estiverem aqui, queria conversar bastante com ela. — Dito isso, Ame ficou me olhando por algum tempo.

Não tive nenhuma ideia sobre o que deveria lhe dizer. Mas não poderia deixar de falar algo.

— Isso é um problema entre vocês duas — afirmei.

— Logicamente — respondeu.

— Por isso, desde que ela queira se encontrar com você, é claro que eu a trarei — disse. — Ou então, se, como mãe, você me pedir para trazê-la, eu também o farei. Das duas, uma. De resto, nada posso afirmar. A amizade é algo espontâneo, que não necessita de intermediários. Isso, se não me falha a memória...

Ame ficou um pouco pensativa.

— Diz que quer ser amiga dela. Isso é bom. Claro. Mas sabe de uma coisa? Lembre-se de que, para ela, é acima de tudo a mãe antes de ser amiga — pontuei. — Goste ou não, é assim. Ela só tem treze anos, ainda necessita de uma mãe. Precisa de alguém que a abrace incondicionalmente nas noites escuras e difíceis. Está entendendo? Talvez, por ser um completo estranho, possa estar enganado ao dizer o que estou dizendo. Mas, sabe, não é de uma amiga pela metade que ela precisa e, sim, de um mundo que a aceite integralmente. Acima de tudo, é preciso deixar isso bem claro.

— Você não entende mesmo — retrucou Ame.

— Tem razão. Eu não entendo — respondi. — Mas, quer saber de uma coisa? Ela ainda é uma criança e está magoada. Alguém precisa protegê-la. É algo que dá trabalho, mas alguém precisa fazê-lo. Isso é responsabilidade! Entende?

É lógico que ela não entendia.

— Não estou lhe pedindo para trazê-la todos os dias — replicou ela. — É suficiente que a traga quando ela tiver vontade. Também vou ligar para ela com mais frequência. Olha, eu não quero perdê-la! Se tudo continuar como está, tenho a impressão de que ela irá crescer e se afastar de mim. O que eu desejo é uma ligação afetiva. Um elo. Talvez eu não tenha sido uma boa mãe. Mas antes de ser a mãe dela, eu tinha que ser várias coisas. Todas eram coisas das quais eu não poderia me desvencilhar e ela deve até entender isso. Por isso, sabe... O que eu quero é uma relação que está acima dos conceitos de mãe, de filha... Em suma, uma amiga com laços de sangue.

Eu suspirei. Depois sacudi a cabeça. Não que isso fosse resolver alguma coisa.

*

No carro, a caminho de casa, ficamos ouvindo rádio em silêncio. De vez em quando eu assobiava, mas tirando isso, o silêncio era total. Yuki ficou quieta, olhando para fora como se desviasse o olhar, e eu também não tinha nada a lhe dizer. Continuei a dirigir nessas condições por uns quinze minutos, mas tive um pequeno pressentimento. Ele passou ligeiro pela minha mente como uma granada sem som. Tive a impressão de que naquela granada estava escrito em letras miúdas: "É melhor fazer uma parada em algum lugar".

Seguindo minha intuição, parei o carro no estacionamento de uma praia que ficava logo à frente e perguntei a Yuki se ela estava se sentindo bem. — Não está sentindo nada? Tudo bem? Quer beber algo? — Yuki continuou calada. Era um silêncio prenunciador. Sem dizer mais nada, fiquei apenas esperando para ver aonde iria dar aquele prenúncio. Conforme a idade avança, passamos a compreender um pouco mais sobre a percepção dos sinais. Passamos também a saber esperar pacientemente até que esse prenúncio tome forma. Da mesma maneira que esperamos a tinta secar.

Duas meninas vestidas com maiôs pretos bem parecidos iam andando devagar sob os coqueiros. Caminhavam do mesmo jeito que os gatos andam em cima de um muro. Estavam descalças e os maiôs eram um tanto rústicos, como se confeccionados com vários retalhos. Parecia que seriam arrancados se batesse um vento mais forte. Como um sonho imposto e dando um estranho ar de irrealidade real, elas atravessaram vagarosamente o meu campo de visão da direita para a esquerda e desapareceram.

Bruce Springsteen cantava "Hungry Heart". Era uma boa música. O mundo ainda não está de todo perdido. O locutor também disse que era uma boa canção. Eu roía as unhas, olhando para o céu. Aquela nuvem em formato de crânio continuava lá, como se predestinada a isso. Pensei. Havaí. Parece o fim do mundo. Uma mãe quer ser amiga da filha. A filha quer mais uma mãe do que uma amiga. Que desencontro! Que beco sem saída. Não dá para ir a lugar algum. A mãe tem um namorado. É um poeta maneta sem lugar para voltar. O pai também tem um namorado. Sexta-Feira, aquele aprendiz gay... Que beco sem saída.

Dez minutos depois, Yuki encostou o rosto no meu ombro e começou a chorar. Primeiro baixinho, depois mais alto. Chorava com as duas mãos alinhadas sobre os joelhos e a ponta do nariz encostada no meu ombro. Pensei que aquilo era *mais do que natural*. Se estivesse no seu lugar, também faria o mesmo. *É uma coisa lógica*.

Eu a abracei e deixei que chorasse até não querer mais. A manga da minha camisa ficou logo ensopada. Ela continuou vertendo lágrimas por um longo tempo. Chorou convulsivamente. Fiquei quieto, segurando-a em meus braços.

Uma dupla de policiais de óculos escuros e revólveres reluzentes atravessou o estacionamento. Um pastor-alemão rondou por ali com a língua de fora e desapareceu. As folhas dos coqueiros balançaram ao vento. Uma caminhonete Ford parou próximo de nós e um samoano grandalhão desceu dela levando uma menina bonita em direção à praia. No rádio, J. Geils Band tocava a saudosa "Dance Paradise".

Depois de tanto chorar, ela parecia estar mais calma.

— Olha! Nunca mais me chame de princesa, certo? — disparou Yuki com o rosto grudado no meu ombro.

— Eu chamei? — perguntei.

— Chamou, sim.

— Não me lembro.

— Quando voltamos de Tsujido, lembra? Foi naquela noite. Seja como for, nunca mais me chame assim.

— Não chamarei — disse —, prometo. Em nome de Boy George e Duran Duran. Nunca mais.

— Mamãe sempre me chamava assim... de princesinha.

— Pode deixar — assegurei.

— Ela me magoa, sempre me magoa. Mas nem percebe. Ela gosta de mim... Não é mesmo?

— Exatamente.

— O que eu devo fazer?

— Só lhe resta crescer.

— Não quero.

— Você não tem outra saída — afirmei. — Mesmo que não queiram, todos crescem. Depois, envelhecem com os problemas e, mesmo sem desejar, acabam morrendo. É assim desde os tempos antigos e continuará a ser. Você não é a única a ter problemas.

Ela ergueu o rosto manchado pelas lágrimas e olhou para mim. — Escuta aqui! Você é incapaz de consolar as pessoas?

— Achei que estivesse consolando... — respondi.

— Está totalmente por fora! — exclamou ela. Depois, tirou as minhas mãos de seus ombros, pegou o lenço de papel da bolsa e assoou o nariz.

— Bom... — disse, imprimindo um tom de realidade e, em seguida, tirei o carro do estacionamento. — Vamos voltar para casa, dar um mergulho, fazer uma comida saborosa e depois comermos juntos como bons amigos?

Nadamos por cerca de uma hora. Yuki nadava muito bem. Íamos nadando até o fundo e mergulhávamos, brincando de puxar os pés um do outro. Depois, tomamos uma ducha, fomos ao supermercado e compramos carne para fazer com verduras. Fritamos um bife simples, temperado com cebola e molho de soja, e preparamos uma salada verde. Cozinhamos também uma sopa de missô com tofu e cebolinha. Foi um jantar agradável. Tomei um vinho californiano e Yuki também tomou meia taça.

— Você cozinha bem, mesmo! — comentou Yuki admirada.

— Não é que cozinho bem. Só faço com amor e dedicação. Isso já faz uma grande diferença. É uma questão de postura. Se nos esforçarmos para amar algumas coisas, conseguiremos amá-las até certo ponto. Se nos esforçarmos para viver bem, conseguiremos viver bem até certo ponto.

— Mas não dá para passar disso, não é?

— Passando desse limite, depende da sorte — eu disse.

— Você sabe mesmo deixar as pessoas pra baixo, hein?! Isso porque já é um adulto feito! — exclamou Yuki abismada.

Depois de lavarmos a louça e arrumarmos tudo, saímos pelas ruas badaladas de Kalakaua, que começavam a ficar iluminadas. Demos uma olhada naquela infinidade de lojas com artigos que não tinham nada a ver e criticamos as mercadorias. Observamos os transeuntes e, depois, descansamos num barzinho à beira-mar do Royal Hawaiian Hotel. Bebi novamente uma piña colada e ela, um suco de frutas. Lembrei, então, que Dick North detestava uma cidade movimentada assim à noite. Eu, nem tanto.

— Escuta! O que achou da mamãe? — disparou Yuki.

— Para ser franco, não sei ao certo o que dizer sobre as pessoas que encontro pela primeira vez — respondi depois de pensar um pouco. — Demoro para organizar as ideias, fazer julgamentos... Não sou inteligente...

— Mas você estava um pouco bravo, não estava? Estou enganada?

— Parecia?

— É. Deu para perceber — disse Yuki.

— Pode ser que sim — reconheci. Depois, tomei outro gole de piña colada enquanto olhava o mar. — É, pode ser que estivesse mesmo.

— Com o quê?

— Com o fato de que não há uma pessoa sequer que queira assumir seriamente a responsabilidade por você. Mas é perda de tempo. Não adianta me zangar, pois isso não é da minha conta.

Yuki pegou uma rosca do prato e mordeu fazendo barulho. — Com certeza, ninguém sabe mesmo o que fazer. Sabem que é preciso fazer algo, mas não sabem como, enfim...

— Deve ser isso mesmo. Parece que ninguém sabe!

— E você, sabe?

— Acho que basta esperar até que a coisa prevista tome uma forma concreta para depois tomar as devidas providências. Em suma... É isso.

Yuki ficou passando os dedos na gola da camiseta enquanto pensava a respeito. Mas parecia não entender direito. — O que isso significa?

— Que basta esperar — expliquei. — Esperar calmamente que a hora certa chegue. Não tentar mudar nada à força e observar o andamento das coisas. Depois fazer um esforço para olhá-las de modo justo. Assim compreende-se naturalmente o que é preciso fazer. Mas todos estão ocupados demais. Têm talento demais e coisas demais a fazer. Têm um interesse grande demais por si mesmos para conseguirem pensar com seriedade sobre o que é justo.

Yuki segurou o rosto apoiando os cotovelos sobre a mesa. Em seguida, pegou um pedaço de rosca que caíra sobre a toalha de mesa cor-de-rosa. Na mesa ao lado, havia um casal de velhinhos norte-americanos, ele com uma camisa havaiana e ela com um vestido havaiano combinando com a camisa dele. Juntos, bebiam um coquetel tropical bem colorido numa enorme taça. Pareciam muito felizes. No jardim do hotel, uma menina, também de vestido havaiano com uma estampa parecida, cantava "Song For You", tocando teclado. Não cantava muito bem, mas era mesmo "Song For You". Em alguns pontos do jardim, flamejavam labaredas de gás imitando tochas. Quando a menina parou de cantar, duas ou três pessoas bateram palmas. Yuki pegou a minha piña colada e tomou um gole.

— Gostoso! — comentou.

— Apoiado — eu disse. — Dois votos para o gostoso.

Yuki ficou me olhando abismada por algum tempo. — Não consigo entender direito que tipo de pessoa você é, sabia? Parece ser uma pessoa supercorreta e normal e também parece estar totalmente fora de foco.

— Ser supercorreto é, ao mesmo tempo, estar fora de foco. Por essa razão, não precisa ligar tanto para isso — expliquei. Em seguida, pedi outra piña colada a uma garçonete tremendamente simpática. Ela veio toda rebolante, trazendo logo a bebida, marcou na comanda e foi embora, deixando um sorriso exuberante como se fosse o gato Cheshire de *Alice no País das Maravilhas*.

— Então, o que eu devo fazer afinal? — indagou Yuki.

— Sua mãe tem vontade de vê-la, não sei os detalhes. Isso é assunto de família, de pessoas que me são estranhas, e ela é uma pessoa bastante diferente. Resumindo em poucas palavras, ela quer ser sua amiga, independentemente dessa relação de mãe e filha que gerou tantos desentendimentos entre vocês.

— Acho que é muito difícil alguém se tornar amigo de alguém.

— Apoiado — eu disse —, dois votos para o difícil.

Yuki apoiou os cotovelos na mesa e ficou olhando para mim com o olhar vago.

— O que você pensa sobre isso? Sobre essa ideia de mamãe?

— O que eu penso não importa. A questão é *o que você pensa*. Acho que nem é preciso dizer. Pode-se pensar que isso "é conveniente demais" ou que "é uma atitude construtiva que merece ser estudada". Depende de você qual das duas escolher. Não há pressa. Pense com calma. Depois tire as conclusões.

Ainda segurando o rosto com as mãos e com os cotovelos apoiados na mesa, Yuki fez que concordou com a cabeça. No balcão, alguém gargalhava. A menina tecladista havia voltado e começara a tocar "Blue Hawaii". *The night is young. And so are we, and so are we. Come with me while the moon is over the sea.*

— O clima entre nós estava péssimo. — comentou Yuki. — Antes de ir a Hokkaido, então, estava muito pior. Ficamos discutindo sobre ir ou não à escola e foi terrível. Quase nem nos falávamos e mal nos encontrávamos. Isso se arrastou por um bom tempo. Ela é um tipo de pessoa que não consegue pensar direito nas coisas. Fala o que pensa num determinado momento e depois acaba esquecendo. Quando está falando, é a sério, mas depois esquece tudo. Em compensação, sem mais nem menos, de vez em quando, desperta para a função de mãe. Eu fico extremamente irritada com esse tipo de coisa, sabe?

— Mas suas existências são conjugadas... — eu disse.

— Sabe, é bem verdade que ela tem algo de extraordinário, algo que não é comum. Como mãe, é um verdadeiro desastre e eu sofri muito com isso, mas, deixando isso de lado, não sei explicar bem, ela tem algo que me atrai. Nisso ela é totalmente diferente de papai. Não sei o que é. Mas não é por isso que podemos ficar amigas de uma hora para outra, só porque ela quer. A força dela nem se compara à minha. Eu ainda sou uma criança e ela é adulta, detentora do poder. Qualquer um é capaz de entender isso, não é? Mas ela não consegue. Por isso, mesmo que ela queira ser minha amiga e pense que está se esforçando ao máximo, acaba me fazendo sofrer mais e mais, sem ao menos se dar conta disso. Sapporo foi um bom exemplo. Quando ela tenta se aproximar de mim, eu deixo. Eu também me esforço muito. Mas, aí, ela se volta para alguma outra direção. Já está com a cabeça cheia de outras coisas e acaba se esquecendo de mim. Eu sou para ela apenas uma ideia passageira. — Dizendo isso, Yuki fez voar longe, na areia, metade da rosca que havia mordido. — Ela me levou para Sapporo. Mas, no final das contas, dá sempre na mesma. Esqueceu até que tinha me levado e foi para Katmandu, assim, sem mais nem menos. Ainda por cima, levou três dias para perceber que tinha me esquecido. Não é demais? Ela não consegue entender o quanto sofri por causa disso. Eu gosto dela. Acho. Por isso seria muito bom se pudéssemos ser amigas. Mas nunca mais quero ser tratada daquele jeito. Ser mandada de um lado para o outro por impulsos do momento. Isso eu me recuso a aceitar!

— Tudo o que você diz está correto — assegurei. — Os argumentos também são claros. É bastante compreensível.

— Mas mamãe não entende. Mesmo que lhe explique tudo isso, acho que ela não tem a menor noção do que se trata...

— Também acho.

— Por isso fico zangada.

— Também entendo isso muito bem — eu disse. — Nessas horas, nós adultos mergulhamos na bebida.

Yuki bebeu quase metade de minha piña colada em grandes goles. Como a taça era enorme como um aquário, a quantidade de bebida era considerável. Depois de beber, ficou com o cotovelo apoiado na mesa e o olhar caído.

— Que estranho! — comentou. — Estou com calor e sono.

— É assim mesmo! — disse. — Não está se sentindo mal?

— Não. É uma sensação agradável.

— Ótimo. Foi um longo dia. Pouco importa se temos treze ou trinta e quatro anos. No final das contas, todos temos o direito de sentir uma sensação agradável.

Paguei a conta, peguei Yuki pelo braço e voltamos para o hotel acompanhando a orla da praia. Depois, abri a porta do quarto para ela.

— Sabe? — falou Yuki.

— O quê? — perguntei.

— Bons sonhos — disse ela.

O dia seguinte também foi magnificamente havaiano. Depois do café da manhã, vestimos trajes de banho e fomos à praia. Como Yuki disse que experimentaria surfar, alugamos duas pranchas e saí com ela para além da arrebentação da praia do Sheraton. Tempos atrás, eu havia aprendido as técnicas básicas com um amigo e, então, ensinei tudo que sabia para ela. Como pegar uma onda, o posicionamento dos pés e coisas assim. Yuki aprendia rápido. Ela tinha flexibilidade e facilidade para se equilibrar. Com pouco mais de trinta minutos, conseguia se manter sobre as ondas melhor do que eu. — Legal! — dizia ela.

Depois do almoço, levei-a a uma loja de surfe próxima a Ala Moana e compramos duas pranchas razoáveis de segunda mão. O vendedor perguntou o nosso peso e escolheu uma prancha adequada para cada um de nós. — Vocês são irmãos? — perguntou. Como achei trabalhoso explicar, disse: — Isso mesmo. — Fiquei aliviado, pois ele não achou que éramos pai e filha.

Às duas horas, fomos novamente à praia e tomamos banho de sol deitados na areia. Nadamos um pouco e dormimos outro tanto. Passamos, porém, a maior parte do tempo à toa. Ouvimos rádio, folheamos livros, observamos as pessoas e ficamos prestando atenção no balançar das folhas dos coqueiros. O sol foi traçando pouco a pouco a sua trajetória. Quando o dia começou a findar, voltamos para o quarto, tomamos uma ducha, comemos espaguete e salada e fomos assistir a um filme do Spielberg. Saindo do cinema, demos uma volta pela cidade e fomos ao elegante barzinho à beira da piscina do Hotel Halekulani. Novamente, tomei uma piña colada e ela pediu um suco de frutas.

— E aí? Posso tomar um golinho de novo? — perguntou Yuki, apontando para a piña colada.

— Pode, sim — assenti, trocando os copos. Com um canudo, Yuki tomou cerca de dois centímetros da piña colada. — Que gostoso! Tenho a impressão de que o sabor é um pouco diferente daquele do barzinho de ontem — disse ela.

Chamei o garçom e pedi mais uma piña colada e a dei inteirinha para Yuki. — Pode tomar tudo. Se você me fizer companhia todas as noites, em uma semana será a estudante mais entendida de piña colada de todo o Japão.

Na beira da piscina, uma banda tocava "Frenesi". Um clarinetista idoso fez um solo longo no meio da música. Era um solo muito bom que lembrava Artie Shaw. Uns dez casais idosos bem-vestidos dançavam. As luzes que vinham do fundo da piscina iluminavam seus rostos fazendo parecerem estar num sonho. Os velhinhos pareciam muito felizes dançando. Chegavam ao Havaí depois de uma vida cheia de acontecimentos. Os movimentos de seus pés eram elegantes e os passos bem executados. Os homens mantinham a postura, com o queixo levemente erguido, e as mulheres balançavam suavemente as barras das saias longas, descrevendo círculos. Ficamos absortos observando essas pessoas. Não sei bem o motivo, mas a figura daqueles velhinhos me tranquilizava. Talvez porque eles dançassem cheios de satisfação. Quando começou a tocar "Moon Glow", eles encostaram seus rostos.

— Estou ficando com sono — disse Yuki.

Desta vez, porém, ela pôde andar sem ajuda. Estava progredindo.

*

Ao voltar para o meu quarto, peguei uma garrafa de vinho e uma taça, fui à sala assistir TV e vi *A marca da forca*, estrelado por Clint Eastwood. Novamente Clint Eastwood. Nesse filme, ele também não dava nenhum sorriso. Enquanto assistia, bebi três taças de vinho, mas depois o sono bateu e desisti. Desliguei a TV e fui ao banheiro escovar os dentes. Pensei que estava terminando mais um dia. Teria sido um dia proveitoso? Nem tanto assim. Tinha sido mais ou menos. Pela manhã, ensinara Yuki a surfar, depois lhe comprara uma prancha de surfe. Jantamos e vimos *E.T.* Depois, tomamos piña colada no bar do Hotel Halekulani e ficamos observando os elegantes velhinhos dançando. Yuki ficou embriagada e eu a levei de volta para o hotel. É... Fora mais ou menos. Bem ou mal, tinha sido um dia tipicamente havaiano. De qualquer modo, mais um dia que passava.

As coisas, no entanto, não acabaram de maneira tão simples.

Antes mesmo de se passarem cinco minutos que eu mergulhara na cama de camiseta e cueca e apagara a luz, ouvi o *ding-dong* da campainha. Mas que coisa!, pensei. O relógio marcava pouco menos de meia-noite. Acendi a luz da cabeceira, vesti as calças e fui atender. Até que eu chegasse à porta, a campainha tocou mais duas vezes. Pensei que fosse Yuki. Além dela, não me ocorreu mais ninguém que pudesse vir me procurar. Por isso, abri a porta sem mesmo verificar. Mas não era Yuki quem estava ali. Era uma moça desconhecida.

— *Hi!* — disse ela.

— *Hi!* — respondi instintivamente.

Parecia uma mulher sul-asiática. Da Tailândia, das Filipinas ou do Vietnã. Sou incapaz de distinguir pequenas diferenças raciais, mas era de algum desses lugares. Uma mulher bonita. Era pequena, escura e de olhos grandes. Estava com um vestido cor-de-rosa de tecido liso e brilhante. A bolsa e os sapatos eram da mesma cor. Trazia um grande laço também cor-de-rosa enrolado no pulso esquerdo como se fosse uma pulseira. Como se fosse um presente. Por que teria um laço amarrado ao pulso?, pensei. Mas não entendi. Ela apoiou a mão na porta e ficou me olhando. Trazia um belo sorriso.

— Meu nome é June — disse em inglês com um pouco de sotaque.

— *Hi,* June — respondi.

— Será que posso entrar? — perguntou ela, apontando para dentro.

— Espera aí... — intervim, afoito. — Acho que você errou a porta. Quem você está procurando?

— Um... Um momentinho — disse e tirou um papel da bolsa. — Deixe-me ver... *Mister*...

Era eu. — Sou eu mesmo — confirmei.

— Então não há nenhum erro!

— Ei, espera aí! — disse. — O nome é esse mesmo. Mas eu não estou entendendo nada. Quem é você afinal?

— Seja o que for, poderia me deixar entrar? Não acha que conversar aqui na porta não fica bem? O que as pessoas vão pensar? Não tem problema, não. Poder ficar tranquilo que eu não vou entrar e te agarrar.

De fato, Yuki estava no quarto vizinho e seria constrangedor se ela aparecesse enquanto estivéssemos esclarecendo os fatos ali na porta. Convidei-a para entrar. Fosse o que fosse era melhor deixar correr.

Assim que entrou, June foi se acomodando no sofá antes mesmo de ser convidada. Perguntei se ela aceitava alguma bebida. Disse que beberia o mesmo que eu. Fui à cozinha, trouxe duas doses de gim-tônica e sentei-me em frente a ela. Descontraída, ela cruzou as pernas e saboreou a bebida. Belas pernas.

— O que você veio fazer aqui, June? — perguntei.

— Vim porque me mandaram — respondeu com a maior naturalidade.

— Quem mandou?

Ela fez um gesto de que não sabia. — Um cavalheiro que simpatiza com você. Foi ele quem me pagou. Lá do Japão, para você. Você entende do que se trata, não?

Hiraku Makimura, pensei. Este seria o "presente" ao qual ele havia se referido. É por isso que ela tinha um laço enrolado no pulso. Talvez ele pensasse que me enviando uma mulher Yuki estaria a salvo de mim. É prático. Prático demais. Em vez de me zangar, fiquei admirado. Que mundo! Todos pagam para que eu tenha mulheres.

— Já recebi uma quantia para até amanhã de manhã. Por isso, vamos nos divertir, vai... Você vai gostar do meu corpo...

June ergueu as pernas, tirou as sandálias de saltos altos e as jogou no chão de modo bastante sexy.

— Olha, sinto muito, mas não vai dar... — disse-lhe.

— Por quê? É homossexual?

— Não, não é isso. Esse não é o problema. Há uma divergência de ideias entre mim e esse cavalheiro que a pagou. Por isso não posso dormir com você. Questão de princípio.

— Mas o dinheiro já foi pago e não há devolução. Além do mais, ele nem vai ficar sabendo se você fez ou não sexo comigo. Não vou ficar fazendo relatório através de uma ligação internacional dizendo: "Sim, senhor! Fizemos sexo três vezes." Ou coisa parecida. Por isso, tanto faz se transarmos ou não. Não é questão de princípio ou seja lá o que for.

Respirei bem fundo e tomei o gim-tônica.

— Vamos, vai... — falou June com simplicidade. — É tão gostoso transar...

Eu não conseguia compreender. Fui ficando cada vez com mais preguiça de pensar e de tentar explicar os fatos a ela. Depois de um dia um tanto movimentado, fui para a cama e estava quase pegando no sono quando, de repente, me aparece uma mulher desconhecida me convidando para fazer sexo. Que mundo complicado!

— Ei, vamos tomar mais uma dose de gim-tônica? — perguntou ela. Concordei, e ela foi até a cozinha preparar duas doses. Depois ligou o rádio. Ela estava tão à vontade como se estivesse em seu próprio quarto. Começou a tocar um rock pesado.

— Que máximo! — exclamou June em japonês. Sentou-se ao meu lado, recostou-se em mim e bebeu o gim-tônica. — Não pense tanto — disse ela. — Eu sou profissional. Sou muito mais entendida do que você nessas coisas. Nesse ramo não existe princípio ou coisas desse tipo. Por isso, deixe tudo por minha conta. Agora já não tem nada mais a ver com aquele cavalheiro do Japão. Já está fora do alcance dele. Agora é um problema só seu e meu.

Dizendo isso, June alisou-me o peito com os dedos. Já estava realmente ficando cansado de tudo. Comecei até a pensar que não me importaria em dormir com uma prostituta, se é que isso tranquilizava Hiraku Makimura. Achei que, se era para ficarmos tentando um convencer o outro, era mais fácil fazer sexo logo. Afinal, o que era fazer sexo? Era ficar excitado, introduzir, ejacular e pronto.

— Ok! Vamos lá — eu disse.

— É isso aí! — disse June. Terminamos de tomar todo o gim-tônica e deixamos os copos vazios na mesa.

— Só tem uma coisa. Hoje eu estou exausto. Por isso não vou poder fazer nada a mais.

— Já disse para deixar por minha conta. Vou fazer tudo para você, do começo ao fim. É só você ficar quietinho. Mas tenho dois pedidos a fazer.

— O que é?

— Apagar a luz e tirar o laço para mim.

Apaguei a luz e desatei o laço de seu pulso. Fomos, então, para o quarto. Ao apagar a luz, enxerguei a torre de transmissão através da janela. No alto da antena, a luz vermelha piscava. Deitei-me na cama e fiquei olhando vagamente para aquela luz. O rádio continuava a tocar um rock pesado. Achei que aquilo não parecia real. Mas era. Revestia-se de um estranho colorido, mas era indiscutivelmente real. June tirou rápido o vestido e depois me despiu. Embora não tanto quanto May, ela também era uma prostituta habilidosa e parecia ter orgulho de suas técnicas. Fez com que eu ficasse excitado usando os dedos, a língua e tudo o que tinha direito e me fez ejacular ao som do Foreigner. A noite mal havia começado e a lua pairava sobre o mar.

— E então, foi bom, não foi?

— Foi — respondi. Tinha sido ótimo mesmo.

Tomamos mais uma dose de gim-tônica.

— June — eu disse, lembrando-me de repente —, escuta, será que no mês passado você não usava o nome May?

June riu divertidamente, soltando gargalhadas. — Engraçado, você... Gosto muito de brincadeiras. Acho que no mês que vem serei July. Em agosto, August.

Eu queria lhe dizer que não estava fazendo nenhuma brincadeira. Que, no mês passado, eu havia mesmo dormido com uma garota que se chamava May. Mas é claro que de nada adiantaria. Por isso, fiquei calado. Quando me calei, ela mais uma vez me excitou como uma verdadeira profissional. Segunda vez. Eu realmente fiquei ali só deitado. Ela fazia tudo. Parecia um posto de gasolina que oferecia serviço completo. Bastava parar o carro e entregar as chaves. Faziam tudo: abastecimento, lavagem, calibragem dos pneus, verificação do óleo, limpeza dos vidros e dos cinzeiros. Será que se poderia mesmo chamar isso de sexo? De todo modo, tudo terminou quando já eram mais de duas horas da manhã. Depois, cochilamos. Acordei antes das seis. O rádio ficara ligado. Lá fora estava claro e os surfistas madrugadores já tinham estacionado suas caminhonetes na praia. Ao meu lado, toda encolhida, June dormia profundamente. No chão, estavam o vestido cor-de-rosa, as sandálias cor-de-rosa e o laço cor-de-rosa. Desliguei o rádio e a chacoalhei para acordar.

— Ei, acorde — disse. — Vou receber gente. Uma menina vai vir tomar café da manhã. Desculpe, mas você não pode ficar aqui.

— Ok, ok — respondeu ela e se levantou. Ainda nua, pegou a bolsa e foi ao banheiro, escovou os dentes e penteou os cabelos. Vestiu-se e pôs as sandálias.

— Sou boa, não sou? — indagou passando batom.

— Muito boa — respondi.

June deu um sorriso e guardou o batom na bolsa fazendo barulho com o fecho. — Então, quando será a próxima?

— Próxima?

— Fui paga para três encontros. Assim, ainda restam dois. Quando você quer? Ou prefere mudar de ares e trocar de garota? Pode ser dessa forma também. Não me importo nem um pouco. Os homens gostam de dormir com várias garotas, não é mesmo?

— Não, é claro que pode ser você — respondi. Não podia dizer outra coisa. Três vezes. Com certeza, Hiraku Makimura tem a intenção de espremer todo o meu sêmen até não sobrar nenhuma gota.

— Obrigada. Não vou deixar você se arrepender. Da próxima vez, vou fazer coisas mais fabulosas ainda. Pode deixar. Aguarde-me. Olha, *you can rely on me.* Que tal depois de amanhã à noite? Estarei de folga e poderei tirar o tempo inteiro só para você.

— Pode ser — respondi. Depois, entreguei-lhe uma nota de dez dólares dizendo que era para o táxi.

— Obrigada. Até mais. Bye-bye — despediu-se. Abriu a porta e saiu.

*

Antes que Yuki acordasse e viesse tomar o café da manhã, lavei e guardei os copos, limpei o cinzeiro, estiquei o lençol e joguei o laço cor-de-rosa no lixo. Isso deveria ser o suficiente, mas, assim que entrou no quarto, Yuki franziu a testa. Alguma coisa a incomodou. Ela tem uma intuição muito boa. Estava presumindo algo. Fiz de conta que não tinha percebido e fiquei assobiando enquanto preparava o café da manhã. Preparei o café, fiz as torradas e descasquei as frutas. Depois levei para a mesa. Yuki bebia o leite gelado e comia o pão olhando desconfiada ao redor. Não respondia, por mais que eu puxasse conversa. Achei aquilo ruim. A situação era grave.

Terminado aquele tenso café da manhã, ela colocou as duas mãos sobre a mesa e olhou fixamente para mim. Seus olhos demonstravam bastante seriedade. — Escuta, ontem à noite uma garota veio aqui, não veio? — perguntou.

— Deu para perceber? — eu disse com ar sereno, como se não fosse nada demais.

— Quem é ela, afinal? Depois daquilo, você ainda foi arrumar alguma garota por aí?

— Imagine! Não fiz nada disso! Não sou tão esperto assim. Ela é que veio sem ser convidada.

— Não seja mentiroso. Como é que pode acontecer uma coisa dessas?

— Não estou mentindo. Eu não minto para você. Ela veio mesmo por conta própria — argumentei. Então, expliquei tudo claramente: que o pai dela tinha contratado uma mulher para mim; que ela tinha vindo de repente me procurar; que aquilo também tinha sido como tomar um banho de água fria enquanto dormia, e que Hiraku Makimura devia pensar que ela estaria segura se meus desejos sexuais estivessem satisfeitos.

— Puxa! Que absurdo! — exclamou Yuki. — Por que ele sempre tem essas ideias infelizes? Por que sempre faz coisas que não deve? Não entende o que é importante e fica se preocupando com essas coisas que não têm nada a ver, quando, na verdade, não se importa com nada! Mamãe é mamãe! Mas papai também está fora de juízo, só que de outro jeito! Sempre estraga tudo, fazendo coisas que não deve!

— Você tem toda razão. Ele errou completamente o alvo — concordei.

— Mas por que você a deixou entrar? Você pôs aquela mulher aqui dentro, não pôs?

— Pus sim. Não entendia o que estava acontecendo e precisava esclarecer as coisas.

— Mas você não fez nada que não deveria ter feito, fez?

— Pois é, as coisas não são tão simples assim.

— Não acredito que... — começou a dizer e calou-se. Não encontrava uma expressão adequada. Depois ficou um pouco corada.

— Foi, sim. Se começar a explicar o que aconteceu, a conversa vai ficar longa, mas, seja como for, não pude recusar — eu disse.

Ela fechou os olhos e pôs as mãos no rosto. — É inacreditável — falou Yuki em tom seco, bem baixinho. — Não consigo acreditar que você foi capaz de uma coisa dessas.

— No início, eu tinha a intenção de recusar, é claro — disse francamente. — Mas, depois, comecei a não me importar mais. Comecei a ter preguiça de pensar em tantas coisas. Não estou querendo me justificar, mas seus pais têm mesmo uma força incrível. Sua mãe, à moda dela, e seu pai, à dele, influenciam as pessoas de alguma forma. Deixando de lado se aceitamos isso ou não, eles têm estilo. Mesmo que não sejam dignos de respeito, é impossível ignorá-los. Em suma, acabei achando que não tinha mais importância, uma vez que deixava seu pai satisfeito. Além disso, a garota não me pareceu ruim.

— Mas isso é um despropósito — exclamou Yuki em tom seco. — Papai contratou uma mulher para você! E você não acha nada de mais?! Que coisa sórdida... Está errado... É vergonhoso...

Ela tinha razão. E eu o disse.

— É uma vergonha, uma vergonha mesmo — repetiu Yuki.

— Tem razão — reconheci.

Depois do café da manhã, fomos à praia levando as pranchas. Saímos novamente para além da arrebentação da praia de Sheraton e pegamos onda até a hora do almoço. No entanto, durante todo o tempo, ela não falou comigo. Por mais que puxasse assunto, ela não respondia. De acordo com a necessidade, ela fazia um gesto ou outro.

Quando disse que já era hora de voltarmos para o almoço, ela apenas concordou. Perguntando se faríamos alguma coisa para comer no quarto, ela fez que não com a cabeça. Ao perguntar se então comeríamos alguma coisa fora, ela concordou mexendo novamente a cabeça. Comemos cachorro-quente, sentados na grama do Forte DeRussy. Eu tomei uma cerveja e Yuki uma Coca-Cola. Ela ainda não tinha dito uma palavra sequer até então. Já estava calada havia cerca de três horas.

— Vou recusar da próxima vez — informei.

Ela tirou os óculos escuros e ficou olhando para mim como se visse uma fenda no céu. Ficou me encarando por uns trinta segundos. Depois ergueu a franja com suas lindas mãos queimadas de sol.

— Próxima vez? — perguntou surpresa. — O que significa da próxima vez?

Expliquei-lhe que Hiraku Makimura já havia pago antecipadamente por mais dois encontros e que o segundo seria depois de amanhã à noite. Ela esmurrou a grama várias vezes. — Não consigo acreditar. É um *perfeito* idiota!

— Não tenho a intenção de defendê-lo, mas seu pai está se preocupando à moda dele. Afinal, eu sou um homem e você é uma mulher — expliquei. — Você entende, não?

— Um idiota, *um perfeito idiota!* — disse ela, quase chorando. Depois, foi para o seu quarto e não saiu mais até o final da tarde.

Dei uma cochilada à tarde e fiquei tomando sol na varanda enquanto folheava uma *Playboy* que havia comprado num supermercado ali perto. Por volta das quatro horas, começaram a aparecer algumas nuvens que foram cobrindo o céu aos poucos, e depois das cinco já estava armado um temporal. A chuva era tão forte que, se continuasse naquele ritmo, uma hora depois a ilha inteira estaria sendo arrastada até o Polo Sul. Era a primeira vez que via uma chuva torrencial. Não se enxergava direito nem o que estava a uns cinco metros de distância. Os coqueiros da praia balançavam suas folhas como se estivessem enlouquecidos e as ruas de asfalto viraram rios num piscar de olhos. Da janela, vi alguns surfistas passarem correndo descalços, usando suas pranchas como guarda-chuva. Nisso, começou a trovejar. Avistei um relâmpago próximo à Torre Aloha. Logo em seguida, ouvi um som intenso como o do *Sonic* estremecer o ar. Fechei a janela e fiz um café. Depois fiquei pensando no que prepararia para o jantar.

Quando relampejou mais uma vez, Yuki entrou de mansinho no meu quarto e ficou me olhando recostada à parede da cozinha. Dei um sorriso, mas ela ficou me encarando. Peguei uma xícara de café, levei-a até a sala e sentamos juntos no sofá. Yuki estava pálida. Ela devia ter medo de trovão. Por que será que toda garota tem medo de trovão, aranha e coisas parecidas? O trovão não passa de um fenômeno um pouco barulhento de descargas elétricas que acontece no céu. As aranhas, considerando algumas raras exceções, são seres pequenos e inofensivos. Quando brilhou novamente um relâmpago azulado, Yuki apertou com força o meu braço direito.

Por uns dez minutos, ficamos naquela mesma posição, observando os relâmpagos. Ela ficou agarrada em meu braço enquanto eu tomava meu café. Os trovões foram ficando distantes e a chuva cessou. As nuvens se dissiparam e o sol surgiu por entre suas fendas. Agora só havia poças d'água que pareciam lagoas por toda parte. As folhas de coqueiros balançavam fazendo brilhar as gotas d'água. O mar voltou a levantar as ondas brancas de sempre, como se nada tivesse acontecido, e os turistas que tinham se abrigado da chuva começaram a aparecer novamente na praia.

— De fato, eu não devia ter feito o que fiz — disse. — Custasse o que custasse, eu deveria tê-la recusado e mandado embora. Mas, naquela hora, estava cansado e não conseguia pensar direito. Sou um ser humano totalmente imperfeito. Sempre cometo falhas. Mas também aprendo. Decido nunca mais repetir o mesmo erro. Mesmo assim, muitas vezes acabo cometendo-o. Por que será? É simples. Porque sou bobo e imperfeito. Nessas horas, fico um pouco com raiva de mim mesmo e decido não cometer a mesma falha uma terceira vez. Vou progredindo aos poucos. Pode ser um pouco de cada vez, mas progresso é progresso.

Durante muito tempo, Yuki não demonstrou a menor reação. Ela se soltou do meu braço e, sem dizer nada, ficou olhando a paisagem lá fora. Não sabia sequer se ela havia ouvido o que eu dissera. O sol se pôs e as lâmpadas das ruas à beira-mar começaram a brilhar. O entardecer após a chuva tinha o ar límpido e a luz estava clara. Diante daquele cenário azul-escuro do cair da tarde, erguia-se a antena de transmissão e, no alto dela, a lâmpada vermelha piscava com a regularidade das batidas do coração. Fui à cozinha, peguei uma cerveja na geladeira e bebi. Enquanto comia alguns crackers, fiquei pensando se estava mesmo progredindo pouco a pouco. Não estava muito confiante. Pensando melhor, nada confiante. Tive a impressão de que já havia repetido o erro umas dezesseis vezes. Mas, basicamente, o que dissera sobre a minha postura não era mentira e não havia outra maneira de explicar.

Ao voltar para a sala, Yuki estava do mesmo jeito, olhando para fora. Sentada no sofá com os pés sobre o assento e abraçada aos joelhos, ela mantinha o queixo erguido de um jeito implacável. De repente, recordei meus tempos de casado. Lembrei-me de que, naquela época, coisas assim aconteceram várias vezes. Magoei a minha esposa em inúmeras ocasiões e pedi-lhe perdão uma infinidade de vezes. Nesses momentos, ela também não falava comigo durante horas a fio. Eu tentava imaginar por que ficava tão magoada. Pensando bem, achava que não devia estar tão ressentida assim. Mas, naquelas horas, eu sempre me continha e pedia perdão, me justificava e procurava curar sua dor. Acreditava que, com a soma desses atos, nosso relacionamento estaria evoluindo. Mas, como se pôde ver pelo resultado, com certeza nossa relação não havia evoluído em nada.

Minha esposa magoou-me uma única vez. Somente uma. Quando ela foi embora com outro homem. Foi apenas aquela vez. Minha vida conjugal, ela, sim, foi realmente muito estranha, pensei. Um turbilhão. Como dissera Dick North.

Depois de algum tempo que fiquei sentado ao seu lado, Yuki esticou a mão e eu a segurei.

— Não é que eu tenha perdoado, entendeu? — disse ela. — Só vou fazer as pazes por ora. Aquilo foi realmente imperdoável e eu fiquei muito magoada, sabe? Você entende?

— Entendo — respondi.

Depois disso, jantamos. Fiz risoto de camarão e vagem e uma salada de berinjela, ovo, azeitona e tomate. Tomei vinho e ela também; um pouco.

— Quando fico te olhando, lembro da minha esposa — disse.

— Aquela esposa que se cansou de você e saiu com outro... — completou Yuki.

— É — respondi.

30

Havaí.

Os dias que se sucederam foram tranquilos. Não chegaram a ser exatamente paradisíacos, mas foram de extrema paz. Com jeitinho, evitei o programa com June alegando o seguinte: Parece que peguei uma gripe e estou com febre e tosse (Cof! Cof!) e... tão logo não terei ânimo para "aquilo". Aí, dei-lhe novamente uma nota de dez dólares para a condução. Puxa! Que pena! Se você melhorar, liga para mim, tá?, disse ela. Tirou da bolsa uma lapiseira e escreveu o número de seu telefone na porta, despediu-se com um "Bye" e foi embora toda rebolante.

Levei algumas vezes Yuki para visitar sua mãe. Eu e Dick North caminhávamos pela praia e nadávamos na piscina. Ele nadava muito bem. Enquanto isso, Yuki e a mãe ficavam conversando. Não tinha a mínima ideia sobre o que falavam. A própria Yuki nada comentava, e eu também não fazia questão de saber. Eu me restringia a alugar um carro, levá-la até Makaha e ficar com Dick North para bater papo, nadar, observar o pessoal surfando, tomar cerveja e urinar. Depois, eu e Yuki voltávamos para Honolulu.

Uma vez ouvi Dick North recitar um poema de Robert Frost. Logicamente, não consegui entender seu significado, mas ele recitava bem. O ritmo era cadenciado e expressava um profundo sentimento. Vi também umas fotos de Ame que haviam acabado de ser reveladas. Eram fotografias de rostos havaianos. Não passavam de simples retratos de pessoas, mas, através deles, ela conseguia revelar expressões cheias de vida, carregadas de "algo mais", algo interno que parecia desvendar o âmago da vida. A simpatia, a vulgaridade, a brutalidade que causava arrepios, a alegria de viver desses habitantes das ilhas do Sul eram naturalmente reveladas pelas lentes de Ame. Eram fotografias cheias de energia, mas que ao mesmo tempo expressavam serenidade. Isso é talento, pensei. — É diferente de mim, é diferente de você — dissera Dick North. Ele tinha razão. Bastava vê-las para se perceber.

Assim como eu cuidava de Yuki, Dick North cuidava de Ame. Mas, sem sombra de dúvida, o cuidado que ele dispensava a Ame era muito mais completo. Ele limpava a casa, lavava as roupas, cozinhava, fazia compras, recitava poesia, contava piadas, saía apagando os cigarros acesos, perguntava se ela já havia escovado os dentes, comprava-lhe Tampax (um dia acompanhei-o às compras), arquivava as fotografias e datilografava as etiquetas para catalogá-las. Ele fazia tudo isso com um só braço. Com todas essas tarefas a cumprir, era difícil crer que lhe sobrasse algum tempo para se dedicar à criação poética. Fiquei com muita pena dele. Mas, pensando bem, eu não tinha o direito de julgá-lo. Afinal, em troca de cuidar de Yuki, ganhei as passagens aéreas e a estada. Sem contar que até me pagaram uma mulher. Estava em pé de igualdade com ele.

*

Nos dias em que não íamos visitar sua mãe, eu e Yuki surfávamos, nadávamos, ficávamos deitados na praia sem fazer absolutamente nada, fazíamos compras, alugávamos algum carro e passeávamos pela ilha. Ao anoitecer, caminhávamos, assistíamos a algum filme e tomávamos piña colada no Garden Bar do Hotel Halekulani ou no Royal Hawaiian. Já que tempo não era problema, elaborei vários pratos. Descansamos e ficamos bem bronzeados até as pontas dos pés. Yuki comprou um biquíni florido, bem tropical, numa butique do Hilton, que a deixava parecida com as garotas que nasceram e cresceram no Havaí. Ela já estava se saindo muito bem no surfe, tanto que conseguia dominar com perfeição pequenas ondas que eu mal conseguia pegar. Compramos umas fitas novas dos Rolling Stones e todos os dias ficávamos ouvindo-as repetidas vezes. Quando eu ia comprar alguma bebida e deixava Yuki sozinha na praia, vários homens vinham conversar com ela. Mas, como não falava inglês, ela ignorava cem por cento deles. Quando eu voltava, eles se desculpavam ou, às vezes, falavam alguma indecência e iam embora. Ela estava bronzeadíssima, linda e saudável. Completamente descontraída e se divertindo todos os dias.

— O desejo que os homens sentem por uma mulher é realmente assim tão forte? — perguntou Yuki, num desses dias em que estávamos deitados na praia.

— Bem... há diferenças individuais no grau de desejo, mas, em princípio, fisicamente, o homem sente desejos em relação à mulher. Você sabe algumas coisas sobre sexo, né?

— Alguma coisa — Yuki respondeu friamente.

— Existe uma coisa chamada desejo sexual — expliquei. — Querer ir para a cama com uma garota é uma coisa natural. É para a preservação da espécie...

— Nunca ouvi essa coisa de preservação da espécie. Não fique aí falando coisas que parecem aula de higiene e saúde. Estou perguntando sobre esse tal de desejo sexual. O que isso de fato quer dizer?

— Faz de conta que você é um pássaro — disse. — Digamos que você adore voar e se sinta muito bem com isso. Mas, devido às circunstâncias, você só pode voar de vez em quando. Poderia ser devido às condições climáticas, à direção dos ventos ou mesmo às estações. Então, por conta disso, às vezes você pode ou não voar. Mas, se ficar muitos dias sem levantar voo, suas energias começam a sobrar e você começa a se irritar. Sente-se injustiçado, começa a se questionar por que não pode voar e isso a deixa muito brava. Está entendendo?

— Entendo — disse ela. — Estou sempre me sentindo assim.

— Então... Ficou fácil. Esse é o tal do desejo sexual.

— Antes, quando foi que você voou? Quero dizer, antes daquela garota que papai comprou para você.

— No final do mês passado — respondi.

— Foi divertido?

Fiz que sim, balançando a cabeça.

— É sempre divertido?

— Nem sempre — respondi. — Como é algo que dois seres vivos imperfeitos fazem juntos, nem sempre a coisa é tão perfeita. Ocorrem decepções. Às vezes, você pode estar voando "numa boa" e de repente trombar com uma árvore.

— Hmm... — observou Yuki. Depois ficou pensando durante algum tempo sobre isso. Talvez estivesse imaginando a cena de um pássaro voando pelo céu e de repente batendo de frente com uma árvore ao se distrair por alguns segundos. Fiquei um tanto preocupado. Será que esse tipo de explicação estaria correto? Será que estava ensinando algo totalmente errado para uma garota que se encontrava numa fase tão sensível? Ah! Deixa pra lá! Afinal, ela acabaria aprendendo essas coisas por si só quando crescesse...

— Mas, sabe... com a idade a probabilidade de melhorar é cada vez maior... — disse, retomando a conversa. — Você acaba descobrindo alguns macetes. Aprende a prever as condições climáticas, a direção dos ventos... Mas normalmente o desejo sexual diminui proporcionalmente com a idade. É isso...

— Que pena! — disse Yuki.

— Concordo! — confirmei.

*

Havaí.

Afinal, há quantos dias estou aqui nesta ilha? Tinha perdido completamente a noção do tempo. Depois de ontem é hoje, e depois de hoje é amanhã. O sol se levanta e se põe, a lua aparece e depois se vai, a maré sobe e depois desce. Peguei a agenda e fiz os cálculos de quanto tempo estava lá. Já fazia dez dias. O mês de abril já estava terminando. Aquele período do mês que eu tinha previsto para tirar férias já estava acabando. O que será que aconteceu?, pensei comigo. Os parafusos da minha cabeça estavam frouxos. Bem frouxos. Dias de surfe e piña colada. A questão não era essa. A questão era que eu estava procurando Kiki. Foi aí que tudo começou. Segui a pista e os caminhos que me levavam a ela. Mas, apesar disso, de repente percebi que estava ali... na sombra do coqueiro tomando um drinque tropical e ouvindo músicas locais. Preciso corrigir o rumo a seguir. May está morta. Foi assassinada. Vieram os policiais. Afinal, como será que ficou o caso May? Será que Pescador e Intelectual conseguiram descobrir a identidade dela? Como estará Gotanda? Ele me pareceu muito cansado e desnorteado. O que será que ele tanto queria conversar comigo? De qualquer modo, tudo foi interrompido no meio do caminho. Não posso deixar as coisas assim... abandonadas... Preciso voltar para o Japão.

Apesar de estar ciente disso, eu não conseguia tomar nenhuma atitude concreta. Tanto para mim como para Yuki, eram muito raras as oportunidades de desfrutar essa descontração e, na verdade, ambos necessitávamos disso. Eu não pensava praticamente em nada o dia todo. Pegava sol, nadava, tomava cerveja e passeava pela ilha de carro ouvindo Stones e Bruce Springsteen. Caminhava pela areia da praia iluminada pela luz do luar e bebia no bar do hotel.

Estava ciente de que isso não duraria para sempre, mas, mesmo assim, simplesmente não conseguia me mover dali. Eu estava descontraído e Yuki também. Vendo-a ali, tão serena... não tinha coragem de dizer: — Então, vamos embora? — E isso também servia de justificativa para a minha inércia.

Passaram-se duas semanas.

*

Eu e Yuki passeávamos de carro num entardecer no centro comercial da cidade. As ruas estavam congestionadas, mas, como não tínhamos nenhum compromisso que justificasse alguma pressa, ficamos observando as paisagens à beira da estrada e as inúmeras lojas que se enfileiravam na calçada. Eram salas de exibição de filmes pornôs, lojas de artigos usados, uma loja de roupas de um vietnamita, uma mercearia de chineses e sebos de livros e discos. Em frente a uma dessas lojas, dois idosos jogavam *go* sentados em cadeiras ao redor de mesas montadas na calçada. Era um cenário do cotidiano de Honolulu. Um homem com o olhar perdido estava em pé, sem fazer nada. É uma cidade interessante, com restaurantes gostosos e baratos. Mas, diga-se de passagem, não era um lugar propício para uma menina passear sozinha.

Deixando a cidade e indo em direção ao porto, as lojas eram substituídas por armazéns e escritórios de empresas de importação e exportação. As ruas da cidade se tornavam mais ermas e inóspitas. Com o fim do expediente, havia muitas pessoas apressadas esperando o ônibus para voltarem para suas casas e os letreiros de néon das cafeterias iam se acendendo com falhas em uma ou mais letras.

Yuki disse que queria ver novamente *E.T.*

Concordei em assistirmos o filme após o jantar.

Ela começou a falar sobre o E.T. e, em determinado momento, disse que gostaria que eu fosse ele, encostando de leve o dedo indicador na minha testa.

— Não adianta fazer isso, que eu não vou sarar só assim...

Yuki deu risada.

Foi naquele instante...

Naquele exato momento, de repente, senti alguma coisa. Houve um estalo dentro da minha cabeça como se algo tivesse sido encaixado. Mas, naquele instante, eu não sabia o que estava acontecendo.

Instintivamente pisei no freio. O motorista do Camaro que estava atrás de mim buzinou de forma escandalosa várias vezes, e, enquanto me ultrapassava, gritou palavrões pela janela. Era isso! Eu tinha visto algo muito importante. Naquele momento, ali mesmo.

— O que foi que deu em você, hein? Não vê que é perigoso? — esbravejou Yuki, ou pelo menos acho que foi mais ou menos isso que ela disse.

Na verdade, eu não estava ouvindo nada. Achei que fosse Kiki. Sem dúvida, eu acabara de ver Kiki. No centro comercial de Honolulu. Não tinha a mínima ideia do que ela poderia estar fazendo ali. Mas aquela era Kiki. Eu passei por ela. Ela passou por mim, tão próxima do carro que, se eu tivesse esticado o braço, teria tocado nela.

— Escuta! Feche todos os vidros e trave as portas. Em hipótese alguma saia do carro. Mesmo que alguém fale com você, não destrave ou abra as janelas de forma alguma, certo? Eu já volto! — disse antes de sair do carro.

— Espere um pouco! Eu não quero ficar sozinha neste lugar...

Sem me importar com o que ela dissera, saí em disparada pela rua. Fui trombando em algumas pessoas pelo caminho, mas não tinha tempo para ficar me importando com isso. Eu precisava alcançar Kiki. Não sabia o porquê, mas eu precisava alcançá-la e conversar com ela. Desviando das pessoas, corri dois ou três quarteirões. Enquanto corria, lembrei-me de como ela estava vestida. Um vestido azul e uma bolsa a tiracolo branca. Lá na frente avistei um vestido azul e uma bolsa a tiracolo branca. Em pleno entardecer, sua bolsa branca balançava acompanhando seus passos. Ela ia em direção à parte movimentada da cidade. Ao chegar à avenida, o número de transeuntes aumentou de repente, dificultando a minha corrida. Uma mulher enorme, provavelmente com três vezes o peso de Yuki, bloqueou o meu caminho. Apesar disso, a distância entre mim e Kiki aos poucos ia sendo vencida. Ela continuava a andar. Seus passos não eram muito rápidos nem muito lentos, apenas normais. Ela não olhava para trás nem para os lados, e parecia não ter nenhuma intenção de pegar um ônibus... Apenas andava em linha reta. Tinha a impressão de que poderia alcançá-la a qualquer momento, mas era estranho... A distância parecia não estar sendo vencida. O semáforo não a parou nenhuma vez. Ela parecia conhecer o momento exato em que os semáforos ficavam verdes para que não precisasse parar. Como não podia perdê-la de vista, quase fui atropelado tentando atravessar em um sinal vermelho.

Quando faltavam uns vinte metros para alcançar Kiki, de repente ela virou à esquerda numa esquina. Logicamente, continuei a segui-la e também virei à esquerda. Era uma rua estreita e pouco movimentada. Havia edifícios comerciais antigos em ambos os lados e, a certa altura, um furgão sujo e uma caminhonete estacionados. Não a vi em nenhum lugar. Ofegante, fiquei ali parado, tentando encontrá-la. Onde você está? Não me diga que você sumiu de novo! No entanto, Kiki não havia sumido. A sombra de um caminhão de entrega tinha, por um segundo, escondido sua silhueta, e por isso eu não a vira. Ela continuava andando normalmente pela calçada. Estava anoitecendo, mas consegui ver sua bolsa branca balançando de modo suave ao ritmo de seu andar.

— Kiki! — gritei bem alto.

Ela pareceu ter me ouvido e por isso virou-se para trás. É ela mesma, pensei. A distância entre nós ainda era grande e a rua estava escura, pois as lâmpadas ainda estavam apagadas, mas mesmo assim tive a certeza de que era ela mesma. *Não havia engano*. Ela também me reconheceu e chegou até a sorrir para mim.

No entanto, não parou. Apenas olhou de relance para trás e continuou a caminhar no mesmo ritmo de antes até entrar num dos edifícios comerciais da rua. Vinte segundos depois, entrei também. Mas já era tarde. A porta do elevador que ficava no hall estava completamente fechada e o indicador de posição dos andares, um daqueles modelos antigos, já começava a girar. Enquanto recuperava o fôlego, fiquei observando atentamente o ponteiro parar. Ele girava bem devagar e, quando chegou ao oitavo andar, deu uma balançadinha e parou. Depois ficou estacionado nele. Apertei o botão para chamá-lo, mas mudei de ideia e resolvi subir correndo pelas escadas. No caminho, encontrei um senhor samoano de cabelos grisalhos, que parecia ser o zelador do prédio. Ele segurava um balde na mão.

— Ei! Aonde você vai? — perguntou ele. — Depois... — disse-lhe, continuando a subir as escadas correndo. Era um edifício deserto, com um forte cheiro de poeira. Estava tudo quieto e os meus passos apressados ecoavam bem alto pelos corredores, chegando a me incomodar. Dava a impressão de que não havia ninguém no prédio. Quando cheguei ao corredor do oitavo andar, olhei para os dois lados, porém não havia nada nem ninguém. No corredor só havia sete ou oito portas de empresas desconhecidas. Em cada uma delas havia um número e o nome da firma.

Fui lendo os nomes das empresas, um a um, mas nenhuma delas parecia ser o local onde Kiki teria entrado. As placas com os nomes das empresas de importação e exportação, escritórios de advogados e consultórios odontológicos estavam velhas e sujas. Até mesmo os seus nomes pareciam ser antigos e decadentes. Nenhuma delas parecia ser frequentada. Eram escritórios sem vida, num corredor sem vida, num edifício sem vida e numa rua igualmente sem vida. Olhei mais uma vez, em sequência, todos os nomes dos escritórios, mas realmente não havia nenhum que pudesse ter algo a ver com Kiki. Fiquei confuso, parado ali em pé, tentando ouvir alguma coisa. Não ouvi nada. O edifício estava silencioso como se fosse uma ruína.

Foi então que ouvi algo. Eram passos de salto alto andando num assoalho. Esse barulho ecoou de modo estranhamente alto pelo corredor comprido e deserto. O barulho lembrava o som pesado e seco das lembranças de tempos imemoriais. Esse som fez com que meu *ser atual* ficasse um tanto perturbado. Era como se, de repente, eu estivesse vagando dentro do corpo todo desgastado e seco, em forma de labirinto, de um ser gigantesco morto há muitos anos. Alguma coisa fez com que eu saísse do buraco do tempo e entrasse nessa caverna.

Como o som era forte demais, fiquei algum tempo sem saber ao certo de onde é que ele provinha. Depois percebi que vinha lá do final do corredor à minha direita. Pisando leve, a fim de abafar o nhec-nhec do solado do meu tênis, fui rapidamente nessa direção. O som vinha de dentro da última porta do corredor. Parecia vir de um lugar muito mais distante, mas era certo que vinha daquela porta. Achei muito estranho quando percebi que não havia nenhuma placa na porta. Eu acabara de verificar todos os nomes que estavam nas portas, e nessa, com certeza, também tinha uma placa. Eu não conseguia mais lembrar qual era, mas, de qualquer modo, tinha visto um nome inscrito nela. Eu não estava enganado. Afinal, se houvesse alguma porta sem inscrição, com certeza eu me lembraria.

Por um instante, pensei que tudo não passava de um sonho. Mas não era. Não havia como ser. Todos os fatos e coisas estavam interligados e havia uma sequência entre eles. Eu estava na cidade de Honolulu e segui Kiki até ali. Não é um sonho. É real. Embora haja algo estranho, é real, sem dúvida que é, pensei.

Resolvi bater na porta.

Quando bati, o ruído do sapato desapareceu. Quando o último som se dissipou no ar, o ambiente ficou totalmente silencioso como antes.

Fiquei uns trinta segundos imóvel em frente à porta. Nada aconteceu. O ruído do sapato sumira...

Girei a maçaneta da porta com determinação. Não estava trancada, movimentou-se com facilidade, e a porta se abriu com um leve rangido. Estava escuro e com um odor de cera de assoalho. A sala estava totalmente vazia. Não havia mobília nem iluminação. A única luz que entrava nela era a do crepúsculo da tarde, que lhe dava uma leve coloração azulada. No chão, alguns jornais amarelados. Não havia ninguém.

Foi então que recomeçou o barulho de passos. Para ser mais exato, ouvi quatro passos e depois novamente o silêncio.

Os passos pareciam vir do meu lado direito e do alto. Fui até o fim da sala e deparei com uma porta próxima a uma janela. Essa porta também não estava trancada. Abrindo-a, encontrei uma escada. Com as mãos apoiadas no metal frio do corrimão, fui subindo os degraus lentamente, em plena escuridão, tomando o cuidado de certificar-me de onde pisava. A inclinação era bem acentuada. Dava a impressão de ser uma escada de emergência. Eu tinha certeza de que o som tinha vindo lá do alto. No final da escada, encontrei outra porta. Apalpei para encontrar um interruptor, mas foi em vão. Sem alternativa, fui tateando até encontrar a maçaneta e, assim que a encontrei, a abri.

Dentro dessa sala também estava escuro. Não era uma escuridão total, mas digamos que era escuro o suficiente para que não se pudesse identificar nada. Apesar da falta de visibilidade, o espaço parecia ser grande. Imaginei ser uma cobertura ou talvez um sótão. Não dava para saber se havia alguma janela, pois se houvesse ela estaria fechada. No meio do teto havia algumas claraboias bem pequenas, mas como a lua ainda não estava posicionada em seu ponto alto, não havia claridade suficiente entrando por elas. A única luminosidade que entrava, se bem que em quase nada adiantava, era o reflexo das luzes da cidade no assoalho.

Em meio a esse breu, eu disse: — Kiki! —, como para me anunciar.

Esperei um pouco, mas nada aconteceu.

O que será que está acontecendo?, pensei comigo. Estava escuro demais para eu entrar ali. Senti-me encurralado. Resolvi ficar parado por algum tempo, aguardando meus olhos se acostumarem com a escuridão. Quem sabe aconteceria alguma coisa nova!

Perdi a noção de quanto tempo ficara ali, completamente imóvel, tentando ouvir ou ver alguma coisa naquele breu. Por algum motivo, a claridade que entrava na sala tinha-se intensificado sutilmente. Estaria a lua mais alta? Ou será que as luzes da cidade estavam sendo acesas? Soltei minha mão da maçaneta e comecei a caminhar com cuidado até o centro da sala. A sola de borracha do meu tênis fazia um nhec-nhec pesado e seco, como aquele que eu ouvira havia pouco. Era de uma sonoridade grave e com pouca vibração, o que causava uma sensação de irrealidade e estranha perturbação.

— Kiki! — chamei-a novamente. Não houve resposta.

A minha primeira intuição estava correta, a sala era de fato grande. Estava vazia e o ar, estagnado. Parado no meio dela, dei uma olhada em volta e vi lá no canto algumas peças semelhantes a mobília. Não se podia ver nitidamente, mas pelo contorno acinzentado dava para imaginar, por exemplo, que havia sofás, cadeiras, mesas, caixas, enfim, esse tipo de coisa. Era um cenário um tanto estranho. A mobília simplesmente não parecia mobília. O lugar era inverossímil. O tamanho da sala era discrepante em relação à quantidade reduzida de móveis. Era um espaço comum que fora ampliado, e isso dava a impressão de uma ambientação irreal.

Comprimi os olhos para ver se encontrava a bolsa branca de Kiki em algum lugar. Afinal, seu vestido azul estaria camuflado pela escuridão. A bolsa branca seria a única coisa identificável. Ela poderia estar sentada em algum sofá ou em alguma cadeira.

Não consegui enxergar nenhuma bolsa branca. O que havia eram tecidos brancos cobrindo o sofá e as cadeiras. Pareciam lençóis, mas ao me aproximar percebi que me enganara. Aquelas coisas brancas eram ossos. Em cima do sofá, havia ossos de duas pessoas sentadas lado a lado. Ambos eram perfeitos esqueletos humanos. Não havia nada quebrado. Um era grande e o outro pequeno. Eles estavam ali, sentados, simulando a posição em que estavam quando vivos. O esqueleto maior estava com um dos braços sobre o encosto do sofá. Já o esqueleto menor estava com as duas mãos apoiadas no joelho. Tinha-se a impressão de que eles mesmos ignoravam a própria morte e que a carne fora se desfazendo e ficando somente os ossos. Parecia até que estavam sorrindo. Eram incrivelmente brancos.

Eu não senti medo. Não sei por quê... mas não tive medo. Aqui, tudo está inerte, pensei. Inerte e imóvel. Lembrei-me do investigador que dizia que os ossos eram limpos e quietos. Eles estavam completamente mortos. Nada tinha a temer.

Dei uma volta pela sala. Em cada cadeira havia um esqueleto. Eram seis esqueletos no total. Com exceção de um, todos os outros eram perfeitos e pareciam estar ali há muito tempo. Todos pareciam não perceber que tinham morrido, portanto estavam sentados com a maior naturalidade. Um deles olhava a televisão. Logicamente, a TV estava desligada, mas ele (pelo tamanho, parecia ser um homem) continuava a olhar a tela. A direção de seu olhar ia diretamente para ela. Um olhar vazio preso a uma imagem igualmente vazia. O outro morrera encostado na mesa. Algumas peças de louça ainda estavam sobre ela. O que antes era algo para se comer agora não passava de poeira. Tinha um outro deitado na cama. Era o único esqueleto imperfeito. Não tinha o braço esquerdo.

Fechei os olhos.

O que isso significa? O que você quer que eu perceba?

Ouvi novamente os passos. Vinham de outro recinto. Não consegui identificar de onde. Achei que vinham de uma direção e lugar indefinidos e essa sala parecia ser um beco sem saída. Não havia como transpô-la. Os sons dos passos continuaram a repercutir por algum tempo e depois silenciaram. O silêncio era assustador. Limpei o suor com as palmas das mãos. Kiki havia desaparecido.

Saí pela mesma porta e, voltando-me para a sala, dei uma última olhada nos seis esqueletos brancos mesclados em meio à escuridão azulada. Tive a impressão de que eles iriam se levantar e começar a se mexer. Pareciam estar apenas esperando eu ir embora para que a TV fosse ligada e os pratos voltassem a ter comida quente. Para não mais atrapalhar a vida deles, fechei a porta delicadamente, desci as escadas e voltei para aquela outra sala vazia. Continuava como antes. Não havia ninguém. A única coisa que havia nela eram jornais velhos exatamente na mesma posição de antes.

Fui até a janela e olhei para baixo. As luzes da cidade estavam acesas e tanto o furgão como a caminhonete continuavam estacionados. Não havia ninguém na rua. Anoitecera.

Foi aí que encontrei no parapeito empoeirado da janela algo do tamanho de um cartão de visita. Nele estavam escritos à caneta sete números que pareciam ser de um telefone. Parecia ser algo recente, pois tanto o papel como a tinta ainda não tinham alterações de cor. O número não me era familiar. Virei o cartão, mas atrás não havia nada. Estava em branco.

Guardei-o no bolso e fui para o corredor.

Fiquei um tempo ali, tentando ouvir alguma coisa.

Não ouvi mais nada.

Tudo estava morto. O silêncio era total, como um telefone cuja linha tivesse sido cortada. Era um silêncio que me deixava sem ação. Resignado, desci as escadas. Ao chegar ao hall, tentei achar o zelador. Queria perguntar-lhe que tipo de escritório era aquele, mas não o encontrei. Fiquei esperando por ele, mas com o passar do tempo comecei a me preocupar com Yuki. Perdi a noção de quanto tempo estava lá sozinha. Não tinha nenhuma ideia de quanto tempo teria se passado. Será que foram vinte minutos? Uma hora? Já era noite, e a rua onde ela estava não era tão segura. Por ora, decidi desistir, ficar ali por mais tempo não me levaria a nada.

Verifiquei o nome da rua e voltei correndo para onde tinha deixado o carro. Yuki estava ouvindo música, recostada no assento com uma cara de "poucos amigos". Quando bati no vidro, ela levantou o rosto e destrancou a porta.

— Desculpe-me! — eu disse.

— Apareceu tanta gente! Ficavam gritando alguma coisa, batiam na janela e até balançavam o carro — disse ela com uma expressão de frieza. Depois desligou o rádio. — Morri de medo!

— Desculpe-me.

Ela olhou para mim. Por alguns segundos, achei que seus olhos haviam congelado. As pupilas pareciam ter perdido a cor gradativamente. De forma sutil, sua expressividade se revelou, lembrando o cair de uma folha de árvore sobre a superfície da água. Seus lábios formulavam lentamente e bem baixinho a pergunta: — Afinal, onde você andou? O que estava fazendo?

— Não sei... — respondi. Minha voz parecia vir de um outro lugar. Assim como o eco daqueles passos, minha voz mesclava profundidade e amplitude. Tirei o lenço do bolso e calmamente limpei o suor. Meu rosto estava todo molhado, a ponto de formar uma máscara fria e dura. — Não sei direito. O que será que eu estava fazendo?

Yuki estreitou os olhos, estendeu o braço e tocou o meu rosto. O toque de seus dedos era leve e macio. Mantendo os dedos no meu rosto, ela inspirou profundamente, como se fosse sentir algum aroma. Suas delicadas narinas ficaram dilatadas e enrijecidas por alguns segundos. Ela ficou olhando para mim em silêncio. Parecia estar me observando a um quilômetro de distância. — Você viu alguma coisa, não é mesmo?

Confirmei.

— Mas é algo difícil de descrever. É algo que não se pode expressar com palavras. Mesmo que se tente explicá-lo, nunca seria uma explicação satisfatória, mas eu consigo entender — ela se aproximou de mim e encostou sua face na minha por uns dez ou quinze segundos. — Coitadinho! — disse finalmente.

— Por que será? — perguntei rindo. Na verdade, eu não queria rir, mas era só o que me restava.

— Bem, sou uma pessoa comum, sem nada de excepcional. Posso dizer que sou realista. Por que será que justo eu sempre me envolvo com esses acontecimentos estranhos?

— Por que será, hein? — repetiu Yuki. — Não me pergunte! Sou a criança e você é que é o adulto, viu?

— Com certeza — confirmei.

— Eu entendo o que você sente, sabia?

— Eu mesmo não entendo.

— Impotência — disse ela. — Uma sensação de que se está sendo manipulado por alguma coisa enorme e não pode fazer nada.

— Você tem razão.

— Nessas horas, os adultos bebem algo, não é mesmo?

— É um bom argumento! — concordei.

Fomos ao bar do Hotel Halekulani, só que dessa vez ficamos dentro do bar e não na parte em frente à piscina. Tomei um martíni e Yuki um refrigerante de limão. Um pianista de meia-idade, com cabelos ralos e semblante sério, que lembrava Rachmaninoff, tocava no piano de cauda um repertório de músicas antigas. Só havia nós dois no bar. Ele tocou "Stardust", "But Not For Me" e "Moonlight in Vermont". Tecnicamente, ele era muito bom, mas faltava "algo" em sua apresentação. Para finalizar, tocou muito bem um prelúdio de Chopin. Essa última interpretação estava realmente magnífica. Quando Yuki começou a aplaudir, ele esboçou um sorriso milimétrico e saiu de cena.

Tomei três doses de martíni no bar. Fechei os olhos e tentei me lembrar do cenário daquela sala. Parecia um sonho real. Era como aqueles em que você acorda ensopado de suor e respira bem fundo, sentindo-se aliviado por ter sido apenas um sonho. No entanto, não o era. Eu sabia disso e Yuki também. Ela sabia. Sabia que *eu tinha visto aquilo*. Seis corpos representados por esqueletos brancos. O que será que isso significava? Será que aquele esqueleto sem o braço esquerdo seria Dick North? Se era ele, quem seriam os outros cinco?

O que será que Kiki está tentando me transmitir?

De repente, lembrei-me daquele cartão que encontrei no parapeito da janela. Tirei-o do bolso, fui até a cabine telefônica e disquei aqueles números. Ninguém atendeu. O toque de chamada ecoava sem parar, como um prumo que ficara pendurado no espaço vazio do esquecimento. Voltei para a mesa e suspirei.

— Se tiver algum voo para o Japão, quero voltar amanhã — disse a Yuki. — Acabei ficando muito tempo. Essas férias foram ótimas, mas sinto que já está na hora de voltar. Tenho algumas coisas para resolver no Japão...

Yuki concordou. Acho que ela já sabia que eu estava pensando em voltar. — Tudo bem, não se preocupe comigo. Se você quiser partir, pode ir...

— E você? Vai ficar? Ou quer voltar comigo para o Japão?

Ela encolheu levemente os ombros. — Vou pedir à mamãe para me deixar ficar com ela por algum tempo. Não estou a fim de voltar agora para o Japão. Se eu pedir, acho que ela não vai negar...

Também achei que não. Tomei o resto do martíni que estava no copo.

— Então, amanhã iremos de carro até Makaha. Acho melhor eu falar com sua mãe mais uma vez, antes de partir.

O nosso último jantar foi num restaurante de frutos do mar nas proximidades do Aloha Tower. Ela pediu uma lagosta. Eu bebi um uísque e depois pedi ostras. Falamos pouco. Minha cabeça estava um tanto atordoada. Cheguei a pensar que dormiria ali mesmo, comendo ostras, e me transformaria em um esqueleto.

De vez em quando, Yuki olhava para mim. Quando terminamos de comer, ela disse: — Acho melhor você voltar e dormir. Você está horrível!

Já no quarto, liguei a TV e fiquei sozinho bebendo vinho. Estava no intervalo de uma partida de beisebol entre os Yankees e os Orioles. Eu mesmo não estava prestando atenção no jogo. Apenas tive vontade de ligar a TV. Era como se ela fosse um elo com alguma coisa real.

Tomei vinho até ficar com sono. Depois me lembrei do cartão e disquei novamente o número escrito nele. Aguardei quinze toques e desliguei. Voltei a sentar no sofá e fiquei olhando a tela da TV. Winfield acabara de bater na bola. E então me dei conta de que algo estava me perturbando. Era *alguma coisa*...

Fiquei olhando a TV enquanto pensava nessa *alguma coisa*.

Alguma coisa se parece com alguma coisa. Alguma coisa está ligada a alguma coisa.

Será? Não pode ser, pensei comigo. Vale a pena verificar. Peguei o cartão e fui até a porta onde June tinha anotado o seu telefone. Coloquei o papel do lado e comparei os números.

Eram idênticos.

As coisas realmente estão ligadas, pensei. Todas as coisas estão ligadas e eu simplesmente não consigo entendê-las.

*

Na manhã seguinte, fui até o escritório da JAL e reservei uma passagem para o voo da tarde. Paguei a conta dos quartos e levei Yuki até o chalé de sua mãe em Makaha. Logo pela manhã, eu já havia telefonado para Ame, avisando-a de que estava voltando naquele mesmo dia para o Japão, pois havia ocorrido um imprevisto. Ela não ficou surpresa. Disse que eu poderia levar Yuki para lá, havia lugar para ela dormir. Aquele dia foi atípico, pois desde a manhã estava nublado. Com um tempo daqueles, não seria nada estranho se houvesse um temporal. Como sempre, aluguei um Mitsubishi Lancer e, como num ritual, ouvimos rádio e dirigi a 120 quilômetros por hora pela estrada que margeia a praia.

— Parece um Pac-Man... — disse Yuki.

— Como? — perguntei.

— Parece que tem um Pac-Man dentro do seu coração — disse Yuki. — O Pac-Man está devorando o seu coração. Bip-bip-bip-bip-bip...

— Não consegui entender a metáfora.

— Alguma coisa está te consumindo.

Enquanto dirigia, pensei um pouco a esse respeito. — Às vezes, sinto a sombra da morte — disse-lhe. — É uma sombra densa. Sinto como se a morte estivesse me rondando, esticando seus braços e que, a qualquer momento, fosse puxar o meu pé. Mas não tenho medo. Talvez porque ela *sempre* deixa de ser a minha morte. O pé que essa mão pega é *sempre* o de outra pessoa. Toda vez que alguém morre, minha existência parece se deslocar um pouco. Por que será?

Yuki ficou quieta e apenas encolheu os ombros.

— Eu não saberia o porquê disso, mas só sei que a morte sempre está ao meu lado e, quando há uma chance, ela aparece de algum lugar.

— Será que isso não seria algum tipo de pista? Pode ser que você esteja ligado a este mundo através da morte.

Refleti sobre isso.

— Você me deixa extremamente deprimido — eu disse.

Dick North ficou realmente triste ao saber que eu ia partir. Não tínhamos muitos pontos em comum, mas tínhamos um tipo de relacionamento agradável. Além do quê, eu o respeitava pela maneira como conseguia transformar os assuntos práticos em poesia. Despedimo-nos com um aperto de mão. Enquanto o cumprimentava, lembrei-me subitamente do esqueleto. Será que era mesmo o de Dick North?

— Você já parou para pensar em como vai morrer? — perguntei-lhe.

Ele deu um leve sorriso e pôs-se a pensar. — Durante a guerra, pensava muito sobre isso, pois lá havia muitos tipos de morte. Mas ultimamente não tenho pensado. Acho que estou sem tempo para pensar coisas complexas como essa. A paz nos deixa muito mais ocupados do que a guerra — respondeu rindo. — Mas por que você me perguntou isso?

Disse-lhe que não tinha um motivo, apenas havia me ocorrido essa pergunta.

— Vou pensar sobre isso até o nosso próximo encontro, está bem? — disse ele.

Depois disso, Ame convidou-me para dar uma volta. Lado a lado, caminhamos tranquilamente por uma pista de jogging.

— Muito obrigada por tudo — disse ela. — Estou de fato muito grata a você. Eu... não sei dizer essas coisas muito bem, mas... sabe... é isso. Graças a você, muitas coisas correram bem. O fato de você estar entre nós faz com que as coisas fluam de forma harmoniosa. Pude conversar vários assuntos com Yuki, e parece que começamos a nos entender. Ela até ficou com vontade de ficar aqui...

— Isso é muito bom...! — comentei. Na verdade, usei o chavão "Isso é muito bom...!" porque não me ocorreu nenhuma outra expressão que indicasse que esse fato era positivo e também porque senti que seria inadequado e perigoso me silenciar. Ame, com certeza, não percebeu isso.

— Aquela menina ficou muito mais estável emocionalmente depois que conheceu você. Sua inquietação também diminuiu bastante. Você e ela se dão bem, não é mesmo? O que será? Talvez vocês tenham alguma coisa em comum. O que acha?

Disse-lhe que não sabia explicar por quê.

— E quanto à escola, o que você acha que devo fazer? — perguntou.

— Se ela não quer ir, acho que não deve ir — respondi. — É uma garota de temperamento difícil, que se magoa com facilidade e, se forçá-la a fazer alguma coisa, creio que não dará certo. Em vez disso, acho melhor contratar um professor particular para ensinar-lhe pelo menos o programa escolar básico. Sobrecarregá-la com lições de preparação para o vestibular, fazê-la participar de atividades insignificantes em grupo, de competições sem sentido, fazê-la conviver com as pressões da vida em grupo e regras hipócritas, terminantemente, não seria adequado para ela. Se ela não quer ir à escola, não é necessário ir. Há pessoas que se saem muito bem estudando sozinhas. O melhor a fazer é tentar descobrir o seu talento e cultivá-lo, não acha? Eu sinto que ela tem um grande potencial que pode ser direcionado e desenvolvido. Quem sabe, um dia desses, ela mesma peça para voltar à escola? Se isso acontecer, é claro que se deve deixá-la ir. De qualquer maneira, quem deve decidir isso é ela.

— Você tem razão... — concordou Ame, após refletir por um momento. — Acho que você tem razão. Eu mesma não sou uma pessoa social e quase não frequentei escolas... por isso entendo o que você quer dizer.

— Se você entende, então não há com o que se preocupar. Afinal, o que a preocupa?

Ela começou a fazer movimentos de flexão com o pescoço dando pequenos estalos.

— Não há nada de errado. Apenas não confiava em mim como mãe e isso não deixava eu enxergar as coisas assim de forma tão clara. Independentemente dos argumentos que me eram dados, eu não tinha o discernimento necessário para me contrapor a eles e aceitar a ideia de que ela não precisava ir à escola. Quando estamos inseguros, acabamos nos sujeitando... e dizendo coisas do tipo "é preciso ir à escola" porque fica mal perante a sociedade.

Perante a sociedade, pensei. Não sei se essa solução é a mais correta ou não. Afinal, ninguém sabe como vai ser o futuro, não é mesmo? O resultado pode não ser bom. Mas, se no dia a dia você conseguir demonstrar para ela que há um relacionamento afetivo, seja de mãe ou de amiga, e que além disso há certo respeito, acredito que ela irá se sair bem nas outras coisas, pois tem uma boa intuição.

Ela ficou pensativa enquanto caminhava com as mãos nos bolsos do short. — Você entende bem os sentimentos dela, não é mesmo? Por que será?

Tive vontade de lhe dizer que era porque eu me esforçava para compreendê-la, mas logicamente não o fiz.

Depois comentou que queria me presentear por eu ter cuidado de Yuki. Disse-lhe para não se preocupar, pois já tinha sido devidamente presenteado por Hiraku Makimura e que, aliás, estava até sendo presenteado de forma exagerada.

— Mas... eu insisto! Ele é ele, eu sou eu. Quero presenteá-lo. Se não o fizer agora, sei que logo vou me esquecer...

— Isso você pode esquecer à vontade! — disse-lhe rindo.

Ela sentou-se num banco que havia no caminho, tirou do bolso da blusa um cigarro e começou a fumá-lo. O maço azul do Salem estava todo umedecido por causa do suor. O pássaro que habitualmente estava por lá cantava como sempre uma complexa melodia.

Ame ficou assim, por um bom tempo, fumando. Pode-se dizer que ela só deu duas ou três tragadas, o resto transformou-se em cinzas entre os seus dedos e caiu na grama. Essas cinzas me fizeram imaginar o cadáver do tempo. O tempo que ia gradativamente morrendo, sendo queimado e se transformando em cinzas entre os dedos. Ouvindo os pássaros, fiquei observando os jardineiros que passavam devagarzinho com seus carros de jardinagem na rua de baixo. Desde que cheguei a Makaha, o clima parecia melhorar aos poucos. Somente uma vez ouvi um trovão em algum lugar distante. Mas foi só isso. Como que pressionado por uma força intensa, as nuvens cinzas e densas foram se dispersando aos poucos e novamente o calor e a luz agradável voltaram a reinar sobre a Terra. Ela estava com uma camisa de meia-manga (quando estava trabalhando, normalmente vestia a mesma camisa e, em seu bolso, na altura do peito, colocava uma caneta esferográfica, uma hidrográfica, isqueiro e cigarros) e ficou ali, debaixo do sol escaldante, sem usar óculos escuros. Ela parecia não se importar nem um pouco com a luz ofuscante e o quentume. Mas acho que estava com calor. A prova disso é que gotas de suor escorriam pelo seu pescoço e, em alguns pontos, a camisa ficava manchada de suor. Mas ela não percebia. Não saberia dizer ao certo se era por causa do seu poder de concentração ou pelo seu poder de dispersão. Passaram-se dez minutos dessa maneira. Foram dez minutos em que momentaneamente o tempo e o espaço deixaram de existir. Ela parecia não se importar com o fenômeno do "transcorrer" do tempo. Para ela, o tempo não pertencia aos elementos que constituíam a sua vida. Ou, mesmo que fizesse temporariamente parte dela, posicionava-se num nível inferior. Mas para mim não era bem assim... Eu tinha uma reserva no avião.

— Preciso ir! — disse, olhando o relógio de pulso. — Preciso devolver o carro lá no aeroporto e fechar a conta, por isso, se possível, gostaria de chegar com antecedência.

Ela se voltou para mim com um ar vago, como que tentando ajustar o foco de seu olhar. Essa expressão assemelhava-se à que Yuki fazia de vez em quando. Aquela de quem precisava voltar para a realidade. Entre mãe e filha havia um temperamento, uma natureza em comum.

— Ah! É mesmo! Você não tem muito tempo, não é? Desculpe-me, nem percebi... — disse ela. Virou a cabeça lentamente para a esquerda e para a direita. — Eu estava pensando em algumas coisas...

Levantamos do banco e caminhamos de volta ao chalé.

Na hora de partir, os três me acompanharam até o carro. Disse a Yuki para não ficar comendo somente besteira. Ela fez biquinho. Se bem que Dick North estava lá, e quanto a isso eu acreditava que não haveria problemas.

A imagem dos três, lado a lado no retrovisor, era muito estranha. Dick North levantava o braço direito bem alto, Ame estava de braços cruzados com o olhar perdido no horizonte, e Yuki olhava para o lado e chutava com a ponta da sandália algumas pedrinhas do chão. Esta cena lembrava uma família formada por pessoas abandonadas nos confins de um universo imperfeito. Não dava para acreditar que pouco tempo atrás eu fazia parte desse grupo. Quando virei o volante para a esquerda, a imagem do retrovisor desapareceu instantaneamente. Fiquei sozinho. Fazia tempo que não ficava assim...

*

Ficar sozinho me fazia bem. Não que fosse desagradável estar com Yuki, mas permanecer sozinho também era muito bom. Não precisava consultar ninguém toda vez que fosse fazer alguma coisa e mesmo que cometesse um deslize não precisava dar satisfações. Se achasse algo engraçado, bastava rir sozinho. Ninguém ficaria comentando: “Isso não tem graça.” Se me sentisse entediado, bastava ficar olhando um cinzeiro, pois ninguém me questionaria sobre isso. Bem ou mal, eu já havia me acostumado a viver sozinho.

Ao ficar sozinho, senti uma mudança tênue — mas real — das luzes, das cores e do aroma da brisa que me envolvia. Ao inspirar o ar com todas as minhas forças, senti o interior do meu corpo se expandir levemente. Sintonizei o rádio numa emissora de jazz e, ouvindo Coleman Hawkins, Lu Morgan e outros, fui dirigindo sossegadamente até o aeroporto. A nuvem carregada que havia pouco cobria todo o céu tinha sido forçada a se dispersar, e agora só se viam resquícios dela espalhados aqui e ali. A monção balançava as folhas dos coqueiros e, sem nenhuma pressa, carregava para o leste os fragmentos da nuvem. Avistei um 747 decolando com uma inclinação acentuada, como se fosse uma cunha prateada rasgando o céu.

Ao ficar sozinho, percebi que não conseguia mais pensar em nada. Era como se a gravidade tivesse sido rapidamente alterada em minha mente. Os meus pensamentos não conseguiam acompanhar bem essa alteração. Mas ficar sem pensar em nada também era maravilhoso. *Tudo bem! Não pense em nada!*, disse para mim mesmo. *Aqui é o Havaí, seu merda! Por que você acha que precisa pensar em alguma coisa?* Esvaziei a mente e me concentrei em dirigir. Assobiando, acompanhei as músicas que tocavam no rádio, Stuffy e The Sidewinder. O meu assobio tinha a metade do volume que o vento fazia ao entrar pelas frestas da janela. Ao descer uma colina a 160 quilômetros por hora, o vento ao redor rugiu. Quando mudava o ângulo da estrada, o Pacífico mesclava-se ao céu brilhante e azul, ampliando o alcance da vista.

É isso!, pensei. Acabaram-se as minhas férias. Seja como for, o que tinha de acabar acabou.

Após devolver o carro na locadora, que ficava próxima ao aeroporto, fui ao balcão da JAL e confirmei o embarque. Depois me dirigi até a cabine telefônica para tentar mais uma vez ligar para aquele telefone misterioso. Mas como era de se esperar, ninguém atendeu. Só chamava. Desliguei e fiquei um tempo olhando o aparelho telefônico. Depois acabei desistindo e fui para a sala de espera da primeira classe. Pedi um gim-tônica.

Tóquio... Acho que já tinha me esquecido de como era a cidade.

31

Voltando ao apartamento em Shibuya, dei uma olhada na correspondência que chegara durante a minha ausência e voltei a fita da secretária eletrônica. Não havia nenhuma mensagem importante. Como sempre, eram assuntos relacionados a pequenos trabalhos, perguntas sobre os textos da próxima edição, reclamações pelo meu desaparecimento, novos pedidos e coisas do gênero. Responder a todas as mensagens seria muito trabalhoso e por isso resolvi ignorar tudo. Só para me justificar, perderia um tempo enorme e, se fosse para gastá-lo com isso, seria mais rápido e fácil fazer logo todos os serviços. Por isso, só me restava ignorá-las. É claro que ficaria um pouco em falta com o trabalho. Mas, felizmente, naquele momento eu não estava precisando de dinheiro e no futuro daria algum jeito. De modo geral, até então, eu sempre trabalhara sem reclamar uma única vez, fazendo tudo o que me pediam. Vou viver um pouco do jeito que bem entendo. Até mesmo eu tenho direito a isso, pensei.

Mais tarde, liguei para a casa de Hiraku Makimura. Sexta-Feira atendeu e logo passou a ligação. Expliquei sucintamente os acontecimentos. Yuki estava bastante à vontade no Havaí e não tínhamos tido nenhum problema.

— Ótimo — disse ele. — Fico muito agradecido a você. Amanhã mesmo vou ligar para Ame. Afinal, o dinheiro deu?

— Deu. Está até sobrando.

— Gaste como quiser. Não se acanhe.

— Gostaria de lhe fazer uma pergunta — disse. — É sobre a garota.

— Ah, sim — disse ele com a maior naturalidade.

— Como funciona essa organização, afinal?

— É uma organização de garotas de programa. Isso é óbvio, não? Você não passou a noite com ela jogando baralho, passou?

— Não é sobre isso e sim sobre como é possível contratar, de Tóquio, uma mulher que está em Honolulu. Queria saber como funciona isso. Só por curiosidade.

Hiraku Makimura refletiu um pouco. Provavelmente sobre a natureza da minha curiosidade: — Em suma, é como um serviço internacional de entrega domiciliar. Ligo para a organização em Tóquio e peço para que mande uma mulher ao lugar X de Honolulu por volta das Y horas. A organização de Tóquio entra em contato com a organização contratada de Honolulu, que envia a mulher conforme o pedido. Eu faço o pagamento à de Tóquio, que fica com uma comissão e manda o restante para Honolulu. Honolulu, por sua vez, retira a sua comissão e faz o pagamento da mulher com o restante do dinheiro. É prático, não acha? Existem muitas organizações dessas no mundo.

— Parece que sim — respondi. Serviço internacional de entrega domiciliar.

— Custa um pouco caro, mas é prático. Pode-se dormir com qualquer mulher em qualquer lugar do mundo. Pode-se fazer a reserva em Tóquio. Não há necessidade de procurá-las depois de chegar ao local e é seguro. Não há como dar errado. Além do mais, pode ser deduzido como despesa no imposto de renda.

— Não poderia me fornecer o número do telefone dessa organização?

— Não posso. É confidencial. Só atendem associados e há uma avaliação bastante rigorosa para ser aceito como sócio. É preciso dinheiro, posição e confiança. A princípio, seria impossível para você. Desista. Só de revelar a existência dessa organização, já estou quebrando o regulamento de manter tudo em absoluto sigilo aos que são de fora. Só estou falando disso a você por pura simpatia.

Agradeci pela sua pura simpatia.

— Ela foi boa, não foi?

— É, realmente — respondi.

— Ótimo. Recomendei que lhe enviassem uma mulher muito boa — disse Hiraku Makimura. — Como era seu nome?

— June — respondi. — June, de junho.

— June, de junho — repetiu. — Era branca?

— Branca?

— Da raça branca.

— Não, era sul-asiática.

— Se tiver oportunidade de ir a Honolulu, vou experimentar — disse ele.

Como não havia mais nada a falar, cumprimentei-o e desliguei.

Em seguida, liguei para Gotanda. Como sempre, a secretária eletrônica atendeu. Deixei uma mensagem dizendo estar de volta ao Japão e pedindo que ele me ligasse. Enquanto fazia uma coisa e outra, começou a escurecer, por isso, entrei no Subaru e fui fazer umas compras na avenida Aoyama. Novamente, acabei comprando verduras processadas no Kinokuniya. Pode ser que próximo das longínquas terras de Nagano houvesse uma plantação de verduras processadas exclusivamente para enviar ao Kinokuniya. Uma plantação grande, provavelmente cercada com alambrados de metal. Daqueles que lembravam *A grande fuga*. Não seria estranho se tivesse uma torre de vigilância com uma metralhadora. Lá dentro, certamente algo estaria sendo realizado com as alfaces e as salsinhas. Um treinamento ultravegetal além da imaginação. Enquanto pensava nessas coisas, comprei as verduras, e também carne, peixe, tofu e conservas. Depois fui embora.

Não havia notícias de Gotanda.

No dia seguinte, tomei o café da manhã no Dunkin' Donuts e fui à biblioteca ler os jornais da última quinzena. Obviamente, para verificar o progresso nas investigações do caso May. Li com cuidado os jornais *Asahi*, *Mainichi* e *Yomiuri*, mas não havia uma única linha sobre o caso em questão. Só falavam sobre os resultados das eleições, o pronunciamento de Revchenko e a delinquência juvenil. Havia também um artigo dizendo que o show dos Beach Boys na Casa Branca havia sido cancelado porque suas músicas eram inadequadas. Que erro! Se for para banir os Beach Boys da Casa Branca porque suas músicas são impróprias, Mick Jagger deveria ir para a fogueira três vezes. No entanto, não havia nenhum artigo sobre uma moça que havia sido estrangulada com uma meia de seda num hotel de Akasaka.

Depois de pesquisar os jornais, procurei números atrasados de revistas. Num deles, havia um artigo de uma página sobre o assassinato de May. O título era "Hotel Q de Akasaka — Caso de estrangulamento. Uma bela mulher encontrada totalmente nua". Título horrível. No lugar da fotografia do cadáver, havia um desenho simulado a partir do rosto da morta, feito por um especialista. Talvez porque não fosse permitido colocar a foto do cadáver na revista. De fato, olhando atentamente, a mulher daquele desenho parecia-se com May. Mas isso porque eu sabia que aquela mulher era ela. Se o tivesse visto por acaso, sem tentar estabelecer nenhuma relação, talvez eu não soubesse que a mulher do desenho era May. Realmente, os detalhes do rosto haviam sido muito bem traçados, mas a parte mais importante não apresentava a menor semelhança. Aquele desenho não transmitia o que existia de fundamental na expressão dela. Aquela era a May morta. A May viva era mais quente, mais vibrante. Ela desejava, fantasiava e pensava sem hesitação. Ela era uma limpa-neve sexual, delicada, treinada e requintada. É por isso que conseguíamos trocar fantasias. Ela conseguia cantarolar "Cu-co" pela manhã com ar inocente. Mas os contornos dela no desenho tinham um aspecto muito mais pobre e sujo do que eram de fato. Fiquei inconformado. Fechei os olhos e respirei profundamente, bem devagar. Vendo aquela figura, senti de novo na pele que May estava morta. Em certo sentido, por meio daquele desenho, pude sentir a sua morte, ou melhor, a falta de sua existência, de um modo mais intenso do que se tivesse visto a foto de seu cadáver. Ela estava morta, morta mesmo. Não voltaria mais. A vida dela tinha sido sugada para o vazio das trevas. Ao pensar nisso, senti uma tristeza que apertava o coração.

Da mesma forma que o desenho, o artigo também transmitia um ar de pobreza e de sujeira. No Hotel Q de primeira classe em Akasaka, uma jovem de supostamente vinte anos foi encontrada estrangulada com uma meia de seda. Estava nua e não possuía nada que revelasse sua identidade. O nome apresentado na recepção era falso e outras coisas mais. O conteúdo era bem semelhante ao que os policiais tinham me revelado. Mas havia um fato que eu desconhecia e que vinha no final do artigo: "[...] A polícia está investigando o caso, tentando estabelecer ligações entre a prostituição e as organizações de garotas de programa de alto nível que são contratadas por telefone e usam hotéis de primeira classe."

Devolvi o pacote de números anteriores na prateleira, sentei-me no saguão e fiquei pensando.

Por que eles estariam concentrando as investigações em torno da prostituição? Será que havia aparecido alguma prova concreta? Mas eu jamais poderia ligar para a polícia e falar com Pescador ou Intelectual perguntando que fim tinha levado aquele caso. Saí da biblioteca, almocei e depois dei uma volta pela cidade. Achei que poderia ter alguma ideia enquanto estivesse caminhando, mas não deu certo. O ar da primavera continuava pesado e, como sempre, irritava minha pele. Não conseguia organizar meus pensamentos e chegar a alguma conclusão sobre "o quê" e "como" deveria afinal analisar essa questão. Fui andando até o santuário Meiji e fiquei deitado na grama, olhando o céu. Pensei, então, sobre a prostituição. *Entrega domiciliar internacional* veio à minha mente. Faz-se o pedido em Tóquio e dorme-se com a mulher em Honolulu. É sistemático. Prático e sofisticado. Não parece sujo. Tem um ar comercial. Qualquer coisa suspeita, depois que ultrapassa certo ponto, foge aos parâmetros até da mais simples distinção entre o bem e o mal. Isso acontece porque surge uma fantasia independente, inerente à própria coisa. Uma vez criada a fantasia, ela começa a funcionar como perfeita mercadoria. O capitalismo altamente desenvolvido extrai mercadorias de tudo quanto é brecha. *Fantasia* é a palavra-chave. Seja prostituição, compra e venda de pessoas, diferença social, retaliação individual e até desejo sexual ou qualquer outra coisa, vira uma perfeita mercadoria se estiver num pacote bonito e bem-feito e levar um nome maravilhoso. Pensei até que daqui a algum tempo seria possível pedir uma garota de programa pelo catálogo das Lojas Seibu. *You can rely on me.*

Observando irrefletidamente o céu primaveril, fiquei com vontade de dormir com alguma garota. Se fosse possível, queria aquela de Sapporo chamada Yumiyoshi. Até que isso não seria totalmente impossível. Fiquei me imaginando com o sapato na fresta da porta do apartamento dela como fez aquele investigador impertinente. Eu diria assim: você precisa dormir comigo. Não pode deixar de fazê-lo. Então, ela dormiria comigo. Carinhosamente, eu tiraria sua roupa como se desatasse o laço de um presente. Tiraria o seu casaco, os óculos... Ao tirar a sua roupa, ela se tornaria May. Cu-co, dissera May, você acha meu corpo atraente?

Antes de conseguir responder, já tinha amanhecido. Ao meu lado estava Kiki. Os dedos de Gotanda alisavam elegantemente as costas dela. A porta se abriu e vi Yuki. Ela me viu abraçado a Kiki. Não era Gotanda e sim eu mesmo. Os dedos eram dele. Mas quem fazia sexo com Kiki era eu. — Não acredito! — dizia Yuki. — *Realmente* não consigo acreditar!

— Não é o que você está pensando! — eu disse.

— O que foi que aconteceu? — repetia Kiki.

Sonhando de olhos abertos.

Sonho abrangente, totalmente revirado e sem sentido.

Não é assim, disse para mim mesmo. *A pessoa com quem quero dormir é Yumiyoshi*. Mas não adiantava. Tudo estava confuso. As ligações estão enroscadas. Primeiro é preciso dar um jeito de desenroscá-las. Caso contrário, não serei capaz de ter nada.

Saí do santuário Meiji e tomei um delicioso café expresso bem quente, servido numa loja que fica na parte de trás de Harajuku. Depois, fui andando despreocupadamente até em casa.

Pouco antes do entardecer, Gotanda telefonou.

— Sabe, não tenho muito tempo — disse ele. — Será que daria para nos encontrarmos hoje à noite? Às oito ou às nove, mais ou menos...

— Dá, sim. Estou totalmente livre.

— Vamos jantar e depois beber. Vou buscá-lo.

Desfiz a mala e reuni todos os recibos da viagem, dividindo-os entre os que entregaria a Hiraku Makimura e os que ficariam por minha conta. Metade das despesas com refeições e o aluguel dos carros poderiam ser repassados para ele. As compras pessoais de Yuki também (prancha de surfe, aparelho de som portátil, biquíni e outros pequenos objetos). Fiz anotações detalhando as despesas e pus a papelada num envelope. Resgatei a quantia que sobrou dos cheques de viagem em dinheiro e deixei tudo pronto para enviar logo toda a documentação. Sou ágil e organizado para fazer esse tipo de serviço administrativo. Isso não significa que goste. Ninguém gosta desse tipo de coisa. Eu simplesmente detesto adiar assuntos referentes a dinheiro.

Terminados os cálculos, bebi uma cerveja preta Kirin e comi um cozido que preparei de espinafre salpicado com peixinhos secos e regado com um pouco de vinagre. Em seguida, reli com vagar um conto de Haruo Sato. Algo que não fazia há muito tempo. Sem um motivo especial, estava um agradável entardecer primaveril. O azul do cair da tarde foi escurecendo mais e mais, como se pintado por um pincel invisível, até que se transformasse em trevas noturnas. Quando me cansava de ler o livro, ouvia o *Opus 100* de Schubert interpretado pelo trio Istomin, Stern e Rose. Já era hábito de longa data ouvir esse LP no início da primavera. Sentia que a melancolia das noites primaveris combinava com o tom dessa música... Uma noite de primavera em que até o coração parece ser tingido pelas trevas suaves e azuladas. Ao fechar os olhos, minha mente recriava uma imagem imprecisa de ossos humanos brancos nas profundezas dessas trevas. A vida mergulhava nas profundezas desse vazio e a presença desses ossos fazia parte de uma ideia fixa.

32

Gotanda apareceu com sua Maserati às oito e quarenta. Parada em frente ao meu edifício, a máquina parecia estar completamente fora de lugar. Isso não era culpa de ninguém, afinal nem sempre certas coisas estão fadadas a combinar com outras. Uma Mercedes gigantesca jamais combinaria com esse lugar, assim como a Maserati também não. Não tem jeito. Cada um tem seu estilo de vida.

Gotanda vestia um suéter casual de cor cinza e gola em V, uma camisa bem simples, azul, desabotoada no colarinho, e uma calça de algodão também muito simples. Mesmo assim, ele conseguia chamar a atenção do mesmo modo que Elton John chamaria dando pulos de camisa laranja e paletó lilás. Ele bateu à minha porta e, quando a abri, esboçou-me um sorriso.

— Não quer entrar um pouco? — convidei, pois ele parecia curioso em conhecer o meu apartamento.

— Pode ser — respondeu sorrindo e meio sem jeito. Era um sorriso tão meigo que parecia dizer que gostaria de ficar durante uma semana caso não houvesse problema.

Era um apartamento pequeno, mas o tamanho deve tê-lo impressionado de alguma maneira. — Que saudade! — disse ele. — Tempos atrás morei num apartamento assim. No tempo em que eu ainda não fazia sucesso.

Se outra pessoa tivesse me dito tais palavras, eu teria achado que eram mal-intencionadas, mas, vindo dele, pareciam um elogio sincero.

Meu apartamento, em poucas palavras, é dividido em quatro cômodos. Cozinha, banheiro, sala de estar e dormitório. Todos bastante apertados. Para ser um pouco mais fiel à realidade, a cozinha poderia ser descrita como um corredor um pouco mais amplo do que um cômodo propriamente dito. Não cabe nada além de uma prateleira e uma mesa para duas pessoas. O mesmo se pode dizer do dormitório, que fica cheio só com a cama, o guarda-roupa e a escrivaninha. A sala de estar ainda pode-se dizer que tem algum espaço vazio. Pois nela não há quase nada. Uma estante de livros, um pequeno aparelho de som e só. Não tem cadeiras nem mesa. Só duas grandes almofadas que são confortáveis quando usadas para apoiar as costas. Quando preciso de uma mesa, tiro de dentro do armário embutido uma mesinha dobrável e portátil que uso para fazer trabalhos manuscritos.

Mostrei para Gotanda o uso prático das almofadas, tirei a mesinha e peguei uma cerveja preta, dois copos e um petisco de espinafre. Depois, coloquei novamente o trio de Schubert.

— Magnífico! — disse Gotanda. Não se tratava de um elogio falso, mas a mais pura expressão de um sentimento.

— Vou preparar outros petiscos — eu disse.

— Não é incômodo?

— Incômodo algum. É fácil. Rapidinho. Não tenho muita variedade de ingredientes, mas, se forem apenas petiscos, eu posso preparar alguns...

— Posso ficar olhando?

— Claro — respondi.

Fiz uma mistura de alho-poró com pedaços de ameixa japonesa e joguei peixe seco ralado por cima; fiz uma salada ácida de alga *wakame* e camarão; raiz-forte com nabo ralado misturado com uma pasta de peixe cortada bem fina; batatinha cortada em tiras e refogada com azeite de oliva, alho e um pouco de salame. Depois, conserva instantânea com pepino cortado em tirinhas. Ainda havia sobras de alga *hijiki* e do tofu do dia anterior. Para tira-gosto, piquei bastante gengibre.

— Magnífico! — disse Gotanda, admirado. — É genial!

— É fácil. Nenhum deles requer muito tempo de preparo. Basta se acostumar. O importante é saber o que fazer com o que se tem em mãos.

— É genial! Eu seria incapaz!

— Eu jamais seria capaz de imitar um dentista. Cada pessoa tem seu modo de viver. *Different strokes for different folks.*

— Realmente — disse ele. — Escuta, podemos desistir de sair hoje e passar calmamente o tempo aqui? Você não se importa?

— Não.

Bebemos cerveja e comemos os petiscos que preparei. Quando a cerveja acabou, começamos a beber Cutty Sark. Depois, ouvimos o LP do Sly & The Family Stone. Ouvimos ainda Doors, Stones, Pink Floyd. Ouvimos também o *Surf's Up* dos Beach Boys. Foi uma noite dos anos 60. Lovin' Spoonful, Three Dog Night. Se um E.T. de verdade estivesse ali conosco, com certeza acharia que tinha entrado num túnel do tempo ou coisa parecida.

O E.T. não apareceu, mas uma garoa começou a cair depois das dez. Era uma chuva suave e silenciosa. Do tipo que só é notada pelo barulho dos pingos que caem do beiral do telhado. Uma garoa silenciosa como um cadáver.

Quando veio a noite, paramos de ouvir música. Meu apartamento é diferente do de Gotanda, que tem paredes sólidas. Quando ouço música depois das onze, recebo reclamações. Quando desliguei o aparelho, conversamos sobre a defunta ao som da chuva. Disse-lhe que a investigação sobre a morte de May não parecia ter avançado quase nada. Ele falou que sabia. Isso significa que ele também estava acompanhando o avanço das investigações nos jornais e nas revistas.

Abri a segunda garrafa de Cutty Sark e, antes de tomar a primeira dose, fiz um brinde a May.

— A polícia está concentrando as investigações no clube de call girls — comentei. — Acho que eles conseguiram descobrir alguma coisa a respeito. Por isso, há a possibilidade de chegarem até você por esses meios.

— A possibilidade existe, sim — disse Gotanda enrugando de leve as sobrancelhas. — Mas acho que não há o que temer. Como fiquei um pouco preocupado, sondei com o pessoal da agência se aquela organização mantinha mesmo os segredos a sete chaves. Me disseram que parecia haver ali questões políticas em jogo. Alguns políticos do alto escalão estão envolvidos e, portanto, mesmo que aquela organização seja descoberta pela polícia, parece que não conseguirão ter forças para desvendar as coisas. Não terão como agir. Além disso, a minha agência também tem força política, pois vários artistas de peso fazem parte de seu quadro e, com isso, é lógico que possuem grande influência. Também possuem ligações com o mundo da máfia. Por isso, de um modo ou de outro, a agência sempre consegue dar um jeito. Eu sou um recurso financeiro para eles. É claro que irão fazer pelo menos isso. Afinal, quem ficará em sérios apuros é a agência caso eu deixe de ser uma mercadoria rentável por estar envolvido em escândalos. Eles já investiram bastante em mim, sabe? É claro que se você tivesse revelado o meu nome daquela vez eu teria sido envolvido, independentemente desse esquema todo. Queira ou não, você era a única ligação direta com o assassinato, não é mesmo? Nem teria dado tempo para que a força política atuasse. Mas não há mais esse risco. Agora virou um problema de relação de forças entre os sistemas.

— Que mundo sórdido! — exclamei.

— Realmente — disse Gotanda. — Realmente sujo.

— Dois votos para o "sujo".

— Como? — perguntou ele.

— Dois votos para o "sujo". Moção aceita.

Ele concordou. Depois sorriu. — Isso mesmo! Dois votos para o "sujo". Ninguém está pensando na garota que morreu. Só em garantir a sua própria segurança. Inclusive eu, é claro.

Fui até a cozinha buscar mais gelo e trouxe crackers e queijo.

— Tenho um pedido a lhe fazer — eu disse. — Quero que ligue para essa organização e pergunte uma coisa.

Ele segurou o lóbulo da orelha. — O que quer saber? Se for algo ligado ao incidente, não adianta. Eles não dirão nada.

— Não tem nada a ver com o incidente. Queria saber algo sobre a garota de programa de Honolulu. Ouvi dizer que é possível contratar uma garota do exterior por intermédio dessa organização.

— De quem?

— De alguém sem nome. Imagino que a organização da qual ele falava e a organização a que você se refere são a mesma. Pois ele dizia que só era possível associar-se quem tivesse posição, credibilidade e dinheiro. Ele me disse que eu não teria chance nem de chegar perto.

Gotanda sorriu. — De fato, já ouvi dizer que você pode contratar uma mulher no exterior apenas com uma ligação. Se bem que nunca experimentei. Deve ser a mesma organização. O que você quer saber da garota de programa de Honolulu?

— Se existe uma garota sul-asiática chamada June.

Gotanda refletiu um pouco, mas não perguntou mais nada. Tirou a caderneta e anotou o nome dela.

— June. E o sobrenome?

— Está brincando? Ela é uma garota de programa! Apenas June, de junho.

— Entendi. Vou verificar amanhã — disse.

— Vou ficar devendo essa.

— Não precisa. Isso não é nada diante do que você fez por mim. Não ligue. — Ele juntou as pontas dos dedos polegar e indicador e semicerrou os olhos. — A propósito, você foi sozinho ao Havaí?

— Ninguém no mundo vai ao Havaí sozinho. É claro que fui com uma garota. Tremendamente bonita. Embora tenha apenas treze anos.

— Dormiu com uma menina de treze anos?

— Imagine só! É uma menina que ainda não tem sequer os seios completamente formados!

— Então... você foi ao Havaí e ficou fazendo o quê com ela?

— Ensinando boas maneiras, explicando o mecanismo do desejo sexual, falando mal do Boy George, assistindo *E.T.* e várias outras coisas.

Gotanda ficou me encarando por alguns instantes. Depois riu, deslocando de leve o lábio superior e o inferior. — Você é diferente! — exclamou. — O que você faz é sempre muito diferente mesmo. Por que será?

— Por que será? — repeti. — Eu também não faço isso intencionalmente. São as circunstâncias que me levam. Da mesma forma que aconteceu com May. Aquilo também não foi culpa de ninguém. Mas acabou acontecendo.

— Puxa... — disse ele. — Mas o Havaí foi divertido?

— É claro.

— Está bem bronzeado.

— Sim.

Gotanda bebeu uísque e comeu um cracker.

— Enquanto você não estava por aqui, encontrei-me algumas vezes com a minha ex. Até que estamos nos dando bem. É estranho dizer isso, mas é muito bom dormir com a própria mulher.

— Entendo — disse.

— E se você também se encontrasse com a sua ex-esposa?

— Não dá. Logo ela vai se casar com outro. Não lhe contei isso?

Gotanda fez que não. — Não sabia. Mas isso é uma pena... — disse ele.

— Não, é melhor assim, não é pena coisa nenhuma — respondi. — É melhor assim. A propósito, o que você pretende fazer com a sua esposa?

Ele balançou a cabeça mostrando que não sabia. — É desolador. Desolador. Não encontro outro adjetivo. Por mais que pense, não há como levar a coisa adiante. Estamos nos dando bem como nunca. Estamos nos encontrando às escondidas e vamos a um motel onde não somos descobertos. Quando estamos juntos, sentimo-nos aliviados. Como já disse, dormir com ela é magnífico. Não é preciso dizer nada para que nos entendamos. Um entende o outro. Mais do que quando éramos casados. Para ser mais preciso, estamos nos *amando*, mas não podemos continuar com isso para sempre. Realmente é um desgaste ficar encontrando-a em motéis. Um dia a imprensa descobre, e se descobrir, será um escândalo! Se isso acontecer, todos irão nos sugar até os ossos. Talvez não deixem sobrar nem os ossos. Estamos numa corda bamba. Cansa demais. Não queria que fosse assim, queria sair com ela à luz do dia e ter uma vida normal. Esse é o meu desejo. Fazermos juntos as refeições, com calma, passear a pé pela cidade. Quero ter filhos também. Mas isso é impossível. Eu e a família dela jamais faremos as pazes. Eles cometeram atrocidades, e eu também disse o que bem entendia. Não tem mais volta. O mais fácil seria que ela cortasse as relações com seus familiares, mas isso é impossível para ela. É uma família terrível, que usa e abusa dela. Ela tem plena consciência disso, mas não consegue cortar essas relações, pois são como irmãos siameses. Não há como desgrudar. Não há saída.

Gotanda agitou o copo fazendo rodar o gelo.

— Que estranho... — disse ele sorrindo. — Basta eu querer para conseguir a maior parte das coisas e, no entanto, não consigo ter o que realmente quero.

— Parece que as coisas são assim mesmo... — comentei. — Se bem que no meu caso havia uma limitação nas coisas que eu poderia ter e por isso não sirvo de referência.

— Acho que não — afirmou Gotanda. — No seu caso, não seria só uma questão de que você, desde o início, não se importava em ter essas coisas? Em suma... Por exemplo: você tem vontade de ter uma Maserati ou um apartamento em Azabu?

— Nem um nem outro, pois, no momento, essas coisas não me são necessárias. Estou satisfeito com o meu Subaru e este miniapartamento. Talvez seja demais dizer que esteja satisfeito, mas acho que é apropriado e tranquilo para a minha situação e não tenho do que reclamar. Mas, se no futuro houver essa necessidade, acho que gostaria de tê-los, sim.

— Olha, é bem diferente. A necessidade não é assim como você pensa. Não é algo que surge espontaneamente. É algo que se fabrica. Por exemplo: eu não me importo em que lugar fica minha casa. Seja em Itabashi, Kamedo, Distrito de Nakano, Toritsu Kasei, ou seja lá onde for. Tanto faz mesmo. Se tiver um teto e puder viver de forma satisfatória, está bom. Mas o pessoal da agência não pensa assim. Eles dizem que, como sou uma estrela, devo morar no Distrito de Minato e por conta própria encontraram aquele apartamento em Azabu. Que ridículo! O que há de especial no Distrito de Minato? Um restaurante caro e ruim administrado por uma loja de roupas, a vergonhosa Torre de Tóquio e mulheres tolas que passam as noites em claro, andando à toa. Nada mais. Acontece o mesmo com a Maserati. Para mim, um Subaru está bom. É suficiente. Anda bem. Para que serve uma Maserati nas ruas de Tóquio? É bobagem. Mas aquele carro também foi adquirido pelo pessoal da agência. As estrelas não devem andar de Subaru, Blue Bird, Corona e assim por diante. Por isso tenho uma Maserati. Não é nova, mas foi bastante cara. Antes de mim, era usada por um cantor de música popular tradicional.

Ele colocou uísque no copo com gelo derretido e bebeu um gole. Depois, ficou algum tempo de cara fechada.

— É num mundo assim que eu vivo. Se morar no Distrito de Minato, tiver um carro europeu e usar um Rolex, serei visto como uma pessoa da classe A. Uma tolice! Coisa sem sentido! Em suma, o que quero dizer é que a necessidade se cria assim de forma artificial. Não é algo que nasce naturalmente. *Somos iludidos*. Aquilo que não é necessário para as pessoas é fantasiado de modo a parecer necessário. É tão simples quanto isso. Basta repetir infinitamente as mesmas informações. Se for para morar, escolha o Distrito de Minato. Se for para ter um carro, tem que ser um BMW. Relógio, só pode ser Rolex. E assim por diante... Dá-se a mesma informação repetidas vezes. Assim todos acreditam cegamente. Se for para morar, escolha o Distrito de Minato; se for para ter um carro, tem que ser um BMW; relógio, só pode ser Rolex. Alguns acreditam que, adquirindo essas coisas, passam a ser pessoas diferenciadas. Pensam que *são diferentes de todos*. Não percebem que, agindo assim, *no final das contas* se tornam *iguais aos outros*. Falta-lhes imaginação. Tudo isso não passa de informação fabricada. É só uma fantasia. Estou farto dessas coisas. Estou cheio da minha vida. Quero ter uma vida mais digna. Mas não adianta... Sou totalmente controlado pela agência. Um fantoche. Como tenho dívidas, não posso reclamar. Por mais que eu diga o que tenho vontade de fazer, ninguém me dá ouvidos. Moro num charmoso apartamento no Distrito de Minato, ando de Maserati, uso um relógio Patek Philippe e durmo com garotas de programa de alto nível. Algumas pessoas dirão que gostariam de ter essas coisas. Mas, sabe, isso não é o que eu estou procurando. O que procuro é aquilo que não conseguirei obter enquanto estiver levando essa vida.

— Amor, por exemplo — disse.

— É. Amor, por exemplo. Tranquilidade. Um lar saudável. Uma vida simples — afirmou Gotanda. E uniu as mãos diante do rosto. — Você entende? Se eu quisesse, poderia ter adquirido todas essas coisas! Não que eu esteja me gabando.

— Eu sei, claro. Não está se gabando. Você tem razão — eu disse.

— Se eu quisesse, poderia ter feito qualquer coisa. Tinha todas as possibilidades. Tive as oportunidades e também a capacidade. Mas, no final das contas, tornei-me um simples boneco. Posso dormir facilmente com grande parte das mulheres que andam por aí à noite. Mas não posso ficar com a mulher que de fato eu quero.

Gotanda parecia bastante embriagado. Sua feição não havia mudado em nada, mas estava mais tagarela que de costume. No entanto, eu conseguia entender sua vontade de se embriagar. Como o relógio já marcava mais de meia-noite, perguntei se ele não tinha problema com o horário.

— Não... Amanhã só vou trabalhar depois do almoço. Por isso não tenho pressa. Não estou atrapalhando?

— Para mim, não tem problema. Como sempre, nada tenho a fazer — respondi.

— Não tinha a intenção de obrigá-lo a me fazer companhia, mas só tenho você para conversar. É verdade. Não sou capaz de falar com ninguém. Se disser a todos que prefiro dirigir um Subaru a uma Maserati, todos irão achar que fiquei louco. E, se titubear, seria levado a um psicanalista. Está na moda... ir ao psicanalista. Que tolice! Os psicanalistas de artistas são como especialistas em remover insatisfações. — Ele ficou de olhos fechados por alguns instantes. — Puxa, parece que vim aqui para ficar reclamando o tempo inteiro.

— Disse "Que tolice!" umas vinte vezes.

— Foi mesmo?

— Se for necessário, pode dizer mais...

— Já é o suficiente. Obrigado. Estou constrangido por tê-lo feito ouvir só lamentações. Mas tudo o que me cerca, tudo, tudo parece uma porcaria, sem nenhum sentido. Fico realmente com náuseas. Insatisfações das mais puras e desoladoras parecem que estão prestes a sair.

— Deixe que saiam.

— Estou cercado por um bando de idiotas — disparou Gotanda, como que vomitando tudo para fora. — São uns vampiros que vivem sugando os anseios das cidades. Não quero dizer que todos sejam horríveis. Existem algumas pessoas decentes. Mas os terríveis são a imensa maioria. Aqueles muito bons de lábia. Aqueles que usam a posição para ganhar dinheiro e mulheres. Esses seres visíveis e invisíveis sugam a nata dos desejos do mundo e vão engordando. Engordam de maneira horrorosa e se vangloriam. É nesse mundo que eu vivo. Você pode não saber, mas existem realmente muitos indivíduos terríveis. Às vezes, preciso até beber com essa gente. Enquanto estou com eles, sou obrigado a ficar dizendo para mim mesmo, sem parar: "Olha aqui, mesmo que fique irritado, não vá pular no pescoço dele. Matar um sujeito desses é desperdício de energia".

— Que tal matá-los com um taco de metal? Estrangular leva tempo.

— Tem razão — disse Gotanda. — Mas, se fosse possível, preferiria estrangular. Não vale a pena matar tão rápido.

— Tem razão — repeti, concordando. — Nós estamos dando razão um para o outro.

— É verdade... — disse ele e parou. Suspirou fundo e uniu novamente as mãos diante do rosto. — Fiquei bastante aliviado.

— Que bom — eu disse. — Os ouvidos do rei parecem ouvidos de burro. Cave um buraco e grite bastante. É só falando que se sente alívio.

— Realmente — disse ele.

— Quer comer arroz embebido em chá?

— Ficaria agradecido.

Fervi a água e fiz o arroz embebido em chá, bem simples, usando algas, ameixa em conserva e raiz forte. Em seguida, comemos calados.

— Aos meus olhos, você parece desfrutar a vida, ou estou enganado? — perguntou Gotanda.

Fiquei recostado à parede ouvindo o barulho da chuva.

— Em certo sentido, sim. Talvez esteja desfrutando à minha moda. Mas não poderia dizer, jamais, que sou feliz. Assim como você sente falta de algo, eu também sinto. Por isso não dá para ter uma vida decente. Continuo apenas a seguir os passos de uma dança. Como o meu corpo conhece os passos, consigo continuar dançando. Algumas pessoas chegam até a me admirar. Mas, socialmente, eu sou nulo. Aos trinta e quatro anos não estou casado nem tenho um ofício definido. Vivo cada dia. Não posso nem assumir uma dívida de uma moradia popular. No momento, não tenho com quem dormir. Como acha que estarei daqui a trinta anos?

— Sempre dá-se um jeito.

— Pode ser — eu disse. — Pode ser que sim, pode ser que não. Ninguém sabe. Todos são iguais.

— Mas, atualmente, não estou aproveitando nada *em determinados aspectos.*

— Pode ser que sim, mas você está fazendo um bom trabalho.

Gotanda retrucou. — Alguém que esteja fazendo um bom trabalho estaria, assim, reclamando sem parar? E será que ficaria dando todo esse trabalho para você?

— Isso acontece — respondi. — Nós estamos falando sobre seres humanos. Não sobre uma série geométrica.

Por volta de uma e meia, Gotanda disse que ia embora.

— Pode pousar aqui, viu? Tenho pelo menos um acolchoado para visitas e, quando o dia clarear, posso lhe fazer um delicioso café da manhã.

— Fico muito agradecido, mas a bebedeira já passou e vou embora — disse Gotanda, sacudindo várias vezes a cabeça. Parecia mesmo estar sóbrio. — A propósito, tenho um pedido a lhe fazer. Não vá estranhar.

— Sem problemas, pode dizer.

— Será que poderia me emprestar o seu Subaru por algum tempo? No lugar, eu deixo a Maserati. Para ser franco, a Maserati chama demais a atenção quando vou me encontrar às escondidas com minha esposa. Onde quer que eu vá, pelo carro, logo se sabe que sou eu.

— Pode ficar o tempo que quiser com o Subaru — disse. — Use-o como quiser. Como não estou trabalhando no momento, quase não uso o carro. Por isso, não há problema algum em emprestá-lo. Mas, para ser sincero, não quero que me deixe aquele carrão vistoso. Sou mensalista num estacionamento e tenho medo do que possa acontecer com o seu carro à noite. Depois, se fizer algum arranhão enquanto estiver dirigindo, não vou conseguir pagar o conserto. Não posso me responsabilizar.

— Não tem importância, não. Isso tudo a agência resolve. Ele está totalmente segurado. Mesmo que você faça algum arranhão, o seguro cobre. Não precisa se preocupar. Se ficar com vontade, pode até jogá-lo no mar. Pode mesmo, entendeu? Se isso acontecer, vou comprar uma Ferrari. Conheço um escritor pornô que quer vender a sua.

— Ferrari... — completei.

— Entendo o que quer dizer — disse ele rindo. — Mas desista. Você nem imagina, mas, em nosso mundo, quem tem bom senso não sobrevive. Nesse mundo, "pessoa de bom senso" significa “pobretão revoltado”. Só servimos para ser alvo de compaixão. Ninguém faz elogios.

No final das contas, Gotanda foi embora no Subaru. Eu coloquei a Maserati dele no estacionamento. Era um carro sensível e agressivo. Reagia rápido e era possante. Dava a impressão de que só de pisar leve no acelerador sairia voando até a Lua.

— Não precisa se esforçar tanto assim. Vamos com calma — eu disse, em tom amistoso, dando leves batidinhas no painel. Mas parecia não estar me ouvindo. Até os carros olham para o rosto das pessoas. Ai, ai, ai, pensei.

Até a Maserati faz isso...

33

Na manhã seguinte, fui ao estacionamento ver como estava a Maserati. Estava preocupado se durante a noite alguém tivesse feito alguma travessura ou a tivesse roubado, mas ela estava intacta.

Era estranho ver uma Maserati no lugar cativo do Subaru. Entrei no carro e tentei me acomodar no banco, mas não me senti à vontade. Era a mesma sensação de acordar com uma mulher que você nunca viu deitada ao seu lado. Por mais que seja uma mulher maravilhosa, a gente não se sente à vontade. Fica um certo nervosismo. Sou do tipo que demora algum tempo para se acostumar com as coisas.

Nesse dia acabei não pegando o carro. Após o almoço, caminhei pela cidade, assisti a um filme e comprei alguns livros. Ao entardecer, recebi um telefonema de Gotanda. Ele me agradeceu pelo dia anterior e eu lhe disse que não tinha nada a agradecer.

— Sabe aquele assunto de Honolulu? — indagou. — Eu andei perguntando para a organização e me disseram que... Bem, é possível, sim, contratar uma mulher de Honolulu, daqui. O mundo deles é descomplicado, sabe? É muito parecido com aqueles serviços sem burocracia. É como perguntar: "O senhor é fumante ou não fumante?".

— Puxa! É mesmo?

— Bem, e aí... Aproveitei para perguntar sobre essa garota chamada June. Inventei a desculpa de que, há algum tempo, eles haviam indicado essa garota a um conhecido meu e que, como ela tinha sido fantástica, ele a indicara para que eu também a conhecesse. Disse, ainda, que tinha dúvidas se era possível contratar essa garota asiática chamada June daqui. Eles levaram um tempo para averiguar se era ou não possível fazer esse tipo de contratação. Você sabe que normalmente eles não costumam fazer esse tipo de verificação, mas... Sabe como é...? Não que eu esteja querendo me gabar, mas, para clientes especiais como eu, eles abrem esse tipo de exceção. Tanto que eles realmente verificaram tudo direitinho. Confirmaram a existência de uma garota chamada June e que ela é filipina. Mas disseram também que há três meses ela desapareceu. Não trabalha mais para eles.

— Ela desapareceu? — perguntei-lhe novamente. — Isso quer dizer que se demitiu?

— Ei, deixa disso! Eles não iam verificar até esses detalhes, não é mesmo? Essas garotas de programa entram e saem com muita frequência, sabia? Não faz sentido ficar seguindo o rastro delas. Ela saiu, não trabalha mais lá e é só isso. Sinto muito.

— Há três meses?

— Isso mesmo! Há três meses...

Tentei encontrar uma lógica nisso tudo, mas não consegui. Agradeci a Gotanda e desliguei o telefone.

Depois saí para fazer uma caminhada pela cidade.

June deixou de trabalhar nesse lugar há três meses, mas com certeza eu dormi com ela há duas semanas. Ela deixou inclusive o seu telefone, apesar de ser um número no qual ninguém atende, mas tudo isso estava muito estranho, pensei. Com isso são três garotas de programa. Kiki, May e June. Todas desapareceram. Uma delas foi assassinada, enquanto as outras duas estão desaparecidas. Parece que elas são sugadas pelas paredes e desaparecem. No entanto, há um elo entre mim e elas. Sem contar que entre nós também estão Gotanda e Hiraku Makimura.

Entrei numa cafeteria, peguei uma caneta e, na agenda, fiz um esquema de relações das pessoas que estavam envolvidas comigo. Eram relações complexas. Era como um esquema de coligações entre as grandes potências que precederam a Primeira Guerra Mundial.

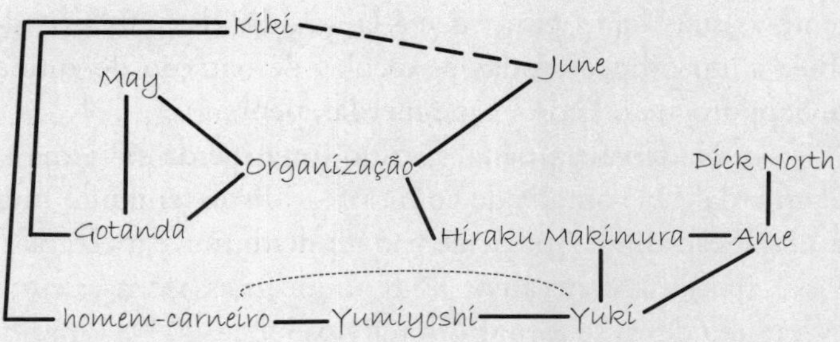

Fiquei admirado e, ao mesmo tempo, um tanto chateado enquanto observava esse esquema, mas, por mais que eu o olhasse, nenhuma ideia surgia em minha mente. Três prostitutas desaparecidas, um ator, três artistas, uma adolescente bonita e uma garota meio neurótica que trabalha na recepção de um hotel.

Por mais que se tenha boa vontade, não se pode dizer que essas relações sejam normais. Isso parece mais um livro de Agatha Christie. — Já sei! O culpado é o mordomo! — disse em voz alta, mas ninguém deu risada. Era uma piada sem graça.

Para ser honesto, eu estava sem saída. Quanto mais eu puxo a linha, mais ela acaba se embaraçando, pensei. Estou completamente atordoado. No início, era apenas Kiki, May e Gotanda. Mas agora esta linha se liga a Hiraku Makimura e a June. Em algum ponto, Kiki e June estão ligadas. O número do telefone que Kiki me deixou é exatamente igual ao de June. As ligações formam um círculo.

— Que complicado, hein, meu caro Watson! — disse, olhando para o cinzeiro sobre a mesa. É claro que ele não respondeu. O cinzeiro é inteligente e, por isso, nesses casos, procura não se envolver. Tanto o cinzeiro como a xícara de café, o açucareiro, o recibo da conta, todos são inteligentes. Ninguém diz coisa alguma. Todos fingem não ouvir. Acho que, de bobo, só eu mesmo. Sempre me envolvo em coisas estranhas. É por isso que acabo sempre sozinho. Numa tarde gostosa de primavera, aqui estou eu sem nenhuma garota com quem sair.

Voltei para o apartamento e telefonei para Yumiyoshi. Disseram-me que ela não estava, pois tinha saído mais cedo. Pode ser que hoje à noite ela tenha aula de natação. Pensando nisso, fiquei enciumado. Sentia ciúmes só de pensar que um professor bonito e charmoso como Gotanda estaria pegando delicadamente as suas mãos para ensiná-la a nadar. É por causa dela que hoje sinto ódio de todas as escolas de natação do mundo, desde Sapporo até o Cairo. Que merda!, pensei.

— Nada vale a pena! É tudo uma merda só! Uma tremenda merda! Dá vontade de vomitar! — disse, tentando imitar Gotanda. É estranho! Apesar de não ter nenhuma expectativa ao falar isso, senti um certo alívio ao pronunciar essas frases em voz alta. Gotanda devia se tornar um religioso, pensei. Pela manhã e à tarde, ele pregaria para as pessoas: "Nada vale a pena! Tudo não passa de uma merda! Dá vontade de vomitar!". Acho que ele se sairia bem.

Mudando de assunto, queria muito me encontrar com Yumiyoshi. Estava com saudades do seu jeito meio nervoso de falar e de sua maneira tensa de se portar. Gostava do modo como endireitava os óculos, da expressão séria que fazia quando entrava sorrateiramente no quarto e também do jeito como tirava o blazer e sentava-se ao meu lado. Sua lembrança me dava uma sensação de conforto. Ela tem um tipo de integridade que me fascina. Será que daria certo entre nós?

Ela se mostrava feliz trabalhando na recepção do hotel e, durante alguns dias da semana, frequentando o clube de natação. Eu, por minha vez, sentia uma modesta alegria em trabalhar como limpa-neve, curtir meu Subaru, os meus discos antigos e comer bem. Um casal assim... Será que poderia dar certo? Ou será que não? A insuficiência de dados não me permite sequer fazer uma previsão.

Se ela ficar comigo, será que um dia irá se magoar? Será que vou acabar magoando todas as mulheres que ficarem comigo, como profetizou minha ex-esposa? Será que sou incapaz de gostar de alguém, por pensar somente em mim?

Enquanto pensava em Yumiyoshi, tive um ímpeto de pegar o primeiro voo com destino a Sapporo. Tive vontade de abraçá-la e dizer-lhe que gosto dela apesar da insuficiência de dados. Porém, agora isso não era possível. Antes de tudo, eu precisava organizar os entrelaçamentos dos fios. Não podia largar tudo pela metade. Tomar essa atitude implicaria protelar e arrastar o problema para uma etapa seguinte. O problema é que essa coisa inacabada possui uma tênue sombra capaz de envolver todas as outras coisas e isso não faz parte do mundo que idealizo.

A questão é Kiki. É isso mesmo! Kiki é a chave da questão. Ela está tentando entrar em contato comigo de diversas maneiras. Ela passa rapidamente por mim, como se fosse uma sombra, desde o cinema de Sapporo até a cidade de Honolulu. Ela está tentando me transmitir alguma mensagem. Estou certo disso. O problema é que essa mensagem está num código que eu ainda não consigo compreender. O que será que Kiki quer de mim?

Afinal de contas, o que devo fazer?

Para falar a verdade, no fundo, eu sabia exatamente o que fazer.

Eu precisava aguardar.

Precisava aguardar algo acontecer. Sempre foi assim. Quando se está num beco sem saída, não se deve agir com precipitação. Deve-se apenas esperar algo acontecer. Atentamente, deve-se aguardar que algo comece a se mover na penumbra. Aprendi isso por experiência própria. Alguma coisa com certeza irá se mover. *Se for imprescindível, há de acontecer.*

Bem, só me resta aguardar pacientemente.

*

De vez em quando, eu e Gotanda saíamos para beber e comer. Com o tempo, tornou-se parte dos meus hábitos sair com ele. Toda vez que nos encontrávamos, ele se desculpava por ainda estar usando o meu carro. Eu sempre o confortava dizendo para não se incomodar com isso, estava tudo bem.

— Você ainda não jogou a Maserati no mar? — perguntou.

— Infelizmente ainda não tive tempo de ir até lá — respondi.

Eu e Gotanda estávamos sentados no balcão de um bar tomando vodca. Ele era um pouco mais rápido que eu para beber.

— A sensação de jogar um carro no mar deve ser muito boa, não acha? — disse com os lábios encostados na borda do copo. — Com certeza deve dar um friozinho na barriga — continuei. — Mas, se acabar com a Maserati, logo lhe trarão uma Ferrari.

— Vamos aproveitar e jogar essa também — disse Gotanda.

— Depois da Ferrari, que carro será que eles vão mandar?

— Sei lá! Só sei que se eu jogar tantos carros assim, com certeza a companhia de seguros irá reclamar, não acha?

— Não se preocupe com as companhias de seguro. Vamos pensar grande! Afinal, isso tudo faz parte da imaginação. Estamos apenas fantasiando enquanto bebemos algo. É diferente desses filmes baratos em que você vem trabalhando. No mundo da fantasia, não existem orçamentos. Esqueça esses problemas de classe média. Não se atenha a pequenos detalhes e vamos exagerar! Pode ser um Lamborghini, um Porsche, um Jaguar... Qualquer coisa serve. Que tal jogar todos esses carros em sequência? Não faça cerimônias. O mar é amplo e profundo e pode receber milhares de carros. Vamos lá, dê asas à sua imaginação...

Ele deu risada. — Quando falo com você, sinto-me mais leve.

— Eu também me sinto assim. Afinal, não são meus nem o carro nem a imaginação — disse-lhe. — E por falar nisso, você e sua esposa estão se dando bem?

Ele bebeu a vodca e fez que sim. Chovia lá fora e não havia mais ninguém no bar a não ser nós. O barman não tinha nada para fazer e por isso lustrava as garrafas.

— Estamos nos dando bem — disse com serenidade. Depois deu um sorriso sem graça. — Estamos nos amando. Nosso amor se confirmou e se aprofundou depois da separação. Não é romântico?

— É romântico! Que emoção!!

Ele deu uma risadinha.

— Mas é verdade! — disse com seriedade.

— Sei disso — confirmei.

*

Quando eu e Gotanda nos encontrávamos, conversávamos coisas desse tipo. Em meio a brincadeiras, intercalávamos assuntos sérios. Na verdade, só as interrompíamos para falar de coisas sérias. Muitas delas não eram lá muito engraçadas, mas isso não vinha ao caso. O importante era o seu tom. Eram brincadeiras para motivar outras novas. Apenas queríamos compartilhar o mesmo tom. Se o que falávamos era verdade ou não, era uma questão de critério pessoal. Nós dois tínhamos trinta e quatro anos e, diferentemente dos problemas que tínhamos aos treze, ambos passávamos por um período bastante difícil. Estávamos aos poucos tomando consciência do verdadeiro significado de envelhecer. Iniciava-se uma fase em que se tornava necessário começar a fazer certos preparativos. Tínhamos de garantir algo para nos aquecer no inverno que se aproximava. Ele expressou-se sucintamente a esse respeito:

— Amor — disse ele. — É do que mais preciso.

— Comovente! — exclamei. Mas, pensando bem... eu também necessitava disso.

Gotanda calou-se por um tempo. Ele estava pensando sobre o amor... Eu também. Por um momento lembrei de Yumiyoshi. Lembrei daquela noite em que nevava e ela tomou cinco ou seis doses de Bloody Mary. Ela gosta dessa bebida.

— Dormi com tantas mulheres a ponto de dizer chega! Não quero mais fazer isso. Você pode dormir com várias que é tudo igual. Faz-se a mesma coisa, sempre — disse Gotanda após um tempo. — Quero amor. Sabe, vou revelar uma coisa muito importante. *A única mulher com quem quero dormir é a minha esposa*.

Estalei os dedos. — Formidável! Essas palavras parecem de Deus. São reluzentes como a luz. Você deve fazer uma coletiva e declarar: "A única mulher com quem quero dormir é a minha esposa". Com certeza, todos ficarão emocionados. Quem sabe você será condecorado pelo primeiro ministro? Ou melhor, quem sabe você receberá o Prêmio Nobel da Paz? De qualquer modo, devo declarar ao mundo: "A única mulher com quem quero dormir é a minha esposa". Pessoas comuns seriam incapazes de fazer isso.

— Se eu for receber o Prêmio Nobel, vou precisar de um fraque, não é mesmo?

— Isso não será problema. Basta comprar um. Afinal, essa compra poderá ser deduzida como despesa.

— Formidável! Estas são as palavras de Deus. No dia da premiação, vou fazer um discurso na frente do rei da Suécia — disse Gotanda. Algo do tipo: — Senhoras e senhores, a única mulher com quem quero dormir é a minha esposa. — Haverá uma salva de palmas e as nuvens carregadas de neve se dissiparão e o sol resplandecerá.

— O gelo irá se derreter, os vikings irão se render e ecoará o canto das sereias.

— Comovente!

Novamente ficamos em silêncio pensando a respeito do amor. Havia muitas coisas a pensar sobre ele. No dia em que fosse convidar Yumiyoshi para vir em casa, eu precisaria providenciar vodca, suco de tomate, molho Lea & Perrins e limão, pensei comigo.

— Sabe de uma coisa? Pode ser que você não receba nenhum prêmio... — disse para Gotanda. — Você pode ser considerado um anormal.

Gotanda ficou um bom tempo pensando nisso e, de vez em quando, suspirava lentamente.

— Tem razão! Isso é possível. O que estou dizendo vai contra a revolução sexual. A multidão enfurecida poderá me linchar até a minha morte — disse ele. — Por outro lado, se isso acontecer, serei considerado um mártir sexual.

— Será o primeiro ator a se tornar um.

— Mas, se eu morrer, não poderei mais dormir com a minha mulher.

— É um bom argumento — concordei.

Ficamos novamente calados, apenas bebendo.

Falávamos sobre assuntos sérios nesse tom de brincadeira. Se uma outra pessoa estivesse ao nosso lado ouvindo esse tipo de conversa, com certeza pensaria que estávamos apenas brincando. Mas, entre nós, esse tipo de conversa era coisa séria.

Ele costumava me ligar quando tinha algum tempo. Às vezes saíamos para comer fora e outras ficávamos na minha casa ou na casa dele. E assim os dias passavam. Resolvi parar de trabalhar por um tempo. Não estava nem aí com o trabalho. Mesmo sem mim, o mundo continuava o seu percurso. Fiquei apenas aguardando algo acontecer.

Enviei para Hiraku Makimura o dinheiro que havia sobrado e os recibos das despesas que tínhamos feito durante a viagem. Logo recebi um telefonema de Sexta-Feira pedindo para que eu ficasse com mais dinheiro.

— O professor diz que desse jeito ele não se sente à vontade e eu também fico em apuros — disse Sexta-Feira. — Será que desta vez você poderia aceitar as coisas do meu modo? Prometo que você não terá nenhum encargo sobre isso.

Para evitar a chatice de ter uma discussão entre ânimos exaltados, concordei que, dessa vez, eles podiam fazer as coisas do modo que achassem melhor. Hiraku Makimura enviou-me de imediato um cheque no valor de trezentos mil ienes juntamente com um recibo especificando "despesa com filmagens".

Assinei, coloquei meu carimbo no recibo e enviei-o pelo correio. Parece que qualquer coisa se torna dedutível do imposto de renda. É um mundo interessante!

Coloquei o cheque numa moldura e deixei-o sobre a mesa.

*

O feriado veio e se foi.

Falei várias vezes com Yumiyoshi pelo telefone.

Ela é quem decidia a duração de nossas conversas. Às vezes, nossos papos eram longos, mas de vez em quando ela simplesmente dizia estar ocupada e desligava o telefone. Algumas vezes ficávamos um longo tempo sem dizer nada, e em outras ocasiões ela, de repente, batia o telefone. Aos poucos, estávamos trocando informações. Um dia ela me deu seu telefone residencial. Senti isso como um progresso.

Ela frequentava a escola de natação duas vezes por semana. Toda vez que ela tocava nesse assunto, eu ficava enraivecido, magoado e até mesmo infeliz, como se fosse um adolescente do segundo grau. Várias vezes tentei sondar detalhes desse professor de natação. Coisas do tipo: como ele era, quantos anos tinha, se era bonito, atencioso demais para com ela e outras coisas, mas eu nunca conseguia perguntar direito. Na verdade, eu tinha receio de que ela percebesse o meu ciúme. Tinha medo de ouvi-la dizer: O quê? Você está com ciúmes de uma escola de natação? Que horror! Detesto homens desse tipo. Onde já se viu? Um homem que tem ciúmes de uma escola de natação é simplesmente abominável. Você está me entendendo? É realmente abominável! Fique sabendo que jamais quero falar de novo com você!

Por essas e outras, resolvi não dizer mais nada a respeito da escola de natação. O fato de não poder falar sobre esse assunto aumentava cada vez mais a minha alucinação a respeito dele. Em meus delírios, imaginava que, após a aula, o professor dava uma aula especial só para ela. Logicamente, o professor era Gotanda. Ele colocava as mãos no peito e na barriga dela e lhe ensinava a nadar. Os dedos dele acariciavam seus seios e a outra mão deslizava por entre a base das coxas e o baixo-ventre. Ele a tranquilizava dizendo para não se preocupar.

— Não se preocupe! — dizia ele. — A única mulher com quem quero dormir é a minha esposa.

Dizendo isso, ele pegaria a mão dela e a faria segurar o seu pênis duro. Um pênis duro dentro d'água. Era como um coral. Yumiyoshi ficaria fascinada.

— Não se preocupe! — dizia Gotanda. — A única mulher com quem quero dormir é a minha esposa.

Alucinação de piscina.

Sou um idiota! Mas o pior é que eu não conseguia tirar isso da minha cabeça. Toda vez que eu telefonava para ela, ficava me torturando com esse tipo de alucinação. Essa alucinação foi se tornando cada vez mais complexa e, com isso, novas personagens como Kiki, May e Yuki começaram a surgir. Enquanto observava os dedos de Gotanda serpenteando pelo corpo de Yumiyoshi, percebia de repente que ela era Kiki.

— Sabe... Sou uma pessoa muito comum, dessas bem comuns... — disse Yumiyoshi dia desses. Nessa noite, ela estava totalmente desanimada. — Sou diferente das outras pessoas só pelo nome. Fora isso, nada tenho de diferente. Dia após dia, trabalho nessa recepção de hotel apenas desperdiçando inutilmente a minha vida. Não me telefone mais, certo? Não sou uma pessoa que vale o quanto você paga pelas ligações interurbanas.

— Mas você não gostava de trabalhar no hotel?

— Gosto, sim. Para mim, o fato de trabalhar não é nem um pouco penoso. Mas é que, às vezes, sinto que o hotel está me consumindo. De vez em quando sinto isso. Nessas horas, começo a me questionar quem sou eu afinal. O hotel está lá e tanto faz o fato de eu existir ou não. No entanto, parece que não estou ali. Eu não consigo me ver no hotel. Sinto-me perdida.

— Será que você não está levando a sério demais essa coisa de hotel? — questionei. — O hotel é o hotel e você é você. Volta e meia, penso em você, e, às vezes, penso no hotel. Mas nunca ao mesmo tempo.

— Isso eu sei! Mas, de vez em quando, tudo se confunde. A distinção entre mim e o hotel deixa de ser nítida. A minha existência, os meus sentimentos e a minha vida particular desaparecem como se eu fosse sugada por esse universo chamado hotel.

— Todos somos assim. Somos sugados por alguma coisa e acabamos por perder o nosso espaço. Isso não acontece só com você. Também acontece comigo — disse-lhe.

— O que acontece com você é completamente diferente! — retrucou Yumiyoshi.

— Tem razão! Não é exatamente igual — consenti. — Mas compreendo bem o que está sentindo e gosto de você. Algo em você me fascina.

Yumiyoshi calou-se por algum tempo. Ela estava no interior da quietude de uma linha telefônica.

— Sabe... Eu tenho muito medo daquela escuridão — disse ela, quebrando o silêncio. — Tenho pressentimentos de que aquilo vai acontecer de novo.

Escutei Yumiyoshi chorar bem baixinho, mas no primeiro momento em que ouvi esse som não o identifiquei como um choro. Somente depois é que tive a certeza de que ela estava... soluçando.

— Yumiyoshi! O que aconteceu? Está tudo bem? — perguntei.

— É claro que estou bem. Só estou chorando. Será que não posso chorar?

— Não é isso! É claro que pode. Eu estava apenas preocupado...

— Ei, quer ficar quietinho por um tempo?

Conforme a solicitação, resolvi me calar. Enquanto eu estava quietinho, Yumiyoshi ficou chorando durante um certo tempo e depois desligou o telefone.

No dia sete de maio, Yuki me telefonou.

— Voltei! — disse ela. — Você não quer passear em algum lugar?

Peguei a Maserati e fui buscá-la em seu apartamento em Akasaka. Logo que ela viu a Maserati fez uma careta.

— Que carro é esse?

— Não o roubei. Quando eu joguei o meu carro no rio, surgiu uma fada parecida com a Isabelle Adjani, que me perguntou: "O carro que acabaste de jogar era uma Maserati dourada ou uma BMW prateada?". Aí eu respondi que não era nenhum dos dois. Disse-lhe que o meu carro era um Subaru velho, cor de cobre. Então...

— Deixa disso! Pare com essa piada sem graça! — disse Yuki com uma expressão grave no rosto. — Minha pergunta é séria! Que foi que aconteceu?

— Troquei temporariamente com um amigo — respondi. — Troquei porque ele queria muito andar com o Subaru. É claro que esse meu amigo tem lá os seus motivos.

— Amigo?

— Sim. Pode até ser que você não acredite, mas eu também tenho pelo menos um amigo.

Ela se sentou no banco do passageiro e deu uma rápida olhada no interior do carro.

Depois fez novamente uma careta e disse um tanto ríspida: — Carro esquisito! Que ridículo!

— Engraçado! O proprietário desse carro também disse a mesma coisa — comentei com Yuki. — É claro que não usou a mesma expressão... — Yuki ficou calada.

Dirigi o carro em direção a Shonan. Yuki continuava calada. Concentrei-me na direção da Maserati enquanto ouvia, bem baixinho, a fita de Steely Dan. O tempo estava ótimo! Eu vestia uma camisa havaiana e usava óculos escuros. Ela vestia uma calça de algodão bem leve e uma camisa polo cor-de-rosa da Ralph Lauren. Sua pele bronzeada combinava com essa cor. Senti-me no Havaí. À nossa frente, havia um caminhão transportando porcos. Por entre os vãos das tábuas que os cercavam, eles observavam, com aqueles olhos vermelhos, a Maserati em que estávamos. Esses porcos certamente não devem distinguir uma Maserati de um Subaru, pensei. Os porcos desconhecem as diferenças. As girafas e as enguias também.

— Como foi o Havaí? — perguntei.

Ela se fez de indiferente.

— Tudo bem entre você e sua mãe?

Novamente, fez-se de indiferente.

— Já consegue surfar direitinho?

Continuou indiferente...

— Você parece estar muito bem. Seu bronzeado está magnífico! Parece *café au lait*. Se você colocar uma asa bem legal nas costas e segurar uma colher no ombro, vai ficar muito bom.

A fada do *café au lait*. Se você trabalhar para o *café au lait*, os cafés Moka, Brasileiro, Colombiano e o Kilimanjaro não terão vez. Todas as pessoas do mundo começarão a tomar *café au lait*. Todas as pessoas do mundo ficarão fascinadas com a fada do *café au lait*. Seu bronzeado está de fato fantástico!

Sinceramente, quis fazer esse elogio para que ela se sentisse melhor, mas não deu certo. Ela continuava indiferente. Será que o resultado foi inverso? Será que meu modo sincero de falar distorcia as coisas?

— Você está menstruada ou coisa assim?

Continuou indiferente.

Eu também resolvi ficar indiferente.

— Quero voltar — disse Yuki. — Dê meia-volta e vamos voltar para Tóquio.

— Ei, espera aí. Estamos numa via expressa, sabia? Mesmo o Niki Lauda não daria meia-volta aqui.

— Pegue alguma saída.

Olhei para o seu rosto. De fato ela parecia "arrasada". Seus olhos estavam sem brilho e seu olhar, turvo. Será que ela estaria pálida? Por causa de seu bronzeado, provavelmente eu não conseguiria identificar alguma alteração de cor em sua face.

— Será que não é melhor descansar em algum lugar? — perguntei.

— Não precisa. Não quero descansar. Quero voltar logo para Tóquio — disse Yuki.

Fiz o retorno em Yokohama e voltamos para Tóquio. Yuki queria ficar por algum tempo sentada ao ar livre, então estacionei o carro perto de sua casa e fomos nos sentar num dos bancos do templo Nogi.

— Desculpe-me — disse Yuki, mostrando-se realmente arrependida. — Mas é que eu estava me sentindo muito mal mesmo. Não estava mais conseguindo suportar aquela sensação. Não queria falar isso e, então, fiquei aguentando.

— Você não precisava ficar suportando isso sozinha. Não precisava se preocupar. As mulheres têm muito disso e eu estou acostumado.

— Não é isso que eu quero dizer! — gritou Yuki. — É outra coisa. Fiquei perturbada por causa daquele carro. É por causa daquele carro.

— Mas, afinal, o que foi que você não gostou na Maserati? — indaguei. — Não é um carro ruim, ao contrário, tem boa dirigibilidade e é confortável. Logicamente se for para comprar com o meu dinheiro, é um carro muito caro!

— Maserati — disse Yuki como se falasse para si mesma. — O problema não é a marca do carro. Não estou questionando isso. O problema é *esse carro*. Ele carrega uma energia muito ruim e... Como posso dizer... Essa coisa me sufoca. Sinto-me mal. Parece que o meu peito está sufocando e alguma coisa estranha está sendo empurrada para o meu estômago. É como se fossem restos de algodão. Você não se sentiu assim nenhuma vez enquanto estava no carro?

— Creio que não. A única coisa que sinto é que não consigo me familiarizar com ele. Mas isso é lógico... Afinal estou há muito tempo com o Subaru. Acho que é por isso que não consigo me adaptar bem ao mudar repentinamente de carro. É uma questão sentimental. Mas isso é bem diferente dessa sensação de asfixia que acabou de descrever, não é mesmo?

Ela concordou. — O que eu quero dizer é uma outra coisa. É uma sensação muito *estranha*.

— É aquilo?... Aquilo que você sempre diz sentir? — Ia dizer *percepção extrassensorial*, mas desisti. É diferente. Como se poderia explicar isso? Seria uma sensibilidade de inspiração espiritual? De qualquer modo, é algo difícil de se expressar. Talvez por soar um tanto inconveniente.

— É. Sinto *aquilo...* — disse Yuki, serena.

— O que você sente em relação àquele carro? — perguntei.

Yuki encolheu os ombros. — Se eu pudesse explicar exatamente o que é, seria fácil, mas não dá. Não tem uma imagem concreta. Eu apenas sinto algo vago, é como se fosse uma coisa opaca feita de ar. É uma coisa carregada, uma coisa que deixa a gente muito mal. É isso que me sufoca. *Não é nada bom...* — Yuki apoiou os braços em suas pernas enquanto procurava encontrar as palavras. — Não sei como dizer isso concretamente, mas é algo muito ruim. Algo errado. Distorcido. Naquele carro, me senti muito sufocada. O ar era denso. Senti como se estivesse presa numa caixa de chumbo e afundando no mar. No começo, pensei que não passava de imaginação minha e tentei aguentar. Achei que estava cansada por causa da viagem, mas não era.

Aquilo foi ficando cada vez mais forte. Nunca mais quero entrar naquele carro. Peça seu Subaru de volta.

— Uma Maserati amaldiçoada — eu disse.

— Não estou brincando! Acho melhor você também evitar andar com aquele carro — disse Yuki com ar de seriedade.

— Uma Maserati agourenta — complementei, antes de rir. — Entendi. Sei que você está falando sério. Vou evitar andar com aquele carro, está bem? Será que por acaso não seria melhor jogá-lo ao mar?

— Se for possível... — disse Yuki novamente com um ar muito sério.

Ficamos sentados no banco do templo por pelo menos uma hora até Yuki se recuperar do choque. Ela apoiou o rosto nas duas mãos e permaneceu de olhos fechados. Fiquei vendo as pessoas que iam e vinham, sem prestar muita atenção. As pessoas que frequentavam o templo no final da tarde eram idosos, mães com seus filhos e turistas com suas máquinas fotográficas penduradas no pescoço. Não havia muitas pessoas. De vez em quando, um ou outro homem com aparência de executivo sentava-se num dos bancos. Vestiam ternos pretos e seguravam pastas de plástico. Ficavam descansando uns dez ou quinze minutos com um olhar vago e depois iam embora. Notava-se que naquele horário todas as pessoas consideradas normais estariam trabalhando, assim como as crianças estariam em alguma escola.

— E a sua mãe? — perguntei. — Ela voltou com você?

— A-hã. — disse Yuki. — Está em Hakone com aquele maneta. Eles estão organizando as fotos tiradas em Katmandu e no Havaí.

— Você não vai voltar para Hakone?

— Se der vontade, quem sabe... Mas por enquanto quero ficar por aqui. Mesmo que eu vá para lá, não tenho nada para fazer.

— Tenho uma grande curiosidade — disse a ela. — Você diz que vai ficar sozinha em Tóquio porque mesmo que vá para Hakone não tem nada para fazer, não é mesmo? Mas ficando aqui o que você vai fazer?

Yuki respondeu simplesmente: — Ficar passeando com você.

Por um tempo, reinou um profundo silêncio. Como se algo estivesse pendente.

— Esplêndido! — exclamei. — São palavras proferidas por Deus. Simples, porém com uma profunda revelação. Vamos ficar passeando como se estivéssemos num parque de diversões. Vamos passar o dia colhendo rosas de diversas cores, pegar um barco para brincar na lagoa dourada e dar banho num filhote de cachorro peludinho e macio. Quando estivermos com fome, cairão do céu alguns mamões papaia e, quando quisermos ouvir música, Boy George cantará para nós. Que maravilha! Estou sem palavras. Mas, se formos mais realistas, em breve precisarei trabalhar. Não posso me dar ao luxo de ficar somente passeando com você, tampouco posso aceitar dinheiro de seu pai.

Yuki contraiu os lábios e ficou me olhando por um bom tempo. — Entendo quando você diz que não pode aceitar dinheiro dos meus pais, mas por favor não fale mais assim desse jeito, tá? Eu também, de vez em quando, fico muito triste por fazê-lo ir para lá e para cá. Sinto que estou atrapalhando e causando transtornos a você. Por isso, se você...

— Aceitar... é o que você quer dizer, não é mesmo?

— Se você fizesse isso, eu me sentiria um pouco mais aliviada.

— Você não está entendendo — repliquei. — Seja lá o que for, eu não quero que nossa relação seja um tipo de obrigação. Quero me relacionar com você como um amigo. Não quero ser apresentado no dia do seu casamento como o homem que trabalhou como ama-seca quando ela tinha treze anos. Pois está na cara que irão perguntar o que é ser um homem que trabalhou como ama-seca! Em vez disso, prefiro ser apresentado como o homem que foi o namorado da noiva, quando ela tinha treze anos. Assim é bem melhor.

— Seu bobo! — disse Yuki, ruborizada. — Eu não vou fazer cerimônia de casamento.

— Ótimo! Eu mesmo não gostaria de ir a uma. Nessas cerimônias a gente tem que se sujeitar a ouvir aqueles discursos tolos e ainda por cima tem que levar para casa aquele bolo malfeito que mais parece um tijolo. Detesto isso. É pura perda de tempo. Eu não fiz nenhuma cerimônia. Por isso essa nossa conversa é somente um faz de conta. O que eu quero dizer é que *amigos não se compram com dinheiro. Não são comprados para serem deduzidos como despesa no imposto de renda.*

— Por que você não escreve uma história infantil com esse tema?

— Boa ideia! — disse rindo. — É realmente fantástico! Você está conseguindo entender cada vez melhor a nossa conversa. Daqui a um tempo, vamos nos tornar perfeitos parceiros de *manzai*, como aqueles parceiros de diálogo cômico, não é mesmo?

Yuki mostrou-se indiferente.

— Sabe... — eu disse tossindo. — Vou falar sério. Se você quer realmente ficar passeando comigo todos os dias, podemos fazê-lo. Não preciso trabalhar naquele serviço idiota de limpa-neve. Isso não tem importância nenhuma. Mas uma coisa eu preciso deixar bem claro. *Não vou receber nenhum dinheiro para ficar com você*. Aquela viagem para o Havaí foi uma exceção. Um evento independente. Pagaram-me as despesas de viagem e até mesmo uma garota. Mas, por conta disso, quase perdi a sua confiança. Fiquei com raiva de mim. Jamais farei isso de novo. *Já chega*! De agora em diante será do meu jeito. Não deixarei que ninguém meta o bico. Não vou deixar que me paguem. Não sou como Dick North e Sexta-Feira. Eu sou eu, e não sou nem serei contratado por ninguém. Estou com você porque quero. Se você quiser passear comigo, iremos passear. Não se preocupe com dinheiro.

— Você realmente irá passear comigo? — perguntou Yuki, enquanto olhava para as unhas do pé pintadas.

— Sem problemas! Eu e você somos pessoas que não nos enquadramos na sociedade. Não é agora que vamos nos preocupar com isso, não é mesmo? Vamos passear sem constrangimentos, está bem?

— Por que você é tão gentil?

— Não sou gentil — disse. — Sou apenas uma pessoa que não gosta de largar as coisas pela metade. Se você quer passear comigo, vamos passear até enjoar. O fato de eu ter conhecido você naquele hotel de Sapporo significa que temos alguma afinidade. Se for para fazer algo, vamos fazê-lo até o fim.

Yuki ficou desenhando no chão com a ponta da sandália. Era um desenho que parecia um redemoinho quadrado. Fiquei olhando para ele.

— Será que eu estou lhe causando transtornos? — perguntou.

Pensei um pouco antes de responder. — Pode até ser que você esteja me causando algum transtorno, mas não deve se preocupar com isso. Afinal, fico com você porque gosto de sua companhia. Não o faço por obrigação. Por que será que gosto de estar com você? Temos uma diferença bem grande de idade e quase não temos assuntos em comum. Acho que é porque você me faz lembrar de algo. Você me faz recordar algum sentimento guardado dentro de mim. São sentimentos que tive aos meus treze, quatorze ou quinze anos. Se eu tivesse quinze anos, estaria loucamente apaixonado por você. Acho que já lhe disse isso, não?

— Disse, sim — Yuki confirmou.

— Então, é isso! Quando estou com você, às vezes esse tipo de sentimento é resgatado e consigo novamente ouvir o som da chuva e o aroma do vento como no passado. Sinto-o bem perto. É uma sensação muito boa. Você um dia entenderá o que quero dizer...

— Mesmo agora, eu posso entender você muito bem.

— Verdade?

— Eu também vim perdendo muitas coisas no decorrer da minha vida — disse Yuki.

— Ah! Então a conversa ficou fácil!

Ela ficou calada durante uns dez minutos. Enquanto isso, fiquei novamente observando as pessoas que transitavam pelo templo.

— Não tenho ninguém para conversar a não ser você — disse Yuki. — É verdade! Por isso, quando não estou com você, praticamente não converso com ninguém.

— E Dick North?

Ela fez um gesto malcriado mostrando a língua.

— Ele é um tolo... ridículo!

— Em certo sentido, você até pode ter razão, mas, por outro lado, acho que não. Ele não é, de modo algum, um homem ruim. Acho que você deve entender isso. Apesar de ter apenas um braço, ele faz muitas coisas bem-feitas se o compararmos com outros caras por aí, e, além do mais, ele não é pedante. Não há muitas pessoas como ele, sabia? É lógico que, se comparado à sua mãe, ele se coloca numa escala bem inferior. Pode até ser que não tenha tanta capacidade quanto Ame, mas ele realmente se dedica a ela. Acho que ele a ama. É uma pessoa confiável. Sem contar que ele, além de cozinhar bem, é muito simpático.

— Pode até ser... mas não deixa de ser um idiota.

Não falei mais nada sobre isso. Yuki tinha seu ponto de vista e seus sentimentos.

A conversa que tivemos sobre Dick North ficou nisso. Depois conversamos inocentemente sobre o sol, as ondas, os ventos e a piña colada do Havaí. Yuki disse que estava ficando com fome, por isso fomos ao Fruit Parlour, comemos panqueca e tomamos um sundae com frutas. Depois pegamos o metrô e fomos assistir a um filme.

Na semana seguinte Dick North morreu.

34

Numa segunda-feira, ao entardecer, Dick North fora às compras na cidade de Hakone e, quando saía do supermercado carregando as sacolas, foi atropelado por um caminhão e morreu. Deu de cara com o veículo. O motorista não soube explicar como é que ele tinha entrado, sem reduzir a velocidade, numa descida como aquela sem visibilidade. Disse que só poderia ser obra dos maus espíritos. Dick North também teve sua parcela de culpa. Olhara primeiro para a esquerda e tinha demorado a olhar para o lado direito alguns milésimos de segundo. Esse é um erro muito comum daqueles que retornam ao Japão depois de uma longa estada no exterior. A pessoa não está mais habituada com os carros correndo na pista inversa. E, sem querer, faz a verificação esquerda-direita ao contrário. Normalmente, a coisa acaba só com um friozinho na barriga e a pessoa escapa por um triz, mas, às vezes, acaba se envolvendo num acidente terrível. Foi o caso de Dick North. Ele foi jogado longe pelo caminhão e foi pego por uma van pequena que vinha na outra mão. Morte instantânea.

Quando fiquei sabendo, logo me lembrei da figura de Dick North fazendo compras no supermercado de Makaha. Daquela sua figura escolhendo habilmente as mercadorias, analisando as frutas com olhos clínicos e colocando com discrição uma caixa de Tampax no carrinho. Senti pena dele. Pensando bem, nunca foi um homem de sorte. Um homem que perdera o braço esquerdo numa mina pisada por um soldado que estava ao seu lado. Um homem que ficava o dia todo apagando as pontas dos cigarros fumados por Ame. Um homem que, depois disso tudo, acabou sendo atropelado por um caminhão com uma sacola de supermercado na mão.

O funeral de Dick North foi realizado na casa da esposa e dos filhos. É claro que nem Ame, nem Yuki e nem eu comparecemos.

Coloquei Yuki no Subaru, que Gotanda me havia devolvido, e, na tarde de terça-feira, fomos a Hakone. Yuki dizia que não podia deixar a mãe sozinha.

— Ela não consegue mesmo fazer nada por si só. A empregada está lá, mas, como já é idosa, não percebe muito bem o que é preciso fazer e também vai embora à noite, por isso não dá para deixá-la sozinha.

— Não seria melhor ficar uns tempos com ela? — sugeri.

Yuki concordou e ficou virando as páginas do guia de estradas. — Escuta, da outra vez, falei coisas terríveis sobre ele, não falei?

— Sobre Dick North?

— É.

— Você disse que era um tolo irreparável.

Yuki recolocou o guia de estradas no bagageiro da porta, apoiou o cotovelo na beira da janela e ficou olhando a paisagem à frente. — Pensando agora, não foi má pessoa. Era gentil comigo e me tratava bem. Até me ensinou a surfar. Mesmo maneta, vivia melhor do que pessoas que têm as duas mãos. Também cuidava bem da minha mãe.

— Eu sei. Não era má pessoa.

— Mas eu tive vontade de dizer atrocidades a ele.

— Entendo — disse. — E não conseguiu deixar de falar, não é mesmo? De todo modo, não é culpa sua.

Yuki continuou olhando para a frente. Não olhou uma só vez para mim. O vento do início de verão que entrava em cheio pela janela aberta balançava as franjas do cabelo dela como se fossem folhas de plantas.

— É uma pena, mas ele era esse tipo de homem — eu disse. — Não era má pessoa. Em certo sentido, era até digno de respeito. Mas, às vezes, deve ter sido tratado como uma lata de lixo de boa qualidade. Várias pessoas iam jogando diversas coisas ali. Era uma atitude automática. Não sei por quê. Talvez essa tendência seja inata. Da mesma forma que sua mãe é colocada no pedestal assim que é vista, sem que haja necessidade de falar nada. — Mediocridade é como uma *mancha* que impregna um casaco branco. Manchou, nunca mais sai.

— É injusto, não acha?

— A vida é basicamente injusta — eu disse.

— Mas tenho a impressão de que cometi uma atrocidade.

— Em relação a Dick North?

— É.

Suspirei e parei o carro na beira da estrada, virei a chave e desliguei o motor. Tirei a mão do volante e olhei-a nos olhos.

— Acho que é inútil pensar assim — falei. — Se era para se arrepender, você devia tê-lo tratado devidamente desde o início. Pelo menos devia ter se esforçado em ser mais justa. Mas você não o fez. Por isso, você não tem o direito de se arrepender... O menor direito...

Yuki lançou um olhar lancinante para mim.

— Talvez eu esteja sendo severo demais com você, mas gostaria que não me levasse a mal. Olhe aqui, existem determinadas coisas que você não deve falar, entende? Uma vez proferida, a coisa acaba aí. Não é assimilada. Você se arrepende do que fez a Dick North e diz que está arrependida. Acredito que o esteja de fato. Mas, se eu fosse Dick North, não gostaria que alguém se arrependesse tão facilmente assim por minha causa. Isso é uma questão de consideração e de comedimento. Você tem que aprender isso.

Yuki ficou calada. Colocou o cotovelo na beira da janela e ficou com as pontas dos dedos encostadas nas têmporas. Ela cerrou as pálpebras como se tivesse mergulhado no sono. De vez em quando, os cílios se moviam levemente e os lábios tremiam um pouco. Achei que ela deveria estar chorando por dentro. Chorando em silêncio e sem lágrimas. De repente, pensei se não estaria exigindo demais de uma garota de treze anos e, também, se eu tinha o direito de falar desse modo impositivo. Mas não havia jeito. Não importa quantos anos tenha a pessoa, seja ela quem for, eu não consigo me controlar em relação a determinados tipos de coisas. Acho inútil o que é inútil e acho insuportável o que é insuportável.

Durante um longo tempo, Yuki permaneceu imóvel. Estendi a mão e toquei o braço dela.

— Não liga, não. Você não tem culpa — disse. — Talvez eu seja intransigente demais. Olhando de maneira imparcial, você age muito bem. Não se preocupe.

Um fio de lágrimas rolou pela sua face e caiu sobre o seu colo. Mas foi só. Não derrubou mais nenhuma gota e nem disse nada. Foi exemplar.

— Afinal, o que eu devo fazer? — indagou Yuki pouco tempo depois.

— Não precisa fazer nada — respondi. — Valorize aquilo que não pode ser verbalizado. Isso é ter consideração pelos que estão mortos. O tempo elucidará muita coisa. O que deve restar, restará, e o que não deve não permanecerá. O tempo resolve a maior parte das coisas. Você deve resolver o que o tempo não resolve. O que eu digo é muito difícil?

— Um pouco — disse Yuki, e sorriu de leve.

— Acho que é difícil mesmo — reconheci, rindo. — O que eu digo, provavelmente, não é entendido pela maioria das pessoas. Pois a maior parte delas, em geral, pensa diferente de mim. Mas eu acredito que os meus pensamentos são os mais corretos. Trocando em miúdos, é isso. As pessoas acabam morrendo de uma hora para outra. A vida do ser humano é muito mais arriscada do que você imagina. Por isso, devemos nos relacionar de modo a não restarem arrependimentos. De maneira justa e, se possível, com sinceridade. Eu, particularmente, não gosto daqueles que não se esforçam para tanto e depois ficam chorando arrependidos porque alguém morreu.

Yuki ficou me olhando por algum tempo, encostada na porta do carro.

— Isso me parece muito difícil — disse ela.

— É muito difícil, mesmo — confirmei. — Mas vale a pena. Até um gorducho homossexual que canta pessimamente mal como o Boy George pode se tornar uma estrela. Tudo depende do esforço.

Ela deu um pequeno sorriso e depois mostrou que concordava. — Tenho a impressão de que consigo entender o que você está dizendo.

— Você é inteligente — eu disse. Depois, dei a partida no motor.

— Mas por que, afinal, você persegue tanto o Boy George? — perguntou Yuki.

— Por que será?

— Não seria porque, no fundo, você gosta dele?

— Vou pensar melhor a respeito — respondi.

*

A casa de Ame ficava dentro de um conjunto residencial construído por uma imobiliária de grande porte. Havia um portão grande e, próximo dele, uma piscina e uma cafeteria. Ao lado desta havia, ainda, algo semelhante a um minimercado cheio de comida pronta. No entanto, Dick North se recusava a fazer compras numa loja como aquela, que só servia de quebra-galho. Nem eu teria vontade de fazer compras num lugar como aquele. Ficava numa ladeira cheia de curvas, e até o Subaru do qual eu tanto me orgulhava parecia estar ofegante. A casa de Ame ficava mais ou menos no meio da colina. Era grande para abrigar mãe e filha. Parei o carro e subi a escadaria lateral de pedra, levando as bagagens de Yuki. Era possível avistar o mar de Odawara através dos cedros que cobriam o declive da montanha. Havia um pouco de neblina, e o mar refletia uma coloração tênue de primavera.

Ame andava com um cigarro aceso nas mãos pela sala espaçosa que recebia os raios de sol. O cinzeiro grande de cristal estava transbordando de tocos quebrados ou dobrados de Salem, e a mesa, cheia de cinzas, como se alguém tivesse soprado o cinzeiro com todas as forças. Ela jogou o Salem que estava fumando no cinzeiro, foi até Yuki e afagou seus cabelos. Vestia um agasalho grande cor de laranja manchado pelo fixador e uma calça jeans desbotada. Seus cabelos estavam despenteados e os olhos, avermelhados. Provavelmente ficara fumando o tempo todo sem conseguir dormir.

— Foi terrível, sabe? — disse Ame. — Um horror. Por que acontecem coisas horríveis assim?

Achei que era mesmo um horror. Ela nos contou sobre o acidente do dia anterior. Dizia que, como fora algo muito inesperado, estava abalada por completo. Tanto na aparência quanto interiormente.

— Para piorar, a empregada disse que não podia vir hoje porque está com febre. Por que justo nessa hora ela tinha que ficar com febre? Sinto que vou enlouquecer. Os policiais vêm aqui, a mulher do Dick telefona... Eu... estou totalmente perdida.

— O que disse a mulher do Dick? — perguntei.

— Pois é, não entendi direito — respondeu Ame, suspirando. — Só ficou chorando e de vez em quando falava alguma coisa bem baixinho. Não ouvi praticamente nada. Não tenho a menor noção do que falar numa hora dessas... Não é assim?

Concordei, balançando a cabeça.

— Por isso falei que mandaria os pertences dele o quanto antes. Mas ela só ficava chorando. Não tinha nem por onde começar.

Dito isso, Ame suspirou bem fundo e sentou-se no sofá.

— Quer beber algo? — perguntei.

— Se for possível, queria um café quente.

Limpei o cinzeiro, passei um pano nas cinzas espalhadas pela mesa e recolhi uma xícara suja de chocolate. Ajeitei a cozinha, fervi água e fiz um café forte. A cozinha havia sido montada de modo a facilitar o trabalho de Dick North, mas já mostrava claramente os traços da destruição antes mesmo de se passar um dia após sua morte. Na pia, havia louças jogadas de forma desordenada e o açucareiro estava destampado. No fogão de inox, chocolate derramado. A faca, do mesmo jeito que ficara depois de cortar queijo ou algo parecido.

Pobre homem! A seu modo, ele criara ordem naquela casa. Mas ela se perdeu, sem deixar o menor vestígio, num único dia. Num piscar de olhos. O ser humano deixa seu vestígio no lugar com o qual mais combina. O de Dick North era a cozinha. Mas, mesmo nesse espaço, essa sombra instável que restara havia desaparecido num abrir e fechar de olhos.

Pobre homem!

Essas eram as únicas palavras que me vinham à mente.

Ao levar o café, encontrei Ame e Yuki sentadas bem juntinhas no sofá. Com os olhos caídos e úmidos, Ame descansava, recostando sua cabeça no ombro de Yuki. Até parecia que ela não gozava de suas plenas faculdades mentais pela ação de alguma droga. Yuki estava inexpressiva e não mostrava desagrado nem insegurança pelo fato de sua mãe estar apoiada nela em estado de choque. Achei que, realmente, elas eram uma mãe e uma filha muito atípicas. Quando estão juntas, algo estranho paira no ar. Uma atmosfera diferente de quando estão separadas. Quando juntas, parecem inacessíveis. Por que será?

Ame segurou a xícara de café com as duas mãos e tomou bem devagar, como se estivesse bebendo algo muito especial.

— Que delícia! — disse ela.

Ao terminar o café, parecia um pouco mais calma. Seus olhos voltaram a brilhar um pouco.

— Você quer beber algo? — perguntei a Yuki.

Ela fez que não com um movimento de cabeça, sem demonstrar qualquer emoção.

— Todas as providências já foram tomadas? As burocráticas, as jurídicas e as cerimoniais?

— Já, já foram, sim. Não houve nenhum problema quanto às providências concretas, pois foi um simples acidente de trânsito. Um policial veio aqui e simplesmente me avisou. Então pedi a ele que entrasse em contato com a esposa de Dick. Parece que ela foi à delegacia na hora e fez tudo o que precisava. Eu não tinha nenhum vínculo legal com Dick. Depois, ela ligou aqui em casa. Quase não disse coisa alguma, ficou só chorando. Não fez críticas nem nada.

Fiz sinal de que entendia. Pensei que era mesmo *um simples acidente de trânsito*.

Dali a três semanas, com certeza, ela já teria se esquecido por completo de Dick North. Ela é do tipo que esquece com facilidade e ele era fácil de ser esquecido.

— Posso ajudar em alguma coisa? — perguntei a Ame.

Ela olhou para mim e depois ficou olhando para o chão. Era um olhar vago, sem profundidade. Ficou pensativa. Demorava a pensar. A cor de seus olhos ficou turva, mas depois eles foram recuperando o brilho aos poucos. Era como se ela estivesse indo para bem longe e, de repente, tivesse reconsiderado e retornado.

— Os pertences de Dick — disse sussurrando —, aqueles que disse à esposa dele que devolveria. Comentei sobre isso ainda há pouco, não foi?

— Sim, comentou.

— Arrumei tudo ontem à noite. Pus os textos, a máquina de escrever, os livros, as roupas e tudo o mais na mala dele. Não era muita coisa. Era uma pessoa que não tinha muitos pertences. Coube tudo numa mala média. Se não for incômodo, poderia levá-la até a casa dele?

— Levo, sim. Onde fica a casa dele?

— Templo Gôtoku — respondeu. — Não sei o endereço certo. Poderia verificar? Acho que estava escrito em algum lugar na mala.

A mala estava num quarto no final do corredor do andar de cima. Na etiqueta, estavam o nome de Dick North e o endereço do templo Gôtoku em letras bastante cuidadosas. Yuki conduziu-me até esse quarto. Era pequeno e comprido como um sótão, mas não causava má impressão. Yuki contou-me que fora ocupado pela empregada que antigamente morava com elas. Dick North deixara aquele quarto bem-arrumado. Sobre a pequena escrivaninha, havia cinco lápis muito bem apontados ao lado de uma borracha, parecendo um quadro de natureza morta. No calendário pendurado na parede, anotações bastante minuciosas. Calada, Yuki ficou recostada na entrada, olhando para o interior do recinto. O ambiente estava silencioso. Nada se ouvia além do cantar dos pássaros. Lembrei-me do chalé de Makaha. Ali também era um lugar tranquilo. Só se ouviam os gorjeios dos pássaros.

Desci carregando a mala. Parecia estar cheia de textos e livros, pois era bem mais pesada do que aparentava. Esse peso fez-me imaginar o peso da morte de Dick North.

— Vou levá-la agora — disse a Ame. — Essas coisas devem ser feitas o quanto antes. Há algo mais que eu possa fazer?

Com ar de indecisão, Ame olhou para Yuki, que se mostrou indiferente.

— Para falar a verdade, não tenho muitos mantimentos — disse Ame em voz baixa. — Ele saíra para as compras e acabou acontecendo tudo aquilo. Por isso...

— Está bem, vou trazer algumas coisas — respondi.

Verifiquei o que havia na geladeira e anotei o que achei ser necessário. Depois, fui até o bairro, que ficava logo abaixo, e fiz as compras no supermercado diante do qual Dick North havia perdido a vida. Deveriam ser suficientes para uns quatro ou cinco dias. Com um filme de PVC, acondicionei com cuidado cada um dos alimentos que comprara e guardei tudo na geladeira.

Ame agradeceu. Disse que não era nada de mais. De fato, não era. Eu apenas terminara de fazer o que Dick North pretendia, mas não tivera tempo de fazer.

As duas despediram-se de mim por cima da cerca de pedras. Da mesma forma que acontecera em Makaha. Mas, desta vez, ninguém deu tchauzinho. Essa era a função de Dick North. As duas mulheres estavam lado a lado sobre a cerca de pedras e olhavam para mim praticamente imóveis. Era uma cena com um ar um tanto mítico. Coloquei aquela mala de plástico cinza no banco traseiro do Subaru e entrei. As duas continuaram ali até que eu terminasse de fazer a curva. O dia já findava e o mar começava a ficar alaranjado do lado oeste. Fiquei pensando como as duas iriam passar a noite naquele lugar.

Nisso, lembrei-me do esqueleto branco maneta que vira naquele quarto escuro e estranho na periferia de Honolulu. Achei que aquele era mesmo o esqueleto de Dick North. Provavelmente, a morte se concentrava naquele lugar. Seis esqueletos brancos — seis mortes. De quem seriam as outras cinco mortes? A do Rato poderia ser uma delas. Rato — meu amigo que morreu. A outra deveria ser de May. Restam três.

Restam três.

Por que razão Kiki teria me conduzido àquele lugar? Por que ela teria a necessidade de me mostrar seis mortes?

Desci até Odawara e entrei na via expressa Tomei. Saí dela na Sanken Chaya, rodei pelas ruas sinuosas de Setagaya com a ajuda de um mapa e, finalmente, cheguei à casa de Dick North. A casa em si era simples, sem qualquer característica especial. Era um sobrado pequeno, e tudo parecia extremamente menor, a começar pela porta, a janela, a caixa de correio e até mesmo a lâmpada do portão. Ao lado da porta, havia uma casinha de cachorro, e um vira-lata nada confiável, preso a uma corrente, andava de um lado para outro. A casa estava toda iluminada. Também se ouviam vozes. Na entrada estreita, cinco ou seis pares de sapatos de couro preto estavam enfileirados de maneira ordenada. Vi também embalagens de delivery de sushi. O corpo de Dick North estava sendo velado ali. Pelo menos ele tinha um lugar para voltar depois de morrer.

Tirei a mala do carro e fui até a porta. Toquei a campainha e um senhor de meia-idade apareceu. Disse-lhe que haviam me pedido para entregar aquela mala. Depois fiquei com cara de quem não sabia de mais nada. O homem olhou a etiqueta na mala e logo entendeu o que se passava.

— Muito obrigado pela gentileza — disse ele com muita polidez.

Voltei ao meu apartamento em Shibuya num clima de insatisfação.

Lembrei-me de que restavam três.

*

Enquanto bebia uísque sozinho no quarto, fiquei pensando no que significava a morte de Dick North. Mas eu sentia que sua morte inesperada não tinha nenhum significado especial. Nos espaços vazios de meu quebra-cabeça, essa peça não se encaixava de maneira alguma. Não adiantava virá-la de um lado nem de outro. Provavelmente, ela pertencia a outro jogo. Mas, mesmo que a morte dele em si nada significasse, senti que traria uma grande mudança. E para pior. Não sabia o motivo, mas eu sentia isso de modo intuitivo. Dick North era uma pessoa essencialmente comum. E, a seu modo, ligava alguma coisa a outra. Mas, agora, isso acabou. Algo irá mudar. Talvez a situação comece a ficar mais difícil do que até então.

Por exemplo?

Por exemplo: eu não conseguia me conformar com o olhar inexpressivo de Yuki quando estava com Ame e também com o olhar caído e sem vida de Ame quando estava com Yuki. Sentia um tipo de mau presságio nisso. Eu gostava de Yuki. Era inteligente. Teimosa de vez em quando, mas, no fundo, obediente. Também tinha certa simpatia por Ame. Quando conversávamos a sós, ela era de fato uma mulher atraente. Talentosa, desprotegida. Era muito mais criança do que Yuki em certos aspectos. Mas, quando as duas estavam juntas, essa combinação exauria minhas energias. Consegui entender um pouco o sentido das palavras de Hiraku Makimura ao dizer que por causa delas todo o seu talento tinha se esgotado.

É isso! Devia surgir alguma energia direta dessa combinação.

Até então, Dick North estava entre elas. Mas agora não mais. Em certo sentido, eu estava lidando diretamente com as duas.

São essas coisas, por exemplo.

Telefonei algumas vezes para Yumiyoshi e encontrei-me outras tantas com Gotanda. A atitude de Yumiyoshi continuava fria como sempre, mas, pelo seu jeito de falar, parecia ficar um pouco feliz quando eu lhe telefonava. Pelo menos não parecia que eu a estava incomodando. Ela ia, impreterivelmente, duas vezes por semana à escola de natação, e, vez por outra, passeava com um amigo nos dias de folga. Ela disse que no domingo anterior tinha ido passear de carro com ele em um lago chamado não sei o quê.

— Não tenho nada com ele. Somos apenas amigos. Fomos da mesma classe no colégio e ele trabalha em Sapporo. Só isso.

Disse a ela que não se importasse com isso. Realmente, isso tanto fazia. A única coisa que me incomodava era a escola de natação. Não era da minha conta se ela ia a algum lago com o amigo ou se escalava alguma montanha.

— De qualquer maneira, achei melhor contar — disse Yumiyoshi. — Pois não gosto de esconder nada.

— Não precisa ligar para isso — repeti. — Irei mais uma vez a Sapporo para nos encontrarmos e conversarmos. A questão é só essa. Você pode sair com quem quiser. Isso nada tem a ver com a nossa relação. Penso sempre em você. Como já disse, temos algo em comum.

— Por exemplo?

— Por exemplo: o hotel — respondi. — Ele é o seu lugar e também o meu. Para nós, é um lugar especial.

— É... — respondeu. Não era nem uma afirmação nem uma negação. Era um "É..." totalmente neutro.

— Conheci muitas pessoas depois que nos vimos pela última vez. Também passei por muitas coisas. Mas tenho pensado bastante em você. Sempre tenho vontade de encontrá-la. Mas não posso ir agora. Ainda tenho coisas a fazer.

Era uma explicação sem nenhuma lógica, mas tinha um significado emotivo. Bem ao meu estilo.

Houve um silêncio um tanto longo. Um silêncio que parecia fazer pender um pouco da neutralidade para o lado positivo. Mas, no final das contas, o silêncio não passa de silêncio. Talvez eu pense nas coisas de maneira positiva demais.

— Você está obtendo algum progresso nessas coisas que se propôs a fazer? — perguntou.

— Acho que sim. Creio que deva estar. Quero acreditar nisso — respondi.

— Seria bom se terminasse até a primavera do ano que vem... — disse ela.

— Realmente — respondi.

*

Gotanda parecia um pouco cansado. Apesar de estar com a agenda bastante cheia, ele dava um jeito de se encontrar às escondidas com sua ex-esposa entre um compromisso e outro. Mais ainda, de modo a não ser flagrado por ninguém.

— Não dá para continuar assim para sempre. Isso eu posso afirmar com segurança — afirmou Gotanda, suspirando profundamente. — Não sirvo para esse tipo de vida artificial. Sou uma pessoa mais caseira. Por isso, fico exausto todos os dias. Tenho a impressão de que meus nervos estão todos estirados.

Ele esticou os dois braços para os lados como se esticasse um elástico.

— Vocês deveriam tirar férias e ir para o Havaí.

— Se fosse possível... — disse ele, e depois sorriu já sem forças. — Como seria bom se pudesse fazer isso. Ficar alguns dias com ela deitado na praia sem pensar em nada. Bastariam cinco dias. Não preciso de tanto. Poderiam ser apenas três. Se dispusesse de três dias, daria para descansar bastante.

Naquela noite, fomos ao apartamento dele em Azabu e, bebendo sentados no sofá chique, assistimos a um vídeo de comerciais de TV nos quais ele aparecia. Comerciais de remédios para estômago e intestino. Era a primeira vez que via aquele comercial: elevadores de algum escritório. Quatro elevadores todos abertos, sem paredes, portas ou divisórias, subiam e desciam, todos juntos, em grande velocidade. De terno escuro, Gotanda estava num deles, segurando uma pasta de couro. Tinha o aspecto de um executivo de alta classe. Ele pulava de um para outro com grande facilidade. Se o seu superior estava em determinado elevador, ele ia para lá e combinava assuntos de trabalho, se uma garota bonita do escritório estava em outro, ele ia até lá marcar um encontro e, se ainda restava trabalho num terceiro, ele ia correndo até o local para concluí-lo. No segundo do outro lado, o telefone tocava. Não é nada fácil pular de um elevador para outro que se movimenta em alta velocidade. Gotanda, sem desmanchar seu sorriso tranquilo, o fazia com grande empenho.

Nisso, entrava o comentário: "Dias e dias exaustivos. O cansaço ataca o estômago. Um medicamento suave para você que é ocupado...".

Dei risada: — Que engraçado esse comercial!

— Também acho. É claro que é inútil. Basicamente, todos os comerciais são uma porcaria. Mas até que esse foi bem filmado. É triste dizer isso, mas tem uma qualidade bem superior se comparado a muitos filmes que estrelei. Custou caro também. Nos sets, nas filmagens especiais. O pessoal da propaganda gasta dinheiro sem dó até nas coisas mínimas. O roteiro também é interessante.

— Mostra a sua situação atual.

— Realmente — disse ele, rindo. — Você tem toda a razão. É parecida mesmo. Pula-se para lá encontrando uma pequena folga e muda-se rapidamente pulando para cá. Aquele que o faz empenha a vida. O cansaço ataca o estômago. Mas esse medicamento já não faz mais efeito. Experimentei porque ganhei uma dúzia dele.

— Nossa, mas você é ágil, hein? — disse olhando o playback do comercial que ajustara com o controle remoto. Há um humor do estilo de Buster Keaton. Talvez você sirva para fazer esse tipo de encenação.

Gotanda concordou com um sorriso nos lábios. — Tem razão. Eu gosto de comédia. Tenho interesse. Vejo possibilidades. Como poderia dizer, acho que seria interessante se conseguisse mostrar o lado engraçado de um ator de bom caráter como eu. Daquele tipo que tenta viver honestamente neste mundo confuso e complexo. Um papel que consiga retratar a comédia que é esse tipo de vida. Entende o que quero dizer?

— Entendo, sim — respondi.

— Não é preciso fazer nada de engraçado em especial. Basta agir normalmente. Isso por si só já é cômico? Tenho interesse por encenações desse tipo. Hoje, não existem atores assim no Japão. Quando se trata de comédia, a maioria das pessoas faz uma encenação exagerada. Quero fazer o oposto. Não encenar nada. — Tomou um gole de saquê e olhou para o teto. — Mas ninguém me propõe papéis desse tipo. Pois lhes falta imaginação. Os papéis que aparecem na agência são sempre de médico, professor, advogado e outros do tipo. Já enjoei. Quero recusar, mas não estou em condições de fazê-lo. O cansaço ataca o estômago.

Esse comercial fez sucesso e por isso outros foram gravados. O estilo era sempre o mesmo. Vestido de homem de negócios e com aquele ar de honestidade, Gotanda pulava para dentro de um trem, de um ônibus ou de um avião na hora exata, quando a situação estava por um triz. Ou então, com documentos debaixo do braço, passava de uma sala a outra, agarrado às paredes ou pendurado a uma corda. Todos eram muito bem-feitos. O melhor de tudo é que Gotanda conseguia manter a expressividade.

— No início, o diretor dizia para eu fazer cara de bastante cansado. Que eu atuasse como se estivesse morrendo de tanto cansaço. Mas eu me recusei. Dizia que era o contrário. Que o interessante era fazer aquilo com tranquilidade. Como eles são burros, é claro que não acreditavam no que eu dizia. Mas não cedi. Não estava naquele comercial por gostar. Fazia-o pelo dinheiro. Por outro lado, no entanto, achava que aquilo seria interessante. Então insisti até o fim. No final, fizemos duas versões e mostramos a todos. É claro que a versão que eu defendia teve maior aceitação. Mas quando o comercial fez sucesso, todo o mérito foi para o diretor e para a produção. Parece que ganharam um prêmio, sabe? Isso não importa. Não passo de um ator. Nada tenho a ver com a avaliação que alguém recebe. Não suporto, porém, que aqueles sujeitos fiquem se vangloriando como se fosse a coisa mais natural do mundo. Posso até apostar que hoje eles acreditam que a ideia do comercial foi inteirinha, do começo ao fim, concebida por eles mesmos. Esses caras são assim. Principalmente os sujeitos que não possuem imaginação são rápidos em tornar as coisas convenientes para si próprios. Assim, todos pensam que não passo de um panaca, um simples galã que gosta de contestar.

— Não estou querendo puxar a brasa para a sua sardinha, mas sinto que você tem algo de especial — eu disse. — Para ser franco, não sentia isso até me encontrar pessoalmente com você e conversar assim. Vi vários filmes seus e, sendo sincero, todos eram horríveis, apesar de apresentarem pequenas diferenças. Estrelando esses filmes, você parecia mesmo muito ruim.

Gotanda desligou o aparelho de vídeo, preparou outra bebida e pôs um disco de Bill Evans. Voltou ao sofá e tomou um gole. A sucessão de seus movimentos era bastante elegante, como sempre.

— É isso mesmo. Exatamente isso. Saindo naqueles filmes horríveis, é possível perceber o quanto vamos nos tornando horríveis. Sinto-me completamente desprezível. Mas, como disse há pouco, não estou em condições de escolher. Não consigo escolher absolutamente nada. Não me deixam escolher nem a estampa da gravata que uso. Os burros que se acham inteligentes e os medíocres que acham que têm bom gosto fazem o que bem entendem comigo. Vá para lá, venha para cá, faça isso, faça aquilo, suba nesse carro, durma com essa mulher. É uma vida horrível como um filme horrível. Continua, perdura sem fim. Até quando irá durar? Não tenho a menor ideia. Já estou com trinta e quatro anos e nada... Mais um mês e terei trinta e cinco...

— Você poderia criar coragem, jogar tudo para o alto e voltar à estaca zero. Tenho certeza de que você seria capaz de recomeçar. Deixar a agência, fazer o que gosta e pagar a dívida aos poucos.

— Tem razão. Pensei nisso várias vezes. Se fosse sozinho, não hesitaria em fazê-lo. Teria voltado à estaca zero e talvez estivesse encenando alguma peça que gosto com algum grupo teatral. Isso é suficiente para mim. Quanto ao dinheiro, dá-se um jeito. Mas, se eu voltar à estaca zero, minha ex-mulher com certeza irá me deixar. Ela é assim. Só consegue respirar num mundo como este. Não é questão de ser bom ou ruim. Sua natureza é assim. Ela vive num mundo de estrelas e exige isso também de seu parceiro. Eu a amo. Não consigo me afastar dela. Sou capaz de tudo, menos disso.

Não há saída, pensei.

— Estou cercado por todos os lados — disse Gotanda, sorrindo. — Vamos mudar de assunto. Ficaremos falando sobre isso até o amanhecer e não chegaremos a lugar algum.

Falamos sobre Kiki. Ele queria saber sobre minha relação com ela.

Gotanda disse que fora Kiki quem havia nos aproximado, mas que, pensando bem, tinha a impressão de que eu não havia dito quase nada sobre ela. Perguntou se era um assunto inconveniente e, caso fosse, não precisaria comentar.

Respondi que não se tratava de um assunto difícil. Que tínhamos nos encontrado por acaso e que passáramos a viver juntos. Ela entrara em minha vida como um ser etéreo que mergulhara silenciosa e naturalmente num espaço vazio.

— Foi algo bastante natural — disse. — Não consigo explicar direito. Parece que tudo veio surgindo naturalmente e ficou assim. Por isso, naquele momento, nada achei de estranho. Mas, pensando depois, várias coisas pareciam irreais e sem sentido. Quando transponho isso em palavras, parece realmente uma tolice. De fato. Por isso nunca havia falado sobre o assunto com ninguém.

Tomei a bebida e balancei o gelo no copo.

— Na época, Kiki era modelo de orelhas e comecei a me interessar por ela depois de ver uma foto de suas orelhas. Elas eram, vamos dizer assim, realmente magníficas. Na ocasião, eu produzia um anúncio utilizando uma imagem de orelha. Ia colocar texto na foto. Que propaganda era mesmo? Esqueci. Mas, seja como for, a fotografia de suas orelhas chegara até mim. Era uma imagem ampliada em tamanho grande da orelha de Kiki. Daquelas em que se vê até a penugem. Eu a pendurei na parede do escritório e ficava olhando para ela todos os dias. No início, era para ganhar alguma inspiração para o texto, mas com o passar do tempo aquilo se tornou parte da minha vida. Mesmo depois de concluir o trabalho da propaganda, continuei olhando para aquela foto. Eram realmente orelhas deslumbrantes. Queria mostrá-las a você, porque não adianta tentar explicar sem que você as veja... Eram perfeitas, como se sua própria existência estivesse revestida de sentido.

— Pensando bem, você disse algo a respeito das orelhas de Kiki — comentou Gotanda.

— Sim, é isso. Eu fiquei com vontade de conhecer a dona das orelhas. Senti que, se não viesse a conhecê-la, minha vida não avançaria nem mais um passo. Não sei por quê. Mas tive esse pressentimento. Então liguei para ela. Marcamos um encontro e nesse dia ela as mostrou pessoalmente para mim. *Mostrou suas orelhas de propriedade particular. Aquelas que não eram produto comercial.* Eram melhores que as da foto. *Inacreditavelmente melhores.* Ela "fecha" as orelhas quando vai expô-las comercialmente, ou seja, quando vai usá-las como modelo. Por isso, as orelhas particulares eram completamente diferentes. Será que dá para entender? O simples fato de ela mostrá-las faz com que o espaço ali existente se transforme. O *modo de ser do mundo se transfigura.* Isso tudo pode parecer uma grande tolice, mas não há outra forma de expressar.

Gotanda ficou pensando a respeito: — O que significa "fechar" as orelhas?

— Em poucas palavras, é separar a orelha da consciência.

— Sei... — respondeu.

— Retira-se a tomada. A da orelha.

— Sei...

— Parece tolice. Mas é verdade.

— É claro que acredito no que você diz. Só estou tentando compreender melhor. Não estou lhe fazendo de tolo.

Recostado no sofá, fiquei olhando o quadro na parede.

— A orelha dela tem um poder especial. Distingue as coisas e conduz as pessoas ao lugar onde elas devem ir — eu disse.

Gotanda ficou novamente pensativo. — E depois? — perguntou. — Naquele instante, Kiki levou você a algum lugar? A algum lugar que deveria ter ido?

Respondi que sim. Mas nada falei a respeito. A conversa ficaria muito longa e também não tinha vontade de falar. Gotanda também não perguntou mais nada.

— Novamente, ela está querendo me conduzir a algum lugar — disse. — Consigo sentir isso de maneira clara. Venho sentindo isso há alguns meses. Comecei a tatear esse fio pouco a pouco. Devagar. É um fio delicado e ameaçou se romper por diversas vezes. Mas consegui chegar até aqui. Nesse processo, conheci várias pessoas. Você também é uma delas. *Uma pessoa com um papel central*. Mas ainda não apreendi a intenção dela. No meio desse percurso, duas pessoas morreram. Uma delas é May e a outra é um poeta maneta. Há um indício, mas não consigo chegar a lugar algum.

Como o gelo do copo havia derretido, Gotanda trouxe um balde cheio e preparou duas doses *on the rocks*. O movimento de suas mãos era elegante. Quando colocou as pedras de gelo no copo vazio, um barulho muito agradável ecoou. Achei que parecia uma cena de filme.

— Eu também estou de mãos atadas — eu disse. — Igual a você.

— Não, você está enganado. Somos diferentes — replicou Gotanda. — Eu amo uma mulher e trata-se de um amor sem nenhuma saída. O seu caso é diferente. Pelo menos, você está sendo conduzido por algo. Talvez tudo esteja confuso no momento. Mas, comparado ao labirinto de sentimento para o qual sou tragado, o seu caso é muito melhor e há esperanças. Pelo menos existe a possibilidade de encontrar uma saída. Eu não tenho nenhuma. Acho que há uma diferença radical entre as duas situações.

Disse que ele poderia ter razão. — Seja como for, o que eu posso fazer é ficar agarrado ao fio de Kiki de alguma maneira. Não me resta outra coisa a fazer no momento. Ela está tentando me enviar algum sinal ou mensagem. Estou atento para ouvi-la.

— O que você acha? — indagou Gotanda. — Não existe a possibilidade de Kiki ter sido morta?

— Da mesma forma que May?

— É, pois seu desaparecimento foi muito súbito. Quando soube que May fora morta, lembrei-me de Kiki, se ela não teria tido o mesmo fim. Não disse nada porque me senti constrangido, mas existe essa possibilidade, não existe?

Fiquei calado. Eu a havia encontrado. No subúrbio de Honolulu. Naquele entardecer cinzento. Eu me encontrara de verdade com ela. Yuki também sabia disso.

— É apenas uma possibilidade. Não tem um sentido especial — afirmou Gotanda.

— É claro que essa possibilidade existe. Mesmo assim, ela está enviando uma mensagem para mim. Sinto isso com muita clareza. Ela é especial em todos os sentidos.

Gotanda cruzou os braços e ficou pensativo durante bastante tempo. Ele parecia ter se cansado e pegado no sono. Mas é claro que não estava dormindo. De vez em quando, os dedos se mexiam. Nada além deles se movia. A escuridão da noite começou a invadir o quarto e senti que ela envolvia todo o corpo esguio de Gotanda como um líquido amniótico.

Rodei o gelo dentro do copo e tomei um gole da bebida.

Nesse momento, senti a presença de uma terceira pessoa. Como se ali houvesse alguém mais, além de Gotanda e eu. Conseguia sentir claramente a temperatura de seu corpo, sua respiração e até mesmo seu odor corpóreo. Mas não parecia a presença de um ser humano. Aquilo parecia mais um distúrbio na atmosfera causado por um determinado tipo de animal. Pensei num *animal*. Sua presença fez gelar a minha espinha. Olhei ao redor do quarto. Obviamente não via nada. O que havia era só uma presença. Uma presença sólida que mergulhava no espaço. Mas não conseguia enxergar nada. No quarto só estávamos eu e Gotanda, ele de olhos fechados, absorto em seus pensamentos. Respirei fundo e agucei os ouvidos. *Que tipo de animal seria?*, pensei. Mas não obtive sucesso. Não consegui ouvir nada. O animal devia estar quieto num canto, prendendo a respiração. Depois, a presença desapareceu. O animal sumiu.

Senti um alívio e tomei outro gole da bebida.

Dois ou três minutos depois, Gotanda abriu os olhos. Olhando para mim, sorriu agradavelmente.

— Desculpe, hein? Ficou uma noite meio desagradável — disse ele.

— Talvez porque nós dois sejamos pessoas essencialmente desagradáveis — eu disse, rindo.

Gotanda também riu, mas nada disse.

Ficamos ouvindo música por cerca de uma hora para passar o efeito da bebida e depois fui embora de Subaru. *O que teria sido aquele animal?*, pensei ao mergulhar na cama.

35

No final de maio, por acaso — acho que foi realmente por acaso —, encontrei Intelectual. Um dos investigadores que fizeram o interrogatório sobre o assassinato de May. Tinha acabado de comprar uma solda na loja Tokyu Hands de Shibuya e, quando estava saindo, dei de cara com ele. Era um dia quente como um dia de verão, mas ele vestia uma jaqueta grossa sem se importar com o calor. Pode ser que os policiais possuam uma sensibilidade especial em relação à temperatura. Ele também carregava um pacote da Tokyu Hands. Eu pretendia passar reto como se não tivesse percebido, mas Intelectual imediatamente me chamou a atenção.

— Ei, que frieza é essa? — perguntou ele em tom de brincadeira. — Que negócio é esse de fingir que não me conhece e querer passar reto?

— Estou com pressa — falei de modo bem natural.

— Ah, é? — disse Intelectual com uma expressão de quem não acreditava em mim.

— Tenho que terminar um serviço e resolver algumas pendências — expliquei.

— Acho que você deve ser bastante ocupado e ter muitas coisas para fazer, mas poderia conversar comigo pelo menos uns dez minutos? Que tal? Vamos tomar um café? Eu sempre quis conversar com você sem ser profissionalmente. Prometo que será somente por dez minutos.

Entramos numa cafeteria lotada. Até hoje não sei por que aceitei aquele convite, pois bastava me desculpar alegando que eu não podia e simplesmente ir embora. Mas, em vez disso, fui tomar café com ele. Próximo de nós havia um casal de jovens e grupos de estudantes. O café era horrível e o ar também. Intelectual pegou um cigarro e começou a fumar.

— Gostaria de parar de fumar — comentou. — Mas, enquanto estiver trabalhando nisso, não conseguirei parar. De jeito nenhum... Não consigo ficar sem fumar porque é um serviço muito desgastante.

Fiquei quieto.

— Sabia que nesse tipo de serviço você é odiado por todos? Quando você trabalha muito tempo nessa profissão, você realmente é odiado. Seu olhar fica mal-encarado e sua pele, suja. Não sei por que razão a pele da gente fica assim, só sei que fica. Sem contar que você acaba aparentando ser muito mais velho do que é. O modo de falar também muda e não acontece nada de bom.

Ele colocou três colheres de açúcar no café e um pouco de creme, mexeu devagarzinho e tomou como se estivesse muito saboroso.

Vi o relógio.

— Ah, tem razão, já passou o tempo, né? — interveio Intelectual. — Será que posso lhe pedir mais cinco minutos? Não se preocupe! Não vou segurá-lo por muito tempo... É sobre aquela garota que foi assassinada, aquela que se chamava May.

— May? — refiz a pergunta. Não ia cair nessa emboscada tão facilmente.

Ele torceu os lábios de leve e sorriu. — Ah, é mesmo! Aquela garota se chamava May. Descobrimos o nome dela. Logicamente, não é o nome verdadeiro. É apenas um nome de guerra. Ela era de fato uma prostituta, como eu já havia intuído. Afinal, não sou nenhum amador. À primeira vista, parece uma pessoa comum, mas na verdade não é. Hoje em dia é difícil saber quem é quem. Antigamente era bem mais fácil. Logo se identificava uma prostituta. O modo de se vestir, a maquiagem, as expressões faciais logo denunciavam. Hoje em dia é bem mais difícil. Há garotas que não aparentam ser e o são. Fazem isso por causa do dinheiro ou por mera curiosidade. Não é uma coisa boa, afinal é um mundo perigoso, você não acha? A garota precisa ficar com um homem desconhecido num ambiente fechado. No mundo, existem muitos tipos de sujeitos... Os tarados ou anormais... É realmente perigoso, não é?

Tive que concordar com ele.

— As garotas jovens não entendem isso. Elas pensam que a sorte estará sempre do lado delas. Isso não tem jeito, elas pensam assim porque ainda são novas. Quando somos jovens, sempre achamos que tudo vai dar certo. Quando percebem que não é bem assim, já é tarde demais. Quando percebem... a meia de seda está enrolada no pescoço. Coitada!

— E vocês já sabem quem foi o assassino? — perguntei.

Intelectual fez que não e logo franziu a testa. — Infelizmente, ainda não. No entanto, descobrimos alguns fatos, mas não os divulgamos aos jornais porque ainda estamos investigando. Por exemplo, descobrimos que o nome dela era May e que era prostituta. O nome verdadeiro dela é... Bem, acho que isso não é relevante. Ela nasceu em Kumamoto e o pai dela é funcionário público. A cidade onde mora não é muito grande, mas seu pai já ocupou o cargo de vice-prefeito. É de uma família respeitada e não possui problemas financeiros. Eles mandavam remessas de dinheiro para ela. Uma ou duas vezes ao mês, sua mãe vinha a Tóquio para lhe comprar roupas e outras coisas de que necessitasse. Para os pais, ela disse que trabalhava com algo relacionado à moda. Ela tem uma irmã mais velha e um irmão mais novo. A irmã mais velha casou-se com um médico. O irmão mais novo estuda Direito na Universidade Kyushu. É uma família exemplar. Por que ela tinha que ser prostituta? Os familiares ficaram chocados. A fim de evitar constrangimentos, eu não disse para eles que May era uma prostituta, mas ficaram em estado de choque quando souberam que ela fora estrangulada por um homem num hotel. Não é para menos, não é mesmo? Até então, viviam sossegadamente.

Fiquei quieto e deixei-o falar à vontade.

— Descobrimos também que ela trabalhava para um clube de call girls. Foi difícil conseguir essa informação. O que acha que tivemos que fazer? Vigiamos o saguão dos hotéis de alta classe da cidade e levamos à força para a delegacia duas ou três garotas que estavam se prostituindo. Chegando lá, mostramos as mesmas fotos que mostramos a você e apertamos o cerco com inúmeras perguntas. Uma delas abriu a boca. Nem todas as pessoas são resistentes como você. Além do mais, o outro lado também está numa posição não muito confortável. Foi assim que descobrimos que ela fazia parte desse clube. Um sistema sofisticado de prostituição. Os sócios são pessoas da alta sociedade. Sinto muito, mas pessoas como eu ou você jamais faremos parte desse clube. Pense bem, você conseguiria pagar setenta mil ienes cada vez que fosse fazer "aquilo"? Eu não! Falo sério! Se for só para fazer aquilo, prefiro fazer com minha mulher mesmo e com esse dinheiro comprar uma bicicleta nova para o meu filho. Sei que é uma típica conversa de pobre — disse ele, rindo para mim. — Se por outro lado eu resolvesse pagar esse valor, eu seria totalmente ignorado, pois eles fariam um levantamento minucioso da minha procedência. Segurança em primeiro lugar. Eles não aceitam clientes perigosos ou arriscados. Com certeza, não aceitariam investigadores como eu. Não quero dizer que policiais não podem se tornar sócios, pois, se forem do alto escalão, creio que não haverá nenhum empecilho. Isso se forem de altíssimo escalão, pois esses, sim, poderão ajudá-los numa eventual emergência. Agora, de policiais do baixo escalão, como é o meu caso, eles não querem nem saber.

Ele terminou de tomar seu café, colocou um cigarro na boca e o acendeu com o isqueiro.

— Requisitamos um mandado de busca aos nossos superiores. Depois de três dias, chegou enfim até nós. Com o mandado em mãos, fomos até o local e encontramos tudo vazio. O local onde se supunha que funcionava o escritório do clube estava completamente deserto. Alguém divulgou a informação. De onde será que vazou? De onde?

— Não faço a menor ideia — respondi.

— É claro que foi de dentro da própria polícia. Alguém lá de cima tinha ligações com esse clube e por isso a informação vazou. Não tenho nenhuma prova, mas as pessoas que trabalham nas ruas, como eu, sabem muito bem disso. Sabemos de onde vazou esse tipo de informação. Eles foram informados de que alguém já tinha um mandado em mãos e que por isso deveriam sair de lá o quanto antes. É uma coisa vergonhosa, não acha? É indecente! O clube, por sua vez, também já deve estar acostumadíssimo com esse tipo de situação e, portanto, fazem uma mudança num piscar de olhos. Em uma hora eles desaparecem. Depois alugam novamente um escritório, compram novas linhas telefônicas e reiniciam o negócio. É fácil. Basta ter uma lista de clientes e uma boa seleção de garotas que você pode recomeçar esse negócio em qualquer lugar. Nós não temos como apurar os fatos e, com isso, somos passados para trás. A linha se rompeu. Se ao menos soubéssemos quem eram seus clientes, poderíamos dar um pequeno passo rumo ao esclarecimento, mas, do jeito que estão as coisas, não temos como agir.

— Eu não consigo entender... — disse.

— O que você não consegue entender?

— Se ela fazia parte de um clube sofisticado, que tem como sócios somente clientes pré-selecionados, por que alguém a mataria? Essa pessoa devia saber que se fizesse uma coisa dessas logo a descobririam...

— Correto! — concordou Intelectual. — É por isso que a pessoa que a matou não deve constar da lista de clientes. Pode ser que tenha sido um namorado ou um cliente que a contratava diretamente para não pagar a comissão do clube. Ainda não sabemos direito. Nós fizemos uma busca no apartamento dela, mas não encontramos nada que pudesse servir de pista. Estamos com as mãos atadas.

— Não fui eu quem a matou — eu disse.

— Isso eu sei. Não foi você — disse Intelectual. — Eu já lhe disse que nós sabemos que não foi você quem a matou. Não é do tipo que mata pessoas. Basta olhá-lo. Uma pessoa sem perfil de assassino, realmente, não é do tipo que mata pessoas. Mas você sabe de alguma coisa. Isso eu intuo, afinal somos profissionais, certo? E então, não quer falar? Se você falar, não vou ficar pressionando com inúmeros questionamentos. Prometo. É verdade.

— Não sei de nada — respondi.

— Não é possível! — disse Intelectual. — Não adianta mesmo. Para ser sincero, os do alto escalão também não estão muito empenhados para que esse assunto tenha prosseguimento. Afinal, para eles, ela é apenas mais uma prostituta que foi morta num hotel. Para eles, tanto faz resolver ou não esse assunto. Meus superiores acham até bom que esse tipo de prostituta seja assassinada. Muitos deles nunca chegaram a ver um cadáver. Eles nem imaginam como é um cadáver nu de uma garota bonita que foi estrangulada. Eles não sabem a compaixão que a gente sente quando vê uma cena dessas. Parece que, além da polícia, há políticos envolvidos nesse clube de prostituição. De vez em quando, um distintivo dourado brilha no meio das trevas. Os policiais ficam sensibilizados com esse brilho. Quando o percebem, logo escondem suas cabeças como se fossem tartarugas. Principalmente os que são do alto escalão. E é isso! Parece que a coisa vai ficar nisso mesmo... Acho que May perdeu a parada. Coitada!

A garçonete recolheu a xícara de café de Intelectual. Eu ainda só tinha tomado a metade.

— Sabe, quando vi aquela garota chamada May, tive um sentimento muito estranho de proximidade — continuou Intelectual. — Por que será? Eu mesmo não consigo entender. Só sei que quando a vi nua sobre a cama do hotel, vítima de estrangulamento, eu pensei comigo: vou pegar esse assassino custe o que custar. Em nossa profissão, a gente cansa de ver cadáveres. Estamos tão acostumados que já não sentimos nada ao vê-los. Há cadáveres decepados, queimados, enfim, de todos os jeitos. Mas aquele tinha algo especial. Era muito bonito. A luz da manhã invadia o quarto e ela estava lá deitada de lado, como se estivesse congelada. Os olhos entreabertos, a língua encolhida dentro da boca e uma meia de seda enrolada ao pescoço. A meia tinha sido enrolada como se fosse uma gravata. Estava com as pernas entreabertas e tinha urinado. Quando vi essa cena, senti que a garota pedia para eu achar o culpado, pois enquanto eu não resolvesse o caso, ela ficaria lá, naquele espaço banhado pela luz da manhã, quietinha, na mesma posição, toda congelada. Enfim, é isso. Ela ainda está lá, toda congelada, presa ao local. Enquanto o assassino não for encontrado, ela não poderá se libertar. Esse tipo de sensação é normal?

Disse que não entendia.

— Você esteve longe daqui durante um bom tempo, não é mesmo? Andou viajando? Voltou bem bronzeado, não?

Disse-lhe que tinha ido ao Havaí a negócios.

— Que bom! Que inveja! Gostaria de trocar o meu emprego por um elegante como o seu. Ficar sempre vendo cadáveres faz a gente se tornar negativo, não é mesmo? E por falar nisso... Você já viu um?

— Ainda não — respondi.

Ele olhou para o relógio e disse: — Muito obrigado pela companhia e desculpe-me por tê-lo feito desperdiçar o seu tempo. Mas nada acontece por acaso, não é mesmo? Certos acontecimentos são predestinados a acontecer. É melhor se acostumar. Eu também às vezes tenho vontade de falar sobre assuntos pessoais com alguém. E, por falar nisso, o que comprou no Tokyu Hands?

— Uma solda — disse.

— Eu comprei um utensílio de limpeza para canos. O cano da pia está prestes a entupir.

Ele pagou o café. Insisti em pagar o meu, mas ele não aceitou.

— O que é que tem isso? Fui eu quem o convidei e, além do mais, é apenas um cafezinho. Não esquente.

Quando saímos da cafeteria, lembrei-me de uma coisa e perguntei-lhe se era frequente as prostitutas serem assassinadas.

— Bem, é um tipo de ocorrência frequente — disse ele. O seu olhar ficou aguçado. — Não que ocorra todos os dias, mas também não é só de vez em quando. Você tem algum interesse por assassinatos de prostitutas?

Disse-lhe que não se tratava de interesse, mas de curiosidade.

Depois disso nos despedimos.

Assim que ele se foi, senti um mal-estar no estômago. Na manhã seguinte, essa sensação ainda não havia passado.

36

O mês de maio passou pelo lado de fora da janela como as nuvens que percorrem calmamente o céu.

Já fazia dois meses e meio que eu não trabalhava. Os telefonemas relacionados a trabalho reduziram-se de forma considerável se comparados a tempos atrás. Gradativamente, minha existência estava sendo esquecida pela sociedade. Era de se esperar que nenhum depósito bancário tivesse sido feito, mas mesmo assim ainda tinha um bom saldo no banco. Posso me considerar uma pessoa comedida, afinal preparo minhas próprias refeições e lavo minhas roupas. Não tenho nenhum desejo específico, nenhuma dívida e não sou aficionado por roupas e carros, o que me dá certa tranquilidade em relação a dinheiro. Peguei uma calculadora, fiz o levantamento do montante que eu gastava por mês. Dividi o saldo bancário por esse número e com isso concluí que podia me sustentar por, pelo menos, mais cinco meses. Nesse período, achei que alguma coisa se resolveria. Se até lá nada se resolvesse, aí, sim, eu pensaria em algo. Ainda podia contar com o cheque de trezentos mil ienes de Hiraku Makimura que mantinha intocado. Pelo menos, não iria morrer de fome.

Tomando o cuidado de não desordenar o meu cotidiano, aguardei pacientemente algo acontecer. Durante a semana, ia algumas vezes à piscina e nadava até cansar, fazia compras, preparava minhas refeições e de noite ficava ouvindo música ou lendo algum livro da biblioteca.

Na biblioteca, procurei os microfilmes dos jornais e verifiquei detalhadamente todos os casos de homicídios ocorridos nos últimos meses. Lógico que selecionei apenas aqueles que envolviam mulheres. Vendo o mundo por essa ótica, verifiquei que não eram poucas as mulheres assassinadas em nossa sociedade. Elas eram esfaqueadas, espancadas e também asfixiadas. No entanto, não encontrei nenhum caso envolvendo uma mulher que se assemelhasse a Kiki. Pelo menos não haviam encontrado seu corpo. Há inúmeras maneiras de se ocultar um corpo. Pode-se amarrar um peso na perna e jogá-lo ao mar ou levá-lo a um matagal e enterrá-lo, assim como eu fiz com meu gato Sardinha. Ninguém iria encontrá-lo.

Pensei na possibilidade de ela ter sido vítima de atropelamento como Dick North. Resolvi então conferir também os acidentes com vítimas fatais envolvendo mulheres. Havia muitos acidentes e muitas mulheres que perderam suas vidas. Elas morriam em acidentes de trânsito, carbonizadas ou asfixiadas por gás. Mesmo entre essas vítimas, não encontrei ninguém que pudesse ser Kiki.

Havia também a possibilidade de suicídio ou, quem sabe, de uma morte súbita provocada por ataque cardíaco. Nem tudo é publicado nos jornais. No mundo, há inúmeras maneiras de morrer e nem todas são divulgadas detalhadamente pelos jornais. Aliás, pode-se dizer que neles aparecem apenas as mortes bastante incomuns. A maior parte das pessoas morre sem chamar a atenção.

Tudo é possível.

Kiki podia ter sido assassinada, ter morrido num acidente, ter se suicidado ou mesmo ter tido um repentino ataque cardíaco.

Não havia como saber. Não existia sequer a confirmação de que estava viva e muito menos de que estava morta.

Quando tinha vontade, eu ligava para Yuki. Perguntava se ela estava bem, e ela respondia que "ia levando...". Ela estava sempre meio desanimada e dizia coisas vagas. Eu não me conformava com esse seu jeito de falar.

— Não está acontecendo nada — disse ela. — Nada de bom e nada de ruim... Está normal. Estou apenas levando a vida.

— E sua mãe?

— Ela... está totalmente aérea. Tem trabalhado muito pouco. Fica o dia inteiro sentada na cadeira pensando... Parece que perdeu de vez o ânimo.

— Posso ajudá-las em alguma coisa? Compras ou coisas assim?

— Não se preocupe. Tem uma senhora aqui que faz compras, além dos serviços de entrega. Nós duas estamos aqui totalmente aéreas. Sabe, parece que aqui o tempo não passa. Por aí o tempo está passando?

— Infelizmente, sim. O tempo passa muito rápido. Aumentando o passado e diminuindo o futuro, reduzindo as possibilidades e aumentando os arrependimentos.

Yuki calou-se por um tempo.

— Sua voz está desanimada, hein? — comentei.

— Ah, é?

— Ah, é? — comecei a imitá-la.

— O que é isso?

— O que é isso?

— Pare de me imitar.

— Não estou te imitando. É apenas o eco do seu coração. Para comprovar a falha de comunicação, Bjorn Borg está rebatendo com muita força. *Smash!*

— Como sempre... Você continua esquisito! — disse Yuki num tom de resignação. — Isso é coisa de criança, sabia?

— Acho que não. Não é igual. O que digo tem um fundamento emocional que é fruto de profundas reflexões e comprovações. É um eco metafórico. É uma espécie de jogo de mensagem. É qualitativamente diferente das brincadeiras infantis que procuram apenas fazer uma imitação.

— Hmm... Que bobagem.

— Hmm... Que bobagem — repeti.

— Pô! Pare com isso! — gritou Yuki.

— Vou parar — disse. — Vamos começar tudo de novo. Sua voz está desanimada, hein?

Ela respirou fundo e respondeu: — É. Acho que sim. Quando estou com minha mãe... parece que sou contagiada pelos seus sentimentos. Ela é muito forte nesse aspecto. Com certeza, ela tem grande poder de influência. Afinal, ela não está nem aí com quem está ao seu redor. Só pensa nela. Pessoas assim são muito fortes. Você me entende? É por isso que sou contagiada. Sem querer, fico igual a ela. Se ela está azul, eu também fico. Se ela está animada, eu também me contagio e fico animada.

Escutei o som do seu isqueiro acendendo o cigarro.

— Acho que seria bom você sair um pouco daí e passear comigo, hein...

— Você tem razão.

— Que tal eu passar aí amanhã?

— Tudo bem — disse Yuki. — Sinto-me um pouco melhor só de ter falado com você.

— Que bom! — disse.

— Que bom! — repetiu Yuki.

— Pare com isso...

— Pare com isso...

— Te vejo amanhã! — falei, desligando rapidamente o telefone antes que ela me imitasse.

Ame estava de fato aérea. Sentada no sofá com as pernas cruzadas e com o olhar vago e inexpressivo, via uma revista de fotografia que estava sobre o seu colo. Esse cenário lembrava os quadros impressionistas. As janelas estavam abertas e a ausência de vento proporcionava uma total imobilidade das cortinas e das páginas da revista. Quando entrei, ela ergueu um pouco a cabeça e um tanto desanimada sorriu para mim. Foi um sorriso tão sutil que mal fazia vibrar o ar. Depois, levantou uns cinco centímetros os seus longos dedos, apontando-me a poltrona que estava à sua frente. A empregada trouxe-nos café.

— Já deixei as coisas de Dick North na casa dele — disse-lhe.

— Você falou com a esposa? — perguntou Ame.

— Não. Não a encontrei. Apenas entreguei as coisas para uma pessoa que veio me atender no portão.

Ame compreendeu. — De qualquer modo, obrigada.

— Não foi nada.

Ela fechou os olhos e juntou as mãos na frente do rosto. Depois os abriu e deu uma espiada ao redor. Estávamos somente ela e eu. Peguei a xícara de café e tomei.

Ame não estava de camisa e calça de algodão como sempre. Vestia uma elegante blusa de renda branca e uma saia verde-clara. Os cabelos estavam presos e ela usava batom. Era uma mulher muito bonita. Aquela vitalidade abundante havia se apagado, mas, em compensação, uma delicada e perigosa atratividade a envolvia como um vapor d'água. Dava a impressão de que esse vapor iria desaparecer ao se movimentar, mas era apenas uma impressão, pois aquilo estaria sempre com ela. Sua beleza é totalmente diferente da de Yuki. Pode-se dizer que são dois tipos opostos. A beleza de Ame fora lapidada pela idade e pela experiência. Era uma prova de autoafirmação, ou seja, ela era ela mesma. Ela sabia conservar essa beleza e tinha consciência de como usá-la a seu favor. Em contrapartida, Yuki desperdiçava toda, ou quase toda, a sua por simplesmente desconhecê-la. Às vezes, penso que uma das coisas mais gratificantes na vida é observar uma mulher bela e atraente de meia-idade.

— Por que será? — questionou Ame. Ela falava como se estivesse observando algo desenhado no ar.

Fiquei em silêncio aguardando o que ela iria dizer.

— Por que será que eu fiquei tão deprimida?

— Deve ser porque uma pessoa morreu. É natural. A morte de alguém é um acontecimento muito sério — eu disse.

— É mesmo. — disse ela sem muita energia.

— Mas... — intervim.

Ame olhou para mim e concordou. — Você não é bobo. Entende o que estou querendo dizer, não é mesmo?

— Que não era para ser assim...?

— Exatamente.

Ele não era um grande homem. Tinha pouco talento, mas em compensação era sincero. Cumpriu brilhantemente as suas obrigações. Largou todas as coisas importantes que conquistou durante muito tempo por sua causa e morreu. Somente após sua morte é que você está percebendo as qualidades dele, era o que eu queria dizer a Ame, mas não o fiz. Certas coisas não devem ser pronunciadas.

— Por que será? — ela se perguntava, observando algo desenhado no ar. — Por que será que todos os homens que ficam comigo se prejudicam? Por que todos acabam sucumbindo ao lado ruim? Por que eu acabo perdendo tudo? Afinal, o que há de errado?

Na verdade, isso não era uma pergunta. Fiquei observando a renda da gola de sua blusa. Tinha um desenho que lembrava os intrínsecos contornos do intestino de um animal que pertence a uma espécie evoluída. A fumaça do Salem no cinzeiro subia lentamente como um sinal de alerta. Subia e se desfazia no teto, integrando-se ao silêncio da poeira.

Yuki ficou pronta e falou que podíamos ir. Eu me levantei e disse a Ame que já estávamos saindo.

Ame não estava escutando. Yuki gritou: — Ei, mamãe, nós estamos indo, tudo bem?

Ela levantou a cabeça e acenou. Depois pegou um outro cigarro e acendeu.

— Vamos passear! Não vou jantar em casa... — disse Yuki.

Saímos de lá deixando Ame sentada e totalmente imóvel. Tive a impressão de que Dick North ainda se fazia presente na casa. Sua presença também estava dentro de mim. Eu me lembrava bem de seu sorriso. Aquele sorriso de quem de fato achara engraçado eu perguntar se ele usava o pé para cortar o pão.

Era um homem de fato interessante, pensei. Apenas após sua morte sua existência se fazia mais presente.

37

Eu e Yuki tivemos alguns encontros desse tipo. Três, para ser exato. Morar com a mãe nas montanhas de Hakone não era exatamente um motivo de entusiasmo para ela. Não era questão de ser bom ou ruim, Yuki parecia não sentir obrigação de cuidar da mãe pelo fato de Ame estar sozinha e deprimida com a morte do namorado. Sua presença era apenas física, como se o vento a tivesse levado para lá. Ela era indiferente a tudo que se passava naquele lugar.

Durante os nossos passeios, Yuki conseguia recuperar um pouco de seu ânimo. Conseguia reagir às minhas brincadeiras e sua voz voltava a ter aquele tom um tanto ríspido. No entanto, era só retornar a Hakone que novamente se transformava numa figura enfadonha. Sua voz perdia o vigor e seu olhar ficava inexpressivo. Era como se um planeta deixasse de fazer sua rotação para economizar energia.

— Ei! Que tal você voltar a morar sozinha em Tóquio? — perguntei. — É para se distrair um pouco... Não precisa ser por um período longo. Bastam uns três ou quatro dias, afinal não seria nada mal você mudar um pouco de ambiente, não acha? E mais, estando em Hakone, parece que você perde sua energia. Parece uma outra pessoa, totalmente diferente daquela que conheci no Havaí.

— Isso não tem jeito... — disse Yuki. — Entendo muito bem o que quer dizer, mas este é um período que preciso passar, não importa onde eu esteja.

— Isso tem a ver com a morte de Dick North e sua mãe estar daquele jeito?

— É... Também... Mas acho que não é só isso. É algo que independe de eu estar ou não com minha mãe. Está fora do meu controle. Como posso dizer? É algo que tem que ser assim...

O destino caminha veloz rumo a alguma coisa ruim. Neste momento, aonde quer que eu vá, ou o que quer que eu faça, não adiantará nada. O corpo e a mente estão totalmente isolados.

Sentamos na areia e ficamos olhando o mar. O céu estava nublado. O vento quente e úmido balançava as folhas do mato que surgia por entre a areia da praia.

— Destino — disse.

— Destino — repetiu Yuki, dando um leve sorriso. — É verdade! As coisas estão se encaminhando para algo ruim. Acho que eu e minha mãe temos a mesma frequência. É como eu lhe disse no outro dia. Quando ela está bem, eu também me sinto revigorada, mas quando está deprimida, eu também vou me desgastando. Em certas ocasiões, para falar a verdade, não sei direito quem influencia quem. A única coisa que sei é que estamos ligadas por alguma coisa. Tanto faz estarmos juntas ou separadas.

— Ligadas?

— É. Espiritualmente — respondeu Yuki. — Há momentos em que fico com raiva disso e me revolto; em outros, fico tão desanimada que procuro não me importar. Desisto. Mas às vezes... Como posso dizer? Digamos que eu perca o controle de mim mesma. Às vezes sinto que alguma força externa e gigantesca me manipula. Quando tal coisa acontece, perco a noção do "eu" e do "não eu". É por isso que fico resignada. Fico com vontade de jogar tudo para o ar. Sinto muita revolta! Tenho vontade de gritar bem alto e dizer que sou apenas uma criança e depois quero ficar toda encolhida num canto do quarto.

Ao entardecer, levei-a de volta a Hakone e logo em seguida voltei para Tóquio. Ame convidou-me para jantar com elas, mas sempre que me convidava eu dava um jeito de recusar. Sei que não é muito gentil da minha parte pensar assim, mas é que eu realmente não suportaria compartilhar a mesma mesa com ela. Imagine só ter que jantar com uma mãe com o olhar perdido e uma filha indiferente, e ainda sentir a presença de alguém que já morreu. Um ar denso. Algo que influencia e algo que é influenciado. Silêncio. Uma noite em que não se ouve absolutamente nada. Só de pensar nessa cena, meu estômago ficava tenso. Era mil vezes preferível participar daquele chá do Chapeleiro Maluco de *Alice no País das Maravilhas*. A cena pode até ser ilógica, mas pelo menos tem movimento.

Voltei para Tóquio ouvindo antigas bandas de rock. Preparei meu jantar tomando cerveja e, sozinho, jantei alegre e tranquilamente.

*

Não havia nada de especial que eu e Yuki quiséssemos fazer quando estávamos juntos. Passeávamos ouvindo música, deitávamos na praia, ficávamos olhando as nuvens, tomávamos sorvete no Fujiya Hotel e íamos remar no lago Ashinoko. Conversávamos sobre diversos assuntos durante a tarde e observávamos, dia após dia, o transcorrer ininterrupto do tempo. Cheguei a pensar que estávamos levando uma vida de aposentados.

Um dia Yuki sugeriu que fôssemos ao cinema. Fui até Odawara e comprei um jornal. Procurei algum filme interessante, mas não encontrei nenhum. A única novidade é que estava novamente em cartaz o filme *Amor não correspondido*, protagonizado por Gotanda. Quando disse a Yuki que Gotanda tinha estudado comigo e que de vez em quando eu ainda saía com ele, ela se mostrou interessada em assistir ao filme.

— Você já assistiu?

— Já — respondi. Logicamente, omiti o número de vezes para não entrar no mérito de ter que explicar por quê.

— Você gostou? — perguntou Yuki.

— Não — respondi sem vacilar. — É uma porcaria! Apenas um desperdício de filme... Com o perdão da palavra.

— O que seu amigo diz a respeito?

— Ele também diz que é uma porcaria, um desperdício de filme — disse, dando risada. — Bem, se o protagonista fala isso sobre o próprio filme, acho que não devo estar exagerando nem equivocado.

— Assim mesmo gostaria de assisti-lo.

— Tudo bem! Então vamos...

— Não se importa em assistir de novo?

— Sem problemas. Afinal, não temos nenhuma alternativa melhor, temos? Depois, não é um filme que vai nos fazer algum mal, certo? — disse a ela. — Não vai nos fazer mal...

Telefonei para o cinema e verifiquei o horário da primeira sessão de *Amor não correspondido.* Até chegar a hora, ficamos passeando num zoológico localizado dentro de um castelo. Acho que um como esse só existe em Odawara. É uma cidade diferente. Ficamos um bom tempo observando os macacos; eles dificilmente nos entediam. Provavelmente porque eles nos fazem lembrar uma espécie de sociedade. Há os que agem na surdina, os que são intrometidos e os audaciosos. Havia um macaco gordo e feio, no alto de uma montanha, olhando à sua volta, mas, apesar dessa atitude arrogante, seus olhos refletiam desconfiança e medo. Ele de fato era repugnante. O que será que ele fez para ficar assim tão gordo, feio e com aspecto tão medonho? Fiquei curioso em saber, mas... era uma pena não poder perguntar isso diretamente a ele.

A sessão era logo após o almoço, bem no meio da semana, e por isso o cinema estava vazio. A poltrona era dura e o cinema tinha um cheiro que fazia eu me sentir dentro de um armário embutido. Um pouco antes de o filme começar, fui comprar uma barra de chocolate para Yuki. Também pensei em comprar algo para mim, mas infelizmente não havia nada que despertasse o meu apetite. A vendedora não era do tipo insistente, que empurra qualquer coisa para você comprar. Acabei pegando um pedacinho do chocolate de Yuki. Fazia pelo menos um ano que eu não comia chocolate. Quando disse isso a Yuki, ela falou:

— É mesmo??? Você não gosta de chocolate?

— Não consigo me interessar. Não é questão de gostar ou não. Apenas não tenho interesse.

— Que estranho! — disse ela. — Uma pessoa que não consegue se interessar por chocolate é no mínimo mentalmente anormal.

— Não acho nada estranho! Isso é muito comum. Você gosta do Dalai Lama?

— O que é isso?

— É o monge mais importante do Tibete.

— Nunca ouvi falar.

— Então... Você gosta do Canal do Panamá?

— Não gosto, mas também não deixo de gostar.

— Ou será que você gosta da linha divisória de datas? E do π? E da lei antimonopolista? Você gosta ou não do período jurássico? Do hino do Senegal? Do dia 8 de novembro de 1987?

— Mas que saco, pô! Você é um idiota mesmo! Como é que você consegue se lembrar de tantas coisas, hein? — perguntou Yuki num tom bastante irritado. — Já entendi muito bem! Você não gosta e também não detesta chocolate, apenas não tem interesse. É isso, não é? Então... Já entendi! Está bem assim?

— Se você entendeu... Está tudo bem — respondi.

Finalmente, começou o filme. Como eu já sabia todo o enredo, não fiquei prestando muita atenção. Fiquei pensando em outras coisas... Yuki parecia não estar gostando muito do que via. Isso era bem claro, porque, várias vezes, ela respirava fundo e assoava o nariz.

— Que ridículo! — disse ela em tom de sussurro, como alguém que não estivesse mais aguentando guardar para si essa observação. — Quem será o idiota que consegue fazer um filme tão ruim quanto esse?

— É uma pergunta pertinente — admiti. — Quem será?

Na tela, o bonitão Gotanda estava dando aula. Não passava de uma encenação, mas o modo como ele lecionava era fantástico! A aula era sobre o aparelho respiratório de uma espécie de molusco, mas ele explicava a matéria de modo simples, com paciência e toques de humor. Fiquei observando sua aula com admiração. A protagonista do filme, com as mãos sobre a carteira e segurando o queixo, também observava fixamente o professor que estava de pé sobre o tablado. Assisti várias vezes a esse filme, mas foi a primeira vez que reparei atentamente nessa cena.

— É ele o seu amigo?

— É — respondi.

— Parece um idiota... — disse Yuki.

— Tem razão — concordei. — Fora das telas, ele é bem melhor. Na vida real, ele não é tão ruim assim. É inteligente e divertido. O filme é que não ajuda.

— É só não trabalhar em filmes ruins.

— Tem razão, mas é que existem inúmeros e complexos motivos para que ele se sujeite a isso. Se eu for lhe contar, a conversa se estenderá muito e por isso vamos deixar de lado...

O filme foi se desenrolando com mediocridade dentro de um enredo por demais óbvio. Tanto as falas dos atores como a qualidade do som eram medíocres. Dava vontade de pegar o filme e colocá-lo dentro de uma cápsula do tempo, etiquetá-lo como "medíocre" e depois enterrá-lo.

Chegou a cena em que Kiki aparecia. Dentro do enredo, é o ponto mais importante do filme. Gotanda está dormindo com Kiki. É uma manhã de domingo.

Respirei fundo e concentrei-me na cena. Era domingo e a luz da manhã penetrava pela janela. A luz que incide será sempre a mesma. As mesmas cores, o mesmo ângulo, a mesma luz. Eu conheço cada detalhe desse quarto. Posso até sentir o ar do recinto. Aparece Gotanda. Suas mãos acariciam as costas de Kiki. Suas mãos tocam as costas dela de forma graciosa, como se estivessem tocando um objeto delicadamente entalhado. O corpo de Kiki reage com sensibilidade a esses toques. Estremece como o tênue movimento do ar que de maneira sutil faz cintilar a chama de uma vela. Quando ela estremece, fico todo arrepiado. Os dedos de Gotanda e as costas de Kiki preenchem a tela. Em seguida, a câmera se desloca e mostra o rosto dela. A protagonista da história aparece. Sobe as escadas, bate na porta e abre. Não consigo entender por que a porta está destrancada, mas... Deixa pra lá, afinal isso é apenas um filme. Ainda por cima, um filme medíocre. Ela entra no apartamento e vê Gotanda e Kiki abraçados na cama. Fecha os olhos, prende momentaneamente a respiração e sai correndo, deixando cair a caixa com bolachas, ou algo assim, que segurava na mão. Gotanda senta-se na cama e, estarrecido, fica sem ação. O que há de errado?, diz Kiki.

É igual. É sempre, sempre igual.

Fechei os olhos e tentei imaginar uma vez mais a luz dessa manhã de domingo, os dedos de Gotanda e as costas de Kiki. Senti como se essa cena tivesse uma existência isolada, como se fosse um mundo à parte. Esse mundo pairava num tempo-espaço imaginário.

Quando voltei à realidade, Yuki estava com a testa encostada na poltrona da frente, escondendo o rosto. Os braços retesados cobriam o peito como se ela sentisse muito frio. Estava tão quieta e imóvel que parecia nem sequer respirar. Tive a impressão de que ela se congelara e morrera.

— Você está bem? — perguntei.

— Não estou muito bem... — respondeu Yuki com a voz bastante angustiada.

— Vamos lá para fora. E aí... Você consegue andar?

Yuki fez que sim. Peguei em seu braço frio e tenso e saímos da sala. Enquanto andávamos pelo corredor escuro em direção à saída, atrás de nós Gotanda dava aula de biologia. Quando saímos do cinema, uma garoa bem fininha caía em silêncio. Os ventos vinham do mar e por isso senti o cheiro de maresia. Yuki apoiou-se em mim e fomos andando lentamente em direção ao carro. Ela prendia os lábios, fechando com firmeza a boca. Eu também não disse nada. A distância entre o cinema e o estacionamento não passava de duzentos metros, mas parecia longa demais. Cheguei até a cogitar se, por acaso, não estaríamos andando rumo à eternidade.

38

Acomodei Yuki no banco do carro e abri a janela. A garoa continuava a cair em silêncio. Era tão fina que mal podíamos enxergá-la, mas aos poucos ia tingindo o asfalto num tom grafite. Senti o cheiro de chuva. Algumas pessoas estavam com os guarda-chuvas abertos e outras pareciam não se importar com as gotas que caíam. Era uma chuva fina assim. Não havia vento. Ela caía vertical e silenciosamente. Coloquei minha mão para fora da janela com a palma virada para cima e fiquei um tempo desse modo. Só tive uma sensação de umidade na mão.

Yuki colocou o braço na janela e apoiou o queixo e a cabeça sobre ele, ficando com a metade do rosto para fora do carro. Ela permaneceu nessa posição por um longo tempo sem se mover. O único movimento que se percebia era o das costas por causa da respiração. Era um movimento muito sutil, em que o ar inspirado e expirado era realmente mínimo. Mas não deixava de ser respiração. Ao observar suas costas, tive a impressão de que qualquer pressão que se fizesse nela quebraria seu cotovelo e seu pescoço. Por que será que eu a vejo tão frágil e indefesa? Será que é porque me tornei um adulto? Será que é porque eu aprendi a sobreviver neste mundo, mesmo que de modo imperfeito, e sei que ela ainda não aprendeu isso?

— Posso ajudá-la? — perguntei-lhe.

— Não há nada a fazer — disse ela bem baixinho e, em posição de bruços, engoliu a saliva fazendo um barulho estranho. — Me leva para algum lugar tranquilo que não tenha muita gente... Algum lugar que não seja muito longe.

— Pode ser na praia?

— Qualquer lugar. Mas não corra muito, tá? Se o carro balançar muito, vou vomitar...

Segurei-a pela cabeça como se estivesse pegando um ovo frágil, coloquei-a dentro do carro, apoiando-a no encosto, e fechei o vidro até a metade. Fui em direção a Kozu, dirigindo cuidadosa e lentamente, sem infringir as leis de trânsito. Estacionei o carro e, quando chegamos à praia, ela disse que queria vomitar. Dito isso, vomitou na areia junto a seus pés. Ela não tinha quase nada no estômago. Vomitou apenas um líquido amarronzado do chocolate e, depois disso, só saiu líquido biliar e um pouco de ar. É o tipo mais sofrido de vômito. O corpo tem o espasmo, mas não sai nada. Você tem a impressão de que seu corpo está sendo comprimido, e o seu estômago fica do tamanho de uma mão fechada. Eu alisei levemente suas costas. A garoa continuava a cair, mas Yuki parecia nem perceber. Com a ponta do dedo, apertei de leve mais ou menos na parte de trás do estômago. Seus músculos pareciam petrificados de tão tensos que estavam. Ela tinha os olhos fechados, com os joelhos e as mãos apoiados na areia. Vestia um suéter de algodão combinando com uma calça jeans e calçava tênis vermelho de cano alto. Juntei seus cabelos e coloquei-os para trás para que não se sujassem, e fiquei alisando suas costas.

— Estou sofrendo... — disse Yuki. Seus olhos estavam cheios de lágrimas.

— Eu sei — disse. — Sei muito bem...

— Que estranho! — exclamou ela, fazendo careta.

— Eu já vomitei como você. É muito doloroso. Por isso eu sei o quanto você está sofrendo. Mas já vai passar. Aguente firme mais um pouco que já vai passar.

Ela acenou que sim e novamente teve espasmos.

Os espasmos cessaram após dez minutos. Limpei com um lenço os cantos de sua boca e empurrei com o pé um pouco de areia em cima do vômito. Segurei seu cotovelo e fiz com que apoiasse o peso de seu corpo no meu braço, levando-a até uma parte do dique onde pudesse recostar o corpo.

Eu e Yuki ficamos ali sentados um bom tempo, ouvindo os carros que passavam pela estrada Nishi-Shonan e observando a chuva que caía no mar. Estava um pouco mais densa do que antes. Dois ou três homens pescavam na praia, mas nossa presença não lhes chamava a atenção. Eles nem se davam ao trabalho de olhar para trás. Vestidos com capas de chuva de cor cinza, fincaram na orla da praia um mastro como se fosse uma bandeira e observavam atentamente o alto-mar. Não havia mais ninguém além deles. Yuki encostou a cabeça no meu ombro. Ela estava quieta. Se alguém nos visse assim, provavelmente pensaria que éramos um típico casal de namorados.

Yuki fechou os olhos e respirava de modo tão discreto que parecia estar dormindo. Um fio de cabelo úmido caiu em seu rosto e suas narinas ficavam um pouco maiores quando inspirava o ar. Ainda era possível perceber os resquícios de seu bronzeado, mas sob o céu acinzentado essa cor parecia lhe dar um aspecto não muito saudável. Limpei com o lenço o seu rosto úmido pela garoa e as marcas das lágrimas. Sobre o mar, a chuva continuava a cair silenciosamente. Alguns aviões das Forças de Defesa, com formato de libélula, sobrevoaram nossas cabeças fazendo um barulho ensurdecedor e depois se foram.

Por fim, Yuki abriu os olhos e, ainda com a cabeça apoiada no meu ombro, fitou-me com o olhar estagnado. Tirou um Virginia Slims do bolso e tentou acendê-lo com um fósforo. Estava difícil riscar o fósforo porque ela estava literalmente sem forças, mas fingi não notar, assim como também não lhe disse que achava melhor não fumar. Por fim, após várias tentativas, acendeu o cigarro e, apagando o fósforo, lançou-o ao chão. Deu duas tragadas, inclinou a cabeça e jogou o cigarro fora. Ele continuou aceso sobre o asfalto por algum tempo, mas a chuva o apagou.

— O seu estômago ainda dói? — perguntei.

— Um pouco — respondeu.

— Então vamos ficar mais um pouco. Está com frio?

— Não. Tudo bem. A garoa está me fazendo bem.

Os pescadores continuavam a olhar o Pacífico. Pensei comigo: o que há de bom em pescar? Não é só pegar o peixe? Como uma pessoa consegue ficar o dia inteiro embaixo da garoa, em pé, na orla, olhando o mar, somente para pegar peixe? É... existe gosto para tudo. Se bem que ficar embaixo da garoa sentado num banco com uma menina neurótica de treze anos também não deixa de ser um tipo de gosto duvidoso.

— Sabe aquele seu amigo? — disse Yuki, bem baixinho, como se estivesse com medo.

— Meu amigo?

— É. Aquele que estava no filme.

— O nome dele é Gotanda — disse. — Igual ao nome da estação de metrô da linha Yamanote. Depois de Meguro e antes de Osaki.

— Foi ele quem matou aquela garota.

Estreitei os olhos e virei para Yuki. Ela estava muito cansada. A respiração estava irregular e os ombros, desalinhados. Era como se acabasse de ser salva de um afogamento. Não estava entendendo o que ela queria dizer com aquilo. — Matou? Quem?

— Aquela garota. Aquela que estava dormindo com ele na manhã de domingo.

Fiquei sem entender nada. Minha mente estava totalmente confusa. Uma energia ruim foi injetada no transcorrer dos acontecimentos, desviando seu fluxo natural. Porém, não sabia ao certo de onde nem como essa força surgira. Sorri um tanto inconscientemente. — Naquele filme ninguém morre. Acho que você se enganou.

— Não estou falando do filme. Estou falando do mundo real. Foi ele quem a matou. Eu sei disso — afirmou Yuki, segurando meu braço com força. — Fiquei com medo! Parecia que alguém tinha colocado alguma coisa pesada no meu estômago. Senti-me tão sufocada e com tanto medo que eu não conseguia respirar. Então... *É aquilo de novo. Eu sei disso. Claramente.* Foi seu amigo quem matou aquela garota. Não estou mentindo. É verdade...

Por fim compreendi o que ela estava tentando me dizer. Por um momento, minha espinha gelou. Não tive coragem de perguntar nada. Fiquei imóvel, embaixo da garoa e com uma sensação de temor olhando para Yuki. Afinal, o que devo fazer?, pensei. Todas as coisas parecem distorcidas. Tudo parece escapar das minhas mãos.

— Sinto muito. Acho que não devia falar sobre isso — disse Yuki arrependida. Depois, soltou a mão que segurava o meu braço. — Para ser franca, eu mesma não sei direito. Eu sinto que isso é verdade, mas não tenho nenhuma certeza se é *realmente* verdade. Se eu falar essas coisas, você também vai ficar com raiva e me odiar como as outras pessoas o fazem. Mas é que também não podia deixar de lhe contar. Verdade ou não, consigo visualizar isso de modo claro. Não podia guardar uma coisa dessas dentro de mim. Tenho muito medo. Não consigo carregar isso sozinha. Por isso, por favor... não fique zangado comigo, ok? Se me censuram muito, fico deprimida.

— Ah, deixa disso. Eu não a estou censurando, você pode ficar tranquila e contar o que se passou... — eu disse, segurando as mãos dela. — Você consegue ver isso?

— Consigo. Vejo claramente. É a primeira vez que vejo a coisa tão claramente. Foi ele quem a matou. Ele a estrangulou e depois carregou o corpo naquele carro. Levou-a para bem longe. Aquele carro em que uma vez nós andamos juntos. Aquele carro italiano. É dele, não é?

— É, sim — confirmei. — O que mais você sabe? Acalme-se e pense. Procure se lembrar de qualquer detalhe. Conte-me qualquer coisa que souber.

Ela levantou a cabeça do meu ombro e balançou-a para a esquerda e para a direita, duas ou três vezes, e depois inspirou o ar profundamente pelo nariz. — Sei pouca coisa. Cheiro de terra. Pá. Noite. Canto dos pássaros. Só isso. Ele estrangulou aquela garota, colocou-a no carro e depois enterrou o corpo em algum lugar. É tudo. Mas o estranho é que não sinto que tenha sido por maldade, não sinto que tenha sido um crime. Parece mais um tipo de ritual. É tudo muito silencioso. Tanto a pessoa que matou como a que foi morta são extremamente silenciosas. É um silêncio estranho que eu não saberia explicar. É como se eu estivesse do outro lado do mundo.

Fiquei de olhos fechados por um longo tempo, tentando colocar ordem nos meus pensamentos, mas foi em vão. Tentei fincar os pés no chão, mas isso também não deu certo. Senti como se, de repente, todos os fatos e acontecimentos do mundo, registrados em minha mente, estivessem embaralhados e fragmentados e sendo espalhados ao vento. Eu apenas aceitei o que Yuki falara. Isso não significava que eu tivesse acreditado, mas também não deixava de acreditar. Eu apenas tinha deixado suas palavras infiltrarem-se naturalmente em minha mente. Afinal, não passava de uma possibilidade. No entanto, sua força era dominante e fatal.

Acabou por jogar pelos ares uma espécie de sistematização, um tanto ou quanto inconsistente, que vinha elaborando durante os últimos meses. Apesar de vaga e provisória, sem nenhuma prova concreta, era uma determinação existencial que equilibrava o meu ser. Neste momento, entretanto, tal existência e equilíbrio desapareceram por completo, sem deixar nenhum vestígio sequer.

É possível, pensei. E senti que esse algo havia terminado... Bem sutilmente esse algo acabara de forma definitiva. O que *algo* quer dizer? Não queria pensar nisso, imaginei fazê-lo somente depois. De qualquer modo, sentia-me solitário. Estava na praia, num dia chuvoso, sentado ao lado de uma menina de treze anos, com a sensação de estar completamente sozinho.

Yuki delicadamente segurou minha mão.

Ficou assim por um longo tempo. Eu sentia o calor de sua mão pequenina, mas não sei por que essa sensação não me parecia real. Era como se o seu toque me trouxesse uma espécie de recordação do passado. Uma lembrança. Aconchegante. Mas isso não me salvaria.

— Vamos embora — disse. — Vou levá-la para casa.

Voltamos para Hakone. Ficamos em silêncio durante todo o trajeto. O silêncio começou a me incomodar e por isso peguei a primeira fita que encontrei e a coloquei no toca-fitas. Não lembro mais que música tocou. Eu estava concentrado na direção. A todo momento, certificava-me de que mãos e pés estavam perfeitamente sincronizados e que as marchas e a direção estavam sob controle. O som monótono do limpador de para-brisa ecoava dentro do carro.

Despedi-me de Yuki na calçada a fim de evitar o encontro com Ame.

— Viu... Não vai levar tão a sério tudo o que eu falei, certo? É apenas uma visão. Como eu já disse, não sei até que ponto isso pode ser verdade — disse Yuki, em pé, olhando para mim pelo lado de fora da janela do passageiro. Estava com os braços cruzados como se estivesse sentindo frio. — Promete que não vai ficar com raiva de mim? Se isso acontecer, não saberei o que fazer...

— Não ficarei — disse, sorrindo. — Também não vou levar em conta tudo o que você me contou, está bem? Mas, cedo ou tarde, saberemos a verdade. É como a névoa que se dissipa e vai dando lugar à claridade do local. Sei que é assim. Se o que disse é verdadeiro, é porque a verdade se manifestou através de você. Não é culpa sua. Sei muito bem que não é. Agora só me resta verificar os fatos. Preciso fazer isso para que as coisas se esclareçam.

— Você vai se encontrar com ele?

— Claro que sim. Vou perguntar diretamente a ele. Não há alternativa.

Yuki encolheu os ombros. — Você não está com raiva de mim?

— Claro que não — assegurei. — Por que ficaria com raiva de você? Você não fez nada errado.

— Você era uma pessoa muito boa — disse ela. Por que será que ela estava *falando como se eu fosse alguma coisa do passado?*, pensei. — É a primeira vez que conheço uma pessoa como você.

— Para mim também é a primeira vez que conheço uma garota como você.

— Adeus — despediu-se Yuki, olhando para mim. Ela estava ligeiramente hesitante. Parecia querer dizer algo, segurar minha mão ou dar um beijo no meu rosto, mas é claro que ela não fez nada disso.

Dentro do carro pairava a sua hesitação. Voltei para Tóquio ouvindo uma música sem sentido, apenas prestando atenção na direção do carro. Quando saí da estrada que liga Tóquio a Nagoya, a chuva parou. Ao chegar ao estacionamento em Shibuya, notei que ainda não tinha desligado o limpador de para-brisa. Percebi que a chuva tinha parado, mas não que o limpador permanecia ligado. Minha mente estava confusa. Precisava fazer alguma coisa. Fiquei um bom tempo segurando o volante dentro do carro estacionado, totalmente envolto em meus pensamentos. Demorei muito tempo para conseguir soltar as mãos dele.

39

Leva-se tempo para organizar os sentimentos.

A questão era acreditar ou não no que Yuki dissera. Procurei analisar sua revelação puramente pelo âmbito das probabilidades, eliminando por completo a esfera emocional. Isso não foi uma tarefa tão difícil, pois minhas emoções pareciam estar levemente sedadas desde o princípio, sob o efeito de um ferrão de abelha. *Era uma possibilidade*. Com o passar do tempo, essa possibilidade tomou forma dentro de mim, multiplicou-se e ganhou consistência. Eu não conseguia me opor a essa força. Fui até a cozinha, fervi água, moí e coei lentamente um café. Peguei uma xícara da prateleira, servi o café e fui tomá-lo sentado na cama. Quando estava acabando de bebê-lo, a possibilidade havia se transformado praticamente em certeza. Pensei que *devia ter sido isso mesmo*. Yuki tivera uma visão correta. Gotanda matou Kiki e levou o corpo a algum lugar para enterrá-lo ou algo assim.

Achei estranho. Não havia nenhuma comprovação. Uma menina sensitiva de treze anos assistiu ao filme e simplesmente percebeu isso. No entanto, não sei por que motivo, eu não conseguia duvidar daquilo que Yuki dissera. É claro que fiquei chocado, mas aceitei quase que por instinto a visão que ela tivera. Por quê? Por que tinha tanta certeza? Não sei.

Apesar da incerteza, resolvi desenvolver o assunto a partir desse ponto.

Desenvolver o assunto... Próxima questão. Por que Gotanda teve que matar Kiki?

Não sei. Próxima questão. Será que também foi ele quem matou May? Se foi, por quê? Por que Gotanda teve que matar May?

Também não sei. Por mais que tentasse, não conseguia encontrar uma razão para Gotanda matar Kiki ou para ele ter matado as duas. Nenhuma razão.

Havia muitas coisas que eu desconhecia.

No final das contas, como já havia comentado com Yuki, só me restava perguntar diretamente a Gotanda. Mas de que modo poderia puxar o assunto? Procurei imaginar uma situação em que eu perguntasse a ele: foi você quem matou Kiki? No entanto, isso parecia um absurdo, uma grosseria muito grande. Uma sujeira! Sentia náuseas só de me imaginar pronunciando tais palavras. É evidente que havia algo de errado nisso. No entanto, eu precisava fazê-lo para poder seguir em frente. Não podia mais deixar as coisas fluírem sem a evidência dos fatos. Eu não estava em posição de escolher. Era preciso fazê-lo mesmo que fosse uma grosseria ou um equívoco da minha parte. Era preciso fazer o necessário. Pensei várias vezes em telefonar para Gotanda, mas me faltou coragem. Sentei-me na cama, respirei fundo, pus o aparelho no colo e comecei a discar os números pausadamente. Mas não conseguia discar até o fim. Desisti e pus o fone no gancho. Caí para trás, deitando-me na cama, e fiquei olhando o teto. Gotanda representava para mim muito mais do que eu imaginava. Eu e ele éramos amigos. Mesmo que ele tivesse matado Kiki, ainda assim seríamos amigos. Eu não queria perdê-lo. Eu já havia perdido muita coisa. Não adiantava. Não conseguia telefonar.

Acionei a secretária eletrônica e resolvi não atender a nenhuma ligação, por mais que houvesse insistência. Fiz isso porque não saberia como agir caso Gotanda telefonasse. O telefone tocou algumas vezes naquele dia. Não sei de quem eram as ligações. Poderiam ser de Yuki ou de Yumiyoshi. Mesmo assim, não atendi às chamadas. Não importava quem fosse, eu não tinha vontade de falar com ninguém. Todas as vezes que o telefone tocava, lembrava-me da minha namorada que trabalhava na companhia telefônica. Ela me dizia: Ei, você! Volte para a Lua! Achei que ela tinha razão. Talvez fosse melhor eu voltar para a Lua. O ar daqui é denso demais para mim. A gravidade, grande demais.

Fiquei quatro ou cinco dias remoendo esses pensamentos. Por quê? Nesse período, comi e dormi muito pouco e não ingeri uma gota de álcool. Resolvi também não sair porque achei que minha coordenação motora não estava boa. Tinha a impressão de que diversas coisas estavam se perdendo. *Continuam se perdendo.* Sempre acabo sozinho. Dessa maneira. *Sempre dessa maneira.* Em certo sentido, tanto eu quanto Gotanda pertencemos à mesma espécie. Somos seres humanos que continuam perdendo as coisas e agora estávamos para perder um ao outro.

Pensei em Kiki. Lembrei-me de seu rosto. Ela disse: O que foi que aconteceu? Ela estava morta, deitada numa vala e coberta por terra. Do mesmo jeito que Sardinha. Tive a impressão de que Kiki, afinal, tinha morrido porque chegara sua hora. Era uma sensação estranha, mas era só o que eu conseguia sentir. O que eu sentia chamava-se resignação. Era uma resignação silenciosa como uma chuva que cai na vasta superfície do mar. Nem melancolia eu conseguia sentir. Se deslizasse o dedo rapidamente pela superfície da alma, sentiria uma estranha aspereza. Tudo desaparecia de forma silenciosa... Como as marcas na areia que o vento leva... É impossível detê-lo.

Mas agora surgira mais um cadáver. Rato, May, Dick North e Kiki. São quatro. Faltam dois. Quem mais irá morrer? Seja como for, todos irão morrer um dia, pensei. Cedo ou tarde. Todos virarão esqueletos brancos e serão levados para aquele aposento. Várias salas estranhas estavam ligadas ao meu mundo. Aquela sala que reunia os cadáveres no centro de Honolulu. Aquele quarto escuro e frio do homem-carneiro no hotel em Sapporo. Aquele quarto na manhã de domingo, onde Gotanda abraçava Kiki. Até onde tudo isso é real?, pensei. Será que não estou com problemas mentais? *Será que eu sou normal*? Sentia como se todas as coisas acontecessem numa sala irreal e fossem trazidas para dentro da realidade depois de estarem completamente deformadas. Afinal, qual é a realidade original? Quanto mais pensava, mais sentia que a verdade se afastava de mim. Teria sido realidade aquela Sapporo com neve de março? Parecia irreal. Eu tinha mesmo me sentado com Dick North na praia de Makaha? Isso também me pareceu irreal. Senti que aconteceram coisas parecidas, mas que não se tratava da realidade em sua forma original. Afinal, como é que um maneta conseguiria cortar pão tão bem daquele jeito? Por que a garota de programa de Honolulu deixaria o número do telefone do aposento da morte para o qual Kiki havia me conduzido? Entretanto, tudo isso *devia ter sido real*. Pois essa era a realidade que a minha memória guardava. Se eu não a reconhecesse como tal, significaria que a própria consciência que tenho do mundo estaria abalada.

Estaria minha cabeça apresentando distúrbios? Estaria eu doente?

Ou, ao contrário, seria a realidade que apresentava distúrbios e estaria doente?

Não sei. Há coisas demais que não entendo.

Seja como for, independentemente de quem esteja com distúrbios ou de quem esteja doente, eu preciso organizar essa situação confusa que foi abandonada sem desfecho. Preciso pôr um ponto final nisso, mesmo que haja melancolia, raiva, resignação... Isso não importa! Essa é minha função. Isso é o que os mais variados fatos me mostraram. Foi para isso que deparei com diversos tipos de pessoas e fui levado àquele lugar estranho.

Bom, pensei. É preciso resgatar mais um passo da dança. Preciso dançar muito bem, a ponto de surpreender a todos. O passo... Ele é a única realidade. Isso já está predeterminado. Não requer reflexão. Os passos estão mil por cento memorizados. Dance! Dance extremamente bem. Telefone para Gotanda e pergunte: Então foi você quem matou Kiki? Não adiantou. Minhas mãos estavam imobilizadas. Só de me sentar diante do telefone, comecei a tremer e a ficar confuso. Meu corpo titubeou e ficou até difícil respirar. Era como se eu tivesse sofrido um golpe de ar. Eu gostava de Gotanda. Ele era o meu único amigo e também era eu mesmo. Era parte de minha existência. Eu conseguia entendê-lo. Errei várias vezes o número. Por mais que tentasse, não conseguia discar a sequência correta. Na quinta ou sexta vez, joguei o fone no chão. — Não adianta, não consigo! Não consigo dar os passos corretos.

O silêncio do quarto me deixava inquieto. Não queria nem ouvir o som do telefone. Saí e fui andar pela cidade. Como um paciente de fisioterapia, fui me certificando de cada movimento de pernas e de cada procedimento para atravessar a rua. Andei por entre a multidão, sentei-me na praça e fiquei olhando as pessoas. A solidão era insuportável. Queria me agarrar a alguma coisa, mas, mesmo procurando ao meu redor, nada encontrei a que pudesse me agarrar. Eu estava em meio a um labirinto inapreensível e escorregadio como gelo. As trevas eram brancas e os sons ecoavam vagos. Queria chorar, mas nem mesmo chorar eu podia. Gotanda era eu mesmo. Estava prestes a perder uma parte de mim mesmo.

No final das contas, fui incapaz de ligar para ele.

Antes que eu conseguisse lhe telefonar, Gotanda apareceu em meu apartamento.

Era novamente uma noite chuvosa. Ele estava com a mesma capa branca de quando fomos juntos a Yokohama. Usava óculos e o seu chapéu de chuva era de cor igual à da capa. Chovia bem forte. Não trouxera guarda-chuva. O chapéu estava ensopado e gotas de chuva pingavam dele... Quando me viu, deu um sorriso. Instintivamente, também sorri.

— Você está com uma cara horrível — comentou. — Andei telefonando, mas ninguém atendia, e por isso resolvi aparecer. Você não estava passando bem?

— Não, não estava muito bem — disse pausadamente, escolhendo as palavras.

Ele ficou analisando meu rosto por algum tempo. — Então, quer que eu volte outra hora? Pelo jeito, é melhor. Seja como for, acho que não foi bom ter vindo assim pessoalmente. Vamos nos encontrar de novo quando você melhorar.

Respirei fundo, procurando as palavras certas. Elas não me vinham, mas Gotanda ficou esperando com paciência. — Não tenho nada físico — disse. — Não dormi e nem comi direito, por isso pareço cansado. Já estou bem e preciso falar com você. Vamos sair. Quero fazer uma refeição decente.

Fomos à cidade no carro dele. A Maserati me deixava tenso. Por algum tempo, Gotanda andou sem rumo pelas ruas repletas de néons coloridos e manchados pela chuva. A troca de marcha chegava a ser imperceptível de tão macia e precisa. A aceleração era delicada e os freios eram silenciosos. A poluição sonora da cidade tragava o barulho do carro como se fosse um vale profundo.

— Onde seria melhor? Que tal um lugar onde pudéssemos comer algo decente e conversar tranquilamente sem o receio de encontrar os empresários de Rolex — disse ele, olhando de relance para mim. No entanto, eu não respondi e continuei com o olhar perdido na paisagem. Depois de rodar cerca de meia hora, ele desistiu.

— Não sei o que acontece, mas não consigo me lembrar de nenhum lugar propício — disse Gotanda, suspirando. — E você, conhece algum lugar?

— Não. Também, não. Não consigo me lembrar de nenhum — respondi. Não conseguia mesmo me lembrar. Minha mente ainda não estava devidamente conectada à realidade.

— Certo. Então, o que acha de pensarmos ao contrário? — indagou Gotanda com entusiasmo.

— O contrário?

— Vamos a algum lugar bem barulhento. Acho que assim poderemos conversar com calma, a sós.

— Não é má ideia, mas, onde, por exemplo?

— No Shakey's — disse Gotanda. — Que tal comermos uma pizza?

— Pode ser. Eu gosto de pizza. Mas você não será reconhecido por lá?

Gotanda sorriu meio sem graça. Era um sorriso que se parecia com os últimos raios de sol que passam por entre as folhas das árvores num entardecer de verão. — Você já viu alguém famoso no Shakey's?

Era um final de semana e o lugar estava cheio e barulhento. Havia uma apresentação de bandas e um grupo uniformizado fazia um *cover* de *dixieland* tocando "The Tiger Rag". Um grupo de estudantes já meio alcoolizados cantava bem alto, como que disputando com a banda. Estava meio escuro e ninguém notou nossa presença. O aroma agradável das pizzas assando no forno tomava conta do ambiente. Pedimos chopes e uma pizza e fomos nos sentar numa mesa que ficava mais ao fundo, com uma luminária Tiffany suspensa bastante chamativa.

— Viu? Não é exatamente como eu havia dito? É descontraído e ficamos mais à vontade — disse Gotanda.

— É mesmo — concordei. De fato, parecia um bom lugar para se conversar.

Tomamos alguns chopes e depois comemos uma pizza quentinha. Havia muito tempo que eu não tinha um apetite assim. Não sou de comer pizza, mas, depois da primeira bocada, achei que não existia nada mais saboroso no mundo. Eu devia estar mesmo com muita fome. Gotanda também parecia faminto e nós bebemos e comemos à vontade, bem descontraídos. Depois da refeição, tomamos mais uma rodada de chopes.

— Delicioso — disse ele. — Há uns três dias que estava com vontade de comer pizza. Cheguei até a sonhar com elas. Pizzas assando no forno, fazendo aquele barulhinho característico. No sonho, eu ficava apenas olhando para elas. Era um sonho sem começo e sem fim. Se fosse Jung, como teria interpretado?

Eu interpretaria como "vontade de comer pizza". Bem, qual era o assunto que você tinha para falar comigo?

Pensei que seria o momento propício. No entanto, não conseguia começar. Gotanda parecia aproveitar a noite de modo bastante descontraído. Ao ver o seu sorriso inocente, as palavras não me saíam com facilidade. Achei que não seria capaz de falar. Não conseguia começar. Não agora. — Como você está? — perguntei, enquanto pensava: *Eu não devia ficar adiando eternamente o assunto*, mas não conseguia, não dava para começar, era impossível. — No trabalho, com a sua esposa...

— No serviço, tudo igual — respondeu Gotanda, dando um sorriso com o canto dos lábios. — Tudo igual. Nada que me deixe entusiasmado. Trabalhos desinteressantes aparecem aos montes, como uma avalanche. É inútil gritar para alguém diante de uma avalanche. Só dá dor de garganta. Quanto à minha esposa... que engraçado, já nos separamos, mas continuo chamando-a de minha esposa..., só me encontrei com ela mais uma vez depois daquilo. Escuta, você costuma ir a motéis ou coisa parecida?

— Não muito. Quase nunca.

Gotanda fez ar de surpreso. — É muito estranho. Quando vamos com muita frequência, enjoamos. O quarto é muito escuro. As janelas são fechadas. Afinal, é um quarto *para se transar*. Não precisa de janelas. Não precisa de iluminação. Em poucas palavras, basta que tenha banheira e cama. Quando muito, aparelho de som, TV e frigobar. Só isso basta. É só para aquele instante. Só o necessário. Obviamente, é um bom lugar para se transar. Tenho transado com minha mulher nesses lugares. Parece que foram feitos exatamente para se *ficar transando*. É maravilhoso fazer sexo com ela. Relaxo e é prazeroso. Consigo sentir ternura. Depois, fico o tempo todo com vontade de abraçá-la carinhosamente. Mas, sabe, a luz não penetra nesses lugares. São isolados. Tudo é artificial. Não consigo gostar deles. Mas só posso me encontrar com minha esposa nesses lugares.

Gotanda bebeu um gole de chope e enxugou o canto dos lábios com o guardanapo.

— Não posso levá-la ao meu apartamento. Se o fizer, as revistas logo saberão. É verdade. Esses caras farejam esse tipo de coisa. Não sei como, mas descobrem rápido... Também não podemos viajar sozinhos para algum lugar. Não temos tempo. Para começar, logo seríamos reconhecidos seja onde for. Seria como vender nossa privacidade. No final, só resta mesmo ir a um motel barato. Coisas da vida... — Nesse ponto, Gotanda interrompeu o assunto e olhou para mim. Depois sorriu. — Estou me lamentando de novo...

— Não me importo mesmo. Lamúrias, ou seja lá o que for, pode falar à vontade. Ficarei ouvindo o tempo que for necessário. No momento, sinto-me mais confortável ao ouvi-lo falar do que se eu tivesse que fazê-lo.

— Mas isso não é de hoje. Você sempre ouve minhas lamentações. Eu nunca ouvi as suas. São poucas as pessoas que ouvem. Todos gostam de falar, mesmo sem ter nada de interessante a dizer. Também sou um deles.

A banda de *dixieland* tocava "Hello, Dolly!". Ficamos ouvindo essa música por algum tempo.

— Não quer pedir mais pizza? — perguntou Gotanda. — Se a repartirmos meio a meio, acho que dá para comer mais uma, que tal? Não sei por quê, mas hoje estou com muita fome...

— Tudo bem. Eu também continuo com fome.

Ele foi ao balcão e pediu uma pizza de anchovas. Quando ficou pronta, repartimos ao meio e comemos calados. O grupo de estudantes continuava conversando animadamente. Por fim, a banda encerrou sua apresentação. O banjo, o trompete e o trombone foram, cada qual, para o seu estojo. Os músicos desapareceram do palco. Agora só restava um piano.

Mesmo depois de terminar a pizza, continuamos olhando calados para o palco vazio. Sem a música, a voz das pessoas parecia ter adquirido uma estranha rigidez. Uma rigidez abstrata. Sua existência era, em si, maleável, mas as condições do momento eram rígidas. Parecia muito sólida até nos aproximarmos dela. Ao se chocar com nosso corpo, porém, desfazia-se de maneira delicada. Ela batia em minha consciência como se fosse uma onda. Aproximava-se devagar, tocava-a e depois se afastava. Isso se repetiu muitas e muitas vezes. Por algum tempo, fiquei atento ao barulho dessa onda. Minha consciência afastara-se de mim e estava extremamente longe. Uma onda longínqua batia em minha consciência distante.

— Por que você matou Kiki? — perguntei a Gotanda. Não tive a intenção de fazê-lo. Essas palavras saíram sem querer da minha boca.

Ele olhou para mim como se o seu olhar se dirigisse para algo muito distante. Sua boca ficou levemente entreaberta, mostrando seus dentes brancos e bonitos. Ele ficou com os olhos fixos em mim durante um longo tempo. O ruído em minha mente aumentava e diminuía. Era como se o contato com a realidade se aproximasse e se distanciasse. Lembro-me de que os seus dez dedos, perfeitamente alinhados, estavam cruzados sobre a mesa. Quando o contato com a realidade se distanciava, eles pareciam uma escultura cheia de detalhes.

Depois ele sorriu. Foi um sorriso bem sereno.

— Eu matei Kiki? — disse ele bem devagar, fragmentando as palavras.

— É brincadeira — eu disse sorrindo —, falei apenas por falar. Não sei por quê, mas fiquei com vontade de dizer isso.

Gotanda inclinou os olhos na direção da mesa e ficou olhando os próprios dedos. — Isso não é nenhuma brincadeira, de modo algum. É algo muito importante. Algo que merece bastante reflexão. Eu matei Kiki? É preciso pensar com seriedade.

Olhei para ele. Os lábios mostravam um sorriso, mas os olhos estavam sérios. Ele não estava brincando.

— Por que você a mataria? — perguntei.

— Por que eu mataria Kiki? Qual seria o motivo? Eu também não sei. Por que será que a matei?

— Eu não estou entendendo direito... — eu disse rindo. — Você matou ou não matou Kiki?

— Então... É exatamente sobre isso que estou refletindo... Se eu matei ou não.

Gotanda tomou um gole de chope, colocou o copo na mesa e apoiou o rosto nas mãos. — Não consigo ter certeza. Essa forma de expressão parece ridícula, não parece? Mas é sério. Não consigo ter certeza. Tenho a impressão de que estrangulei Kiki. Estrangulei-a em meu quarto. Tenho essa impressão. Por que será? Por que eu estava sozinho com Kiki em meu quarto? Eu nem queria estar sozinho com ela. Mas não adianta. Não consigo me lembrar. De qualquer modo, eu estava sozinho com ela em meu quarto. Levei o cadáver dela para o meu carro e a enterrei em algum lugar. Em algum lugar no mato. Mas não consigo ter certeza se isso é verdade. Não consigo achar que tenha sido algo real. Só estou dizendo que tenho essa impressão. Não posso provar. Venho pensando nisso há muito tempo. Mas não adianta. Não sei. Coisas importantes estão sendo tragadas pelo vazio. Penso se não haveria alguma prova concreta. Uma pá, por exemplo. Devo ter usado uma pá para enterrá-la. Se eu a encontrasse, saberia que foi real. Mas isso também não adianta. Tento tatear minha memória dispersa. Comprei uma pá em alguma loja de jardinagem. Depois a usei para cavar um buraco e enterrá-la. Joguei a pá em algum lugar. *Tenho essa impressão*. Mas não consigo me lembrar dos detalhes. Onde comprei a pá e onde a joguei? Não há provas. Em primeiro lugar, onde será que a enterrei? Só lembro que foi no mato. Isso tudo é fragmentado como um sonho. Quando penso que o assunto foi em outra direção, ele já voltou. Está tudo confuso. Não consigo seguir uma sequência. Eu me lembro. Mas será que é uma lembrança verdadeira? Ou seria uma adaptação conveniente que fiz de acordo com a situação? Acho que não estou normal. Depois que me divorciei, essa tendência parece ter piorado. Estou cansado. Desesperado. Estou desesperadamente desesperado.

Continuei calado. Houve um intervalo de silêncio. Gotanda continuou:

— Até onde vai a realidade? A partir de onde começa a imaginação? Até onde vai a verdade? A partir de onde é encenação? Eu queria ter alguma certeza sobre essas coisas. Tive a impressão de que conseguiria entender isso enquanto conversava assim com você. Desde a primeira vez que me perguntou por Kiki, eu fiquei pensando nisso. Se você não conseguiria solucionar essa minha confusão. Como se abrisse as janelas e entrasse um ar gelado e refrescante, sabe? — Gotanda novamente cruzou os dedos e ficou olhando para eles. — Se eu tivesse matado Kiki, por que o teria feito? Que motivos teria eu para matá-la? Eu gostava dela. Gostava de dormir com ela. Nos momentos de desespero, Kiki e May eram minha única válvula de escape. No entanto, que razão tive para matá-las?

— Você matou May também?

Por um bom tempo, Gotanda ficou olhando para suas mãos, que estavam sobre a mesa. Depois, fez que não com a cabeça. — Não. Acho que não matei May. Felizmente, eu tenho um álibi na noite de sua morte. Tive gravação desde o entardecer até tarde da noite na emissora de TV, e depois fui de carro a Mito com o meu agente. Por isso, não tem erro. Se não fosse por isso, se alguém não me garantisse que estive na emissora durante a noite toda, acho que estaria me martirizando seriamente com a dúvida de ter matado May. Mesmo assim sinto-me responsável de alguma maneira pela morte dela. Por que será? Mesmo tendo um álibi confiável, sinto como se eu a tivesse matado com minhas próprias mãos. Sinto que ela morreu por minha causa.

Novo intervalo de tempo se fez. Foi um longo silêncio. Gotanda ficou o tempo todo olhando para seus dez dedos.

— É que você está cansado... — eu disse. — É por isso. Você não deve ter matado ninguém. Kiki apenas desapareceu. Quando estava comigo, ela também desapareceu sem mais nem menos. Não é a primeira vez. O que acontece é que você está com vontade de culpar a si mesmo. Por isso, leva tudo para esse lado.

— Não é isso, não. Não se trata apenas disso. Não é algo tão simples. Eu devo mesmo ter matado Kiki. May, provavelmente não. Mas tenho a impressão de que matei Kiki. Ainda resta em minhas mãos a sensação de tê-la estrangulado. Também me lembro da sensação de fincar a pá na terra. Eu a matei. *De fato.*

— Mas que motivo você teria para matá-la? Não faz sentido!

— Não sei — respondeu —, deve ser um tipo de instinto de autodestruição. Sou assim há muito tempo. É uma espécie de estresse. Isso costuma acontecer quando a lacuna entre mim e a pessoa que eu enceno atinge um determinado clímax. Sou capaz de enxergar esse vão com muita clareza. Ele fica aberto como as fendas formadas na terra por um terremoto. É um buraco fundo e escuro. É tão fundo que chega a dar vertigem. Quando fico nessa situação, acabo destruindo algo inconscientemente. Quando percebo, já destruí alguma coisa. Isso acontece desde quando eu era criança. Sempre quebrava alguma coisa. Quebrava lápis. Jogava copos. Pisoteava aeromodelos. Mas não sabia por que tinha feito isso. Obviamente, não faço nada disso diante das pessoas. Faço quando estou sozinho. Cheguei a empurrar um amigo pelas costas num barranco quando estava no primário. Não sei por que o fiz. Mas, quando percebi, já tinha acontecido. Como o barranco não era muito alto, ele só teve ferimentos leves. Ele mesmo achou que fora um acidente. Que os nossos corpos se chocaram sem querer ou algo parecido. Pois ninguém acreditava que eu seria capaz de tal coisa. Mas não. Eu sei a verdade. Eu o empurrei com minhas próprias mãos, de propósito. Fiz outras tantas coisas parecidas. Quando estava no colégio, cheguei a incendiar a caixa de correio diversas vezes. Jogava um pedaço de tecido em chamas dentro da caixa. É algo sórdido e sem sentido, mas é o que eu acabo fazendo. Quando me dou conta, já fiz. Não consigo evitar. Tenho a impressão de que, fazendo isso — essas coisas sem sentido e sórdidas —, finalmente consigo voltar a ser eu mesmo. É uma atitude inconsciente, mas me lembro da sensação de ter feito a coisa. A sensação de cada uma dessas coisas está impregnada em minhas mãos. Por mais que as lave, não sai. Ficará comigo até a morte. Que vida horrível! Acho que não vou mais suportar.

Eu suspirei. Gotanda fazia que não com a cabeça.

— Mas eu não tenho nem meios para ter certeza — disse ele —, não tenho provas de que matei. Não há corpos. Não há pás. Não há terra grudada em minhas calças. Não há calos em minhas mãos. Se bem que os calos não se formam só cavando um buraco para enterrar alguém... Não lembro nem onde enterrei o corpo. Mesmo que eu vá à polícia e confesse, quem irá acreditar? Se não houver um corpo, o homicídio não existe. Não posso nem me redimir. Ela desapareceu. Essa é a única coisa que se sabe. Várias vezes, eu tentei me abrir com você. Mas não consegui. Achei que, se eu falasse coisas desse tipo, nossa intimidade iria acabar. Sabe, quando estou com você, consigo relaxar. Consegui passar sem sentir aquele vazio. Isso é muito importante para mim. Também não queria que essa relação terminasse. Por isso, fui sempre adiando. Deixo para a próxima vez. Pode ser em outra ocasião... Até que chegamos aqui. Na verdade, eu é que deveria ter lhe contado, não?

— No entanto, como você disse, nem certeza sobre o fato você tem para poder se abrir ou fazer qualquer outra coisa — respondi.

— Não se trata de ter ou não certeza. Eu deveria ter lhe falado. Eu *estava escondendo* isso de você. Esse é o problema.

— Mesmo supondo que isso seja verdade, que você tenha matado Kiki, você não tinha a intenção de fazê-lo...

Ele abriu as palmas das mãos e ficou olhando para elas.

— Não tive, não. Não haveria razão para ter. Por que eu a mataria?

Eu gostava dela. Mesmo que de uma maneira bastante limitada, eu e ela éramos amigos. Nós conversávamos sobre diversos assuntos. Falei a ela sobre minha esposa. Kiki me ouvia. Por que eu tinha de matá-la? Mas matei, sim, com essas mãos. Não tinha intenção. Eu a estrangulei como se estivesse matando a minha própria sombra. Enquanto a estrangulava, achava que ela era a minha sombra. Achava que, matando essa sombra, eu viveria bem. Mas ela não era a minha sombra. Era Kiki. Isso aconteceu no mundo das trevas. *Um mundo diferente deste*. Entende? Não é aqui. Quem me incitou a isso foi ela. Foi ela quem me disse para estrangulá-la. "Pode me estrangular e matar." Ela me incitou e me deu permissão. Não é mentira. Foi exatamente isso que aconteceu. Eu não compreendo. Essas coisas são mesmo possíveis? Tudo me parece um sonho. Quanto mais penso a respeito, mais a realidade se desfaz. Por que Kiki me incitou? Por que ela me disse para matá-la?

Eu tomei o resto do chope já morno. A fumaça de cigarro estava concentrada no teto e oscilava acompanhando a corrente de ar como se fosse um fenômeno paranormal. Alguém esbarrou em minhas costas e disse: — Perdão. O número do pedido das pizzas que ficavam prontas era anunciado.

— Não quer beber mais um chope? — perguntei a ele.

— Quero, sim — respondeu.

Fui até o balcão pegar dois chopes e voltei à mesa. Ficamos bebendo calados. A casa estava tão cheia quanto a estação de Akihabara na hora do rush e, a cada momento, as pessoas passavam ao lado de nossa mesa, mas ninguém reparava em nós. Ninguém ouvia a nossa conversa e nem olhava para Gotanda.

— Não falei? — disse Gotanda, exibindo um sorriso simpático. — Aqui é um fim de mundo. Não se vê gente famosa aqui no Shakey's.

Gotanda ficou rodando a cerveja, que ocupava cerca de um terço do copo, como se estivesse balançando um tubo de ensaio.

— Vamos esquecer tudo isso — eu disse com serenidade. — Eu consigo esquecer. Esqueça você também.

— Será que sou capaz de esquecer? Falar é fácil. Pois não foi você quem a estrangulou com as próprias mãos.

— Olha aqui, não há nenhuma prova de que você matou Kiki. Deixe de se culpar por alguma coisa que não está comprovada. Pode ser que você esteja atrelando sua sensação de culpa ao desaparecimento dela e encenando tudo de maneira inconsciente. Existe essa possibilidade, não existe?

— Então, vamos falar sobre as possibilidades — respondeu Gotanda e deixou as mãos sobre a mesa. — Ultimamente, tenho pensado muito nas possibilidades. Existem várias. Por exemplo, existe a possibilidade de eu matar a minha esposa. Não é verdade? Caso ela me diga que o permite, como fez Kiki, tenho a impressão de que também a estrangularia até a morte. Ultimamente, só penso nisso. Quanto mais penso, mais essa possibilidade ganha força dentro de mim. Não tenho como parar. Foge do meu controle. Além de atear fogo nas caixas de correio, matei vários gatos. Matei de formas variadas. À noite, quebrava a janela de algum vizinho com uma bolinha de metal e fugia de bicicleta. Sou incapaz de parar, sabe? Nunca contei isso a ninguém, até hoje. Você é o primeiro a quem revelo isso. Fico aliviado por poder desabafar. No entanto, não significa que tudo terminou. Não vai terminar. Enquanto não desaparecer o abismo que separa o "eu que encena" do "eu-essência", isso irá continuar eternamente. Tenho consciência disso. Depois que me tornei ator profissional, esse abismo foi aumentando gradativamente. À medida que minhas encenações foram ficando grandiosas, a reação também adquiriu uma dimensão maior. Não há o que fazer. Pode ser que eu mate minha esposa a qualquer momento. Não consigo me controlar. *Pois isso não é algo que acontece neste mundo.* Nada posso fazer. Está gravado no meu gene, de maneira bem nítida.

— Você pensa demais — ponderei, forçando um sorriso. — Se for para pensar admitindo a questão dos genes, não há saída. É melhor tirar umas férias. Deixar de trabalhar e parar de se encontrar com ela. Não há alternativa. Abandonar tudo. Vamos juntos ao Havaí. Vamos ficar deitados todos os dias na praia e tomar piña colada. Lá é muito bom. Não é preciso pensar em nada. Vamos beber desde a manhã, nadar e contratar garotas. Alugaremos um Mustang para passear de carro correndo a 150 quilômetros por hora enquanto ouvimos Doors, Sly & The Family Stone ou Beach Boys. Vamos nos sentir livres. Se quiser pensar em algo com seriedade, deixe para fazê-lo depois disso.

— Não é má ideia — disse ele. Depois riu, formando pequenas rugas nos cantos dos olhos. — Vamos chamar duas garotas e nos divertir até o amanhecer, de novo. Foi muito divertido da outra vez.

Eu disse: *Cu-co.* Limpa-neve sexual.

— Posso ir a hora que você quiser — eu disse. — E você? Quanto tempo levaria para dar um jeito no trabalho?

Gotanda olhou para mim com um sorriso surpreso. — Você não sabe de nada. O trabalho não tem fim. Só me resta jogar tudo para o alto. Se o fizer, com certeza serei banido para sempre deste mundo. *Para sempre*, entendeu? Além do mais, como já disse, também perderia minha esposa. *Para sempre.*

Ele terminou de beber o chope que estava no copo.

— Mas tudo bem. Já não me importo mais de perder tudo. Posso me resignar. Você tem razão. Estou cansado. É hora de ir ao Havaí e esquecer tudo. Certo. Vou jogar tudo para o alto. Irei com você ao Havaí. Quanto ao resto, deixarei para pensar depois que esvaziar a cabeça. É mesmo... Eu quero me tornar uma pessoa normal. Talvez seja tarde. Mas vale a pena tentar mais uma vez. Deixo por sua conta. Confio em você. É verdade. Desde o momento em que me telefonou, eu pensei assim. Por que será? Você tem um lado bastante digno e sério. Isso é o que eu sempre busquei.

— Não sou nada disso — retruquei. — Eu apenas tenho seguido os passos à risca. Estou apenas dançando. Não existe sentido algum nisso.

Gotanda abriu as mãos sobre a mesa. Elas alcançavam juntas cerca de cinquenta centímetros. — *Onde é que encontramos sentido em alguma coisa?* Qual é, afinal, o sentido de vivermos? — Depois, riu. — Tudo bem. Não faz mal. Tanto faz. Já me resignei. Vou seguir seu exemplo. Vou seguir pulando de um elevador para outro. Isso não é impossível. Se quiser, sou capaz de qualquer coisa. Pois eu sou Gotanda, inteligente, bonito e simpático. Tudo bem! Vamos ao Havaí. Reserve as passagens para mim amanhã mesmo. Duas na primeira classe. Tem que ser na primeira classe, entendeu? Assim está escrito. Carro tem que ser Mercedes, relógio tem que ser Rolex, apartamento no Distrito de Minato, avião na primeira classe. Vamos arrumar a bagagem e voar depois de amanhã. No mesmo dia, estaremos em Honolulu. Eu fico bem de camisa havaiana.

— Tudo fica bem em você.

— Obrigado. Isso alimenta o pouco que restou do meu ego.

— Primeiramente, vamos a um bar à beira-mar tomar piña colada. Daquelas bem geladas.

— Nada mal.

Gotanda olhou fixamente nos meus olhos. — Escuta, você consegue mesmo esquecer que eu matei Kiki?

Fiz que sim.

— Ainda tem algo que não lhe contei. Uma vez, disse que me jogaram na prisão e fiquei calado durante duas semanas, lembra?

— Lembro.

— Foi mentira. Falei tudo o que tinha que falar e saí logo. Não foi por medo. Foi porque queria machucar a mim mesmo. Queria me maltratar. Foi covardia da minha parte. Por isso, fiquei muito feliz quando você ficou calado por mim. Senti que minha sordidez havia sido redimida. Parece um sentimento esquisito... Mas senti isso. Que você tinha lavado toda a minha parte sórdida. Nossa! Hoje desabafei bastante. Abri-me totalmente. Mas foi bom ter falado. Estou aliviado. Deve ter sido desagradável para você...

— De maneira alguma — respondi. *Sinto-me mais próximo de você do que antes*, pensei comigo. Talvez eu devesse ter dito isso a ele, mas resolvi deixar para mais tarde. Não havia necessidade. Naquele momento, porém, tive a impressão de que era melhor assim. Senti que logo chegaria o momento propício para que essas palavras ganhassem mais força. — De maneira alguma — repeti.

Ele pegou o chapéu de chuva pendurado na cadeira, verificou se ainda estava molhado e novamente colocou-o no lugar.

— Na condição favorável de amigo, tenho um pedido a fazer — anunciou ele. — Quero beber mais um chope, mas agora não tenho forças para me levantar e ir até lá buscar.

— Pode deixar. Fui ao balcão pegar mais dois chopes. Estava cheio, e levei um tempo para ser atendido. Quando voltei para a nossa mesa nos fundos, com os dois copos na mão, Gotanda já não estava mais lá. O chapéu de chuva também havia desaparecido. A Maserati não estava no estacionamento. Fiquei desapontado. Era difícil acreditar nisso. Nada podia fazer. Ele se fora.

40

A Maserati foi içada da baía de Tóquio na tarde do dia seguinte. Não me surpreendi, era previsível. Eu já sabia que isso acabaria acontecendo desde o momento em que ele havia desaparecido.

Seja como for, surgira mais um cadáver. Rato, Kiki, May, Dick North e, agora, Gotanda. Cinco no total. Falta apenas um. Sacudi a cabeça. O desenrolar dos fatos não era nada agradável. O que aconteceria agora? Quem seria o próximo? Lembrei-me sem querer de Yumiyoshi. Não, não havia razão para que fosse ela. Seria trágico demais. Ela não deveria morrer e nem desaparecer. Se não era Yumiyoshi, quem haveria de ser? Yuki? Sacudi a cabeça. Ela tem apenas treze anos. Eu não deixaria que ela morresse. Listei mentalmente as pessoas que poderiam ser mortas. Enquanto fazia isso, senti como se tivesse me tornado o deus da morte. De forma inconsciente, eu estava escolhendo a próxima vítima.

Fui à delegacia de Akasaka procurar por Intelectual e contei que estivera com Gotanda na noite anterior. Achei que seria o melhor a fazer. Obviamente, não falei que ele era o provável assassino de Kiki. Isso já era um caso encerrado. Nem corpo havia. Contei que estivera com Gotanda até instantes antes e que ele estava exausto e neurótico. Disse que ele vivia pressionado pelas dívidas, enchia-se de trabalho e sofria com a separação.

Intelectual transformou meu relato em um documento simples. Diferentemente da vez anterior, era um relatório simples, simples demais. Eu o assinei. Não levou nem uma hora. Depois de escrevê-lo, ele ficou com a caneta entre os dedos, olhando para mim. — Morre realmente muita gente ao seu redor, não é mesmo? — disse ele. — Com uma vida dessas, você não terá amigos. Será desprezado por todos. Quando se é malquisto pelas pessoas, os olhos perdem a beleza e a pele fica ressecada. Não é nada bom.

Em seguida, suspirou bem fundo.

— De qualquer maneira, aquilo foi suicídio. Está bem claro. Há testemunhas. Mas que desperdício, não? Só porque era uma estrela de cinema, não precisava jogar uma Maserati no mar. Podia ser um Civic ou um Corolla...

— Não há problema, pois estava segurado — eu disse.

— Não, o seguro não cobre casos de suicídio. O dinheiro não sai mesmo... — explicou Intelectual. — De um modo ou de outro, foi uma tolice. Como eu não tenho dinheiro, acabo pensando na bicicleta das crianças. Tenho três filhos, sabe? Com três, as despesas são grandes. Todos querem a sua própria bicicleta, entende?

Permaneci calado.

— Você já pode ir. Foi uma pena o que aconteceu com seu amigo. Obrigado por ter vindo me contar — ele me acompanhou até a saída. — O caso May ainda não foi resolvido e as investigações continuam. Um dia será solucionado — informou.

Durante um longo tempo, fiquei com a impressão de que eu havia levado Gotanda à morte. Não conseguia me desfazer desse peso na consciência. Relembrei cada detalhe da conversa que tivemos no Shakey's. Pensei se não poderia ter dado soluções melhores a cada comentário e tê-lo salvo. Pensei também que, se o tivesse feito, a essa altura estaríamos os dois deitados nas praias de Maui tomando cerveja.

Achei, no entanto, que provavelmente não teria sido bem-sucedido. Afinal, ele já estava decidido. Apenas aguardava uma oportunidade. Ele pensava o tempo todo em jogar a Maserati no mar. Sabia que essa era a única saída que lhe restava. Ficara o tempo todo à espera, pronto para agir. Ele descrevera mentalmente várias vezes a cena da Maserati afundando no mar. A cena em que a água ia penetrando pelos vãos da janela até que ele não conseguisse mais respirar. Foi imaginando essa possibilidade de autodestruição que ele finalmente se ligou ao mundo real. No entanto, isso não poderia ser duradouro. Um dia, teria de agir. Ele sabia disso. *Apenas aguardava uma oportunidade.*

A morte de May acarretou a morte de um sonho antigo e deixou uma sensação de perda. A morte de Dick North causou um tipo de resignação. Mas a morte de Gotanda trouxe um desespero semelhante ao de estar preso dentro de uma caixa de chumbo lacrada. Na morte de Gotanda, não existia o que poderíamos chamar de salvação. Ele não conseguiu assimilar bem os próprios impulsos. Sua força vital levou-o aos limites do desespero. Pressionou-o ao extremo limite da consciência. Por fim, impulsionou-o para o mundo das trevas.

Durante algum tempo, as revistas, a TV e os jornais esportivos exploraram sua morte. Eles pareciam os vermes da terra que saboreiam a carne putrefata. Eu ficava enojado só de olhar as manchetes. Não precisava vê-los e muito menos ouvi-los para imaginar o que os repórteres escreviam ou falavam. Fiquei com vontade de estrangulá-los um por um.

Basta dar um golpe mortal com um taco de metal, dizia Gotanda. É mais simples, mais rápido. Não, não é, eu retrucava. É um desperdício matar muito rápido. Vou estrangular bem devagar.

Mais tarde, deitei-me na cama e fechei os olhos. Lá das profundezas da escuridão, May dizia: *Cu-co.*

Deitado em minha cama, odiei o mundo. Odiei mesmo, profunda e intensamente. O mundo estava repleto de mortes sem graça e ilógicas. Eu era impotente e estava atolado na sujeira desse mundo cão. As pessoas chegavam pela porta de entrada e partiam pela porta de saída. As que saíam jamais retornavam. Olhei para as minhas mãos. Elas também estavam impregnadas do cheiro da morte. *Por mais que tentasse me livrar, não conseguia*, dissera Gotanda. É esse o modo de conexão do seu mundo, homem-carneiro?! Eu estou ligado ao mundo pelas mortes intermináveis? O que mais estou para perder? Como você disse, talvez eu não possa mais ser feliz. Isso não importa, mas essa situação é terrível demais.

De repente, lembrei-me de um livro de ciências que lera quando criança. Nele, havia um item que dizia: "O que aconteceria ao mundo se não houvesse atrito?" "Se não houvesse atrito", estava escrito naquele livro, "tudo que existe sobre a face da Terra sairia voando pelo universo afora pela força centrífuga da rotação". Eu estava exatamente com essa sensação.

Cu-co, disse May.

41

Telefonei para Yuki três dias depois que Gotanda jogara a Maserati no mar. Para ser franco, eu não tinha a menor vontade de conversar com ninguém. No entanto, não poderia deixar de falar com ela. Yuki era impotente e solitária — apenas uma criança —, e eu era o único capaz de protegê-la. *Acima de tudo, ela estava viva*, e eu tinha a obrigação de fazer com que ela continuasse a viver. Pelo menos, era isso que eu sentia.

Yuki não estava na sua casa em Hakone. Ame atendeu o telefone e disse que a filha tinha ido para o apartamento em Akasaka dois dias antes. Ela falava de um jeito extremamente lento, como se acabasse de ser acordada de um sono profundo, e nem falou muito, o que, para mim, foi bastante conveniente. Liguei para Akasaka. Yuki devia estar próxima ao telefone, pois logo atendeu.

— Não precisa mais ficar em Hakone? — perguntei.

— Sei lá, mas queria ficar um pouco sozinha. Mamãe já é adulta. Mesmo sem mim, ela pode se virar sozinha, não acha? Além do mais, queria pensar um pouco sobre mim mesma... O que farei daqui para a frente... Coisas desse tipo... Achei que já era tempo de pensar seriamente nisso.

— Pode ser — concordei.

— Vi nos jornais. Seu amigo morreu, não foi?

— Foi. A Maserati era mesmo amaldiçoada... Você tinha razão.

Yuki ficou calada. O silêncio penetrou em meu ouvido como se fosse água. Passei o fone que estava no ouvido direito para o esquerdo.

— Vamos sair para almoçar fora? — perguntei. — Você deve estar comendo só as porcarias de sempre, não é? Vamos comer algo decente. Para dizer a verdade, eu também não venho me alimentando bem há alguns dias. Quando estou sozinho, não tenho apetite.

— Marquei um encontro para as duas horas, mas, se for antes, tudo bem.

Olhei para o relógio. Já passava das onze.

— Pode ser. Vou me arrumar e irei buscá-la logo em seguida. Chego aí em trinta minutos — eu disse.

Troquei de roupa, tomei um suco de laranja que peguei na geladeira e pus as chaves do carro e a carteira no bolso. Depois pensei: Bom... No entanto, sentia que estava me esquecendo de algo. De fato, eu tinha me esquecido de fazer a barba. Fui ao toalete e me barbeei com cuidado. Olhando para o espelho, fiquei pensando se passaria por um homem na faixa dos vinte anos. Talvez sim. De qualquer forma, ninguém iria se incomodar se eu aparentasse ou não estar na faixa dos vinte. Isso não fazia a menor diferença. Por último, escovei novamente os dentes.

O tempo estava bom. O verão já se aproximava. Desde que não chovesse, o clima era agradável. Vestido com uma camisa de manga curta e uma calça leve de algodão, pus os óculos de sol e fui de Subaru até o apartamento de Yuki. Cheguei até a assobiar no percurso.

Cu-co, pensei.

É verão.

Enquanto dirigia, lembrei-me das viagens escolares. Nessas viagens, havia um horário para um cochilo às três da tarde. Eu, porém, não conseguia pregar o olho. Achava um disparate ser obrigado a dormir só porque me diziam para fazê-lo. No entanto, parecia que quase todo mundo conseguia fazê-lo profundamente. Eu ficava olhando o teto durante uma hora inteira. De tanto olhar para ele, tinha a impressão de que era um mundo à parte. Sentia que, se fosse até *lá*, penetraria num mundo completamente diferente do de *cá*. Um mundo com valores opostos, uma inversão entre o que fica em cima e o que fica embaixo. Como em *Alice no País do Espelho*. Ficava pensando o tempo inteiro nessas coisas. Por isso, dessas viagens de escola, só me recordo do teto. *Cu-co*.

Um Cedric atrás de mim deu três buzinadas. O semáforo já estava verde. Calma aí, pensei. Não adianta ter tanta pressa, você não vai a nenhum lugar especial, vai? E comecei a sair bem devagar.

Deixa pra lá, é verão.

Apertei a campainha na entrada do prédio do apartamento de Yuki e ela logo desceu. Estava com um vestido estampado de manga curta, sandálias e uma bolsa a tiracolo de couro azul-escuro.

— Você está muito chique hoje, hein? — elogiei.

— Disse que tinha um encontro às duas, não disse?

— Você fica muito bem assim. Está elegante! — eu disse. — Parece que virou adulta.

Ela simplesmente sorriu.

Fomos a um restaurante próximo dali e almoçamos sopa, espaguete com molho de salmão, peixe e salada. Ainda não era meio-dia, por isso a casa estava vazia, e o sabor, decente. Depois do meio-dia, tão logo os trabalhadores da região começaram a sair para o almoço, deixamos o restaurante e entramos no carro.

— Quer ir a algum lugar? — perguntei.

— A nenhum. Fique só dando umas voltas por aí — respondeu Yuki.

— Que atitude antissocial! Que desperdício de gasolina! — falei. Ela, porém, nem ligou. Fez de conta que não ouviu. Bom, tudo bem, pensei. A cidade já é horrível mesmo! Quem liga se o ar ficar um pouco mais poluído ou se o trânsito estiver um pouco mais engarrafado?

Yuki ligou o som do carro. Estava com uma fita do Talking Heads. Talvez *Fear of Music*. Quando eu teria colocado aquela fita? Várias coisas estão falhas na minha memória.

— Resolvi ter aulas particulares — comentou. — Vou me encontrar com a pessoa hoje. É uma mulher. Papai arranjou-a para mim. Fiquei com vontade de estudar e consultei papai, então ele arrumou uma professora logo no dia seguinte. Disse que era uma pessoa boa e honesta. É estranho, sabe, mas quando vi aquele filme, fiquei com vontade de voltar a estudar.

— Aquele filme? — perguntei. — Você está se referindo a *Amor não correspondido?*

— Esse mesmo — respondeu Yuki, levemente ruborizada. — Eu também achei o filme uma bobagem, mas, depois de tê-lo visto, de repente me deu vontade de estudar. Talvez influenciada pelo seu amigo que fez o papel de professor. Quando vi aquele cara... achei que era um idiota, mas parece que ele realmente transmite algo. Será que tinha talento?

— Tinha sim... Um talento especial. Isso é certeza.

— Puxa...

— Mas é claro que aquilo é uma encenação, pura ficção. Diferente da realidade. Isso você sabe, não é?

— Sei.

— A atuação de dentista que ele fazia também era boa. Ele era muito habilidoso, mas não passava de encenação. Só parecia habilidoso. É uma imagem. Fazer algo de verdade deixa a gente muito confuso e dá bastante trabalho. Além do mais, enfrentamos muitas situações sem sentido, não é? É muito bom que você tenha ficado com vontade de fazer alguma coisa, pois sem isso é difícil viver bem. Gotanda ficaria feliz em ouvir isso.

— Encontrou-se com ele?

— Encontrei — respondi. — Encontrei e falei com ele. Conversamos por um longo tempo. Falamos abertamente. Depois ele morreu daquele jeito. Falou comigo e logo em seguida jogou a Maserati no mar.

— Teria sido minha culpa?

Fiz lentamente que não com a cabeça. — Não é culpa de ninguém. As pessoas têm suas próprias razões para morrer. Mesmo parecendo algo simples, não é. É como uma raiz. A parte que fica exposta pode ser pequena, mas quando começamos a puxá-la, parece não ter fim. A consciência do ser humano vive em trevas profundas. É cheia de reentrâncias, é complexa... Tem partes indecifráveis demais. O verdadeiro motivo só é conhecido pela própria pessoa e, talvez, nem ela mesma o saiba.

Ele esteve o tempo inteiro pronto para virar a maçaneta dessa porta. Apenas aguardava uma oportunidade. Não é culpa de ninguém, pensei.

— Mas, com certeza, você irá me odiar por isso — disse Yuki.

— Não vou odiá-la — respondi.

— Pode ser que não me odeie agora, mas, no futuro, certamente irá.

— Não irei odiá-la mesmo no futuro. Eu não sou de odiar as pessoas desse jeito.

— Mesmo que não me odeie, nunca mais será a mesma coisa — disse ela em voz baixa.

— Não vou odiá-la, de verdade!

Olhei de relance para o seu rosto. — Que estranho! Você e Gotanda falavam exatamente a mesma coisa — eu disse.

— É mesmo?

— É. Ele também se incomodava com o que poderia deixar de existir. Mas o que incomoda você? Tudo, um dia, deixará de existir. Todos nós vivemos em constante transformação. Um dia, quase tudo que existe ao nosso redor irá desaparecer com as nossas atitudes. Isso não tem jeito. Quando chegar a hora, irá sumir. Enquanto não chegar a hora, continuará existindo. Por exemplo, você irá crescer. Daqui a dois anos, esse vestido maravilhoso já não lhe servirá mais. Talvez você comece a achar que o Talking Heads cheira a mofo. Depois pode ser que não tenha mais vontade de passear de carro comigo. Isso é inevitável. Vamos deixar que as coisas aconteçam. Não adianta pensar nisso.

— Acho que eu vou continuar gostando de você para sempre e que isso nada tem a ver com o tempo.

— Fico feliz em ouvir isso e também desejo que assim o seja — eu disse. — Mas, para sermos mais justos, você ainda não sabe muito sobre o tempo. É melhor não definir as coisas antecipadamente. O tempo é como a putrefação. Aquilo que nem imaginamos pode mudar de maneira inconcebível. Ninguém sabe.

Ela ficou calada por um longo tempo. O lado A da fita acabou e o aparelho começou a tocar o outro lado.

Era verão. Em tudo o verão era visível. Os policiais, os estudantes, os motoristas, todos estavam de mangas curtas. Algumas moças usavam blusas sem mangas. Puxa, quem diria, até pouco tempo atrás ainda nevava, pensei. Eu cantava "Help Me, Rhonda" com Yuki em meio a uma nevasca. Só se passaram dois meses e meio depois daquilo..., pensei.

— É verdade que você não vai me odiar?

— Claro que não — respondi. — Não vou odiá-la. Isso é impossível. Neste mundo tão incerto, essa é uma das únicas coisas que posso afirmar com certeza.

— Jamais?

— Jamais. Dois mil e quinhentos por cento impossível.

Ela sorriu. — Queria ouvir isso.

Concordei.

— Você gostava de Gotanda, não é mesmo? — perguntou Yuki.

— Gostava, sim — respondi, e, dito isso, de repente senti a voz sufocada. Meus olhos encheram-se de lágrimas, mas consegui me conter. Em seguida, respirei bem fundo. — Fui gostando a cada encontro que tivemos. Isso não costuma acontecer comigo, sabe? Principalmente quando se chega à minha idade.

— Foi ele quem matou aquela moça?

Fiquei olhando a paisagem de verão através dos óculos de sol. — Isso ninguém sabe, mas tanto faz.

Ele apenas aguardava uma oportunidade.

Yuki pôs a mão no rosto, apoiando o cotovelo na janela, e ficou olhando a paisagem ao som do Talking Heads. Achei que ela ficara mais adulta desde que a conhecera, mas devia ser impressão. Só se passaram dois meses e meio.

— O que pretende fazer daqui para a frente? — indagou Yuki.

— Não sei o que acontece comigo — respondi. — Ainda não decidi nada. O que poderia fazer? Mas de um jeito ou de outro, vou retornar a Sapporo. Amanhã mesmo ou depois de amanhã. Ainda há coisas que eu preciso fazer lá.

Preciso me encontrar com Yumiyoshi. Com o homem-carneiro também. Ali existe um lugar para mim. Faço parte dele. Alguém chora por mim. Preciso voltar mais uma vez para lá e atar o círculo que se rompeu.

Chegando próximo à estação Yoyogi-Hachiman, ela disse que iria descer. — Vou pegar a linha Odakyu.

— Levo você até lá. Estou mesmo de folga esta tarde — disse.

Ela sorriu. — Obrigada, mas pode deixar. É um pouco longe e o trem é mais rápido.

— Que estranho! — exclamei, tirando os óculos. — Você disse "Obrigada".

— Algum problema?

— Claro que não — respondi.

Ela ficou me olhando por uns dez ou quinze segundos. Não demonstrava nenhuma expressividade em especial. É uma garota estranhamente sem expressividade. Só o brilho dos olhos e o formato dos lábios se modificaram de leve. Os lábios ficaram um pouco contraídos, o olhar era aguçado e tinha vida. Seus olhos me lembravam as luzes de verão. Aquelas luzes de verão que penetram na água, sofrem refração e se dispersam.

— Estou apenas emocionado.

— Que cara estranho — disse Yuki. Em seguida, desceu do carro, bateu a porta e foi andando sem olhar para trás. Fiquei parado, olhando a figura esbelta de Yuki desaparecer no meio da multidão. Quando não consegui mais enxergá-la, senti uma grande melancolia. Era como se tivesse sofrido uma desilusão amorosa.

Assobiando "Summer in the City", dos Lovin' Spoonful, pensei em passar pela rua Omotesando, indo até a avenida Aoyama e fazer compras no Kinokuniya. Quando estava prestes a pôr o carro no estacionamento, lembrei: é mesmo. Amanhã ou depois de amanhã, irei a Sapporo. Não haverá necessidade de cozinhar e nem de fazer compras. Quando me dei conta disso, fiquei sem ter o que fazer. Não tinha mais nada em especial para fazer.

Dei outra volta sem rumo pela cidade e voltei ao meu apartamento. Parecia terrivelmente vazio. Puxa vida! Caí na cama e fiquei olhando o teto. *Acho que dá para colocar um nome nisso*, pensei.

Sensação de perda, pronunciei em voz alta. Não era uma expressão muito agradável.

Cu-co, disse May. Isso ecoou bem alto em meu quarto vazio.

42

[O sonho com Kiki]

Sonhei com Kiki. Creio que tenha sido mesmo um sonho. Caso contrário, algo pertencente ao gênero do sonho. O que significa isso? Eu também desconheço. Mas existe. Nos limites da nossa consciência, há várias coisas que não podem ser nomeadas.

No entanto, prefiro simplificar chamando aquilo de sonho. É o termo que mais se aproxima do que de fato me ocorreu.

*

Sonhei com Kiki quando o dia raiava.

No sonho também era o amanhecer.

Eu estava telefonando. Telefonema internacional. Eu ligava para o número que aquela moça parecida com Kiki deixara no parapeito da janela na cidade de Honolulu. Ouvia o som da linha sendo completada. Está conectado, pensei. Os números estão ligados sequencialmente. Depois de um breve intervalo, ouvia os toques do telefone. Deixei o fone bem encostado ao ouvido e fiquei fazendo as contas daquele som abafado. Eu contava: cinco, seis, sete, oito vezes. No décimo segundo toque, alguém atendeu. No mesmo instante, eu estava naquele aposento. Naquele "aposento da morte" vazio no centro de Honolulu. Parecia ser de tarde, o sol penetrava diretamente pela claraboia. Os feixes de luz transformavam-se numa espessa coluna de luz que se erguia direto do chão com partículas de pó pairando em seu interior. Essa coluna de luz tinha saliências, como se tivesse sido cortada por uma lâmina, e refletia para dentro do aposento uma luz do sol de um país do Sul. As partes sem luz eram escuras e geladas. A diferença era contrastante. Parece que estou no fundo do mar, pensei.

Eu estava sentado no sofá com o fone no ouvido. O fio do telefone era bem longo e estava esticado no chão. Ele atravessava a parte escura, passava por entre a luz e de novo desaparecia na tênue escuridão. Era um fio extremamente longo. Nunca vi um tão comprido. Com o aparelho no colo, fiquei observando o quarto.

A disposição dos móveis era a mesma da vez anterior. A cama, a mesa, o sofá, a cadeira, a TV, o abajur de chão... Todas essas coisas estavam dispostas de maneira antinatural e caótica. O odor do quarto também era o mesmo. Era o cheiro de um quarto que ficou fechado durante muito tempo. O ar estava carregado e cheirava a mofo. Os seis esqueletos brancos, porém, haviam desaparecido. Não estavam nem em cima da cama, nem no sofá, na frente da TV, na cadeira, na mesa, em lugar nenhum. Todos haviam sumido. Os pratos com restos de comida também não estavam mais lá. Coloquei o telefone no sofá e fiquei em pé. Senti um pouco de dor de cabeça. Era uma dor aguda, daquelas que se sente quando se ouve um som muito alto. Então sentei-me novamente.

Tive a impressão de que algo se mexera na cadeira que ficava mais longe, dentro da tênue escuridão. Fixei o olhar. Um vulto levantou-se e veio em minha direção, fazendo barulho de salto. Era Kiki. Ela surgiu lentamente das trevas, atravessou a luz e sentou-se na cadeira diante da mesa. Estava do mesmo jeito que da outra vez: de vestido azul e uma bolsa branca a tiracolo.

Sentada ali, Kiki olhava fixamente para mim. Sua expressão era bastante serena. Ela estava bem no meio do aposento, num espaço que não era nem de luz nem de sombra. Fiquei em pé e pensei em ir até ela, mas senti que não adiantaria e desisti. Além do mais, uma leve dor nas têmporas ainda me incomodava.

— Para onde foram os esqueletos brancos? — perguntei.

— Para onde seria? — respondeu Kiki sorrindo. — Devem ter desaparecido.

— Foi você quem sumiu com eles?

— Não. Simplesmente evaporaram. Não teria sido você quem desapareceu com eles?

De súbito, olhei para o telefone que tinha deixado ao meu lado. Depois, apertei minhas têmporas com os dedos.

— O que eles significavam? Os seis esqueletos brancos...

— Você mesmo — respondeu Kiki. — Pois aqui é o seu quarto. Tudo o que existe aqui é você mesmo. Tudo...

— *Meu quarto* — repeti. — Então, e o Hotel do Golfinho? O que é aquele lugar?

— Lá também é o seu quarto, óbvio. Lá está o homem-carneiro. Aqui, estou eu.

A coluna de luz não balançava. Estava firme e uniforme. Só o ar dentro dela oscilava de leve. Fiquei olhando para essa oscilação sem propósito nenhum.

— Meus quartos estão em vários lugares... — eu disse. — Sabe, eu sonhei o tempo inteiro... O sonho do Hotel do Golfinho. Lá, alguém chorava por mim. Vi esse mesmo sonho quase que diariamente. O Hotel do Golfinho parecia extremamente comprido e estreito, e lá alguém chorava por mim. Eu achava que esse alguém fosse você. Por isso, pensei que deveria encontrá-la a qualquer custo.

— Todos estão chorando por você — disse Kiki. Sua voz era serena, acalmava os nervos. — É um lugar que existe para você. Lá, todos choram por você.

— Você estava me chamando. Por isso, fui até o Hotel do Golfinho para encontrá-la. Desde então... muitas coisas aconteceram. Da mesma forma que antes. Encontrei várias pessoas. Muitas delas morreram. Você estava me chamando, não? Foi você quem me conduziu, não foi?

— Não é isso. Quem o chamava era você mesmo. Você não passa de uma projeção de si próprio. Chamava a si mesmo e se conduzia por meu intermédio. Você veio dançando com sua própria sombra como par. Eu não passo de uma sombra sua.

Enquanto a estrangulava, eu achava que ela era a minha sombra, dissera Gotanda. *Matando essa sombra, eu viveria bem.*

— Por que todos choram por mim?

Ela não respondeu a essa pergunta. Levantou-se lentamente, aproximou-se fazendo soarem seus passos e ficou diante de mim. Em seguida, agachou-se, estendeu a mão e colocou o dedo em meus lábios. Era um dedo fino e liso. Depois, colocou-o em minhas têmporas.

— Nós choramos pelas pessoas por quem você não pode chorar — disse Kiki serenamente. Bem devagar, como se estivesse me ensinando. — Nós derramamos as lágrimas pelas pessoas por quem você não pode fazê-lo e defendemos, chorando em voz alta, aqueles que você não pode defender.

— Suas orelhas continuam iguais? — perguntei.

— Minhas orelhas... — disse ela e abriu um sorriso. — Estão do mesmo jeito. Como antes.

— Poderia mostrá-las para mim mais uma vez? — indaguei. — Queria experimentar de novo aquela sensação de quando você me mostrou suas orelhas no restaurante, naquele dia... Sabe? Aquela sensação de que o mundo renasce... Fiquei pensando nisso o tempo todo.

Ela fez que não. — Algum dia, está bem? — disse ela. — Agora não dá. Não é possível visualizar aquilo sempre, sabe? Só pode ser visto em momentos propícios. Aquele foi um deles, mas agora não é. Mostrarei outro dia. Quando você realmente estiver necessitando.

Mais uma vez, ela se levantou e entrou na coluna de luz que incidia verticalmente pela claraboia. Depois ficou ali imóvel. Parecia que o seu corpo iria se fragmentar a qualquer momento e desaparecer em meio ao pó daquela luz intensa.

— Ei, Kiki, você morreu? — perguntei.

Dentro daquela luz, ela girou seu corpo e olhou em minha direção.

— Quer saber se foi Gotanda?

— Isso mesmo — respondi.

— Gotanda pensa que foi ele quem me matou — afirmou Kiki.

Fiz que sim com a cabeça. — Pois é, ele pensava isso.

— Pode ser que ele tenha me matado. Para ele, foi isso. Na cabeça dele, foi ele quem me matou. Era preciso que fosse assim. Foi ao me matar que Gotanda conseguiu se encontrar. Era necessário que me matasse. Estaria encurralado se não o fizesse. Coitado... — disse Kiki. — Mas não estou morta. Apenas desapareci. Eu desapareço. Transporto-me para um outro mundo. Como se passasse para um trem que corre paralelamente. Isso é desaparecer. Entende?

Disse que não entendia.

— É fácil, fique olhando.

Dizendo isso, Kiki atravessou a sala e foi andando em direção à parede. Mesmo ao se aproximar dela, não reduziu os passos. Continuou em frente e desapareceu, sendo absorvida pela parede. O barulho de seus passos também sumiu.

Fiquei olhando para o ponto em que ela fora absorvida. Era uma parede comum. O quarto mergulhou no silêncio. Só os ciscos de poeira continuavam no ar, lentos como sempre. Minhas têmporas começaram a doer de novo. Apertei-as com os dedos e concentrei meu olhar na parede. Notei que, da outra vez, daquela vez em Honolulu, ela também tinha sido sugada do mesmo modo.

— Que tal? Fácil, não? — dizia a voz de Kiki. — Não quer tentar?

— Eu também consigo?

— Foi por isso que disse que era fácil... Tente fazer. Basta ir andando em frente. Assim conseguirá vir para o lado de cá. Não fique com medo. Não há o que temer.

Levantei do sofá com o telefone na mão e, arrastando o fio, fui andando em direção ao ponto em que ela tinha sido absorvida. Quando me aproximei da parede, hesitei um pouco, mas não reduzi os passos, e continuei em frente. Mesmo encostando o corpo na parede, não houve impacto algum. O meu corpo simplesmente atravessou uma camada de ar turvo. Tive a impressão de que apenas a qualidade do ar havia mudado um pouco. Eu atravessara aquela camada segurando o telefone e depois voltara para a minha cama. Eu estava sentado na cama com o aparelho no colo. — É fácil — falei. — Muito fácil.

Pus o fone no ouvido, mas a ligação havia caído. Teria sido um sonho?

Talvez.

No entanto, quem saberia dizer?

43

Assim que cheguei ao Dolphin Hotel, fui recebido por três garotas no balcão da recepção. Vestidas com blazer azul sem nenhum amassado e uma impecável camisa branca, elas me recepcionaram todas muito sorridentes, mas nenhuma delas era Yumiyoshi. Isso me deixou extremamente desapontado, ou melhor, desesperado. Para mim, era mais do que lógico que, assim que chegasse ao hotel, eu a reencontraria e seria recebido por ela. A decepção bloqueou-me a fala a ponto de eu sentir dificuldade em pronunciar meu próprio nome. Aquele sorriso de boas-vindas da garota que me atendia foi se tornando cada vez mais sem graça. Desconfiada da minha atitude, ela inseriu os dados do meu cartão no computador para verificar se não era roubado.

Fui para o meu quarto no décimo sétimo andar, deixei minhas bagagens, lavei o rosto no banheiro e logo desci novamente ao saguão. Sentei-me no confortável e sofisticado sofá e, fingindo ler uma revista, de vez em quando dava uma olhada para a recepção. Yumiyoshi podia estar apenas no horário de seu intervalo, mas, passados quarenta minutos, ela ainda não tinha aparecido. Somente as três garotas com o mesmo corte de cabelo e aparentemente idênticas continuavam trabalhando. Aguardei uma hora e desisti. Com certeza Yumiyoshi não estava em seu horário de intervalo.

Saí do hotel e fui comprar o jornal vespertino. Entrei numa cafeteria e, tomando um café, li o jornal de ponta a ponta, com o intuito de encontrar alguma notícia que me interessasse.

Não encontrei nada. Nem sobre Gotanda nem sobre May. Havia somente reportagens de outros assassinatos e suicídios. Achei que assim que acabasse de ler o jornal e voltasse ao hotel, encontraria Yumiyoshi na recepção. Tinha de ser assim.

No entanto, mesmo uma hora depois, ela ainda não estava lá.

De repente, pensei na possibilidade de ela, por algum motivo, ter desaparecido. Ela poderia, por exemplo, ter sido tragada pela parede. Ao pensar nisso, senti uma tremenda insegurança e por isso decidi ligar para o seu apartamento. Ninguém atendia. Liguei para a recepção e perguntei sobre Yumiyoshi. — Yumiyoshi está de folga desde ontem. Ela retornará depois de amanhã — disse uma das garotas. Que coisa!, pensei. Por que será que eu não liguei para ela antes de vir? Por que será que eu não me lembrei de telefonar para ela?

Eu estava obcecado em pegar o primeiro avião e vir para Sapporo e tinha a certeza de que a encontraria assim que chegasse. Que bobagem! Quando será que foi a última vez que eu telefonei para ela? Depois da morte de Gotanda, não liguei mais. Pensando bem, mesmo antes disso eu não havia ligado para Yumiyoshi. Não ligo para ela desde aquele dia em que Yuki vomitou na praia e contou-me que Gotanda havia matado Kiki. Fazia muito tempo... Yumiyoshi acabou ficando em segundo plano. Não sei o que pode ter ocorrido durante todo esse período. Muitas coisas são possíveis. As coisas simplesmente acontecem...

Acho que eu não tinha nada a dizer. Realmente não tinha o que dizer. Yuki disse que Gotanda tinha matado Kiki. Gotanda se jogou com a Maserati no mar. Eu tranquilizei Yuki, dizendo: não é sua culpa. Eu sou apenas a sua sombra, disse-me Kiki. Afinal, o que eu poderia dizer a respeito de tudo isso? Simplesmente nada... O que eu queria muito era, antes de tudo, encontrar-me com Yumiyoshi. Depois pensaria no que dizer para ela. Pelo telefone, eu não podia falar nada.

Eu estava inseguro. Será que Yumiyoshi já tinha sido literalmente sugada pela parede e eu jamais a reencontraria? Lembro-me de que, no total, eram seis esqueletos. Cinco deles eu já sabia de quem eram. Faltava saber de quem era o último. De quem seria? Só de pensar nisso, sentia uma forte inquietação. Meu peito começou a palpitar a ponto de eu ficar sem fôlego. Tive a impressão de que meu coração gradativamente inchava e, a qualquer momento, iria se romper com as costelas. Desde que nasci, foi a primeira vez que senti algo assim. Será que eu estou amando Yumiyoshi? Não sei. Enquanto não a vir, não saberei dizer. Meus dedos ficaram doloridos de tanto ligar para ela. Ninguém atendia.

Não consegui dormir direito. Uma intensa inquietação fragmentou meu sono várias vezes. Acordei suando, acendi o abajur e vi as horas. Eram duas horas, três e quinze, quatro e vinte da manhã. Desisti de tentar dormir. Sentei-me no beiral da janela e, sentindo as batidas do coração, fiquei observando em silêncio a cidade em seu amanhecer.

Yumiyoshi... Por favor, não me deixe mais tempo aqui sozinho..., fiz mentalmente esse pedido. Eu preciso de você. Não quero mais ficar só. Sem você, sinto que sou expelido para os confins do universo por uma força centrífuga. Por favor, apareça e prenda-me em algum lugar. Quero que você me prenda neste mundo real. Não quero fazer parte do clube dos fantasmas. Sou apenas um homem extremamente comum e simples de trinta e quatro anos. *Preciso de você.*

Comecei a ligar para ela às seis e meia da manhã. A cada meia hora, eu sentava em frente ao telefone e discava o seu número. Ninguém atendia. O mês de junho em Sapporo era formidável! A neve já havia derretido e a tundra, que havia poucos meses estava congelada, começava a aparecer, e nela desenvolvia-se um leve sopro de vida. Nas árvores, despontavam inúmeras folhas verdes que balançavam ao sabor do vento fresco e agradável. O céu estava limpo e o contorno das nuvens era nítido. Este cenário estremecia o meu coração. Apesar dessa convidativa paisagem, fiquei no quarto do hotel tentando ligar para Yumiyoshi. Amanhã ela retornará. Por que você não espera?, dizia isso para mim mesmo, de dez em dez minutos. Eu não queria aguardar até o dia seguinte. Quem garante o amanhã? Sentado em frente ao telefone, continuei a ligar para ela. Enquanto eu não estava tentando ligar para ela, ficava deitado na cama e tirava uma soneca ou ficava apenas olhando o teto.

Lembrei-me de que antigamente existia ali o Hotel do Golfinho. Era um hotel terrível, mas que guardava muitas coisas. Os pensamentos das pessoas e o vestígio do tempo estavam impregnados nas fendas do chão e nas manchas das paredes. Sentei-me na poltrona, apoiei os pés na mesa e, com os olhos fechados, tentei me lembrar do Hotel do Golfinho. O formato da porta de entrada do hotel, o carpete gasto, as chaves enferrujadas, a poeira acumulada nos cantos das janelas... Eu podia andar pelos seus corredores, abrir a porta e até mesmo entrar no quarto.

Ele desapareceu, mas sua sombra e sua presença ainda existem. Eu consigo sentir sua existência. O Hotel do Golfinho está preservado neste novo e gigantesco Dolphin Hotel. Fechando os olhos, posso entrar no Hotel do Golfinho. Podia ouvir o *rangido* do antigo elevador, que lembrava a respiração ofegante de um cachorro velho. Isso existe aqui. Este local é a minha conexão. Não há com o que me preocupar, pois esse lugar existe para mim, expliquei a mim mesmo. Ela vai retornar com certeza. É só aguardar pacientemente...

Pedi o jantar pelo serviço de quarto e peguei uma cerveja do frigobar. Às oito horas, liguei mais uma vez para Yumiyoshi. Ninguém atendeu.

Liguei a TV e, até as nove, assisti a um jogo de beisebol transmitido via satélite. Depois, abaixei o volume e fiquei somente vendo a imagem na tela. Era um jogo sem graça e, para falar a verdade, não estava com vontade de assisti-lo. O que eu queria era apenas ver a ação e o movimento de pessoas de carne e osso. Não importava, portanto, se era um jogo de badminton ou de polo aquático, podia ser qualquer um. O objetivo não era acompanhá-lo, mas ver as pessoas jogando, pegando a bola e correndo atrás dela. Era como olhar com indiferença para fragmentos de uma vida que nada tinha a ver com a minha. Era como observar uma nuvem distante a flutuar no céu.

Às nove horas, resolvi tentar ligar mais uma vez para Yumiyoshi. Ela atendeu ao primeiro toque. Por alguns instantes, não conseguia acreditar que ela tinha atendido ao telefone. Tive a sensação de que, de repente, uma forte pancada cortou a corda que me prendia ao mundo. Fiquei sem forças e senti uma coisa subir até a garganta. Do outro lado da linha estava Yumiyoshi.

— Acabei de voltar de viagem — disse ela, sem demonstrar qualquer tipo de emoção. — Peguei uns dias de folga e fui para Tóquio. Estava na casa de parentes. Liguei duas vezes para a sua casa, mas ninguém atendeu.

— Vim para Sapporo e fiquei o tempo todo ligando para você.

— Desencontro — disse ela.

— Foi um desencontro — concordei, segurando com força o fone enquanto olhava para a tela sem som. Não me vinham as palavras. Eu estava confuso. Como eu deveria falar?

— O que aconteceu? Alô! Alô... — falava Yumiyoshi.

— Estou aqui.

— Sua voz está estranha...

— É que estou tenso... — expliquei. — Só vou conseguir falar direito encontrando-me pessoalmente com você. A tensão é tanta que conversar pelo telefone não vai ajudar a diminuí-la.

— Podemos nos encontrar amanhã à noite, que tal? — perguntei a ela depois de pensar um pouco. Imaginei-a segurando a haste dos óculos.

Com o fone no ouvido, sentei-me no chão e encostei-me na parede. — Sinto que amanhã já será tarde. Quero me encontrar com você hoje.

Ela deixou escapar uma voz de reprovação. Não era exatamente uma voz, mas seu tom de reprovação podia ser percebido com clareza. — Agora estou muito cansada. Estou exausta. Não disse que acabei de chegar? Você me deixa constrangida... insistindo nisso. Preciso entrar cedo no trabalho amanhã e, além do mais, agora só penso em dormir. Amanhã, depois do serviço, nos encontraremos, está bem? Ou você não vai estar mais aqui?

— Não é isso. Eu pretendo ficar um bom tempo por aqui. Entendo que deva estar cansada, mas é que, para ser sincero, estou preocupado. Será que você não vai desaparecer até amanhã?

— Desaparecer?

— Desaparecer deste mundo. Sumir.

Yumiyoshi deu risada. — Não vou desaparecer tão fácil assim. Não se preocupe, fique tranquilo.

— Não é isso. Você não está entendendo. Nós estamos continuamente em movimento e, conforme esses movimentos, muitas coisas ao nosso redor podem desaparecer. É algo que não podemos evitar. Nada é imutável. As coisas podem permanecer iguais em nossa consciência, mas, mesmo assim, tudo o que existe neste mundo um dia desaparecerá. É com isso que estou preocupado. Yumiyoshi, eu preciso de você. Eu te desejo. Te desejo *em termos bem concretos*. É algo muito raro eu precisar tanto assim de alguma coisa, por isso eu não queria que você desaparecesse.

Yumiyoshi ficou pensando sobre o que eu dissera. — Você é um cara esquisito, sabia? — comentou ela. — Prometo a você que eu não vou desaparecer, e amanhã nos encontraremos. Espere até amanhã, está bem?

— Entendi — respondi, desistindo de convencê-la. Não tinha como não desistir. Só de saber que ela não havia desaparecido já era muito bom, disse a mim mesmo como que para me conformar.

— Boa noite! — disse ela, desligando logo em seguida.

Fiquei andando pelo quarto por algum tempo. Depois fui até o bar do vigésimo sexto andar e pedi uma vodca com soda. Era onde vira Yuki pela primeira vez. O bar estava lotado. No balcão, havia duas garotas bebendo. Estavam elegantemente vestidas. Sabiam se vestir. Uma delas tinha pernas muito bonitas. Sentei-me numa das mesas e fiquei observando-as sem nenhuma intenção, enquanto tomava minha vodca com soda. Observei também a paisagem noturna. Apertei com os dedos as minhas têmporas, mas não estava sentindo nenhuma dor. Apertei apenas por apertar. Depois comecei a tatear com os dedos o meu crânio. Meu crânio. Sem nenhuma pressa, verifiquei seu formato e depois comecei a imaginar o formato dos ossos das garotas sentadas no balcão. Fiquei imaginando os ossos do crânio, da coluna vertebral, das costelas, da pélvis, dos braços, das pernas e das juntas. Belos ossos que sustentavam aquelas lindas pernas. Ossos brancos como a neve, limpos e inexpressivos. A garota das pernas bonitas olhou discretamente para mim. Ela deve ter sentido meu olhar. Gostaria de poder explicar a ela que eu não estava vendo seu corpo, mas tentando imaginar o formato de seu esqueleto. É claro, porém, que eu não disse nada. Tomei três doses de vodca com soda, voltei para o quarto e dormi. O fato de saber que Yumiyoshi estava viva me tranquilizou e por isso pude dormir profundamente.

*

Yumiyoshi apareceu em meu quarto de madrugada. A campainha tocou. Acendi o abajur da cabeceira e olhei o relógio. Eram três horas da manhã. Coloquei o robe nas costas e, sem pensar em nada, abri a porta. Estava com tanto sono que não conseguia raciocinar. Instintivamente levantei, fui abrir a porta e lá estava ela. Vestia um blazer azul-claro e, como das vezes anteriores, passou sorrateira pela porta entreaberta.

Ela ficou em pé no meio do quarto e respirou bem fundo. Depois tirou o blazer e, como de costume, pendurou-o no encosto da cadeira para não amassá-lo.

— Não disse? Eu não desapareci — falou ela.

— Não desapareceu — repeti com a voz sonolenta. Eu ainda não sabia ao certo se o que estava acontecendo era sonho ou realidade. Estava ainda atordoado entre esses dois mundos. Nem conseguia me surpreender com sua presença.

— As pessoas não desaparecem com tanta facilidade assim — disse Yumiyoshi, imprimindo bastante ênfase nessas palavras.

— Você não sabe, mas neste mundo tudo é possível. Tudo!

— Mas... Eu estou aqui. Não desapareci. Isso você tem de admitir, não é mesmo?

Olhei ao redor, respirei fundo e procurei os olhos de Yumiyoshi. Era real.

— Concordo — afirmei —, você não desapareceu. Mas por que veio ao meu quarto às três horas da manhã?

— Não consegui pegar no sono — disse ela. — Após a nossa conversa, eu até consegui dormir rápido, mas depois de uma hora acabei despertando e não preguei os olhos. Fiquei intrigada com o que me disse. Fiquei pensando se de fato eu não iria desaparecer, sabe? Por isso peguei um táxi e vim até aqui.

— O pessoal não vai estranhar você ter vindo para o trabalho às três da manhã?

— Não se preocupe! Ninguém me viu. Nesse horário, todos estão dormindo. O hotel funciona vinte e quatro horas, mas lá pelas três não há mais o que fazer. Os únicos realmente acordados são os encarregados do serviço de quarto. Eu vim pelo estacionamento e subi pela entrada de funcionários. Essa entrada é feita para não sermos vistos. Mas, mesmo que alguém me encontre, não há problema nenhum, pois aqui existem muitos funcionários e ninguém sabe quem está de folga e quem está trabalhando. Mesmo que alguém perceba, é só dizer que vim mais cedo e que vou ficar descansando na sala de repouso dos funcionários. Eu já fiz isso outras vezes.

— Outras vezes?

— É. Quando não consigo dormir, eu sempre venho para o hotel e fico sozinha perambulando por aí. Assim, me sinto mais tranquila. Não parece ridículo? Mas eu gosto de fazer isso. Quando estou no hotel, sinto-me tranquila. Nunca ninguém me achou, sabia? Fique sossegado. Ninguém vai me encontrar e, mesmo que me encontrem, eu sempre tenho uma desculpa na ponta da língua. É claro que se souberem que estive neste quarto a coisa complica, mas de resto não há o que temer. Vou ficar aqui até de manhã e quando der a hora do expediente saio de fininho, está bem?

— Por mim, tudo bem. A que horas começa o seu expediente?

— Às oito — respondeu. Depois olhou para o relógio de pulso e disse: — Faltam cinco horas.

Ela tirou o relógio um tanto apreensiva e colocou-o de leve sobre a mesa. Foi até o sofá, sentou-se, arrumou a saia e olhou para mim. Eu estava sentado na ponta da cama, tentando recuperar gradativamente minha consciência. — E então... — disse Yumiyoshi. — Quer dizer que você está me querendo tanto assim?

— Muito intensamente — respondi. — O mundo dá muitas voltas. Ele acabou de completar uma e eu te quero muito.

— Intensamente — repetiu ela, puxando a barra da saia para baixo.

— É, muito intensamente.

— Completou uma volta e chegou aonde?

— Chegou à *realidade* — eu disse. — Demorou muito tempo, mas enfim eu voltei, após passar por inúmeras experiências misteriosas. Muitas pessoas morreram. Muitas coisas se perderam. Estava muito confuso, e não quer dizer que essa confusão já tenha se resolvido. Acho que sempre existirá a confusão. Mas sinto que eu acabei de completar um ciclo e agora voltei para a realidade. Enquanto o estive completando, fiquei exausto, mas de algum modo continuei dançando. Mantive os passos corretamente sem sair do ritmo e por isso consegui voltar aqui.

Ela ficou me olhando.

— Não sei como explicar os detalhes agora, mas gostaria que você confiasse em mim. Estou cheio de desejo por você e isso é muito importante para mim. Também é importante para você. Não estou mentindo.

— E o que devo fazer? — perguntou Yumiyoshi, sem alterar a expressão. — Devo ficar emocionada e dormir com você? Devo achar isso maravilhoso e achar o máximo você me querer tanto assim?

— É claro que não! — respondi. Por mais que eu tentasse encontrar palavras adequadas, não estava conseguindo me fazer entender. — Como poderia dizer? É algo já definido, sabe? Eu nunca tive dúvidas. Desde o começo, era para você dormir comigo e eu já sabia disso. Mas não pude fazê-lo. Achei que não seria adequado e por isso aguardei o ciclo completar-se. Fechou-se um ciclo. Agora já não é mais inadequado.

— Por isso você acha que agora eu devo dormir com você?

— Logicamente estou sendo direto demais. Como método de persuadi-la, sei que este é o pior de todos. Eu reconheço isso. Mas, se quero ser sincero com você, acaba ficando assim... Não há outra maneira de expressar uma coisa como essa. Numa situação normal eu a convenceria aos poucos, pois sei como fazê-lo. Independentemente de eu me sair bem ou não, pelo menos o método seria convencional. Mas não é este o caso. Aqui a coisa é mais simples. É algo mais do que conhecido e por isso só havia essa maneira de eu me expressar. Não é algo que vai dar certo ou não. Você deve dormir comigo. *Está definido.* Eu não posso ficar ignorando uma coisa que já está definida. Se eu o fizer, algo muito importante será destruído. É verdade! Não estou mentindo.

Yumiyoshi ficou um bom tempo olhando o seu relógio sobre a mesa. — Isso que você está dizendo não tem muito sentido. — disse ela. Depois respirou fundo e começou a desabotoar a blusa. — Não olhe! — advertiu ela.

Deitei-me na cama e fiquei olhando o canto do teto. Lá existe um outro mundo, pensei. Mas agora estou no mundo de cá. Ela continuava a tirar lentamente sua roupa. Um som discreto de tecidos podia ser ouvido. Era como se ela estivesse tirando, dobrando e colocando cada peça em algum lugar. Ouvi também o som de seus óculos sendo colocados sobre a mesa. Esse som me soou muito sexy. Depois ela se aproximou, apagou a luz do criado-mudo e deitou-se ao meu lado. O modo ágil e discreto como entrou sob as cobertas lembrava seu jeito de passar pela porta entreaberta. Eu a envolvi em meus braços. Nossos corpos se tocaram. Era um toque macio... Mas ao mesmo tempo consistente. Era real. Era diferente de May. O corpo dela era maravilhoso como um sonho, mas ela pertencia a um mundo de fantasia. Ela pertencia a dois tipos de fantasia. Uma fantasia criada por ela própria e outra em que ela era o objeto da fantasia. *Cu-co.* O corpo de Yumiyoshi pertencia ao mundo real. Seu calor, seu peso e seu modo de gemer pertenciam realmente a esta realidade. Pensei nisso enquanto a acariciava. Os dedos de Gotanda que acariciavam Kiki também pertenciam ao mundo da imaginação. Aquilo era apenas uma encenação, uma incidência de luz sobre a tela, uma sombra que passava de um mundo para outro. Mas agora é diferente. Aqui é a realidade. *Cu-co.* Os meus dedos que pertencem a esta realidade estão acariciando a pele de Yumiyoshi, que também existe nesta realidade.

— É real... — eu disse.

Yumiyoshi encostou seu rosto em meu pescoço. Senti a ponta de seu nariz. No escuro do quarto, fui verificando cada parte de seu corpo, os pulsos, as palmas das mãos e a extremidade de cada um dos dez dedos. Nenhuma parte de seu corpo foi ignorada. Seus seios, sua barriga, seu ventre, suas costas, seus pés... Em todos esses lugares eu tocava e depois beijava. Senti necessidade de fazer isso. Era preciso fazê-lo. Acariciei seus pelos macios com as mãos e depois os beijei. *Cu-co.* Depois beijei também seu sexo. *É real*, pensei. Eu não falava nada e ela também não. Ela apenas respirava com serenidade. Ela também me desejava. Eu podia sentir isso. Ela sabia que eu a desejava e por isso mudou sutilmente sua postura. Depois de examinar todo o seu corpo, coloquei-a de novo entre meus braços e abracei-a com firmeza. Seus braços também me apertaram. O ar que expirava era quente e úmido, como se expressasse as palavras que não chegavam a ser pronunciadas. E então a penetrei. Meu pênis estava duro e quente. Eu a desejava assim... Muito intensamente. Eu estava superexcitado.

Na hora do clímax, Yumiyoshi mordeu meu braço tão forte que chegou a escorrer sangue. Mas isso não era problema. Esta é a realidade. Dor e sangue. Segurei com firmeza seu quadril e ejaculei lentamente. Bem devagar... Para sentir o prazer em toda a sua plenitude.

— Foi demais! — comentou Yumiyoshi um pouco depois.

— É que já estava definido — eu disse.

Yumiyoshi dormiu tranquila envolta em meus braços. Eu estava sem sono e por isso não dormi. Abraçá-la enquanto ela dormia era maravilhoso. O céu começou a clarear e a luz da manhã foi iluminando gradativamente o quarto. Seu relógio de pulso e os óculos estavam sobre a mesa. Fiquei observando o rosto de Yumiyoshi sem os óculos. Também era muito bonita. Eu a beijei com carinho na testa. Fiquei de novo com tesão. Tive vontade de penetrá-la outra vez, mas como ela dormia profundamente não quis perturbar-lhe o sono. Continuei abraçado a ela enquanto observava o espaço que a luz ia ocupando no quarto, fazendo com que a escuridão recuasse até desaparecer.

Suas roupas estavam dobradas sobre a cadeira. A saia, a blusa, a meia de seda e a lingerie. Ao pé da cadeira, seus sapatos pretos estavam alinhados. É real. As roupas da realidade são dobradas para não amarrotarem.

Às sete horas, eu a acordei.

— Yumiyoshi! É hora de acordar... — eu disse.

Ela abriu os olhos, ficou me olhando e depois encostou seu nariz novamente no meu pescoço. — Foi o máximo! — disse ela.

Saiu da cama deslizando como um peixe e, nua, adentrou a luz da manhã como se estivesse sendo recarregada. Apoiei meu cotovelo no travesseiro e fiquei observando seu corpo. Aquele mesmo corpo que havia poucas horas eu examinara e selara com meus beijos.

Yumiyoshi tomou uma ducha, penteou os cabelos com minha escova, escovou os dentes de modo rápido e eficiente e vestiu com cuidado suas roupas. Fiquei observando-a se vestir. Ela abotoou sua blusa branca, atenta a cada botão, vestiu o blazer e, em frente a um espelho de corpo inteiro, verificou se a roupa não estava amassada ou suja. Yumiyoshi levava muito a sério esses detalhes. Era maravilhoso observar aquele seu jeito. Transmitia uma sensação de que já amanhecera. — Minha maquiagem está no armário da sala de repouso — disse ela.

— Você está linda assim...

— Obrigada, mas se eu não me maquiar levarei bronca. Estar maquiada faz parte do trabalho.

Em pé, abracei novamente Yumiyoshi no meio do quarto.

Abraçá-la vestida com o uniforme azul-claro e de óculos também era maravilhoso.

— Mesmo depois desta noite, você ainda me quer? — perguntou ela.

— Muito — disse. — Mais intensamente do que ontem.

— Sabe... Foi a primeira vez que eu me senti tão desejada... — disse Yumiyoshi. — Dá para sentir *quando estamos sendo desejadas*. Foi a primeira vez que isso me aconteceu.

— Até hoje ninguém a desejou assim?

— Como você... Ninguém.

— Como se sente sendo desejada?

— Muito tranquila — respondeu Yumiyoshi. — Faz muito tempo que eu não conseguia me sentir tão descontraída. É como estar num quarto aconchegante, onde a gente se sente bem.

— Fique sempre neste quarto — eu disse. — Ninguém irá sair, nem entrar nele. Aqui estaremos *somente eu e você*.

— É para permanecer aqui?

— Isso mesmo! Para ficar...

Yumiyoshi distanciou um pouco seu rosto e olhou nos meus olhos. — Será que eu posso dormir aqui esta noite também?

— Por mim, não há nenhum problema de você vir dormir aqui comigo, mas será que não é muito arriscado para você? Afinal, se descobrirem, será despedida, não é mesmo? Em vez disso, que tal irmos ao seu apartamento ou nos hospedarmos em outro hotel? Não seria mais tranquilo para você?

Yumiyoshi não concordou. — Não! Aqui é melhor... Eu gosto deste lugar. Assim como este lugar é seu, ele também é meu. Se você não se opuser, quero dormir com você aqui.

— Para mim, não importa onde seja, desde que você queira.

— Então... Hoje ao entardecer... Aqui — disse ela. Logo, abriu alguns centímetros a porta, verificou como estava o corredor, contorceu-se para passar e foi embora.

*

Fiz a barba, tomei banho, caminhei pela cidade matinal, depois fui novamente ao Dunkin' Donuts e comi um donut acompanhado de duas xícaras de café.

A cidade estava transbordando de pessoas que iam para o trabalho. Ao ver essa cena, senti que já era hora de retomar minhas atividades. Assim como Yuki voltara a estudar, eu também precisava voltar a trabalhar. É preciso cair na real. Será que vou acabar tendo de procurar um emprego aqui em Sapporo? Até que não seria nada mal..., pensei comigo. Eu viveria com Yumiyoshi. Ela sairia para trabalhar no hotel e eu faria o meu serviço. Que tipo de serviço seria? Ah! Deixa pra lá! Deve haver alguma coisa... Mesmo que eu não encontre logo um trabalho, pelo menos por alguns meses eu ainda tenho como me sustentar.

Não seria nada mal eu começar a escrever, pensei. Escrever textos nunca me desagradou. Após a experiência de três anos como limpa-neve cultural, fiquei com vontade de escrever algo para mim.

É isso! É isso que eu quero.

Escrever textos. Não se trata de poesia, romance, autobiografia ou cartas... *Textos pura e simplesmente* escritos para o meu próprio deleite. *Pura e simplesmente textos* não encomendados e sem prazo.

Nada mal!

Depois me lembrei do corpo de Yumiyoshi. Eu me recordo de todos os detalhes de seu corpo, pois o examinei e selei com meus beijos. Sentindo-me feliz, caminhei pela cidade em pleno início de verão, comi um almoço delicioso, tomei uma cerveja e, sentado no saguão do hotel, meio camuflado pelas plantas ornamentais, dei uma rápida olhada em Yumiyoshi, que estava trabalhando.

44

Yumiyoshi chegou às seis e meia da tarde. Ela ainda estava de uniforme, mas a blusa era outra. Desta vez, trouxera uma pequena sacola de vinil com algumas mudas de roupa, objetos de higiene e de maquiagem.

— Um dia seremos descobertos — eu disse.

— Não tem perigo. Sou infalível — disse Yumiyoshi, abrindo um sorriso enquanto tirava o blazer e o pendurava na cadeira. Depois, abraçamo-nos no sofá.

— Sabe? Hoje fiquei pensando o tempo todo em você — disse ela. — Pensei como seria maravilhoso se eu pudesse trabalhar durante o dia aqui no hotel, vir escondida ao seu quarto à noite, dormirmos agarradinhos e, pela manhã, voltar ao trabalho.

— Proximidade entre trabalho e moradia — comentei, rindo. — Infelizmente, não tenho condições financeiras para ficar hospedado aqui para sempre e, se continuarmos com isso todos os dias, é lógico que seremos descobertos.

Com ar de insatisfação, Yumiyoshi estalou os dedos algumas vezes. — Como este mundo é complicado, não?

— Muito — respondi.

— Mas você pode ficar mais alguns dias, não?

— Acho que sim. Provavelmente é isso que irá acontecer.

— Então pode ser só nesses poucos dias. Vamos viver juntos aqui neste hotel?

Ela tirou a roupa e novamente dobrou cada peça com todo o cuidado. Era hábito. Tirou o relógio e os óculos e colocou-os sobre a mesa. Em seguida, fizemos sexo durante cerca de uma hora. Tanto eu quanto ela ficamos exaustos, mas era um cansaço muito prazeroso.

— Foi o máximo! — disse Yumiyoshi e acabou adormecendo de novo em meus braços. Ela estava bastante descontraída. Tomei banho e, sozinho, bebi uma cerveja do frigobar. Sentei-me na cadeira e fiquei olhando Yumiyoshi dormir. Ela dormia de um jeito muito gostoso!

Pouco antes das oito, ela despertou e disse que estava com fome. Olhamos o cardápio do serviço de quarto e pedimos macarrão gratinado e sanduíche. Ela escondeu as roupas e os sapatos no closet e, quando o boy bateu à porta, escondeu-se no banheiro. Depois que ele deixou os pratos sobre a mesa e saiu, fui até a porta do banheiro e bati de leve.

Dividimos o macarrão gratinado e o sanduíche e tomamos cerveja. Falamos sobre o futuro. Eu disse que me mudaria de Tóquio para Sapporo.

— Não adianta mais ficar em Tóquio. Não tem mais sentido — eu disse. — Fiquei pensando nisso a tarde toda. Decidi me estabelecer aqui. Vou procurar um serviço que eu possa fazer por aqui, pois assim poderei me encontrar com você.

— *Vai se instalar então*? — perguntou.

— Isso mesmo, vou me instalar — respondi. Minha mudança não deve ser tão volumosa. São discos, livros, utensílios de cozinha, por aí. Acho que dá para pôr tudo no Subaru e trazer de balsa. Posso vender ou jogar fora as coisas maiores e comprá-las novamente. Já estava mesmo na hora de trocar a cama e a geladeira. Tenho o hábito de usar as coisas tempo demais. — Vou alugar um apartamento em Sapporo e começar uma vida nova. Você poderá vir e dormir em meu apartamento quando quiser. Vamos ficar assim por algum tempo? Acho que iremos nos dar bem. Eu vou resgatar a realidade e você não terá mais preocupações. Iremos ficar juntos nesse lugar.

Yumiyoshi sorriu e me deu um beijo. — Que maravilha! — disse ela.

— Como ficará depois, não sei. Mas tenho bons pressentimentos — eu disse.

— Ninguém sabe sobre o futuro — comentou —, mas agora está perfeito! É o máximo! Maravilhoso demais!

Liguei mais uma vez para o serviço de quarto e pedi uma porção de gelo. Ela novamente se escondeu no banheiro. Quando o gelo chegou, peguei a garrafa pequena de vodca e o suco de tomate que tinha comprado à tarde, na cidade, e preparei dois Bloody Mary. Era sem rodelas de limão e sem molho Lea & Perrins, mas não deixava de ser um Bloody Mary. Fizemos um pequeno brinde. Como o clima pedia um fundo musical, liguei o som ambiente que ficava na cabeceira e ajustei no canal de música popular. A Orquestra Mantovani tocava "Some Enchanted Evening". Estava perfeito.

— Como você é atencioso! — disse Yumiyoshi, admirada. — Para falar a verdade, estive pensando o tempo todo em como seria bom se pudesse tomar um Bloody Mary. Como é que você sabia?

— Basta aguçar os ouvidos para ouvir a voz daqueles que estão buscando alguma coisa. Se aguçarmos os olhos, enxergaremos a silhueta daquilo que está sendo procurado.

— Parece um slogan — observou.

— Não é um slogan. É apenas uma postura de vida expressa em palavras — disse.

— Você poderia se tornar um especialista em slogans — disse Yumiyoshi, dando umas risadinhas.

Depois de três doses de Bloody Mary, ficamos nus de novo e fizemos sexo com muito carinho. Estávamos plenamente satisfeitos. Quando estava abraçado a ela, tive a impressão de ter ouvido aquele *ranger* do elevador do Hotel do Golfinho. É mesmo, aqui é o meu ponto de ligação, pensei. Faço parte daqui. Acima de tudo, isso é a realidade. Não tem perigo. Eu não vou mais a lugar nenhum. Estou perfeitamente conectado. Recuperei o ponto de ligação e estou conectado com a realidade. Eu busco isso e o homem-carneiro faz a ligação. Quando deu meia-noite, fomos dormir.

*

Yumiyoshi me acordou com umas chacoalhadas. — Ei, acorde! — sussurrou no meu ouvido. Ela já havia vestido o uniforme. Ainda estava escuro e minha mente continuava em um território de inconsciência, envolta numa massa amorfa. A luminária ao lado da cama estava acesa. O relógio de cabeceira marcava pouco mais de três horas. Logo imaginei que havia acontecido algo. Achei que os superiores de Yumiyoshi tivessem descoberto que ela estava ali. Yumiyoshi sacudia meu ombro com firmeza e ainda eram três horas da manhã. Além do mais, ela estava vestida. Só podia ser isso. Pensei no que deveria fazer, mas meu pensamento não foi além disso.

— Acorde! Por favor, acorde! — disse ela baixinho.

— Estou acordado — respondi. — O que aconteceu?

— Seja como for, acorde e vista-se.

Sem questionar mais nada, vesti-me rapidamente. Pus a camiseta, a calça jeans, calcei um par de mocassim e vesti uma jaqueta, fechando todo o zíper até o pescoço. Não levei nem um minuto. Quando terminei, Yumiyoshi pegou-me pela mão e me levou até a porta. Abriu-a só um pouquinho, apenas dois ou três centímetros.

— Olha! — exclamou ela. Olhei pela fresta. O corredor estava escuro. Não enxergava nada. Era uma escuridão densa e gelada como uma gelatina. A treva era tão profunda e escura que poderia ser tragado caso estendesse a mão. O cheiro era aquele mesmo das outras vezes. Cheiro de bolor, de papel velho. Cheiro de um vento que sopra das profundezas de um tempo antigo.

— Aquela escuridão de novo... — sussurrou ela no meu ouvido.

Passei a mão pelo seu quadril e a abracei. — Não tem perigo. Não há o que temer. Este mundo existe para mim. Não acontecerá nada de ruim. Você foi a primeira a falar sobre essas trevas comigo. Foi por isso que nos conhecemos.

Eu, no entanto, não estava confiante. Sentia um medo irreprimível. Um pavor real que não tinha lógica. Ele estava gravado em meus genes e havia sido transmitido vivamente desde os tempos antigos. Seja qual for a razão de sua existência, as trevas não deixam de ser algo pavoroso e aterrorizante. São capazes de engolir as pessoas, deformar suas existências, dilacerá-las e fazê-las desaparecer. Quem, afinal, seria capaz de ficar confiante no meio delas? A razão da existência das trevas... Quem acreditaria numa coisa dessas? Nelas, tudo pode ser distorcido com facilidade, transformado, destruído... O vazio, que é a lógica das trevas, encobre tudo.

— Não tem perigo. Não há o que temer — disse para ela, mas era para mim mesmo que dirigia essas palavras.

— O que você vai fazer? — perguntou Yumiyoshi.

— Vamos juntos até lá — respondi. — Voltei a este hotel para me encontrar com duas pessoas. Uma delas é você. A outra é quem está lá. Ela fica no fundo dessa escuridão. Está me esperando.

— É a pessoa que estava naquele quarto?

— Isso mesmo. *É ele.*

— Mas tenho medo! Tenho muito medo mesmo! — disse Yumiyoshi. Sua voz estava trêmula e nervosa. Não tinha jeito. Eu também estava apavorado.

Encostei meus lábios levemente em suas pálpebras. — Não precisa ter medo. Desta vez estou com você. Vamos ficar de mãos dadas. É só não soltarmos as mãos que estará tudo bem. Aconteça o que acontecer, não solte minha mão. Fique colada em mim, bem quieta.

Voltei para o quarto e tirei da mala uma lanterna em forma de caneta, o isqueiro Bic que já deixara preparado e coloquei tudo no bolso da jaqueta. Em seguida, abri a porta bem devagar, segurei a mão de Yumiyoshi e pus o pé no corredor.

— Para que lado você vai? — perguntou ela.

— Para a direita — respondi. Sempre para a direita. Não tem erro.

Iluminei nossos passos com a caneta-lanterna e fui avançando pelo corredor. Como já percebera antes na escuridão das trevas, aquele não era o corredor do Dolphin Hotel. Era o corredor de um prédio bem mais antigo. O carpete vermelho estava gasto e o piso um pouco afundado em alguns pontos. As paredes de verniz desbotado tinham manchas irremovíveis, como aquelas manchas de pele que os idosos costumam ter. É o Hotel do Golfinho, pensei. Não era precisamente o mesmo hotel. Mas ali era um lugar semelhante a alguma parte do Golfinho. Algo com características do Hotel do Golfinho. Seguindo em frente por algum tempo, o corredor dobrava à direita como acontecera da outra vez. Então, dobramos à direita, mas, desta vez, algo estava diferente. Não enxergava a luz. Não via aquela luminosidade tênue de vela que escapava pela fresta da porta lá longe. Por via das dúvidas, apaguei a lanterna, mas deu na mesma. A luz não estava lá. Uma escuridão total envolveu-nos silenciosamente como se fosse um líquido maligno.

Yumiyoshi apertou bem forte a minha mão.

— Não vejo a luz — eu disse. Minha voz estava extremamente seca. Não parecia ser a minha voz. — Da outra vez, avistei uma luminosidade que vinha daquela porta.

— Comigo também foi assim. Vinha dali.

Fiquei aguardando um pouco ali no canto do corredor. Refleti. O que teria acontecido ao homem-carneiro? Estaria ele dormindo? Não, não seria isso. Ele deveria estar sempre ali com a luz acesa, como se fosse um farol. Essa era a função dele. Mesmo que estivesse dormindo, a luz deveria manter-se sempre acesa. Era preciso estar. Tive um mau pressentimento.

— Vamos voltar agora mesmo — disse Yumiyoshi. — Está escuro demais. Vamos voltar e esperar a próxima oportunidade. É melhor assim. Não force a situação.

Suas palavras tinham sentido. Estava escuro demais. Também tive a impressão de que algo de ruim estava acontecendo. Mas não voltei atrás.

— Não. Eu estou preocupado. Quero ir até lá e ver o que aconteceu. Talvez ele esteja me procurando por alguma razão. Por isso nos conectou mais uma vez a este mundo. — Acendi a caneta-lanterna de novo. Um feixe de luz fino e amarelo correu pela escuridão. — Vamos. Continue segurando minha mão. Eu me fixo em você e você em mim. Não há com o que se preocupar. *Nós iremos ficar*. Não iremos a lugar nenhum. Voltaremos com certeza. Não se preocupe.

Avançamos bem devagar, passo a passo, verificando cuidadosamente onde pisávamos. Na escuridão, senti o perfume suave do creme rinse de Yumiyoshi. Essa fragância adoçou os meus nervos aguçados. As mãos dela eram pequenas e estavam quentes e rígidas. Estávamos unidos na escuridão.

Logo descobrimos o quarto do homem-carneiro. Era dessa porta entreaberta que vinha aquele ar gelado e embolorado. Bati bem de leve. Da mesma maneira que da primeira vez, a batida ecoou tão alto que o som parecia antinatural. Era como se tivesse batido num amplificador imenso de algum ouvido gigantesco. Bati três vezes, toc-toc-toc, e fiquei esperando. Esperei de vinte a trinta segundos. Não houve resposta. O que teria acontecido ao homem-carneiro? Será que ele tinha morrido? Por falar nisso, quando o encontrei, ele parecia bastante velho e cansado.

Senti que não seria estranho se tivesse morrido. Ele já teria vivido longos anos e era natural que envelhecesse e viesse a morrer. Como tudo neste mundo. De repente, fiquei inseguro ao pensar nisso. Se ele morresse, quem me manteria ligado a este mundo? Quem iria me conectar?

Abri a porta, puxei a mão de Yumiyoshi e entrei no quarto, iluminando o chão com a caneta-lanterna. O aspecto da sala estava exatamente igual ao da vez anterior. Livros velhos empilhados no chão, uma mesinha e sobre ela um pires simples usado como castiçal. A vela tinha uns cinco centímetros e estava apagada. Peguei o isqueiro para acendê-la, desliguei a lanterna e coloquei-a no bolso da jaqueta.

Não consegui achar o homem-carneiro em lugar nenhum daquele quarto.

Onde terá ido?, pensei.

— Quem estava aqui afinal? — perguntou Yumiyoshi.

— O homem-carneiro — respondi. — O homem-carneiro controla este mundo. Aqui é o ponto de conexão e ele conecta várias coisas para mim. Funciona como uma caixa de força que conecta os circuitos elétricos. Ele veste uma pele de carneiro e vive desde os tempos remotos. Está morando aqui. Escondido.

— Escondido do quê?

— Do que será? Da guerra, da cultura, da lei, do sistema... De todas as coisas que não são próprias do homem-carneiro.

— Mas ele não está mais, não é?

Confirmei com a cabeça. Quando fiz esse movimento, a sombra que estava ampliada na parede balançou. — É, não está mais. Por que será? Deveria estar aqui. — Senti como se estivesse nos confins do mundo. Naquele precipício que os antigos acreditavam existir. Naquela extremidade onde todas as coisas precipitavam-se no abismo. Nós estávamos bem nessa extremidade. Só nós dois. Não havia nada diante de nós. Só o vazio da escuridão se estendia sem limites. O ar do quarto penetrava nos ossos de tão frio. Nós conseguíamos extrair um pouco de calor das palmas de nossas mãos.

— Talvez ele já esteja morto — eu disse.

— Não se deve pensar em coisas negativas no escuro. Pense de modo mais positivo — advertiu Yumiyoshi. — Pode ser que ele tenha simplesmente saído para fazer compras, não é? Talvez o estoque de velas tenha acabado.

— Ou então foi sacar a devolução do imposto de renda retido na fonte — falei. Depois, iluminei o rosto dela com o isqueiro. Ela sorria com o canto dos lábios. Apaguei o isqueiro e abracei-a em meio àquela penumbra da luz de vela. — Escuta, vamos passear em vários lugares no feriado?

— Claro — respondeu ela.

— Vou trazer o meu Subaru. É de segunda mão, o modelo é antigo, mas é um bom carro. Gosto dele. Andei até numa Maserati. Mas, para ser franco, o Subaru é muito melhor.

— Concordo.

— Ele tem até ar-condicionado e som.

— Parece que não há do que reclamar.

— Não há do que reclamar — repeti. — Vamos passear com ele em diversos lugares. Quero ver muitas coisas com você.

— É uma boa ideia!

Depois de ficarmos algum tempo abraçados, afastamo-nos, e eu novamente acendi o isqueiro. Ela se agachou e pegou um livro fino que estava no chão. Era um folheto intitulado "Pesquisa sobre aprimoramentos em carneiros Yorkshire". A capa estava amarelada e tinha um pó branco acumulado como se fosse uma camada de nata.

— Tudo que tem aqui são livros sobre carneiros — expliquei. — Parte do antigo Hotel do Golfinho era uma sala de arquivos sobre carneiros. O pai do gerente era um pesquisador de carneiros. Os documentos estão reunidos aqui. O homem-carneiro passou a tomar conta de tudo. Não servem mais para nada. Ninguém mais os lê. O homem-carneiro, no entanto, guardou-os. Provavelmente eram algo importante para este lugar.

Yumiyoshi tirou o isqueiro do meu bolso, abriu aquele folheto e pôs-se a lê-lo recostada à parede. Eu fiquei pensando no homem-carneiro enquanto olhava minha sombra na parede. Para onde ele teria ido? Em seguida, tive um pressentimento muito ruim. Meu coração parecia querer sair pela boca. Havia algo de errado. Algo de ruim estava para acontecer. O que seria? Concentrei minha consciência nesse *algo*. Depois, percebi num relance. *Errei, e agora?*, pensei. Sem saber como, eu e Yumiyoshi tínhamos soltado as mãos. Não podemos soltar nossas mãos. *De modo algum*. Num instante todos os meus poros começaram a transpirar. Mais do que depressa, estiquei o braço e tentei agarrar o pulso de Yumiyoshi, mas já era tarde. No mesmo instante em que estendi a mão, o corpo dela foi sugado pela parede. Da mesma forma que Kiki fora absorvida pela parede do aposento da morte. O corpo de Yumiyoshi desapareceu num instante como se fosse engolido por uma areia movediça. Sua figura desapareceu e a luz da caneta-lanterna também.

— Yumiyoshi! — gritei bem alto.

Ninguém respondeu. O silêncio e o ar gelado dominavam o quarto. Senti que as trevas ficaram ainda mais profundas.

— Yumiyoshi! — gritei de novo.

— Olha! É simples — ouvi a voz abafada de Yumiyoshi do outro lado da parede —, é fácil mesmo. É só atravessar a parede para conseguir chegar do lado de cá.

— Não é não! — bradei. — Parece fácil. Mas, uma vez indo para esse lado, não é mais possível voltar. Você não entende isso? Aí é diferente. Aí não é o mundo real. Aí é o *mundo do lado de lá*. É diferente do *mundo do lado de cá*.

Ela não respondeu. Novamente o silêncio preencheu o quarto. O silêncio pressionava o meu corpo como se eu estivesse no fundo do mar. Yumiyoshi tinha desaparecido mesmo. Por mais que estendesse a mão, não conseguia alcançá-la. Entre mim e ela estava aquela parede. É terrível demais, pensei. Sensação de impotência. Eu e Yumiyoshi precisamos ficar do *lado de cá*. Vim me esforçando até hoje para isso. Foi para isso que dei aqueles passos complicados de dança.

No entanto, não havia tempo para ficar pensando. Não podia perder tempo. Fui atrás de Yumiyoshi, dando os passos em direção à parede. Da mesma forma que acontecera daquela vez com Kiki, atravessei a parede. Era exatamente igual da outra vez. Uma camada turva de ar. Uma sensação de rigidez e aspereza. Um frio que lembra água. O tempo se tornou incerto, a continuidade se distorceu e a gravidade se desalinhou. Senti como se a memória que concentra os tempos remotos começasse a emergir do abismo do tempo como uma fumaça de vapor. Aquele era o meu gene. Senti, em minha carne, a emoção da evolução. Atravessei o meu próprio DNA gigantesco que se emaranhava de modo complexo. A Terra inchou e depois esfriou e encolheu. O carneiro estava escondido dentro da gruta. O mar era um pensamento gigantesco e sobre a sua superfície a chuva caía silenciosamente. Na praia, pessoas sem rosto olhavam para o alto-mar. Podia-se ver a infinitude do tempo virar um enorme carretel de linha flutuando no ar. O vazio engolia as pessoas e um vazio ainda maior engolia esse primeiro vazio. A carne das pessoas dissolvia-se, expondo os ossos brancos que se transformavam em pó e depois eram dissipados pelo vento. *Está completamente morto,* disse alguém. *Cu-co,* disse mais alguém. Minha carne desmanchou-se, voou longe e novamente se concentrou.

Atravessando essa camada confusa e caótica, eu estava nu em minha cama. Tudo estava escuro ao redor. Não era a treva absoluta, mas não se enxergava nada. Eu estava sozinho. Estendi o braço, mas não havia ninguém ao meu lado. Estava só. Mais uma vez, eu havia sido abandonado sozinho nos confins do mundo. — Yumiyoshi! — gritei o quanto pude. Na realidade, porém, a voz não saía. Só a respiração seca. Tentei gritar mais uma vez, mas bem nessa hora ouvi um barulho de botão e a luminária de chão foi acesa. O quarto ficou claro de uma só vez.

Yumiyoshi estava ali. De blusa e saia branca e de sapatos pretos, ela estava sentada no sofá, olhando para mim com um sorriso carinhoso. No encosto da cadeira da escrivaninha, estava pendurado o blazer azul-claro que parecia parte dela. A força que havia tensionado meu corpo começou a afrouxar bem devagar, como um parafuso sendo solto por uma chave de fenda. Percebi que a minha mão direita estava segurando bem forte o lençol da cama. Soltei-o e enxuguei o suor do rosto. Será que aqui é o lado de cá?, pensei. Essa luz é uma luz verdadeira?

— Yumiyoshi — chamei com a voz rouca.

— O que é?

— Você está mesmo aí?

— É claro — respondeu.

— Você não sumiu para nenhum lugar, certo?

— Não. As pessoas não desaparecem tão facilmente, sabia?

— Estava sonhando... — eu disse.

— Eu sei. Fiquei te olhando. Vi você sonhando enquanto dormia e chamava meu nome. Na escuridão total. Olha, quando tentamos olhar seriamente para algo, conseguimos enxergar mesmo na escuridão, não é?

Olhei para o relógio. Faltava pouco para as quatro. Momentos antes do alvorecer. Uma hora em que os sentimentos se tornam mais profundos e ficam difusos. Meu corpo estava gelado e tenso. Aquilo fora mesmo um sonho? Nas trevas, o homem-carneiro havia desaparecido e Yumiyoshi também. Consegui me lembrar claramente da sensação de solidão desesperadora daquele momento, sem lugar para ir. Conseguia me lembrar também do contato das mãos de Yumiyoshi. Isso continuava claro em mim. Era mais real do que a própria realidade. A realidade ainda não havia recuperado a sua realidade.

— Yumiyoshi — chamei.

— O que é?

— Por que está vestida?

— Queria ficar olhando para você já vestida — respondeu. — Não sei por quê.

— Poderia se despir novamente? — perguntei. Eu queria me certificar de que ela estava mesmo ali e de que ali era mesmo o mundo do lado de cá.

— Claro que sim — respondeu. Depois, tirou o relógio e deixou-o sobre a mesa. Tirou os sapatos e juntou-os no chão. Abriu um a um os botões da blusa, tirou as meias de seda, a saia, e depois dobrou tudo com cuidado. Retirou os óculos e colocou-os na mesa, fazendo o barulhinho de sempre. Descalça, sem fazer ruído, atravessou o quarto, ergueu de leve o cobertor e deitou-se ao meu lado. Eu a abracei com força. Seu corpo estava quente e macio. Tinha também uma consistência real.

— Não desapareceu — falei.

— É claro — confirmou ela. — Já não disse? As pessoas não desaparecem assim tão facilmente. *Será mesmo?*, pensei enquanto a abraçava, não, qualquer coisa é possível. Este mundo é frágil e perigoso. Neste mundo, tudo pode acontecer com grande facilidade. Ainda resta um esqueleto naquele quarto. Seriam os ossos do homem-carneiro? Ou a morte de um outro alguém estaria preparada para mim? Não, aquele esqueleto poderia ser até eu mesmo. Talvez ele estivesse imóvel esperando pela minha morte naquele quarto longínquo e escuro. Ouvi o som do Hotel do Golfinho ao longe. Era como o som de um trem noturno a vapor que a gente ouve através do vento que o traz de um lugar bem distante. O elevador subiu *rangendo* e parou. Alguém andava pelo corredor. Alguém abriu e fechou a porta. Era o Hotel do Golfinho. Eu sabia. Tudo rangia e fazia um barulho de velho. Eu pertencia àquele lugar. Alguém chorava por mim. Alguém derramava lágrimas por uma pessoa por quem eu não podia chorar.

Encostei os lábios nas pálpebras de Yumiyoshi.

Ela dormia profundamente em meus braços. Eu não conseguia pregar os olhos. Em meu corpo, não havia nem um fragmento de sono. Eu estava bem aceso. Continuei abraçando-a com carinho como se envolvesse seu corpo. De vez em quando, chorava em silêncio. Chorei pelas minhas perdas e por aquilo que ainda viria a perder. Na realidade, porém, chorei só um pouco. O corpo de Yumiyoshi era macio e marcava calorosamente o tempo em meus braços. O tempo gravava a realidade. Por fim, o amanhecer chegou de forma serena. Ergui o rosto e fiquei observando o ponteiro do despertador, que devagar ia marcando os ajustes do tempo real. Ele ia avançando de maneira gradativa. A respiração de Yumiyoshi deixava o meu braço quente e úmido.

É a realidade, pensei. *Eu vou ficar aqui.*

Logo o ponteiro do relógio marcou sete horas e a luz do amanhecer de verão penetrou pela janela, desenhando uma figura quadriculada meio deformada no chão do quarto. Yumiyoshi dormia profundamente. Ergui bem devagar seus cabelos, descobrindo sua orelha e encostei os lábios nela. O que eu poderia dizer? Fiquei pensando, ali, paralisado por uns três ou quatro minutos. Existem várias formas de se falar. Existem diversas possibilidades e expressões. Será que minha voz sairia direito? Conseguiria a minha mensagem fazer vibrar direito o ar da realidade? Articulei algumas frases dentro da boca. Depois, escolhi a mais simples de todas.

— Yumiyoshi..., amanheceu... — sussurrei.

1ª EDIÇÃO [2015] 2 reimpressões

ESTA OBRA FOI COMPOSTA PELA ABREU'S SYSTEM EM ADOBE GARAMOND E IMPRESSA EM OFSETE PELA LIS GRÁFICA SOBRE PAPEL PÓLEN NATURAL DA SUZANO S.A. PARA A EDITORA SCHWARCZ EM MAIO DE 2023

FSC
www.fsc.org
MISTO
Papel | Apoiando o manejo florestal responsável
FSC® C112738

A marca FSC® é a garantia de que a madeira utilizada na fabricação do papel deste livro provém de florestas que foram gerenciadas de maneira ambientalmente correta, socialmente justa e economicamente viável, além de outras fontes de origem controlada.